OEUVRES

DE J.-L. DE GUEZ

SIEUR

DE BALZAC

II

PARIS. — IMPRIMERIE SIMON RAÇON ET COMP., RUE D'ERFURTH, 1.

OEUVRES

DE J.-L. DE GUEZ

SIEUR

DE BALZAC

CONSEILLER DV ROY EN SES CONSEILS
L'VN DES PREMIERS ACADEMICIENS

PUBLIÉES SUR LES ANCIENNES ÉDITIONS

PAR L. MOREAU

« Il n'y a rien à craindre de l'Eloquence
quand elle est au service de la Pieté. »

(A Mgr l'Evesque de Grasse.)

SOCRATE CHRESTIEN. — ARISTIPPE. — ENTRETIENS.

PARIS

JACQUES LECOFFRE ET Cᴵᴱ, LIBRAIRES-ÉDITEURS

29, RUE DU VIEUX-COLOMBIER, 29

1854

SOCRATE CHRESTIEN

Le Socrate chrestien fut publié pour la première fois à Paris, en 1652, deux ans avant la mort de Balzac, par les soins de Conrart, qui en surveilla l'impression, et eut encore la galanterie d'envoyer à l'auteur un exemplaire du livre richement relié.

Balzac lui écrit à ce sujet :

« Ie ne sçaurois vous remercier à mon gré du magnifique present « que Monsieur Foucher m'a apporté de vostre part. Pleust à Dieu que « mon *Socrate* fust digne de vos dorures, et qu'il meritast de porter « la robbe triomphale que vous luy avez donnée! Mais j'ay grand' peur « que la bonté du dedans ne respondra pas à la beauté du dehors; « et que quelque Poëte dira que ce meslange d'or et de pourpre, qui « resjouït si agreablement les yeux, est veritablement vne Aurore, « mais qu'elle n'annonce pas le Soleil. Quoy qu'il en soit, mon tres- « cher Monsieur, mon *Socrate* vous a bien de l'obligation de l'avoir « si bien paré, et au pis aller, il faudra qu'il se contente de la defi- « nition de ce mauvais orateur, richement et superbement vestu : *Vir* « *in agendis causis bene vestitus**. »

Le Socrate chrestien se compose de douze discours sur différents sujets, qui tous néanmoins se rapportent à la Religion. Entre ces

---

* *Lettres à Conrart*, livre III, lettre xxii.

11

discours, la plupart fort remarquables par l'élévation soutenue de la pensée et de l'expression, il faut distinguer celui qui a pour titre : CONSIDERATIONS SVR QVELQVES PAROLES DES ANNALES DE TACITE. On ne saurait assez admirer l'éloquence, la grandeur, le tour vigoureux et original de ce morceau. La langue française, avant Balzac, n'offre rien de comparable, et, après lui, rien de supérieur à ces pages, malheureusement trop courtes.

TABLE

AVANT-PROPOS.

Le changement de la face de la Cour ne m'a point changé la volonté. Quoy que les choses paroissent autres qu'elles n'estoient, vous estes à mes yeux le mesme que vous estiez. Ce n'estoit pas vostre fortune qui m'attiroit à vous, et par consequent je cherche encore vostre personne; En quelque lieu qu'elle se soit retirée, elle y a porté l'objet de mon affection et de mon estime. La vertu et le bon esprit ne sont point des pieces de la Faveur : Ce ne sont point des biens qui se puissent perdre : On les conserve quand tout est perdu : Ils ont suivy en exil les Grands Personnages, et leur ont tenu compagnie dans la prison. Puis que ces fondemens de nostre societé subsistent, il me semble, Monseigneur, que nostre commerce ne doit pas cesser ; Il est vray que j'apprehende qu'il sera plus difficile qu'il n'eust esté en vne saison plus calme. Le Desordre commence de tous costez, et les Papiers que je croyois vous envoyer à Paris, par vne voye asseurée, je les recommande au Hazard, pour vous les rendre je ne sçay où.

Si j'eusse esté en estat de vous aller faire ma cour, quand vous estiez en Guyenne avec leurs Majestez, vous auriez esté Parrain de mon Livre, et il porteroit le nom que vous luy auriez donné. A dire le vray, j'ay peur que celuy de Socrate soit trop illustre pour luy. Ce que je respondray à ceux qui me chicaneront là-dessus, c'est que cette imposition de nom n'a pas esté de mon choix. Quelques-vns l'ont voulu ainsi, et je n'ay pas pu les contredire. On vous a dit ma mauvaise honte et le peu de force que j'ay contre mes Amis : Ils m'ont remonstré qu'il y avoit eu plusieurs Socrates ; que le second n'offensa point le premier de prendre son nom ; que tous les Socrates n'avoient pas esté si honnestes gens que Socrate le Philosophe. Témoin Socrate l'Historien, qui fut suspect d'Heresie ; peu estimé d'ailleurs pour son stile, par Photius, Patriarche de Constantinople, et qui peut-estre ne parloit pas mieux Grec que mon Socrate parle François.

On m'a fait souvenir de plus qu'en Italie, lors que j'y estois, les beaux noms estoient à tres-bon marché. En ce pays-là, j'ay veu Hannibal et Scipion estaffiers d'vn mesme Maistre : Il y avoit des Pompées et des Cesars qui servoient à l'Escurie et à la Cuisine. Mais pour m'approcher de plus prés de la profession des Lettres et de la matiere presente, n'y a-t'il pas eu, au Royaume de Naples, vn Grammairien Iurisconsulte qui s'est fait appeller ALEXANDER AB ALEXANDRO? Et se peut-il rien imaginer de plus magnifique et de plus superbe, que d'estre deux fois Alexandre ; que d'avoir Alexandre pour son Nom et de l'avoir encore pour sa Seigneurie? La vanité estrangere me fourniroit nombre de pareilles pieces, si je m'en voulois servir. Mais j'ay dequoy défendre mon Tiltre par d'autres Tiltres, sans sortir de ce Royaume.

Monsieur du Fay-l'Hospital, qui fut Chancelier de Navarre, composa vn Livre sur l'estat des affaires de France, et souffrit qu'il fust imprimé sous le Tiltre d'EXCELLENT DISCOVRS. Monsieur du Vair, quelque temps apres, fit vn autre Livre où il introduisoit Orphée et Musée, qui discouroient ensemble des mesmes affaires. Ce n'estoit pas mespriser son Livre que de luy donner de l'Excellence, ou de permettre qu'on luy en donnast. Ce n'estoit pas non plus avoir mauvaise opinion de ses paroles que de les juger dignes de deux personnes divinement inspirées. Les Prophetes sont quelque chose de plus que les Philosophes : Et puis qu'Orphée et Musée ont desja parlé François, Socrate peut bien, à son tour, se faire entendre en la mesme Langue.

Qu'on donne donc à mon Livre le nom de SOCRATE, ou plustost au Livre d'vn Homme duquel je ne suis que le Copiste dans la pluspart des choses que vous lirez. Il ne faut rien vous cacher : Il me fascheroit d'estre pris pour vn autre, quelque honneur que je receusse de cette mesprise. N'aspirant point à la gloire de la Sagesse, je ne me veux point prevaloir d'vn Equivoque qui me feroit estimer plus presomptueux et non pas plus sage. Tout ce que je pense avoir de bon, c'est que j'estime en autruy la vertu que je n'ay pas. Ie suis du nombre des Meschans; mais je suis du party des Gens de bien. Cela estant dit, mon Eloge est fait : Passons à celuy de l'Homme qui n'est pas moy, mais qui estant mon Docteur et mon Amy, a voulu que je justifiasse sa modestie et la mienne, en rendant raison du nom que mes autres Amis ont donné à nostre Livre.

Ce nouveau Socrate a des qualitez qui luy sont communes avec l'Ancien; Il en a qui luy sont propres et particulieres. Aussi bien que l'autre, il regarde le Monde de haut en bas et mesprise les choses humaines. Mais la teste ne luy tourne point pour s'estre eslevé au-dessus du Monde, et il se compte le premier au nombre des choses qu'il mesprise. Il ne parle pas tousjours tout de bon, et presque jamais en termes affirmatifs. Parce qu'il se defie de son propre sens, il n'asseure rien de ce qu'il dit; Mais parce qu'il a soumis son esprit à l'obeïssance de la Foy, il ne doute de rien de ce que l'Eglise luy a dicté. Mesme en enseignant, il fait profession d'ignorance : Mais au Ie ne sçay rien du Philosophe d'Athenes, il adjoute le Ie sçay Iesvs-Christ crvcifié de l'Apostre des Gentils, et il croit que sçavoir cela c'est sçavoir tout.

Que sert-il de le dissimuler? Ie suis bien aise qu'il ne vous ait pas desplû en ses premiers Entretiens, et que vous approuviez sa façon d'instruire sans dogmatiser. Cette bonne nouvelle, qu'on m'a mandée de Paris, remplit de gloire tout mon Desert, et me donne de la force en me donnant du courage. Il faut que je vous le die encore vne fois : C'est mon estime, c'est mon inclination qui m'attache à vous. Et partant, comme je croirois m'estre esgaré du bon chemin, si je m'estois esloigné de vos sentimens, je vous advoüe que je m'aime plus que je ne faisois, depuis que j'apprens que je fais des choses que vous aimez.

Cette adresse, avec laquelle on entre finement dans l'Ame, sans y donner l'alarme par des Argumens en forme, n'est pas, comme vous sçavez, vne invention de ce Siecle : Elle a esté pratiquée par nos chers Amis de l'antiquité. Ils n'espouvantoient pas ceux qu'ils vouloient prendre. Ils sçavoient rire vtilement. Ils sçavoient apprivoiser la plus farouche Philosophie : Celle-là mesme qui outrage la Na-

ture dans le Portique de Zenon, chatoüille l'Esprit dans les Livres de
Seneque. En semblables lieux, l'Esclatant et l'Agreable ne sont pas
incompatibles avec le Solide et le Salutaire. Dans vne mesme viande,
le plaisir du goust se peut trouver avec la bonté de la nourriture.
Mais souvenez-vous pourtant que je plaide la cause de Seneque, et
non pas celle de Lucien. Il y a vne certaine gayeté de stile esloignée
en égale distance de la boulfonnerie et de la tristesse. Tous les excez
mesmes ne sont pas également dangereux. Les passions eschauffées
ne produisent-elles pas des fautes heureuses, voire des actions heroïques, qui sont des courses que fait l'Ame bien loin au delà des Devoirs communs?

D'ailleurs, l'Abondance ne sçauroit estre pure ny choisie par tout :
Les herbes naissent parmy les bleds, et les boüillons jettent de l'es-
cume. La varieté non plus n'a pas tant d'ordre que d'agrément. Et
c'est peut-estre *cette multitude de Vices aimables*, que Quintilien
reproche à Seneque. Mais il me semble que Quintilien est en cela trop
severe, et qu'il prend les choses trop à la rigueur. Il fait trop le
Maistre d'eschole et le reformateur de son Siecle. Quel mal y avoit-il,
je vous prie, de vouloir guerir avec des remedes delicieux? Estoit-ce
vn vice de se servir de la volupté pour persuader la Vertu? Au pis
aller c'estoit vser des charmes à bonne fin. C'estoit employer la débauche du stile à corriger les defauts des mœurs.

Avant que Seneque et que Plutarque fussent au Monde, cette façon
estoit en usage dans la plus sage Republique qui fust jamais. Ainsi
taschoient-ils de gagner des Ames, parce qu'ils sçavoient bien qu'elles
ne veulent pas estre forcées; parce qu'ils connoissoient la noblesse
de leur naturel, qui est impatient du joug et de la contrainte, qui a
horreur de la raison toute cruë et du genre purement dogmatique.
Quelques prudens et sages qu'ils fussent, ils prenoient des masques et
des habillemens de Theatre, et n'en estoient pas moins sages ny moins
prudens. Ils se déguisoient en Poëtes Comiques et Satyriques. Les
Senateurs Romains ont paru de cette sorte, quand ils ont voulu instruire le Monde. Ils se sont despoüillez de leur Robe longue, pour
se vestir d'vne Cimarre estrangere. Ils ont inventé vn certain Iargon
(dont il nous reste quelques débris) demi-Grec et demi-Latin, moitié
en prose et moitié en vers. Et avec ce Iargon, qui se mocque de l'vni-
formité du stile et des preceptes de l'Art, ils ont debité toute la Sa-

gesse divine et humaine : Ils ont composé des Ouvrages que les Maistres de l'Art ont admirez comme Merveilleux, bien qu'ils ne les ayent
pas approuvez comme Reguliers.

O beaux Esprits qui faites des Livres et qui jugez des Livres qu'on
fait, que vous connoissez peu le merite de cette façon d'escrire! Qu'vne
si noble et si delicate Maniere me degouste de vostre vulgaire et de
vostre insipide Serieux! Qu'elle me fait haïr cette immobile gravité
dans laquelle vous vous roidissez toujours, comme si vous aviez fait
vœu de ne la quitter jamais! Les mesmes Beautez et les mesmes Figures ennuyent. Les douceurs fades font mal au cœur ; Et j'aime bien
mieux vn grain de sel de nos amis de l'Antiquité, vn morceau de leurs
ragousts, que vos rivieres de lait et de miel, que vos montagnes de
cassonnade et toutes vos citroüilles confites.

Pardonnez ce petit emportement à vn homme qui se venge, apres
avoir esté obligé par vne puissance superieure à lire vn gros volume
de Panegyriques Italiens. Le souvenir de cette violence qui me fut
faite excite de temps en temps mon chagrin contre les Panegyriques :
Et pour ne rien dire de pis de ceux-cy, il est certain qu'ils me donnerent beaucoup plus de peine que celuy de Pline ne m'avoit autrefois donné de plaisir.

Toutes les paroles neantmoins en estoient de soye, et telles que la
Reyne Parisatis les demandoit pour les oreilles des Roys. Ce n'estoient que fleurs et que parfums, et encore des fleurs sans espines et des
parfums épurez, tant le Panegyriste avoit eu soin de choisir ses flatteries et d'en oster la lie et le marc. Quoy davantage? l'Art observé
jusqu'à la superstition, ne souffroit pas à l'Esprit le moindre mouvement de liberté. Vne clarté au reste, vne netteté incomparable, ou
certes qui ne peut estre comparée qu'à la serenité de ces beaux jours,
quand il n'y a pas vn nuage dans le Ciel, ny vne haleine de vent sur
la Terre.

Le Calme pourtant qui languissoit dans tous les endroits du gros
Volume me faisoit languir avec luy, et me tenoit en cét estat incommode où l'on ne peut veiller ny dormir, où l'on ne fait que s'estendre
et que baailler. Quoy que les Panegyriques fussent eloquens, jamais
Lecture ne me dura plus que celle-là : Ie ne me repentis jamais davantage que de m'y estre embarqué par complaisance : Vne si continuelle Bonace me sembla plus importune que la Tempeste.

Louër tousjours, admirer tousjours, et employer à cela des periodes d'vne lieuë de long et des exclamations qui vont jusqu'au Ciel, cela fait despit à ceux mesmes que l'on louë et que l'on admire. Les Victorieux s'en sont plains au milieu de leurs Triomphes. Et je sçay de bonne part que le feu Roy se regardant vn jour au miroir, estonné du grand nombre de ses cheveux gris, en accusa les Complimenteurs de son Royaume et leurs longues Periodes. Il dit à celuy de qui je le sçay ces paroles remarquables : « l'ay opinion que ce sont les Harangues qu'on m'a faites depuis mon avénement à la Couronne, et particulierement celles de Monsieur le *** qui m'ont blanchy la teste de si bonne heure. »

Voila vn estrange effet des Harangues et vn Harangueur bien malheureux, apres s'estre distillé l'esprit et avoir épuisé le genre demonstratif à louër le Roy ! Dieu nous garde d'estre cause de la mauvaise humeur des bons Princes, et beaucoup moins de leur vieillesse precipitée. Ce seroit vn crime d'Estat, quelque innocente que fust l'intention du Criminel. Nostre fin doit estre de profiter et d'instruire : Mais si par nostre defaut ou par le defaut d'autruy nous ne pouvons parvenir à nostre fin, encore vaut-il mieux amuser le Peuple que d'importuner les Roys. Et c'est mesme servir les Roys que d'amuser le Peuple agreablement, comme vous avez veû au cinquante quatriesme Livre des Histoires de Dion, sur le subjet de Pilades et de Batillus. Pourquoy voulons-nous desplaire avec pompe et apparat ? Pourquoy lassons-nous la patience de nos Maistres en offensant leur pudeur ? Ne leur faisons point maudire nos benedictions : Ayons soin de leur repos et du nostre : Ne prenons point de la peine à leur en donner.

Que si nostre zele ne peut s'arrester dans nostre cœur : Qu'il en sorte à la bonne heure ! Mais qu'il se retranche dans le stile de Lacedemone : Pour le moins dans l'Atticisme : Au pis aller, qu'il ne se desborde pas par ces Harangues Asiatiques, où il faut prendre trois fois haleine pour arriver à la fin d'vne periode. La Iustice de Dieu demandera raison aux hommes de la moindre parole oisive, c'est vn Dogme de la Doctrine Chrestienne : Et s'il est ainsi, quel compte auront à rendre les Faiseurs de Livres que vous et moy connoissons, qui remplissent le Monde de leurs Synonymes, qui ne disent rien dans leurs Livres, et redisent sans cesse ce qu'ils ont dit ?

Nos Amis de Grece et d'Italie l'entendoient bien mieux. Comme la

gaillardise de leur stile n'en diminuoit point la dignité, l'estenduë de
leurs discours n'énervoit point la vigueur de leurs pensées : Ces corps
n'estoient pas lasches pour estre longs. Les Redites, s'il y en avoit en
leurs discours, estoient concluantes et necessaires, couronnoient la
beauté de la chose, adjoustoient la perfection à la fin. Leurs paroles
estoient des actions, mais des actions animées de force et de courage,
et ce courage se communiquoit à ceux qui lisoient leurs Livres, jusqu'à leur faire desirer et chercher la mort, aprés avoir leû ou vn
Traité des maux de la Vie ou vn Dialogue de l'Immortalité de l'Ame.

Les Romains, particulierement, ont esté puissans en persuasion,
comme en tout le reste. Leur Ame estoit eloquente avant que d'estre
rhetoricienne, et ils estoient eloquens à cause qu'ils estoient sages.
Quand ils escrivoient, *ils trempoient leur plume dans le sens*, vous
vous souvenez de cét ancien mot : Quand ils avoient escrit, on ne
comptoit pas leurs Volumes, on pesoit leurs Lignes. Et s'il m'estoit
permis de juger du Livre que Brutus composa de la Vertu, par deux
ou trois Lettres que j'ay veuës de luy, je soustiendrois que ce Livre
estoit tout esprit et nerfs, sans aucun meslange de matiere ny aucune
superfluité de chair. Ce Livre n'avoit point d'endroit foible, point de
partie inutile : point de repetition qui ne fist effet, qui n'appuyast la
chose establie, qui ne prouvast ou n'achevast de prouver.

De cette sorte sont bonnes les Repetitions. Et peut-on trouver mauvaise vne recharge qui asseure la Victoire, et qui oste au vaincu tout
moyen et toute esperance de se revolter ? Cela s'appelle donner le dernier coup de la mort : C'est enfoncer son espée jusques aux gardes
dans vn corps qui souffle encore pour resister. En pareils combats,
Brutus et Ciceron ont esté de redoutables Gladiateurs. Leur force estoit égale ; mais leur vertu estoit differente. Il ne se pouvoit rien retrancher de l'Eloquence de Brutus, ny rien adjouster à celle de Ciceron ; Et je m'imagine souvent vn genre d'escrire formé sur l'Idée que
j'ay conceuë de l'Eloquence de ces deux hommes.

Vn Grec qui vivoit sous les Empereurs Romains compare les Discours de Demosthene à plusieurs Esclairs qui surprennent et qui es-
blouïssent, et ceux de Ciceron à vn grand feu qui s'espand de tous
costez et fait vne lumiere qui dure. Figurez-vous en l'vn la Tempeste
qui est descrite au premier de l'Eneïde, et en l'autre, l'embrasement
de Troye, qui est representé au second.

Ie n'examine point si la comparaison est bien juste, et ne veux rien dire pour cette fois de l'eloquence de Demosthene. Ie dis seulement que celle des Attiques de Rome, qui contrefaisoient Brutus et n'imitoient pas Ciceron, tenoit bien plus de ces Esclairs continuels que de ce grand Feu. Cette sorte de lumiere fait subitement ce qu'elle doit faire : Vous diriez que, frappant les yeux, elle perce les hommes jusques au cœur. Mais semblables impressions ne sont pas tousjours bien profondes, et il est difficile que la chaleur se communique de cette façon. Il me semble, au contraire, pour encherir sur la pensée du Critique Grec, que le Soleil n'a pas plus de force sur le Corps que Ciceron en a sur les Ames. Il ne paroist pas couronné de plus de rayons : Il ne fait pas naistre plus de fleurs, plus d'or et plus de pierreries : Il n'esmeut et ne resout pas plus de vapeurs; Il n'eschauffe, il n'amollit, il ne durcit pas davantage les matieres sur lesquelles il exerce differemment sa vertu.

De souhaitter que nostre *Socrate* fist la mesme chose, ce seroit vn souhait trop ambitieux, et qui ne s'accompliroit pas aisément en ce temps-icy. Ie connois le monde present; le sçay ses degousts et ses aversions pour nos Escritures. L'Eloquence n'a point tant de force que les hommes ont de dureté; Tous les Syllogismes, tous les Enthymemes, toutes les Figures rebouchent aujourd'huy contre leur esprit; Ils ne sont presque plus capables de persuasion. Les petits enfans se mocquent de ce que leurs grands Peres admiroient. Les Discours Philosophiques estoient des Oracles sous le Regne de François premier; Maintenant ce sont des Visions. Art, Science, Prose et Vers, sont differentes especes d'vn mesme genre, et ce Genre se nomme *Bagatelles* en la Langue de la Cour.

Mais ce n'est pas icy le lieu de se plaindre de la rudesse du Siecle de fer et du retour de la Barbarie, de parler aussi plus long-temps de Philosophie et d'Eloquence, de Brutus et de Ciceron; je ne le puis pas de bonne grace, apres m'estre declaré si hautement contre la Longueur : elle n'est pas meilleure dans les Prefaces que dans les Harangues; Et d'adjouster à ce que je vous ay dit de mon *Socrate*, ce que j'aurois à vous dire de mes *Nouvelles Remarques* et de mes *Vieilles Apologies*, cette longueur ne seroit pas approuvée du Sage Hebreu,

qui conseille aux François aussi bien qu'aux Iuifs, de « reserver leur
« esprit pour le lendemain. » Ie veux suivre son advis et garder de
l'estoffe et des ornemens à vne autre fois. Puis que mes presens vous
sont agreables, il faut que je tasche de vous en faire souvent, et que
je ne fasse pas mentir l'excellent Monsieur Costar, qui vous a promis
plus d'vne Preface et plus d'vn Livre de ma façon. Cependant, Monseigneur, si les Gens d'affaires vous accusent d'aimer trop les Livres,
ce sera à vous à justifier vos innocentes amours, et à defendre nos
Muses, en defendant vostre jugement.

SOCRATE CHRESTIEN

DISCOVRS PREMIER.

DE IESVS-CHRIST ET DE SA DOCTRINE.

Dans le Cabinet, où nous ouïsmes Socrate la premiere fois, il y avoit vn Tableau de la Nativité de Nostre Seigneur, qui luy donna lieu de nous faire ce Discours.

Il seroit difficile de regarder vne si saincte peinture sans estre surpris de quelque pensée de pieté. Mais faisons davantage en cette surprise : Rendons-nous volontairement et de bonne foy à la pensée qui nous a surpris; Suivons-la, quand elle nous meneroit plus loin que nous n'avions resolu d'aller aujourd'huy.

Vne Estable, vne Creche, vn Bœuf et vn Asne : Quel Palais, bon Dieu, et quel Equipage! Cela ne s'appelle pas naistre dans la Pourpre, et il n'y a rien icy qui sente la Grandeur de l'Empire de Constantinople. Ces Princes qu'on nommoit *Por-phyrogenetes;* Celuy qui fut Roy avant que d'estre homme, le ventre de la Royne sa Mere ayant esté couronné par les suffrages des Ordres de son Royaume; les Ptolomées, les Alexandres et les Cesars, faisoient bien plus de bruit en venant au Monde. De l'autre costé, il y a eu des Princes qui ont esté exposez; Il y a eu des Conquerans qui ont esté nourris et eslevez par des Bestes. Il y a vne Force retenuë et dissimulée : la vertu est quelquefois en repos, la Grandeur est quelquefois à l'estroit, la Pompe n'accompagne pas tousjours la puissance.

Ne soyons point honteux de l'objet de nostre adoration : Nous adorons vn Enfant; Mais cét Enfant est plus ancien que le temps. Il se trouva à la naissance des choses; il eut part à la structure de l'Vnivers; Et rien ne fut fait sans luy, depuis le premier trait de l'ébauchement d'vn si grand Dessein, jusqu'à la derniere piece de sa fabrique.

Cét Enfant fit taire les Oracles avant qu'il commençast à parler. Il ferma la bouche aux Demons, estant encore entre les bras de sa Mere. Son Berceau a esté fatal aux Temples et aux Autels; a esbranlé les fondemens de l'Idolatrie; a renversé le Throsne du Prince du Monde. Cét Homme promis à la Nature, demandé par les Prophetes, attendu des Nations; cét Homme enfin descendu du Ciel, a chassé, a exterminé les Dieux de la Terre.

Quelle entreprise à cet Homme enfant, à cet Homme nu, d'avoir attaqué vn Monde qui s'estoit fortifié de plus de trois mille ans contre la puissance de la Verité! Il est pourtant venu à bout de son entreprise, sans armes, sans machines, sans violence. Et qu'est-ce, à vostre advis, que d'avoir amolli d'abord et par sa seule presence vn si long et si opiniastre endurcissement; d'avoir arraché des Erreurs confirmées par la vieillesse, qui avoient pris racine dans les Esprits; qui s'estoient naturalisées avec eux? Qu'est-ce que d'avoir delivré ces pauvres Esprits d'vne infinité de Monstres qui les ravageoient? Monstres de differentes especes et sous differentes formes; Monstres agreables ou desagreables aux yeux, selon l'humeur de la superstition, qui les embellissoit ou les barboüilloit à sa fantaisie. Les vns se faisoient aimer, les autres se faisoient craindre : Les vns demandoient des Sacrifices cruels et estoient alterez de sang humain; les autres avoient des appetits moins sauvages et moins dereglez, et se contentoient du sang des bestes.

L'homme que nous adorons a nettoyé la Terre de cette multitude de Monstres que les Hommes adoroient; Mais il n'en est pas demeuré là.

Il ne s'est pas contenté de ruïner l'Idolatrie et d'imposer silence aux Demons; Il a, de plus, confondu la Sagesse humaine : Il a osté la parole aux Philosophes. Leurs Sectes ont fait place à son Eglise, et leurs Dogmes à ses commandemens : Toute la Raison, toute l'Eloquence d'Athenes luy a cedé. C'est luy qui a humilié l'orgueil du Portique; qui a décrédité le Lycée et les autres Escholes de Grece. Il a fait voir qu'il y avoit de l'Imposture partout, qu'il y avoit des Fables dans la Philosophie, et que les Philosophes n'estoient pas moins extravagans que les Poëtes, mais que leur extravagance estoit plus grave et plus composée. Il a fait advoüer aux Speculatifs qu'ils avoient resvé, lors qu'ils avoient voulu méditer. Il leur a monstré quo de cent cinquante tant d'opinions, qui visoient au Souverain Bien, il n'y en avoit pas vne qui eust touché au but. Vous pouvez voir et compter ces opinions dans les livres de la Cité de Dieu de Sainct Augustin. Iesus-Christ a ainsi traité les Sages du Monde : De cette sorte il a pacifié leurs Querelles et leurs Guerres. En les refutant tous, il les a tous accordez.

Avant luy, on se doutoit bien de quelque chose. On donnoit de legeres atteintes à la Verité : On avoit quelques soupçons et quelques conjectures de ce qui est. Mais les plus intelligens estoient les plus retenus et les plus timides à se faire entendre; ils n'osoient se declarer sur quoy que ce soit; ils ne parloient qu'en tremblant et en hesitant des affaires de l'autre Vie : Ils consultoient et deliberoient tousjours sans jamais se resoudre ny prendre party.

Ie ne m'en estonne pas neantmoins. Car comment eussent-ils pû trouver la Verité qu'ils cherchoient, puis qu'elle n'estoit pas encore née? Il falloit que la Verité se fist chair, afin de se rendre sensible et de devenir familiere aux hommes, afin de se faire voir et toucher.

Cette Verité n'est autre que Iesus-Christ, et c'est ce Iesus-Christ qui a fait cesser les doutes et les irresolutions de l'Academie, qui a mesme asseuré le Pyrrhonisme. Il est venu arrester les pensées vagues de l'esprit humain et fixer ses raisonnemens en l'air. Apres plusieurs Siecles d'agitation et de trouble, il est venu faire prendre terre à la Philosophie et donner des ancres et des ports à vne Mer qui n'avoit ny fond ny rive.

Par son moyen, nous sçavons ce qu'Aristote, ce que le Maistre d'Aristote, ce que les Disciples d'Aristote ont ignoré. Ils avoient les yeux bons, mais ils cheminoient de nuit, et la subtilité de leur veuë n'estoit point comparable à la pureté de nostre lumiere. Assidus, mais malheureux courtisans de la Nature, ils ont vieilli dans la Basse-cour : Et nous, Favoris de Dieu, quoy qu'indignes Favoris, dés le premier jour, nous avons esté receûs dans le Cabinet.

Ov le monde est eternel, ov il a ev vn commencement : Ov l'ame de l'homme mevrt avec le corps, ov il y a vne seconde vie povr elle apres celle-cy. Voila toute la satisfaction que vous donneront les Sçavans de Grece et les Habiles de Rome. Ne leur en demandez pas davantage. L'inconstance de leur esprit, l'incertitude de leurs opinions, est vne chose à faire pitié. Ils ne vous payeront que d'ambiguitez et que d'équivoques; ils ne vous conseilleront que de suspendre

vostre jugement, que de retenir vostre determination, que
de balancer entre cela est et cela n'est pas.

Le seul Iesus-Christ a pouvoir de conclure et de prononcer, et sa seule Doctrine nous peut mettre l'esprit en repos.
Elle definit, elle decide, elle juge souverainement. Elle tranche les difficultez. Elle coupe les nœuds, et ne s'amuse pas
à les desmesler. Elle nous asseure en termes formels, QVE
LES CHOSES VISIBLES ONT COMMENCÉ, ET QVE LES SVBSTANCES SPI-
RITVELLES NE FINIRONT POINT.

Depuis la publication de cette Doctrine, nous disons hautement et affirmativement que le Monde ne s'est pas basty
soy-mesme, mais qu'il y a je ne sçay quoy de plus vieux et
de plus ancien, qui a travaillé à vne si admirable Architecture. Nous disons que le Soleil n'est pas la source, mais le
Reservoir de la lumiere; qu'il a esté allumé avant que de
luire; que les Astres ont esté faits par vne Main qui en pourroit faire de plus beaux.

Nous disons que l'Ame de l'homme est vn feu inextinguible et perpetuël; qu'elle est originaire du Ciel; que c'est vne
partie de Dieu mesme, et par consequent qu'il y a bien plus
d'apparence qu'elle se ressente de la noblesse de sa race, que
de la contagion de sa demeure; qu'il est bien plus à croire
qu'elle dure pour se reünir à son principe, pour acquerir la
perfection de son Estre, pour devenir Raison toute pure,
qu'il n'est à croire qu'elle finisse, pour tenir compagnie à la
Matiere, pour s'esloigner de sa veritable fin, pour courir la
fortune de ce qui est son Contraire plustost que son Associé.

La mesme Doctrine nous descouvre les autres Secrets du
Ciel avec la mesme certitude : Mais ce sont les Secrets importans et qui contribuënt à nostre Salut, et non pas les secrets
inutiles et qui ne font que donner de l'exercice à nostre Curiosité. Cette Doctrine nous enseigne tout ce qu'il est necessaire que nous apprenions.

DISCOVRS DEVXIESME.

DE L'EGO SVM DE IESVS-CHRIST

Mais vostre Voisin le Delicat voudroit que cette Doctrin
eust esté debitée avec plus de grace, et que l'Evangile fu
plus fleury et plus attrayant. Nous luy ferons raison là-des
sus vne autre fois, et peut-estre contenterons-nous sa delic:
tesse. Cependant, me dit-il, je m'adresse à vous, qui ne mai
quez pas de fleurs et d'attraits, de couleurs et d'ornemen:
et qui neantmoins n'estimez pas ces bagatelles plus qu'ell<
ne valent. Vous plaidastes, il y a quelques années, pou
l'Avthorité contre l'Eloqvence ; et si ma memoire ne m
trompe, il me semble que vous gaignastes la cause de l'A<
thorité. I'ay veû vn grand commentaire sur le Qvirites c
lules Cesar ; ne verray-je point vne petite reflexion sur l'Ec
svm de Iesus-Christ ?

Cet admirable Ego svm, que nous ouïsmes chanter à l
Passion il y a quinze jours, est rapporté dans l'Evangile d
Sainct-Iean, et commence le premier Acte de la Tragedie d
Nostre Seigneur. Ces trois Syllabes, sorties de sa bouch<
espouvanterent ses Ennemys, mirent en desordre des Audi
teurs qui estoient en armes, firent tomber à la renverse vn
Compagnie de gens de pié : Et je ne doute point que cett

cheute n'eust esté mortelle à ceux qui tomberent, si la mesme
force qui les abbattit ne les eust aidez à se relever.

On parle des Esclairs et des Tonnerres d'vn homme d'A-
thenes, qui mesloit le Ciel avec la Terre sur la Tribune aux
Harangues. Mais outre que c'estoient des Orages en peinture,
et qui ne faisoient tomber personne, considerez, s'il vous
plaist, de quelle sorte il les excitoit. C'estoit en criant à
pleine teste, en se tourmentant et en s'agitant comme vne
personne possedée, en faisant mille grimaces de son visage
et mille tours de souplesse de son corps. Il employoit pour
cela les frequentes Exclamations, les Enthymemes en foule,
les Paroles qui faisoient le plus de bruit, les plus vives et les
plus violentes Figures. Et tout cela neantmoins n'estoit cause
d'aucun mouvement forcé en la posture des Assistans, d'vn
seul faux pas au plus foible de la Compagnie. Toute cette
violence n'eust pas esté capable de remuër vne paille ny de
donner le branle aux feüilles d'vn arbre.

Comment est-ce donc que l'Ego svm de Iesus-Christ, sorti
de sa bouche sans effort, sans qu'il esleve seulement le ton
de sa voix, porte par terre des hommes fermes et vigoureux,
met à ses pieds vne troupe de Soldats qui estoient venus se
saisir de luy? Il n'est rien en apparence de si doux et de si
tranquille que cet Ego svm. Deux paroles le composent : paroles courtes, simples et vulgaires, qui n'ont rien d'éclatant
et de figuré; rien qui estonne et qui menace les gens; rien
qui presage et qui signifie le coup qu'elles vont frapper.

C'est-à-dire qu'il faut que ces deux paroles ne soient que
la couverture et que l'enveloppe de quelque chose d'extraordinaire, qui est caché dessous. Il faut sans doute que ce
soit vne estincelle qui soit tombée du plus haut des Cieux,
vn rayon de veritable divinité, qui se mesle dans ces deux paroles, qui leur communique vne vertu estrangere et qu'elles
n'avoient pas naturellement. Ces paroles ne sont point fou-
droyantes de leur propre feu; Il faut necessairement que

celuy qui les profere soit le Maistre des Foudres et de la
Tempeste.

Il y a des ames dont la dureté est invincible et contre lesquelles reboucheroient les plus pathetiques periodes de nos
Orateurs : Mais il n'y a point d'ames, fussent-elles de fer ou
de bronze, qui soient à l'éprèuve des paroles de nostre Legislateur, qui puissent tenir bon contre les moindres syllabes
de Iesus-Christ. Que vostre voisin le Delicat allegue tant
qu'il voudra son Nestor, son Menelas, son Vlisse, et les propose comme les trois Fondateurs des trois stiles differens.
Qu'il compte merveilles à ceux qui l'écoutent, de l'Eloquence Attique, de l'Asiatique, de la Rhodiene. Sur ma parole, mesprisez en cecy tout ce qu'il admire, et reservez
toute vostre admiration pour le Laconisme de Iesus-Christ.

L'Ovy et le Non de Iesus-Christ peuvent faire et defaire,
peuvent bastir et destruire avec vne égale facilité. Son silence mesme et son repos, ses foiblesses et ses infirmitez,
sont choses fortes, agissantes, efficaces ; sont capables d'operer des Miracles ; parce qu'elles ne sont jamais abandonnées
de la puissance necessaire à l'operation des Miracles ; parce
que la grandeur de ses actions ne dépend point de la grandeur de ses instrumens et de ses moyens. Son Ego svm, animé
de cette secrete et souveraine puissance, eust pu mettre en
fuite vne Legion aussi aisément qu'vne Escoüade.

I'ay fait à peu prés le Discours que je vous avois convié de
faire. Mais apres tant de paroles, oublierons-nous la Consequence qui en resulte, Consequence qui se tire sans art et
sans peine, qui sort d'elle-mesme de l'Ego svm de Iesus-
Christ? Dites-moi, je vous prie, si son Abbaissement sur la
Terre est si redoutable, combien sera terrible son Eslevation
dans les Nuées? Si son humilité captive accable les hommes,
qui pourra soutenir sa Majesté triomphante? Si ayant à estre
jugé, sa premiere response fait tant d'éclat, de quel ton pro-

noncera-t-il le dernier Arrest, quand il viendra luy-mesme pour estre le Iuge?

I'ay assez de cette Response, pour respondre à toutes les demandes de vostre Voisin; pour refuter toutes les objections de mes sens et de ma raison. Sans Rhétorique, sans Dialectique, ces trois Syllabes me suffisent pour me persuader la Divinité de cét Homme que j'adore. Et apres l'effet estrange de ces trois Syllabes et tant d'autres estranges effets, si bien et si nettement verifiez, quand il s'eslevera en mon ame quelque petit mouvement de Rebellion contre la Foy, à l'heure mesme je m'adresseray au Dieu de la Foy, et prendray la liberté de luy tenir le langage que luy tenoient les anciens Fideles.

SI NOVS NOVS SOMMES ESGAREZ, MON DIEV, Ç'A ESTÉ EN VOVS SVIVANS. SI NOVS N'AVONS PAS ESCOVTÉ NOSTRE RAISON, VOS MIRACLES EN SONT CAVSE. SI NOVS AVONS ADORÉ VN HOMME, VOVS VOVS ESTES ENTENDV AVEC CÉT HOMME POVR NOVS FAIRE CROIRE QV'IL ESTOIT DIEV. VOVS LVY AVEZ PRESTÉ VOSTRE PVISSANCE POVR NOVS OBLIGER A LVY RENDRE NOSTRE CVLTE. NOVS SOMMES EXCVSABLES, MON DIEV, D'AVOIR RECONNV CELVY QVI NE SÇAVROIT ESTRE QVE VOVS, SI VOVS NE VENEZ VOVS MESME NOVS DECLARER QV'IL EST VN AVTRE QVE VOVS.

DISCOVRS TROISIESME.

DE LA RELIGION CHRESTIENNE ET DE SES PREMIERS COMMENCEMENS.

Les dernieres paroles de Socrate l'avoient comme ravy en extase, mais estant revenu de son transport, il ne demeura pas long-temps dans le calme. La premiere émotion ne fut qu'vn passage à la seconde, et reprenant la matiere qu'il avoit laissée, il nous parla à peu prés en cette sorte.

Il ne paroist rien icy de l'Homme; rien qui porte sa marque et qui soit de sa façon. Ie ne voy rien qui ne me semble plus que naturel dans la naissance et dans le progrez de cette Doctrine. Les ignorans l'ont persuadée aux Philosophes. De pauvres Pescheurs ont esté erigez en Docteurs des Roys et des Nations, en Professeurs de la science du Ciel. Ils ont pris dans leurs filets les Orateurs et les Poëtes, les Iurisconsultes et les Mathematiciens.

Cette Republique naissante s'est multipliée par la Chasteté et par la Mort, bien que ce soit deux choses steriles et contraires au dessein de multiplier. Ce peuple choisi s'est accru par les pertes et par les defaites : Il a combattu, il a vaincu estant desarmé. Le monde en apparence avoit ruïné l'Eglise : Mais elle a accablé le Monde sous ses ruïnes. La

force des Tyrans s'est renduë au courage des condamnez.
La patience de nos Peres a lassé toutes les mains, toutes les
machines, toutes les inventions de la Cruauté.

Chose estrange et digne d'vne longue consideration! Re-
prochons-la plus d'vne fois à la lascheté de nostre Foy et à
la tiedeur de nostre zéle. En ce temps-là il y avoit de la
presse à se faire dechirer, à se faire brusler pour Iesus-Christ.
L'extreme douleur et la derniere infamie attiroient les hommes au christianisme : C'estoient les appas et les promesses
de cette nouvelle Secte. Ceux qui la suivoient et qui avoient
faveur à la Cour, avoient peur d'estre oubliez dans la commune Persecution : Ils s'alloient accuser eux-mesmes, s'ils
manquoient de Delateurs. Le lieu où les feux estoient allumez et les bestes déchaisnées s'appelloit, en la langue de la
primitive Eglise, LA PLACE OV L'ON DONNE LES COVRONNES.

Voila le stile de ces grandes ames qui mesprisoient la Mort.
comme si elles eussent eu des corps de loüage et vne vie
empruntée. Bien davantage, et tousjours dans la rigueur de
l'Histoire, sans rien donner à la licence de la Rhetorique; Si
c'eust esté le sang d'autruy et non pas le leur, ils n'en eussent
pas fait si bon marché, car la Charité les eust retenus, et
l'Amour-propre les avoit abandonnez.

C'estoit donc dans les joyes et dans les plaisirs qu'ils disoient à Dieu C'EST ASSEZ, et qu'ils luy demandoient des tréves
et du relasche, et non pas dans les supplices et dans les
tourmens. O mon ame, que d'honneur et de gloire! O mon
imagination, que de delices et de douceurs, s'escrioient-ils
au milieu des flammes! En cét estat-là, pour parler encore
le langage de la primitive Eglise, ils estoient pleins, ils estoient possedez de Iesus-Christ. Iesus-Christ avoit pris la
place de leur esprit et de leur raison : Ils n'estoient plus
animez que de Iesus-Christ; Ils ne songeoient plus qu'à luy;
Ils ne se souvenoient plus que de luy; Il leur tenoit lieu de
toutes choses. Ce n'estoit plus amour ny constance, c'estoit

vne alienation de sens, vne maladie surnaturelle, vne saincte, vne divine fureur.

Aussi les Payens s'en estonnoient-ils et en faisoient des Proverbes. Vous le pouvez voir dans les Propos d'Epictete, recueillis par Arrien. Ils parloient des Chrestiens comme de personnes travaillées d'vne melancholie incurable; personnes tentées par le desespoir; ennemies du jour et de la lumiere. A leur dire, c'estoient des gens qui vouloient perir; qui s'ennuyoient en ce Monde (ce sont les differens termes dont ils se servoient), qui se devoüoient, qui se precipitoient à la Mort.

Nous sommes descendus de ces gens-là, quoy qu'apparemment ils ne deussent point laisser de posterité; quoy qu'ils fissent tout ce qu'il faut faire pour ne pas durer. De leurs Cendres et de leurs Ruïnes s'est eslevée la Grandeur et la Souveraineté de nostre Eglise. Le Corps s'est trouvé entier dans la dissipation de ses Membres.

Ie ne m'estonne point que les Cesars ayent regné et que le Party qui a esté le Victorieux ait esté le Maistre. Mais si c'eust esté le vaincu, à qui l'avantage fust demeuré; si les déroutes eussent fortifié Pompée et restably sa fortune; si les Proscriptions eussent grossi le Party d'vn Mort et luy eussent fait naistre des Partisans; si vn Mort luy-mesme, si vne Teste coupée eust donné des Loix à toute la Terre, veritablement il y auroit dequoy s'estonner d'vn succez si éloigné du cours ordinaire des choses humaines. Ie trouverois estrange qu'apres la bataille de Pharsale et plusieurs autres batailles decisives de l'Empire, les Amis de Pompée eussent esté Empereurs de Rome, à l'exclusion des Heritiers de Cesar. l'aurois de la peine à croire, quand le plus veritable et le plus religieux Historien de Rome me le diroit, que des gens eussent triomphé autant de fois qu'ils furent battus; qu'vne Cause si souvent perduë eust tousjours esté suivie. Au moins me semble-t'il que ce n'est pas bien le droit chemin pour arriver à l'Empire, et que d'ordinaire on se sert de tout autre moyen pour obtenir le Triomphe. Ce n'est pas la coustume des choses du Monde, que les bons succez ne servent de rien, que la Victoire soit décréditée, et que le Gain aille au malheureux.

Nous voyons pourtant icy cét evenement irregulier et directement opposé à la coustume des choses du Monde. Le sang des Martyrs a esté fertile, et la Persecution a peuplé le Monde de Chrestiens. Les premiers Persecuteurs voulant esteindre la lumiere qui naissoit, et estouffer l'Eglise au berceau, ont esté contrains d'advoüer leur foiblesse, apres avoir espuisé leurs forces. Les autres qui l'attaquerent depuis, ne reüssirent pas mieux en leur entreprise. Et bien qu'il y ait encore en la nature des choses, des Inscriptions qu'ils ont laissées, POVR AVOIR PVRGÉ LA TERRE DE LA NATION DES CHRESTIENS; POVR AVOIR ABOLI LE NOM CHRESTIEN EN TOVTES LES PARTIES DE L'EMPIRE, l'Experience nous fait voir qu'ils ont triomphé à faux, et leurs Marbres ont esté menteurs. Ces superbes Inscriptions sont aujourd'huy les Monumens de leur vanité et non pas de leur victoire. L'ouvrage de Dieu n'a pû estre defait par la main des Hommes. Et disons hardiment, à la gloire de nostre Iesus-Christ et à la honte de leur Diocletien : LES TYRANS PASSENT, MAIS LA VERITÉ DEMEVRE.

DISCOVRS QVATRIESME.

SVITE DV MESME SVBJET.

l'ay leû l'Original des Inscriptions dont je vous parle.
Elles se conservent en vne ville d'Espagne, et sont gravées
en gros characteres sur vne Colonne parfaitement belle. L'Al
lemand Gruterus ne les a pas oubliées dans son gros Vo
lume. Mais sans vous donner la peine de visiter les Biblio
theques d'Angolesme, et d'aller lire les Inscriptions à vne
lieuë et demie d'icy, puis que vous en voudriez sçavoir les
paroles, et qu'il m'en souvient, il ne faut pas vous faire lan
guir davantage : Tout presentement, vostre curiosité sera
satisfaite.

DIOCLETIANVS IOVIVS. ET. MAXIMIANVS. HERCVLEVS. CÆSARES
AVGVSTI. AMPLIFICATO. PER. ORIENTEM. ET. OCCIDENTEM. IMPERIO
ROMANO. ET. NOMINE. CHRISTIANORVM. DELETO. QVI. REMPVBLICAM
EVERTEBANT, etc.

DIOCLETIANVS. CÆSAR. AVGVSTVS. GALERIO. IN. ORIENTE. ADOP
TATO. SVPERSTITIONE. CHRISTIANORVM. VBIQVE. DELETA. ET. CVLTV
DEORVM. PROPAGATO, etc.

Vous voyez par là le mescompte des Persecuteurs ; Vous
voyez l'imposture de Rome Payenne et la fausseté de ses vic
toires. Cette superstition abolie est maintenant la Religion
dominante. Non-seulement elle a survescu à ses Bourreaux

mais elle regne sur le throsne de ses Ennemys, et LA VILLE
ETERNELLE obéit aux Successeurs de Sainct Pierre et non pas
à ceux de Iules Cesar. Diocletien et Maximien ne sont plus
de grands et de redoutables Princes : Ce sont de Fabuleux
et de ridicules Historiens; ce sont des Fanfarons sur du
marbre. Nos Peres ont mesprisé leurs Edits et leurs Arrests;
Mocquons-nous de leurs Bravades et de leurs Romans. Ainsi
pouvons-nous appeler ces Inscriptions menteuses, consa-
crées à leur memoire par leur propre vanité.

Mais il n'y aura point de mal d'adjouster encore vn mot
à l'Histoire du Christianisme sous l'Empire de Diocletien.
Cét ennemy du Peuple de Dieu, ce Pharaon de son Siecle
n'employa pas tousjours le fer et le feu contre les Fideles,
non plus que le premier Pharaon. Il s'avisa de faire perir
d'vne autre façon les Chrestiens de Rome : Il les traita comme
des bestes de charge qu'on tuë à force de les faire travailler;
Il voulut qu'ils mourussent, mais de telle sorte qu'ils se sentissent mourir, et qu'il pust tirer du service de leur mort.
Pour cét effet, vous sçavez qu'il en consuma vne multitude
infinie à la structure de certaines Estuves, dont la place se
nomme encore aujourd'huy les THERMES DIOCLETIENNES, et
dont les ruïnes sont si grandes, qu'elles estonnent la veuë
et font peur à l'imagination de ceux qui les considerent.

Diocletien se fust-il jamais imaginé que ces ruïnes deussent estre vn jour sanctifiées par la Religion qu'il persecu-
toit; qu'elles deussent estre dediées au culte du Dieu qu'il
avoit proscrit; de ce Dieu dont il haïssoit si fort le Nom, la
Doctrine et les Partisans? Eust-il crû que dans les Thermes
Diocletiennes on eust chanté jour et nuit des Hymnes à Iesus-Christ; qu'on luy eust rendu des vœux, qu'on luy eust
presenté des Sacrifices jusques à la fin du Monde? Il ne l'eust
pas crû, non pas mesme sur la parole de tous ses Devins.

Quand il faisoit travailler les pauvres Chrestiens à ses Estuves, ce n'estoit pas son dessein de bastir des Eglises à leurs

11   2

Successeurs. Il ne pensoit pas estre Fondateur, comme il a esté, d'vn Monastere des Peres Chartreux et d'vn autre de Peres Feüillens. Car, à prendre la chose dans son principe, c'est luy qui a jetté les fondemens de ces deux Maisons religieuses, et qui a fourny les materiaux dont on s'est servy pour leur fabrique; C'est aux despens de Diocletien, de ses pierres et de son ciment qu'on a fait des Autels et des Chapelles à Iesus-Christ, des Dortoirs et des Refectoirs à ses serviteurs. La Providence de Dieu se joüe de cette sorte de pensées des Hommes, et les Evenemens sont bien esloignez des Intentions, quand la Terre a vn dessein et le Ciel vn autre.

DISCOVRS CINQVIESME.

DE LA TROP GRANDE SVBTILITÉ DANS LES CHOSES DE LA RELIGION.

Ces quatre Discours, recueillis de la bouche de Socrate, donnerent reputation au sejour qu'il faisoit en nostre Province, et cette reputation attiroit tous les jours chez son hoste quantité d'honnestes curieux : Entre autres, il y vint de bons Peres de l'Ordre de Saint ***, nouvellement arrivez d'Espagne, et chargez d'vne Somme de Theologie qui eust esté capable d'assommer, je n'oserois dire le reste. Apres vn long entretien que Socrate eust avec eux, nous entrasmes dans le Cabinet où il les avoit menez, et le trouvasmes sur

la fin de la conference qu'il avoit euë. Mais, pour l'amour
de nous et à la priere mesme des bons Peres, il nous fit vn
abbregé des choses qu'il venoit de leur dire. Il fit encore plus
que cela : Il nous annonça la venuë d'vn Homme qui nous
en devoit dire plus que luy, et avec cette belle maniere qui
ostoit tout air de Pedanterie à l'authorité de Maistre qu'il
s'estoit acquise de longue main :

Est-il bien vray, dit-il aux bons Peres, que vostre Docteur
Espagnol soit desja au vingt-cinquiesme de ses Volumes, et
qu'il en promette encore autant? Ce ne sont pas des promesses, ce sont des menaces qu'il nous fait. Mais l'Eglise est
trop bonne pour nous obliger à lire tout ce que les Docteurs
escriront. Si elle imposoit ce joug aux Fideles, elle donneroit
matiere de Schisme, et il seroit à craindre que le nombre
des Fideles se diminuast. Dieu nous garde d'vn si grand
malheur, et tout ensemble d'vne si pesante obligation. Ces
Montagnes d'Escritures accablent les testes et n'édifient point
les esprits. Ces Volumes se forment d'vn debordement d'humeurs corrompuës, se grossissent des superfluïtez et des ex-
cremens de l'esprit humain. Les Monosyllabes des Sages valent bien mieux que tant de Chapitres et de Paragraphes,
que tant de Distinction, tant de Divisions et de Subdivisions.

Personne ne doute que les plus courtes folies ne soient les
meilleures. Et s'il est de nostre prudence de choisir entre
les maux ceux qui sont les plus petits, j'aime encore mieux
les Libelles qui courent en France, et qui se mettent dans la
pochette, que les Tomes qui viennent d'Espagne par charroy,
qui sont les fardeaux et les empeschemens des Bibliotheques. Parlons-en neantmoins sans passion, et que nos Iuge-
mens particuliers ne se sentent point de l'animosité de la
Guerre generale.

Vous ne me démentirez pas, vous qui avez voyagé du
costé du Nort (vn des Peres à qui Socrate parloit, avoit esté
en Pologne), il y a de grands Pays dans le monde, qui sont

de grandes Solitudes. Pour y voir vne Maison, il y faut faire plusieurs journées. On pourroit dire le semblable de vos gros Volumes. Que de sables, que de landes, que de terres vagues, dans cette vaste estenduë, dans ces espaces immenses! A la bonne heure, pourtant, si ce n'estoient que simples Deserts, s'il n'y avoit qu'vne longue et ennuyeuse sterilité à y remarquer. Le mal est que ces Deserts sont souvent fertiles en mauvaises choses. Ils produisent des bestes sauvages; On y rencontre quelquefois de farouches et de monstrueuses opinions.

Mais quand les opinions de vos Docteurs se contiendroient dans vne innocente extravagance, et qu'elles ne feroient ny bien ny mal; Quand mesme elles partiroient d'vne bonne et pieuse intention, il y auroit tousjours de la temerité en ces extravagances bien intentionnées.

Les Autheurs Grecs ont fait des fautes grossieres, parlant des affaires des Romains. Les Historiens Latins se sont rendus ridicules sur le subjet de l'Histoire des Hebreux. Ceux qui ont traduit d'vne langue en vne autre avec le plus de reputation ont pris des rivieres pour des montagnes et des hommes pour des villes. Les mesprises de vos Docteurs ne doivent rien à celles-là. La Raison humaine fait, s'il se peut, de plus estranges equivoques, quand elle traite des choses divines. Estant foible et courte comme elle est, elle devroit s'espargner et se mesurer; elle devroit estre plus discrete et plus retenuë.

Il peut y avoir de l'intemperance au desir d'apprendre et de s'enquerir. C'est vn Vice que de sçavoir trop de Nouvelles. L'ancienne Morale l'a condamné : Les Characteres de Theophraste ne l'oublient pas. Et s'il est vray, ce qu'on a dit autrefois, Qv'IL NE FAVT PAS ESTRE CVRIEVX DANS LA REPV-BLIQVE D'AVTRVY: quelle audace est-ce, je vous prie, quel attentat à vn Citoyen du bas Monde, à vn Habitant de la Terre, de se mesler si avant des choses superieures et des affaires du Ciel? En quel Pays est-il plus estranger qu'en celuy-là? Y a-t-il de Republique qui luy soit plus inconnuë? Y a-t-il vn Autruy, dont il soit plus esloigné, avec lequel il ayt moins de societé et moins de commerce?

Nous devons ce respect à cette Majesté qui se cache, de ne vouloir pas la découvrir, de ne la chercher pas avec tant de diligence et d'empressement. Arrestons-nous à ses Dehors et à ses Rempars, sans la poursuivre jusques dans son Fort et dans ses retranchemens. Adorons les voiles et les nuages qui sont entre nous et elle. Puis qu'elle habite vne lumiere inaccessible, ne faisons point de dessein sur le lieu de sa demeure; N'essayons point de le surprendre par la Subtilité de nos Questions, de le forcer par la violence de nos Argumens. Si nous avons soin de la conservation de nos yeux; Si nostre vie nous est chere, fuyons cette Presence redoutable, cette fatale lumiere; cette lumiere qui esblouït les Anges et qui tuë les hommes.

Vous avez oüy parler d'un Royaume où c'est crime de leze-Majesté de regarder le Roy au visage. Il n'est permis aux Peintres que de peindre ses espaules : Mille barrieres, mille grilles et mille rideaux le separent de ceux mesmes qui viennent traiter avec luy. Il me semble que Dieu meriteroit bien autant de ceremonie. Des devoirs aussi scrupuleux et aussi craintifs ne le seroient pas trop en cette occasion. Est-il plus petit Monarque que celuy-là? Au contraire, à proprement parler, il n'est point de pure Monarchie que la sienne, ny de veritable Monarque que luy. Il gouverne tout seul toutes choses. Dans la direction de l'Advenir, dans la jouïssance de ses Pensées, dans la possession de soy-mesme, il ne souffre ny compagnons, ny arbitres, ny tesmoins.

Et neantmoins, esloignez que nous sommes de luy d'vne distance qui ne se peut mesurer, et confinez au plus bas estage du Monde qu'il a basty, nous voulons monter sur son Throsne et toucher à sa Couronne; Nous aspirons à sa plus

estroite confidence et à sa derniere familiarité. Au moins
pretendons-nous de le voir avec des yeux de chair, de le
comprendre avec vn esprit noyé dans le sang et enseveli
dans la matiere. Nous entreprenons de discourir de sa Nature et de son Essence, de faire des Relations de sa Conduite
et de ses Desseins, avec le jargon de la Philosophie d'Aristote.
Pour ne rien dire de plus rude, nos pretentions sont trop
hautes, nos entreprises sont trop disproportionnées à nostre
force.

l'advouë pourtant que ce Dieu caché, ce Dieu incompre-
hensible, est bon jusques à l'excez. Il aime quelquefois les
hommes jusqu'à leur apprester des delices et à leur fournir
des passe-temps, et suivant cette inclination bienfaisante, il
les a voulu favoriser encore en cecy et donner quelque chose
à leur naturelle subtilité. Il nous a permis de nous divertir
et de nous esbattre dans les Escholes, je ne le nie pas; Mais
je soustiens que c'est sous certaines regles et sous certaines
conditions, qui sont prescrites à nos divertissemens et à nos
esbats. Nous pouvons nous joüer tant qu'il nous plaira, Dieu
nous en donne la permission, pourveû que nos jeux soient
innocens et modestes; pourveû qu'il y ait des bornes marquées au delà desquelles nous ne portions point la liberté
que son indulgence nous accorde.

Hors mesme de son Paradis terrestre, il y a des Fruits
ausquels il nous defend de toucher; Et sa defense n'est pas
vn effet de sa jalousie : c'est vne marque de son amour,
parce que ces fruits ne se peuvent cueillir sans hazard, parce
qu'ils sont meslez parmy les poisons, parce qu'ils croissent
dans les précipices. Dieu ne trouve pas bon que nous fas-
sions voir nostre adresse en des lieux si dangereux; que
nous capriolions où il est difficile de cheminer; que nous
soyons ingénieux et hardis où nous devons estre simples et timides. Ce sont des endroits de la Science fameux

par les cheutes des sçavans, et dont les Habiles ne s'approchent que de loin. Mais il s'en trouve de si malheureusement habiles, qu'ils se creusent des abysmes et se font des precipices partout : Ils tombent avec art et avec dessein, et dans les chemins les plus beaux et les plus vnis.

L'ignorance toute pure est beaucoup meilleure que cette science de faillir, que la science de ce temeraire Grec, qui voulut faire vn Christianisme de sa façon et coudre des Fables à la Verité, en meslant ses pensées dans celles de Dieu. Il ne se contenta pas des anciennes richesses de la Theologie, il en chercha de nouvelles par des distillations curieuses; Il souffla aussi malheureusement que ces pauvres Alchimistes qui courent apres des tresors et n'attrapent que de la fumée. L'esprit qui le devoit vivifier fut celuy qui le tua, et il fut fou par trop de raison.

Que luy servit la lumiere qu'à le rendre aveugle? Que gaigna-t-il de sortir de la region des Tenebres et de quitter les erreurs du Paganisme? C'estoit quitter vne Idolatrie pour vne autre; c'estoit renoncer au culte des Dieux pour se faire des Dieux de ses inventions, pour adorer son propre sens et ses propres fantaisies. Il faut que la Philosophie serve et obeïsse dans l'Eglise, et non pas qu'elle y regne et qu'elle y commande. Aristote, Platon et les autres Philosophes sont des Captifs et des Prisonniers de Iesus-Christ. Ils doivent recevoir la Loy de luy, et non pas la luy donner. Ils ne sont pas dans le siege du Victorieux; ils suivent le chariot de son Triomphe; Ils sont de son train et de son bagage.

Les premiers Fideles n'ont point donné d'autre rang aux Philosophes. Ils ont vsé de la Philosophie de cette façon, et les premiers Docteurs mesmes n'en ont pas abusé, comme quelques-vns ont fait depuis. Aussi bien que nous, ils ont advoüé qu'il y avoit des Connoissances reservées pour la vie future; qu'il y avoit des Veritez closes et scellées, qui ne se decacheteront, qui ne s'expliqueront que dans le Ciel; que

Dieu luy-mesme en garde le Chiffre; qu'elles feront partie
de la recompense de ses Esleus.

A tout le moins qu'on se tienne dans les termes de ces
premiers, et que la modestie des Anciens soit vne leçon pour
les Modernes. Qu'à leur exemple, on se guerisse du desir de
la Nouveauté, Nouveauté presque tousjours ou mauvaise, ou
perilleuse, ou suspecte. Qu'on se défasse de l'ambition de
penetrer plus avant qu'eux dans vn Pays qu'ils ont connu
et qu'ils ont apprehendé. Ils ont fait toutes les Descouvertes;
Ils ont achevé toutes les Conquestes : il ne faut plus songer
à descouvrir ny à conquerir.

Il vaut bien mieux vivre de ses rentes et jouïr à son aise
de leur peine, en leur rendant l'honneur qu'ils ont merité
et la reconnoissance qui leur est deuë. Car il se peut faire
que ces Docteurs subtils estoient necessaires au Monde; Ie
dis au Monde curieux, au Monde disputeur, au Monde contredisant. Peut-estre qu'ils sont entrez dans le dessein de la
providence de Dieu pour l'accomplissement du Royaume de
son Fils, pour la derniere perfection de l'œconomie de son
Eglise.

Vous sçavez que le Fils de Dieu a envoyé divers Apostres
à divers Peuples. Vous sçavez que toutes les Missions qu'il a
ordonnées n'ont pas esté faites en mesme temps et par les
douze premiers Envoyez. Il n'a jamais manqué et ne man-
quera jamais de pareils Ambassadeurs : Il en a tousjours de
tous prests à recevoir ses ordres, à executer ses commandemens, à partir pour les occasions de son service. Il a plus
d'vn Sainct Pierre et plus d'vn Sainct Paul, nous n'en devons
pas douter; Il a aussi plus d'vn Sainct Thomas. Et, à vostre
advis, n'auroit-il point envoyé le Sainct Thomas des derniers
temps aux successeurs d'Aristote, afin de les traiter selon
leur humeur, et de les convertir à leur mode, afin de les
gaigner par leurs Syllogismes et par leur Dialectique? Ce
Sainct Thomas de l'Eschole n'auroit-il point esté choisi pour

estre l'Apostre de la Nation des Peripateticiens, qui n'estoit
pas encore bien assujettie et bien domptée? Nation présomp-
tueuse et mutine, qui defere si peu à l'authorité, qui se fonde
tousjours en raison, qui demande toujours pour quoy cela
est, qui est si impatiente de repos, si ennemie de la paix, si
disposée aux choses nouvelles.

Il me semble que cette derniere Mission n'a pas esté inutile, et il y a quelque apparence à ce que je dis. Mais il en
faudra dire davantage quand l'excellent Homme, dont je
vous ay tant parlé, nous aura communiqué les belles choses
qu'il a nouvellement meditées. Il m'a promis de les apporter icy. Et je ne doute point que ces belles choses ne pesent
pour le moins autant qu'elles brillent, ne soient aussi fortes
et solides qu'elles sont subtiles et desliées. Ie l'ay oüy pres-
cher; Ie l'ay veû en conversation, et mon tesmoignage ne
vous doit pas estre suspect.

C'est vn homme qui n'a point de visions et qui ne croit
point avoir de lumieres. Sa Speculation s'accommode le plus
qu'il peut avec le sens commun. Il suit Aristote, sans estre
son Esclave, et le quitte sans devenir son Ennemy. Ce n'est
point vn Factieux dans la Theologie. Il ne se veut point faire
remarquer par la singularité de ses opinions. Il defere beaucoup à la pieté et à la doctrine des Peres; mais il advoüe
aussi qu'il doit beaucoup à l'ordre et à la methode des Scho-
lastiques. Son équité et sa moderation se conservent parmy
les aigreurs et les animositez des Partys. Il s'éloigne en égale
distance de l'vne et de l'autre extremité. Ie vous le redis, et
vous le verifierez quand vous l'aurez veû. Son esprit ne
tient rien de la lie et de l'impureté de la Terre; Mais ce n'est
pas pourtant de l'Air que debite son esprit. Ses subtilitez
ont racine et fondement : Celles de la pluspart de vos Docteurs Espagnols n'ont que des feüilles et de la montre, ne
sont que des apparences et des couleurs qui amusent et qui
trompent, comme celles des Nuées et de l'Arc-en-Ciel.

Ils croyent pourtant, vos Docteurs, que leurs subtilitez sont aussi solides et aussi fermes QVE LES GONDS SVR LESQVELS ROVLENT LES GLOBES DES CIEVX, QVE LES PILOTIS SVR LESQVELS DIEV A BASTY LE MONDE : Ce sont les termes magnifiques dont vn d'eux se servit vne fois me parlant de luy et de sa raison. Et le bon est qu'en vertu de cette souveraine raison, ainsi leur plaist-il de l'appeller, ils pretendent de regner partout, de juger de tout, d'estre les Arbitres de toutes choses : Ils veulent conserver, dans la Conversation et dans les affaires d'Estat, l'authorité qu'ils ont vsurpée à l'Eschole et aux Actes de Philosophie. Il faut que je vous le fasse voir avant que nous nous separions et que je prenne congé de la Compagnie. Ce sera par vn exemple de fraische memoire et qui ne vient pas de loin d'icy, quoy qu'il meritast de venir de Cordouë ou de Salamanque. Cet exemple vous montrera jusqu'où peut aller la confiance et de la presomption d'vn Docteur.

l'estois il y a quelque temps à la Rochelle, au logis de Monsieur le Grand Prieur de France, où arriva vn Gentilhomme de Saintonge, qui luy dit pour nouvelles, que Monsieur le Duc d'Espernon estoit de retour d'Angleterre depuis deux jours. Le Pere ***, fameux et redoutable Dialecticien, qui se trouva là, ne donna pas le loisir à Monsieur le Grand Prieur de parler et de dire ce qui luy sembloit de cette nouvelle. Mais se levant de sa chaire avec sa mine et sa démarche de Philosophe gladiateur : Cela ne sçauroit estre, s'escria-t-il, s'adressant au Gentilhomme Saintongeois, par quatre raisons indisputables, et je m'en vay vous prouver qu'il faut de necessité que Monsieur d'Espernon soit encore à Londres. Ie l'ay pourtant veû à Plassac, respondit le Gentilhomme. N'importe, repliqua le Pere, il est plus à croire que les Yeux se trompent que la Raison : C'est vn Fantosme que vous aurez veû, et c'est la Verité que je sçay. Ie pense que vous estes homme d'honneur et que vous ne voudriez pas en faire accroire à personne : Mais je soustiens que les Sens sont des imposteurs; que l'Homme exterieur est subjet aux illusions; que la Nouvelle dont il s'agit implique contradiction morale, et peut-estre contradiction physique, etc.

Apres cét exemple, fions-nous à la souveraine Raison; Faisons conscience de douter de l'infaillibilité d'vn Maistre és Arts; Ne faisons point de difference entre les visions de nos Docteurs et les oracles de nostre Doctrine; Recevons les Nouvelles du Monde à venir sur la parole de ces gens-là qui jugent si bien des Nouvelles du Monde present. Bon Dieu, qu'Aristote et que sa Dialectique ont gasté de testes! Qu'il y a dans le Monde de Fous serieux; de Fous qui se fondent en raison; de Fous qui sont desguisez en Sages! O mon Dieu, que le silence du Sanctuaire est bien meilleur que le babil des Academies, et qu'il vaut bien mieux marcher dans la simplicité de vos voyes que de s'esgarer dans les labyrinthes d'Aristote.

DISCOVRS SIXIESME.

DE LA LANGVE DE L'EGLISE ET DV LATIN DE LA MESSE.

Ainsi se passa la Conference, où Socrate traita vn peu mal la trop fine et trop curieuse subtilité. Quelques jours apres, il nous vint voir vn Homme du pays Latin, homme plein de grands desseins, et qui meditoit plusieurs ouvrages

dont les moindres estoient des Poëmes Epiques et des Histoires. Il travailloit alors à la continuation de celle de Monsieur de Thou, et avoit pour cela, à ce qu'il disoit, des Ma-
gasins de choses et de paroles. Nous sçeusmes de luy qu'il
avoit fait ses Estudes en Italie. Mais ayant harangué deux ou
trois fois dans l'Academie des Humoristes, il pensoit que la
Renommée nous le devoit avoir appris, et que les acclamations qu'il avoit reçuës aux rives du Tibre eussent esté ouïes
jusque sur les bords de la Charente.

Cét homme ne parloit que de la pureté de la diction et de
la noblesse du stile. Il ne connoissoit de veritable Rome que
celle de l'ancienne Republique, et n'advoüoit pour legitimes
Romains que Terence, Ciceron et deux ou trois autres. Tout
le reste luy sembloit Barbare, et, à son advis, la Barbarie
avoit commencé dés les premieres années de l'Empire des
premiers Cesars. Seneque estoit vne de ses grandes aversions : Le Latin de Pline luy faisoit mal au cœur; celuy de
Tacite luy donnoit la migraine. Il n'avoit donc garde de
gouster celuy du Missel et du Breviaire! S'estant eschappé
là-dessus avec peu de reverence pour les choses Sainctes, Socrate l'arresta sans le quereller, et l'interrompant doucement, l'empescha d'achever de perdre le respect qu'vn
Chrestien doit à sa Religion.

Ce n'est pas d'aujourd'huy, luy dit-il, qu'on attaque le
Christianisme par cét endroit, qui vous semble foible. La
simplicité, la rudesse, l'impureté mesme du langage, a esté
reprochée aux premiers Fideles. Ils ont esté renvoyez à l'Eschole aussi bien que nous; et ce nous est de l'honneur qu'on
nous menace des mesmes verges dont on a battu la Saincteté
de nos Peres.

Ie demeure d'accord avec vous que, si Ciceron revenoit
au Monde et qu'il entrast dans vne de nos Eglises, il auroit
bien de la peine à entendre ce qu'on y recite et ce qu'on y
chante. Il seroit surpris d'vne estrange sorte des mesures de

nos vers, de nos rimes en prose, de nostre *Alleluia*, de nostre *Amen*, de nostre *Deus Sabaoth*, de nostre *Osanna in excelsis*. Peu s'en faudroit que le Latin de la Messe ne luy fust vne langue inconnuë, et qu'il n'eust besoin de guide et de truchement en vn Pays où il a regné par la puissance de la parole. Mais neantmoins, ayant tousjours esté extrême-ment raisonnable, je m'asseure que nous le rendrions capa-ble de nos raisons, et qu'apres nous avoir ouïs il ne s'eston-neroit pas si fort que ce petit changement fust arrivé dans la grande et vniverselle revolution des choses du Monde.

Pour vous, qui n'estes pas Ciceron, pardonnez-moy si je vous dis qu'estant des nostres vous avez tort de faire l'es-tranger parmy nous. Il me semble qu'en matiere de Latin vous ne devriez pas estre plus delicat que le Cardinal Sado-let et que le Iesuite Maphée. Ils ont esté tous deux de l'vne et de l'autre Rome. Comme ils ont escrit des Histoires et des Traitez de Morale, ils ont dit aussi la Messe et le Breviaire. Mais l'importance est qu'ils ont dit la Messe et le Breviaire serieusement et tout de bon : Ils estoient persuadez de ce qu'ils disoient. Leur singuliere pieté, qui fut en si bonne odeur à l'Eglise de leur temps nous oblige de le croire ; Et nous sçavons qu'il y a encore aujourd'huy à Rome de ces sortes de Romains. Il y a de nos Prestres et de nos Prelats qui trouveroient leur place dans l'ancienne Republique, qui auroient rang parmy les Chevaliers et les Senateurs, qui seroient du nombre des Peres Conscripts. Mais ces vrays et legitimes Romains sçavent distinguer les Temps et les cho-ses ; Ils font leur devoir à l'Autel, et suivent leur fantaisie dans le Cabinet : Quand ils prient et quand ils sacrifient, leur Eloquence ne vient point troubler leur Devotion. Ils ne sont point destournez de l'attention des sacrez Mysteres par la rencontre du mauvais Latin.

Ie l'appelle ainsi pour m'accommoder à vostre mode. Mais présupposez que le Latin qui vous choque ne soit pas Latin.

Si vous en avez tant de desgoust, prenez-le comme une
medecine, et avalez-le sans le gouter. Prenez-le pour vne
langue nouvelle que la Religion a consacrée, et dont l'vsage
a esté receû dans le Royaume de Iesus-Christ. Vous n'igno-
rez pas que parmy les Profanes mesmes, il y a tousjours vne
Langue Saincte, et que les vers des Saliens n'estoient pas du
stile de Virgile, ny la prose des Pontifes de celuy de Ciceron.

Mais si vous ne trouvez pas belle la nouvelle langue dont
il s'agit, parce que le son vous en desplaist, penetrez plus
avant dans sa signification. et ne la condamnez pas sur le
simple tesmoignage de vos oreilles. Nos Thresors ne laissent
pas d'estre Thresors pour estre dans des vaisseaux de terre.
Dieu, qui s'est desguisé à l'Autel, qui s'y est comme desgradé
soy-mesme sous de viles et chetives apparences, justifie et
approuve par ce choix toute autre sorte d'abbaissement et
de pauvreté du costé dé l'homme.

Ce dehors qui vous offense, cette escorce qui vous paroist
si vilaine et si raboteuse, enferment des biens et des richesses sans nombre. L'accomplissement des plus hautes resolutions qui ont esté prises dans le Ciel, le chef-d'œuvre de celuy qui a fait le Ciel et la Terre, la magnificence de sa Grace,
la profusion de son Amour, les excez d'vne Puissance qui
n'a point de bornes et qui ne connoist point de mesure, tout
cela est caché sous le fer de ces paroles, tout cela est couvert
de cette poussiere, de cette roüille du mauvais temps. Ne vous
mettez point en peine pour l'interest de la Religion : N'ayez
point de peur que la dignité des Mysteres soit violée. La rudesse des termes ne gaste rien dans la Religion. L'ignorance
des Ministres n'est point contagieuse aux Mysteres : En certains cas mesme elle a du merite et fait partie de la pieté.

Ie veux vous communiquer vne histoire que j'ay trouvée
en bon lieu, et qui a esté oubliée par Dion et par Suetone.
Il y eut autrefois vn homme d'vne petite ville d'Italie, qui,
en pleine assemblée du peuple Romain, remercia l'Empe-

reur Auguste *de ce qu'il luy avoit fait vne injustice*, ayant dessein de le remercier d'vne grace qu'il lui avoit faite. Le Peuple qui estoit assemblé voulut mettre en pieces ce pauvre homme, se figurant qu'il avoit offensé l'Empereur. Mais ce sage Prince arresta la fougue du Peuple irrité, et blasma le zéle indiscret de ceux qui l'aimoient sans jugement. Il dit que cette sorte de remerciment ne lui estoit pas desagreable, parce qu'il ne regardoit pas tant à la parole qu'à l'intention. Pensez-vous que Dieu soit de plus fascheuse humeur que les hommes et plus difficile à contenter que cét Empereur? Vous imaginez-vous que sa justice vindicative s'estende jusques sur cette espece de coupables, et que les fautes contre la Grammaire soient crimes de leze-Majesté divine, soient pechez contre le Sainct-Esprit? Ie vois bien que vous n'estes pas assez informé des choses de l'autre Monde.

Ie vous declare de la part de Dieu qu'il ne demande point de Harangues estudiées, qu'il se contente de l'Eloquence de nos cœurs et de nos souspirs, que les Barbarismes des gens de bien le persuadent mieux que les Figures des Hypocrites. Il est de ces Peres qui prennent plaisir au jargon et au begayement de leurs Enfans, qui se delectent de leurs équivoques et de leurs mesprises. Il entend le silence de ceux qui l'adorent, et par consequent il exauce leurs signes et leurs pensées. Devant luy les Muets mesmes sont Orateurs. A plus forte raison ceux qui n'ont que la langue empeschée, et qui sont de Balbut en Balbutie, comme disoit de soy-mesme le bon-homme Monsieur de Malherbe : A plus forte raison ceux qui manquent seulement d'Eloquence, et qui n'ont point appris des Institutions de Quintilien à parler regulierement et avec art. N'en desplaise à l'Art et aux Artisans, Dieu escoute plus volontiers ces gens-là que les beaux parleurs, que les faiseurs de Suasoires et de Controverses ; Il ne les exclut point de sa Communication, quoy qu'ils soient excommuniez de vos Academies d'Italie.

Mais pour vous montrer par vn exemple authentique que Dieu reçoit en bonne part les incongruitez qui partent d'vne bonne ame, je vous feray voir, quand il vous plaira, dans vne Relation approuvée, qu'il a fait faire de grands Miracles avec trois mots de mauvais Latin. Celuy qui les prononçoit ne les entendoit pas, il les disoit mesme à contresens ; il prenoit la negative pour l'affirmative ; Il maudissoit au lieu de benir. Mais ces maledictions estoient rectifiées par son innocence et par sa bonté ; Et Dieu respondoit au cœur de l'homme de bien et non pas aux paroles de l'ignorant.

Apres cela, scandalisez-vous de l'ignorance des Prestres qui ne sçavent pas lire et sçavent encore moins parler. Ie l'ay desja dit vne fois ; L'ignorance du Ministre ne gaste point le Mystere. La pureté de la chose se conserve parmy les mots impropres et les locutions vicieuses. La Religion demeure saine et entiere dans tout ce desordre de Grammaire, dans tout ce renversement de regles et de preceptes. Tous ces defauts sont soustenus par l'excellence de la Pieté : Toutes ces bassesses sont relevées par la hauteur du Christianisme. Vne vertu superieure se mesle dans tout cela, qui le change, qui le reforme, qui le perfectionne. Vne force invisible anime ces foiblesses apparentes. Cette Ignorance, en humiliant l'homme, donne gloire à Dieu, et fait voir qu'il n'y a point de petits instruments entre ses mains.

Ou disons plustost que Dieu choisit tout exprés les petits et les foibles instruments, pour confondre la Grandeur humaine, pour mespriser les forces de la Nature, pour se mocquer de nostre industrie, de nos travaux et de nos machines. Il veut souvent que dans les plus sublimes et les plus parfaites actions qu'il fait faire à l'homme, l'homme n'y contribue de sa part que de la misere et de la bassesse, que de l'infirmité et de l'imperfection.

Ce discours estonna l'homme du pays Latin jusqu'à luy

donner de l'effroy : Il fut contrainct de le confesser. Il advoüa que nos Mysteres avoient non seulement en soy je ne sçay quoy de terrible et de redoutable, mais aussi dans la bouche de ceux qui n'en parloient pas indignement. Il reconnut que la Barbarie du Christianisme ne diminuoit rien de sa Dignité et de sa Grandeur. Mais la conclusion du Discours ne lui sembla pas moins estrange et moins estonnante qu'avoit fait le reste. Il sentit des aiguillons dans son ame qui ne laissoient point ses opinions en repos. Il s'escria ; il fit des exclamations, malgré qu'il en eust. Il ne pût s'empescher d'admirer les choses qui le faschoient.

Ie conclus (adjouta Socrate apres avoir allegué vn passage de Theodoret, qui faisoit à son propos, et où il est fait mention de la langue des Romains), je conclus que les Hymnes et les Offrandes ne desplaisent point à Dieu, mais qu'il n'a pas pourtant besoin de nos Hymnes ny de nos Offrandes; car que luy pouvons-nous presenter qui ne soit à luy? que lui pouvons-nous dire qui luy soit nouveau et qu'il ne sçache mieux que nous? Il n'a que faire de nostre rapport pour estre instruit de l'estat des choses inferieures. Il se peut passer fort aisément de nostre Rhetorique et de nostre Genre Demonstratif, de la force et de la subtilité de nostre Esprit, des ornemens et de la pompe de nos paroles. Bien davantage il desire quelquefois la defaillance et la privation de tout cela, afin que, par ce volontaire aneantissement, nous rendions hommage à la Souveraineté de son Estre ; afin que, ne paroissant en sa presence que cendre et poussiere, sa Gloire soit establie sur les ruïnes de nostre Merite.

Ce ne sont pas les dorures de l'Offrande, ce ne sont pas ses guirlandes et ses fleurs qui sont de l'essence du sacrifice ; C'est la mort et la destruction de la victime. Mais, je vous prie, quelle plus noble victime qu'vn Esprit dompté et assujetty? Quel plus agreable sacrifice à Dieu que celuy que l'homme luy fait de sa Raison, de cette partie altiere et pre-

somptueuse, de cet Animal fier et superbe, né au commandement et à la superiorité, qui veut tousjours monter et jamais descendre, qui ne songe qu'à la Victoire, au Triomphe,
à la Couronne, bien loin de se resoudre au Ioug, à la Captivité, à la Mort?

Sacrifier ainsi sa Raison est quelque chose de plus que de
sacrifier son Fils vnique, et Isaac n'estoit point si cher à
Abraham que nous sont cheres nos opinions. Il n'y a point
d'Enfants que nous aimions davantage que ceux qui naissent de nostre Esprit, et desquels nous sommes Pere et Mere
tout ensemble. Ce sont pourtant ces chers et ces bien-aimez
qu'il faut immoler : Il y a de l'innocence, il y a de la vertu
en ce parricide. La violence est bonne, qui arrache tout ce
qui empesche, tout ce qui embarrasse dans le chemin du
salut. Estouffer la Nature quand elle s'oppose à la Grace,
chasser de l'Ame le Bien naturel pour faire place à vn meilleur Bien, c'est vne Cruauté Heroïque qui vaut mieux que
la Iustice Morale.

Plus nous sommes vuides de nous-mesmes, plus nous
avons de disposition à estre remplis de Dieu. D'ordinaire il
observe ce silence de nostre Raison, pour s'entretenir avec
nous sans estre interrompu par le babil et par les questions
de cette Importune. Quand l'Ame se trouve dans ces pesan-
teurs et dans ces assoupissemens, il prend plaisir à la re-
veiller et à s'apparoistre à elle. Il luy envoye en cét estat-là
des Songes qui sont des Leçons, des Songes qui l'avertissent
et qui l'instruisent, des Songes sages et mysterieux. Il choisit l'heure de nos Esclipses pour nous communiquer ses lumieres.

Et partant s'il estoit permis d'opter, j'aimerois bien mieux
cette Raison prisonniere de la Foy et sacrifiée par l'Humilité, cette raison abbattuë et endormie, voire mesme morte
et enterrée au pied des Autels, que cette autre Raison juge
de la Foy, animée d'orgueil et de vanité, si vive et si re-

muante dans les Escholes, qui fait tant la Maistresse et la
Souveraine, qui ne parle que de regner et de vaincre par
tout où elle est. On trouve Dieu bien plus aisément dans le
calme et dans la douceur de la Pieté que dans le bruit et
dans les contentions de la Theologie. Le travail des Sçavans
n'a garde d'aller ny si viste ny si loin que l'oisiveté des
Humbles.

C'est donc le Monde visible que Dieu a abandonné aux
argumens et aux disputes des Philosophes et non pas le
Monde caché : C'est la face exterieure de la Nature et non
pas les Secrets de la Religion. La connoissance de ses Secrets
n'a point esté exposée à la curiosité des beaux Esprits. Il en
est comme de cette riviere merveilleuse de laquelle quelques
Anciens ont parlé : Elle est basse aux petits et aux Modestes,
et profonde aux Grands et aux Superbes : Les Brebis y passent à gué et les Elephans s'y noyent.

DISCOVRS SEPTIESME.

DE QVELQVES PARAPHRASES NOVVELLES.

Socrate se connoissoit en vers comme en tout le reste des
choses honnestes. Mais il n'avoit plus de passion que pour
les Muses Chastes et Chrestiennes. Encore vouloit-il qu'elles
fussent tristes et severes, qu'elles armassent la chasteté de

rigueur (d'ordinaire il se servoit de ces termes), que leur
simplicité et leur modestie les distinguassent de leurs autres
Sœurs, qui sont plus mondaines et plus enjoüées. Il vouloit
que les Vers conceus et nés dans l'Eglise se sentissent du lieu
de leur extraction et de l'avantage de leur naissance, que les
Ouvrages Chrestiens portassent la marque du Christianisme,
qu'ils fussent Chrestiens tant en la forme qu'en la matiere.
Vous le verrez par le jugement qu'il fit de la Paraphrase d'vn
Pseaume qui m'avoit esté envoyée de Languedoc : Elle estoit
de la façon d'vn des beaux Esprits de ce pays-là, et on me
mandoit que ce bel Esprit y avoit travaillé de toute sa force.
que douze Stances estoient le travail de douze mois, et
qu'encore ne croyoit-il pas en estre accouché à terme, tant
il avoit de peine à se contenter. Socrate garda quelques jours
cette Paraphrase sur la table de sa chambre, et, ayant esté
pressé de nous en dire ce qu'il en pensoit, son advis fut
celuy-cy qui fut la regle du nostre.

Il falloit suivre Monsieur l'Evesque de Grasse, et ne pas
faire effort pour passer devant. En matiere de Paraphrases,
il a porté les choses où elles doivent s'arrester. L'Eloquence
qui entreprend d'aller plus loin est à mon advis trop ambitieuse. La Poësie qui cherche vn autre chemin court fortune
de trouver vn précipice. Vouloir encherir sur vn si grand
Maistre ne me semble pas estre de la modestie d'vn Apprenty.
Celuy-cy ose tout et hazarde tout : Vn Poëte si prodigue
d'abord n'est pas asseuré de pouvoir continuër ; il doit devenir pauvre par sa premiere débauche.

Mais d'ailleurs subtiliser davantage et quintessencier les
Textes sacrez n'est pas vne entreprise bien judicieuse, ny
qui puisse mieux reüssir à nostre langue qu'à son Aisnée la
langue Latine. C'est faire le contraire de ce qu'ils pretendent.
Ce n'est ny faciliter ni esclaircir la Saincte Escriture, c'est
l'embarrasser et la barboüiller. Au lieu de raffiner l'or de

ses paroles et de faire hausser les choses de prix, ils en alterent la substance, ils en corrompent la pureté.

Le Prophete qu'on m'a fait voir dans la Paraphrase qu'on m'a montrée m'a fait compassion dans l'estat où je l'ay veû. I'ay eu pitié de l'extravagance de son équipage, de sa ridicule galanterie, de son air de Cour, et, tout ensemble, de ses marques de College. Les fleurs de Rhetorique, la broderie du stile figuré, l'ostentation et la pompe de l'Eschole, pourroient estre bien en vn autre lieu, mais icy elles ne sont pas en leur place. Celuy que j'ay veû est vn chercheur de pointes et vn faiseur d'antitheses. C'est vn Sophiste, c'est vn Declamateur, c'est tout autre chose qu'vn Prophete.

Puis que vous voudriez sçavoir là-dessus les sentiments des Sages que j'ay pratiquez, cela s'appelle en la langue de la Raison friser et parfumer les Prophetes. Quelle hardiesse et quelle licence, ou plustost quelle effronterie et quelle profanation, de se joüer tantost d'vn Prophete, tantost d'vn Apostre, en les travestissant de la sorte! de donner des habillemens de Theatre à des personnes si graves et si serieuses, de les enerver, de les effeminer, et, si j'ose le dire, de les faire changer de sexe! Car que pretend autre chose la foiblesse estudiée de ce langage forcé, cette violente expression, qui met les Autheurs à la torture pour ne produire que de la mollesse et de l'affeterie, pour donner vn Spectacle de nos Mysteres et de nos Saincts à des Cavaliers et à des Dames, pour leur faire voir vne beauté artificielle, appliquée par le dehors, contraire à la veritable forme, soit du Prophete, soit de l'Apostre?

Le travail et la sueur du Paraphraste se lisent avec ses pointes et ses antitheses. L'inquietude et le tourment qu'il se donne me font de la peine, quoy que je n'en veüille point prendre. Les ciseaux, les marteaux et les tenailles, les dislocations et les ruptures, se voyent et se sentent dans cha-

que vers. Il n'y en a pas vn qui ne gemisse et ne semble
crier misericorde pour les divers coups qu'il a receus. Le
Prophete persuadoit sans Rhetorique. Le Paraphraste est
Rhetoricien sans persuader, tant a d'avantage la liberté de
l'Eloquence en sa source, sur la contrainte de l'Art de parler ; le Bien tout pur et tout simple sur le Bien meslé et fal-
sifié, la perfection de l'Idée sur les defauts du Maistre, de la
Leçon et de l'Escholier, tant il est vray que Dieu est inimitable à l'Homme et la Majesté à l'Industrie ! Mais il faut le
prendre d'vn ton plus bas.

Ie vous parlay dernierement de ce beau Portrait de Thesée qu'avoit fait le Peintre Parrhasius. Il estoit beau, mais
il ne ressembloit pas à Thesée. Il fut dit par quelqu'vn de
ce temps-là que le veritable Thesée avoit esté nourry de chair
de bœuf, et que celuy de Parrhasius n'avoit mangé que des
roses. On pourroit se servir du mesme mot sur le subjet des
Paraphrases, si peintes et si fleuries. Ce sont de belles images, mais elles n'ont pas esté tirées apres le naturel, mais
elles n'ont pas esté faites pour ressembler, mais ce qu'elles
representent n'y est pas reconnoissable. Pareilles pieces sentent Paris, la Cour et l'Académie ; Mais elles n'ont rien de
Hierusalem et de Sion, rien du Tabernacle et du Sanctuaire.

N'est-ce pas se mocquer de l'ANCIEN DES IOVRS de le vouloir
faire parler à la mode, de lui apprendre le jargon des Cer-
cles et des Cabinets, de luy faire dire quand il nous plaist
nostre *ajuster*, nostre *esplucher*, nostre *se piquer de parfait*
et *se piquer de perfection*, nostre *de belle hauteur* et *de haut
en bas* ? Nous voudrions qu'il se servist aussi souvent que
nous *de nos lumieres et de nos veuës*, que nous employons à
toutes occasions et à tous vsages. Nous voudrions que le TER-
RIBLE, le TRES-HAVT et le TRES-FORT, que le DIEV DES ARMÉES
et le SOVVERAIN DES SOVVERAINS s'accommodast, comme nous,
à la coustume du lieu et au goust du Temps, qu'il se réndist
complaisant à toutes les fantaisies des Cavaliers et des Da-

mes, qu'il prist aussitost que nous les Nouveautez qu'on nous apporte de la Cour, et qui distinguent dans les Provinces les honnestes gens d'avec le Peuple.

Pour ne rien dire de pis, ce seroit traiter bien familierement dans le commerce du langage celuy qui, d'vne parole, a fait le Ciel et la Terre, celuy qui de tout temps a instruit et a depesché les Anges comme ses Courriers et ses Messagers, pour faire sçavoir au monde sa volonté. Mais quand il ne seroit que celuy qui a enseigné les Patriarches et qui a parlé par les Prophetes, il me semble qu'il n'y a point d'apparence de ramener à l'Eschole de la Grammaire le plus vieux de tous les Docteurs, de vouloir polir et civiliser le Sainct Esprit, d'entreprendre de reformer son stile et sa maniere d'escrire. Quand on n'aurait point de consideration pour vne telle Grandeur que celle de Dieu, il en faudroit avoir pour vne telle Vieillesse que celle de sa parole, et reconnoistre le merite des choses Anciennes, quand on ne pourroit pas comprendre la dignité des choses Divines.

On doit certes plus de respect à cette saincte Antiquité que de la desguiser, que de la masquer ainsi tous les jours, que de luy faire porter toutes les marques de l'inconstance et de la legereté de la France. Les rides et la terre de son visage plaisent davantage aux yeux des Sages que nostre fard et que nos couleurs. La bassesse de son expression vaut mieux que la magnificence de nos figures.

O Rhetoricien, ô Dialecticien, qui faites des Paraphrases, si c'est votre humeur que de changer à toute heure, qui vous a dit que les Prophetes et les Apostres soient de vostre humeur? Ils sont ennemis des Nouveautez et des Modes dont vous estes amateurs. Et ne pensez pas leur faire plaisir, de leur prester si liberalement, et sans qu'ils en ayent besoin, vos Epithetes et vos Metaphores, de les charger de vostre Alchimie et de vos Diamans de verre, ou, si vous voulez que j'en parle plus noblement, de vostre bon or et de vos perles

Orientales : Ces ornemens les deshonorent, ces faveurs les
desobligent. Vous pensez les parer pour la Cour et pour les
jours de Ceremonie, et vous les cachez comme des Mariées
de Village sous vos affiquets et sous vos bijoux : Vous les
accablez de la multitude de vos richesses ou fausses ou veritables. Vous voulez leur rendre le visage plus agreable et
vous leur ostez le cœur. Par l'addition de l'Estranger et du
Superflu, vous effacez souvent le propre et l'Essentiel.

Escoutez vn Oracle, sorty de la bouche du Cardinal du
Perron, que nous allions consulter à Bagnolet les dernieres
années de sa vie. Deux choses, disoit-il, qui sont separées
par tout ailleurs, se rencontrent et s'vnissent dans la Saincte
Escriture, LA SIMPLICITÉ ET LA MAJESTÉ. Il n'y a qu'elle seule
qui sçache accorder deux characteres si differens. Mais ces
characteres si differens, cette Simplicité et cette Majesté, se
conservent dans les Originaux et non pas dans les Copies. On
ne les trouve que dans la Langue maternelle de l'Escriture,
ou pour le moins dans les Traductions si fideles (la politesse
de ce Siecle aura de la peine à souffrir cecy), dans des Traductions, dis-je, si fideles, si litterales, et qui approchent de
si pres du Texte Hebreu, que ce soit encore de l'Hebreu en
Latin ou en François. Les Huiles vierges sont les veritables
Huiles. Le Baume n'est Baume que tel qu'il coule de l'Arbre
qui le produit : Ce qui passe par les mains des Distillateurs,
par l'alambic des Apothicaires, est quelque autre chose. Ce
n'est plus cette premiere et precieuse liqueur; Ce sont des
drogues sophistiquées : Ce n'est plus l'ouvrage de la Nature, ce sont les inventions et les changemens de l'Art.

Mais si faut-il adoucir ce qui est rude, esclaircir ce qui
est obscur, démesler ce qui est entortillé, donner quelque
liaison aux paroles pour faciliter le sens. Voila les pretextes
de Messieurs les Paraphrastes, qui feroient bien mieux d'employer sur vn autre fonds les soins et la culture qui ne reüs-

sissent pas en celuy-cy. L'Escriture saincte se contente de sa
solidité et de sa force : Qu'ils aillent porter ailleurs leur delicatesse et leur douceur, leur proportion et leur regularité.

Il n'y a rien de commun entre la musique et le Tonnerre.
Ce n'est pas dans ce bruit épouvantable qu'on remarque des
accords et des mesures : Ce n'est pas aussi dans les mouvemens d'vne ame agitée de Dieu qu'il faut chercher de l'art
et de la methode. Cet ordre et cette suite si scrupuleuse sont
peu dignes de la liberté de l'esprit de Dieu, sont des marques de contrainte et de servitude, sont des chaisnes et des
fers que brise et met en pieces du premier coup cét Esprit
dominant et Souverain. Il ne s'enferme pas dans des bornes
si estroites que sont celles de nostre maniere de concevoir et
de dire : Il n'est pas captif des regles et des preceptes. La
Poësie des Pseaumes et des Cantiques n'est pas vn cours paisible, doux et naturel ; il est rapide et impetueux. Ce sont
des débordemens et des excez. L'effort et la violence, le desordre mesme et le tumulte, appartiennent à cette Voix qui
arrache les Cedres et qui esbranle les fondemens des montagnes.

Mais ne pensez pas que je sois tout seul de cét advis, et que
je veüille faire passer mon chagrin dans la Republique des
lettres pour vne loy fondamentale de la mesme Republique.
Ne vous imaginez pas que j'aye dessein de donner cours à
vne nouvelle opinion, au desavantage de la Nouveauté et au
prejudice des Paraphrases. Mon opinion a esté publiée cinquante ans avant que je fusse né, et je vous la veux montrer dans ce livre. C'estoit vn livre escrit à la main d'vn des
grands hommes du dernier Siecle, et peut-estre son propre
Original, qu'on avoit apporté sur la table du Cabinet pour
le conferer avec les Editions imprimées. Il y chercha ce passage qu'il nous leut.

Piget illorum operæ qui David Psalmos suis calamistris

inustos, sperarunt efficere plausibiliores. Mihi Spiritus Divinus ejusmodi placet quo se ipsum ingessit a Patre, non quemadmodum ab hominibus distortus est. Neque David illa Cantica admirabilia sunt mihi, nisi quibus legibus ab illo dicta sint, hauriantur.

Hors mesme de l'enceinte des choses sainctes et dans l'estenduë des lettres profanes, ce mesme grand homme, que nos Amis de Hollande traitent quelquefois de Prince et quelquefois de Heros, a esté peu favorable aux Traductions si eloquentes. Et quoy que Muret l'appellast son Pere, quoy qu'il eust defendu l'eloquence de Ciceron contre la malignité d'Erasme, il n'estoit pas neantmoins d'avis qu'on traduisist les livres d'Aristote du stile de Ciceron. Voici à peu prés ce qu'il en a escrit dans vne Preface qui a esté sauvée du naufrage de ses autres œuvres par vn homme de ma connoissance. Ie pense que je me pourray souvenir des termes.

Nolim ego Aristotelem Ciceronianum. Naturæ enim imitator Philosophus nihilo superfluo fœdare debet Orationem; rerum quippe imago est Oratio. Catoni statuæ diadema imponas aut crepidas subdas, Græcam aut Persicam putes. Probi ergo Interpretes castigent superbum et exultans illud atque adeo confidens genus Orationis. Repræsentent Auctorem, non ipsi condant. Interpres ille est qui inter prædes duos sequester intervenit, cujus fides si fluxa sit, nomen amittit suum. Nam et mentitur sciens, et plerumque Auctorem mendacem facit.

DISCOVRS HVICTIESME.

CONSIDERATIONS SVR QVELQVES PAROLES DES ANNALES DE TACITE.

Le lendemain de la journée des Paraphrases, ainsi fust-
elle appellée par vn galand homme qui s'y trouva, Socrate
receut de Paris vne nouvelle Traduction des Annales de Tacite; elle lui plust extrêmement : il en parla comme d'vn
chef-d'œuvre en nostre langue : Il nous en leut à diverses fois
des feüilles entieres, et vn jour, s'estant arresté à l'ouverture du livre, sur vn endroit qui lui sembla digne de consideration, voici à peu pres le Discours qu'il fit en presence
du Provincial, gasté de la Cour, Idolastre de la Faveur et
des Favoris, grand faiseur de Panegyriques et d'Eloges.

C'est le moyen de faire souvent injustice, que de juger tousjours du merite des Conseils par la bonne fortune des Evenemens. Croyez-moy, et ne vous laissez pas esbloüir à l'esclat des
choses qui reüssissent. Ce que les Grecs, ce que les Romains,
ce que nous avons appellé une Prudence admirable, c'estoit
vne heureuse temerité. Il y a eu des hommes dont la vie a
esté pleine de Miracles, quoy qu'ils ne fussent pas Saincts et
qu'ils n'eussent point dessein de l'estre : Le Ciel benissoit
toutes leurs fautes; le Ciel couronnoit toutes leurs folies.

Il devoit perir, cet Homme fatal (nous le considerasmes il
y a quelques jours dans l'Histoire de l'Empire d'Orient), il

devoit perir, dés le premier jour de sa conduite, par vne telle ou vne telle entreprise ; Mais Dieu se vouloit servir de lu pour punir le Genre humain et pour tourmenter le Monde La Iustice de Dieu se vouloit venger, et avoit choisi cét Homme pour estre le Ministre de ses vengeances. Il falloit donc qu'i fist, quelque malade, quelque moribond qu'il fust, ce que Dieu avoit resolu qu'il feroit avant sa mort. La Raison con-cluoit qu'il tombast d'abord par les Maximes qu'elle a te-nuës ; mais il est demeuré long-temps debout, par une Rai-son plus haute qui l'a soustenu : Il a esté affermy dans son pouvoir par vne Force estrangere et qui n'estoit pas de luy, vne Force qui appuye la foiblesse, qui anime la lascheté, qui arreste les cheutes de ceux qui se precipitent, qui n'a que faire des bonnes Maximes pour produire les bons Succez. Cét Homme a duré pour travailler au dessein de la Provi-dence : Il pensoit exercer ses passions et il executoit les Ar-rests du Ciel. Avant que de se perdre, il a eu loisir de perdre les Peuples et les Estats, de mettre le feu aux quatre coins de la Terre, de gaster le Present et l'Advenir par les Maux qu'il a faits et par les Exemples qu'il a laissez.

Ces Exemples sont contagieux, et leur venin passe jusqu'à la Posterité. Nostre amy de Hollande l'a remarqué devant nous. Le Dictateur a esté le Pedagogue des Triumvirs, bien qu'il y ait eu quarante-six ans entre luy et eux. La premiere Proscription a esté la Tablature de la seconde. SYLLA L'A BIEN PV, POVRQVOY NE LE POVRRAY-IE PAS ?

Voila la Politique des mauvais Princes qui reüssit admi-rablement, pourveu qu'elle ne trouve point d'opposition et que l'audace du Palais agisse sur la timidité du Peuple. VN PEV D'ESPRIT ET BEAVCOVP D'AVTHORITÉ, c'est ce qui a presque tousjours gouverné le Monde, quelquefois avec succez, et quelquefois non, selon l'humeur du Siecle, plus ou moins porté à endurer, selon la disposition, des Esprits plus farou-ches ou plus apprivoisez.

Mais il faut tousjours en venir là : Il est très-vray qu'il y a quelque chose de divin, disons davantage, il n'y a rien que de divin dans les maladies qui travaillent les Estats. Ces dispositions et ces humeurs dont nous venons de parler, cette Fievre chaude de rebellion, cette Lethargie de servitude, viennent de plus haut qu'on ne s'imagine. Dieu est le Poëte, et les Hommes ne sont que les Acteurs : Ces grandes Pieces qui se joüent sur la Terre ont esté composées dans le Ciel, et c'est souvent vn Faquin qui en doit estre l'Atrée ou l'Agamemnon. Quand la Providence a quelque dessein, il ne luy importe gueres de quels instrumens et de quels moyens elle se serve. Entre ses mains tout est Foudre, tout est Tempeste, tout est Deluge, tout est Alexandre, tout est Cesar : Elle peut faire par vn Enfant, par vn Nain, par vn Eunuque, ce qu'elle a fait par les Geans et par les Heros, par les Hommes extraordinaires.

Dieu dit luy-mesme de ces gens-là qv'il les envoye en sa cholere et qv'ils sont les verges de sa fvrevr. Mais ne prenez pas icy l'vn pour l'autre. Les verges ne piquent ny ne mordent d'elles-mesmes, ne frappent ny ne blessent toutes seules. C'est l'Envie, c'est la Cholere, c'est la Fureur, qui rendent les Verges terribles et redoutables. Cette main invisible, ce Bras qui ne paroist pas, donnent les coups que le Monde sent. Il y a bien je ne sçay quelle hardiesse qui menace de la part de l'Homme, mais la Force qui accable est toute de Dieu.

Le Provincial, faiseur de Panegyriques, fust surpris d'oüir parler de la sorte ce vieux Docteur, qui expliquoit l'Histoire Romaine d'vne si nouvelle façon, qui s'esloignoit si fort du stile ordinaire de la Cour, qui non seulement rendoit si ridicule le serieux des Panegyriques, mais qui faisoit voir si petite la Grandeur des Roys.

Il est certain que jamais homme ne vit les choses du Monde

avec de meilleurs yeux, ne fust mieux guery des opinions populaires, ne fust moins Flatteur ny moins Admirateur que Socrate. Comme il mesprisoit extrêmement les bassesses de l'ame des Courtisans, il n'estimoit gueres les eslevations des fortunes de la Cour : Cette hauteur luy sembloit estre vne proche disposition à la cheute. Bien loin de porter envie à la condition des Favoris, il avoit pitié de celle des Princes

Regardez-nous, disoit-il s'estant arresté sur vn autre Passage des Annales de Tacite, regardez au delà de ces Balustres d'argent ces grands Licts de drap d'or en broderies de perles Il vous semble qu'on n'y sçauroit estre malade : Vous vous imaginez qu'on n'y devroit faire que de beaux songes. Neantmoins c'est là dedans où les plus vilaines des Maladies et les plus sales Animaux ont attaqué les Roys et les Dictateurs, ont triomphé de l'orgueil des Sceptres et de la vanité des Couronnes. C'est là dedans où les Nuits sont pleines de Spectres et de Fantômes, où vn pauvre prince s'esveille en sursaut et crie qu'on le tuë, où les remords du Passé viennen agiter vne conscience effrayée, et faire des plaintes et des reproches à celuy qui n'a oüy tout le jour que des acclamations et des loüanges.

Les jeux, les divertissemens, les plaisirs, ne guerissen point les ames qui souffrent. Ce ne sont point de veritables remedes ; ce sont de simples amusemens de la douleur : Ils ne chassent point, ils n'emportent point le Mal : Ils trompent, ils endorment le Malade : Ils ne produisent que des intervalles de relasche, que des momens de tranquillité. Les joyes qui sont artificielles durent peu ; Pour estre longues et asseurées, il faut qu'elles viennent de source et que la Nature soit contente. Il faut que le contentement ait sa racine dans le cœur, autrement ce n'est que du fard sur le visage le moindre accident l'efface, et l'Apparence tombe au premier rayon de la Verité. Aussi vostre Virgile a mis en Enfer ces sortes de joyes, et les appelle de MAVVAISES IOYES. Pensez-vous que celles de la Cour soient beaucoup meilleures?

Representez-vous, je vous prie, le cruel Theodoric apres la Mort du sage Symmaque. Il est assis à vne table d'or et d'ivoire, chargée des tributs de plusieurs Provinces, des despoüilles de la Terre et de la Mer. Ce n'est pas tout que cela. Outre les moissons de fleurs, et ce fust peut-estre en Hiver que cette feste fust celebrée, outre les fruits estrangers et ceux du pays, outre la rareté et l'abondance en vn mesme lieu, il y a quelque chose de plus delicat et de moins materiel qui entre dans le festin, et qui va chatoüiller l'esprit par le passage des sens. Les douces fumées des Parfums, les charmes ravissans de la Musique, la compagnie des Femmes libres et desireuses de plaire, les Bouffons et les Flatteurs, ne manquent point à Theodoric pour la perfection de la bonne chere. Il croit se pouvoir resjoüir avec ce grand appareil de joye. Mais tout d'vn coup on sert devant lui la teste d'vn gros poisson, et il s'imagine d'abord, et il s'escrie immediatement apres que c'est la teste de Symmaque qu'on luy apporte de l'autre Monde; que c'est Symmaque qui sort du tombeau et qui s'apparoist à luy avec sa teste sanglante.

Cette Teste, que Theodoric a fait couper, ne luy donne ny paix ny tréve : Ce sang innocent, qui a esté versé par ses Ordres et par l'Arrest de ses Commissaires, le poursuit jusques dans les lieux privilegiez, jusques dans l'Azile de la volupté et du Secret, jusques dans le sein de ses Maistresses et entre les bras de ses Favoris. Il a tousjours en presence vn objet qu'il veut tousjours fuïr. Il se souvient sans cesse de ce qu'il veut sans cesse oublier. Il trouve par tout des images de son crime; Et les plus mal peintes, comme celley, ne laissent pas de blesser son imagination, de faire douleur à sa memoire, de corrompre les plaisirs qui lui ont esté reparez, d'empoisonner les viandes qu'on lui a servies.

Mais, puisque vous le trouvez bon, esloignons-nous encore davantage du Temps present, et montons plus haut

dans l'Antiquité. Ne sortons point de nostre nouvelle Tr
duction. Entrons dans la vieille Rome, où ceux qui croye
que tous les Sermons parlent contre eux et contre leur rac
ne trouveront ny parents ny amis, ne trouveront pas mesn
vn seul homme qui soit de leur connoissance. Ne no
amusons point aux petits, aux mediocres Tyrans. Quittо
Theodoric pour considerer Tibere.

Cette longue suite de Condamnez, de laquelle il fust
QV'IL AVOIT FAIT VN PEUPLE DE MORTS, se presente à ses yeux
jour et la nuit. Il voudroit bien les pouvoir tuer encore vı
fois, mais ils ne sont plus en sa puissance. Ils ont esté l
Martyrs de sa cruauté ; ils sont maintenant les Bourreaux
son esprit. Ce sont les Fantosmes dont je parlois. Ce sont c
Spectres hideux qui forcent les avenuës de son Isle, qui a
siegent son Palais, qui volent autour de son Lict et de
Chaire, qui luy montrent leur sang et leurs playes, qui lı
reprochent ses crimes et sa Tyrannie.

Ainsi les Hommes et les Elements obeïssent, mais les Оп
bres et l'Enfer le viennent persecuter de leurs visions. Il
donné la Paix à toute la Terre et n'a pû se la donner à soy
mesme. Il a besoin de consolation dans les Festes et dans l
Triomphes : Ou, si vous aimez mieux que ce soit vn Poël
qui vous le die, il a beau estre Grand et Victorieux,

> L'Idole de son crime, amenant la Terreur,
> De Feux et de Serpens épouvante son cœur,
> Et le triste remords, mesme apres la Victoire,
> Est vn autre Ennemy logé dans sa memoire.
> Ses plus beaux jours sont teints d'vne noire vapeur :
> Il a tout offensé, tout aussi luy fait peur,
> Et son Throsne devient, ô misere du vice !
> Le public eschaffaut de son secret supplice.

Ces vers plurent à la Compagnie ; et à la reserve du der
nier ils furent generalement approuvez. Vn certain homm
de bas Poitou. qui avoit oüy parler de l'Academie de Paris

s'imagina qu'il y avoit quelque dureté au *public eschaffaut de son secret supplice*, à cause que tous les mots du vers ne finissent pas par des voyelles, qui, à son advis, sont plus douces que les consonantes. Socrate reconnut le degoust de cét homme à la mine qu'il faisoit, et crut estre obligé de luy dire : Ie voy bien que vostre politesse ne peut rien souffrir de raboteux; la veuë mesme des cailloux vous fait de la peine : Non seulement la rudesse et la dureté, mais l'ombre de la rudesse et le soupçon de la dureté vous choque. Si cela est, je ne vous conseille pas d'aller voir Monsieur le ***, de peur qu'il ne vous assomme des vers qu'il fait à coups de marteau, et du plus vilain fer qui se tire de nos Mines. Mais comment vous pouvez-vous accommoder avec les Muses du Cardinal du Perron, qui sont si ennemies de la mollesse des sons et de la musique effeminée, qui sont si austeres et si difficiles? Il y a de l'apparence que vous avez bien fait des grimaces quand vous avez leû dans ses Poëmes

Des Regnes et des Roys au nom du Christ rebelles,

Et

Des Mores d'Occident detestable Spectacle.

Mais nous parlerons vne autre fois de l'harmonie et de la justesse des mesures. Ie veux croire cependant, pour l'honneur de l'excellent Poëte dont j'ay allegué les vers, que leur substance et leur sens vous ont contenté l'esprit, quand leur escorce et leur son vous auroient esgratigné les oreilles. Au moins m'advouërez-vous que tous vers qu'ils sont ils ne sont point fabuleux, et qu'ils se contiennent dans la fidelité de la Prose.

Il est certain que les Historiens ne desmentent point en cecy les Poëtes : Aussi bien qu'eux ils nous font voir le Tyran qui tremble au milieu de je ne sçay combien de Legions,

qui a des Armées et des Citadelles et n'a point d'asseuran
ny de seureté, qui n'est pas moins timide que redoutabl
Ils parlent aussi tragiquement qu'eux des frayeurs et d
mauvaises nuits de Tibere, de ses miseres secrettes, de s
supplices interieurs, des Serpens et des Tigres de sa co
science. Que ne disent-ils point de cette troupe de Bestes f
rouches? Car, à leur dire, ce ne sont point de simples Pa
sions et de simples Vices : Ce sont des animaux sauvages
furieux, à qui l'ame des Tyrans est donnée en proye; ce so
des Dents et des Griffes qui deschirent, qui mettent en piec
l'ame de Tibere.

TIBERIVM NON FORTVNA, NON SOLITVDINES PROTEGEBANT, QV
TORMENTA PECTORIS SVASQVE IPSE PŒNAS FATERETVR. QVIPPE
RECLVDANTVR TYRANNORVM MENTES, POSSE ASPICI LANIATVS ET ICTV
et ce qui s'ensuit. Il faudra voir vne autre fois si la Tradu
tion a bien reüssi en cét endroit.

DISCOVRS NEVVIESME.

SVITE DV MESME SVBIEÏ.

Apres vne petite pose Socrate continua ainsi son discours
Ces paroles de Tacite sont tragiques et pompeuses : Elles n
laissent pas pourtant d'estre historiques et veritables, et lc
mauvais Princes sont encore plus malheureux que l'Histoir

ie le dit et que le Monde ne le croit. Mais voicy vne Propo-
ition d'eternelle verité, qui explique l'intention de l'His-
oire et celle du Monde, qui confirme nostre Discours et y
djouste vn article essentiel.

Que les Princes se glorifient tant qu'il leur plaira de ne
oir rien que le Ciel qui soit plus eslevé que leur Throsne ;
lu'ils parlent tant qu'ils voudront de l'independence de leurs
ouronnes ; il y a deux Tribunaux dont ils ne peuvent de-
liner la Iurisdiction, et devant lesquels il faut tost ou tard
u'ils se representent : C'est au dehors le Tribunal de la
ʀᴇɴᴏᴍᴍᴇᴇ et celui de la Cᴏɴsᴄɪᴇɴᴄᴇ au dedans. Quoy qu'ils
issent, quoy qu'ils disent, ils sont du ressort de ces deux
iges : Ils ne sçauroient s'empescher de comparoistre de-
ant l'vn et l'autre Tribunal, et d'y rendre compte de leurs
ctions.

Tibere a humilié toutes les ames ; Il a dompté tous les cou-
iges, il a mis sous ses pieds toutes les testes; il s'est eslevé
u dessus de la Raison, de la Iustice et des Loix. Il pense
voir osté à Rome jusqu'à la liberté de la voix et de la res-
iration : Ou les pauvres Romains sont Muets, ou ils n'ou-
rent la bouche que pour flatter le Tyran. Mais vn Homme
ossedera-t'il sans trouble la gloire d'estre plus craint que
s Dieux (on parloit ainsi en ce temps-là)? Goustera-t'il
ins contradiction le fruit de cette victoire inhumaine qu'il
remportée sur les esprits? Iouïra-t'il paisiblement des
vantages de sa cruauté, de la peur et du silence de ses Sub-
ts? de la lascheté et des mensonges de ses Courtisans? La
erité, qu'on retient captive, ne sortira-t'elle point par quel-
ue endroit? Ne paroistra-t'elle point en quelque lieu, à la
onte et à la confusion de Tibere? Oüi, certes, et d'vne es-
ange sorte.

Des extremitez de l'Orient il luy vient vne grande Lettre
ui delivre la Verité opprimée, qui la venge des Espions et
es Delateurs, qui efface les Odes et les Panegyriques de la

Flatterie. Cette Lettre injurieuse est escrite de la main d
Roy des Parthes, et il n'y a pas moyen de la supprimer. C
n'est point vn Cartel d'Ennemy à Ennemy : C'est vne Satyre
c'est vn Pasquin, c'est quelque chose de pis. Ou plustost c
sont les premieres pieces d'vn Procez criminel intenté pa
le Genre humain, que les vices de Tibere avoient offensé. A·
nom de toute la Terre, vn Roy se declare Partie et prend l:
parole contre vn Empereur.

Apres luy avoir reproché sa mauvaise haleine, sa teste pe
lée, son visage pestry de boüe et de sang, les Monstres et le.
Prodiges de ses desbauches, en vn mot les plus visibles de
fauts de sa personne et les crimes les plus connus de sa vie
cette grande Lettre, cette Lettre injurieuse, luy conseille pou:
conclusion *de mettre fin par vne mort volontaire à tant d.
maux qu'il souffre et qu'il fait souffrir, l'exhorte de donne:
par là, à toute la Terre, la seule satisfaction qu'elle pouvoi
recevoir de luy.*

Vous voyez comme la Renommée condamne Tibere par l:
bouche des Estrangers, mais la Conscience souscrit à cet Ar·
rest par le propre tesmoignage de Tibere : Car environ .ce
temps-là il escrit lui-mesme vne autre Lettre au Senat, dans
laquelle il maudit sa malheureuse Grandeur avec des paroles de desespoir. Il descouvre à nud les inquietudes et les
peines d'vne ame ennuyée de tout et mal satisfaite de soy-
mesme, abandonnée de Dieu et des Hommes, qui a perdu
jusqu'à ses propres desirs, qui ne peut ny vivre ny mourir.
Il semble qu'il veüille faire pitié à ceux à qui il faisoit encore peur.

QVID SCRIBAM VOBIS, PATRES CONSCRIPTI. AVT QVO-
MODO SCRIBAM, AVT QVID OMNINO NON SCRIBAM HOC
TEMPORE. DII ME DEÆQVE PEIVS PERDANT QVAM
PERIRE QVOTIDIE SENTIO , SI SCIO. L'Histoire ajoute :
ADEO FACINORA , ATQVE FLAGITIA SVA IPSI QVOQVE:
IN SVPLICIVM VERTERANT.

Les Sainctes Escritures et les Saincts Peres qui les expliquent, sont par tout de l'opinion de l'Histoire, et ne trouvent point de pareil supplice à celuy de la Conscience. Si
nous les en croyons, la mauvaise chose que c'est quand le
Bourreau est la mesme personne que le Criminel. La Iustice
divine paroist quelquefois avec esclat, et fait des Exemples
qui sont veus de tout le Monde : Quelquefois aussi elle
s'exerce secrettement, et abandonne les Meschans à leurs
propres cœurs et à leurs propres pensées.

Cette impunité apparente n'est ny grace, ny faveur. L'entrée du Palais ne montre rien de funeste, et tout rit par le
dehors : Mais le lieu du supplice c'est le Cabinet, c'est l'in-
terieur de l'Homme, c'est le plus profond de l'Ame. Et là dedans il y a vne Solitude affreuse et terrible, qui est plus à
craindre que les spectateurs et que l'Eschaffaut, parce qu'elle
n'a ny qui la console ny qui la plaigne. Sans parler de ce
qui se doit faire en l'autre Monde, Dieu a divers moyens de
se venger de ses Ennemis en celuy-cy : Mais il ne sçauroit
mieux les punir qu'en laissant leur peine à leur discretion.

DISCOVRS DIXIESME.

REMARQVES SVR DES SERMONS ET SVR DES TRAITEZ DE CONTROVERSE
IMPRIMEZ A LYON L'AN MDCXXIII.

Celuy qui avoit apporté à Socrate la Traduction des Annales de Tacite luy fit present de trois ou quatre Sermons et
de quelques Traitez de Controverse imprimez à Lyon l'année
mille six cens vingt-trois, et reliez ensemble en vn mesme
Livre. Nous estant trouvez au Rendez-vous vne demie-heure
apres soupé, à cause des continuelles visites de l'apresdisnée.
nous vismes ces Sermons et ces Traitez sur la Table du Cabinet. Ils estoient marquez de la main de Socrate et de son
crayon ; Mais il falloit deviner son chiffre, et nous creûmes
avoir plustost fait d'en demander et d'en recevoir l'esclaircissement que de le chercher et de le trouver.

En cecy il se fit vn peu plus prier qu'à l'accoustumée. La
reverence qu'il portoit à la parole de Dieu, par quelque organe qu'elle sortist, l'empeschoit de juger des Predicateurs
avec liberté : Il supportoit beaucoup de choses qu'il n'ap-
prouvoit pas, et, comme il ne refusoit jamais ses loüanges
au merite, il donnoit volontiers son silence à ce qui ne meritoit pas d'estre loüé. Il eust bien voulu demeurer dans les
mesmes termes : Mais il fallut contenter la Compagnie, et les
violentes Interrogations que nous lui fismes à diverses fois

tirerent de sa bouche ces Responses que je mis par ordre le
lendemain. Elles peuvent tenir lieu de Commentaire sur
quelques endroits du Livre assez remarquables et assez
beaux ; mais, outre cela, elles peuvent servir d'Adresse à
quiconque veut aller droit dans la lecture des autres Livres,
et apprendre à juger finement de la valeur des choses et des
paroles.

Ie ne touche point à la Doctrine du Predicateur : Elle est
saine et Catholique : Elle vient des anciennes sources, et n'a
pas esté prise dans les nouvelles cisternes. Mais ce n'est pas
tout que la Doctrine. Ce n'est pas assez de sçavoir la Theologie pour escrire de la Theologie ; il faut encore sçavoir escrire, qui est vne seconde science. Il faut que l'art des paroles serve de guide et de truchement à la connoissance des
choses : Cette connoissance descouvre les grandes veritez,
et cet art les met à la portée des petits esprits.

L'Autheur des Traitez s'y est trompé : Il s'est arresté à la
moitié de ce qu'il devoit : il s'est contenté d'avoir acquis et de
jouïr à sa mode, et n'a pas consideré que la possession n'estoit pas l'vsage. Il a creû qu'entendre les Mysteres et les faire
entendre aux autres dépendoit d'vne mesme intelligence.
Ainsi, faute d'art et de methode, des veritez extrêmement
hautes sont peu heureusement expliquées. Les Oracles deviennent Galimatias par la mauvaise disposition de l'organe
qui les rend. Ils perdent l'opinion de leur premiere divinité,
et n'acquierent point les graces de l'eloquence humaine. La
Doctrine du Predicateur paroist moins que quand elle n'estoit pas descouverte : Son silence la cachoit et ses paroles la
gastent. Le defaut de la Grammaire deshonore toute sa Theo-
llogie.

Qu'il y a de difference entre ces sortes d'Escrits et ceux
d'vn homme qui sçait escrire ; entre ces Traitez de Contro-
vverse et les Actes de la Conference de Fontainebleau, dont

vous avez leû les endroits que je vous ai marquez. Dans ces
Actes, les Raisons sont en bataille et combattent l'Adversaire;
Icy elles sont en foule et s'empeschent elles-mesmes. Voila
ce que cause le defaut de la Discipline et le manquement de
l'Art. Pour produire vn Ouvrage regulier, il falloit des-
broüiller la masse et partager la matiere, sçavoir soustraire
et diminuer. Il falloit d'vne periode en faire plusieurs, et
songer plus à l'ordre qu'à l'abondance. Nous aurions besoin
de cette Hache fameuse dont parlent les Grecs, qui retranchoit les superfluitez de leur stile. Nous escririons moins si
nous meditions davantage. Si nous nous conseillions avec
le Temps, il reduiroit nos excez à la mediocrité, outre les
autres bons offices qu'il nous rendroit. CET HOMME, disoit-
on à Paris lorsque j'y estois, A FAIT VN GRAND LIVRE PARCE
QV'IL N'A PAS EV LE LOISIR D'EN FAIRE VN PETIT.

Dans les Traitez et dans les Sermons, il y a des termes qui
me sont suspects, et sur lesquels je veux encore deliberer.
Vn Iuge moins indulgent que moi les condamneroit absolument. Il y a d'autres termes qui sont tout-à-fait insoustena-
bles, et la plus grande indulgence du monde les doit abandonner à la rigueur des Grammairiens; L'Autheur ne feroit
pas mal de s'en defaire : Mais je vois qu'il y a de l'attache,
et que c'est par inclination et par choix que ces termes luy
sont plus familiers que ceux dont il pourroit vser sans scrupule. Ie n'ay pas dessein d'esplucher tout le Livre par le
menu : je veux seulement suivre mon Crayon, et vous des-
chiffrer les marques que Monsieur le Vicaire pourroit prendre pour des charactères de Magie.

Le mot de *Religionnaire* n'est pas François. Il vient du
mesme pays que celuy de *Doctrinaire,* et ce fust sans doute
vn Predicateur Gascon qui le debita le premier dans les
chaires de Paris. De dire aussi *Calviniste,* il me semble que

ce seroit faire trop d'honneur à Calvin. Ce seroit faire injure aux Rohans et aux Colignis, et à tant d'autres grands Seigneurs, de leur faire porter le nom d'vn petit Sophiste, qui ne pouvoit pretendre qu'à la qualité de leur Ausmonier, s'ils fussent demeurez fermes, comme ils le devoient, dans la Religion de leurs Peres.

Mais d'ailleurs *Heretique, Schismatique, Ennemy de l'Eglise, Deserteur* et *Rebelle de l'Eglise* sont des termes qui font peur : Ils effarouchent ceux qu'on veut appriuoiser. La passion de la cause paroist à descouvert en semblables termes : Et cette passion, quoy que je la trouve bonne et legitime, ne seroit pas approuvée par le Critique Castelvetro. Il trouve mauvais que Tite-Live, parlant des Carthaginois, les appelle *les Ennemis,* à cause que l'Histoire, qui, à son advis, doit estre neutre, se declare partiale en se servant de semblables termes.

Il faut aussi advoüer qu'il seroit bien long et bien ennuyeux d'obeïr tousjours regulierement aux Edicts du Roy, et de dire *ceux de la Religion pretenduë Reformée,* ayant à les nommer souvent, soit dans vne Narration continuë, soit dans vn Discours de Controverse, où la repetition de leur nom pourroit estre vne piece essentielle de la matiere. De l'autre costé d'accourcir ce nom composé de trois et de reduire *ceux de la Religion pretenduë Reformée* à *ceux de la Religion,* je ne pense pas que cét Abbregé fust agreable à l'Eglise Catholique, particulierement dans vn Acte public et hors de la Conversation privée.

Mais pourquoy, sans avoir recours à des termes odieux ou à des locutions figurées, ne dira-t'on pas *les Huguenots* aussi bien que *les Guelfes* et *les Gibelins?* Pourquoy, parlant en public, nous abstiendrons-nous d'vn mot qui est dans la bouche de tout le monde, que les Estrangers ont emprunté des François, qui a cours deçà et delà les Monts? L'Histoire de Davila en est semée d'vn bout jusqu'à l'autre : il se lit en

4.

grosses lettres à la teste d'vne des Relations du Cardinal Bentivoglio, RELATIONE, si je ne me trompe, DE GLI VGONOTTI DI
FRANCIA.

Ie ne voudrois dire ny *les Gueux*, comme on faisoit aux
Pays-Bas au commencement des troubles de la Religion, ny
les Parpaillaux, comme on fit en France dans nos dernieres
Guerres civiles et durant le Siege de Montauban. Ces deux
mots ont esté de courte vie, et leur destin n'a pas voulu qu'ils
durassent, outre qu'ils me semblent vn peu trop Comiques
et trop populaires. Mais encore me desplaisent-ils moins que
Religionnaire, qui n'est ny Latin ny François, ny plaisant
ny serieux, qui ne signifie point ce qu'ils veulent qu'il signifie. Le mot de *Religieux* vient de Religion, par la voye
legitime et naturelle ; Celuy de *Religionnaire* en vient aussi,
mais par vne licence vicieuse. Il est bastard et monstrueux.
Pour le moins il n'est pas François, comme je l'ay dit d'abord,
et n'a garde d'estre aussi bon que *Sectaire*, duquel neantmoins on ne se sert pas. La meilleure partie du Peuple ne
l'entend point ; le bon Vsage ne l'a point receû ; Il a esté fa-
briqué dans vn coin du Quercy ou du Perigord, et par consequent il doit estre condamné comme Barbare et renvoyé à
Sarlat ou à Cadenac, d'où il est venu.

Si j'avois vne si violente aversion pour les mots vulgaires,
et si j'estois absolument resolu de ne parler pas en France
comme on parle en France, je voudrois suivre l'Exemple de
l'Eglise Grecque, qui employoit en pareilles occasions vn
terme extrêmement doux : Elle ne disoit point d'injures à
ceux qui s'estoient separez d'elle, et ne leur donnoit point de
noms odieux ; elle se contentoit de les appeler LES GENS DE
L'AVTRE OPINION, sans dire de la mauvaise, comme si c'eust esté
pour les distinguer plustost que pour les offenser, n'y ayant
rien de formellement ennemy entre Orthodoxe et Heterodoxe.

Cette façon m'a semblé digne de la civilité de la Grece, et
il me souvient d'avoir leû je ne sçay quoy de semblable dans

les Dépesches de Monsieur de Foix, Ambassadeur pour le Roy prés du Pape Gregoire treiziesme. *Sire* (c'est dans vne Relation qu'il envoye au Roy son Maistre), *je fis entendre à nostre Sainct Pere comment ceux de la nouvelle opinion demandoient à Vostre Majesté,* etc.

Ainsi parloit-on à Rome, et devant le Pape, de la Cause de Calvin en vn temps où elle venoit d'estre condamnée, et où sa premiere nouveauté la rendoit encore plus odieuse qu'elle n'est aujourd'huy à vne Puissance dont elle avoit l'audace de disputer la Souveraineté apres en avoir secoüé le joug. Ce Monsieur de Foix estoit vn personnage de grande naissance, de rare vertu et d'eminente doctrine. Hors des fonctions de l'Ambassade, et aux heures de divertissement, il s'entretenoit avec les bons Livres, et nostre Muret estoit vn de ses Lecteurs. Ayant, comme il avoit, particuliere connaissance des Lettres Grecques, son François pouvoit bien quelquefois viser au Grec.

Mais, je vous prie, quelle delicatesse de pieté ou quelle affeterie de langage dans les Sermons du Predicateur et dans ceux des autres, d'opposer tousjours *Demon* à *Dieu* et de n'oser jamais dire ny le *Diable* ny *Satan*? Ont-ils peur d'offenser le Diable, quand ils l'appellent par son nom propre? Au moins est-ce vn nom que luy a donné Nostre-Seigneur ; Et voudroient-ils reformer ces redoutables paroles, rapportées par Sainct Matthieu et sorties de la bouche qui ne peut faillir : ALLEZ, MAVDITS, AV FEV ETERNEL, QVI A ESTÉ PREPARÉ AV DIABLE ET A SES ANGES! Voudroient-ils corriger IESVS-CHRIST, et changer Diable en Demon dans ce passage de l'Evangile, et en tant d'autres passages, soit de l'Escriture Saincte, soit des Saincts Peres?

Ce seroit vne belle chose s'ils avoient dessein de flatter le Diable, en luy choisissant vn nom qu'ils estiment plus doux et plus agreable que le sien, quoy que je ne voye pas ce qu'ils trouvent de si rude et de si fascheux en ce nom, dans

lequel la plus delicate de toutes les langues modernes a trouvé
quelque chose qui lui a plû. Car vous sçavez que souvent elle
se sert *della Casa del Diavolo*, et qu'elle ne prend pas en mauvaise part *Vna cosa diavolica, Vna memoria diavolica*, etc.
Il me souvient qu'il y a vn Personnage dans les Comedies de
Plaute, et vn personnage amoureux, si ma memoire ne me
trompe, qui se nomme *Diabolus*, comme Pamphilus ou Phe-
dria. Comme si à la Comedie Italienne il y avoit vn *Signor
Diavolo* aussi bien qu'vn Signor Lelio ou vn Signor Tancredi.

La licence et l'audace sont à blasmer : Mais il y a des scrupules qui ne se peuvent souffrir, et je vous advoue que j'ay
leû avec despit dans les Lettres Latines du Ciceronien Lon-
gonius QVE LES INDIENS AVOIENT PARTAGÉ LE GOVVERNEMENT DV
MONDE ENTRE LA DEESSE ET LA FVRIE, pour dire entre Dieu et
le Diable, où vous voyez que contre la foy de l'Histoire, et
par vne temerité encore plus grande que son scrupule, à
cause que Furie est du genre feminin, il a mis Deesse au
lieu de Dieu, afin que l'opposition fust plus juste.

Ce sont des superstitions ridicules, et vne affectation im-
pertinente de laquelle les Ciceroniens ne seroient pas advouez
par leur Ciceron.

L'ancien Vsage reconnoist de bons et de mauvais Demons,
de bons et de mauvais Anges, de bons et de mauvais Genies.
Pourquoy desobeïra-t'on à l'authorité de cét vsage? Et si
Demon se prend tousjours en mauvaise part, n'y a-t'il pas
vn notable inconvenient à apprehender? Car, en effet,
garde l'Equivoque pour les jeunes Allemands qui commencent à apprendre nostre Langue, et qui disent quelquefois
des botes *equitables* pour des botes *justes*. Croyant sur la
parole des esprits doux que Diable et Demon ne sont qu'vne
mesme chose, et par exemple ayant oüy dire que la Peine ;
et la Recompense sont les deux Demons qui gouvernent les
choses humaines, qu'Aristote est le Demon de la Nature, que
le Favory est le Demon de l'Estat, etc., ils rediront innocem-

ment, et sans craindre de parler mal François, que la Peine et la Recompense sont les deux Diables qui gouvernent les choses humaines, qu'Aristote est le Diable de la Nature, que le Favory est le Diable de l'Estat, etc.

Le *Dominus regnavit* du Pseaume 95 ne me semble pas traduit comme il faut. Prendre possession de son Regne est Italien et non pas François. Il faut dire prendre possession de son Royaume et c'est vne faute dans laquelle nostre defunt Maistre est tombé deux fois en moins de deux lignes :

> Et vray Roy Tres-Chrestien son Regne aggrandira.
> Des Regnes et des Roys, au nom du Christ rebelles.

Royaume est le pays où regne le Prince, *Regne* est le temps que regne le Prince, et la locution ne seroit pas plus impropre de dire la premiere et la seconde année de son Royaume que la premiere et la seconde ville de son Regne. Autrefois, à la Cour, ceux qui Italianisoient en François appelloient les Coursiers de Naples les Chevaux du *Regne*, parce qu'en Italie le Regne est le Royaume de Naples. En ce pays-là, le Regne est encore pris pour vne autre chose, et on donne ce nom à la triple couronne du Pape. Ie vis mettre le REGNE sur la teste de Paul cinquiesme quand je le vis couronner à Rome.

Les Eminences ont esté receuës en ce Royaume ; Mais les Eminentissimes, les excellentissimes, etc., n'ont point encore passé les Monts. Lorsque Monsieur le Cardinal du Perron revint de Rome, apres la Negociation de Venise, il en apporta *l'Illustrissime Cardinal* et *la Seigneurie Illustrissime*, mais personne n'en voulut. Il fut leur Introducteur à sa Cour : Il leur donna place à la teste de ses depesches et dans ses autres escrits : Il les imprima dans ses Livres. Tout

cela inutilement; Il n'eut pas assez de credit pour faire na-
turaliser ces Nouveaux Venus, et les faveurs particulieres
qu'il leur faisoit ne peurent leur acquerir celle du Public.
En cecy, comme au reste, Monsieur le Cardinal de Richelieu
a esté plus heureux que ses Compagnons. Rien ne luy a esté
impossible. Ayant entrepris avec succez des choses auxquelles tout le monde s'estoit manqué, la Grammaire ne
pouvoit pas seule desobeïr dans la generale sousmission. Il
falloit que nostre langue subist le joug, aussi bien que nos
Esprits et que nos Courages. Sans se mettre en peine de la
fortune des autres Superlatifs, qu'il n'a pas jugez dignes de
luy, il a employé son authorité pour faire reüssir le plus important de tous, celuy de GENERALISSIME, l'indépendant et le
tout-puissant GENERALISSIME. Et, à dire vray, il a mis en
vsage ce Superlatif d'vne admirable maniere, depuis le grand
et ample Pouvoir qu'il reçeût du Roy, allant commander les
Armées de France en Italie. Vous sçavez que feu Monsieur
le Duc d'Espernon disoit de ce grand pouvoir que le Roy ne
s'estoit rien reservé, que la vertu de guerir les Escrouëlles.

GENERALISSIME est donc nostre vnique Superlatif, et nous
sommes obligez de l'honorer en la personne de Monsieur le
Cardinal de Richelieu. La langue Françoise, qui a rejetté
tous les autres, n'a pas osé s'opposer à celuy-cy pour le
respect qu'elle porte à vn si puissant et si redoutable Insti-
tuteur. Hors de là elle ne connoist point de Superlatifs, et
c'est vn defaut que luy reprochent les Italiens. Ils croyent
qu'elle manque de ce moyen pour porter les choses par la
vertu d'vn seul mot jusques dans la derniere extremité du
blasme et de la loüange. Ils croyent de plus que, pour reparer
ce defaut en quelque façon, nous appellons à nostre ayde le
Ter des Latins (car ainsi expliquent-ils nostre *Tres*) qui signifie bien nombre et multitude, mais qui est estranger,
auxiliaire et venu de loin, mais qui est plustost vne attache
jointe à vn corps qu'vn membre qui luy soit naturel. Ainsi

discourt l'Italie au desavantage de la France. Et, en effet, elle a raison de nous reprocher nostre pauvreté, elle qui est si heureuse et si riche, particulierement en Superlatifs. Elle fait des excez les jours mesmes qui ne sont pas de desbauche. Elle est prodigue jusqu'à donner du VOSTRISSIMO et du SVIS-CERATISSIMO SERVITORE dans ses complimens et dans ses civi-litez ordinaires. La licence des Siecles Gothiques n'a pas esté si avant, et ceux qui ont dit PIENTISSIMVS, PRÆGLORIOSSIMVS, VICTORIOSSIMVS, n'ont pas osé dire TVISSIMVS et VESTRISSIMVS.

I'ay esté effrayé du *Prodige de devotion*, et immediate-ment apres de la *prodigieuse pieté*. Sans quelque tempera-ment et quelque precaution de Grammaire, *Prodigieux* ne peut estre pris en bonne part. *Merveilleux, Admirable, Ex-traordinaire*, sont les termes receûs et approuvez. Ils con-tentent suffisamment la pensée de l'Escrivain et l'attente du Lecteur. Ils ne laissent point de remords aux esprits qui se hazardent le moins et qui apprehendent le plus de faillir.

Pensez-vous qu'on puisse dire vn Orateur et vn Poëte *pro-digieux*, vne Harangue et vne Elegie *prodigieuse*, quand on a dessein de loüer les Orateurs et les Poëtes, les Harangues et les Elegies? Pour moy je ne le pense pas, et il me semble que *Prodige* et *Prodigieux* ne sont gueres plus obligeans ny plus propres à loüer que *Monstre* et que *Monstrueux*. Les Statuës qui sortoient de la main de Phidias estoient ad-mirables, mais celles que Stesicrates concevoit en son esprit eussent esté prodigieuses. Les Heros sont de belle taille, mais la stature des Geans est prodigieuse. Moyse faisoit des Mira-cles et les Magiciens de Pharaon faisoient des Prodiges. Dans le langage figuré, on peut dire les Prodiges de la vie de Ne-ron, mais il faut dire les merveilles de la vie d'Auguste.

PRODIGIALE RVBENS se dit d'une Comete dont la chevelure menace la Terre, et ne se peut pas dire du Soleil, dont les rayons meurissent les Fruits : Quand mesme le Soleil seroit

plus rouge que la Comete, quand il seroit entré dans le signe
de la Canicule et qu'il verseroit sur la Terre plus de feu que
de lumiere. Vne femme accouchée d'vn serpent, vn corps
né avec deux testes, vne pluye de pierres ou de sang, sont
des Prodiges qu'on expioit par des Actes de Religion, comme
des marques de la cholere des Dieux. Et vous sçavez qu'il y
avoit autrefois à Rome vn Ivpiter prodigialis, non pas qui
fist des prodiges, mais à qui on faisoit des sacrifices, pour
destourner le mauvais effet de ces mauvais signes.

Ciceron ayant dit en quelque lieu que les actions de Pompée estoient *semblables à des prodiges*, a tesmoigné par là
qu'il n'osoit dire qu'elles fussent *prodigieuses*. Il a fait voir
qu'en telle rencontre il redoutoit le mot de *Prodige*. puis
qu'il s'est contenté de s'en approcher et n'a pas voulu aller
jusqu'à luy. Par des actions semblables à des prodiges, il entendoit qu'elles estoient d'aussi dure et d'aussi difficile
creance que les choses qui arrivent contre le cours ordinaire
de la Nature : mais par des actions prodigieuses on pouvoit
entendre qu'elles estoient contraires aux Loix et à la Raison,
et qu'elles porteroient malheur à la Republique. Lors que
Claudian eleve Stilicon jusques au Ciel, il parle des Miracles de ses actions. Mais quand il fait descendre Eutropius
plus bas, s'il se peut, que les Enfers, il dit que toutes ses
actions estoient des Prodiges : prodigivm est qvodcvmqve
gerit.

Enfin il faudroit vne figure extrèmement violente pour
faire changer de place au mot de *Monstre* et à celuy de *Prodige;* Et sans estre accompagnez de quelque Epithete bien
particulier et bien efficace, ils ne peuvent passer de leur
signification, qui est mauvaise. en vne autre signification
qui soit ou bonne ou indifferente. Pour le moins, il ne me souvient point de l'avoir veû, si ce n'est à la verité dans les Livres du Pere ***, qui sont tous pleins de *Prodiges* aussi bien
que d'*Augures* et d'*Auspices*, d'*Orages* et de *Tempestes*. Il

ne se despoüille jamais dans ses Livres de cette pompe de langage et de ses termes illustres (ainsi les appeloit-il). On les y trouve sans les y chercher : Et c'est ce qui obligea vn grand Prince à dire de luy que, pour vn Prestre de la Religion Chrestienne, il vsoit vn peu trop souvent d'*Auspices* et de *Prodiges* ; et que, dans ses Œuvres, il n'y avoit gueres moins d'*Orages* que dans la Mer. Mais Orages, Auspices et Augures à vne autre fois. Contentons-nous aujourd'huy de dire qu'en la langue du Pere * * *, Salomon est vn *Prodige* de Sagesse, qu'vn autre est vn *Prodige* de Saincteté ; qu'il y a des *Prodiges* de beauté et des Beautez *prodigieuses*. Sans doute, s'il eust esté Poëte, il eust chanté dans ses vers *un jeune Prodige*, comme Malherbe a chanté *une jeune Merveille*.

Cela n'empesche pas que ce bon Pere ne fust un bon Theologien et vne des Lumieres de nostre Eglise ; Mais il n'estoit pas pour cela la Regle de nostre Langue. Et il ne faut pas plus le suivre quand il dit vne prodigieuse pieté, que quand il dit de l'Imperatrice Livie *Cette habile Courtisane* et quand il parle des *Onguens* de Saincte Marie-Magdeleine. En quoy pourtant le Predicateur a voulu encore l'imiter, et mal, si je ne me trompe. Car il est certain qu'il y a grande difference entre vne Courtisane et vne femme de Cour, entre des Onguens et des Parfums. Outre que ceux-là offensent les sens et font bondir le cœur à ceux qui ont l'imagination delicate, se servir d'Onguens au lieu de Parfums, c'est parler Latin en François, c'est prendre vne invention de la Volupté pour vne composition de la Medecine.

J'avois oublié que le mot de Prodige, et mesme celuy de Monstre, pourroient estre employez en bonne part dans les occasions de la Guerre, où il entre non seulement du desordre et de la confusion, mais aussi de la cruauté et de la fu-

reur, toutes choses mauvaises en elles-mesmes, mais qui soi
loüées du Monde quand elles servent à la Victoire.

> Poi ch'eccitò della Vittoria il gusto
> L'appetito del sangue è de' le morti
> Nel fiero Vincitore; egli fè cose
> Incredibili, horrende è monstruose.

A mon advis, on ne parleroit pas ainsi des actions d
bonté, de moderation et de prudence, de ce qui se sero
passé à l'Hostel de Ville ou dans le Senat, pour conclure v
Traité de Paix, vne alliance entre deux couronnes, etc. Reü:
sir *prodigieusement, monstrueusement,* dans les Conseils
dans les Negociations, quel Prodige, bon Dieu! et que
Monstre de langage! I'aimerois mieux dire *faire un exce*
de moderation, estre furieusement sage, estre grandemen
petit, comme parle d'ordinaire un bonne Dame que j
connois.

Nostre homme parfume d'Ambre-gris les habillemens d
la Reyne dans le Pseaume quarante-quatriesme, quoy que l
Traduction vulgaire porte *mirrha, gutta* et *casia,* et que pa
vn de ces trois mots ne puisse signifier l'Ambre-gris, quel
que mot des trois qu'on veüille choisir pour cela. Cette pre
cieuse odeur n'a point esté connuë de l'Antiquité, non pa
mesme de l'Antiquité Romaine, qui est inferieure à cell
des Iuifs. Et j'advoüe bien que, dans les cabinets d'ivoir
chantez par le Pseaume quarante-quatriesme, que dans l
Garderobe du Roy David et dans celle du Roy Salomon, i
pouvoit y avoir des parfums tres-rares et tres-exquis : Mai
je soustiens qu'on ne parloit pas plus d'Ambre-gris en c
temps-là que des peaux d'Ambrete et des gants de Frangi
pane.

Ce n'est pas que l'Ambre-gris ne fust au nombre des cho
ses, mais il n'estoit pas dans le commerce des hommes

C'estoit un enfant de la Nature, qu'elle a caché longtemps dans son sein avant que d'en manifester la naissance et de l'exposer sur le rivage de la Mer, comme ont esté exposez ces Enfans illustres dont l'Histoire a tant parlé. Cette bonne Mere a fait vn secret de ce cher Enfant durant je ne sçay combien de siecles, pour le faire paroistre tout d'vn coup dans le Cabinet des Roys avec avantage sur ses Aisnez, les autres Parfums connus de l'Antiquité. Car il est certain, je le dis pour la seconde fois, que c'est vne piece qui a manqué au luxe de Rome et à l'elegance de la Grece. Et qu'ainsi ne soit, ny l'vne ny l'autre n'ont point de terme de leur crû, pour exprimer ce qu'elles ne connoissoient pas, vn thresor non encore descouvert, des delices reservées à la Posterité, le dernier present que peut-estre la Nature vouloit faire au Monde. *Ambar* ou *Ambara* est vn mot originaire d'Arabie, et ne se trouve que dans les Livres des nouveaux Grecs : et c'est encore vne des mesprises de nostre faiseur d'Onguens, le bon Pere ***, lors qu'il parle dans son Histoire Romaine des Bains de l'Empereur Heliogabale. Il asseure qu'ils estoient parfumés d'Ambre-gris, qui est un pur don qu'il fait à ce siecle-là, et vne marque de sa liberalité que nous pourrions appeller prodigieuse.

De cette sorte, les Historiens, ou pour mieux dire, les Traducteurs de l'Histoire se permettent d'embellir la Verité : Ils ornent ainsi et enjolivent les choses de l'Antiquité quand elles leur semblent trop rudes et trop grossieres. Parce que l'Ambre est plus estimé que la *Casia*, que quelques-vns pensent estre la Canelle, le Predicateur croit bien faire de parfumer d'Ambre le Pseaume quarante-quatriesme. Et, par la mesme raison, où il y aura du *Miel* dans vn autre Pseaume, vn autre Predicateur changera ce Miel en Sucre, à cause que le Sucre sera plus à son goust, et qu'il est plus nouveau et en plus grande reputation.

A la page CIII il fait son idole de son subjet, et tombe dans l'intemperance de ces Orateurs violens, qui vont tousjours plus loin que leur but, et ne croyent jamais en dire assez s'ils n'en disent trop. Chose estrange, qu'ils ne puissent estimer un Sainct sans mespriser tous les autres Saincts ! Quelquefois mesme, dans la chaleur de leur Eloquence, il leur eschappe quelque mot peu avantageux au Sainct des Saincts, et qui blesseroit la gloire du Dieu jaloux, si l'innocence de l'intention n'excusoit l'imprudence du mot. Ce n'est pas vn vice de nostre Siecle. J'ay remarqué le mesme dereglement dans le Chœur d'une ancienne Tragedie, où un Devot, invoquant Hercule receû depuis peu au nombre des Dieux. *O Hercule !* luy dit-il, *à cette heure que tu habites le Ciel, tu lanceras la Foudre avec plus de Force que Iupiter !* Ainsi le Devot se laisse emporter à la violence de son zele, et offense le Pere pour loüer le Fils.

Ie voy que vous avez pris garde au coup d'ongle que j'ay donné sur les *Gaulois de la Deesse Cybele.* Il est vray qu'en cét endroit le Predicateur s'est mespris et a fait vn equivoque. Mais, s'il a failly, sa faute n'est pas sans consolation, ayant failly apres Sainct Hierosme, qui s'est equivoqué le premier. *Galli Cybeles* ou *famuli Cybeles* se doivent rendre en François par les Prestres ou les Ministres de la Deesse Cybele. Et on ne les appelloit pas *Galli* pour estre nés dans la province des Gaules, mais à cause d'vn fleuve de la Phrygie nommé *Gallus,* dont l'eau mettoit en fureur ceux qui en beuvoient, et sur le rivage duquel ces Prestres furieux vacquoient au service de leur Deesse.

Vous voyez l'Equivoque causé par la ressemblance du mot. Mais combien en voyons-nous de mesme nature ? Nous sommes en vne saison si fertile en equivoques, que, nouvellement, le premier homme de nostre Siecle a pris le Grammairien Terentianus Maurus pour vn personnage des Comedies de Terence, et l'a appellé le *Maure de Terence*. Vn autre a crû, tant il est bien versé en l'Histoire Ecclesiastique, que Sainct Epiphane et l'Epiphanie avoient esté le frere et la sœur. Vn autre excellent Geographe, comme vous pouvez penser, s'est imaginé que Sodome estoit la capitale Ville de Bulgarie.

Mais pour revenir à Sainct Hierome, son opinion me semble remarquable par sa singularité, et je ne croy pas que personne ait dit devant luy que les Romains, se voulant venger de la prise de Rome contre les Gaulois, prissent des gens de cette nation pour les faire Prestres de Cybele apres les avoir fait Eunuques. Vne opinion si particuliere se trouve dans son Commentaire sur le quatriesme Chapitre du Prophete Osée, et le passage merite que vous le lisiez. Socrate fit apporter le cinquiesme tome des Œuvres de Sainct Hierosme et nous donna à lire ce qui s'ensuit.

QVONIAM IPSI CVM MERETRECIBVS CONVERSABANTVR, ET CVM EF-FŒMINATIS SACRIFICABANT. *Hi sunt quos hodie Romæ, Matri non Deorum, sed Dæmoniorum servientes Gallos vocant. Eo quod de hac gente Romani truncatos libidine in honorem Atys (quem Eunuchum Dea meretrix fecerat) Sacerdotes illius manciparint. Propterea autem Gallorum Gentis homines effœminantur, ut qui vrbem Romam ceperant, hac feriantur ignominia.*

Sainct Hierosme, adjousta Socrate, n'eust pas debité cette Histoire s'il se fust souvenu de ces vers :

> Cur igitur Gallos, qui se excidère vocamus,
> Cum tantùm à Phrygia Gallica distet humus?
> Inter, ait, viridem Cybelen altasque Celenas,
> Amnis it insana, nomine Gallus, aqua :
> Qui bibit inde, furit, Procul hinc discedite queis est
> Cura bonæ mentis, qui bibit inde, furit.

Vous diriez qu'Ovide, par vn esprit de divination, et pre-

voyant que Sainct Hierosme prendroit l'vn pour l'autre, a fait
ces vers tout exprés pour empescher qu'il ne se mesprist.
Neantmoins, comme vous voyez, il s'est esgaré en beau chemin et quoy qu'il ne manquast pas de guide. Tirons de l'instruction de cette remarque et n'en prenons point de vanité.
Reconnoissons, avec beaucoup de respect pour la personne
de sainct Hierosme, qu'il n'y a point de force qui ne soit accompagnée de foiblesse, point de science qui ne soit meslée
d'erreur. Consolons-nous en cette rencontre, mais ne triom-
phons point de cet exemple. Vne faute de memoire ou d'attention ; Vn peu trop de credulité ou trop de deference au
tesmoignage d'autruy, n'effacent pas la gloire de tant de
gros volumes d'excellentes choses, ne ruïnent pas le merite
d'vn jugement exquis et d'vne Doctrine extraordinaire. Pour
vne legere bevuë, pour vn petit equivoque, sainct Hierosme
ne doit point perdre son rang parmy ceux qui ont veû plus
clair que les autres : Il n'en est pas ny moins grand Sainct
ny moins grand Docteur. Les hommes ne sont pas les mesmes hommes à toutes les heures du jour : Comme les Fous
ont quelquefois de bons intervalles, les Sages en ont quelquefois de mauvais.

O Gouffres! ô Abysmes de l'Amour de Dieu! Iettons-nous dedans sans
apprehender : il y a du plaisir à s'y perdre.

Ie suis de l'avis du Predicateur, et ne blasme point cette
belle fougue de devotion. Les abysmes de l'amour de Dieu
sont les seuls abysmes où il y a du plaisir à se perdre, parce
qu'vne telle perte est avantageuse et qu'on se retrouve en
se perdant. Quand vn mouvement extraordinaire de pieté
pousse les ames hors de leur assiette naturelle, elles changent de place pour estre en vn meilleur lieu. Les cheutes
sont heureuses quand on tombe de la terre dans le Ciel. Il
n'y a point d'eslevation qui soit si haute que pareilles cheu-

tes, et ce n'est pas de la mesme sorte qu'Agrippine *fit descendre son Mary dans le Ciel.*

Vn jour nous pourrons dire quelque chose de cette descente que vous avez veuë dans les Satyres de Iuvenal. Disons maintenant que c'est vn desespoir heroïque, que c'est vne divine fureur, de se precipiter dans la Souveraine felicité. Disons que l'infinité de ce bonheur ne sçauroit estre mieux representée que par la vaste estenduë de l'Ocean, que par la profondeur de ses gouffres et de ses abysmes. Les choses de l'autre Monde sont si grandes, qu'il n'y a point d'excez qui ne devienne mediocrité lors qu'il est question de les faire entendre à ce Monde icy. Il n'en est pas de mesme des choses inferieures, qui ont leurs proportions et leurs mesures, selon lesquelles il en faut parler. Rien n'est si voisin du haut stile que le Galimatias : le Ridicule est vne des extremitez du Subtil. Et je ne puis approuver ce Poëte Italien, qui, apres avoir loüé toutes les beautez d'vne riviere, pour couronner toutes ses loüanges par vne subtilité merveilleuse, conclut *que l'eau en est si belle, qu'il y auroit de la volupté à s'y noyer.* Vn autre Italien, parlant de la mort de Marulle, qui fut emporté par le courant d'vne autre riviere la voulant passer à gué : *Il meritoit,* dit-il, *de se noyer dans la Riviere des Muses,*

Aonio mergi flumine debuerat,

comme si on se noyoit plus doucement et plus agreablement en vne riviere qu'en vne autre. Comme si mourir en Grece estoit plus de la dignité d'vn grand Personnage que de mourir en Barbarie.

Ie recevrois mal ces sortes de subtilitez quand elles me viendroient de Rome et du Vatican. Et je n'ay garde de trouver bon qu'on redie en France *se noyer dans un fleuve de delices,* quoy que celuy qui l'a dit la premiere fois soit

vn de mes chers amis : Ne luy en desplaise, ce n'est pas penser à ce qu'on dit. Se noyer est vne mauvaise chose, fust-ce
dans vne pipe de Malvoisie qu'on se noyast : Vous sçavez
l'exemple de l'Histoire d'Angleterre. Le terme de se noyer
ne peut exprimer la possession d'vn bien, la joüissance d'vn
plaisir, vn estat où l'on se trouve à son aise. L'image d'vn
homme qui se noye, en quelque lieu que ce soit, en quelque
liqueur que ce puisse estre, ne peut jamais estre que funeste :
Elle offense tousjours les yeux et l'esprit. Elle n'est gueres
plus agreable que celle d'vn homme qui se pend, quand il
se pendroit avec vne corde d'or et de soye, quand ce seroit
avec vn collier de diamans ou de perles, et qu'il choisiroit
pour cela le plus beau Cedre du mont Liban.

Le peu de respect que les Ministres portent aux Peres en les alleguant, etc.

Ils commencent pourtant à estre vn peu plus honnestes et
à les traiter plus civilement. Depuis quelque temps ils s'accoustument à Sainct Hierosme, à Sainct Augustin et à Sainct
Ambroise. De dire comme ils disoient autrefois Hierosme,
Augustin et Ambroise, il me semble que c'est degrader les
Peres en les alleguant. Mais non-seulement c'est les degrader et leur oster vne qualité que l'Eglise et le consentement
des Peuples leur a donnée, c'est de plus leur dérober vne
partie de leur nom, c'est en retrancher la premiere et la
plus importante syllabe. *Sainct* est tellement joint et lié, tellement colé et incorporé à Ambroise, à Hierosme et à Augustin, qu'il en fait comme vn membre essentiel : il en fait
mesme la teste, et le reste n'est plus que son tronc. Ce seroit
donc les décapiter que de leur ravir ce tiltre, sans lequel ils
ne sont pas reconnoissables au Monde Chrestien. A mon gré,
ils ne seroient pas plus defigurez si on les appeloit *Broise,*
Rosme et *Gustin*, que si on les appelle simplement Ambroise,
Hierosme et Augustin.

Mais advoüons la verité toute entière. Comme c'est estre trop Huguenot que de nommer ainsi les saincts Peres, aussi c'estoit faire trop le Catholique, et vouloir estre trop opposé aux Huguenots, que d'adjouster le nom de *Monsieur* à celuy de *Sainct*, et d'appeller Monsieur Sainct Ambroise, Monsieur Sainct Hierosme et Monsieur Sainct Augustin. Dans la lumiere de la gloire qui les environne et qui les penetre de tous costez, dans la Souveraine Grandeur dont ils sont en possession, ils sont eslevez d'vne distance infinie au-dessus de nos qualitez et de nos tiltres, au dessus de nostre Monsieur, de nostre Monseigneur, et mesme de nostre Sire. Neantmoins, au temps de nos Peres, les Eglises de Paris retentissoient de pareils Messieurs : Le Barreau suivoit l'exemple des Chaires, et l'Advocat General de la saincte Ligue, le celebre Loüis d'Orleans, n'alleguoit jamais les Peres d'vne autre façon : Ce Ligueur zelé pensoit par là faire honneur aux Saincts et faire despit aux Huguenots.

C'est la beauté de l'Eglise et la Gloire de l'Humilité, de voir les Roys prosternez devant les Prestres, de les voir descendre de leur Throsne pour se sousmettre au Tribunal de la Confession.

Cela s'appelle parler noblement des affaires de l'Eglise et des choses de la Religion. l'approuve bien plus ce langage que celuy du Pere que nous avons veû à la Cour, et qui, apres en estre sorty, avoit accoustumé de parler de cette sorte : *Du temps que j'avois l'honneur de servir le Roy en sa conscience,* pour dire *du temps que j'estois Confesseur du Roy.* La Phrase me semble bien delicate. En cette occasion, le mot de *servir* est inferieur à la chose qu'il signifie : Il avilit la noblesse de l'action et la dignité du Ministere ; Il est trop Courtisan, et sent trop la Milice Palatine. Le Confesseur du Feu Roy d'Espagne connoissoit bien mieux la grandeur de sa Charge et la Souveraineté de la Iurisdiction qu'il exerçoit. Vn jour le duc de Lerme le voulut traiter de petit Compagnon et luy parler avec mespris. A qui pensez-vous avoir affaire? luy respondit-il; Vostre faveur est bien moindre que la mienne. SÇACHEZ QVE VOVS VOVS ATTAQVEZ A VN HOMME QVI A TOVS LES IOVRS DIEV ENTRE LES MAINS, ET VNE FOIS LA SEMAINE LE ROY A SES PIEDS. Nous apprenons de là le stile du Confesseur dans la broüillerie qu'il eut avec le Favory, et la devotion du Roy, qui se confessoit toutes les semaines.

En ce temps-là la Providence divine estoit accusée par les hommes de la longue prosperité d'vn si mauvais Prince.

Il est vray qu'on parloit ainsi avant que la Religion Chrestienne eust reformé le langage. On accusoit les Dieux de tout le mal que faisoient les hommes. La Providence divine estoit prise tous les jours à partie par quelqu'vn qui se plaignoit que les choses du monde n'alloient pas comme il eust voulu. CE TYRAN HEVREVX PORTE TESMOIGNAGE CONTRE DIEV. C'est vn ancien mot allegué par vostre Ciceron; Et il n'est rien de si vulgaire dans les vers des Poëtes payens que le crime de leurs Dieux et de leur Destin : *Crimen Deorum, Fatorum crimen*, etc. Cinthia est malade, et si elle meurt de sa maladie, dit le Poëte amoureux de Cinthia, *vne si belle Morte sera le crime du Dieu de la Medecine.*

Tam formosa tuum Mortua crimen erit.

Depuis Constantin mesme, et sous les enfans de Theodose, il y a des exemples de ces blasphemes Poëtiques et de cette profane liberté. Si Rufin n'eust esté puni de ces crimes, on alloit appeller les Dieux en justice comme fauteurs et complices de Rufin :

Abstulit hunc tandem Rufini pœna timorem.
Absolvitque Deos.

Vn de nos Poëtes a dit je ne sçay quoy de semblable, mais en verité d'vne excellente maniere, et sa copie passe tous ces originaux. Ie vous la propose comme vn chef-d'œuvre dans cette Ode, qu'on peut opposer aux plus belles et aux plus achevées de l'Antiquité. Le Dieu de Seine parle à vn Favory qui passoit sur le Pont-neuf.

> Va-t'en à la mal'heure, excrement de la Terre,
> Monstre qui dans la Paix fais les maux de la Guerre,
> Et dont l'orgueil ne connoist point de loix;
> En quelque haut dessein que ton esprit s'égare,
> Tes jours sont à leur fin, la cheute se prepare,
> Regarde-moy pour la derniere fois.

> C'est assez que cinq ans ton audace effrontée,
> Sur des aisles de cire aux estoiles montée,
> Princes et Roys ait osé défier;
> La fortune t'appelle au rang de ses victimes,
> Et le Ciel accusé de soustenir tes crimes,
> Est resolu de se justifier.

En tout le Poëme il n'y a qu'vn mot qui ne me plaist pas, et que je voudrois avoir changé pour vn autre.

Excrement de la Terre me semble trop bas pour vn Tyran, c'est-à-dire pour vn Criminel illustre, né à la ruïne de la Patrie, alteré du sang des Citoyens, et partant plus haï que mesprisé. *Engeance de la Terre* seroit peut-estre mieux, parce qu'il feroit allusion à la naissance des Geans, que la Fable appelle enfants de la Terre. Le mot d'*excrement* est d'ailleurs assez vilain et d'assez mauvaise odeur : En sa plus honneste signification il ne peut signifier que les rats. les mouches, les vermisseaux et autres creatures imparfaites qui se forment de la corruption de la Terre.

Si Alexandre n'eust pas esté Alexandre, il eust voulu estre Diogene, tant la Pauvreté vertueuse se fait estimer par la Royauté mesme et par la Grandeur.

Pour moy, en cette occasion, je ne sçaurois estre complaisant à la Royauté mesme et à la Grandeur. Celuy que toutes les Nations et que tous les Siecles ont loüé n'aura point icy de mes loüanges. SI IE N'ESTOIS ALEXANDRE, IE VOVDROIS ESTRE DIOGENE. Le Predicateur a trouvé ce mot extrêmement bon, et moy je le trouve extrêmement mauvais. Car, à vostre advis, et dans la verité de la chose, qu'est-ce que c'est que d'estre Diogene ? Ie vais vous le dire, en traduisant seulement le Texte Grec, sans aucune addition de ma part.

Estre Diogene, c'est violer les Coustumes establies et les Lois reçuës, c'est n'avoir ny pudeur ny honnesteté, c'est ne connoistre ny parent, ny hoste, ny amy ; c'est ou japper, ou mordre toujours ; c'est manger en plein marché vne sole cruë ou de la viande toute sanglante ; c'est offenser les yeux du Peuple par des actions encore plus sales et plus vilaines, des actions pour lesquelles il ne doit point y avoir d'assez grand secret ny d'assez profonde solitude. Voila ce que c'est que d'estre Diogene, et ce qu'Alexandre vouloit estre s'il n'eust esté Alexandre.

Il ne pouvoit pas sortir vn plus mauvais mot de la bouche du Disciple d'Aristote, et le Predicateur ne pouvoit pas desobliger davantage ceux qu'il avoit dessein de loüer, qu'en se servant d'vne comparaison si odieuse, pour le moins à quiconque n'est pas estranger dans les bons Livres. La modeste pauvreté des Philosophes Chrestiens n'a rien de commun avec la Gueuserie effrontée des Philosophes Cyniques. Ces Philosophes extravagans faisoient profession d'orgueil, d'impudence et d'impureté : Ils haïssoient les Hommes sous pretexte de haïr les Vices : Ils vouloient que leur barbe, que leur misere, que leurs ordures fussent adorées. Tout ce que

je viens de dire est bien esloigné de la douceur, de la chasteté, de l'humilité du Christianisme : Nos Philosophes sont
les Antipodes de ceux-là.

Chose deplorable! Ils nient celuy qu'ils ne peuvent ignorer. La Cour,
les Villes et la Campagne sont pleines de ces gens-là. Autrefois, l'Impieté
n'alloit que de nuit et ne parloit qu'à l'oreille; Aujourd'huy, elle triomphe
en plein jour, etc.

Ie ne puis luy accorder ce qu'il dit. Son exageration est
trop injurieuse à la France et au temps present. Il n'est point
de Siecle, je le sçay bien, qui ne soit remarquable par quelque Monstre : Mais le bon est que les Monstres ne font point
d'espece, et qu'ils finissent sans multiplier. Quand mesme
ils ne seroient pas steriles, et que la corruption des mœurs
les voudroit faire durer dans le Monde, la Police de France
pourvoit à cét inconvenient, et les Parlements chastient ceux
qui sont eschappez à l'Inquisition.

Ie vous diray à ce propos que j'ay esté spectateur de l'horrible Tragedie dont vous avez esté auditeurs plus d'vne fois,
puisque vous avez veû souvent le Chevalier de l'Escale. Ie
parle de la mort de Lucillio, à laquelle je ne songe jamais
qu'il ne me ressouvienne de celle de Capanée. Cette Fable
devant Thebes est devenuë Histoire à Tholose : Et vous ne
serez pas faschez, je connois vostre curiosité, que je vous
fasse la Comparaison de deux Spectacles qui ont tant de
rapport l'vn à l'autre.

Considerez dans le dixiesme Livre de la Thebaïde cét ennemy de la Religion receuë et des Loix de son Pays. Il fait
profession de n'adorer que son bras et que son espée. Ce sont
les seules Divinitez qu'il reconnoist et qu'il invoque allant
au combat. Voyez comme il défie Iupiter et son Tonnerre,
comme il se mocque d'Apollon et de son Oracle, comme il
ne sçauroit ouvrir la bouche sans braver les Puissances Su-

perieures. A la fin vne si haute insolence ne pouvant plus estre supportée, et le Ciel estant las d'estre outragé par vn enfant de la Terre, il fallut luy faire sentir la foudre qu'il mesprisoit, et le punir de la peine des Geans. Capanée est donc abbattu, à la veuë de Thebes et de l'Armée, par vn coup qui fait trembler les Assiegez et les Assiegeans. Mais il est tout en feu, et il blaspheme encore en cet estat-là. N'ayant plus ny parole ny voix, il murmure et souffle contre le Ciel. Il voudroit tonner aussi bien que luy. Il luy fasche que Iupiter ait le dernier mot ; Et, pour conclure avec le Poëte qui a representé vne extravagance si furieuse,

> Si le premier esclat ne l'avoit mis en poudre,
> Il alloit meriter vne seconde foudre.

L'Original Latin porte :

> Et si jam tardius artus
> Cessissent, poterat fulmen meruisse secundum.

Apres avoir leû dans les Traductions d'Amyot :

> Elle produit drogues medecinales
> Tout pesle-mesle, autant bonnes que males.

et

> Cétuy, malgré Phebus, a semé des enfans,

je me suis hazardé de traduire aussi à ma mode les vers des Anciens, et de dire en rime QVE LES TOVRMENS NE CONVERTIRENT POINT LE COVPABLE.

Mais, pour venir à la seconde piece de nostre comparaison, Capanée n'a-t'il pas esté la figure de Lucillio, et Lucillio n'a-t'il pas joüé tout de bon le Capanée de son Siecle ? N'a-t'il pas fini par la mesme Catastrophe ? Il est certain qu'il conserva ses abominables opinions jusques dans la mort et dans les supplices. N'ayant plus de langue sur l'eschafaut (car elle luy fut coupée dés la prison), il faisoit des signes d'impieté. Son obstination et sa dureté ne purent estre vaincuës, ny par la severité des Iuges, ny par la doctrine des Theologiens, ny par la presence du feu, ny par le voisinage de l'Enfer. Cet homme, visiblement reprouvé, a noircy son Siecle par sa naissance, a soüillé par sa vie et par sa mort notre pays et le sien. Mais, quoy qu'il en soit, ce n'estoit qu'vn homme, et cet homme n'a laissé ny Race ny Secte.

On ne peut donc pas dire que la Cour, les Villes et la Campagne soient pleines de ces gens-là : Beaucoup moins que l'Impieté triomphe en France, puis que les Impies y sont bruslez tous vifs quand on les defere à la Iustice, comme Lucillio à Tholose, et qu'ils sont traisnez à la voirie apres leur mort, quand leur mort previent leur condamnation, comme Cosme Roger à Paris. Vous verrez à loisir cette autre Tragedie dans les Livres de la Vie de Monsieur de Thou. Mais advoüez-moi cependant que voila vn Triomphe bien triste et bien funeste au Triomphateur. Et remarquez de plus, s'il vous plaist, qu'outre que ces exemples sont rares en ce Royaume, ils sont de deux hommes venus de delà les Monts. L'un estoit de Florence et l'autre de Naples : Et j'aime beaucoup mieux encore que le troisiesme Exemple que j'ay à vous alleguer, et que je vous promis il y a quelques jours, soit d'vn Prince estranger que s'il estoit d'vn Prince François.

Vne heure avant que ce Prince rendist l'esprit, le Theologien Protestant qui preschoit d'ordinaire devant luy l'estoit venu visiter accompagné de deux ou trois autres de la mesme communion. S'approchant de son lict avec vne profonde reverence, il le conjura au nom de toute leur Eglise de vouloir rendre quelque tesmoignage de la Religion qu'il professoit. et de faire vne espece de confession de Foy qui pust

estre recueillie de la Compagnie, afin, disoit-il, que les
dernieres paroles d'vn si grand Personnage se conservassent
dans la memoire des hommes, et donnassent de l'authorité
à l'opinion qu'il avoit suivie. A cette demande, le Prince se
mit vn peu à sourire, et luy respondit incontinent apres :
*Monsieur mon amy, j'ay bien du desplaisir de ne vous pou-
voir donner le contentement que vous desirez de moy. Mais
vous voyez que je ne suis pas en estat de faire de longs discours ny de vous rendre compte de ma Creance par le menu.
Ie vous diray seulement en peu de mots* QVE IE CROY QVE DEVX
ET DEVX FONT QVATRE ET QVE QVATRE ET QVATRE FONT HVIT. *Monsieur Tel*, montrant du doigt vn Mathematicien qui estoit là
present, *vous pourra esclaircir des autres points de nostre
Creance.*

Cette Histoire, connuë de peu de personnes, est vn secret
domestique que je tiens d'vn Gentil-homme d'honneur et
bien informé. Ie ne vous nomme point le Prince qui avoit
vne si belle Religion : il me suffit de vous dire qu'il ne manquoit pas des vertus morales. Il ne juroit que Certes et il ne
buvoit que de la Tisanne. Il estoit extrêmement reglé en tout
ce qui paroissoit de luy au dehors. Et c'est de quoy je m'estonnerois extrêmement si je n'avois vn peu estudié le Monde.
C'est ce qui m'oblige d'advoüer, à la honte de la Nature humaine, que l'Homme est vn animal bien divers et bien
bigarré, que les Centaures et les Chimeres ne l'estoient pas
davantage; que non seulement il est composé de pieces differentes, mais quelquefois aussi de pieces contraires.

Ie ne trouve point estrange que la Santé s'eschappe de la
sujetion des Loix, que la Desbauche soit oublieuse de son devoir, que le Vice engendre l'Impieté. Mais de voir au milieu
de la mort vne froide et tranquille mescreance, mais de dire
qu'on puisse estre furieux sans émotion; que la Douceur et
la Modestie se rencontrent avec les derniers effets de la Rage
et du Desespoir, avec le renversement des Temples et des

Autels, c'est en verité ce que je ne puis pas bien comprendre. Sera-ce vn Sobre et vn Continent qui viendra esbranler les fondemens de l'estat du Monde? qui se declarera Ennemy de l'ordre et des reglemens de la grande Republique? Ces derniers impies sont encore plus rares que les premiers, et à Dieu ne plaise qu'il y ait multitude des vns ny des autres! Ie ne sçaurois le croire pour l'honneur de nostre Siecle.

Sur la fin du dernier Sermon, il y auroit bien de la matiere à remuër pour vne humeur reprenante et pour vn Grammairien pointilleux. Mais ne soyons ny trop severes ny trop indulgens. Arrestons-nous à quelque terme douteux et qui vaille la peine d'estre examiné : passons sur les autres, qui sont absolument bons ou absolument mauvais. Mais je vous demande premierement du nombre desquels vous croyez que soient ceux-cy : *la Superbe* pour l'Orgueil, *Emperiere* pour Imperatrice, *Affectueusement* pour Passionnément, etc. Toute la Compagnie trouva qu'ils n'estoient pas absolument bons. Il n'y eut que le Vicaire de la Paroisse qui s'opposa à ce jugement : Et là-dessus ayant allegué des Autheurs dont personne que luy ne reconnoissoit l'authorité, Socrate se contenta de luy respondre par vn signe de teste et continua son Examen.

A vostre advis, est-il permis à vn Orateur, et mesme à vn Poëte, de dire que *Godefroy de Boüillon et tant d'autres Heros Chrestiens ont esté planter leurs lauriers jusques sur les vives de l'Euphrate?*

Planter des lauriers n'est autre chose, ce me semble, en sa plus noble signification, que de faire des allées ou des palissades, et cette action appartient à l'Agriculture et non pas à l'Art de la Guerre. Les Iardiniers plantent les lauriers et on en couronne les Victorieux. C'est à quoy peu de nos gens ont pris garde, et ces belles phrases sont imprimées dans les

plus beaux Ouvrages que nous ayons. Ne croyez vous pas
que, pour bien parler, il faudroit parler plus correctement?
Cesar a merité mille lauriers et mille statuës : Il y a pourtant grande difference entre Cesar et vn planteur de lauriers, entre vn Conquerant et vn faiseur de statuës. Les Iardiniers et les Bouquetiers, les Sculpteurs et les Doreurs
fournissent l'estoffe et les ornemens du Triomphe, travaillent à la decoration des Theatres et au reste de la ceremonie qui doit honorer les actions militaires : Mais ceux
qui ont fait ces actions et qui doivent triompher ne se meslent point de ce travail.

Saincte Paule, cette brave Veuve, cette Heroïne de Sainct Hierosme.

C'est l'opinion d'vn de nos Amis que l'epithete de *Brave*
ne se peut donner à vne femme, qui ne va point à la Guerre,
et par consequent qu'il n'appartient de droit qu'à Penthesi-
lée, Reyne des Amazones; qu'à Tomyris, Reyne des Scythes;
qu'à Zenobie, Reyne des Palmyreniens, etc. Au deça de la
riviere de Loyre on dit *vn Brave Advocat* et *vn Brave Predicateur.* Et peut-estre qu'en quelque lieu plus esloigné de
Paris, et plus voisin des Monts Pyrenées, on dit vn Vaillant
Advocat et vn Vaillant Predicateur. Nous avons veû à la Cour
vn Autheur de ce pays-là qui se vantoit de tailler sa plume
avec son épée : n'estoit-ce pas vn vaillant Autheur? Vn Prelat
du mesme pays, Deputé à l'Assemblée des Estats generaux
tenuë à Paris, respondit à vn autre Deputé qui luy contes-
toit quelque chose dans l'Assemblée : *Hors d'icy, vous n'ose-
riez me le soustenir l'espée à la main!* Ce Prelat n'estoit-il
pas vn vaillant Prelat ?

Puis qu'il se sert de *Reliques* où il devroit se servir de
Restes, je m'imagine qu'en quelque autre lieu il prend les
Restes pour les *Reliques.* Comme il dit icy les Reliques de la

Guerre, recueillir les Reliques de son Naufrage, sauver les
Reliques de sa Fortune, il y a de l'apparence qu'il dit ailleurs les Restes de Sainct Pierre et de Sainct Paul, honorer
les Restes des Martyrs, aller à l'adoration des Restes le jour
du Ieudy absolu. Il y a certains mots consacrez à la Religion
et aux choses sainctes : Il ne faut point les profaner en les
employant à vn autre vsage, et il me semble que le mot de
Reliques est vn de ceux-là.

Sainct Paul avoit fort bonne grace quand il disoit.

Ou je me trompe, ou la bonne grace n'est pas plus icy en
sa place que la beauté. J'aimerois autant qu'il dist : S. Paul
estoit bien joly de dire, ou : S. Paul ne fust jamais plus
agreable que quand il disoit.

Mais la nuit est desja bien avancée et dix heures viennent
de sonner. Laissons vn examen si peu important pour songer à celuy de nostre conscience. Pour vacquer à la chose qui
est seule necessaire, quittons les autres choses qui sont toutes inutiles. Ce que nous allons faire dans la Chapelle vaut
bien mieux que ce que nous venons de faire dans le Cabinet.
Vous vous souvenez du vieux Pedagogue de la Cour, et
qu'on appelloit autrefois le Tyran des mots et des syllabes,
et qui s'appelloit luy-mesme, lors qu'il estoit en belle humeur, le Grammairien à lunettes et en cheveux gris. N'ayons
point dessein d'imiter ce que l'on conte de ridicule de ce
vieux Docteur. Nostre ambition se doit proposer de meilleurs
Exemples. J'ay pitié d'vn homme qui fait de si grandes dif-
ferences entre *pas* et *point*; qui traite l'affaire *des Gerondifs*
et *des Participes* comme si c'estoit celle de deux Peuples
voisins l'vn de l'autre et jaloux de leurs frontieres. Ce Docteur en langue vulgaire avoit accoustumé de dire que, depuis tant d'années. il travailloit à dégasconner la Cour, et

qu'il n'en pouvoit venir à bout. La Mort l'attrappa sur l'arrondissement d'vne Periode, et l'an climaterique l'avoit surpris deliberant si *Erreur* et *Doute* estoient masculins ou feminins. Avec quelle attention vouloit-il qu'on l'escoutast quand il dogmatisoit de l'vsage et de la vertu des Particules?

Croyons-en les anciens Peres, et si vous le voulez, croyonsen mesme les Peres Modernes. Suivons le conseil que le Pere Leonard Lessius donnoit à son amy Iuste Lipse. C'EST ASSEZ FAIRE L'ENFANT ET S'AMVSER A CE IEV DE MOTS ET DE SYLLABES; IL FAVT VIEILLIR PLVS SERIEVSEMENT ET DANS DE PLVS GRAVES ET DE PLVS IMPORTANTES PENSÉES. La proprieté, la regularité, la beauté mesme du langage ne doit pas estre la fin de l'homme. Il ne faut pas songer aux roses et aux violettes quand la saison de la recolte est venuë.

DISCOVRS ONZIESME.

DE LA LECTVRE DES SAINCTES ESCRITVRES ET DES SAINCTS PERES.

Au delà du Cabinet où nous avions accoustumé de nous assembler, il y a vne petite Galerie qui regarde sur la riviere et qui est détachée du reste de la Maison. On y monte par vn escalier desrobé, et le Maistre du logis la pourroit appeller sa Bibliotheque, s'il vouloit donner au choix le nom qui se donne à la multitude. Il n'y a que de bons et de saincts Livres en cette Galerie, et Socrate n'ayant plus de commerce

qu'avec ces derniers, les visitoit d'ordinaire le matin, apres
avoir fait ses prieres dans vne Chapelle proche de là.

Durant ce temps privilegié, dont il ne faisoit part à personne, il s'entretenoit avec les Prophetes et les Apostres,
avec les Peres Grecs et Latins. Il s'adressoit tantost à l'vn et
tantost à l'autre, estant tous ouverts sur de grands Pupitres
de sapin, verny d'vn verd extrêmement vif, la plus-part à
trois et à quatre faces. Vn jour qu'il nous tardoit à venir et
que l'heure de sa sortie approchoit, quelqu'vn de la troupe,
plus libre et plus hardy que les autres, nous conseilla de
monter dans la Galerie. Nous le trouvasmes auprés d'vn de
ces Pupitres, le vieux Testament, les Œuvres de Sainct Denis
et vn Tome des Homilies de Sainct Chrysostome devant luy. Il
ne fut pas fasché de nous voir, encore qu'il ne nous attendist
pas : Et, apres quelques civilitez qui durerent peu, il nous
fit ce Discours pour nous rendre compte de ce qu'il faisoit.

Donnons pour le moins ce qui nous reste à celuy à qui
nous devrions avoir tout donné. Nous avons vescu avec Hero-
dote et avec Homere. Mourons avec Moïse et avec Iob. Ie
cherche icy de quoy me rendre plus homme de bien, et non
pas plus eloquent, quoy que l'eloquence se trouve icy aussi
bien que la vertu, quoy que la Critique payenne ait remarqué son genre sublime dans le stile de Moïse. Mais cette sublimité de stile n'est pas aujourd'huy l'objet de ma passion. Ie
vise à vne plus haute sublimité. I'ay besoin de quelque autre
chose pour estre heureux. Ie suis en queste de la Verité,
mais de l'importante et de la necessaire Verité. Il faut apprendre la langue du Ciel, où nous avons à trafiquer, où
doit estre nostre commerce, où sont nos veritables affaires.
Il faut estudier en la science des Saincts, dont nous voulons
augmenter le nombre.

Que s'il se rencontre des difficultez aux avenuës de cette
science, ce n'est pas vne excuse qui puisse justifier la pa-

resse et la lascheté des Ignorants. Si la parole de Dieu est quelquefois raboteuse, si elle heurte le sens et fait peine à la raison, ne nous rebutons point pour ses pierres et pour ses espines. Au lieu de les esplucher et de les compter, je les laisse là et tasche de passer outre. Je saute aux endroits où je ne puis pas cheminer facilement. Ie veux suivre Moïse, à quelque prix que ce soit ; et dans le dessein que j'ay de le suivre, je ne desespere point du succez de mon voyage. Ie ne perds point cœur pour voir de la fumée, des nuages et des broüillars qui environnent le lieu où Dieu parle. Il a tousjours pris plaisir à parler de cette sorte, et, en cecy, la Saincte Montagne a figuré la Saincte Escriture. I'adore la lumiere de cette Escriture, mais j'en adore aussi les tenebres. Ce que j'ay entendu, je l'ay admiré ; Ce que je n'entends pas, je l'admire encore davantage. Quelqu'vn a dit autrefois cela de la Physique d'vn Philosophe payen ; Ne me sera-t'il pas permis de le dire de la Metaphysique Chrestienne ?

La Parole de Dieu sera tousjours difficile, sera tousjours obscure, apres mille et mille Expositions, apres des Montagnes de Commentaires et des Legions de Commentateurs. En voulez-vous sçavoir la raison ? C'est afin que Dieu enseigne tousjours, et que l'Homme estudie tousjours sous luy ; C'est afin que Dieu soit tousjours le Maistre, et que l'Homme soit tousjours l'Escholier.

Il est certain que, pour reüssir en vne lecture si difficile il n'y faut pas apporter des yeux purement humains et vn esprit ordinaire ; beaucoup moins des yeux de Grammairien et vn esprit de Sophiste. Là dedans on ne voit rien par sa propre veuë : On ne discerne rien sans vne lumiere qui vient d'en haut, qui ne se communique pas à toutes sortes de Regardans, qui choisit les Yeux et les Lecteurs. Cette lumiere esclaire la simplicité et la soumission du cœur ; mais elle aveugle la vanité et l'eslevation de l'esprit : Et non seulement la voix de Dieu crie : HORS D'ICY, PROFANES ! mais aussi

Hors d'icy, presomptveux ! Dans l'explication des lettres sainctes, les petits Enfans de l'Eglise, les simples Catechumenes ont de l'avantage sur les Geans de l'Eschole, sur les vieux Rabins, sur ceux qui croyent estre assis dans la chaire de Moïse. La science du Ciel, aussi bien que le Royaume du Ciel, est le partage des Pauvres d'esprit de l'Evangile, et, pour en avoir vne parfaite intelligence, il s'en faut approcher avec vne extresme Humilité.

Mais cette vertu d'Humilité ne se trouve point dans les Ethiques à Nicomachus : Elle n'a point esté connuë d'Aristote. Aussi sa connoissance, quelque relevée qu'elle ait esté, n'est pas montée plus haut que le globe de la lune ; et, comme il n'a presque rien ignoré des choses inferieures, il n'a presque rien sceû de celles du Ciel. Pour aller là, il estoit trop regulier et trop methodique. En matiere de Religion, on ne sçauroit s'eslever qu'en se faisant plus petit qu'on n'est, qu'en s'abaissant au dessous de soy-mesme et de sa raison ; que par des moyens qui semblent contraires à leur fin et qui eussent paru absurdes à Aristote.

Disons-le donc, et redisons-le à la honte de l'Academie et du Lycée. L'Humilité des Chrestiens est appellée dans le Sanctuaire parce qu'elle s'arreste sur les premiers degrez du Portique ; et la confiance des Philosophes est repoussée de ce lieu sacré, parce qu'elle y veut aller d'elle-mesme et entrer sans passe-port. On fait bien plus de progrez dans la connoissance de Dieu par l'exercice de la Priere et par l'estude de la Theologie. Et comme à la Cour des Roys vne heure de faveur vaut mieux que dix années d'assiduité, il en arrive icy tout de mesme. Il s'en faut bien que le travail des Curieux ne penetre aussi avant que la patience des Humbles, et que l'Homme ne puisse autant acquerir que Dieu peut donner.

C'est de pareils dons et de pareilles largesses que se sont enrichis les premiers Fideles, avant que Charlemagne eust fondé des Vniversitez, avant qu'il y eust d'Escholes de Theo-

logie et de Sommes de Theologie, avant que les Escossois fussent venus crier à Paris au milieu des ruës : LATIN ET SCIENCE
A VENDRE ! C'est en cette Source qu'ont puisé les Apostres et
les anciens Peres Grecs et Latins, Sainct Denis que voila sur
mon Pupitre.

La Compagnie eust bien voulu descouvrir le sentiment de
Socrate sur le subjet de Sainct Denis, et sçavoir ce qu'il
croyoit au vray de la naissance de ce sublime Escrivain, du
merite de ses Escrits, du temps où il a escrit. Mais Socrate
ne se fit entendre là-dessus qu'avec reserve, et sans prendre
part aux divers procez qui se sont meûs entre les Sçavans
du dernier siecle.

A quoy bon, dit-il, s'agiter si fort, et combattre avec tant
de chaleur sur des Questions si peu importantes ? De là ne
dépendent pas les destinées de l'Eglise, le salut des Fideles
et la Felicité que je cherche. Pourquoy former des partis et
des factions dans la Republique des Lettres, soit pour maintenir ou pour disputer à Sainct Denis la qualité d'Areopagite,
soit, comme dernierement en vne Compagnie où je me trouvay, pour oster ou pour conserver aux Mages qui vinrent adorer Iesus-Christ les couronnes que les Peintres mettent sur
leurs testes ? Ie ne prononce point là-dessus, quoy que l'occasion m'y conviast, et que vos yeux et vostre visage m'en
sollicitent. Ie ne veux condamner ny l'vn ny l'autre party.
Mais il me semble que la qualité de Sainct est bien plus noble et bien plus illustre que celle d'Areopagite; et quand tous
les Roys de la Terre le devroient trouver mauvais, j'estime
beaucoup plus la Sagesse que la Royauté.

Le Tribunal de l'Areopage est trop peu de chose pour relever la dignité du nom Chrestien. Le Christianisme donne
de l'esclat et de la noblesse à qui que ce soit et n'en reçoit
de personne. Il n'y avoit point de Chrestien, en ces temps
heroïques de la primitive Eglise, qui ne valust plus que tou

l'Areopage d'Athenes, que tous les Ephores de Lacedemone. que tous les Peres Conscripts et que tout le Senat de Rome.

De l'autre costé, faut-il remuër Ciel et Terre et faire la guerre à outrance contre des gens qui aiment si fort les beaux Noms et les beaux Offices, qui ont tant de passion pour les dignitez et pour les emplois de la Republique? Ils pensent, avec la pluspart des gens de Paris, que c'est vn grand malheur que de n'estre pas Officier ; et pour quelque consideration secrete, l'interest de Sainct Denis leur estant aussi cher que leur propre, ils veulent luy conserver vne Charge qui luy a esté donnée, ou par son Siecle ou par la Posterité. Ce qu'ils disent ils le sçavent peut-estre de bonne part, comme disoit vn honneste homme de ma connoissance. Ils ne l'asseureroient pas si affirmativement aux autres s'ils n'en estoient eux-mesmes bien asseurez. Et sans parler de Revelations que de plus Hardis allegueroient sur ce subjet. ils ont peut-estre quelque Tiltre de foy irreprochable, quelque Manuscrit de venerable vieillesse, outre les premieres Pieces qu'ils ont produites.

Mais d'ailleurs, tous les escrits du Volume qui porte le nom de Sainct Denis sont-ils de la mesme main et du mesme esprit? Vne partie ne peut-elle pas estre de Sainct Denis l'Areopagite et vne partie de quelque autre Autheur? Ce qui est rapporté contre la foy de l'Histoire, et qui ne s'accorde pas bien au siecle de l'Areopagite, ne peut-il pas estre d'vn Estranger qui s'est introduit dans la possession d'autruy, et qui a pris vn autre nom que le sien?

Pour moy, bien loin de disputer à Sainct Denis la qualité d'Areopagite, je ne m'oppose pas mesme au Cardinalat de Sainct Hierosme; et quand il ne tiendroit son chapeau rouge que de la faveur des Peintres et de la credulité du peuple, je ne veux point luy faire vn procez sur les ornemens de son portrait. Ie ne touche point à vne piece que l'Eglise ne propose pas comme vn article de foy, mais qu'elle souffre comme

vne fantaisie de pieté. Ces marques d'honneur et de respect
ces faveurs et ces graces faites à des Morts, c'est-à-dire à de
gens qui ne sont plus en estat de s'en revancher, viennen
d'vne cause tres-honneste ; partent d'vn principe de cour
toisie et de liberalité, mais de courtoisie desinteressée et d
liberalité toute pure. Pour le moins ce sont des excez loüa
bles d'vne inclination bienfaisante, portée à donner et à
obliger ; et je n'ay garde de prendre à partie des personne
si bonnes et si officieuses.

Il y a des Docteurs plus fins et plus penetrans que ceux-c
dans les choses Grecques et Romaines, mais il n'y en a poin
de plus sousmis à l'authorité de Rome ny de mieux inten
tionnez. Ils ont crû que la Verité estoit quelquefois tro
courte et trop maigre, et qu'en ce cas-là il n'y avoit poin
de mal de l'allonger ou de la grossir par leurs inventions
Sur ce fondement, ils ont esté encore les Mediateurs de cett
belle amitié contractée entre Sainct Paul et Seneque, quel
que temps apres leur mort : il se sont imaginez qu'ils fai
soient vne bonne Œuvre de mettre bien ensemble deu
hommes si vertueux, et que ces deux hommes vivant e
mesme temps et dans vne mesme ville, s'ils n'ont esté amis
ils le doivent estre. Il n'y a rien en cela qui offense la vray
semblance ny qui choque la Chronologie. Vos gens de l'An
tiquité profane sont bien plus licencieux et plus temeraires
Vostre Virgile a bien marié vn Homme et vne Femme qu
non seulement ne se sont jamais veûs en toute leur vie
mais qui ont esté esloignez l'vn de l'autre de plus de cen
ans. Ie ne dis rien pour cette fois du Regent Pythagore e
de l'Escholier Numa.

Ouy, mais les Epistres qù'on a debitées sous le nom de
Seneque et de Sainct Paul ne sont ny de Seneque ny de Sainc
Paul. Ie n'oserois pas vous nier ce que vous asscurez si for
tement; mais il se trouvera vn Docteur aussi asseuré que
vous, et qui vous soustiendra avec vne force pareille à l

vostre (j'ay veû autrefois ce Docteur) que si ces Lettres ne
sont ny de Seneque ny de Sainct Paul, elles sont de quelques-
vns de leurs amis; elles peuvent estre de leurs Secretaires,
quoy qu'à mon advis ils les ayent escrites sans commandement et sans en avoir eu ordre de leurs Maistres. Des choses
si peu importantes ne devroient point semer de querelles
parmy les Citoyens d'vne mesme Republique, ne devroient
point déchirer en partis et en factions les sçavantes Assemblées. Pour cela, il ne faut battre personne ny sauter aux
yeux de ses amis. Il ne faut pas faire des affaires d'Estat de
tous nos petits differens, ny traiter de criminel de leze-Majesté, comme fait quelquefois Scaliger, des personnes qui
ne sont coupables que de leur innocence, que de leur bonté,
que de leur facilité à croire.

Tout le monde se trompe, de façon ou d'autre. Tout
homme se sent de l'infirmité humaine, et les Hebreux disent
que Iacob leur Pere a esté boiteux. Scaliger luy-mesme a
fait de faux pas; il a fait des jugemens temeraires. Que feront donc les Demy-sçavans, les Docteurs du second et du
troisiesme Ordre, des gens qui ont estudié tard, qui estudient
peu, qui vivent dans la Province, parmy la contagion des
mauvais Exemples, à six vingts lieuës de la Bibliotheque de
Monsieur de Thou et de la Conversation de Messieurs Dupuy?
Bien que la lumiere de ce Siecle nous ait esclaircis de beaucoup de choses dont nos Peres ont douté, il reste tousjours
quelque petit nuage de l'ancienne Barbarie. En certains
lieux il n'est pas encore bien jour : cette espaisse obscurité,
venuë sur le declin de l'Empire des dernieres parties du Septentrion, couvre encore vne partie de la Terre. Les Vandales
et les Goths ont corrompu toutes les belles et bonnes choses.
Ils ont mis la peste dans le Monde raisonnable, et il y a beaucoup d'endroits de ce Monde qui ne sont pas encore bien
purifiez.

Mais c'est assez et peut-estre trop de ces opinions contes-
tées. En pareilles rencontres je n'opine point : Ie me contente de rapporter les advis des autres. Ie vous diray seulement de moy vne chose assez particuliere, et de laquelle
quelqu'vn pourra s'estonner. Pour voir cét homme extraordinaire, ce Sainct Denis dont on m'avoit tant parlé, sans
partir de France, je fis autrefois vn voyage en Grece, je veux
dire que j'appris exprez la langue Grecque pour avoir plus
d'accez auprés de luy. Ie vis donc et consideray cét Homme,
que les vns croyent estre d'Athenes, les autres d'Alexandrie
et les autres de Corinthe. C'est vn Homme qui vole plus haut
que les Aigles. Il n'apporte rien sur la Terre qu'il n'ait esté
prendre dans le Ciel. Ie le vis, mais je le perdis aussi-tost
de veuë.

Apres ces paroles, Socrate se teut quelque temps, et prit
le troisiesme Volume qui estoit sur son Pupitre. Iusques-là
s'estant peu ouvert et ayant parlé avec retenuë, ce fut en
suite et sur le subjet de Sainct Chrysostome, dont il avoit les
Homilies entre les mains, qu'il se declara et qu'il s'espandit,
que son esprit et que ses paroles se desborderent, et certes,
d'vne si estrange sorte, qu'on peut dire qu'il commença son
Discours par vne espece d'Enthousiasme et qu'il passa de la
Prose à la Poësie, comme fait quelquefois l'autre Socrate dans
les Dialogues de Platon.

C'est cét homme, nous dit-il, qui vole encore bien haut;
Mais son vol est si reglé et si juste, qu'il y a tousjours plaisir
à le voir voler : On peut le suivre des yeux et de la pensée :
Il fend les airs sans se perdre dans les Nuës : Car vous sçavez
que les Esprits sont vne espece dans le genre des Oyseaux,
et que ç'a esté l'opinion des sages Hebreux. Celuy-cy a de
grandes ailes toutes peintes et toutes dorées. Il chasse devant luy les Nuages, la Nuit et l'Obscurité. Il fait naistre le
Iour en se montrant et par sa seule presence. Il crie, il
gronde agreablement. Ses plaintes et ses choleres sont belles.

En blasmant le Vice il plaist aux Pecheurs. Il n'est pas moins
Citoyen du Ciel ny moins Compagnon des Anges que le premier ; Mais il s'accommode mieux à l'vsage du bas Monde,
et s'apprivoise davantage avec les Hommes. Les Grecs l'ont
appellé Chrysostome, et les Barbares l'appellent comme les
Grecs.

Voulez-vous que nous disions encore quelque chose de
cét homme ? Expliquons pour le moins ce que nous venons
d'en dire. Ayant acquis les plus rares connoissances par la
force de la meditation, il en rend capables les plus vulgaires
esprits par la facilité du Discours. Ou il sait abbaisser la Verité jusqu'à nous, ou il sçait nous eslever jusqu'à elle : Ou
il a la vertu d'esclairer et de subtiliser les Ames, ou il a le
don d'esclaircir et de démesler la Doctrine.

O l'excellente et l'admirable maniere d'instruire les ames
et de debiter la Doctrine ! Ces Animaux de Gloire, ces ennemis de la Foy, ces superbes enfans d'Aristote, trouveroient
le Christianisme raisonnable en l'estat que Sainct Chrysostome le fait voir à la Raison : Leur Philosophie s'humilie-
roit devant nos Mysteres, si nos Mysteres leur estoient des-
couverts de cette maniere. Pour moy je les adorois avec
frayeur dans leur naturelle obscurité, et je les regarde maintenant avec plaisir dans la lumiere de ses paroles : l'avois
du respect pour des choses que je n'entendois point, et il
m'a donné de l'amour pour ces mesmes choses en me les
rendant intelligibles.

J'ay trouvé dans ses Homilies mille graces et mille beautez, mais toutes chastes et toutes viriles ; vne infinité d'ornemens, mais que la gravité souffre et que la bienseance conseille. Ce sont des ornemens tres-honnestes et tres-dignes de
celle qui les porte, de la vraye, de l'ancienne, de la venerable Theologie. Ils ne sont pas du Theatre ; ils sont de
l'Autel. Ils ne font point de la Reyne des Sciences vne Bala-
dine des places publiques, vne Comedienne de la Cour.

G.

Ma matiere croist entre mes mains, et j'ay quelque opinion que le Sainct m'inspire en parlant de luy. Ie vous l'advoüe, c'est vn de mes Saincts, et je suis vn de ses Devots. Ie l'invoque, je m'adresse à luy, et peut-estre qu'il me fera la mesme faveur que quelques-vns ont crû que luy fit Sainct Paul : Peut-estre qu'il me communiquera ses secrets, qu'il m'allumera de son feu, qu'il remplira mon esprit de l'abondance du sien. Mais en attendant vne si chere faveur, ne laissons pas d'en parler à nostre mode et d'en dire encore quelque chose.

Sans tomber dans l'excez que cherche le luxe, son Eloquence a toute la grandeur que peut permettre la modestie. On ne connoist point en ses Escrits la corruption de la langue de son Siecle, la foiblesse de l'expression humaine, la misere et l'infirmité de l'esprit de l'homme. Il ne se vit jamais tant d'ordre dans la multitude, plus de force avec plus de subtilité, plus d'œconomie avec plus de pompe : Iamais Iesus-Christ ne fut servi avec vne telle magnificence : Et si cet ancien Profane qui pilloit l'Eglise eust vescu quelque temps plus qu'il ne fit, s'il eust veû l'esclat et les richesses, l'or et les pierreries qui m'ont esbloüy, il se fust escrié encore vne fois, quoy qu'en vn autre sens que la premiere : OH ! QVE LES VASES SONT PRECIEVX, DANS LESQVELS ON SERT LE FILS DE MARIE !

Voila le jugement que Socrate fit dans la Galerie de l'esprit et de l'eloquence de Sainct Chrysostome. Sur tout il en estimoit la douceur et la netteté, et prenoit plaisir à nous les faire considerer sous differentes figures : Il avoit tousjours des images agreables pour nous representer le merite de cette bienheureuse facilité. Il est clair, disoit-il, fust-ce dans la region des Tenebres et au pays des Cimmeriens : Il est aisé dans l'embarras mesme de sa matiere, dans les destours, dans les labyrinthes des plus difficiles Questions de la Theologie. Avec vn Commentaire de deux syllabes, avec vn petit mot qui tempere la rigueur des choses, avec vne particule de Charité, qui adoucit les menaces de la Iustice, il défriche les plus dures et les plus sauvages expressions. Il console et rassure les Esprits que le Texte de Sainct Paul avoit effrayez. Par tout où il passe il laisse des traces de blancheur, et vne impression de lumiere qui change la nature des lieux où il a passé. Auparavant c'estoient des Precipices, c'estoient des Cachots; apres luy, ce sont des Iardins de fleurs, ce sont des Cabinets de cristal.

Il se trouva vn homme en la Compagnie, venu de Paris depuis peu de jours, qui ayant escouté Socrate avec beaucoup d'attention, nous surprit tous par ce langage qu'il luy tint. Ie n'ay point fait comme vous de voyage en Grece : Mais je suis fort trompé, ou j'ay veû nouvellement au lieu d'où je viens celuy dont vous nous contez de si grandes choses. Ie ne connois point vostre Sainct Iean Chrysostome; Mais vous ne dites rien de luy qui ne se verifie en nostre Monsieur l'Abbé de Rais. L'Eloquence avec laquelle il explique les Mysteres du Christianisme n'est point inferieure à celle que vous nous avez figurée : Elle n'instruit pas moins, elle ne plaist pas moins. On y remarque la mesme beauté, la mesme douceur, la mesme force. Car il tonne et il foudroye quelquefois : Mais les orages de ses figures ne gastent point la pureté de sa Diction. Dans ses Sermons, le Calme subsiste avec la Tempeste, aussi bien que dans les Homilies de Sainct Chrysostome. Ainsi vous ne pensiez faire qu'vn Eloge, et vous en avez fait deux. Ce sont des coups de Socrate : En loüant l'Antiquité, vous avez obligé nostre Siecle : Et, s'il se trouve quelque Platon qui publie vn jour vos Entretiens, la France vous remerciera de tout ce que vous avez dit à la gloire de la Grece.

DISCOVRS DOVZIESME.

Outre l'homme venu de Paris, vn vieux Huguenot de nos
voisins s'estoit trouvé à nostre derniere Conference, de laquelle il fust demeuré entierement satisfait sans cette invocation, qu'il ne pût gouster, et ces Vœux adressez à Sainct
Chrysostome. Comme il avoit esté en sa jeunesse grand tireur
d'esclaircissemens, il n'oublia pas son ancienne coustume en
cette rencontre; et, dés le jour mesme, ayant tiré Socrate à
part, il luy parla assez longtemps seul à seul.

Du lieu où j'estois, je les aperçeus au bout de la salle.
Ayant remarqué de l'agitation sur leur visage et quelques
gestes vn peu violens, je voulus sçavoir ce que c'estoit. Ie
m'approchay donc d'eux, ou pour les separer s'ils venoient aux mains, ou pour m'offrir à mon Amy s'il avoit lié
quelque partie, comme on parle en semblables occasions.
Mais, à vous dire le vray, je trouvay qu'il n'avoit pas besoin
de second. Le vieux Huguenot estoit desja hors de combat,
et Socrate, qui ne vouloit jamais de triomphe, après l'avoir
vaincu, essayoit de le persuader. S'estant servy avec succez
des armes du Cardinal du Perron, sous la discipline duquel
il avoit esté nourry, il employoit d'autres moyens plus po-

pulaires, et d'autres armes toutes à luy, pour achever ce qu'il avoit fait.

En me voyant, il s'eschauffa de nouveau. Il estala les choses qu'il avoient seulement despliées : Il les porta plus· avant par des interrogations oratoires et pressantes. Et, adressant sa parole derechef au Gentilhomme vaincu, qui avoit remué la question de l'invocation des Saincts : Le Cardinal du Perron vous a satisfait par ma bouche, luy dit-il; et il me semble qu'il ne se peut rien adjouster aux preuves et aux argumens de ce grand Docteur. Comme je vous l'ay desja declaré, je ne fais point de fondement sur l'Allegorie : Laissons là les esprits qui montent et qui descendent : Ne leur demandons point ce qu'ils font et ce qu'ils representent dans cette Eschelle mysterieuse. Pour la Chaisne d'Homere, je trouve bon qu'on la casse, et tout le profane attirail de la Theologie des Payens dont l'Autheur moderne s'est voulu servir. Advoüons neantmoins qu'il y a de vieilles Fables qui sont fondées dans l'ancienne Verité, et que les Grecs ont esté les larrons des Hebreux.

Quoy que puissent dire vos Ministres, il y a tousjours eu liaison, il y a tousjours eu attache de la Terre au Ciel. Pourquoy veulent-ils rompre le commerce entre les deux Eglises? entre l'Eglise qui combat et l'Eglise qui triomphe? Les Miserables Vivans n'auront-ils aucune communication avec les Morts bienheureux, avec les Morts qui vivent de la veritable vie et de la meilleure partie d'eux-mesmes, de celle qui peut soulager les miseres et consoler les afflictions des Vivans, qui languissent plustost qu'ils ne vivent?

Pense-t'on que les Saincts de Jesus-Christ menent vne vie pareille à celle des Dieux d'Epicure? aussi oisive, aussi endormie, aussi paresseuse, aussi negligente des choses du Monde? Est-il à croire que ceux qui ont esté en perpetuelle action, et qui ont pris par force le Paradis, y joüissent maintenant d'vne molle, d'vne stupide, d'vne languissante Feli-

cité? Ont-ils perdu là-haut le credit qu'ils avoient icy-bas?
Pour estre residens à la Cour, sont-ils moins gratifiez du
Prince? Leur assiduité et leur sujetion peuvent-elles moins
que ne faisoient leur esloignement et leur absence? Ont-ils
moins de Faveur ou moins de Charité qu'ils n'avoient? Estant à la source du Bien, l'abondance les rend-elle pauvres?
Se fait-on avare dans le Ciel? Devient-on envieux dans la plenitude de la Gloire?

Il n'y a point d'apparence que cela soit. Ie ne sçaurois
m'imaginer que le secours de ces veritables Amis nous manque au besoin : Ie ne puis croire que leur protection finisse,
que leurs prieres cessent, à cette heure qu'elles peuvent agir
plus fortement et estre plus puissantes et plus efficaces. Ils
sont vnis à Dieu, mais ils ne sont pas pour cela separez des
Hommes : Et Dieu, qui a pardonné à tout vn Peuple, à la recommandation de Moïse, de Moïse mortel et subjet aux infirmitez humaines, fera bien quelque chose, à mon advis, pour
vn autre Moïse beaucoup meilleur et beaucoup plus parfait
que le premier ; pour vne infinité de Moïses qui vivent en sa
presence, qui sont proches de sa personne et qui le regardent face à face.

S'il n'y avoit point de commerce establi entre le Ciel et la
Terre, point de correspondance entre l'vne et l'autre Eglise,
que voudroient dire les exhortations que nous font les Saincts
Peres, DE FAIRE AMITIÉ AVEC LES ANGES? de confirmer par nos
prieres celle qui est desja faite; d'entrer d'avance et par esprit dans la celeste Hierusalem; de prendre place dés cette
vie dans cette divine Republique, aux droits et aux privilé-
ges de laquelle nous pretendons apres nostre mort ?

Que signifieroit cette Société, cette Alliance, ces Entretiens, ces Conferences avec les Patriarches et les Prophetes,
avec les Apostres et les Martyrs, toutes personnes estrangeres
sur la Terre, invisibles à nos yeux, esloignées du lieu où
s'assemblent les Fideles d'vne distance presque infinie, tou-

gens de l'autre Monde et non pas de celuÿ-cy? Cette brigue
de leurs Suffrages qui nous est conseillée, qui nous est or-
donnée en termes exprés dans les anciennes Homilies, seroit-
ce vn travail inutile et vne peine perduë, apres laquelle on
prendroit plaisir d'amuser nostre zele et de lasser nostre devotion? Seroit-ce pour neant qu'on auroit crié si souvent et
il y a si longtemps dans la Metropolitaine de l'Vnivers, sur
le Throsne des Apostres, dans la Chaire de Sainct Pierre :
AMBITE, AMBITE ILLORVM SVFFRAGIA, VT CVM QVIBVS VOBIS FVERIT
CONSORTIVM DEVOTIONIS, SIT ET COMMVNIO DIGNITATIS ?

Mon bon Gentil-homme, poursuivit Socrate en finissant ce
discours, rendez-vous à ce Latin : Il ne vous doit pas estre
suspect : Il est des premiers siecles de l'Eglise ; il est de
Rome veritablement Orthodoxe, de vostre Rome aussi bien
que de la nostre. Prenez le conseil que vous donne vn Pape,
que les Ministres mesmes ne sçauroient s'empescher d'appeller Sainct, qui parut devant Attila avec vne forme plus qu'humaine, armé de Vertu, de Religion et de Saincteté, du visage
duquel ce redoutable Barbare vit sortir des esclairs qui luy
firent peur.

Il n'est point d'Oracle plus certain que celuy du Vatican
de ce temps-là; Et sur le subjet dont il s'agit, cét Oracle ne
s'est point expliqué douteusement, n'a point voulu tromper
le monde par des termes ambigus et captieux. Il n'a point
entendu vne Société impossible, des Voix en l'air et jettées
au vent, des Paroles adressées à des sourds, vn Commerce
en des lieux inaccessibles, vne Amitié sterile, impuissante,
defectueuse, vne portion et vne moitié d'amitié ; vne Amitié
toute d'vn costé, sans revanche ny retribution de l'autre.

Mais nous avons tort de nous eschauffer là-dessus, et vos
Ministres se mocquent de s'arrester à si peu de chose. Il ne
faudroit pas seulement leur laisser ouvrir la bouche en cette
rencontre : Nous devrions les traiter de ridicules, apres les

Avances qu'ils ont faites et les Reserves qu'ils veulent faire
Puis qu'ils nous ont accordé le Plus, nous sçauroient-ils refuser le Moins? Nous ayant donné le Mystere de la Trinité
et celuy de l'Incarnation, ils ne se sont rien reservé apre
cela. Par la concession de ces deux grandes, estranges, es-
tonnantes Veritez, ils ont renoncé à la liberté de leur esprit
et cette liberté est vne chose qui ne peut ny se perdre ny se
conserver que toute entiere. La mesme Authorité qui les asseure de la certitude du Symbole des Apostres les asseure de
la validité de toutes les autres pieces de la Religion, et ils ne
sont pas mieux fondez de la contester icy que là.

L'Authorité estant infaillible, elle est infaillible par tout
elle est également infaillible. Le Chrestien estant Captif de
la Foy, et non pas Iuge de la Doctrine, doit obeïr à la Voix
qui parle sans deliberer sur les Paroles, parce que les paroles ne le persuaderont pas, si la Voix ne l'a desja persuadé.
On n'a plus de droit de rentrer dans les termes de la premiere franchise de l'homme, quand on a suby le joug de
Dieu dominant et victorieux. Il n'est pas temps de vouloir se
servir de la Raison apres l'avoir sousmise à la Foy. Quel jeu,
je vous prie, seroit celuy-là de quitter tantost sa Raison,
et tantost de la reprendre? de choisir dans le Christianisme
certains endroits qui plaisent, et de rejetter les autres qui ne
plaisent pas? d'estre demy Incredule et demy Croyant? Ce seroit capituler avec Iesus-Christ, et faire des conditions avec
l'Eglise. Ce seroit faire quelque chose de pis, et passer de la
complaisance au démenty, en luy advoüant vne partie de ce
qu'elle nous propose à croire, et luy soustenant que le reste
est faux.

Disons-le encore vne fois, pour ne plus rien dire à vos Ministres, et pour couper la gorge à tous nos Procez. On ne se
defend plus dans vne place rendue. Lors qu'on a mis les armes bas, et qu'on a presté le serment de Fidelité, ce n'est
pas estre Brave et bon Citoyen que d'insister sur ses privi-

leges, et de songer à sa premiere liberté ; c'est estre Rebelle
et mauvais Subjet : Ce n'est pas Guerre, c'est Sedition. Les
Philosophes Payens et les autres Estrangers du Royaume de
Iesus-Christ sont nos vrays et nos legitimes ennemis : Les
Chrestiens qui ne sont pas Catholiques sont nos Mutins et nos
souslevez. Ce qu'ils font n'est pas acte d'Hostilité, c'est crime
de Felonnie ; c'est vne espece de Parricide. Car, en effet,
oseroient-ils nier que ce ne soit de nostre Eglise qu'ils ont
receû la vie et l'estre spirituel ? qu'ils ont tiré leur premiere
nourriture et leur premier lait ? C'est sous son Empire qu'ils
sont nés, et dans l'estenduë de sa Iurisdiction qu'ils font leurs
courses et leurs ravages : C'est en son nom et avec ses livrées
qu'ils luy ont commencé et qu'ils luy continuënt la guerre.
Ainsi, en attaquant nostre Eglise, ils font la guerre en mesme
temps et contre vne mesme personne, à leur Mere et à leur
Nourrice, à leur Souveraine et à leur Maistresse. Combien de
crimes en vn seul crime!

   Socrate, achevant ces paroles, receut vne Dépesche dont
il fut surpris, et à laquelle nous donnasmes bien des maledictions, parce qu'elle l'obligeoit à partir le lendemain pour
s'en retourner en son pays. Il nous avoit fait esperer vn plus
long sejour, qui nous eust fourny matiere d'vn plus gros
volume. Mais l'interest d'autruy le ravit à son propre contentement; Car il est vray qu'il ne se desplaisoit pas icy ; et,
outre l'inclination qu'il avoit pour nous, nostre Valée rioit
à ses yeux. Il en fut rappellé par la necessité des affaires de
la Maison, dont il apprit d'assez mauvaises nouvelles : Et
s'il n'eust prevenu en diligence les desordres qui la menaçoient, elle estoit sur le point de se broüiller davantage par
la division que l'artifice des Valets avoit fait naistre parmy
ses Freres. Quoy que l'estude de la Sagesse le détachast du
soin des choses humaines, pour le renfermer en luy-mesme
presque tousjours, il en sortoit toutes les fois que le Monde

avoit besoin de luy. Quelque grand Philosophe qu'il fust, il
ne laissoit pas d'estre bon Parent et de donner beaucoup aux
devoirs du sang et de la Nature. Iamais Solitaire ne fut plus
sociable que luy, ny plus capable des vertus civiles, ny plus
sensible aux belles et honnestes passions.

Nous nous separasmes donc avec tendresse et douleur. Les
coustumes de l'ancienne Hospitalité furent observées de part
et d'autre par les petits presens qu'on se fit. Le Maistre du
logis regala Socrate du Tableau de la Nativité de Nostre-
Seigneur, s'imaginant qu'il en avoit eu envie la premiere fois
qu'il le vit ; et d'ailleurs il luy sembloit que ce devoit estre
le prix des Discours qui avoient esté faits comme c'en avoit
esté l'occasion. Socrate receut avec joye cette rare piece.
Mais il ne voulut pas se laisser vaincre de liberalité. Pour vn
Tableau il en rendit deux, l'vn et l'autre tirés du mesme
subjet que celuy qu'il emporta. Ces deux peintures parlan-
tes sont de la main de deux Ouvriers dont la France connoist le Nom et ne mesprise pas les Ouvrages : Elles s'adres-
sent a Iesus-Christ né, et peuvent estre jointes aux douze
Conversations, soit pour la ressemblance de la maniere, puis
que Socrate ne parloit jamais sans quelque sorte d'inspiration, soit pour la conformité de la chose, dont la fin aura du
rapport au commencement.

A TE PRINCIPIVM TIBI DESINET.

CHRISTO NATO

DEI OPTIMI MAXIMI FILIO OPTIMO MAXIMO.

Dive Puer, quem venturum post sæcula, Vates
Tot dixere pii, mihi tune indictus abibis,
Iam præsens, Patris ætherei jam cognita proles?
Iuro ego, nobiliorque agitat me cura futuri,
Et juvat antiquum in melius mutare laborem,
Amplius haud facta Heroüm Regumque Triumphos,
Te potius mea Musa canet. Non Martia corda
Pellæi juvenis, natosque ad Sceptra potentes
Æneadas, Spartæque loquar pugnacis alumnos.
Immemor Isacidæ magni. Fortissime rerum,
Monstrorum in cunis domitor, quæ Terra ferebat,
A Cœlo promisse immittis victor Averni,
Perpetuum mihi sis carmen. Nec Græcia mendax
Ipsa neget, nondumque aras exosa profanas
Roma vetus : Primis tremuit te Iupiter orsis,
Fulminaque æterno cesserunt ficta Tonanti.
Te Populi delapsum Astris in Virginis alvum
Mirati, ingentique aliàs spectante corona,
Nubibus invectum famulis, patria Astra petentem,
Saturni senis exilium turpesque latebras,
Et tumulum Iovis et manes risere sepultos.
Prima elementa oris teneri postquam auribus hausit,
Vagitusque tuos obmutuit augur Apollo,
Et Tripodes cecidere, et Dî responsa negarunt,
Attoniti toto orbe, et tacti Numine vero.

O Victor sine cæde, ô non mortalia tela ;
O puer imbellis, summi sed maxima Virtus
Vt vox certa Patris, rerumque novissimus hæres !
Hæc colere, hæc Sæclis fas est memorare futuris,
Casta jubet sic Religio, Cœtusque Piorum :
Incipiam, et maneat nostros ea cura Nepotes,
Quos sanctum servare fideli pectore morem,
Et meminisse velim semper pictatis avitæ.
Sed quo concipiam vota et divina capessam
Iussa animo, si non animum mentemque ministres ?
Christe, meæ vires, mea sola potentia, Christe,
Da velle et da posse mihi, nam nescit vtrumque
Te sine, progenies hominum. Quos dicere versus
Aggredior, quæ thura paro, quos offero flores,
Hos etiam artifici debemus, vt omnia, dextræ.
Auctorem te cuncta probant. Tu carmina dictas ;
Per te Terra parit quicquid Ver educat almum,
Quicquid odoris Arabs mittit : Nil denique nostrum est,
Nec meus ipse ego sum. Tua scilicet accipe dona,
Thesaurosque agnosce tuos, fontesque Bonorum,
Qui largi, qui fœcundi, latumque per orbem,
Donec Sol erit atque ardebunt sydera Cœlo,
Perpetuis current, fixo semel ordine, rivis.
Munera sufficies, nos hæc ad Templa feremus,
Atque tuis sacras opibus cumulabimus aras,
Mortales miseri, et nudi, et rerum omnium egentes,
Ni tu Christe fores in nostros prodigus vsus.

A IESVS-CHRIST NÉ

Sainct et divin Enfant, promis par les Prophetes,
Ne me joindray-je point à ces grands interpretes,
Dont l'esprit esclairé d'vn celeste flambeau,
A tiré sans te voir ton celeste tableau?
Nous ayant descouvert ta puissance future,
Et les biens dont tu dois honorer la Nature,
Maintenant que mes yeux ont veû ce que je croy,
Puis-je, sans estre ingrat, ne parler pas de toy?
Quand tu descends en Terre, et qu'on t'y voit paroistre
Comme Dieu, Fils du Dieu que le Ciel a pour Maistre,
Eslevant mon esprit, dois-je pas dans mes Vers,
Te rendre mon hommage avec tout l'Vnivers?
Ie le jure, Seigneur, devant ta Creche auguste,
Vn Soin de l'advenir, et plus noble et plus juste,
Allume vn feu nouveau dans le fond de mon sein ;
Ie change de travail, d'objet et de dessein.
Ie ne veux plus tirer des antiques tenebres,
Des Roys qui ne sont plus les Triomphes celebres :
Ie ne veux plus parler du jeune Conquerant
Qu'on vit dans l'Vnivers courir comme vn torrent,
Et par deux beaux dangers, par d'illustres traverses,
Monter avec splendeur sur le throsne des Perses.
Ie ne veux plus vanter ces merveilleux Romains,
Qui sembloient estre nés le Sceptre dans les mains ;
Ny ces Fils courageux, dont sous sa Loy severe
Sparte fut la Nourrice, aussi bien que la Mere.
Divin Fils d'Abraham, à ta seule grandeur
Ma Muse, en ce beau jour, consacre son ardeur.

De toutes mes chansons tu seras la matiere,
Toy qui pour vn essay de ta Guerre premiere,
Fis cacher en naissant, par ton Nom glorieux,
Ces Spectres insolens, ces monstres furieux,
Qui de Captifs qu'ils sont dans vne nuit profonde,
S'estoient rendus Tyrans de l'Empire du Monde.
Vainqueur promis du Ciel pour dompter les Enfers,
Ie veux chanter ta gloire en cent Hymnes divers.
Ny la sçavante Grece, en mensonges fertile,
Ny Rome, où l'on trouvoit le Monde en vne Ville,
Avant mesme qu'elle eust abbattu les Autels
Qu'elle avoit erigez à ces faux Immortels,
Ne peuvent pas nier que c'est par ta Parole,
Qui vola comme vn trait de l'vn à l'autre Pole,
Que leur grand Iupiter, si fort, si triomphant,
Trembla sous ton pouvoir quand tu n'estois qu'Enfant.
Et que c'est par ta main qu'on vit reduire en poudre
Celuy qui dans la Fable est maistre de la Foudre.
Le monde s'estonna, quand des voutes des Cieux
La Vierge te receut dans son sein precieux;
Mais il fut plus surpris de te voir sur la Nuë
(Ton esclave et ton char sous tes pieds devenuë)
Remonter avec pompe au Palais eternel,
Où ton Throsne est égal au throsne paternel.
Apres ces grands Exploits, ces Triomphes celebres,
On se mocqua par tout des honteuses tenebres
Qui servirent d'asyle au vieux Pere des Dieux,
Et du sombre tombeau d'vn fils ambitieux,
Qui comme vn Immortel, des vœux se faisoit rendre,
Mais qui d'homme qu'il fut, n'est plus qu'vn peu de cendre.
A peine, en begayant, quelques mots tu formois,
Qu'Apollon effrayé dans Delphes fut sans voix;
Que ses fameux Trepiez de peur se renverserent,
Et que de tous costez les Oracles cesserent,
Les faux Dieux ne pouvant resister aux efforts
Du vray Dieu que l'Amour cachoit dessous vn corps.
O celeste Vainqueur, de qui la main vaillante
Perça tant d'ennemis sans en estre sanglante!
O traits victorieux de cette auguste Main,
Dont les coups sont plus forts que tout pouvoir humain!
O nonpareil Enfant, en qui le Monde espere,

Et qui, bien que sans force, es la Vertu du Pere ;
Qui ne pouvant parler, es sa divine Voix,
L'Heritier de son sceptre et le Maistre des Roys ;
Dont le souffle est pour eux vn horrible tonnerre,
Et devant qui leur Throsne est fresle comme verre.
Voilà les Tiltres saints que je veux adorer,
Les Grandeurs que je veux par mes vers honorer,
Les Beautez dont ma Muse, à la Race future,
Par de nobles efforts veut laisser la peinture.
La saincte Pieté la demande de moy,
Et le desir des Bons m'en impose la Loy.
Hardiment j'ouvriray cette noble carriere,
Et nos Neveux, conduits par la mesme lumiere.
Espris de mesme ardeur, vn jour la fourniront,
Et d'vn zele innocent ta gloire beniront,
Suivant, selon mes vœux, avec des cœurs fideles,
Au culte des Autels, les traces paternelles.
Mais dans la belle ardeur qui m'agite le sein,
Comment puis-je achever mon genereux dessein ?
Comment puis-je, Seigneur, te rendre cet hommage :
Que ma foy me demande, où mon amour m'engage,
Si ton ayde divine, en cet illustre jour,
Ne me donne vne force égale à mon amour ?

O Iesus ! ma Vertu, ma Force et ma Puissance,
Au pitoyable estat où m'a mis ma naissance,
Ie demande et j'attends de ta sainte bonté
Le pouvoir de bien faire, avec la volonté.
L'homme que le peché rend foible et miserable,
Sans toy de tous les deux a le cœur incapable.
Ie veux, pour m'acquitter de tes bienfaits divers,
Tirer de ta Grandeur le tableau dans mes vers :
Ie t'offre de l'Encens, des fleurs et des couronnes ;
Mais je ne t'offre rien que ce que tu me donnes :
C'est toy dont mes tableaux empruntent leurs couleurs,
Le Printemps amoureux te doit toutes ses fleurs,
Et les plus doux parfums dont l'Arabe se vante,
Ne tirent leur odeur que de ta main sçavante,
Qui d'vn art merveilleux respand dans tous les Corps,
Sans jamais s'espuiser, ses superbes thresors.
Enfin, rien n'est à nous, je sçay ton droit supresme,

Et moy-mesme ne puis me dire estre à moy-mesme.
Reçoy donc pour present, Vnique Bienfaiteur,
Les biens dont ma Raison te confesse l'Autheur :
Reconnois tes thresors, et la source feconde
Des faveurs que ta Grace espand par tout le Monde,
Et qui comme vn grand fleuve, eternel en son cours.
En faveur des Mortels se répandra tousjours.
Tandis que chaque jour l'Astre de la lumiere
Dans vn char de rubis fournira sa carriere,
Et que l'obscure Nuit d'Estoilles s'allumant,
D'vne pasle clarté peindra le Firmament,
Tu donneras sans cesse aux desirs des Fideles,
Pour te faire des dons, des richesses nouvelles,
Et nous viendrons sans cesse, ô Roy des Immortels,
De tes propres bienfaits couronner ces Autels.
Nous nous confesserons, ainsi que nous le sommes,
De Pauvres, d'Ignorans et de Fragiles hommes,
Qu'vn crime hereditaire a privez de tout bien,
Et qui manquant de tout, ne sont dignes de rien ;
Si tu n'estois venu par des graces insignes,
Chasser la Pauvreté, donner à des Indignes,
Et si ton chaste Amour, dans ses ardens transports.
N'avoit pour nos besoins, prodigué ses thresors.

FIN DE SOCRATE.

EXTRAIT D'VNE DISSERTATION

OV RESPONSES A QVELQVES QVESTIONS RELATIVES AV SOCRATE
CHRESTIEN.

AV REVEREND PERE DOM ANDRÉ DE SAINCT DENIS,
Theologien de la Congregation des Reverends Peres Feüillens.

En attendant que je fasse mettre dans vn cahier ce qui a
esté recueilly pour l'esclaircissement du Socrate, et le grand
nombre de Passages Grecs et Latins que nostre Amy me demande, il verra icy, avec vostre permission, que la chose
dont il est en doute ne reçoit point de difficulté. Il est tres-
vray qu'il y avoit autrefois à Constantinople vne Maison appellée la POVRPRE. Constantin le Grand la fit bastir, et ordonna que les Imperatrices estant enceintes, et se sentant
proches de leur terme, iroient faire leurs couches en cette
Maison, afin que les Princes leurs enfans portassent le nom
de PORPHYROGENETES, OU NÉS DANS LA POVRPRE. Les Imperatrices sortoient donc du Palais Imperial pour aller accoucher
ailleurs, et la Maison dont il s'agit, que Manassés appeloit
petite, estoit toute tenduë de Pourpre. Les Berceaux, les
Langes, etc., tout, generalement, y estoit de Pourpre. Luitprandus en parle ainsi au premier Livre des affaires de l'Europe, chapitre deuxiesme :

Porphyram domum fuisse Constantinopoli à Constantino

7.

Magno extructam, in qua voluit filios suos in lucem prodire,
ut qui suo ex stemmate nati essent , Porphyrogeniti di-
cerentur.

Τῆς δὲ δεσποίνης πρὸς τὸ τεκεῖν ἐλθούσης, ὠκονομήθη μὲν ἡ Πορφύρα,
καὶ ἠυτρεπίθη πρὸς τὴν ὑποδοχὴν τῆς γεννήσεως· ὡς δὲ κατέπειγον αἱ
ὀδύναι, καὶ ἔντος τῆς Πορφύρας ἡ δέσποινα ἦν. (NICETAS , lib. V.)

Τὴν βασιλίδα κατὰ τὸ ἀφωρισμένον πάλαι ταῖς τικτούσαις τῶν βασιλί-
δων οἴκημα ἐπὶ ταῖς ὠδῖσιν εὑρηκώς. Πορφύραν δὲ τοῦτο οἱ ἀνέκαθεν
ὀνομάζουσιν, ἐξ οὗ καὶ τὸ τῆς Πορφυρογεννήτων ὄνομα εἰς τὴν οἰκουμένην
διέδραμε. (ANNA lib. VII ALEXIADIS.)

Πορφύραν ὀνομάζουσιν ἐκεῖνον τὸν οἰκίσκον.
MANASSÉS.

Le Poëte Claudien parle bien de naistre dans la Pourpre;
Il dit bien quelque chose des Langes de Pourpre et des Licts
de Pourpre; Mais il ne dit rien de cette Maison de Pourpre
pour les Imperatrices separée du Palais Imperial. Nous la
devons à Luitprandus et aux derniers Grecs, quoy que pour
cela il ne faille pas oublier icy les beaux vers de Claudien.

> ..... Æquæva cum Majestate creatus,
> Nullaque privatæ passus contagia sortis,
> Omnibus acceptis, vltro te Regia Magnum
> Protulit, et patrio felix adolescis in ostro,
> Membraque vestitu numquam temerata profano
> In sacros cecidere sinus.
> Acclivis Genitrix auro, circumflua gemmis,
> In Tyrios enixa toros. Vlulata verendis
> Aula puerperiis.

Celuy qui fut Roy avant que d'estre homme, ce fut Sapores, Roy des Perses, qui vivoit du temps de l'Empereur Ius-
tinien. Il vescut soixante et dix ans, et regna quelque mois
plus qu'il ne vescut. Voicy en abbregé l'histoire d'vne naissance si illustre et si merveilleuse. Le Pere de Sapores estant mort, et ayant laissé sa femme enceinte, par le droit

de la succession Royale, le Royaume devoit appartenir à ce
qui devoit naistre de la Reyne. Les grands de l'Estat consul-
terent là-dessus les Mages, et leur proposerent des recompenses pour sçavoir la verité de l'Advenir et le succez de cette
grossesse. Premierement ils firent essay de leur art sur vn
subjet de moindre importance, vne Iument pleine leur ayant
esté presentée, et la chose arriva ainsi qu'ils l'avoient pre-
dite. Ayant reüssi cette premiere fois, et le Monde estant
persuadé de la certitude de leur science, on les obligea de
declarer ce qu'ils croyoient de la Reyne. Ils respondirent
qu'elle auroit vn Fils, apres quoy les Perses ne delibererent
pas davantage. Ils mirent la Tiare sur le ventre de cette
Princesse : Ils donnerent vn nom au Maistre qu'ils attendoient
de ce ventre : Ils reconnurent vn Roy qui n'estoit pas encore
né. Cette belle histoire est plus au long dans le quatriesme
livre d'Agathias, et mon homme vous la va copier pour la
satisfaction de nostre Amy curieux, qui n'a pas chez luy les
Originaux.

Ἀλλὰ Σαβὼρ μετὰ τούτοις ἐπὶ πλεῖστον ὅσον καὶ μήκιστον χρόνον ἀπώ-
νατο τῆς βασιλείας, τοσούτοις ἔτεσι κρατήσας ὁπόσοις καὶ διεβίω· ἔτι γὰρ
αὐτὸν κυούσης τῆς μητρὸς, ἡ μὲν τοῦ βασιλείου γένους διαδοχὴ ἐκάλει
πρὸς τὴν ἀρχὴν τὸ τεχθησόμενον, ἦν δὲ τὰ τῶν ὠδίνων ἀμφίβολα ἐς ὁποίαν
γονὴν ἂν ἀποβαίεν· τοίγαρτοι ἅπαντες οἱ ἐντέλει ἆθλα προυτίθεσαν καὶ
γέρα τοῖς Μάγοις ἐπὶ τῇ προαγορεύσει τῶν ἐσομένων. Καὶ τοιγοῦν ἦγον ἐς
μέσον κυούσαν ἵππον, καὶ ὡς πλησιαίτατα προελθούσαν τοῦ τόκου, ἐκέλευόν
τε αὐτοὺς ἐπ' αὐτῇ πρώτῃ μαντεύεσθαι, ἅπερ ᾤοντο ξυνενεχθῆναι· οὕτω γὰρ
ὀλίγαις ὕστερον ἡμέραις γνώσεσθαι ἡγοῦντο τὴν πρόρρησιν ἐς ὅτι χωρήσει·
ταυτῇ τε εἰκάζειν παραπλησίως ἐκβήσεσθαι, καὶ ὁπόσα σφίσιν ἐπὶ τῇ
ἀνθρώπῳ προαγορευθείη. Ἃ μὲν οὖν αὐτοῖς ἐπὶ τῇ ἵππῳ μεμάντευται, οὐκ
ἔχω σαφῶς ἀποφήνασθαι. Οὐ γάρ μοι τὸ ἀκριβὲς τούτου γε περὶ ἀπήγγελται·
πλὴν ἀλλ' οὕτω ἕκαστα προύβη, ὅπως ἐκείνοις ἐτύγχανεν εἰρημένα· γνόν-
τες δὲ ἐνθένδε οἱ ἄλλοι, ὡς ἄγαν τοῖς Μάγοις διηκρίβωται τὰ τῆς τέχνης,
προύτρεπον καὶ ἐπὶ τῷ γενναίῳ ἄττα ἔσεσθαι γνοῖεν διεξέναι. Τῶν δὲ φη-
σάντων ἄρρενα παῖδα τεκτήσεσθαι, οὐκ ἔτι ἐμέλησαν, ἀλλὰ τῇ γαστρὶ
περιθέντες τὴν κίδαριν, ἀνεῖπον βασιλέα τὸ ἔμβρυον· ὀνόματί τε ἀπεκρίναν.

τὸ ἄρτι ἐκτυπωθὲν καὶ διωργανωμένον, ἐς ὅσον οἶμαι διάττειν ἔνδον ἠρέμα
καὶ ὑποβάλλεσθαι. Οὕτω δὲ τὸ ἀφανὲς τῇ φύσει καὶ ἄδηλον, ἐς τὸ βεβαιόν
τε καὶ ἀνωμολογημένον τῇ δοκήσει μεταλαβόντες, ὅμως οὐ διήμαρτον τῆς
ἐλπίδος, ἀλλὰ καὶ λίαν ἔτυχον τοῦ σκοποῦ πόλλω πλέον τῶν δοκηθέντων·
τίκτεται γὰρ οὐκ ἐς μάκραν ὁ Σαβόρης σὺν τῇ βασιλείᾳ, ἐννεάζει τὲ αὐτῇ,
καὶ ἐγγηράσκει εἰς ἑβδομήκοντα αὐτῷ ἔτη διανυσθέντος τοῦ βίου.

Quand Socrate dit au premier Discours *que l'Ame de
l'homme est vne partie de Dieu*, si ce qu'il dit sent la Philosophie des Payens, cette odeur luy desplaist aussi bien
qu'à vous. En quelques endroits ses paroles peuvent paroistre Stoïques ou Platoniques, mais partout son intention est
Chrestienne ou Orthodoxe. Il veut donc dire par là que l'Ame
n'est point tirée de la matiere, qu'elle ne sort point de la
force ou de la vertu de la semence : *neque per traducem
corporis produci,* ainsi que l'a crû Tertullien. Il veut dire
que l'Ame est de la façon de Dieu et non pas de celle de
l'homme; que c'est veritablement vne pure creature, mais
vne creature immortelle, mais la plus noble de toutes les
creatures, puisqu'elle a l'honneur d'estre faite à l'image du
Createur, puisque Dieu l'a marquée de son charactere et l'a
inspirée de son esprit. *Cette partie divine,* ou *cette partie
de Dieu,* n'est autre chose que l'effet de cette impression et
de cette inspiration, que ce divin charactere et ce divin
souffle : Et c'est ainsi qu'en a parlé Iustin Martyr; Sainct
Epiphane et plusieurs autres saincts Peres Grecs et Latins.

Si Socrate a exprimé en la langue de l'ancienne Philosophie certaines choses qu'il a escrites, il les a entenduës dans
le sens de la Nouvelle, enseignée par l'Eglise Catholique, à
laquelle il sousmet generalement tout ce qu'il escrit et tout
ce qu'il dit. Les Platoniciens et les Chrestiens se peuvent
servir des mesmes paroles en differente signification : les
Philosophes ont leur intention et nous la nostre. Mais l'Eglise
sanctifie leurs termes en les employant. *Vne partie de Dieu,
vn rayon de la Divinité, la partie divine* qui est en l'homme,

sont des expressions eslevées au-dessus du langage populaire, qui ne doivent pas estre prises litteralement. Ce sont des embellissemens du Discours, mais non pas des preuves de la Doctrine, et on en vse sans en abuser.

Sainct Paul ne rapporte-t'il pas du Poëte Aratus *que les hommes sont de la race des Dieux?* Les Saincts Peres qui sont venus depuis, traitant de la noblesse de l'Ame et de la dignité de la Raison, ne font point de difficulté d'alleguer. pour la confirmation de ce qu'ils en disent, ce qu'en ont dit les Payens en Prose et en Vers. Par exemple,

Rationem nihil aliud esse quam in corpus humanum partem divini spiritus mersam.

Hominem divini spiritus esse partem, ac veluti scintillas quasdam in terras desiliisse, atque alieno hæsisse loco.

Animum, si primam ejus originem inspexeris, non esse ex terreno gravique corpore concretum, sed ex illo cœlesti spiritu descendisse.

Denique cœlesti sumus omnes stirpe oriundi,
Omnibus ille idem pater est.
Atque affigit humo divinæ particulam Auræ.
Æthereum sensum atque Auraï simplicis ignem.
Igneus est ollis vigor et cœlestis origo.
Habitare Deum sub pectore nostro,
In Cœlumque redire animas Cœloque venire.
Quis Cœlum posset nisi Cœli munere nosse,
Et reperire Deum, nisi qui pars ipse Deorum est.

Vous avez assez de commerce avec les Poëtes du bon temps pour connoistre parmy ces vers ceux qui sont de Virgile et d'Horace, vos bons amis. Lucrece ne me semble pas aussi estre indigne de votre amitié. Pour Manile, puis qu'il a esté appellé *Passevolant* parmy les Poëtes du Siecle d'Auguste, vous le traiterez comme il vous plaira, et nous examinerons son affaire vn de ces jours. Adjoustons cependant à tant de Latin, ces trois mots de Grec : Αἱ ψυχαὶ μὲν οὕτως εἰσὶ ἐνδεδεμέναι, καὶ συναφεῖς τῷ Θεῷ ἅ τε αὐτοῦ μερία οὖσαι καὶ ἀποσπάσματα. *Les Ames*, dit-il, *sont tellement attachées et jointes à Dieu, qu'elles en sont comme des pieces et des parties ; Ce sont comme des raclures de la substance divine.* Ce dernier mot est vn peu dur et vn peu estrange : Il est pourtant du Philosophe Epictete, dans les Commentaires d'Arrien.

Vous avez Dieu prés de vous, vous l'avez avec vous, vous l'avez dans vous, etc. Il n'est pas croyable qu'vne Ame si excellente puisse avoir son mouvement d'ailleurs que de quelque puissance du Ciel. Vne chose de cette grandeur ne sçauroit demeurer debout, si quelque Dieu au dedans ne la soustenoit. C'est pourquoy sa plus grande partie est au lieu d'où elle est descenduë. Comme les rayons du Soleil nous touchent bien, mais ne laissent pas d'estre au Ciel, d'où ils sont envoyez sur la Terre : tout de mesme cette Ame converse bien icy bas, mais tousjours, par vn de ses bouts, elle tient à son origine, et ne s'en destache point.

Ces paroles sont d'vn autre Disciple de Zenon, et ont esté alleguées dans la Chaire de Verité par vn Predicateur de Iesus-Christ, qui les a loüées en les alleguant. Mais de qui pensez-vous, mon Reverend Pere, que soient celles-cy ? *Nous sommes composez de deux Ennemis qui ne s'accordent jamais : La partie sublime de nostre Ame est tousjours en guerre avec la partie inferieure. Disons davantage :* L'HOMME EST FAIT D'VN DIEU ET D'VNE BESTE QVI SONT ATTACHEZ ENSEMBLE Si vous devinez l'Autheur de ces quatre lignes, je vous estimeray aussi grand Mage que ceux qui predirent la naissance du Roy Sapores.

Telles et semblables paroles, qui, en mesme temps, eslevent l'Homme jusqu'à Dieu et le ravalent jusqu'à la Beste ne seroient peut-estre pas receuës dans la riguuer de la dispute ; Mais elles ne sont pas desapprouvées dans la liberté du stile oratoire. Et lors que Socrate dit au mesme Discours *que je ne sçay quoy de plus ancien que le Monde a basty le Monde* ce je ne sçay quoy est encore vne de ces paroles figurées qu'il ne faut pas prendre à la lettre, et qui reçoivent vne interpretation favorable. Ce n'est pas vn terme d'irresolution par lequel Socrate doute si c'est Dieu qui a basty le Monde : C'est vn terme d'humilité, c'est vn aveu d'ignorance, par lequel il confesse que Dieu est vne chose inconnuë à l'Homme, et qui ne se peut ny bien definir ny bien nommer.

Quoy qu'il en soit, mon Reverend Pere, ny moy ny Socrate n'avons point dessein de dogmatiser. Nous parlons quelquefois à la mode des Anciens, dont le langage nous est assez familier ; Mais nous conservons dans le cœur la Doctrine de l'Eglise, qui explique, qui tempere, qui reforme ce langage, quand il luy plaist et comme il luy plaist. Nous disons apres Platon et avec Origene *que le Corps est la prison de l'Ame;* Mais nous le disons en vn autre sens que ne l'a dit Origene, qui a fait vne heresie de cette figure. Nous disons beaucoup d'autres choses avec une intention innocente, et en des termes soufferts de l'Eglise, sans en tirer des consequences dangereuses et condamnées par la mesme Eglise. Nous sçavons bien que les Philosophes ont esté appellez les Patriarches des Heretiques. Et par consequent, quand il sera question d'opiner, nous ne suivrons ny Zenon, ny Platon, ny Aristote. Nous nous en rapporterons à Monsieur le Coadjuteur de Paris, à Monsieur l'Evesque d'Vtique, à Monsieur l'Evesque de Grasse, auxquels j'ay bien du regret de ne pouvoir adjouster Monsieur l'Evesque de Lisieux, que je perdis il y a six ans, et Monsieur l'Archevesque de Thoulouse, que je viens de perdre.

> Heu Iustitiæ parens
> Christi sancta Fides, priscaque Veritas,
> Quando vllum invenient parem?

DEVX DISCOVRS

ENVOYEZ A ROME

A MONSEIGNEVR LE CARDINAL BENTIVOGLIO [*].

MONSEIGNEVR,

Ie ne puis croire ce que Monsieur Maynard m'a escrit de la bonté
de Vostre Eminence. Seroit-il possible qu'elle eust admiré à Rome
des Orateurs et des Poëtes de Province? Aimeroit-elle si ardemment
les choses mediocres, elle qui connoist et qui sçait faire les excellentes? Elle loüe donc jusqu'à nostre charbon et à nostre craye, quand
nous essayons de contrefaire ses couleurs? Si nous representons quelque ombre et quelque lueur de cette vive lumiere qui brille dans ses
Escrits, elle s'escrie avec joye que nous avons de l'avantage sur elle.
Vous prenez plaisir, Monseigneur, à nous voir amuser le Peuple avec
nos Fleurets; vous faites cas de nostre industrie et de nostre adresse
Vous qui avez en votre puissance toutes les machines de la Persuasion, et qui agissez sur l'ame des Hommes avec vne force plus qu'humaine; vous qui estes entré par la parole dans la confidence des
Princes, vers lesquels vous aviez esté envoyé par le Sainct-Siege, et
qui avez changé auprés d'eux vostre Ministere en Authorité. Il est
certain, et c'est vn tesmoignage que vous rend la voix publique de
la Chrestienté, qu'en toutes les Cours où vous avez esté Nonce vous

---

[*] Guido Bentivoglio, né à Ferrare en 1577, nonce en Flandre et en
France, fait cardinal par Paul V en 1621, mort en 1644. Auteur de l'*Histoire des Guerres civiles de Flandre*, etc.

estes devenu Favory : Ie ne dis pas Favory par l'extravagance de la
Fortune, par la fantaisie du Prince, par vn prodige du Temps, mais
par vostre Vertu, par vostre Eloquence et par vostre Esprit. Apres
cela, Monseigneur, quelle apparence de chercher de l'esprit et de
l'eloquence hors de vous-mesme, et de me demander mes dernieres
Compositions avec autant de chaleur que nous attendons les vostres
deçà les Monts ? Il faut neantmoins obeïr, puisque vostre volonté m'a
esté declarée par M. Maynard. Ie ne trouve point de resistance, pour
opposer à vne si douce force : Des prieres qui commandent si obligeamment que les vostres ne me permettent pas mesme de remettre
mon obeïssance à vne autre fois. Sans differer davantage, ce sera,
Monseigneur, par cét Ordinaire que vous recevrez les deux Discours
que vous avez particulierement desirez.

    Ce sont des Discours de contradiction et de combat dans le genre
que l'Eschole nomme Polemique ; Et la necessité, qui aguerrit les
plus paisibles Esprits, a porté le mien, en cette occasion, au delà de
ce que je croyois qu'il pouvoit aller. Ie sçay bien qu'vn galand homme,
qui a l'honneur d'approcher Vostre Eminence, luy a conté des merveilles de mes Adversaires et de leurs forces : A ce qu'il dit, quiconque pourra defendre les passages qu'on attaque, pourra soustenir vne
Armée Royale dans vn Moulin et luy disputer vn pont rompu. Vous
verrez, Monseigneur, si j'ay fait ce que le galand homme n'a pas estimé faisable : Mais si ce que j'ay fait vous pouvoit persuader, je croirois que ce seroit beaucoup plus que d'avoir convaincu mes Adversaires.
Ce ne seroit pas seulement finir vn Procez, ce seroit empescher de
naistre vne infinité de Procez ; et l'Arrest d'vn si grand Iuge impose-
roit silence à toute la chicane presente et future. En attendant cette
nouvelle faveur, que je me promets de vostre Iustice et de mon bon
Droict, je prieray Dieu au Desert pour la prosperité de Vostre Eminence,
et demeureray, avec le respect et la gratitude que je luy dois,

      Monseigneur.

          Son tres-humble et tres-obeïssant serviteur.

             BALZAC.

A Paris. ce 15 Iuillet 1627.

DISCOVRS PREMIER.

Ie feray aujourd'huy vne chose bien nouvelle. Ie commen-
ceray ma Defense, en excusant mon Accusateur.

Ces Messieurs ne trompent pas tousjours; ils sont quelquefois trompez, et s'efforcent seulement de donner aux autres les impressions qu'ils ont receuës. Il est certain que, le
plus souvent, leur zele est artificiel, et lors qu'on pense
qu'ils soient fort esmeus, ils n'ont que des exclamations
feintes et vne cholere de Theatre. Mais aussi, en certains
lieux, comme en celui-cy, leurs ressentimens sont naturels
et viennent de l'abondance du cœur. Il n'y a plus d'imitation ny de masque, et c'est tout de bon que s'escrie le Docteur de la Franche-Comté, Copiste du grand Phylarque : *Qui
est-ce qui ne fremira point d'horreur, d'entendre cette impie
comparaison d'vne simple parole de compliment avec tout ce
qui a jamais esté juré sur la Saincteté des Autels et sur la
verité des Evangiles ? Qui est-ce qui pourra souffrir qu'on
die de la parole d'vn Particulier qu'elle est plus asseurée que
la Foy publique, et qu'elle demeurera, quoyque le Ciel et la
Terre passent ?*

Sans doute ces grands mots de Foy publique, de Iurer, d'Autels et d'Evangiles, luy ont fait peur. Il a esté frappé de cette subite frayeur, qui saisit les ames les moins religieuses à l'entrée d'vn lieu de devotion. Il s'est scandalisé de voir la parole d'vn homme si prés des Autels et des Evangiles. Mais ne nous estonnons pas, comme luy, à la rencontre de ces termes illustres et specieux. Soustenons vn peu l'esclat exterieur qui en rejaillit. Nous trouverons que, quoy qu'ils sonnent, ils ne signifient rien d'extraordinaire, et que ny Dieu n'est offensé en ma comparaison, ny les choses sainctes profanées.

La Foy publique devroit estre inviolable, je l'advouë. C'est le fondement sur lequel le Monde se repose : C'est elle qui oste la cruauté à la Guerre et la foiblesse à la Paix : Elle est Gardienne de ce qui ne peut se defendre ny par la Prudence ny par la Force. Et sans elle, les Estats, qui doivent avoir pour fin vne durée eternelle, ne pourroient s'asseurer d'vne seule heure de l'Advenir. Neantmoins, cette Foy publique, si necessaire à la conservation du Monde, n'est souvent autre chose qu'vne publique Infidelité. D'ordinaire on n'employe l'entremise de l'Eglise, dans les Negociations civiles, que pour prendre avantage de la pieté d'autruy, en donnant le scrupule qu'on n'a pas. On met en œuvre les anciens Sermens ; On en forge de nouveaux quand il est question de mentir efficacement et de faire les grandes injustices. Il faut estre bien Escholier en politique, et bien Estranger dans le Monde pour ne sçavoir pas cela.

Toutes les Histoires sont pleines de ces dangereux Exemples ; et, sans sortir de la nostre, ny toucher aussi à l'honneur de nostre Siecle, que j'espargne tousjours le plus que je puis : Qu'on jette les yeux sur les fatales divisions qui travailloient la France sous le Regne de Charles sixiesme ; On verra que les Chefs des deux Partis, les Orleanois et les Bourguignons, jurerent dix fois vne mesme Paix sur les

mesmes Evangiles, et que dix fois ils se mocquerent du nom
de Dieu, en rompant cette Paix, si souvent et si solemnel
lement jurée.

C'est-à-dire qu'entre les mains des Trompeurs la Religion
est vn instrument de Perfidie et non pas vne asseurance de
Fidelité. Il faudroit voir nostre Ame pour voir des marque
certaines de nostre intention : C'est folie que d'en demande
de sensibles et de corporelles. Et si nous manquons de bonne
foy, ny la presence de cét Arbitre terrible, que nous appel
lons à tesmoin, ny la Saincteté des Autels, que nous tou
chons ; ny la verité des Evangiles, sur lesquels nous faison
nos Sermens, ne les rendent pas necessairement veritables
Tout cela n'accomplit pas les choses que nous avons promi
ses. Sans la bonne Foy, toutes ces actions pompeuses et so
lennelles ne sont que des Representations et des Spectacles
pour amuser le Vulgaire.

Ces Paroles, qui s'appellent Articles de Paix, qu'on grave
sur le cuivre et qu'on authorise du nom de Dieu, sont des
paroles comme les autres, sont des Chansons gravées sur le
cuivre, quand elles ne partent pas du cœur et qu'on n'a pas
intention de les observer. Ce sont des characteres mieux for
mez et mieux imprimez que les ordinaires, mais neantmoins
des characteres impuissans, des lettres mortes et immobiles,
si la Probité ne les anime et ne leur donne de l'action. Or
quelquefois le Citoyen a plus de probité que la Republique.
Des Nations entieres ont esté accusées de trahison par l'An
tiquité : Qui n'a point oüy parler des Menteurs de Candie et
des infideles Liguriens, de la Foy Grecque, de la Foy Puni
que, mise en Proverbe depuis tant de Siecles? Pour moy, je
me serois plus fié à vn billet d'vn Romain qu'à tous les Trai
tez des Carthaginois, et à ce que Regulus m'auroit promis
d'vn signe de teste qu'à ce qu'Annibal m'auroit juré par tous
ses Dieux et par toutes ses Deesses.

Ce n'est pas de la Religion publique, c'est de la Probité

les Particuliers dont il est parlé dans ces belles lignes, sur
esquelles il se pourroit faire de longues meditations : EN CE
TEMPS-LA, ON FAISOIT SERMENT PAR LES DIEVX, QVOY QV'ILS NE
FVSSENT QVE DE TERRE CVITE ; ET CEVX QVI AVOIENT IVRÉ SVR
ELLES IMAGES RETOVRNOIENT VERS L'ENNEMY, AFIN DE NE LVY
ROMPRE PAS SA FOY PROMISE. Mais, pour vn Regulus et pour
quelques autres en fort petit nombre, combien d'Infideles et
de Parjures en tout Temps et en tout Pays ? Ne nous imagi-
ons pas que ces gens de bien craignissent ces sortes de
Dieux ; Ie suis asseuré qu'ils ne les estimoient que des Marmousets et des Poupées. Mais ils se craignoient eux-mesmes.
Mais ils reveroient leur Conscience : Ils luy rendoient compte
de leurs actions dans toute la rigueur de leur devoir. Le
serment et la Foy publique n'avoient garde d'estre si fermes
que la simple parole de ces gens-là.

Ie ne suis donc pas d'advis de me retracter encore pour
cette fois ; Et tout ce que je viens de dire m'apprend que
tout ce qu'on jure sur les Autels et sur les Evangiles n'est
point plus asseuré que la parole d'vn homme de bien. Et
certes, traitant avec vn Prelat à la vertu duquel les deux
premieres Cours de la Chrestienté rendent des tesmoignages
également glorieux, et dont la memoire est saincte dans
l'Eglise qu'il a gouvernée, je pense que je n'ay point fait vn
excez, le mettant au nombre des gens de bien : Et je pense
encore que la promesse qui m'avoit esté faite par vne personne sacrée, mais dont la Fidelité ne m'estoit pas moins
connuë que le Sacre, ne me devoit pas estre en moindre
consideration que les promesses qui se font en des lieux
sacrez, mais d'ordinaire par des Parjures et des Sacrileges.
Et en cet endroit, je supplie nos Amis de ne se laisser
point aller aux persuasions de mon ennemy, et de ne se pas
imaginer que la parole dont je fais tant d'estat soit, comme
l'asseure, *vne simple parole de compliment, qui se dit plus*

par civilité que pour intention qu'on ait de l'accomplir. Ces
petits jeux, qui sont peut-estre permis au Docteur de Bezançon, sont defendus aux veritables Chrestiens et aux veritables Philosophes. Ces gens rudes et de mauvaise humeur
aiment mieux estre incivils que de faire profession d'vne
Civilité qui approuve le Mensonge : tant ils sont simples et
du temps passé, ils croyent estre obligez de tenir ce qu'ils
promettent et de faire ce qu'ils disent. Mais lors qu'à cette
justice si ponctuelle et si scrupuleuse, qu'ils exercent indifferemment à l'endroit de tout le Monde, il se joint vne parfaite amitié, et qu'outre ce droit des Gens, qu'ils estendent
si avant, il y a encore vne estroite communication d'interets
et de pensées qui les lient ensemble, alors ils n'ont garde de
negliger deux devoirs reünis en vn, ny de traiter leurs amis
plus mal qu'ils ne traitent les autres hommes.

Pour celuy dont je suis contraint de defendre la Fidelité
laquelle n'ayant jamais esté soupçonnée n'avoit jamais eu
besoin de defense, quand il m'eust promis quelque chose
dans vn Desert, et qu'il m'eust parlé à l'Oreille me la promettant, je ne me fusse pas moins asseuré en sa parol
que si la presence des Iuges et du Greffier l'eust publiquement authorisée. Et bien que la Mort finisse tous les
Contrats et toutes les Promesses de cette nature, et qu'il ne
me reste rien d'vn si excellent amy, qu'vne memoire tres-
precieuse que je conserve tres-cherement, je veux croire que
du lieu où il est il jette encore les yeux sur moy, qu'il pré-
side encore à la conduite de ma vie, que je ne m'adresse
point à luy inutilement, *et que sa parole demeurera, quoi
que le Ciel et la Terre passent.*

Il ne faut point faire icy tant de bruit ny redoubler les
Exclamations Tragiques. Ce que j'ay dit se peut dire
toute affirmation veritable : Et si le Soleil à cette heure no
esclaire, et que je die IL EST IOVR, ma parole subsistera qui

que le Ciel et la Terre passent : Elle sera vraye, lors mesme qu'il n'y aura plus de Soleil ny de lumiere : et, si les choses retournoient en leur premiere confusion, ce desordre universel de la Nature ne seroit pas capable de la rendre fausse. La Verité n'est subjette ny à la Vieillesse ny à la Mort ; elle doit durer plus que le Temps : Elle se conservera dans les ruïnes du Monde ; Et quand le Ciel et la Terre ne seront plus, deux et deux feront quatre ; le Tout sera plus grand que ses parties ; les Lignes tirées du Centre à la Circonference seront égales.

Mais la Verité n'est pas seulement eternelle dans les Mathematiques, elle l'est aussi ailleurs ; et vne proposition conforme à son objet, et qui exprime vne chose vraye, survivra sans difficulté à tout ce qu'il y a de materiel et de corruptible. Tellement, que la promesse qui m'a esté faite n'estant point fausse, elle doit demeurer, quoy que le Ciel et la Terre passent ; Et je reserveray à vne autre fois, et contre vne autre personne que celle d'vn Evesque, l'avertissement que me donne le Docteur de Bezançon de la part du Roy David, *qu'il n'est point d'homme qui ne soit menteur.*

Il a mal pris l'intention du Sainct Esprit, qui à mon advis ne veut pas nous obliger par là à nous défier de tout le genre humain, et à croire faux tout ce qui se dit comme veritable. Si cela estoit, et si les hommes ne pouvoient jamais dire la verité, nous serions tous Barbares les vns aux autres. On ne s'entendroit pas mieux qu'on faisoit quand les langues furent confonduës. La Societé civile se dissoudroit de soy-mesme ; et s'il y avoit encore quelques-vns qui habitassent la Terre, il n'y auroit plus pourtant ny de Citoyen, ny de Famille, ny de Republique.

Il me semble donc que le Mensonge, auquel tous les hommes sont subjets, n'est pas tant vn defaut de leur volonté que de leur entendement, ny tant vn vice qu'vne ignorance. Ils sont plustost blasmez de ne pas sçavoir la verité que de la corrompre, et de se tromper eux-mesmes que de tromper leur Prochain. On n'entend pas que les principes de tout Bien soient si alterez en eux, qu'ils parlent toujours contre leur conscience, mais que la connoissance qu'ils ont des choses est si petite, qu'ils ne peuvent gueres parler sans erreur.

Ou certes ce Mensonge doit estre pris pour vne simple inclination à mentir, et non pas pour vne habitude formée de mentir tousjours. Tout homme est menteur de la mesme sorte que tout homme est injuste, que tout homme est intemperant, mais non pas de la mesme sorte que tout homme est raisonnable. Les Candiots peuvent dire quelquefois la verité, et il n'est point de Poëte si fabuleux qui ne devienne veritable historien, s'il escrit *qu'il y a vn Dieu, et que le Monde est la Creature de ce Dieu.*

Cette objection renversée, il ne peut en cecy rester qu'vn scrupule, que j'espere de lever sans beaucoup de peine. C'est qu'encore qu'il soit certain qu'vne proposition veritable demeurera, quoy que le Ciel et la Terre passent, il n'est pas bon toutefois de l'exprimer en ces termes, qui sont comme consacrez à la parole de Dieu, et dont par consequent il ne se faut pas moins abstenir en nostre langage ordinaire que des vases de l'Eglise au service de nostre maison.

Ie ne doute point que la profanation des Mysteres et du Texte des Livres saincts ne merite l'indignation des Fideles. Cette sorte d'impieté est d'autant plus dangereuse, qu'elle est plus desguisée et plus difficile à reconnoistre. Car, quoy qu'on tesmoigne n'estimer pas sainct ce qu'on employe indifferemment à tous vsages, et quoy qu'on nie tacitement en la Religion les choses qu'on ne revere pas ; si est-ce que cette Licence a tousjours le visage plus doux et plus modeste que l'Atheïsme : elle se coule avec moins de difficulté dans l'ame des hommes, que ne feroit vne Negation absoluë et descouverte.

Il n'y a gueres de gens qui ne soient Soldats en temps de

guerre, et qui ne se mettent en devoir de defendre les veri-
ez de la Foy lors qu'elles sont ouvertement combattuës : Au
:ontraire, quand on ne les dispute, ny on ne les nie, et que
eulement on les profane, ceux qu'on ne pourroit vaincre
e laissent quelquefois gaigner : Ils resistent aux Argumens
t sont foibles contre la Raillerie : Ils se rendent plus tost à
[ui les chatoüille qu'à qui les attaque de vive force. Et le
nalheur est que nostre Siecle est fertile en ces esprits, qui,
e considerant pas les choses de la Religion dans leur natu-
elle majesté, et ne les voyant que comme on les leur fait
oir, en conçoivent du mespris si elles ne sont pas assez ho-
iorées : Apres en avoir perdu le respect, ils viennent peu à
jeu à en perdre la creance.

' Tout cela est vray, mais tout cela regarde vn autre que
noy. L'ombre mesme des lieux saincts touche mon esprit de
[uelque sentiment de pieté, et j'adore jusqu'aux Points et
usqu'aux Syllabes de l'Escriture : C'est la profaner que de
'en servir à defendre le Mensonge, à faire entendre des
hoses sales, esloignées de la chasteté de son sens et de la
[ignité de son stile : C'est en abuser que de lui donner des
nterpretations ridicules, et d'appliquer à des personnes in-
[mes les paroles qu'elle a dites de Dieu et des Saincts : Mais
e rapporter ces mesmes paroles à d'autres Saincts, à ceux
[ui sont assis sur les throsnes des Apostres, aux Princes de
Estat du Fils de Dieu, sur les levres desquels il a mis sa ve-
[ité, et à qui il a dit : *Quiconque vous entendra, il m'enten-
[ra ; quiconque vous mesprisera, il mesprisera ma personne,*
ne pense pas que ce soit violer l'Escriture saincte, ny la
[estourner fort loin de son vray et de son legitime vsage.

[Ie ne suis pas le premier qui employe la Saincte Escriture
[cette sorte, et qui prends la hardiesse de m'en servir pour
xprimer mes pensées en des choses serieuses. Les Peres de
Eglise m'ont montré le chemin que je tiens : et si le Doc-
[ur dit que je me suis esgaré, il faut qu'il die par consequent

que les Peres de l'Eglise sont des Guides dangereux, que
leur exemple est mauvais, que l'imitation n'en est pas bonne.

Il semble en effet que les Saincts aient crû avoir droit de
s'approprier toute l'Escriture saincte; Vous diriez qu'ils ont
eu dessein de faire vne Langue particuliere de ses termes et
de ses locutions. Il sont reconnoissables à cette marque
parmy les Autheurs du mesme temps qu'eux, et ce charactere les separe des Profanes. Encore aujourd'huy la pluspart
des Contemplatifs escrivent ainsi; Ils sement, comme ils disent, leurs Escrits des fleurs qu'ils cueillent dans les jardins
de l'Espouse. De ces belles fleurs, on voit mille bouquets et
mille couronnes dans l'Antiquité Ecclesiastique; et nos bons
Predecesseurs en ont composé de longs discours, où souvent
ils n'ont rien apporté du leur que la façon de les attacher
ensemble. Seray-je Anatheme pour avoir escrit vne ligne de
leur stile, pour avoir dit en des termes qui ne sont pas populaires que la parole d'vn Evesque estoit veritable?

Sainct Gregoire de Nazianze, qui, par excellence, a esté
nommé le Theologien, fait bien quelque chose de plus que
de comparer sa parole à celle du Fils de Dieu, car il se prend
luy-mesme pour le Fils de Dieu et met son confident en la
place de Sainct Pierre. C'est dans vn Discours où il se plaint
de ses disgraces, et où il dit entre autres choses *que ses plus
chers amis se sont esloignez de luy, qu'ils ont tous souffert
scandale en cette triste nuit de sa mauvaise fortune; que
Pierre mesme l'a renié, et qu'il ne pleure point amerement
pour laver sa faute de ses larmes.*

Si j'estois aussi grand Traducteur que mon Adversaire,
l'Eglise Latine et l'Eglise Grecque me donneroient à l'envy
dequoy le confondre, et je luy pourrois faire vn Livre de pareilles allegations. Je pourrois le faire fuïr au seul nom de
mes Tesmoins et l'accabler de leur multitude. Mais il ne faut
pas imiter la Rapsodie que nous reprenons. Et pour ne luy
rien donner que ce que je prends dans ma memoire, il m

suffira de luy alleguer vn Sainct du mesme pays que luy, celebre Ouvrier de semblables pieces. Ce sainct Bourguignon, c'est Sainct Bernard, qui ne parle presque jamais aux Papes ny aux Evesques que par la voix des Prophetes et des Apostres.

En l'Epistre 327 au Pape Innocent, il dit de l'Evesque d'Arras ce que le Prophete dit expressément de Iesus-Christ : Et au mesme Innocent, luy escrivant pour ceux de Milan, qui s'estoient broüillez avec luy, il les nomme en la Langue de l'Escriture *le Peuple de l'acquisition*, comme si le Pape Innocent estoit mort pour le salut de ceux de Milan. En beaucoup d'autres lieux, il ne fait point de difficulté de communiquer aux hommes les paroles que l'Escriture a premierement adressées à Dieu : Mais en ces lieux, et en celuy-cy, son intention n'a pas esté de prendre ces termes en toute l'estenduë de leur signification, ny de leur faire plus dire que ce que la vertu d'vn homme peut recevoir, laquelle estant infiniment inferieure à la grandeur de Dieu, n'est pas capable d'une si haute eslevation que celle où se trouvent ces Passages en leur premier sens.

Il a donc pû appeler ceux de Milan, à l'esgard du Pape, *le Peuple de l'acquisition*, qui sont les mots dont vse Sainct Pierre parlant du Peuple Chrestien racheté par le sang de Iesus-Christ : Mais il ne les a pû appeller ainsi, au sens de Sainct Pierre. Car l'vn parle du rachapt du salut et de la redemption de l'Ame; l'autre parle d'vne faveur temporelle et d'vne grace purement humaine. Aussi quand je dis que la parole d'vn Evesque demeurera quoy que le Ciel et la Terre passent, je ne pretends pas de comparer la parole d'vn homme à celle de Dieu ; Mais j'abbaisse ces termes jusques à mon sens, et n'en prends que l'exterieur et l'escorce pour y enfermer ma conception. qui n'est ny profane ny ridicule.

Ce Fascheux. qui trouve tout profane et tout ridicule,

qu'eust-il dit de l'Apostrophe que fit vn Predicateur de la
Ligue à l'Ame de Monsieur le Duc de Guise, s'adressant à Madame la Duchesse de Nemours, sa Mere, qui estoit à son Sermon : *O sainct et glorieux Martyr de Dieu, benit est le*
ventre qui t'a porté et les mammelles qui t'ont allaité?
Qu'eust-il dit du compliment de cet Ambassadeur d'Espagne
en Angleterre, qui receut vne visite du roi Iacques avec ces
paroles de la Messe : *Domine, non sum dignus vt intres sub*
tectum meum? Qu'eust-il dit encore de cet autre Ambassadeur d'Espagne, resident à Rome, qui, voyant passer la
Princesse de Sulmone par vne ruë, s'escria, comme s'il eust
esté transporté d'vne divine fureur : *Ave, Regina Cœlorum;*
Ave, Domina Angelorum ? Qu'eust dit le Docteur de Bezançon de ce Prince de Bretagne qui prit pour devise: *Antequam*
Abraham esset, ego sum, et crût seulement exprimer par là
l'antiquité et la noblesse de sa Maison? Qu'eust-il dit encore
s'il eust oüy dire : *Et homo factus est* de cét autre Prince,
qui, estant parvenu à l'Empire, se relascha de la severité
des Maximes qu'il avoit tenuës, estant personne privée, et
laissa adoucir sa Vertu sauvage aux affections du sang et
aux tendresses de la Nature? Ie n'approuve ny l'Apostrophe
du Predicateur de la Ligue, ny le Compliment du premier
Ambassadeur, ny l'Enthousiasme du second, ny la Devise du
Prince, ny la licencieuse Application des paroles tirées du
Symbole des Apostres. Mais ce n'est pas à dire que je desap-
prouve generalement toutes les autres applications. Ie ne rejette pas tous les complimens qui sentent le stile de l'Escriture Saincte ; Ie ne condamne pas l'vsage de certains mots,
qui peuvent passer de Dieu aux Hommes sans que l'honneur
que les Hommes doivent à Dieu en souffre pour cela de dimi-
nution.

Dans les Livres Saincts, Iesus-Christ n'est-il pas appellé, par
similitude, Lion, Panthere, Ours et Aigneau ; Et Sainct Denis n'a-t'il pas fait cette remarque avant moy? La Theologie,

neantmoins, ne respecte point ces Mots, comme s'ils avoient esté voüez à Dieu par ces similitudes : Elle ne reserve point les images de ces choses pour la personne du Fils de Dieu, ny ne nous defend d'en tirer des comparaisons humaines pour nostre vsage. C'est plustost la parole de Dieu qui nous oste ce scrupule, si nous l'avions ; Et c'est l'Eglise, interprete de cette parole, qui se sert du mesme nom et de la mesme figure en des occasions extrêmement differentes. Car, comme Nostre Seigneur est le Lion de la Tribu de Iuda, nostre Ennemy est le Lion rugissant, tousjours prest à devorer les Fideles. Aussi la malediction donnée au Serpent et sa teste brisée par la semence de la Femme, n'empeschent pas que le Serpent d'airain du desert ne soit l'Embléme du Dieu du Calvaire.

L'Infinité n'appartient qu'à Dieu, et la Creation est vn droit qui luy est si propre, que mesme il ne le peut communiquer à vn autre; Il n'y a personne qui en doute. Les hommes pourtant s'appellent tous les jours infiniment bons ou infiniment meschans, s'aiment ou se haïssent infiniment, ont vn nombre infini de vices ou de vertus. On crée aussi tous les jours dans les Assemblées civiles et militaires des Magistrats, des Syndics et des Officiers. Les Princes font tous les jours des Creatures, je dis les plus chastes Princes, et ceux qui ne se marient point.

A Rome, les Cardinaux qui sont obligez de leur promotion au Cardinal Barberin, se nomment vulgairement les Creatures de Barberin. Et la premiere fois qu'vn nouveau venu en ce pays-là se trouve aux Ceremonies publiques, où le Pape assiste et les Cardinaux, pour luy donner quelque connoissance de la Cour, on luy montre parmy ces Princes de robe longue les Creatures d'Aldobrandin, les Creatures de Borghese, celles de Ludovisio, etc. Les Iurisconsultes et les Theologiens, les Seculiers et les Prestres parlent ainsi : C'est l'vsage de la Cour, c'est la Langue du Consistoire et du Con-

8.

clave. Mais le Docteur de Bezançon est plus regulier en ses
paroles, que la Cour, que le Consistoire et que le Conclave.
Il condamne les Coustumes, les Vsages et les Langues. Les
Locutions les plus receues luy sont suspectes d'impieté : Les
plus nobles luy semblent pleines d'extravagance, comme
nous allons voir tout à l'heure.

DISCOVRS SECOND.

OV L'AUTHEVR DEFEND QVELQVES FAÇONS DE PARLER HARDIES.

Voicy vne de ces nobles Locutions, et il faut la soustenir
contre les forces de mon ennemy. Si je ne me trompe, ce
sera vn lieu funeste à sa reputation, et devant lequel il rece-
vra vn affront. S'il prend la peine de bien considerer mes
Defenses, je ne pense pas qu'il ait jamais envie d'attaquer.
Il trouve estrange que j'aie dit du premier Ministre de la
Chrestienté *que, pour en avoir vn pareil à luy, il est besoin
que toute la Nature travaille, et que Dieu le promette long-
temps aux hommes avant que de le faire naistre.* Mais vous
qui lisez des Livres et qui en faites, que trouvez-vous de si
estrange en ce que j'ay dit d'vn Homme qu'on appelle extraordinaire à Paris, à Rome et à Madrid? Quel excez re-
marquez-vous en vne façon de parler qui est si commune
ceux qui parlent avec ornement?

Ie sçay bien qu'à prendre les choses à la rigueur, et dans la tyrannie de l'Eschole, les effets que nous voyons dans le Monde ne desirent pas vn plus grand travail en Dieu les vns que les autres. Il est certain que la Sagesse de Dieu n'a pas operé avec plus d'effort en la creation du Soleil qu'en celle du moindre feu de la Nuit, et que les Hommes ne luy coustent pas plus que les Insectes ; Mais parce que le merite de ces pieces du Monde si differentes nous touchent diversement, il est certain aussi que nous les considerons d'vne differente sorte. Nous remarquons en quelques-vnes comme des ombres obscures et vne faculté espargnée ; et en d'autres des images parfaites et vne plenitude de puissance. Il nous semble que cette souveraine force se relasche en certaines actions, et qu'en d'autres elle se roidit, qu'elle n'est pas si dignement occupée en cét Ouvrage qu'en celuy-là, que l'employ de la Creation est quelquefois plus noble et quelquefois moins.

Par tout et tousjours, sans excepter Rome, depuis mesme qu'elle a abjuré l'Idolatrie et qu'elle s'est faite Chrestienne, le Soleil a eu des Adorateurs et des Hymnes : I'ay veû des Homilies qui s'en plaignent et qui reprochent ce reste de superstition aux Chrestiens de Rome. Ceux qui n'avoient pas connoissance de l'Incarnation du Verbe ont crû et ont dit que le Soleil estoit *le fils visible du Pere invisible*. Et, pour ne point parler des beautez et des richesses de l'Ame de l'Homme, la seule composition du corps humain a esté trouvée si ingenieuse et si pleine d'art, que le Prophete s'escrie en quelque lieu de ses Pseaumes *que c'est par elle que la Science divine se rend admirable*, comme s'il disoit que l'Homme est la merveille de Dieu.

Et de fait, en la naissance du Monde, Dieu ayant commandé absolument que la Lumiere fust faite et que la Terre produisist, on a remarqué qu'il changea de termes quand il vint à l'Homme. Il ne dit pas : Qu'il soit fait, mais : Faisons-le, comme s'il eust voulu entrer en deliberation et prendre du temps et du loisir pour se resoudre sur la structure de ce superbe Animal, qui devoit estre le Roy des autres. Non pas qu'au respect de Dieu il faille ny plus de temps, ny plus de conseil, ny plus de peine, pour produire le Grand que le Petit, et les Creatures animées que celles qui n'ont point d'Ame : Mais l'Escriture Saincte a eu esgard à nostre façon de concevoir et de dire : Elle a voulu exprimer l'excellence de l'Effet par vne action plus estudiée et plus serieuse qu'elle semble attribuer à la Cause.

Or, puis que nous ne sçavons pas la Langue du Ciel, et que les sainctes Lettres mesmes traitent en termes humains des choses divines : Puis que, dans la Genese, Dieu se repose le septiesme jour, ce qui semble presupposer qu'il a travaillé les six precedens : Puis qu'il est fait mention du Doigt de Dieu en quelques Evenemens estranges, comme s'il y laissoit son impression et ses marques, et qu'aux effets communs il ne poussast que legerement les choses : Puis qu'ailleurs il est parlé de son Bras estendu, comme s'il le retiroit et le deployoit selon l'exigence des occasions, et que tous ses coups ne fussent pas d'vne égale force : Puis que quelquefois il paroist moins de difference de l'homme à la beste que de l'homme à l'homme, et que Mercure Trismegiste, ou quiconque fut Autheur de l'Astronomie, ne semble pas estre de mesme fabrique que Meletides, qui ne put jamais compter que jusqu'à trois, et qui ne sçavoit de son Pere ou de sa Mere lequel des deux estoit accouché de luy ; Puis que, sur tant de bons fondemens, vn illustre Italien du temps de nos Peres a escrit que *l'entendement eternel estoit en vne haute pensée, et avoit vn grand dessein lorsqu'il fit le Cardinal Hippolyte d'Est :* Pourquoy, ne meslant point Dieu en mon Discours, et m'abstenant de ce redoutable mot, ne pourray-je vser d'vne liberté beaucoup plus modeste, et dire d'vn Cardinal Tout puissant, avec lequel il n'y a point de Cardinal qui puisse entrer en comparaison sans recevoir de la faveur, *que la Nature a travaillé davantage en sa personne qu'en celle des hommes ordinaires?*

Ie n'apporte rien de nouveau ny de prodigieux dans le Monde, Ie ne me mets point à quartier du chemin public. Ce sont des locutions familieres aux Poëtes, aux Historiens et aux Orateurs; et pour estre surpris de ces vieilles Nouveau-ez, il faut avoir peu de Communication avec ces Messieurs du temps passé. On ne voit dans leurs Ouvrages que la Na-ure Mere, la Nature Marastre, la Nature qui forme les vns avec soin, qui jette les autres sur la Terre comme par despit; a Nature qui se jouë en des operations extravagantes, qui fait son apprentissage par vne fleur de moindre beauté avant que d'entreprendre le Lys; qui est tantost Maistresse de l'Art et tantost Imitatrice; qui se lasse, qui s'efforce, qui de-vient sterile, qui reprend sa fecondité, qui vieillit, qui ra-eunit.

Personne n'a appellé Averroës en jugement pour avoir dit *qu'avant qu'Aristote fust né la Nature n'estoit pas entiere-nent achevée, qu'elle a receû en luy son dernier accomplis-ement et la perfection de son estre; qu'elle ne sçauroit plus passer outre, que c'est l'extremité de ses forces et la borne de l'intelligence humaine.* Vn autre Philosophe a enchery sur Averroës, et a dit depuis qu'Aristote estoit VNE SECONDE NATVRE.

, Nous souffrons ce mauvais mot d'vn Autheur Romain, QVE CATON ET LA PROBITÉ SORTIRENT TOVT A LA FOIS, COMME DEVX IVMEAVX, DV VENTRE DE LA NATVRE. On lit dans les harangues d'vn grand Personnage de nostre temps que la Nature se donna trop de licence, et entreprit plus qu'elle ne devoit en la naissance d'vn autre grand Personnage, dont il fait le Panegyrique. *Il lui semble qu'elle pouvoit estre plus retenuë et plus moderée.*

Mon stile n'est-il pas lasche en comparaison de celuy-là?

Si on considere le vol que prend le Philosophe Averroës et
l'autre Philosophe qui a esté encore plus loin que luy, mes
conceptions ne sont-elles pas basses et languissantes? N'ay-je
pas esté trop timide dans la liberté du genre Demonstratif
veû les exemples de ceux qui ont escrit devant moy, qui, en
semblables occasions, ont esté hardis jusqu'à l'insolence, e
n'ont rien refusé à leur matiere?

Il y a des Ames fatales, n'en doutons point, qui sont d'vı
ordre superieur, qui naissent Maistresses et Souveraines de
autres ames; qui viennent renouveler le Monde et change
la face de leur Siecle. Ces Ames ne viennent ny en foule, ny
par tout, ny tous les jours. Vn Ancien a dit d'elles *que tou*
le Ciel estoit occupé à faire leur destinée. Thebes a esté **Mer**
d'vn Capitaine, mais ce fut vn fils vnique. La Scythie port
vn Philosophe, et apres cela elle fut sterile. Vn âge n'es
souvent remarquable que par vn Homme; et il y a que
quefois vn Homme si regardé dans le Monde, qu'il peut s
dire l'objet et la fin des autres hommes. Ceux dont je parl
ne sont donc pas les plus communes productions de la Na
ture : Ce ne sont pas ses actions les plus negligées. Quo
que die le Docteur de Bezançon, ils peuvent bien estre pro
mis avant que d'estre donnez.

Il s'imagine pourtant qu'il n'y a point de moyen que
me puisse tirer de ce mauvais pas, et il pense tout de bc
m'avoir pris. Mais si cela est, il sera bien-tost emmené pa
son Prisonnier : Et s'il me demande, croyant me propos
vne Enigme, qui sont ceux-là, outre Iesus-Christ et son Pr
curseur, qui ont esté promis avant leur naissance, je lu
respondray, me renfermant dans les bornes de l'Escritu
Saincte, qu'Isaac a esté promis, que Samson a esté promi
que Samuel l'a esté, que Iosias l'a esté encore.

Mais je luy demande à mon tour qui luy a dit que Die
n'ait que ce seul moyen de nous faire entendre sa volont
et que toutes ses promesses soient escrites? N'a-t'il rien pr

nis aux hommes depuis la mort des premiers Fideles et depuis la publication de l'Evangile? N'a-t'il pas vn nombre
nfini de Messagers? Ne se sert-il plus de l'entremise des An-
es? N'envoye-t'il plus de Songes et de Presages, qui annon-
ent ses graces et ses bienfaits? Combien se lit-il de Saincts,
ans l'Histoire Ecclesiastique, qui ont esté promis à leurs
neres? Combien voyons-nous de Fils de leurs larmes, de
'ils de leurs prieres, de Fils de leurs vœux? L'Eglise n'a
imais manqué de personnes divinement inspirées. Elle a
ousjours eu des Apostres, des Martyrs et des Prophetes : Et
i le Docteur de la Franche-Comté avoit leû avec attention la
econde Lettre que Sainct Paul escrit aux Corinthiens, il ne
ne feroit pas de ces mauvaises objections.

: l'ay pitié d'vn homme si foible et si querelleux, qui trou-
le la Paix et ne sçait pas faire la Guerre. Il me fasche que
e soit le grand amy d'vn de nos amis qui m'oblige à l'in-
truire sur des choses si communes. Oh! que je traiterois
nal vn homme qui luy seroit indifferent, s'il avoit besoin
'vne si vulgaire instruction. Ce n'est pas tout, neantmoins,
ar sa doctrine est encore plus grande que son jugement.
omme la Calomnie est imprudente et mal-avisée, il se brise
m me touchant ; Il s'enferre de ses propres armes.

Le Docteur trouve mauvais ce que j'ay escrit de Monsieur
e Cardinal de Richelieu, et ne considere pas qu'il a escrit
uy-mesme dans le mesme Livre, où il trouve mauvais ce
que j'ay escrit, que Monsieur le Cardinal de Berulle et Mon-
ieur l'Evesque de Nantes SONT CES DEVX CHANDELIERS AR-
ENS predits et figurés par les Sainctes Escritures. le parle
n termes generaux d'vne chose possible, et qui arrive ex-
ordinairement quand il vient au Monde des hommes extra-
rdinaires : Mais luy passe bien outre et me laisse derriere
uy. Il asseure de ces deux dignes Prelats, qui se sont moc-
uez de luy et de ses loüanges, que les Propheties ont parlé
'eux en individu, c'est-à-dire en leur propre personne; et

que Sainct Iean les a veus, les a marquez et les a presque
nommez dans l'Apocalypse. Il veut à toute force qu'ils ayen
esté promis à l'Eglise, en l'Isle de Patmos, environ quinze
cens ans avant qu'ils soyent nés, et ne veut pas qu'il y en ai
d'autres dont la naissance puisse estre signifiée, ou par vn
Songe, ou par vn Presage, ou par quelque autre avertissement du Ciel.

Vous voyez la licence de ce Scrupuleux, et vous avez veû
l'ignorance de ce Docteur. Celle-cy est si lourde et si espaisse
que de luy donner vn autre nom, ce seroit la nommer trop
improprement; ce seroit parler trop ouvertement contre sa
conscience. La Civilité a des limites qui ne s'estendent pas jus
ques-là; Et d'ailleurs il m'a defendu l'vsage de l'Ironie, dans
laquelle il eust peut-estre trouvé son compte. A parler donc
tout de bon, quelle ame fut jamais plus aveugle naturellement
et moins esclairée de dehors ? Qui eust crû que le Docteur de
Bezançon eust ignoré assez de choses pour me faire paroistre
sçavant ? Qui se fust imaginé qu'il eust pû faillir si grossierement en sa profession que je pusse remarquer ses fautes?
Il peche, ce grand Docteur, contre les principes des Lettres Sainctes; Il est Estranger chez les saincts Peres. Il s'esgare dans l'Antiquité Ecclesiastique ; Il me donne mille
moyens de le combattre en des lieux où il devoit avoir tous
les avantages de son costé. Or, apparemment, il doit encore
moins sçavoir la Rhetorique que la Theologie. Celle-cy est
son affaire et sa possession, et je ne sçay comment il s'est
trouvé engagé dans l'autre : Il y a esté jetté par vne tempeste :
Ce luy est vne Region inconnuë.
De cela il est aisé de tirer la consequence, et de juger
de mon Adversaire Grammairien par mon Adversaire Philosophe et Theologien. N'est-ce pas vn prejugé pour le bon
succez des Paroles et du Stile, de voir qu'il reüssit si mal
contre la Doctrine et contre les choses ? N'est-ce pas avoir de-

endu le Tout que d'avoir defendu cette partie? Et à quoy
erviroit la publication de l'examen que j'ay fait de sa Chi-
ane, qu'à lasser des Esprits qui sont satisfaits et à replaider
n procez qu'il a perdu? Il n'y a pas beaucoup d'apparence
u'il sçache mieux mon Art qu'il ne sçait le sien, ny qu'il
sse des objections raisonnables en des matieres qui sont
Autruy, puis qu'il en fait de si absurdes en celles qui luy
ont propres. Et si vn Maistre d'escrime est battu en sa Salle
t de ses Fleurets, quel avantage peut-il esperer ailleurs, et
ue doit-il devenir estant hors de là?

Ie m'en rapporte aux François et aux Bourguignons, à
onsieur Brun, le Demosthene de Dole, aussi bien qu'à Mon-
eur Le Maistre, le Ciceron de Paris. Ie n'en veux pas moins
roire les amis du Docteur que les miens. I'en croirois
esme le Docteur, s'il pouvoit obtenir du Ciel vn intervalle
e lumiere, pour voir que souvent il y a grande diffe-
ince entre vn Docteur et vn Animal raisonnable. Nous se-
ons d'accord luy et moy s'il s'estoit reconcilié avec le bon
ns : Mais c'est vne querelle qui n'est pas aisée à accom-
oder.

Achevons donc de dire la Verité, et disons-la avec la con-
ance qu'elle nous donne apres avoir combattu pour elle.
out ce qu'il y a de raisonnable sur la Terre, tout ce qui sçait
rler, tout ce qui sçait lire, s'eslevera contre ce lasche Cor-
pteur des paroles et de l'Escriture. Il sera condamné par
us les hommes du Siecle present : Mais j'espere de plus
e difficilement trouvera-t-il de la faveur chez les hommes
l'âge advenir. Sans doute la Posterité me fera raison.
Cette bonne Posterité ne sera ny envieuse ny partiale. Il
y aura point de faction ny de brigue, pour corrompre son
tegrité à mon prejudice. Le moins que j'en doive attendre,
st qu'elle me mettra au nombre des Innocens qui ont eu
s Delateurs et qui ont souffert persecution : Et le plus

9

qu'elle puisse faire pour mes Ennemis, ce sera de les a
jouster à ces Temeraires qui se sont precipitez par vanité,
qui ont cherché de la reputation par leur cheute. Si le l
belle de celuy-cy va jusques à elle, elle en jugera d'vn espi
desinteressé et libre de passion. Elle ne sera esblouïe ny
l'esclat de ses Dorures, ny des promesses de son Tiltre, i
de la qualité de son Autheur.

Elle prononcera, mais elle prononcera souverainement qi
c'est dans cette Satyre ov l'on voit en mesme liev l'avdace i
l'ignorance et le pev d'adresse de la calomnie, les effor
qv'elle a faits et l'impvissance qv'elle a monstrée. Qve c'e
icy ov l'on trovve dv serievx a faire rire, de la raillerie
faire pitié ; vne deplorable dialectiqve, vne plvs malhe
revse grammaire ; vne extresme foiblesse sovstenve par v
extresme presomption. En vn mot, qve le Doctevr de Beza
çon est le vray homme de qvi Pline a dit qv'il n'est rien i
plvs svperbe, ny tovt ensemble de plvs miserable.

HOMINE NIL SVPERBIVS ESSE, NIL MISERIVS.

NOTES

SVR LE SOCRATE CHRESTIEN.

L'homme d'État auquel Balzac adresse l'Avant-Propos de son Socrate est Abel Servien.

Abel Servien, né à Grenoble en 1593, fils d'un conseiller au parlement de cette ville, fut successivement procureur général au même parlement en 1616, conseiller d'État en 1618, maître des requêtes en 1624, premier président du parlement de Bordeaux en 1630, et secrétaire d'État; ambassadeur extraordinaire en Italie en 1631, de l'Académie française dès la fondation en 1634, plénipotentiaire à Munster en 1643, ministre d'État en 1648, surintendant des finances en 1653, il mourut dans son château de Meudon le 17 février 1659.

Page 95.

« Je parle de la mort de Lucillio.... »

Lucilio Vanini, né à Taurozano, au territoire d'Otrante, en 1585; ordonné prêtre après avoir achevé ses études à Padoue. Tout à la fois philosophe, médecin, théologien, etc., il tomba dans l'athéisme, et conçut le projet de le prêcher dans le monde. Il parcourut une partie de l'Europe à cette intention. Enfin, il crut pouvoir se fixer à Toulouse et y faire des prosélytes. Mais sa fureur de dogmatiser le perdit; il fut emprisonné, condamné par arrêt du parlement à être brûlé vif. Il fut livré aux flammes en 1619, à l'âge de trente-quatre ans.

Page 99.

« Vous vous souvenez du vieux Pedagogue de la Cour... »

Il veut parler du vieux Malherbe.

Page 111.

« En nostre Monsieur l'Abbé de Rais... »

C'est le célèbre coadjuteur . Jean-François-Paul de Gondi, cardinal de Retz, né à Montmirel-en-Brie en 1614, mort à Paris le 24 août 1679.

ARISTIPPE

(1658. — Paris, in-4°.)

———

Aristippe ne parut qu'en 1658, quatre ans après la mort de Balzac. et ouvrage, éloquent et rapide, est dicté avec un remarquable esprit d'indépendance. Si l'auteur cherche à montrer dans le Prince que e beau type du monarque chrétien ne sauroit guère se distinguer d'un idèle portrait de Louis XIII, on dirait qu'au contraire il n'essaye de eproduire ici l'idéal de l'homme d'État que pour faire pressentir n'il n'a pas songé à flatter les ministres de son temps. Il avait commencé ce livre *dans le beau feu de sa jeunesse*, et il le travailla oute sa vie comme son œuvre de prédilection. « Ie le dis sans exagerer la chose, écrivait-il à Conrart, et il est tres-vray neantmoins, que mon Aristippe est mon bien-aimé, qu'il est les delices de mes yeux : la consolation de ma vieillesse. Ie l'ay fait et refait vne douzaine de fis; j'ay employé à le faire toute ma science, toute mon experience, out mon esprit, tout celuy des autres. Voilà de grandes paroles ; uais, apres de si grandes paroles, apres tant de veilles et tant de ravail, je serais bien attrapé si le Monde faisoit peu de cas de ces ieilles et de ce travail. Le Monde est assez malicieux pour cela, et o'ordinaire les actions fortuites reüssissent mieux que les preparées*. »

* * A Conrart, 11 décembre 1652.

ARISTIPPE

OV

DE LA COVR

———

A LA SERENISSIME REYNE DE SVEDE

———————————————————

AVANT-PROPOS.

———

L'Année mille six cens dix-huit, Monsieur le Landgrave de Hesse, Ayeul de Monsieur le Landgrave d'aujourd'huy, fit vn voyage aux Eaux de Spâ, qui luy avoient esté ordonnées par les Medecins. A son retour, se trouvant sur la frontiere de France, et ayant sçeû que Monsieur le Duc d'Espernon estoit en son Gouvernement de Mets, il eut envie de voir vn Homme dont l'Histoire luy avoit tant parlé. Il avoit appris d'elle que la Vertu avoit esleué cet Homme et que la Fortune ne l'avoit pù abbaisser; Que ses disgraces avoient esté plus glo-rieuses et plus esclatantes que sa faveur; Qu'il eut la force de resister à vn Party qui faillit à renverser l'Estat, et qu'il merita les bonnes graces d'vn Roy auquel il ne manquoit rien que d'estre né en vn meilleur Siecle.

Monsieur le Landgrave, touché de l'admiration d'vne si longue et

si durable vertu, jugea cet illustre Vieillard digne de sa curiosité et
luy fit l'honneur de le venir visiter à Mets. Par malheur, la Goutte le
prit le lendemain qu'il y arriva : Et quoy qu'elle eust accoustumé de
le traiter assez doucement, estant plustost vn repos forcé qu'vne
veritable douleur, il faloit pourtant la recevoir en malade, et garder
le lict tant qu'elle duroit. Cette attache le retint plus qu'il ne pensoit
en vn lieu où sans cela il ne se fust pas ennuyé. Elle nous donna
aussi le moyen de le considerer de plus près.

Comme il estoit Prince qui aimoit les Lettres, il employoit les
heures de son loisir et les intervalles mesmes de ses maux ou à lire
les bons Livres, ou à s'entretenir avec les Sçavans qui les entendoient
Alors il y en avoit vn près de son Altesse, dont elle faisoit vne estime
particuliere et qui en effet n'estoit pas vn homme commun. D'ordinaire elle l'appelloit Son Aristippe, et quelquefois Son sage sçavant
pour expliquer le nom d'Aristippe, qu'elle luy avoit donné.

C'estoit vn Gentilhomme de jugement exquis et d'experience con
sommée; Catholique de Religion, François de naissance et originair
d'Allemagne; âgé de cinquante-cinq ans ou environ. Il avoit le don
de plaire et sçavoit l'art de persuader. Il sçavoit de plus la vieille e
la nouvelle Cour; et ayant observé dans plusieurs voyages qu'il avoi
faits les mœurs et le naturel des Princes et de leurs Ministres, on
trouvoit en luy vn Thresor des choses de nostre Temps, outre les au
tres connoissances qu'il avoit puisées dans l'Antiquité et acquises pa
la Meditation.

Ie fus si heureux que de faire d'abord amitié avec luy. Il m
presenta à Monsieur le Landgrave et dit du bien de moy à toute s
Cour. Il fit mesme trouver bon à son Altesse que j'assistasse au
Conversations qu'ils avoient ensemble à l'issüe de son disné. E
partant d'Allemagne, ils avoient choisi Corneille Tacite pour estre l
compagnon de leur voyage et ne s'en estoient pas mal trouvez. I
les avoit divertis à Spà et par les chemins; et lorsqu'ils arriverent
Mets, ils en estoient au commencement de l'Empire de Vespasien

Aristippe estoit le Lecteur et l'Interprete : Apres avoir leù, il fai
soit des reflexions sur les choses qu'il venoit de lire ; quelquefois e
peu de mots et passant legerement sur les choses, quelquefois auss
en s'y arrestant et par des discours assez estendus, selon que la matiere le desiroit ou que Monsieur le Landgrave l'exigeoit de luy. Il

avoit plaisir à oüir vn Philosophe parler de la Cour; et si ce Sophiste qui se rendit ridicule devant Annibal n'eust pas plus mal parlé de la Guerre, je m'imagine qu'Annibal ne se fust pas mocqué de luy.

Les affaires publiques sont souvent sales et pleines d'ordure : On se gaste pour peu qu'on les touche : Mais la speculation en est plus honneste que le maniment : Elle se fait avec innocence et pureté. La Peinture des Dragons et des Crocodiles, n'ayant point de venin qui nuise à la veüe, peut avoir des couleurs qui resjoüissent les yeux ; Et je vous advoüe que le monde qui me desplaist tant en luy-mesme, me sembloit agreable et divertissant dans la conversation d'Aristippe.

En cette conversation habile et sçavante, comme dans une Tour voisine du Ciel, et bastie sur le rivage, nous regardions en seureté l'agitation et les tempestes du Monde. Nous estions Spectateurs des Pieces qui se joüoient par toute l'Europe : Aristippe nous faisoit les Argumens de celles qui se devoient joüer, et sa Prudence tant acquise que naturelle, sçachant tout le Passé et tout le Present, nous apprenoit encore quelques nouvelles de l'Advenir. l'estois attaché à sa bouche depuis le commencement de la Conversation jusques à la fin, et je l'escoutais avec vne attention si peu divertie, qu'il ne m'eschappoit pas vn seul mot de ce qu'il disoit. Mais pour faire place à ce qu'il devoit dire le lendemain, estant retiré en ma chambre, j'escrivois le soir les Discours que j'avois oüis l'apresdisnée et me déchargeois sur le papier *d'vn fardeau de perles et de diamans*, comme les appelloit le bon Monsieur Coeffeteau à qui je les communiquois tous les matins.

En ce temps-là, j'avois autant de subjet de me loüer de la fidelité de ma memoire que j'ay raison de me plaindre des supercheries qu'elle me fait aujourd'huy. Seneque le Pere conte des miracles de la sienne dans la Preface de ses Controverses. Ie ne vay pas si avant que luy, et ne veux rien avancer de moy qui sente le Charlatan. Mais il est tres-vray que l'année mesme des Conversations d'Aristippe, ayant esté à vn Sermon qui dura deux heures, je l'escrivis tout entier à mon retour de l'Eglise, veritablement sans m'assujettir aux paroles avec scrupule, mais aussi sans perdre quoy que ce soit de la substance des choses.

Il y a encore des tesmoins de ce que je dis : I'en puis nommer d'eminente qualité qui sont pleins de vie : Et personne ne doit trou-

ver estrange qu'apres vn effort de memoire, qu'on crût n'estre pas
petit, je me sois souvenu de sept Discours de mediocre grandeur
qu'Aristippe fit sept jours de suite. Vne ligne de l'Histoire de Vespasien luy servit de Texte pour commencer, et les Prieres de Monsieur le Landgrave l'obligerent à ne pas finir si tost.

De parler du merite des Discours, je ne pense pas qu'il soit necessaire. Ie ne veux point alleguer l'approbation qu'ils ont euë deçà et
delà les Monts. Il me suffira de dire qu'ils ont esté leûs par ceux qui
corrigent les Edits et les Ordonnances, et que Monsieur le Cardinal
de Richelieu les ayant portez avec luy en Italie, me les rendit à Paris
au retour du fatal voyage de Lyon. Ce fut non seulement avec des paroles tres-civiles, mais aussi avec des Notes tres-obligeantes dont il
borda les marges du Manuscrit : « Voilà qui me plaist. Il ne se peut
« rien de plus joly. Cecy se peut dire beau. Ie sçay bien de qui il en-
« tend parler, » etc.

Ces sortes de marques, qu'il avoit accoustumé de faire sur les Compositions d'autruy, sont connuës de ceux qui le voyoient dans la vie
secrette, et qui estoient receûs en son Cabinet, aux heures de ses divertissemens. Tant y a que Son Eminence eut la bonté de ne rien
prendre pour soy de tout ce qu'elle leût dans les sept Discours : Elle
distingua les temps et les lieux, et me fit la grace de considerer que,
quand Aristippe parloit à Mets, elle estoit encore Monsieur de Luçon,
et que Monsieur de Luynes n'estoit pas encore Connestable.

Mais il n'est pas temps de raconter les Advantures des Discours, puis
qu'elles ne sont pas encore finies, et qu'il leur reste vn voyage à faire
aux dernieres parties du Septentrion. Leur Eloge non plus ne doit
pas estre tiré du tesmoignage qu'on a rendu d'eux en France et en
Italie : Il faut l'attendre du jugement qu'en fera la Reyne, à laquelle
je les envoye en Suede. Estant esclairée au point qu'elle l'est, elle
les connoistra mieux par leur monstre que par le rapport d'autruy,
et presupposé qu'elle les desire, il vaut mieux contenter d'abord sa
curiosité, que de lasser sa patience dans vne longue Preface.

N'apportons point tant de façon à nostre Present, et faisons paroistre Aristippe devant elle le plus tost que nous pourrons. Ne nous
amusons point à l'Inutile des Dialogues ; Le plus souvent il embarrasse le Necessaire. Il se perd trop de temps aux civilitez et aux com-

plimens, aux bons jours et aux bons soirs. J'ay crù qu'il seroit bon de retrancher toutes ces superfluitez, et d'apporter icy les choses pures et simples, comme je les conservai avec soin dans mes papiers apres les avoir recueillies avec plaisir de la bouche d'Aristippe.

Mais avant que de passer outre, il n'y aura point de mal de faire ce que feroit Aristippe s'il estoit au Monde et qu'il fust luy-mesme son Historien. Ayant commencé par vn Nom qui portera bonheur à nostre Volume, sans differer davantage, rendons-luy les hommages qui luy sont deûs. La vertu de Christine merite quelque chose d'extraordinaire, mais le Temps present est pauvre pour vne telle reconnoissance : Il faut luy chercher des honneurs dans la vieille Rome et au Pays des Triomphes. Et pourquoy ne renouvellerons-nous pas en cet endroit l'ancien vsage des Acclamations, qui estoient des Triomphes de tous les jours ? Ils ne demandent point de pompe, comme les autres, et la despense s'en peut faire par la Pauvreté.

Qv'on love donc, qv'on benisse la Fille dv grand Gvstave, la grande, l'incomparable Christine, povr les bons exemples qv'elle donne a vn mavvais Siecle; povr avoir achevé la gverre et povr avoir fait la paix; povr sçavoir regner et povr n'ignorer rien de ce qvi merite d'estre sçev. C'est Christine qvi s'est opposée a la barbarie qvi revenoit, et qvi a retenv les Mvses qvi s'envvoient. C'est elle qvi connoist sovverainement des Sciences et des Arts. Elle met le prix avx ovvrages de l'esprit. Comme elle reçoit des applavdissemens de tovs les pevples, elle rend des oracles en tovtes les Langves. On ne pevt point appeller de ses opinions, non pas mesme a la Posterité.

Si cela est, et si elle approuve mon Livre, ou il sera assuré de l'approbation publique, ou il n'en aura pas besoin. Mais il ne faut pas faire ce tort au Public, de croire qu'il puisse estre d'vn autre advis que Christine. Le Monde ne voudroit pas desplaire à vne personne qui luy fait tant d'honneur et qui l'embellit si fort, en contredisant la mesme Personne qui juge si sainement et qui opine si bien.

ARISTIPPE

DE LA COVR

DISCOVRS PREMIER.

C'est vne opinion singuliere de certains Philosophes affir-
natifs, « que le Sage n'a besoin de personne, et que tout ce
qui est separé de luy ne luy sert de rien. » Par là, ils
ostent l'Amitié du nombre des choses necessaires, et luy
donnent rang simplement parmy celles qui sont agreables.
Et neantmoins de plus honnestes gens qu'eux, je veux dire
es Philosophes de la Famille de Platon et de celle d'Aristote,
ont crû que sans l'Amitié la Felicité estoit imparfaite et de-
ectueuse et la Vertu foible et impuissante. Ils ont dit que
es Amis estoient les plus vtiles et les plus desirables des Biens
estrangers. Ils les ont considerez, non pas comme *les joüets*
et les amusemens d'vn Sage en peinture, mais comme *les*
aides et les appuis d'vn homme du Monde.

Il n'y a que Dieu seul qui soit pleinement content de soy-mesme, et de qui il faille parler en termes si hauts et si magnifiques : Il n'y a que luy qui, estant riche de sa propre essence, jouïsse d'vne Solitude bienheureuse et abondante en toutes sortes de biens ; luy qui puisse operer sans instrumens comme il agit sans travail; luy qui tire tout du dedans de sa nature, parce que les choses en sont sorties de telle façon, qu'elles ne laissent pas d'y demeurer. Les Hommes, au contraire, ne peuvent ny vivre, ny bien vivre, ny estre hommes, ny estre heureux les vns sans les autres. Ils sont attachez ensemble par vne commune necessité de commerce. Chaque Particulier n'est pas assez de n'estre qu'vn, s'il n'essaye de se multiplier en quelque sorte par le secours de plusieurs ; et à nous considerer tous en general, il semble que nous ne soyons pas tant des Corps entiers que des Parties coupées que la Société reünit.

Les Offensez demandent justice, les Foibles ont besoin de support, les Affligez de consolation; mais tous ont vniversellement besoin de conseil. C'est le grand Element de la Vie civile : Il n'est gueres moins necessaire que l'eau et le feu : et les deux moyens d'agir que la Nature nous a fournis se rapportent à cette fin, LA RAISON ET LA PAROLE nous ayant esté données principalement pour le CONSEIL. Les bestes sont emportées par la subite impetuosité de leur naturel et par la presence du premier objet. Les Hommes se conduisent par la deliberation et par le discours. Ayant le don de chercher et de choisir, ils peuvent passer d'abord du Present à l'Advenir, et du Premier au Second, pour s'y arrester s'ils s'y trouvent bien.

Les Pirates se servent de Conseil : Le Conseil est en vsage parmy les Sauvages, à plus forte raison parmy les Peuples civilisez. Mais, par tout, il faut que les Sages l'empruntent d'autruy, parce que leur Sagesse leur doit estre suspecte aux choses qui les regardent. L'Homme est si proche de soy mesme, qu'il ne peut trouver d'entre-deux ny d'espace libre pour le debit du conseil qu'il se veut donner : il ne sçauroit empescher que les deux Raisons qui deliberent en luy ne se confondent dans la communication, celle qui propose estant trop meslée avec celle qui conclut.

Il faut donc que celuy qui conseille soit vne personne à part, et distincte de celuy qui est conseillé. Il faut qu'il y ait vne distance proportionnée entre les objets et les facultez qui en jugent ; Et comme les yeux les plus aigus ne se peuvent voir eux-mesmes, aussi les jugemens les plus vifs manquent de clarté en leurs propres interests. Quelque connoissance naturelle que nous ayons, et quelque lumiere qui nous vienne de plus haut, nous ne devons point rejetter les moyens humains ny mespriser ce surcroist de raison, et le plus grand esclaircissement de verité qui se tire de la Conference.

Reconnoissons l'imperfection de l'Homme separé de l'Homme, et l'avantage qu'a la Societé sur la Solitude. Puis que l'Amy de Dieu et le Conducteur du Peuple de Dieu, bien qu'vne Nuée miraculeuse marchast le jour devant luy, bien que la nuit vne Colonne de feu fist la mesme chose, et qu'elles se posassent au lieu où il falloit camper, ne laissa pas de prendre vn Guide pour s'en servir aux autres difficultez qui pouvoient survenir en son voyage ; y aura-t'il quelqu'vn apres cela qui ne demande des guides et qui ne cherche des ides ? Qui se fiera de telle sorte aux avantages de sa naissance ? qui s'endormira si negligemment sur les faveurs qu'il attend du Ciel, que de s'imaginer que l'assistance d'autruy luy soit inutile, que de croire que sa seule fortune et sa seule sagesse luy suffisent pour bien gouverner et pour bien conduire ?

Ceux qui se sont eslevez au delà de la commune condition des hommes y sont montez par quelques degrez : Ce n'est pas le Hazard qui les a jettez au dessus des autres ; Ce

n'est pas aussi leur Vertu qui a tout fait ; Les Services de
quelqu'vn se rencontrent ordinairement parmy les Merveilles
de leur vie ; et il est visible, par la suite de tous les temps,
que les Princes qui ont le plus gaigné sont ceux qui ont esté
le mieux secondez. De tant d'exemples, dont il y a foule
dans les Histoires, je ne veux que celuy sur lequel nous
nous arrestasmes hier, et qui obligea Son Altesse à me faire
parler aujourd'huy.

Vespasien avoit vescu sous la Tyrannic, et s'estoit sauvé
par miracle des mains de Neron. Mais il ne se contenta pas
de son propre salut apres la mort de ce Monstre : Il prit du
cœur, et entreprit davantage pour le Bien Public. Voyant
que d'autres Nerons menaçoient le Monde, et que de nouveaux Monstres se deschaisnoient, il se hazarda de conserver
le Monde en se saisissant de l'Empire. Il embrassa la protection du Peuple Romain, dont la fleur estoit presque toute
tombée par le glaive ou par le poison ; et le demeurant s'es-
puisoit chaque jour à remplir les Isles et les Cachots. Il en
fust pourtant demeuré à sa bonne volonté et à ses bonnes
intentions, il eust veû achever d'esteindre toutes les lumieres
du Senat et perir la Republique devant ses yeux, sans les
puissantes sollicitations et les vives poursuites de Mucien,
qui luy mit comme par force la Couronne sur la teste, et le
fit Empereur en despit de luy.

Il esbranla premierement l'esprit de Vespasien, qui se tenoit aux choses presentes bien qu'il ne les approuvast pas
et n'osoit estre autheur du changement qu'il desiroit. Et
apres l'avoir jetté dans l'irresolution, il le pressa de tant de
raisons, et le combattit de tant d'eloquence, qu'il fut à la fin
contraint de faire le reste du chemin, et de s'engager dans
la Cause Publique par vne ouverte declaration.

Or il est besoin de sçavoir que ce Mucien n'estoit pas homme
à n'apporter dans vn Party que de belles paroles et de bonne

desirs. D'abord il fortifia Vespasien d'hommes et d'argent ; Il luy acquit des Provinces et lui amena des Legions. Il n'espargna point sa personne quand il crut qu'il falloit payer de la vie, et voulut estre l'Executeur de la pluspart des choses dont il avoit esté le Conseiller.

Les Princes à faire ne peuvent se passer de ces gens-là, et les Princes faits en ont grand besoin. Il n'y en a jamais eu de si fort qui de sa seule force, ait pû porter le faix de tout le Gouvernement; Iamais eu de si jaloux de son autho-rité qui ait pû regner tout seul et estre veritablement *Mo-narque*, à prendre le mot dans la rigueur de sa signification. Aussi est-ce vn jeu et vne invention des Platoniciens, pour flatter la Royauté et la mettre au dessus de la condition hu-maine, de dire *que Dieu donnoit deux esprits aux Rois pour bien gouverner*. Platon se jouë souvent de la sorte : Il philo-sophe poëtiquement, et mesle la Fable dans la Theologie. Ce double Esprit est de sa façon; Et il vaut encore mieux l'ex-pliquer de l'Esprit du Roy et de celuy de son Confident, que d'avoir recours aux Miracles, qu'il ne faut employer qu'en cas de necessité, non pas mesme pour l'honneur et pour la gloire des Rois.

Il est certain qu'ils ont vn fardeau si disproportionné à la foiblesse d'vn seul, que s'ils ne s'appuyoient sur plusieurs, Ils feroient vne cheute dés les premiers pas qu'ils voudroient faire. S'ils n'appelloient leurs Amis à leur secours, et s'ils ne divisoient la masse du Monde, ils seroient bien-tost punis de la temerité de leur ambition et accablez de la pesanteur de leur fortune. La multitude des soins qui leur viennent de toutes parts ne leur laisseroit pas la respiration libre : la foule des affaires les estoufferoit à la premiere audience qu'ils voudroient donner.

Il y a divers degrez de Serviteurs qui trouvent tous leur place dans l'administration de l'Estat. Il y a des Esprits d'vne mediocre capacité qui defrichent, qui preparent, qui

entament les affaires. Ils sont bons à commencer la beson-
gne. Ils font les chemins, et ostent les difficultez qui sont à
l'entour des choses. Le Prince met ces Esprits à tous les
jours et se descharge sur eux des plus grossieres fonctions
de la Royauté.

Il y a d'autres esprits d'vne plus haute eslevation, à qui il
peut fier de plus importans emplois, et donner vne plus noble
part en ses desseins. Ceux-cy gouvernent sous luy et avec
luy, et ne sont pas mauvais Pilotes dans les Saisons douces et
sur les Mers peu agitées.

Mais que le Prince est heureux, et que le Ciel l'aime, s'il se
rencontre en son temps des Esprits du premier Ordre, des
Ames égales aux Intelligences, en lumiere, en force, en sublimité; des Hommes que Dieu crée exprés, et qu'il envoyé
extraordinairement pour prevenir ou pour forcer les maux
de leur Siecle, pour empescher ou pour calmer les orages
de leur Patrie.

Ce sont les Anges tutelaires des Royaumes et les Esprits
familiers des Rois. Ce sont les Seconds des Alexandres et des
Cesars. Ils soulagent le Prince dans ses grands travaux : Ils
partagent avec luy les salutaires inquietudes sans lesquelles
le Monde n'auroit point de tranquillité. Si dans les Estats où
nous vivons, nous avons de ces gens-là, benissons leurs Veilles, qui sont si necessaires au Repos public, et sous la protection desquelles nous dormons seurement et à nostre aise
Ces excellentes Veilles ne seroient-elles point cause, Monseigneur, que les Poëtes Grecs ont donné à la Nuit le nom de
SAGE et de CONSEILLERE? Ie viens de me l'imaginer; et le
Grammairiens donnent bien quelquefois aux Poëtes des
explications plus esloignées.

Les Poëtes, vostre Altesse le sçait mieux que moy, ont esté
les plus anciens Precepteurs du genre humain. Ils luy ont
enseigné les premiers principes de la Politique et de la Morale. Icy donc, comme ailleurs, ils ont descouvert et marqué

lu doigt la Verité : Les Philosophes l'ont depuis estalée et
nise en son jour. Ayant reconnu cette necessité de Société,
et ce defaut qui se trouve dans la Solitude, outre leur *Iupiter
Conseiller* et leur *Minerve Conseillere*, outre les Dieux et
es Demons, dont ils ont accompagné leurs Heros, ils leur
mt encore donné des Hommes, pour les assister en leurs en-
reprises, ou d'autres Heros, pour entreprendre et pour agir
avec eux.

A mesure qu'Hercule coupe les testes de l'Hydre, Iolas y
applique le feu afin de les empescher de renaistre. Diomede
ne fait rien sans Vlysse. Les actions d'Agamemnon naissent
les conseils de Nestor : Et ce Prince, ayant à faire vn souhait
qui comprenne tous les autres, ne desire ny de plus puissan-
es forces que les siennes, ny des richesses qu'il n'avoit pas,
ny la destruction de l'empire d'Asie, ny l'accroissement de
celuy de la Grece, mais seulement *dix hommes qui fussent
semblables à Nestor* : Agamemnon nous monstrant par là que,
dans la crainte qu'il avoit de perdre Nestor, veû l'extresme
vieillesse où il estoit, il apprehendoit de manquer de gens
pour mettre en sa place; et Homere nous faisant voir qu'vn
Nestor se peut quelquefois trouver en vn Siecle, mais que
dix Nestors ne se peuvent que souhaiter.

Ce souhait n'a point fait de tort à la bonne renommée
d'Agamemnon : La Grece ne luy a point reproché de s'estre
laissé gouverner à Nestor : Pour cela, le Roy des Rois n'a
pas esté estimé moins sage ny moins digne de la souveraine
authorité. Au contraire, c'est vn Axiome dans la Politique
qui passe pour vne proposition d'eternelle verité, et qui est
aussi vieux que la Politique mesme, QV'VN PRINCE MAL-HABILE
NE SÇAVROIT ESTRE NY BIEN CONSEILLÉ NY BIEN SERVI.

Que si recevoir conseil presuppose quelque avantage du
costé de celuy qui le donne, l'inferiorité de la part de celuy
qui le reçoit ne laisse pas d'avoir son merite. Il est à son tour
le Superieur : Il reprend la premiere place quand il met la

main à l'œuvre, et que, par l'execution des choses deliberées, il change les regles en exemples et les belles paroles
en bons effets. Car, quoy qu'on ait dit autrefois à Rome,
que Lælius estoit le Poëte et que Scipion estoit l'Acteur, et
qu'il soit vray que celuy qui compose les vers agit plus noblement que celuy qui les recite, il n'est pas pourtant vray
que la Personne qui execute les entreprises glorieuses pro-
duise vne operation moins relevée que celle qui seulement
les conseille. Le Conseiller ne conserve son avantage que
dans les commencemens des Choses, mais il le perd dans
l'evenement : Et, dans les commencemens mesmes, il ne l'a
pas tout entier, celuy qui est conseillé ne demeurant pas
inutile et sans mouvement tandis que dure l'action de celuy
qui le conseille.

La Nature semble nous monstrer ce que nous disons, et
en a formé je ne sçay quel crayon dans l'ame de l'Homme,
où l'Intellect, qu'on nomme patient et qui est le siege de la
doctrine, quoy qu'il soit esclairé par la lumiere de l'Intellect
qui agit, ne souffre pas neantmoins de telle sorte que de
son chef aussi il n'agisse. Il juge de la connoissance qu'il a
receuë : Il tourne, il remuë, il desplie, il estale en luy-
mesme cette connoissance. Apres l'avoir comparée aux autres, il en recueille des consequences et des conclusions. Et
ainsi on peut dire qu'il travaille en compagnie : Et s'il pastit,
c'est de la plus belle espece de passion, qui ne gaste et ne
corrompt pas, comme celle d'vne plaie ou d'vne bruslure,
mais qui acheve et qui perfectionne, comme celle de l'illumination en l'Air et de la reception des images dans les yeux.

Parlons moins subtilement et d'vne maniere plus populaire. Concluons qu'il est necessaire d'avoir des mains pour
s'aider vtilement des outils, et d'avoir de la prudence pour
vser comme il faut de celle d'autruy. La Sagesse elle-mesme
est irresoluë et peu asseurée quand elle manque d'approbation, et qu'elle est reduite à son propre tesmoignage. Le rai-

onnement concerté ne nuit point à la premiere apprehen-
ion que nous avons de la verité des choses; et nostre Aristote
lit là dessus *que le sel ne fait point de mal au poisson de
mer et que l'huile assaisonne les olives*. Le Courtisan estourdi
it interessé met toutes les affaires en desordre et ruïne au
ieu d'edifier : Mais le Ministre sage et fidele, qui divise
galement son affection entre le Roy et l'Estat, rend de tres-
grands services à l'vn et à l'autre, et se peut dire à mon advis
vec raison LE TEMPERAMENT DE LA PVISSANCE D'VN SEVL, ET LE
IEN COMMVN DE LA REPVBLIQVE.

Mais mon opinion particuliere seroit peu de chose, et
l'auroit pas assez de force pour former et conclure ce Dis-
ours, si je ne la confirmois par la reconnoissance publique
nvers des personnes si vtiles au bien general du Monde, et
ar les preuves esclatantes d'affection et d'estime que les
Princes ont renduës eux-mesmes à la sagesse et à la fidelité
e leurs Ministres.

Ie laisse la Grece, où ils ont regné avec les Rois ; Ie laisse
a Perse, où les Rois ont regné par eux, et où ils estoient
ommez *les yeux du Roy*, c'est-à-dire, comme l'explique vn
xcellent homme, les yeux du Roy tousjours ouverts et tous-
jurs veillans pour le salut du Royaume, qui regardent en
iesme temps devant, derriere, à droite et à gauche.

Ie m'arreste à Rome, où les Empereurs, voulant corriger
amertume qui se trouve dans les mots de servitude et de
abjetion, ont honoré pareils Serviteurs du tiltre d'*Amis*. Ils
is ont appelez *leurs Compagnons, quelquefois les Compa-
nons de leurs peines, les Compagnons de leurs guerres et
e leurs victoires*, et ont mesme trouvé bon que le Peuple
is appellast ainsi.

Ils leur ont fait eriger des Statuës vis à vis des leurs. Ils
is ont fait depositaires de leur Espée, avec permission de
en servir contre eux-mesmes si le bien de l'Estat le reque-
oit, et s'ils se rendoient indignes de leur puissance. Ils ont

fait battre de la monnoye où estoit l'image d'vn General de
leurs Armées, et ces paroles à l'entour : Belisaire, la gloire
des Romains : Et on voit encore aujourd'huy vne Medaille
d'argent, d'vn costé de laquelle est representée la figure de
Valentinien, et de l'autre costé celle d'vn de ses Subjets,
assis dans la Chaire Consulaire, tenant des papiers en la main
droite, et en la gauche vn baston avec vn Aigle perché dessus. On peut voir aussi, dans l'Histoire Auguste, ce superbe
Monument, consacré à la memoire d'vn grand Ministre,
a Misithée, le Pere des Princes et le Tvtevr de la Repvbliqve.

L'inscription est singuliere, et la qualité de *Pere du Prince*
n'est pas commune pour ce temps-là, le siege de l'Empire
n'ayant pas encore esté transferé de Rome à Constantinople ;
car, apres que cela fut, cette qualité fut comme erigée en
tiltre d'office, et on appeloit vulgairement ceux qui avoient
la principale direction des affaires, les Peres de l'Empire et
de l'Emperevr.

L'Histoire escrite depuis Constantin ne parle d'autre chose
que de cette Dignité du *Patriciat*. La Poësie mesme ne s'en
est pas teuë ; et il y a encore des Vers mocqueurs, que fit le
Poëte Claudien contre l'Eunuque Eutropius, Consul et Pa-
trice de l'Empire. Sa cheute est celebre dans les Livres de ce
Siecle-là, et Sainct Iean Chrysostome en a fait vne Homilie
presque toute entiere. Les Vers mocqueurs marquent particulierement la confiscation de son bien, et en voicy le sens
à peu pres, si ma memoire ne me trompe : *Pourquoy pleu-*
res-tu la perte de tes richesses, qui tomberont entre les mains
de ton Fils ? L'Empereur sera ton Heritier, et ce n'est que
de cette sorte qu'il faloit que tu fusses le Pere de l'Empereur.
Mais ma memoire m'est revenue, et le François m'a fait
trouver le Latin :

Direptas quid plangis opes, quas Natus habebit ?
Non aliter poteras Principis esse Pater.

Sur quoy me ressouvenant que la Croix de Iesvs-Christ avoit pris la place des Aigles Romaines, et qu'alors les Empereurs estoient devenus domestiques de la Foy et membres de l'Eglise, d'Estrangers et de Persecuteurs qu'ils estoient auparavant, j'ay pensé qu'ils pouvoient avoir emprunté ce terme des Lettres Sainctes et du discours du Patriarche Ioseph.

Ce grand Ministre se glorifie, dans la Genese, QVE DIEV L'A DONNÉ POVR PERE A PHARAON (quoy que peut-estre il fust plus ieune que luy), QV'IL A ESTÉ ESTABLI PRINCE DE TOVTE LA MAISON ROYALE ET SEIGNEVR DE TOVT LE PAYS D'EGYPTE : Et les mesmes Lettres Sainctes nous apprennent, vn peu devant, que Pharaon tira sa bague de son doigt et la mit en celuy de Ioseph, qu'il le fit monter sur vn Chariot de triomphe; qu'il fit faire commandement par vn cri public, que tout le monde se prosternast devant luy, qu'il luy dit en pleine et generale assemblée : TV ES NE PLVS NE MOINS QVE PHARAON, ET IE N'AY RIEN QVE MON NOM ET MON THROSNE PLVS QVE TOY.

Il ne se peut rien adjouster à vn si illustre tesmoignage du ressentiment d'vn Prince bien conseillé : Et je vous prie, qu'y a-t'il à dire et à s'imaginer apres cela ? Vous voyez que la plus haute idée que j'avois pu concevoir de la dignité du Ministere est authorisée par le plus ancien de tous les exemples de cette nature. Il n'y a pas moyen d'aller plus loin dans l'Histoire, et je vous advouë, Monseigneur, que je sens quelque tentation de vaine gloire, de ce qu'vn grand Prophete m'explique par la bouche d'vn grand Roy.

DISCOVRS DEVXIESME.

Cette Verité establie, que les Rois ne sçauroient regner sans Ministres, il est presque aussi vray qu'ils ne sçauroient vivre sans Favoris. Le Bien ne s'arreste pas au lieu de sa source : Il veut couler et s'espandre ; Et ce n'est qu'vn Bien commencé s'il ne croist par la communication, et s'il ne s'acheve en se dilatant. Mais adjoustons quelque chose de plus estrange et d'aussi certain. On nous a asseuré il y a long-temps, de la part de la Raison, *que si vn Homme estoit tout seul dans le Ciel, et qu'il ne fust pas en sa puissance d'en faire part à vn autre, il s'ennuyeroit de sa propre felicité, et voudroit descendre du Ciel en Terre.*

Ie dis donc sur ce fondement que les plus sages Princes qui soient au Monde, que les Augustes et les Antonins, s'ils y revenoient ; que les Constantins et les Theodoses, peuvent avoir de legitimes affections, et aimer raisonnablement celuy-cy plus que celuy-là.

QVE CE SOIT VOSTRE PEVPLE QVI SOIT VOSTRE FAVORY : Cét advis fut donné autrefois à vn grand Prince, mais par vn Philosophe vn peu trop severe. De defendre aux Rois le plus doux vsage de la volonté, et de les despoüiller de la plus humaine des passions, ce seroit estre Tyran des Rois et ne leur permettre pas qu'ils fussent hommes : ce seroit les lier à la grandeur de leur condition et les cloüer sur le Throsne.

Quelle rigueur, de vouloir qu'ils n'apparoissent jamais sous
vne forme semblable à la nostre! qu'ils ne puissent jamais
se de faire d'vne gravité qui les incommode! Est-ce vn
crime, d'avoir vn Confident dans la Compagnie duquel on
vienne chercher du repos apres le travail, et des divertissemens apres les affaires?

La vertu n'a garde d'estre austere et farouche à ce point-
à : Elle ne destruit pas la Nature, elle en corrige seulement
'imperfection; Elle sçait rendre justice, mais elle sçait aussi
aire grace : Elle donne rang dans la Charité à qui que ce
oit ; L'Estranger y est receû comme l'Hoste, et le Barbare
omme le Grec; Mais elle reserve l'Amitié pour le petit
iombre : Elle n'espouse pas tout ce qu'elle embrasse.

Dans le Ciel, où se trouvent les Idées et les premieres for-
nes des choses, n'y a-t'il pas des regards bienfaisans et des
nclinations favorables plustost pour ceux-cy que pour ceux-
à, d'où naissent sur la Terre les Predestinez et les Esleus?
I'y a-t'il pas vne Nation choisie qui a esté preferée à toutes
es autres Nations? Elle a esté nommée *la part et l'heritage
iu Seigneur* : Le Seigneur luy a dit : Ie seray ton Dieu et tv
eras mon pevple. Dans la Maison des Patriarches, cette pre-
erence est tousjours tombée d'vn costé à l'exclusion de tout
e reste. Les Cadets ont emporté le droit d'Aisnesse, et les
vantages de la Nature ont fait place aux ordres de Dieu.
Et quand le Fils de Dieu luy-mesme est venu au Monde,
ntre les soixante et douze Disciples qui estoient de sa suite,
qui s'advoüoient à luy, il a appelé douze Apostres pour luy
ndre vne plus particuliere subjetion, et estre plus proches
b sa Personne. Entre ceux-là mesmes il y en a eu trois à
hi il s'est ouvert plus familierement qu'aux autres : Il leur
monstré des marques de sa Divinité qu'il avoit cachées à
urs Compagnons : Il leur communiqua beaucoup de se-
rets de l'Advenir dans l'agitation de sa prochaine mort, et
armi les inquietudes de ses dernieres pensées.

11   10

Encore a-t'il tesmoigné plus de tendresse pour l'vn d
trois que pour les deux autres. Sainct Iean ne fait point
difficulté de se nommer le Cher et le Favory de son Maist
Il se glorifie par tout de cette faveur, et il me semble qu'il
vsa avec assez de liberté lors qu'il s'endormit dans le s
d'vn Maistre si grand et si redoutable. Considerez-le da
le Tableau de la saincte Cene, et voyez comme il repose
teste negligemment sur vn lieu où les Seraphins port
leurs regards avec reverence.

Puis donc que l'Autheur et le Consommateur de la Ver
aussi bien que de la Foy a eu ses inclinations et ses amiti
et n'a pas tousjours voulu commander à la Nature; le Prin
ne doit point craindre d'aimer, apres vn exemple de te
authorité, qui luy en donne toute permission, et par
principes d'vne plus sage Philosophie que n'est celle de
non et de Chrysippe, il peut estre sensible sans qu'on le pui
dire Intemperant.

Il faut seulement que les mouvemens de son ame soi
justes et bien reglez; qu'il fasse du bien, mais qu'il gar
de la proportion et de la mesure en la distribution du b
qu'il fait; Qu'il ne pousse pas incontinent dans le Cons
ceux qui luy auront esté agreables dans la Conversation
doit faire difference entre les personnes qui plaisent et cel
qui sont vtiles, entre les recreations de son esprit et les
cessitez de son Estat; Et s'il n'apporte vne grande attenti
dans l'examen des differens subjets qu'il employe, il f
des Equivoques dont son Siecle pastira, et qui luy seront
prochez par les Siecles à venir.

Les Courtisans sont la matiere et le Prince est l'Artis
qui peut bien rendre cette matiere plus belle, mais non
meilleure qu'elle n'est : Il peut y adjouster des couleurs et
la façon par le dessus, mais non pas luy donner aucu
bonté interieure : Il en peut faire vne Idole et vn faux Die
mais il n'en peut pas faire vn Esprit ny vn habile homme

Il se voit de ces Idoles en pays mesme de Chrestienté. Il y a tousjours eu d'indignes Heureux, tousjours des Guenuches caressées dans le Cabinet des Rois et vestuës de toile d'or. Il y a eu en Egypte des bestes sur les Autels : Il y a eu par tout des defauts et des vices adorez. Ce que je m'en vais dire à vostre Altesse, je l'ay appris d'elle, et je le trouve digne de l'esprit de Marc Antonin le Philosophe. *Il y a vne Authorité aveugle et muette qui ne connoist ny n'entend, qui paroist seulement et qui esblouït, qui est toute pure authorité, sans aucun meslange de Vertu ny de Raison. Il y a des Grands qui ne sont remarquables que par leur Grandeur, et leur Grandeur est toute au dehors et toute separée de leur personne.*

Ces Grands, Monseigneur, me font souvenir de certaines Montagnes infructueuses que j'ay veuës autrefois allant par le Monde. Elles ne produisent ny herbe ny plante : Elles touchent le Ciel et ne servent de rien à la Terre : Leur sterilité fait maudire leur eslevation. Ceux-cy de mesme, ne sont pas moins inutiles qu'ils sont grands, et je les regarde comme de vaines monstres du pouvoir et de la magnificence des Rois, comme des Colosses qu'ils ont eslevez et des Pyramides qu'ils ont basties. Ce sont des fardeaux et des empeschemens de leurs Royaumes qui pesent à toutes les parties de l'Estat. Ce sont des superfluitez qui occupent plus de place que toutes les choses necessaires. Cela s'entend à les considerer dans vne foiblesse encore innocente, et avant qu'ils ayent adjousté l'injustice de leurs actions à l'indignité de leur personne.

Voilà les beaux ouvrages de la Fortune, voilà les mesprises et les extravagances de cette Deesse, sans yeux et sans jugement, à qui Rome a donné tant de noms et a dedié tant d'Autels. Vous avez bien ouï parler de quelques Reynes hypocondriaques qui ont eu de l'amour pour vn Nain et pour vn Maure, voire pour vn Taureau et pour vn Cheval : La Fortune est à peu prés de l'humeur de ces princesses mal sages: Elle choisit d'ordinaire le plus laid et le plus mal fait.

En la demande de la Preture, elle prefere les escrouëlles de Vatinius à la Vertu de Caton : Pour ne rien dire de pis, elle fait des profusions et ne paye pas ses debtes.

Mais nous parlons d'vn Phantosme lors que nous parlons de la Fortune : La force des Astres et la necessité du Destin sont encore d'autres Phantosmes que l'opinion des Hommes se forme, et apres lesquels je ne suis pas d'advis de courir. Cherchons quelque cause plus apparente de cette faveur qui semble n'avoir point de cause, et voyons à peu prés quelle est la naissance de cette mauvaise Authorité.

Ce que nous cherchons seroit-ce point vn transport de passion, qui sort sans raisonnement de la partie animale, et s'arreste au premier objet qui plaist et à la premiere satisfaction de la volonté?

Seroit-ce point vn jeu et vne fantaisie de la Puissance, vn exercice et vne occupation de la Royauté, qui prend plaisir à faire des choses estranges, à estonner le Monde par des Prodiges, à changer le destin des Petits et des Miserables, à peindre et à dorer de la bouë?

N'est-ce point, au contraire, vne erreur serieuse et deliberée, vne tromperie de bonne foy, faite à soy-mesme par soy-mesme, aidée par l'imposture de l'apparence, qui desguise quelquefois les hommes de telle sorte, qu'ils ne sont reconnoissables qu'à Dieu? Il est certain que le plus souvent ils portent des marques si douteuses, et ce qui paroist d'eux est si faux, qu'il n'y a que Celuy qui les a faits qui sçache leur veritable prix.

Mais l'Effet, que nous avons tant de peine à tirer de l'obscurité des Causes, ne seroit-ce point vn present de l'Occasion? Car d'ordinaire elle offre aux Princes des Serviteurs ; Elle les oblige à prendre ce qu'ils trouvent à leur main et ce qui leur passe devant les yeux. Leur impatience ne pouvant souffrir de retardement. et leur mollesse estant ennemie de toute sorte de peine, pour s'espargner les longueurs de la recherche et les difficultez du choix, ils mettent en œuvre les instrumens les plus proches, et gardent par coustume ceux qu'ils n'avoient pris que par rencontre.

Pour conclusion, cette Faveur qui s'esleve si haut sans avoir de fondement, ne seroit-ce point plustost vn effet de l'amour-propre et vne complaisance que personne ne refuse à ses opinions? Ne seroit-ce point nostre honneur, que nous croyons engagé dans la perfection de nostre Ouvrage? Ne seroit-ce point vn levain de cét orgueil naturel caché dans l'esprit des hommes, et qui enfle particulierement le cœur des Rois, quand il est question de maintenir vne faute qu'ils ont faite, et de ne pas advoüer qu'ils peuvent faillir?

Quoy que puisse estre cette Faveur, ce n'est point vne creature de la Vertu, non pas mesme de la Vertu du Sang : Le merite n'y a point de part, non pas mesme le merite de la Race. Les Affranchis de Claudius, les Valets des Enfans de Constantin, les Gouverneurs des Enfans de Theodose, les Eusebes et les Eutropes ne sont point de legitimes Favoris et beaucoup moins de legitimes Ministres. Et certes j'ay pitié de l'Empire et j'ay honte pour l'Empereur, quand je voy l'Empire et l'Empereur dans ces mains serviles et merce-naires.

Ie voy avec horreur ces vilains spectacles des Regnes in-fortunez, ces productions monstrueuses des mauvais Temps; Temps aveugles et pleins de tenebres; Malheureux en Prin-ces et steriles d'Hommes. Et, à vostre advis, y a-t'il eu de Solitaire si esloigné de la Cour, et prenant si peu de part aux choses du Monde, qui ait pû regarder sans despit les choses tellement hors de leur place et le Monde renversé de cette sorte? Y a-t'il eu de si tranquille Contemplatif qui ait pû voir sans emotion des gens de neant s'emparer de la con-duite des grands Estats et s'asseoir au Timon, bien qu'ils ne heussent estre qu'à la Rame? Cela s'est veû neantmoins et assez souvent. Le Consulat a esté profané plus d'vne fois par

10.

des personnes infames : Et tel, qui, sous vn autre Regne,
eust esté caché parmy le Bagage, a eu le commandement de
l'Armée.

Mais outre les Eusebes et les Eutropes, l'Histoire de l'Empire d'Orient ne manque pas de ces Exemples honteux. Elle
nous monstre de miserables Eunuques qui n'avoient appris
qu'à peigner des femmes et à filer, erigez tout d'vn coup en
Chefs du Conseil et en Capitaines Generaux. Et d'autres
Histoires plus recentes nous produisent des Barbiers, des
Tailleurs, des Valets de chambre, changez du soir au matin
en Chambellans, en Ambassadeurs, etc., employez aux plus
importantes negociations et aux plus illustres Charges de leur
Pays. Ainsi, quoy que puisse dire nostre Homme, qui admire
tant la Cour et l'Art de la Cour, l'Ignorance audacieuse a souvent presidé à la conduite des choses humaines : Quoy qu'il
jure qu'il a veû des rayons sur le visage de Monsieur le Duc
de ***, cette fausse lumiere est vne beveuë de ses yeux et
vne illusion de son esprit. Les Sots ont souvent tenu la place
des Sages, et vn temps a esté où ceux qui devoient dicter
les Loix et prononcer les Oracles ne sçavoient ny lire ny
escrire.

Ce n'est pas que leur sens commun fust plus net pour
n'estre enveloppé d'aucune connoissance estrangere. Ils n'a-
voient ny les biens naturels ny les biens acquis : Ils avoient
seulement ce qui suit d'ordinaire les biens naturels et les
biens acquis, je veux dire la bonne opinion de soy-mesme
accompagnée du mespris d'autruy. Quoy que ce ne soit pas
la coustume de sçavoir les affaires par revelation, et qu'il
faille les apprendre par experience, ou devancer l'experience
par la force du raisonnement, ils se persuadoient que l'Authorité suppleoit à tout cela, et qu'immediatement apres leur
Promotion, Dieu estoit obligé de leur envoyer de l'esprit
pour bien gouverner, et de faire valoir l'eslection du Prince
par la subite illumination de ses Ministres.

Il n'en va pas toutefois ainsi : C'est tout ce que Dieu a voulu faire pour les Ministres de son Fils vnique, desquels nous avons dit quelque chose au commencement de ce Discours. Par là il s'est mocqué de la superbe Philosophie. Il a confondu la Prudence humaine, prenant ces Ames neuves et grossieres pour estre les Confidentes de ses secrets, les remplissant beaucoup, comme dit vn Ancien Chrestien, parce qu'il y trouva beaucoup de vuide. Il a tiré des cabanes et des boutiques ceux qu'il vouloit faire Rois et Docteurs des Nations. Il ne faut pas que les autres Ignorans pretendent d'estre esclairez de la sorte, ny qu'au lieu de l'esprit de Prophetie, de l'explication des Escritures et du don des Langues, ils attendent du Ciel la connoissance des choses passées, la penetration dans celles de l'Advenir, la lumiere qui esbroüille les intrigues de la Cour, la science de faire la guerre et la dexterité de traiter la Paix.

Aussi d'ordinaire ils reüississent tres-mal en vne profession qu'ils n'ont point apprise, et dans l'exercice de laquelle ils se sont jettez indiscrettement, sans y apporter aucune preparation de discipline, sans faire aucun fonds d'experience, sans connoistre les premiers elemens de la Sagesse ivile. Il faut de l'adresse et de la methode pour conduire vn Bateau et pour mener vn Chariot. Il faut avoir appris les chemins pour pouvoir servir de Guide. I'ay veû des regles et des preceptes pour se bien acquitter de la charge de portier et de celle de Concierge, quoy que ce soit deux mestiers qui ne sont pas extrêmement difficiles. Il faut donc apprendre tous les Mestiers et estudier tous les Arts, jusques aux moindres et aux plus aisez; Et celuy de conduire le genre humain n'aura pas besoin d'instruction? On gouvernera le Monde au hazard et à l'advanture? On jouëra à trois dez le salut des Peuples et des Royaumes?

C'est bien tenir indignement la place de Dieu : C'est bien faire le Phaëton en ce Monde, et dispenser inégalement la

lumiere et la chaleur sur la face de la Terre : C'est courir
fortune d'en brusler vne partie et de laisser geler l'autre.
Les Favoris ignorans courent chaque jour cette fortune et
sont en ce perpetuel danger, je dis de se perdre et de perdre
leur Pays, lors mesme qu'ils ont rafiné leur ignorance par
l'vsage de la Cour, et que deux ou trois bons succez, qui
viennent de la pure liberalité de Dieu, leur donnent bonne
opinion d'eux-mesmes, et leur font accroire qu'ils ont fait
le bien qu'ils ont receû.

Toutes leurs actions sont alors des Contre-temps, sont de
fausses mesures d'vne fausse regle. Au lieu de se sçavoir
arrester à ce Point de l'Occasion si recherché par les Sages
et si necessaire pour la perfection des affaires, ils vont tousjours devant ou apres : Ou ils le passent, ou ils n'y arrivent
pas. Aujourd'huy ils declarent la Guerre par cholere ; demain ils demandent la Paix par lascheté. Ils flattent les Ennemis naturels de la Patrie et offensent les anciens Alliez de
la Couronne. En Espagne, ils voudroient donner liberté de
conscience; en France, ils voudroient introduire l'Inquisition. La Frontiere est nuë et desarmée, et ils fortifient le
cœur de l'Estat : Il leur prend envie de raser la Citadelle
d'Amiens et d'en bastir vne à Orleans.

Mais les Eslections qu'ils font des autres sont bien digne
de celle qui a esté faite d'eux. Pour l'Ambassade de Rome
ils proposent au Prince vn bon Capitaine de chevaux legers
et qui s'est signalé en plusieurs combats. A leur recommandation, on met dans les Finances vn vieux Prodigue qui, e
sa jeunesse, a fait cession de biens, mais qui parle admirablement de l'œconomie. Ils demandent la premiere Charge
de la Iustice pour vn homme veritablement de robe longue
mais celebre par le peu de connoissance qu'il a des Lettres
mais de la Classe de celuy que nos Peres virent à Paris quand
les Ambassadeurs de Pologne y arriverent. Ils firent à ce
Homme leur compliment en Latin, et il les pria de l'excuse

il ne leur respondoit pas, *parce qu'il n'avoit jamais eu la uriosité d'apprendre le Polonois.*

Vous sousriez, Monseigneur, et vous vous estonnez de la rande Litterature de cét homme de robe longue. Il faisoit ien d'autres equivoques, et on en compte quelques-vns qui e me semblent pas mal plaisans. Ce fut luy qui crût que eneque estoit vn Docteur de Droit Canon, et que, dans ses ivres des Benefices, il avoit traité à plein fonds des Matieres eneficiales. Vn *** de ce temps-là luy fit accroire que la orée estoit le Pays des Mores ; et il n'est rien de si vray, u'il chercha dans la Carte vn jour tout entier la Democra- e et l'Aristocratie, pensant les y trouver comme la Dalma- e et la Croatie.

Il fait bon estre sçavant sous ces Regnes-là, et les Muses it beaucoup à esperer de la protection de pareils Ministres. ais passons outre, et ne considerons point l'interest des uses, dont le destin est d'estre pauvres et mal traitées, us toutes sortes de Regnes et par toutes sortes de Ministres. Ceux-cy se connoissent en hommes et en affaires, comme us voyez. Apres avoir dissipé le revenu de l'Estat en des espenses mauvaises ou ridicules, afin de paroistre bons esnagers, ils laissent perdre vne occasion importante, faute e cinquante escus qu'ils ne veulent pas qu'on baille pour ire partir vn Courrier expres. Ils attendent le jour de Ordinaire, et s'imaginent que l'Occasion l'attendra aussi en qu'eux. Vn Docteur Politique qui les a sifflez, et qui ur a mis dans la teste cinq ou six mots de nostre Tacite ur les alleguer cent fois le jour, sur toutes choses, leur a commandé le Secret et la Dissimulation. Cette leçon faite, font mystere de tout ; ils ne s'expliquent que par des clins œil et par des mouvemens de teste. Au moins ils ne par- nt plus qu'à l'oreille, non pas mesme quand ils loüent ur Maistre, et qu'ils disent que c'est le plus grand Prince la Terre.

Cette Religion du Silence est passée dans leur esprit, jus
qu'à vne telle superstition, qu'ils font scrupule de donne
les ordres necessaires à ceux qui les doivent executer, tan
ils ont peur de descouvrir ce qui a esté resolu au Conseil
Ils escoutent attentivement vn Alchimiste qui leur prome
des montagnes d'or : Ils reçoivent à bras ouverts vn Bann
qui leur fait aisée la conqueste de son Pays : Et, se reposai
sur la foy de l'vn et de l'autre, ils s'embarquent dans vn
grande Entreprise, et commencent vne grosse Guerre don
ils sont las dés le second jour. Ils font mille autres chose
semblables. Et si ces exemples ne sont de ce Siecle, ils so
des Siecles passez : S'il n'y a pas eu en France et en Allé
magne de ces Ignorans presomptueux, de ces ridicules Tou
puissans, il y en a eu en Espagne et en Italie.

La misere du Temps (il vaut mieux accuser le Temps qu
le Prince), cette misere publique, qui a fait faire de l
monnoye de fer et de cuir, qui a donné du prix aux plu
viles choses, a mis aussi en vsage ces gens-là et les a intro
duits dans le Cabinet des Rois, où ils ont traisné avec eu
toutes les ordures de leur naissance et toutes les habitude
vicieuses dont les ames serviles sont capables. Car c'est ic
vn Chapitre de leur Histoire que nous ne devons pas oublie
et il est certain que leur innocence n'a gueres plus duré
la Cour que celle du premier Homme dans le Paradis ter
restre.

D'abord, quoyque peut-estre ils ne fussent pas nés me
chans, ils ont crû qu'il faloit le devenir, et se sont defai
de leur conscience pour travailler avec moins d'empesch.
ment aux affaires de l'Estat. Ils ont pensé d'ailleurs qu
l'orgueil estoit bienseant à la dignité ; que s'ils paroissoie
les mesmes qu'auparavant, leur condition ne seroit pas to
à fait changée, et que la courtoisie les remettroit dans l'
galité de laquelle ils s'estoient tirez avec tant de peine. Ain
ils n'ont point apprehendé de tomber dans la haine po

sviter le mespris. Ils se sont fait craindre, ne pouvant se faire
respecter. Ils ont estimé qu'il n'y avoit point de moyen d'effacer la memoire de leur ancienne bassesse que par l'objet
present de leur tyrannie, ny d'empescher le Peuple de rire
de leurs infirmitez qu'en l'occupant à pleurer ses propres
maux et à se plaindre de leur cruauté.

Avec ces belles Maximes, et cette Antipolitique, que je vous
y vn peu esbauchée, ils ont gouverné le Monde, mais ils
'ont gouverné d'vne estrange sorte. Ils ont renversé ce qu'ils
vouloient soustenir; Ils ont rompu ce qu'ils avoient dessein
de noüer; Ils ont fait autant de ruïnes qu'ils desiroient faire
d'establissemens; Ils ont gasté autant de choses qu'ils en ont
maniées. Les cheutes des Princes et les pertes des Estats ont
esté le succez de leur Administration. S'estant saisis de la
puissance souveraine (je les considere derechef dans leur
innocente infirmité), ils en ont vsé comme les Enfans se
servent de leurs couteaux, qui s'en blessent le plus souvent.
et en offensent leurs Meres et leurs Nourrices.

Que si la temerité de ces gens-là n'a pas tousjours esté
malheureuse, s'ils sont arrivez au port tenant vne route qui
apparemment les en esloignoit (car il est certain qu'il se
voit de ces Miracles, et j'en connois quelques-vns qui se sont
sauvez par des actions qui les devoient perdre), il ne faut
pas se fier pourtant à cette Felicité aveugle qui les a guidez;
Il faut les regarder comme des Personnes transportées d'vne
violente imagination, qui passent les rivieres en dormant,
sans sçavoir nager, et courent par les precipices sans faire
vn faux pas. Il faut les admirer COMME DES BESTES DIVINES et
ne les pas imiter COMME DES PERSONNES RAISONNABLES. Ie tiens
ce mot du bon-homme Alexandre Picolomini, lors que je
fus le voir, passant à Siene, et que je le trouvai sur le lict
verd dont parle Monsieur de Thou.

Si vous estes jamais Favoris (avec la permission de son

Altesse, j'adresseray ma parole à ces deux jeunes Gentils-
hommes qui m'escoutent), ne vous proposez point de pareils
exemples : Ils sont tres-dangereux, quoy qu'ils soyent tres-
esclatans. Ce sont des Flambeaux allumez sur les Escueils :
Ils font faire naufrage aux nouveaux Pilotes. Ce sont des
Adresses qui meinent à la mort ceux qui les suivent, qui ne
servent qu'à piper la Posterité; qu'à apprendre aux hommes
à faillir, qu'à donner du credit et de la reputation à l'Imprudence.

DISCOVRS TROISIESME.

Comme ceux que nous laissasmes hier manquent de la
capacité requise et ont l'intelligence fort courte et fort limi-
tée, il s'en trouve d'autres qui l'ont trop vague et trop estenduë et qui raisonnent avec excez. Ie parle de ces Speculatifs
qui visent d'ordinaire au delà du but; qui quittent les chemins pour prendre les routes, qui s'esgarent pour arriver
plus tost où ils vont.

Appellons-les, s'il vous plaist, des tireurs d'essences. Ils
mettent leurs advis à l'alambic, et les reduisent à neant à
force de les subtiliser : Ils evaporent en fumée les plus solides affaires. Disons que ce sont des Heretiques d'Estat, qu'
veulent faire dans la Politique ce qu'Origene a fait dans la
Religion. Ils suivent les ombres et les images des choses, au

lieu de s'attacher à leur corps et à leur realité. Ils embras-
sent la Vray-semblance parce qu'ils l'ont peinte et embellie
à leur mode; mais ils rejettent la Verité à cause qu'elle n'est
pas de leur invention, et qu'elle a son fondement en elle-
mesme.

Ces Messieurs se figurent que par tout il y a du dessein et
de la finesse, et que toutes les actions des hommes sont meditées. Rien ne leur passe devant les yeux, dont ils ne cherchent le sens mystique et l'allegorique. Ils ne s'arrestent
jamais à la lettre, ces subtils Interpretes des pensées d'autruy. Et quand deux Princes s'attaquent de toute leur force
et de toute la puissance de leurs Estats, ils croyent qu'ils
s'entendent ensemble pour tromper les autres Princes. Ils
ont des jugemens presque aussi plaisans que ceux qui disoient à Athenes « qu'on ne se fiast pas à la mort du Roy
Philippe, et qu'il s'estoit fait tüer tout exprez pour attra-
per les Atheniens. »

On voit par ce mauvais mot jusqu'où peut aller la mauvaise subtilité, et quel est l'esprit de la Grece et de ces Speculatifs. Mais il y a eu des Speculatifs en tout Pays. Il y a
tousjours eu des Alchimistes et des Souffleurs, qui ont distillé les choses humaines, qui ont donné plus de liberté
qu'ils ne devoient à leurs conjectures et à leurs soupçons.
Parce que Iunius Brutus contrefit le Sot, ils ont eu de la
defiance de tous les Sots : Ils se sont figurez que tous les
Niais imitoient Brutus; que la simplicité apparente estoit vn
artifice caché; que ceux qui ne sçavoient rien dissimuloient
leur science; que le silence de ceux qui ne disoient mot cou-
vroit de dangereuses pensées.

C'estoit l'opinion qu'avoit vn Prince Romain d'vn certain
imbecille de son temps que les Pages siffloient et que personne n'estimoit que luy. L'Histoire rapporte *qu'il en apprehendoit les vertus secretes*, et que le mespris vniversel de
la Cour et vingt-cinq ans d'impertinences, ou faites, ou

dites à la face du grand Monde ne l'avoient pu asseurer c
cét homme-là.

Du mesme principe de fausse subtilité sont nées ces V
sions que nostre homme trouve si ingenieuses et qui n
semblent si ridicules, que les Docteurs admirent et que
ne puis souffrir. En cét endroit, Aristippe, adressant
parole aux deux Gentils-hommes qui l'escoutoient : Pe
sez-vous, leur dit-il, comme ces Docteurs subtils, qu'A
nibal ne voulut pas prendre Rome de peur de n'estre pl
vtile à Carthage, et de se voir obligé par là à finir la Guer
qu'il avoit dessein de perpetüer? A vostre advis, Augus
choisit-il Tibere pour son successeur, afin de se faire regr
ter, et rechercher de la gloire apres sa mort par la comp
raison d'vne Vie qui devoit estre si differente de la sienn
Vous imaginez-vous que le conseil qu'on trouva dans s
Memoires, de mettre des bornes à l'Empire, fut vn effet
son envie contre sa Posterité? Avoit-il peur qu'vn jour
autre Homme fust plus grand Seigneur que luy, et comma
dast a plus de Subjets? Est-il croyable que le mesme Augus
ne faisoit l'amour que par maxime d'Estat, et ne voyoit
Dames de Rome que pour apprendre le secret de leurs M
ris? Y a-t'il de l'apparence que son ame ne se remüast q
par regle et par compas? que toutes ses actions fussent
guindées et tous ses vices si estudiez?

A mon advis, c'est faire le Monde plus fin qu'il n'es
C'est interpreter les Princes comme quelques Grammairie
expliquent Homere : Ils y trouvent ce qui n'y est pas,
l'accusent d'estre Philosophe et Medecin en des endroits
il n'est que faiseur de contes et de chansons. Contenton
nous quelquefois du sens litteral. Ne cherchons pas vn S
crement sous chaque syllabe et sous chaque point. Ne soye
pas si indulgens à nostre esprit, ny si curieux dans cell
autruy. Il ne faut pas aller querir si loin la Verité, r
prendre les choses de si haut. Il ne faut pas rapporter à d

causes reculées et aux Conseils du Siecle passé des succez ou arrivez fortuitement, ou à qui vne legere occasion aura donné lieu.

Les Stoïques, qui n'ont pas voulu « qu'une feuille d'arbre « se remuast sans ordre particulier de la Providence, ny « que le Sage levast le doigt sans congé de la Philosophie, » ne jugeoient pas plus avantageusement de Dieu et de la Personne plus proche de Dieu que ces Raffineurs presument d'vn Homme qui est souvent moins que mediocre, qui n'a que le quart ou la moitié de la partie raisonnable ; qui, de sa vie, ne songea à estre Sage ny à s'approcher de Dieu. Il n'y a point de moyen qu'ils ajustent leurs opinions à nostre commune capacité : Ils ne peuvent descendre jusques à nous. Dans le jugement qu'ils font des hommes, ils ne peuvent presupposer vne infirmité humaine, c'est-à-dire vn principe d'erreurs et de fautes ; vne maladie de la naissance, de laquelle Alexandre et Cesar ne sont pas exempts ; vn defaut qui traisne apres soy tant d'autres defauts en la Personne des plus Parfaits, en la conduite des plus Sages et en celle de Salomon mesme, si vous le voulez.

Les Grands evenemens ne sont pas tousjours produits par les grandes causes. Les ressorts sont cachez et les machines paroissent : et quand on vient à descouvrir ces ressorts, on s'estonne de les voir si foibles et si petits. On a honte de la haute opinion qu'on en avoit euë. Vne jalousie d'amour entre des personnes particulieres a esté la matiere d'vne guerre generale. Des Noms baillez ou pris par hazard, les Verds et les Rouges des Ieux du Cirque ont formé les Partis et les Factions qui ont dechiré l'Empire. Le mot ou le corps d'vne Devise, la façon d'vne Livrée, le rapport d'vn Domestique, vn conte fait au Couché du Roy, ne sont rien en apparence ; et par ce Rien commencent les Tragedies dans lesquelles on versera tant de sang et on verra sauter tant de testes. Ce n'est qu'vn nüage qui passe et vne tache en vn coin de l'air, qui s'y perd plustost qu'elle ne s'y arreste. Et neantmoins c'est cette legere vapeur, c'est cette nuée presque imperceptible, qui excitera les fatales tempestes que les Estats sentiront, et qui esbranlera le Monde jusqu'aux fondemens. On s'est imaginé autrefois que c'estoient les interests des Maistres qui mettoient en feu toute la Terre, et c'estoient les passions des Valets.

Ie ne doute point que le Roy de Perse ne prist des pretextes tres-specieux pour justifier ses armes quand il vint en Grece, et que ses manifestes ne dissent merveille de ses intentions. Il ne manqua pas de Pretentions ny de Droicts. Il n'oublia pas que le grand Roy ne venoit que pour chastier de petits Tyrans, et qu'il apportoit aux Peuples vne riche et abondante liberté au lieu de leur maigre et sterile servitude. Il falsifia son dessein en plusieurs autres façons, et jura peut-estre que ce dessein luy avoit esté inspiré immediatement des Dieux immortels, et que le Soleil en estoit le premier autheur. Cependant, quelques Manifestes qu'il fist vler et quelque couleur de Iustice et de Religion qu'il donnast à son Entreprise, voicy la verité de la chose.

Vn Medecin Grec, domestique de la Reyne, ayant envie de revoir le port de Pyrée, et de manger des figues d'Athenes, mit cette fantaisie de guerre dans la teste de sa Maistresse, et la porta à y faire resoudre son Mary. Si bien que le Roy des Rois, le puissant et redoutable Xerxes ne leva vne armée de trois cent mille Combattans, ne coupa les Montagnes, ne tarit les Rivieres, ne combla la Mer, que pour conduire vn Charlatan en son Pays. Il me semble que ce galant homme pouvoit bien faire son voyage à moins de frais et en plus petite compagnie.

Mais il me vient de souvenir, Monseigneur, d'vne autre chose qui merite d'estre sceuë, et que vous ne trouverez pas mal plaisante. Elle arriva au Royaume de Macedoine, plus de quatre-vingts ans devant la naissance du Roy Philippe, au temps de cette fameuse Conjuration qui d'vn Estat en fit deux, et qui partagea la Cour, les Villes et les Familles.

Ce fut la femme de Meleagre, Gouverneur d'vne Place frontiere et General de la Cavallerie, qui jetta son Mary dans la revolte, et certes pour vn fort digne subjet. Sur le rapport qui fut fait au Roy de l'esprit et de la galanterie de cette Femme, il luy prit envie de la voir vn jour en particulier : Il ne luy fut pas difficile d'obtenir d'elle vne faveur qu'elle accordoit aisément à de moins grands Seigneurs et de moins honnestes gens que luy. Elle n'avoit pas accoustumé de lasser la constance de ses Amans, ny de faire mourir personne de desespoir. Le Roy s'estant donc rendu à l'assignation qu'elle luy donna, et, par malheur, ne l'ayant pas trouvée telle qu'il se l'estoit figurée, il lui tesmoigna d'abord son desgoust, et se separa d'elle presque aussitost avec peu de satisfaction. Cét affront fut senti si vivement par celle qui le receût, et qui n'avoit pas mauvaise opinion de son merite, qu'elle protesta à l'heure mesme de s'en venger. Et ne le pouvant mieux faire qu'en corrompant la fidelité de son Mary et le desbauchant du service de son Maistre, elle vsa pour cela de tous les charmes de son esprit et de son visage. Elle employa sur vne ame credule les plus subtiles inventions dont est capable vne ame artificieuse. Et ne doutez point que, dans la chaleur de sa vengeance, elle n'eust voulu avoir vne infinité de Maris pour faire vne infinité d'ennemis au Roy, et pour tirer raison avec plus d'espées de l'offense qu'elle croyoit en avoir receuë.

Ainsi Meleagre quitta le service du Roy et s'embarqua dans le Party du Tyran, sans sçavoir par quel mouvement il y estoit poussé ny quelle passion il vengeoit. Il joüait vn personnage qu'il n'entendoit point : Il estoit le Soldat de sa Femme, et pensoit estre vn des principaux Chefs de la Ligue. Par là on peut voir qu'il est aisé de se tromper dans le jugement qu'on fait des actions des hommes, puis que les

hommes mesmes qui les font y sont les premiers trompez ;
puis qu'ils n'en sçavent pas tousjours la vraye cause. Ils sont
souvent instrumens aveugles et sans connoissance de l'interest ou de la passion d'autruy.

Les Speculatifs de Macedoine ne manquerent pas de publier de plausibles et de specieuses raisons de la revolte de
Meleagre. Les vns dirent qu'vn reproche que le Roy luy avoit
fait, en presence des Ambassadeurs de Thessalie, luy entra
si avant dans le cœur, et y fit vne si profonde playe, qu'il
ne put jamais en guerir; que les caresses et les faveurs qu'il
receût depuis ce temps-là furent d'inutiles appareils sur ce
cœur blessé, et que la memoire d'vne injure lui osta le sentiment de mille bienfaits. D'autres alleguerent le refus d'vne
Charge qu'il avoit demandée pour son Fils, et que veritablement on ne donna pas à vn autre, mais qui fut supprimée afin qu'elle n'entrast pas en sa Maison. Il y en eut qui
excuserent son changement sur l'amour de la Patrie et sur
le zele de l'ancienne Religion, de laquelle le Tyran prenoit
le pretexte pour faire la guerre au Roy.

Tous les Historiens exercerent là dessus leur subtilité, et
tous furent subtils et ingenieux à faux. Ils chercherent la
source du Mal, qui d'vn costé, qui d'vn autre, et pas vn ne
la trouva : Pas vn ne parla du despit de la Femme de Meleagre, qui fut la seule cause de la defection de son Mari, et
qu'on ne descouvrit qu'en vn autre Siecle, et long-temps
apres la mort du Roy, du Tyran et de Meleagre.

Ces deux courses que nous avons faites en Grece et en Macedoine estoient sur nostre chemin, et je veux croire qu'elles n'auront pas esté desagreables à vostre Altesse. Mais je
croy de plus qu'elle juge aussi bien que moy qu'il vaut encore mieux debiter des visions dans l'Histoire que dans le
Conseil, et que la mauvaise subtilité est moins dangereuse
quand on raconte des choses faites que quand on delibere

des choses à faire. Icy, pour ne rien dire de pis, elle est cause que les choses ne se font point.

Les gens d'Athenes sont trop habiles pour tromper les gens de Thebes : Ceux-là tendent leurs filets si haut, et ceux-cy volent si bas, qu'il faudroit qu'ils fissent vn effort pour y estre pris. Ie dis davantage. Les Atheniens employent quelquefois leur finesse à s'en faire accroire et à se tromper euxmesmes. De leurs faux principes ils ne peuvent tirer que de fausses conclusions, et n'ont garde de negocier heureusement ny d'amener jamais leurs Adversaires de leur costé ; se tenant tousjours en des termes si esloignez d'eux, et s'en approchant si peu, que, bien loin de se pouvoir joindre, ils ne se peuvent pas reconnoistre.

Il est mal aisé d'oüir de plus beaux Parleurs et de voir mieux debattre des Opinions. Mais aussi n'en demandez pas davantage : Ils mettent en cela tous leurs soins et toute leur industrie. Ils y apportent autant d'estude que si le discours estoit la principale fin de la deliberation, et quelque chose de plus que l'action mesme. Ils aimeroient mieux faire paroistre leur eloquence en perdant l'Estat que de le conserver sans dire mot. Ils estiment que c'est bien davantage d'emporter le dessus au Conseil sur leurs Compagnons que de battre à la Campagne les Ennemis. Si bien qu'ils comptent quasi pour rien les disgraces de la Guerre, esperant tousjours d'en avoir leur revanche au premier Traité. Et là, neantmoins, ils rencontreront quelque Esprit de fer, incapable de persuasion, qui coupera ce qu'il ne pourra defaire ; et, par vne ferme et constante negative, brisera tous leurs filets et toutes leurs ruses sans prendre la peine de les demesler.

Tesmoin ce Gouverneur de Figeac, qui se trouva à vne Conference qu'eut la Reine Catherine avec les Deputez du Roy de Navarre et du Party Huguenot. C'estoit pour leur faire quitter, devant le temps accordé, les Places de seureté qui leur avoient esté mises entre les mains. Elle avoit amené

de Paris vn homme tout-puissant en paroles, et à la Rhetorique duquel rien n'avoit esté impossible jusques alors.
D'abord il se fit admirer à l'Assemblée : Il excita en suite
de plus douces passions dans le cœur des Deputez : Apres
avoir vaincu leur esprit, il gagna leur volonté. Et desja les
plus defians avoient oublié le Massacre, et ne vouloient
plus de Places de seureté. On se contentoit de la Parole du
Roy, et le Traité s'alloit conclure à la satisfaction de la
Reyne, quand, en vn moment, tout son travail fut gasté et
toute l'eloquence de son Orateur renversée par la brusque
response que luy fit le Gouverneur de Figeac.

Cette Princesse s'estant adressée à luy avec vne mine de
triomphante, et luy ayant demandé (plustost pour couronner vne chose faite et avoir des applaudissemens que pensant avoir besoin de son opinion) ce qui luy sembloit de la
Harangue qu'il avoit ouïe : Madame, lui respondit-il avec
vne parole si forte qu'elle cassa les articles du Traité à demi
conclu, IL ME SEMBLE QVE MONSIEVR QVE VOILA A BIEN ESTVDIÉ,
MAIS MES COMPAGNONS NY MOY NE SOMMES PAS D'ADVIS DE PAYER
SES ESTVDES DE NOS TESTES.

Ce Monsieur neantmoins, dont je vous parlerai vne autre
fois, estoit vn tres-habile Negociateur : Il avoit reüssi ailleurs tres-heureusement ; Et quoy qu'il regnast en l'Art de
bien dire, il n'estoit pas pourtant de nos gens qui ne sçavent que parler : Il faisoit servir cette science à vne meilleure, et ne preferoit pas, comme eux, la gloire de son esprit au bien du service de son Maistre.

Nos gens en effet sont plustost Declamateurs que Ministres,
plustost Sophistes que Conseillers. Il ne sont point si faschez du mauvais succez des affaires, qu'ils sont aises de
l'honneur qui leur revient d'avoir bien harangué sur chaque proposition desbattuë, et de s'estre fait admirer aux
Deputez et à l'Assemblée. Leur vanité les console aisément
de leur malheur. Ce leur est assez de traiter le Genre Deli-

beratif selon les preceptes de Quintilien, et de sçavoir manier les choses par tous les endroits que monstre Aristote. Voilà la borne de leur ambition. Ils sont satisfaits s'ils n'ont point peché contre les regles de l'Art; Et je les trouve en cela semblables à vn Medecin de Milan que j'ay connu à Padoüe. Cét homme, content de la possession de sa Science, et comme il parloit, *de la joüissance de la Verité,* ne cherchoit point particulierement dans la Medecine la guerison des Malades : Il se glorifioit mesme vne fois d'en avoir tué vn avec la plus belle methode du monde : *È morto,* disoit-il, *canonicamente, è con tutti gli ordini.*

Dans les affaires aisées ils sement des espines pour les cueillir. Dans la moindre occurrence qui se presente ils font naistre mille difficultez; Ils trouvent autant d'expediens, et ne forment le plus souvent aucune resolution. Le grand nombre des choses qu'ils voyent en chaque subjet, leur ostant la liberté du choix, et l'abondance les rendant pauvres, ils s'embarrassent dans la multitude de leurs raisons, et s'arrestent d'ordinaire à la plus mauvaise, et voicy pourquoy : C'est parce que la plus mauvaise est le dernier effort de leur imagination desja lasse, et que, l'ayant esté chercher hors du sens commun, qui est desja espuisé, il semble qu'elle soit plus à eux que les autres, qui sont tirées de cette source publique ou qu'ils ont prises de l'experience.

A ce compte-là, la bonne chose que c'est que cette *Sobrieté de sçavoir et de connoistre,* si estimée par les Lettres Sainctes! Advoüons-le, à la honte de la raison humaine et de la subtilité des Sophistes : Vn grand esprit tout seul est vn grand instrument à faire des fautes; Et si le jugement necessaire ne l'appesantit et ne l'emousse pour l'assujettir à l'vsage, et l'accommoder à l'exemple et à la pratique, sans doute cette vivacité penetrante sera beaucoup plus propre à agiter des questions de Metaphysique qu'à donner de bons conseils, qu'à bien entreprendre et qu'à bien agir. En effet, les ac-

11.

tions humaines veulent estre maniées humainement, c'est-
à-dire par des moyens possibles et familiers, d'vne façon
qui tienne du corps comme de l'esprit, avec des raisons qui
tombent quelquefois sous les sens, et ne demeurent pas
tousjours dans la haute region de l'ame.

Les Raffineurs qui agissent autrement sont bons à troubler
les Negociations, et ne valent rien à conclure les Affaires.
Ce sont d'excellens Broüillons pour remüer vn Estat et de
mauvais Ministres pour le gouverner. Ils reüssissent dans le
desordre; et comme les Demons de l'Air, ils se meslent
parmy le Tonnerre : Mais ils n'ont plus de force sitost que
le calme est venu; et cette pointe qui nous esbloüit n'estant
qu'vne lumiere d'Esclairs, il est tres-dangereux de prendre
vne pareille adresse dans la varieté des accidens et dans les
divers destours de la Vie civile.

Mais quand ce seroit vne veritable et continuelle lumiere,
de laquelle ils seroient guidez; quand ce seroit le Soleil luy-
mesme qui les conduiroit, ce n'est pas à dire qu'ils trou-
vassent tousjours la fin qu'ils cherchent et qu'ils arrivassent
où ils vont. Et de cela, Monseigneur, j'aurois encore quelque chose à dire, si le bruit d'vn carosse et de plusieurs
voix que je viens d'oüir ne m'avertissoit que voicy l'heure
de l'audience que Monsieur le Duc d'Espernon a envoyé demander à vostre Altesse.

DISCOVRS QVATRIESME.

Monsieur le Landgrave ne manqua pas de se faire porter
le lendemain, à l'heure ordinaire, dans la Chambre de la
Conversation. Apres avoir tesmoigné à Aristippe la satisfaction qu'il avoit euë du dernier Discours, il le pria de ne passer point à vne nouvelle matiere sans achever celle qu'il
avoit laissée imparfaite. Aristippe luy obeït, et parla à peu
pres en cette sorte.

On ne sçauroit croire combien la Raison s'esgare; Ie parle
de la plus droite et de la mieux esclairée ; et combien les
Hommes se trompent; Ie dis les plus habiles et les plus intelligens. Qu'il y a loin des paroles à la chose , et que ce
n'est pas tout vn de produire que de conceuoir, d'executer
que de discourir !

Dans la conception et dans le discours, il semble que tout
rit et que tout veut plaire : Il n'y a que de la joye et du
chatoüillement pour l'esprit, qui fait vn exercice agreable
en cherchant ce qu'il desire et croyant avoir trouvé ce qu'il
cherche. En cét estat-là il reçoit comme les premiers plaisirs
de l'amour : Il gouste les douceurs qui naissent des nouvelles Opinions et de la descouverte de la Verité ou de quelque chose qui luy ressemble. Tant que l'esprit pense et tant
qu'il raisonne, personne ne le trouble en la possession de

son objet : Il est maistre des desseins et des entreprises : Il court apres de belles idées, qui se laissent prendre comme il veut ; et ne rencontrant ny de contradiction ny de resistance, il joüit de la pureté du bien intellectuel, qui ne s'est point encore alteré par l'action.

Mais ce n'est pas tout que cela; Il faut enfin quitter ces lieux enchantés, et sortir de ces espaces vagues pour entrer dans le veritable Monde. Il faut mettre la main à l'œuvre, et agir apres avoir medité. Et c'est alors que les choses prennent vne nouvelle face, et qu'elles ne sont plus si belles ny si aisées. C'est alors que l'ame est dans le travail et dans les tranchées de l'enfantement; C'est en ce temps-là que les penibles effets succedent aux raisonnemens voluptueux, et que ce qui paroissoit ami et favorable dans la pensée, se revolte et devient contraire dans l'operation. Ce n'est plus le Marchand au Port qui trafique sur la Carte, et se propose des gains sans danger et vne navigation sans orage : C'est vn Faiseur de vœux au milieu de la tempeste, qui se repent d'estre parti du logis, qui jette sa marchandise en la Mer, qui cherche vne planche pour sauver sa vie.

Les Vents ne se levent point contre les paroles, et les deliberations ne vont point donner contre les Escueils. Le Cabinet est vn lieu de paix et de repos, où l'on trace et où l'on figure tout ce qu'on veut : Mais d'ordinaire on y trace et on y figure des choses qui sont absentes et des objets qui sont esloignez. D'ailleurs, la peinture a beau representer la chose, ce n'est pas elle pourtant : Il y a tousjours de la difference. Et il ne faut qu'vn commencement de passion, qu'vn foible boüillon de cholere, qu'vne legere teinture de honte, qu'vne petite grimace, pour gaster toute la ressemblance et pour faire vne autre chose, voire vne chose contraire de celle qu'on estimoit la mesme ou pour le moins la semblable.

Ie laisse, Monseigneur, à vostre pensée la seconde partie de cette comparaison, et conclus que les affaires ont des jours, des biais et des postures qui ne se voyent et ne se remarquent que dans les Affaires, qui broüillent tous les traits et toutes les notions qu'on s'en estoit formées hors de là. Ce sont certains mouvemens et certains temps qui nous rendent mesconnoissable nostre propre connoissance : L'estude ne sçauroit les prevenir; Le discours ne les peut separer de l'action : Ils y tiennent et s'y attachent si fort, qu'il n'y a point de moyen de les en desprendre; et, d'autre part, ils passent si viste et si imperceptiblement, qu'il est impossible de les copier.

Les Romains ont voulu le dire, quand ils ont dit « qu'on « devoit deliberer avec l'Occasion et en la presence des Af- « faires; qu'on se devoit conseiller avec l'Ennemy, et se re- « soudre sur sa mine et sur sa contenance; que le Gladiateur « prenoit conseil dans l'Amphitheatre; que quelquefois il « faloit ravir le conseil plustost que le prendre. »

Cela s'entend principalement à la Guerre et des actions militaires : Mais il y a de la guerre, qui le croira ? mesme dans les actions paisibles et desarmées : Il faut combattre par tout de façon ou d'autre; Et le doute, l'Objection, la Raison contraire, ne nous attaquent pas tousjours de front ny à descouvert; Elles sont souvent aux aguets et aux embusches.

Les difficultez qui s'estoient cachées à nostre esprit se presentent subitement à nos yeux. Le temps fait naistre ses empeschemens, les hommes les leurs. Vne seule circonstance change toute la nature de l'Occasion. Apres avoir conclu, il arrivera cecy ou cela. Ny cecy ny cela n'arrive, mais vn troisiesme evenement, qui met la Prevoyance en desordre et les Conjectures en confusion.

Le defaut est dans l'estoffe et non pas dans l'Entrepreneur : L'Art sera bien entendu et le dessein bien conduit; Mais les instrumens seront mauvais, mais le marbre et le bronze seront gastez. D'ailleurs, mille accidens, je ne sçay

quels, peuvent sortir de je ne sçay où. Il peut venir des
malheurs du Ciel et de dessous Terre : Vn esclat de foudre
peut ruïner les materiaux : Vn vent renfermé peut faire
sauter le travail en l'air. Et s'il en faut croire vn ancien
Poëte, « les Dieux se veulent quelquefois esbattre : Ils pren-
« nent leur plaisir et leur passetemps à se joüer des pensées
« des hommes. »

La bonne et la mauvaise Politique sont également subjettes
à ces derniers inconveniens, et rien ne se peut asseurer
contre le Ciel. Mais, sans que le Ciel s'en mesle, la Politique,
de laquelle nous parlons, ne laisse pas d'estre malheureuse.
Elle voit les cheutes et les ruïnes de ses Ouvrages en les
bastissant; ou plustost elle n'en voit que les plans et les pro-
jets, parce qu'elle desseigne plustost qu'elle ne bastit. Elle
se figure des Affaires et des Entreprises, comme on s'est
figuré autrefois des Republiques et des Princes, qui n'estoient
qu'en esprit et ne pouvoient estre que par miracle. Que
sont-ce, en effet, ces Affaires et ces Entreprises, que de hardis et de magnifiques songes qui flattent la Partie imagina-
tive et amusent inutilement la Raison? Que sont-ce, que
des contes admirables et des Histoires impossibles?
Les Speculatifs composent ainsi des Romans dans les Conseils, et font des Propositions à peu pres semblables à celles
de cét Artisan si fameux dans l'Histoire d'Alexandre. Comme
vous sçavez, il trouva les Colosses petits et les Pyramides
basses. Il voulut tailler vne Statuë, qui, dans vne de ses
mains, porteroit vne Ville, et verseroit vne Riviere de
l'autre.
Ceux-cy resvent aussi magnifiquement, et leurs pensées
ne sont pas moins vastes ni moins desreglées. Il n'y a point
de proportion de la grandeur de ce qu'ils conçoivent à la
mediocrité de ce qui est faisable. Les matieres ne sont point
capables de leurs formes, et leurs pieces ne se peuvent joüer

parce qu'elles ne se peuvent accommoder au Theatre. Il y
faut trop d'engins et trop de machines. Pour de telles pieces, il n'y a point d'Acteurs en toute l'Europe : La representation en seroit difficile au Roy de Perse, et ils prennent
pour cela le Prince de la Mirande.

Ne vous imaginez pas, Monseigneur, que je veüille rire.
Au premier voyage que je fis en Italie, je vis vn de ces beaux
Esprits qui proposa la conqueste de la Grece à vn Prince
qui n'estoit gueres plus puissant que celuy que je viens de
vous nommer. Mais vostre Altesse remarquera, s'il luy plaist,
en passant, que le Pere de ce bel Esprit estoit de Naples et
sa Mere de Florence, et qu'ils avoient eu soin de le faire
nourrir à la Cour de Rome. N'est-il pas vray qu'il choisissoit
vn moyen bien proportionné à sa fin, et qu'il suscitoit vn
grand Ennemy au grand Turc? Ne faloit-il pas qu'il fust
asseuré de beaucoup de Miracles, pour penser faire quelque
chose de si peu de forces?.

Il faut pourtant advoüer la verité à son avantage; Ie ne
vis jamais d'imagination si fertile ni si chaude que la sienne.
Il ne se pouvoit voir de raisonnement plus viste, ny qui
courust plus de pays, ny qui revinst plus difficilement au
logis. Mais cette fertilité et cette estenduë ne faisoient que
fournir matiere à l'extravagance et donner plus d'espace à
des pensées folles. Plus sa raison alloit loin, plus elle s'esloignoit de son but.

Apres vne longue Conference que j'eus avec luy, je recon-
nus que ce grand dessein, qu'il appelloit l'*Interest de Dieu*
et l'*Affaire de la Vierge Marie*, et qu'il alloit solliciter à la
Cour des Princes, n'avoit pour fondement que le desir d'vne
intelligence avec les Cosaques, l'esperance de quelque revolte en quelque lieu, la parole d'vn Hermite Grec et la
vision d'vn Melancholique. C'estoit neantmoins, comme je
vous ay dit d'abord, vn fort bel Esprit. Il y avoit grand plaisir
à l'escouter; et hors de Constantinople et de la Grece, au-

tour de laquelle tournoit son extravagance, il ne laissoit pas
d'estre Sage sur d'autres Matieres. Ie luy ay ouï rendre des
Oracles et dire des choses qui me sembloient revelées, tant
je les trouvois au dessus de la portée ordinaire de l'esprit
humain.

Il pechoit seulement en subtilité : Il avoit trop de ce qui
esleve et qui remuë, et trop peu de ce qui fonde et qui affer-
mit; Son repos mesme estoit agité : Il dictoit des depesches
en disnant : Il dormoit les yeux ouverts : Et je vous feray
dire, Monseigneur, par vn de ses Domestiques qui vit encore,
et qui couchoit d'ordinaire dans sa chambre, que, de ces
yeux ouverts, il sortoit des rayons si affreux, que souvent il
en eut peur, et qu'il ne s'y accoustuma jamais bien.

A vn Homme fait de cette sorte, on pourroit donner, pour
bien gouverner, le mesme advis qu'on donna à cét autre
pour se bien porter. Il faudroit luy dire, s'il vouloit laisser
parler le Monde : « Espaississez-vous vn peu le sang. Tem-
« perez vostre feu par vostre flegme. N'vsez pas pas de toute
« vostre Raison : Ne soyez pas tout intelligence et tout lu-
« miere. Faites-vous beste quelquefois, ou, pour le moins,
« semblable à la beste : c'est-à-dire arrestez-vous au plus
« proche objet, et joüissez d'aujourd'huy sans vous tour-
« menter tant de demain. Ne vous laissez point accabler
« l'esprit à cette Prevoyance infinie, qui va chercher les
« maux jusques au bout du Monde et jusques dans la derniere
« Posterité, qui se jette si avant dans l'Advenir, qu'elle en
« quitte le Present, et abandonne les choses qui sont pour
« celles qui peuvent estre. »

N'avez-vous point ouï parler de l'ame de ce Philosophe,
laquelle d'ordinaire sortoit de son corps pour aller faire des
courses et des voyages? Vn jour que cette ame vagabonde
voulut retourner comme de coustume, elle ne trouva plus
de corps qui fust en estat de la recevoir, parce que le sien
avoit esté assassiné dans l'intervalle qu'elle s'estoit esloignée

de luy. Si la Grece n'est pas menteuse, ce pauvre Philosophe
medita plus long temps qu'il ne faloit, et sa meditation luy
cousta la vie.

Mais voicy le sens moral de la Fable : Elle veut dire que
si nous voulons vivre, il ne faut pas nous destacher tout à
fait du corps ny nous separer de la matiere. Il ne faut pas
que nostre raison s'esloigne de nostre interest present et de
l'affaire dont il s'agit : Il ne faut pas qu'elle pense courir à
tout et emporter tout, ny qu'elle s'imagine de battre le
Turc avec des paroles, et de conquerir le Monde par subtilité.

En certaines occasions, prenons vne ame du Septentrion,
où il entre plus de terre que de feu, et quittons cét esprit
d'Orient, dont le feu est si subtil, qu'il semble plustost estre
illusion que verité. Defions-nous de l'eloquence d'Athenes
et de la sagesse de Florence : Celle-cy n'a de rien servi à
ceux qui l'ont pratiquée, et ses Docteurs sont devenus esclaves en l'enseignant. Ie vay bien plus avant; Ce qui s'appelle delà les Monts *la Furie Françoise* a plus d'vne fois
reüssi tres vtilement delà les Monts : Ie ne dis pas à la Campagne et à la Guerre : Ie dis à Rome, je dis dans le Conclave,
qui est la grande Affaire de Rome, qui est le Champ de la
Politique, qui est le Theatre de la Prudence.

Mais voicy de quoy bien estonner la subtilité perpetuelle
et le raisonnement sans fin de nos Distillateurs des Maximes
de Tacite : Voicy quatre paroles, sans plus, pour opposer à
tout le babil de cette insolente Politique, qui, en despit du
Destin, et à l'exclusion de Iuppiter, voudroit presider au
Gouvernement des choses humaines.

C'est la Prudence elle-mesme qui nous conseille de ne
prendre pas tousjours ses conseils. Elle nous advertit qu'elle
ne se mesle point de regler les Extremitez ny de conduire le
Desespoir; Elle nous dispense, en quelques rencontres, de ce
qu'elle nous avoit ordonné en d'autres : Sans l'offenser,

nous pouvons aller à travers champ quand il y a du peril, à droite et à gauche, et essayer si vn excez nous guerira quand les remedes ont mal operé; et nous jetter entre les bras de son Ennemie quand elle n'est pas assez forte pour nous defendre.

Ainsi comme vous voyez, on peut estre imprudent du consentement de la Prudence. Et, à ce propos, il n'y aura point de mal que je die à vostre Altesse ce qui m'arriva vn jour, traitant avec vn Seigneur François qui jusques alors avoit esté extrêmement heureux, et qui neantmoins avoit de la peine à prendre party dans vne occasion où il faloit vn peu hazarder. Estant pressé de conclure et de se resoudre : « Ouy, dit-il, mais si je le fais, je donneray beaucoup à la « Fortune. » Ie ne pûs pas m'empescher de luy respondre : « Vous devez tant à la Fortune, Monsieur ; vous avez tant « receû d'elle! Ce ne sera donc pas luy donner beaucoup; « ce ne sera que luy rendre quelque chose. »

Et de fait, comme la Fortune va d'ordinaire où elle a accoustumé d'aller, et ne veut pas perdre ses premiers bienfaits, elle veut aussi que ceux qu'elle favorise se fient en elle; Elle veut qu'ils fassent quelques avances, et qu'ils ne luy demandent pas raison de toutes les choses qu'elle fait. Il ne faut pas estre tousjours si regulier et si methodique : Il faut estre hardi pour estre heureux. Mais ce ne sont pas proprement ceux dont nous parlons aujourd'huy qui manquent de courage et de hardiesse. Nous verrons ces Sages timides dans nostre premiere Conference, où j'essayeray de faire leur portrait de memoire. Vostre Altesse me l'a ainsi ordonné : Elle veut absolument que je me souvienne de tout ce que je voulois oublier.

DISCOVRS CINQVIESME.

La Cour a esté gouvernée par vne autre sorte de gens, et il y a encore aujourd'huy de ces gens-là. Le Peuple les appelle Sages : Et en effet, ils n'ont pas faute de bon sens et d'experience : Ils connoissent la nature des Affaires et la possibilité de chaque chose : Mais d'ordinaire leur connoissance demeure cachée dans leur esprit, et n'y produit qu'vne vaine et oisive contemplation : Elle n'est fertile qu'en pensées steriles : C'est vne vertu qui finit en elle-mesme ; c'est vne puissance qui ne se reduit jamais en acte, soit qu'ils ne se sentent pas assez forts pour entreprendre le bien qu'ils voyent, et qu'ils ayent les yeux meilleurs que le cœur, soit que, leur avantage estant plus certain dans le Present, ils le preferent à vn bien qui n'est pas encore venu.

Quoy qu'il en soit, ils se conseillent eux-mesmes au lieu de conseiller leur Maistre : Ils respondent à leurs sentimens et non pas à ses demandes; Et s'ils craignent la rigueur du temps et l'incommodité des chemins, ils n'ont garde de luy proposer vn voyage au mois de Ianvier, ny de luy persuader de passer les Alpes s'ils ont des affaires à Paris. Leurs advis sortent tous de la partie inferieure, sont tous terrestres et materiels. L'Interest l'emporte tousjours sur l'Honneur et sur la Raison. Ne sentant point en leur ame de plus noble tentation que celle du gain, ils opinent avec la mesme bassesse et les mesmes considerations que feroit vn Fermier ou vn Receveur s'il estoit assis en la mesme place.

Que le Vaisseau qui les porte perisse s'il veut, et que le Public y coure fortune, ils se consolent aisément du naufrage de l'Estat, pourveû qu'il y ait vn Esquif dans lequel ils puissent gaigner le bord et mettre leur Famille en seureté. Nous nous tromperions bien si nous les prenions pour ces'zelez violens, *qui veulent estre Anathemes pour leurs Freres*, et qui demandent avec instance *qu'on les efface du Livre de Vie* et qu'on pardonne à la Nation.

Toutefois il ne se peut pas dire qu'ils ayent de mauvais desseins contre l'Estat et qu'ils en desirent la ruïne. Ils se reservent seulement leurs premieres et leurs plus tendres affections : Hors de leur interest, je pense que celuy de leur Maistre leur seroit fort cher. Mais le malheur est qu'ils ne sont jamais absens de leur interest non plus que d'eux-mesmes. Ils se trouvent en quelque lieu qu'ils jettent la veuë : Leur vtilité particuliere se presente par tout à eux, comme à cét ancien Malade sa propre figure, qu'il voyoit perpetuellement devant luy. Ils ne se peuvent separer des Affaires pour les regarder avec quelque liberté de jugement. Ils ne peuvent tirer de leur ame leur raison toute simple et toute pure sans la mesler dans leurs passions : De sorte qu'encore qu'ils descouvrent vne Conjuration qui se forme, ils ne s'y opposent pas neantmoins, de peur d'offenser les Conjurez, et de laisser de puissans Ennemis à leurs Enfans. Ils n'ont pas le courage de proferer vne verité hardie si elle est tant soit peu dangereuse à l'establissement de leur fortune, quoy qu'elle soit tres-importante au service de leur Maistre.

Infirme et miserable Prudence ! Ils ne considerent pas qu'vn Espion qui donne des advis ne nuit pas davantage qu'vne Sentinelle qui ne dit mot ; et qu'ils sont aussi bien cause de la perte du Prince par leur silence, que les autres

par leur trahison. Ils ne considerent pas que, le laissant
dans le peril d'où ils le pourroient tirer, ils ne contribuënt
pas moins à sa ruïne que ceux qui le poussent et le precipitent. Ils ne voyent pas que l'Infidelité ne fait point de mal
que la Foiblesse ne soit capable de faire.

Cela estant, Monseigneur, ne seroit-ce point d'eux que
l'Esprit de Dieu voudroit parler au vingt-deuxiesme chapitre
de l'Apocalypse, quand il met les *Timides* au nombre des
Empoisonneurs, des Assassins et des autres hommes execra-
bles? quand il les condamne tous à la seconde Mort, à cette
Mort si terrible et si estrange, à ce *Lac ardent de feu et de
soufre?*

Ie ne sçay point la vraye intention du Sainct-Esprit, et ne
veux pas asseurer qu'ils soient compris dans vne si rigoureuse Sentence. Mais je voy bien pourtant que ce sont les
derniers et les pires de tous les lasches, et qu'il n'est point
si honteux de fuïr dans le combat que de donner vn conseil
timide. Car, pour le moins, si on tombe dans ce malheur à
la guerre, on peut s'excuser, ou sur le desavantage du lieu,
ou sur le nombre des Ennemis, ou sur la faute des Siens.
Et comme le plus souvent la poussiere, le vent et le Soleil
meritent la gloire du Victorieux, aussi sont-ils coupables
de la perte du Vaincu. Au pis aller, on se justifie, en ac-
cusant la Fortune, qui de tout temps a esté estimée Maistresse des Evenemens et Arbitre souveraine des Batailles.

Il n'en est pas ainsi des Assemblées Politiques, où cette
Puissance aveugle n'a point d'entrée, où l'esprit agit libre-
ment et sans contrainte, où la Prudence exerce ses operations en repos, et ne trouve aucun de ces obstacles et de ces
empeschemens qui s'opposent aux effets de la Valeur. C'est
pourquoy toutes les excuses des Soldats et des Capitaines
n'ont point de lieu pour les Conseillers et pour les Ministres.
Vn homme sage ne peut pas garantir les Succez, mais il doit
respondre de ses Intentions et de ses Advis.

Il n'est donc point de pareille lascheté à celle qui commence dés le Logis, et qui ne s'esmeut pas simplement par les approches et par la presence du Peril, mais qui n'en peut souffrir la seule imagination, mais qui fremit au moindre recit qui luy en est fait. Et sans mentir, il faut bien qu'elle procede de l'entier aneantissement de la liberté qui naist avec l'homme, et d'vne derniere corruption de ce Principe de generosité et de ce sentiment d'honneur que nous avons tous, puis qu'elle est cause qu'on refuse mesme son adveu et son consentement à la Verité, puis qu'en cét estat-là on n'est pas seulement capable de la proposition du Bien difficile. Il n'y a pas seulement moyen d'obtenir d'eux qu'ils fassent bonne mine en vn lieu de seureté, qu'ils se declarent sans danger pour la Patrie; qu'ils disputent ses droits dans vne chaire et la servent de la langue. Chose estrange! Ils aiment mieux accepter la Servitude sous le tiltre de la Paix, que de conclure à vne defense qui se doit faire avec les bras et le sang d'autruy.

Encore voyons-nous des Gens qui attendent pour s'estonner que la mauvaise fortune soit venuë : ils ont l'esprit hardy quoy qu'ils ayent l'ame timide. Ces gens-là parlent hautement quand il y a du Temps et de la Terre entre le Danger et eux. Ciceron estoit courageux de cette sorte de courage : Il ne luy eschappa jamais vn mot qui ne fust digne de la grandeur de la Republique ; Il estoit vaillant pour le moins dans le Senat ; et il proteste, ce me semble en quelqu'vne de ses Lettres, « que, si on l'eust convié au Festin « des Ides de Mars, il n'y fust rien demeuré de reste. »

Vn semblable Citoyen n'est pas propre à se battre en düel: Il n'iroit pas volontiers en pourpoint aux harquebusades. Il a plus de soin que les autres de la conservation de sa Vie, parce qu'il croit qu'elle vaut plus que la leur, et qu'il n'est pas messeant de craindre la perte d'vne chose precieuse. Il redoute la mort ; Ou pour mieux parler, la Nature la re-

Ioute en luy : Mais il ne redoute point l'Envie ny la Haine;
nais il mesprise également les menaces des Grands et le
nurmure du Peuple. Si ses forces ne sont pas suffisantes
)our abbattre la Tyrannie, il employe sa voix et son haleine
)our exciter les autres au recouvrement de la liberté. Il crie
)our le moins *aux armes !* le plus fort qu'il peut, et contre-
lit au Mal s'il ne peut y resister. Toutes ses opinions vont à
a grandeur et à la gloire de son Maistre. Il fait profession
l'inimitié avec tous les Ennemis de l'Estat. La desfaveur et
a Pauvreté ne luy sont point fascheuses quand il les souffre
)our la bonne Cause : Et la Mort mesme ne le surprenant
)as, et luy donnant loisir de la bien considerer, il se resout
enfin à la recevoir en homme de bien, et fait vaillance de
necessité. Par vne longue et serieuse meditation, il se forme
vn courage acquis, qui n'est pas moins ferme que le naturel.

Nos Prudens ne viennent point jusques-là. Outre la Mort,
ils admettent tant d'autres sortes d'extremitez, qu'il s'en
rencontre tousjours quelqu'vne qui les arreste dés le premier pas qu'ils font vers le Bien. Ils desesperent avant qu'il
faille seulement craindre. Ils ont tousjours de tres-grands
motifs, de tres-fortes considerations, de tres-importantes
causes (ce sont les termes dont ils se servent), pour ne se pas
acquitter de leur devoir. Et parce qu'il n'y a point de Maxime
dans la Politique qui ne soit combattuë par vne autre Maxime,
aussi certaine et aussi probable qu'elle, et que l'Advenir a
autant de formes et de visages que nostre Imagination luy en
veut donner, ils ne le tournent, pour le regarder, que du
costé qui peut faire peur, et se defendent par la Raison contre
la Raison.

Ils considerent tousjours que les actions des hommes sont
exposées à beaucoup d'inconveniens, et ne considerent jamais que tout le mal qui peut arriver n'arrive pas : Soit que
Dieu le destourne par sa grace, soit que nous l'esquivions

par nostre adresse, soit que l'imprudence du Party contraire en rompe le coup; estant vray que nos fautes nous jettent souvent en des perils d'où celles de nos Ennemis nous tirent. Mais eux, prenant les choses au pis, et presupposant pour certains tous les accidens qui sont douteux, ils reglent leurs deliberations comme s'ils devoient tous advenir, et d'ordinaire n'agissent point pour vouloir agir trop seurement.

Au moins n'enfoncent-ils gueres les affaires, et ne les conduisent que rarement à leur dernier point. Ils se contentent d'vne legere mediocrité de succez et du commencement de leur bonheur : Ils n'osent s'en promettre la continuation jusqu'à la fin de la moindre chose. Tellement qu'avec leur froide et leur pesante sagesse ils peuvent differer la cheute mais ils ne l'evitent pas : Ils appuyent les ruïnes qu'ils ne sont pas capables de relever : Ils gaignent pour le plus quelques jours ou quelques semaines, et tiennent les Affaires en estat en attendant que de plus hardis qu'eux y viennent travailler efficacement.

C'est vne remarque d'Aristote, que comme la vivacité de l'esprit d'Alcibiade devint extravagance en la personne de ses Enfans, la solidité de l'esprit de Phocion se changea en pesanteur quand elle descendit de luy à sa Race. Mais disons plus qu'Aristote : Disons que la sagesse de ces Ministres n'attend pas si long temps à degenerer en foiblesse, en langueur, en lascheté : Avant que de passer ainsi corrompuë à leurs Enfans et à leur Posterité, elle se gaste dés la sortie de leur ame et sans en venir à l'action; Elle paroist foible en leurs propositions et en leurs conseils, qu'on ne peut appeler ny prudens ny sages sans parler improprement, sans faire tort à de si beaux noms, sans offenser la veritable Sagesse.

Quelle erreur de s'imaginer que la Sagesse ne puisse jamais estre courageuse, qu'elle doive toujours craindre et tousjours trembler! Ces nouveaux Sages connoissent les Sa-

ges de l'Antiquité : Ils ont leû Aristote aussi bien que nous,
et n'ont pas fait neantmoins leur profit de ce vieux Oracle
rapporté par Aristote, QV'IL FAVT APPELLER LE PERIL AV SECOVRS
DV PERIL, ET SORTIR D'VN MAL PAR VN AVTRE MAL.

Quelque deplorable que soit la condition presente des
choses, ils ne peuvent se resoudre à la nouveauté et au changement : Ils aiment mieux souffrir le changement que le
faire, et l'attendre que le prevenir. Au lieu d'obeïr à l'Oracle
et de tenter le second peril, ils s'accoustument et se fami-
iarisent avec le premier. Au lieu de faire vn effort pour se
tirer du mauvais pas où ils sont tombez, ils y cherchent vne
posture supportable pour y sejourner. Ils se trouvent bien
dans le Mal, pourvu que le Mal ne les presse pas et qu'ils en
reculent la derniere extremité. Ce leur est assez que la Mort
soit remise à vne autre fois, et que cependant on les laisse
ouïr de quelque intervalle de mauvaise Vie. Sans doute ils
seroient de l'opinion du Poëte Espagnol, qui disoit « que la
« Fiévre quarte estoit vne bonne chose, parce qu'avec elle
« on estoit asseuré de vivre vn an, pour le moins de vivre six
« mois, pour le moins de ne mourir pas de mort subite. »

Ce n'est donc pas regner, ce n'est pas vaincre, ce n'est pas
triompher ce qu'ils font : C'est seulement vivre, et encore
vivre d'vne estrange sorte. C'est passer du matin à l'apres-
disnée, c'est se traisner jusqu'au lendemain. Leur Gouvernement n'est ny paix, ny guerre, ny tresve : C'est vn repos
de paresse, c'est vn somme d'assoupissement qu'ils procu-
rent au Peuple par artifice, et qui n'est ny bon ny naturel.

Ils ne sçavent point guerir ; ils sçavent seulement farder
les Malades et leur faire le visage bon. Ils veulent apprivoiser
la Rebellion en la caressant : Ils la saoulent de bienfaits et
de gratifications; Mais par là ils la rendent plus puissante et
non pas meilleure; Ils augmentent sa force et ne diminuënt
point sa malice. Quelquefois ils luy ostent quelques hommes
qui sont à vendre et des avantages qui ne luy servent de rien,

et ne voyent pas que c'est cultiver le desordre que de toucher ainsi legerement à ses branches et à ses rejettons, et ne mettre point le fer à son tronc et à sa racine.

Toute leur Experience n'est qu'vne Histoire de malheurs arrivez à ceux qui osent et qui entreprennent. Tout ce qui n'est pas aisé ils le nomment impossible ; Et la Peur leur grossissant les objets et leur multipliant presque à l'infini chaque individu, quand trois Malcontens se retirent de la Cour avec leur train, ils se figurent vne armée d'Ennemis à la Campagne, qui entraisne les Villes et les Communautez apres elle sans trouver de resistance. Apres quoy ils ne se mettent point en devoir de les chastier, mais ils taschent de les adoucir; et au lieu de les aller visiter avec des canons et des soldats, ils leur envoyent des gens de robbe longue chargés d'offres et de conditions, et leur promettent beaucoup plus qu'ils ne pourroient esperer de la Victoire.

Ainsi ils obligent le Prince à descendre de son Throsne pour traiter avec ses Subjets. D'vn Souverain ils font vne personne privée, et d'vn Legislateur vn Advocat. Par cette breche, ils rompent l'Entre-deux qui le separe du Peuple, et changent la Puissance en Egalité. Les Coupables montent sur le Tribunal, et deliberent de leur propre fait avec le Iuge. Ils nomment le lieu de la Conference et on l'accepte : Ils choisissent pour conferer les Personnes en qui ils ont plus de confiance et on les leur donne. Et là il ne se parle ny de pardon ny de Grace : Ce seroient des termes trop rudes et qui leur feroient mal aux oreilles ; Mais le Maistre offensé declare solennellement que tout a esté fait pour le bien de son service, et sçait bon gré à ses Serviteurs infideles des injures qu'il a receuës d'eux.

Enfin le dessein de nos Gens n'estant que de congedier la Compagnie et de separer les Alliez, ils leur accordent plus qu'ils ne demandent. Ils sont prodigues de la Foy publique ; Ils ne mesnagent point le nom du Roy ; Et de cette sorte, ils

e mettent sur le bord de deux extremitez également dangereuses : Car soit qu'il veüille tenir sa parole en ruïnant
es Affaires, soit qu'il restablisse ses affaires en violant sa
parole, il est tousjours reduit à vne deplorable eslection : ou
le hazarder son Estat pour estre fidele, ou de manquer à
on honneur pour demeurer Roy.

Mais si, avant tout cela, et les choses estant encore entie-
es, il desire prendre vne resolution genereuse et digne de
uy; s'il ne veut plus que sa bonté soit vne rente et vn revenu certain aux Rebelles; s'il se lasse d'espuiser ses coffres
pour souldoyer les armées de ses Ennemis, et de payer tous
es jours vne chose qu'il n'acquiert jamais : Alors ces habiles
Conseillers luy viennent representer, avec beaucoup de mines et grimaces, qu'il ne faut pas aigrir les Affaires, que les
Sages cedent à la violence du Temps comme les Dieux à la
necessité du Destin; que les Princes qui ont regné devant luy
n'ont osé remüer cette pierre ; qu'il y auroit de la presomp-
ion à vouloir mieux faire que ses Peres; que la Guerre est
n mauvais moyen de reformer les Estats; que de mettre vn
Corps en pieces pour le rajeunir, c'est vn remede de Magi-
ien; que de brusler sa Maison pour la nettoyer, c'est vn
onseil d'Ennemy, c'est vne resolution de Furieux.

Ce n'est pas tout que cela. Ils estalent en suite de grands
lieux-communs sur les loüanges de la Paix et du Repos. Ils
employent tout l'art des Rhetoriciens à luy exagerer les mieres de la Guerre. Ils n'oublient pas la profanation des
Temples, les Loix divines et humaines violées, afin de faire
ouler leur propre lascheté dans son esprit sous ces termes
specieux, et de luy persuader qu'ils ont raison, ne voulant
pas luy advoüer qu'ils ont peur. Ils vivent ainsi auprés du
Prince, et se maintiennent entre Luy et les Rebelles par le
commun besoin qu'on a de leur entremise à conduire ce
sale traffic, et à conserver deux Partis en vn Estat sans que
l'vn puisse destruire tout à fait l'autre.

Ils sont aussi le plus souvent bons Amis des Estrangers. Que sert-il de le dissimuler? Ils apprehendent beaucoup plus de desplaire au Roy leur Voisin que de desservir le Roy leur Maistre. De sorte qu'il ne faut point parler sous leur Ministere de proteger les Foibles contre l'oppression des plus Forts, de resveiller les Pretentions qui dorment, d'entreprendre rien hors du Royaume, quelque Iustice, quelque Bien-seance, quelque Facilité qui semble persuader telles Entreprises. Ils condamnent la memoire de Charles huictiesme et maudissent les voyages d'Italie : Ils se mocquent mesme de ceux de la Terre Saincte jusqu'à offenser la pieté des Siecles passez; Ne craignant point de redire apres vn Impie de celuy-cy « que c'estoient des fiévres du Temps et « des maladies Populaires; » que c'estoient des jeunesses de nos Princes et des chaleurs de foye de leurs Conseillers. Vn de ces gens-là m'a soustenu qu'Alexandre n'avoit jamais esté, que son Histoire estoit vn Roman; que celuy d'Amadis n'estoit pas plus fabuleux ny plus esloigné de la Vray-semblance.

Que si la mollesse de leurs Conseils ne prevaut pas tousjours à la vigueur et aux bonnes inclinations de leur Maistre; si quelque injure sensible et qui ne se peut dissimuler oblige l'Estat a vn ressentiment public, alors, ne pouvant pas blasmer la chose dans son principe, ils la descrient tant qu'ils peuvent dans les suites et par ses effets. Et comme si la Victoire ne valoit pas les frais de la Guerre quand vne Ville a esté prise sur l'Ennemy, « c'est perdre, disent-ils, que de « gaigner de la sorte. Tant de gens de bien sacrifiez à la va- « nité d'vn seul (ce seul sera peut-estre vn Prince du Sang « ou vn Fils de France); tant de millions sortis du Royaume « pour l'acquisition d'vne Bicocque! La seule despense de « l'Artillerie acheveroit de nous ruiner si nous faisions vne « seconde Conqueste. »

Pareils Ministres ne pouvoient se consoler à Carthage des

Victoires d'Annibal en Italie : Ils crioient dans le Conseil quand on apportoit de bonnes nouvelles, et qu'on versoit à pleins boisseaux les bagues des Chevaliers Romains qui avoient esté tuez à la Guerre : « Qu'il garde ses Anneaux de « fer et ses Trophées de papier, et qu'il nous rende nos « Hommes et nostre Argent. Iamais les affaires de la Repu- « blique ne furent ny plus fleurissantes ny plus ruïnées : « Elle n'eut jamais ny plus de reputation au dehors ny plus « de misere dans ses entrailles. »

Pareils Ministres ont esté cause de la fin des deux Empi- res, et ont perdu Rome et Constantinople par la fatale mol- lesse de leurs conseils. Ils ont ouvert la porte à tous les Bar- bares : Ils ont honteusement acheté la Paix, soit des Goths, soit des Vandales, soit des autres Peuples de l'Aquilon, d'où tout le Mal devoit venir dans le Monde. Ils ont compté pour rien ce deshonneur de l'Empire et cette infamie du Nom Ro- main, pourveû que par la douceur du Mot ils pussent corri- ger l'amertume de la Chose, et que, quand ils payoient tribut à leurs Ennemis, il leur fust permis de dire qu'ils donnoient Pension à leurs Alliez. Ils ne se sont point souciez de la fortune de l'Advenir et de ce que deviendroit la Poste- rité, pourveû qu'ils pussent autant vivre que l'Estat qu'ils gouvernoient pourroit durer.

Faisons-leur grace neantmoins encore vne fois, et ne les accusons point de trahison. Ie crois qu'il ne voudroient pas vendre et livrer leur Maistre; Mais ils ne sont pas faschez que le Monde sçache qu'ils le peuvent faire : Ils ne font point de difficulté de le mettre à prix en certaines occasions : Ils souffrent qu'on le marchande; Ils baillent mesme des es- chantillons aux Marchands, quoy qu'ils ne se veüillent pas dessaisir de la Piece entiere. C'est vne de leurs Maximes QV'ON PEVT TROMPER QVELQVEFOIS LE PRINCE POVR SON PROPRE BIEN : Et quand ils s'entendent avec les Ministres des autres Princes, ils appellent cela « travailler au bien general de la

« Chrestienté et maintenir la paix entre les Couronnes. »

N'a-t'on pas bien crû, du temps de nos Peres, que Barbe-rousse et André Dorie n'estoient pas en mauvaise intelligence? On ne pouvoit pas dire pourtant que l'vn ne fust bon Serviteur de Soliman et l'autre de Charles : Mais ils avoient besoin l'vn de l'autre pour faire valoir leurs services auprés de leurs Maistres et pour bien garder la place qu'ils y tenoient. Le Turc loüoit le Chrestien, et en parloit comme du seul homme qui luy donnoit de la peine : Le Chrestien rendoit la pareille au Turc par des paroles aussi obligeantes et aussi avantageuses. Et vn Esclave d'Alger dit sur ce subjet assez plaisamment au Vice-Roy de Sicile « que jamais vn « Corbeau ne creve les yeux à vn autre Oyseau de son es- « pece, et que, si Dorie estoit ruïné, Barberousse auroit peu « de credit à la Porte du Grand Seigneur; comme aussi Dorie « descendroit de plus d'vn degré à la Cour de l'Empereur « par la ruïne de Barberousse. »

Ils s'aidoient donc, et se favorisoient reciproquement dans la continüation de la Guerre, qui estoit leur Mestier et leur Affaire. Et puis que des Hommes ambitieux, par consequent qui aimoient l'honneur, ont esté capables d'vn pareil traffic, je vous laisse à penser si des Hommes qui n'aiment que leur interest, et qui ne connoissent point d'autre Honneste que l'Vtile, ne seront pas bien aises de conserver leur authorité par vn semblable commerce? Ne voudront-ils pas, à vostre advis, se rendre necessaires pour durer? Ne feront-ils pas pour la Paix, qui leur doit estre vne moisson d'or, et vne moisson qui ne manque point, ce que les autres faisoient pour la Guerre, dont la recolte est si incertaine et les fruits sont si aigres et si amers?

Tel est le procedé de nos Sages dans l'Administration de l'Estat et dans la haute region du Ministere. Mais quand ils descendent plus bas, et que leurs devoirs sont plus aisez, pour cela ils ne s'acquittent pas mieux de ce qu'ils doivent. Les affaires des Particuliers qui despendent d'eux prennent mesme train que les Publiques. En des Occasions seures et faciles, où ils pourroient monstrer de la force à bon marché, ils ne peuvent s'empescher de faire voir leur naturelle foiblesse. Ils ne voudroient pas perdre l'amitié de ceux dont ils ravissent le bien; et, en mesme temps, ils craignent et offensent les mesmes personnes. Ils s'entretiennent avec tout le monde par des responses generales et qui n'obligent point precisément. On ne part jamais mal satisfait d'auprés d'eux. Ils ne bravent ny ne rebutent jamais personne. Ils ne donnent que de belles paroles et de bonnes esperances.

A celuy qui leur demande justice, ils font des civilitez et des complimens : Ils presentent des roses et des violettes à qui a besoin de pain. Apres vous avoir tenu vn an en longueur, vous promettant de jour à autre de vous donner contentement, à la fin, quand vous les pressez de la conclusion, ils vous prient de leur dire ce que c'est, et vous font voir que toutes les fois que vous avez parlé à eux ils n'ont jamais eu dessein de vous escouter.

Vn pretendant en Cour de Rome y ayant esté traité de cette sorte, et s'en retournant chez soy comme il en estoit venu, trouva vn gibet à la sortie de Bologne (la Cour de Rome y estoit alors); et s'estant arresté quelque temps devant ce gibet à regarder vn Pendu qu'on venoit d'y mettre, on dit qu'il s'escria tout d'vn coup à haute voix : QVE IE T'ESTIME HEVREVX, MON AMI, DE N'AVOIR POINT AFFAIRE AV LIEV D'OV IE VIENS ! Vous voyez à qui ils sont cause que les gens d'affaires portent envie, et en quel lieu ils obligent d'aller chercher la felicité. Et en effet, Mort pour Mort, et Bourreau pour Bourreau, il vaudroit encore mieux vne prompte Mort et vn Bourreau diligent.

Ils sçavent ainsi lasser la patience des Solliciteurs; Ainsi ils se vengent de l'importunité des Supplians, et ne se mettent point en cholere pour les mettre au desespoir. En quoy,

à dire le vray, leur procedé est je ne sçay quoy de bien rai
et bien digne de nostre consideration. Rien ne se peut ima
giner de plus doux ny de plus tranquille que leur malice.
entre dans leur poison autant de sucre que d'arsenic, et l'
galité de leur humeur est semblable au calme de cette R
viere, où les corps les plus legers vont à fonds, sans qu'
paraisse vne nuée en l'air ny qu'il y ait vne haleine de vei
qui la pousse.

Vn Homme de cette sorte est vn sçavant Artisan de C
lomnies : Il ne manque jamais de plastre ny de couleurs;
sçait preparer et polir admirablement les mauvais offices.
blasme avec des Eloges et non pas avec des Invectives. F
apparence il rend tesmoignage au grand Merite, et en eff
il donne des soupçons de la grande Reputation. Vous dirie
qu'il plaint ceux qu'il accuse, et qu'il a pitié de ceux qu'
veut ruïner. La Rhetorique apprend à medire grossieremen
Il a trouvé vne façon bien plus delicate de faire la mesn
chose. Cela s'appelle frapper sans lever le bras : C'est blesse
sans qu'il coule de sang de la playe ny qu'il paroisse d
coup. Il se desguise en Ami pour haïr avec plus de seuret
Et afin qu'il soit crû charitable, dans le moment mesn
qu'il assassine, il ne tuë personne dont premierement il n
fasse l'Oraison funebre.

« Tous les yeux, dit-il au Prince, sont tournez sur luy
« Les Soldats l'appellent leur Pere, et le Peuple pense que c'e
« son Intercesseur envers vostre Majesté. Il ne tient qu'à lu
« qu'il ne se prevale de cette faveur vniverselle, et que, d
« la possession de tant de Cœurs, il ne forme vn Party qu
« porte son nom. Ie croy neantmoins qu'il ne voudroit pi
« manquer à son devoir, et qu'il n'a que de bonnes inter
« tions. Les Astrologues et les Poëtes luy promettent bie
« vn Royaume; Mais outre que ce sont gens qui ne tienne
« pas ce qu'ils promettent, c'est peut-estre vn Royaun
« d'outre-mer; Il doit peut-estre l'aller conquerir aux des

« nieres extremitez de la Terre. Cependant il y a de l'appa-
« rence qu'il se contentera de la place que vostre Majesté
« luy donne apres elle. Son ambition sera plus sage et plus
« modeste que celle des autres Ambitieux. Il se peut, Sire,
« que ses desseins respecteront la Couronne de son Maistre
« et les Loix de sa Patrie. »

La jalousie du Prince s'allumant par ces excuses magnifiques et par cette douceur apparente meslée de cette raillerie amere, la defiance entre en son ame avec l'estime. Mais
il reste encore quelque chose à faire. Le travail est heureusement commencé, mais il n'en doit pas demeurer là, et le
Courtisan dissimulé passe plus avant. Il adjouste que « quoy
« qu'on puisse dire, et quelque crime qu'on allegue, il ne
« sçauroit conclure à la condamnation d'vn Homme qui au-
« trefois a si bien servi ; Qu'il faut que Philippe ou Alexan-
« dre se conseille en cecy avec soy-mesme et avec les Dieux
« immortels ; qu'il considere s'il y a plus de dommage à se
« defaire d'vn Serviteur de ce merite qu'il n'y a de peril à
« ne s'en defaire pas. Vous ne pouvez le perdre sans vn no-
« table interest de vostre Estat ; Vous ne le pouvez conserver
« sans vn danger evident de vostre Personne : Regardez,
« Sire, lequel des deux vous est le plus proche, ou vostre
« Estat ou vostre Personne. Voyez s'il vaut mieux vous de-
« fier tousjours de cét Homme-là, ou vous en asseurer par le
« seul moyen que vous en avez. Vn Souverain peut-il estre
« en seureté tant qu'il y aura vn Particulier qui peut cor-
« rompre le Senat, desbaucher des Legions et faire revolter
« les Peuples ? »

De cette sorte, sans faire de hautes exclamations ny employer les figures violentes, il persuade vne ame timide et
pousse la crainte dans la cruauté. Ainsi la cruauté fait la
douce, et paroist officieuse et bienfaisante. Par des loüanges
empoisonnées, et pires mille fois que la mesdisance toute
seche, il opine à la mort en disant qu'il ne veut pas opiner.

Il se descharge de l'envie du meurtre par le biais dont il se sert pour en faire la proposition. Il defere son Ennemy en evitant le nom odieux d'Accusateur. Achevant de le destruire, luy donnant le dernier coup, il dissimule encore sa haine; il fait encore le bon et le pitoyable.

Mais, avec tout cela, il a si grand'peur qu'il ne meure pas et que la Ligue soit la plus forte, qu'apres avoir jetté ou Philippe ou Alexandre dans des resolutions extresmes, il fait joüer vn autre jeu de l'autre costé. Il avertit Celuy qu'il a entrepris de ruïner « qu'il n'y a plus de moyen de le servir au « Palais contre vne infinité d'Ennemis secrets qui luy ren- « dent de mauvais offices : Que, pour luy, il ne connoist « plus le Present et ne sçait que penser de l'Advenir, voyant « le Prince dans des humeurs si estranges et si esloignées « de la premiere douceur de son Naturel ; Qu'il estime heu- « reux ceux qui sont retirez en leur Maison, et qui ont quitté « vne Cour où les Gens de bien ont perdu leur place, n'y « pouvant plus estre que tesmoins de la violence des Mes- « chans. Qu'il est sur le point de demander son congé, afin « qu'il ne semble pas approuver par sa presence le Mal qu'il « ne sçauroit empescher par ses conseils; et que ny ses yeux « mesmes ny ses oreilles n'ayent aucune part aux choses « qui se preparent. »

Voilà vne petite Monstre de ce grand Commerce de Piperie que l'on exerce à la Cour. Et c'est à peu prés ce que vouloit dire, apres nostre Tacite, l'Histoire manuscrite que nous avons veuë, par son PESSIMVM INIMICORVM GENVS LAVDANTES. C'est l'explication ou la paraphrase du passage d'Ammian Marcellin, quand il parle de la Cour de l'Empereur Constance; Et ce sera encore, si vous le voulez, le commentaire de ces deux Vers de la divine Ierusalem, que le feu Roy Henri le Grand trouvoit si beaux et si dignes de Monsieur le * * * :

Gran Fabbro di calunnie, adorne in modi
Novi, che sono accuse, et paion lodi.

C'est particulierement au Pays de ces deux Vers où il se
trouve de ces excellens Trompeurs ; et il me souvient d'vn
des principaux Ministres de la premiere Cour de la Chrestienté qui estoit passé Maistre en cette belle science. De si
loin qu'il voyoit vn homme à qui il venoit de rendre vn
mauvais office, il luy crioit à haute voix : L'HO SERVITA,
SIGNOR ! Et avec ces maximes de Piperie il a gouverné fort
long temps le Monde : Il est parvenu à vne extresme vieillesse en ne refusant ny n'accordant rien, en ne disant ny
ouy ny non, en recevant les deux Parties avec la mesme serenité de visage. Qu'il meure donc quand il luy plaira, ce
Romain si peu digne de la vieille Rome, si esloigné de la
candeur et de la sincerité de l'ancien Fabrice ; on pourra
mettre sur son Tombeau avec verité QV'IL A MENTI SOIXANTE
ET DIX ANS, et que la Comedie qu'il a jouée a duré toute
sa vie.

Il est vray que nous apprenons de quelques exemples
qu'on a vescu autrefois assez heureusement sous ces molles
et languissantes Dominations, et qu'elles n'ont pas tousjours
esté funestes à la Patrie. Mais il faut prendre garde dans
l'Histoire si l'Administration que nous loüons n'est point la
suite d'vn meilleur Regne, si ce n'est point la chaleur qui
reste d'vn feu qui n'est plus et le mouvement du branle qui
a cessé. Il faut remarquer si ce ne sont point les vertus des
Peres qui soustiennent l'infirmité des Enfans, et leur espargne qui fournit à leurs desbauches. Car en effet, apres vn
long ordre, les Affaires vont presque d'elles-mesmes, et la
Police ne peut pas si tost recevoir d'alteration, se ressentant
encore de la bonne impression que quelque grand Prince y
aura laissée. D'ailleurs, c'est le naturel des choses du Monde

de demander du temps, et d'avoir de la peine à passer d'vn estat à l'autre. De sorte que, s'il est arrivé que la Republique soit demeurée ferme sous telles Puissances, foibles, debiles, mal asseurées, elle estoit peut-estre obligée de son repos aux bons et solides fondemens qui avoient esté posez de longue main, quoy qu'on ne mist au dessus que du chaume ou de la terre. Ce n'estoit pas tant vn fruit du Gouvernement present que les restes de l'heureuse conduite du passé.

DISCOVRS SIXIESME.

A cette scrupuleuse et defiante Sagesse, il se peut opposer vne certaine Vertu brutale, s'il m'est permis de la nommer de la sorte. Mais, pour la faire mieux reconnoistre, et pour la definir en la descrivant, ne la nommerions-nous point vne Probité passionnée, indocile, impetüeuse, qui suit plustost la fougue de la Nature que la discipline de la Raison, qui a plus de courage que d'adresse?

Au commencement, il semble que ce soit vigueur, et ce n'est que dureté; On la prendroit pour force, et ce n'est que violence, dans laquelle l'esprit se fixe pensant se roidir, et devient immobile pour vouloir estre trop ferme. Or est-il qu'il importe de sçavoir tourner et plier l'esprit selon l'exigence des occasions et la varieté des subjets qui se presentent. Si on ne le rend souple et maniable, s'il n'est capable de diverses formes dans vn monde si changeant que celuyey, son Vsage, qui doit estre vniuersel et n'auoir point d'objet defini, trouve des bornes dés l'entrée de la carriere, s'arreste à quelques rencontres qu'il luy faut choisir, ne s'estend qu'à vn tres-petit nombre de choses. Et ces choses arrivant assez rarement, les Ministres au contraire devant agir chaque jour, il ne se peut pas que d'vne seule drogue ils fassent toutes sortes d'operations. et que du mesme feu qu'ils eschauffent ils puissent encore rafraischir.

l'advoüe bien qu'ils ont beaucoup de cœur et que leurs intentions peuvent estre bonnes; Mais il n'y a point d'art ny de methode pour conduire ces avantages de la naissance. Ils sont faits tout d'vne piece : Et s'il est question de passer par quelque ouverture difficile, au lieu qu'ils doivent baisser la teste il leur faudroit hausser la muraille : Il faudroit contraindre le Temps, les Hommes et les Affaires de leur obeïr et de les suyvre. Ainsi ne voulant jamais entrer dans le sens d'autruy, ne pouvant jamais changer de place, ne connoissant point d'autre Raison que la leur, ils ne sont pas fort propres à gouverner les Estats, où il est besoin de prendre de nouveaux advis sur la nouveauté des accidens qui arrivent, et où quelquefois le Pilote peut apprendre quelque chose des Passagers.

Quelle malheureuse regularité pour vouloir aller tout droit, de ne se destourner pas d'vn Abysme qui est au milieu du chemin, de donner à travers les Escueils pour avoir l'honneur de ne point gauchir, de rejetter la bonne resolution parce qu'vn autre l'a proposée! Cependant les Genereux imprudens tombent à toute heure dans ces Abysmes, et heurtent sans cesse contre ces Escueils : Ne pouvant parvenir à la premiere gloire de la Vertu. qui seroit de ne point faillir, ils negligent la seconde, qui est de sçavoir r'habiller ses fautes : Ne pouvant estre parfaits, ils ne veulent point estre penitens.

Quelque cause, bonne ou mauvaise, qu'ils ayent embras-

sée d'abord, ils apportent vne obstination aveugle à la soustenir, et disputent aussi violemment pour le moindre de
leurs sentimens que pour la Religion de leurs Peres. Volontiers ils seroient Martyrs de leurs Opinions. Ils continuënt
tousjours le Mal commencé, pour monstrer qu'ils entreprennent avec jugement ce qu'ils font avec perseverance.

Si vne proposition qu'ils ont mise en avant par maniere
de discours, et qu'ils ne croyent point veritable, vient à estre
contestée, dés là ils s'interessent à la defendre : Apres ils se
la persuadent à demi : Dans le progrez du raisonnement ils
la tiennent tout à fait asseurée, et ne la quittent point que,
de Question problematique qu'elle estoit pour le plus au commencement de la Conference, ils n'en ayent fait vn point de
Foy en sa conclusion.

Si on les prie de considerer que les Ennemis sont puissans et en grand nombre, ils respondent qu'il y a beaucoup
de gens et peu de Soldats, que ce ne sont point de vrais Ennemis, que c'est de la canaille mutinée. Si on leur remonstre
que le passage de l'Armée ne se peut faire par l'endroit qu'ils
se sont imaginez, ils s'agitent et se tourmentent là-dessus de
telle façon, qu'il semble qu'ils pretendent de l'y faire passer
par la seule force de leurs paroles.

Ie ne me figure point icy des choses qui ne sont point. Ie
ne fais point des Hommes artificiels : I'en connois, Monseigneur, et je vous les pourrois nommer, qui agissent de cette
sorte dans les Conseils, qui ne se rendent ny à la Raison
évidente, ny à la Coustume establie, ny à l'Vsage receu. Ils
opposent la singularité de leur Opinion au consentement des
Peuples et à la foule des Exemples. Les Brefs et les Bulles
des Papes, les Edicts et les Declarations des Rois sont pour
les autres et non pas pour eux. Ils cassent tous les Actes publics quand ils ne s'accordent pas avec leur sens particulier :

N'avons-nous pas veû en Flandre premierement, et depuis en Italie, vn Ministre Espagnol qui estoit de cette hu-

meur? Il ne put jamais se resoudre à reconnoistre pour Roy
de France le feu Roy Henry le Grand : Il ne le put jamais
appeller que *le Bearnois* ou *le Prince de Bearn* lors qu'il
vouloit luy faire faveur. La Ligue estoit morte et sans esperance de ressusciter. La Paix de Vervins avoit esté publiée
et tous ses Articles executez. La Reconciliation du Roy s'estoit faite solennellement avec le Saint Siege. Le Roy d'Espagne luy envoyoit des Ambassadeurs et en recevoit de luy.
Tout cela neantmoins ne flechissoit point l'esprit du Ministre. Il vouloit estre plus contraire à la France que l'Espagne,
et plus Catholique que l'Eglise. Son opiniastreté excommu-
nioit celuy que le Pape avoit absous. Et il en estoit encore
en ces termes l'année mil six cens dix, à la veille que le
Bearnois s'alloit rendre Maistre d'vne bonne partie de l'Europe. Et que sçait-on s'il n'eust pas commencé par la duché
de Milan, dont ce Ministre estoit Gouverneur, afin de lui
faire changer de stile?

Les Sages dont nous fismes hier l'examen n'asseurent
quoy que ce soit, n'oseroient jurer qu'il soit jour en plein
midy, ne sont point certains si les choses qu'ils voyent sont
ou Objets ou Illusions. Quand on leur demande leur sentiment, ils disent tousjours : Je pense, et jamais : Je sçay. Et
dans les affaires les plus claires, on ne peut tirer d'eux que :
Pevt-estre, il se pevt faire et il favdra voir, ce qui procede, selon l'advis d'Aristote, d'vne opinion generalement
mauvaise qu'ils ont conceuë du Monde et des apparences.
De sorte qu'ils se peuvent tromper quelquefois; mais on ne
les trompe que rarement. S'ils perdent, ce n'est que pour
vouloir trop bien joüer : C'est d'eux-mesmes et de leur malheur qu'ils se doivent plaindre, et non pas de l'avantage et
de la piperie de leur Ennemy. Aussi cherchent-ils premierement la seureté et en suite le profit. Ils se gouvernent par
le discours de la Raison, qui conclut à l'Vtile et au Certain,

et ne vivent pas selon l'Institution Morale qui se propose l'Honneste et le Hazardeux.

Imaginez-vous tout le contraire des autres dont il s'agit, qui ne s'expriment qu'en termes affirmatifs, qui decident les matieres les plus douteuses et les plus embroüillées par VN : CELA EST, IL NE PEVT ESTRE AVTREMENT, IL FAVT DE NECES-SITÉ ABSOLVE QV'IL ARRIVE AINSI. D'ordinaire ils quittent le plus grand de leurs interests pour la moindre de leurs passions. Ils preferent les loüanges aux presens et les remerciemens aux recompenses. Ils se promettent merveilles de l'Advenir et de la Fortune. Ils font valoir leurs doutes, leurs soupçons, leurs esperances, jusqu'à l'infini.

Advoüons pourtant la verité à l'avantage des Gens d'au-jourd'huy : Ils valent mieux que les Gens d'hier. Au juge-ment d'Aristote, les Timides sont defectueux, en ce qu'ils n'aspirent pas aux choses dont est digne le Magnanime, et en ce qu'ils n'aspirent pas mesme à celles dont ils sont di-gnes. Mais les Audacieux ne sont excessifs qu'en ce qu'ils aspirent aux choses dont est digne le Magnanime et non pas eux. Je parle de la Magnanimité, comme vous voyez, dans la rigueur des Philosophes et non pas dans la licence des Poëtes, qui appelleroient bien Magnanimes nos Gens d'au-jourd'huy, puis qu'ils appellent ainsi leurs Geans, leurs Phaëton et leur Capanée.

Il est certain que cette Audace et cette Fierté ne desplai-sent pas tousjours au Monde : En quelques rencontres elles ont eu de l'approbation et des loüanges : Elles ont esté es-timées, et ont reüssi en la personne de ce Romain qui sem-ble si honneste homme à Monsieur le Duc d'Espernon et à Monsieur le Mareschal de Lesdiguieres. Vostre Altesse veut bien que je la fasse souvenir du stile dont il escrivoit à l'Empereur.

La fidelité de ce Romain estoit sans reproche, et neant-moins il fut accusé en son absence, et trouva vn Délateur à la Cour. Il commandoit vne Armée en Allemagne, et avoit beaucoup de creance et d'authorité dans sa Province et parmy les Gens de guerre. Estant averti de ce qui se passoit à Rome, et des mauvais offices qu'on luy rendoit au Palais, il escrivit à l'Empereur vne Lettre hardie et superbe dont voicy à peu prés les derniers mots : « Ma fidelité a esté pure « et entiere jusques icy, et je ne changeray point si on ne « m'y force. Mais quiconque viendra pour succeder à ma « Charge, je suis resolu de le recevoir comme ayant entre- « pris sur ma vie. ACCORDONS-NOVS, S'IL VOVS PLAIST, CESAR. « A VOVS TOVT L'EMPIRE, ET A MOY MON GOVVERNEMENT. »

Ces Gens-là difficilement s'entendent avec l'Ennemy, mais ils se cabrent aisément contre leur Maistre. Ils ne sont ja- mais rebelles de dessein formé et par inclination au mal, mais ils le peuvent estre par despit et par ressentiment. Ils ne manquent point de fidelité pourveû qu'on se fie en eux. Ils ne desservent point, mais ils veulent servir à leur mode. Ils veulent estre Arbitres de leur devoir et de leur obeïs- sance.

Vn de ces Gens-là (vous le connoissez, Monseigneur,) me voulut prouver il n'y a pas long-temps, qu'il servoit son Maistre en luy desobeïssant. Ce fut dans vn entretien de prés de quatre heures que j'eus avec luy lors que je le fus visiter en son Gouvernement de la part de vostre Altesse. Par vne plaisante distinction qu'il faisoit du Roy et de l'Estat, il me dit que de fraische date, et dans vne occasion qui n'estoit pas encore passée, « il avoit esté tout droit au bien de l'Es- « tat sans avoir escouté plusieurs differentes voix qui le « vouloient arrester par les chemins, en luy alleguant le « nom du Roy. » A quoy il adjoustoit, se fondant sur vn principe qu'il prenoit vn peu de haut, « que le Roy son « premier Maistre, Pere du Roy d'à present, luy avoit com- « mandé avant sa mort que, s'il venoit vn tel temps, et qu'il « arrivast vn tel accident, il ne manquast pas à faire vne

« telle chose, quelque ordre contraire qu'on luy apportast
« de la Cour pour l'en empescher. Qu'il avoit crû estre obligé,
« en conscience, de suivre les intentions du plus grand et
« du plus sage Prince du Monde, qu'il n'avoit pas appre-
« hendé de pouvoir faillir se conformant aux sentimens de
« Celuy qui ne faisoit point de fautes. »

Mais allez, je vous prie, verifier ce commandement secret, qui n'est venu à la connoissance de personne, non pas
mesme de la Reyne veufve du feu Roy. Pour sçavoir au vray
ce qui en est, il faudroit employer les charmes de la Magie :
Il faudroit evoquer l'Ame du plus grand et du plus sage
Prince du Monde, de celuy qui ne faisoit point de fautes, et
luy demander si le Ministre qui l'allegue ne l'allegue point à
faux. C'est vne raillerie de penser estre encore à Philippe,
sous le regne d'Alexandre; de vouloir persuader à son
Maistre qu'on a raison de desobeïr, que l'opiniastreté a du
merite, qu'il suffit de bien servir quoy que ce soit contre le
gré de Celuy qu'on sert.

Que ces Gens-là, qui servent ainsi à leur mode, soient
tousjours, s'il y a moyen, à deux cens lieues de la Cour;
Qu'on les employe, s'il est possible, en des lieux obscurs,
où les mauvais exemples n'estant pas si regardez ne sont pas
si dangereux. Mais il seroit mal de les appeller auprés de la
personne du Prince, où le respect n'est pas moins necessaire
que le service, et où ils voudroient estre ses Tuteurs plustost que ses Conseillers.

Ce sont d'excellens Hommes, je ne le nie pas ; mais cette
excellence n'est pas bien en sa place sous la puissance d'vn
autre. Ils aiment l'Estat et la Patrie, mais ils haïssent la Dependance et la Subjetion. Leur fin est droite, mais leurs
moyens sont obliques et semblent contraires à leur fin. Car
ayant pour objet le bien de la Monarchie, ils vsent de toute
la licence qui pourroit avoir lieu dans le Gouvernement Populaire. Encore plus que cela : Voulant servir, ils veulent ser-

vir en Souverains. Ils m'ont dit eux-mesmes, dans nostre entretien de prés de quatre heures, « qu'ils estoient trop Vieux
« pour se remettre aux premiers elemens de leur devoir. »
Et moy, en souriant à ce qu'ils disoient, je leur ay dit
de plus « qu'ils estoient trop grands pour apprendre cette
« leçon qu'vn Docteur de Cour donne à son Fils dans l'His-
« toire Grecque : MON ENFANT, FAIS-TOY PETIT. » Bons Gouverneurs de Province, bons Gardiens de la Frontiere. bons
Portiers du Royaume, tant qu'il vous plaira ; mais bons Ministres d'Estat et bons Courtisans, je ne l'accorde pas de la
mesme sorte.

Il y a des Affaires dans lesquelles il se peut prendre divers
Partis; et de plusieurs biais qui s'offrent on doit choisir le
plus propre pour les bien manier. En telles Affaires, ils apportent la mesme passion, et se laissent aller aux mesmes
emportemens que nous avons desja remarquez sur le subjet
des Nouvelles. On ne sçauroit les voir que dans l'vne ou dans
l'autre extremité. Ils aiment mieux tomber que descendre.
Ils desirent avoir Tout ou Rien. Ils demandent ou la Mort ou
la Victoire, quoy que neantmoins il me semble que ce soit
beaucoup d'emporter les trois quarts quand on ne peut obtenir le Tout, et qu'entre la Mort et la Victoire il y ait la
Paix, qui est vn bien de valeur inestimable. et qui doit estre
recherché des Vaincus et desiré des Victorieux.

Mais ce qui nous semble ne les persuade pas, et ils n'ont
point d'oreilles pour nos remonstrances. Il n'y a pas moyen
de divertir leur imagination de son objet et de luy faire
changer de visée. Ils sont ennemis de tout accommodement.
et si attachez aux regles qu'ils se prescrivent, et à la rigueur
de l'exacte Iustice dont ils se picquent, qu'il est impossible
de les rendre capables de l'Equité. Il n'est pas possible de
leur faire prendre recompense d'vne chose quand elle est
perduë : Ils veulent le mesme et non le semblable : Ils combattent le sens de la Loy par les termes de la Loy, et se font

injure en se faisant droict : Ils me font souvenir de ces Freres
si Celebres dans l'Histoire, qui, ayant à partager également
vne succession, casserent vn verre pour le diviser, et cou-
perent vn habillement en deux afin que chacun en eust la
moitié.

Si ceux-cy ne vont pas jusques-là, et si c'est en dire trop,
disons à tout le moins que, dans les Affaires, ils ne connoissent point ces temperamens de si grand vsage, et qu'on employe si vtilement pour la perfection des Affaires, pour joindre les choses esloignées, pour faciliter les difficiles. Ils ne
connoissent point ces Relaschemens, ces Ajustemens, comme
on parle aujourd'huy en Italie ; ce necessaire Milieu, qui
semble souvent venir du Ciel, et dont on a besoin pour conclure les marchez avec les Particuliers, à plus forte raison
les Traitez de Paix entre les Princes, les Ligues offensives et
defensives, les Negociations, où il y va du salut des Peuples
et de la fortune des Royaumes.

Nos Farouches vertueux ne veulent point de ces Temperamens et de ce Milieu : Dans vn Estat qui meurt de vieillesse, ils voudroient faire la mesme chose que s'ils gouvernoient dans vne Republique nouvellement establie, qui
seroit encore dans la pureté de son institution et dans la vigueur de ses premiers ordres. Ils ne parlent que du Pouvoir
absolu, que de l'Authorité du Senat, que de la Force des
Loix, bien que ce soient choses qui vieillissent, comme les
autres choses, et qui s'affoiblissent en vieillissant.

Escoutez Caton, qui opine dans la Cause de Cesar : « Il
« faut, dit-il, le charger de chaisnes (il ne dit point : Il faut
« s'en saisir premierement). Il faut l'envoyer en cét estat-là
« à nos Alliez, qu'il a offensez, afin qu'ils se fassent raison
« eux-mesmes et qu'il soit puni de ses Victoires injustes. »
« Ces IL FAVT sont assez difficiles à executer si la Faveur
« l'emporte sur la Raison. Il faut, continue-t-il, qu'il vienne
« plaider sa cause en personne, et qu'il nous rende compte

« de ses Neuf années de Commandement. Il faut que tout
« se passe selon les Loix, c'est-à-dire, selon mon interpre-
« tation, il faut hazarder toutes Loix pour observer les For-
« malitez. »

Vostre Altesse blasme, je m'asseure, cét austere Republi-
cain, quoy que jamais homme ne fut plus loüé que luy.
Ciceron n'estoit pas seulement son Amy particulier, il estoit
son Admirateur public. Apres sa mort, il fit quelque chose
de plus que son Oraison funebre, et ce qu'il fit donna occasion aux deux Anticatons de Cesar. Ciceron neantmoins,
parlant confidemment à Pomponius Atticus, advoüe que la
Vertu de cét Homme qu'il admiroit tant estoit inutile à la
Patrie. Il confesse que cét Homme divin, car ainsi le nom-
moit-il, estoit hors d'vsage et ne sçavoit pas s'accommoder
à la portée de son Siecle; que, quand il opinoit au Conseil,
« il pensoit estre dans la Republique de Platon, et non pas
« dans la lie du Peuple de Romulus. »

Ce mot de Ciceron explique vn Vers de Virgile, auquel les
gens de l'Eschole ne prennent pas garde, et qui merite la
reflexion des gens de la Cour. Dans la description du Bouclier de son Heros, où diverses figures sont gravées, ayant
voulu representer cette partie des Enfers qui est habitée par
les Ames Sainctes, il y fait presider Caton avec souveraine
authorité, et luy donne jurisdiction sur ce Peuple de Iustes
et de Bienheureux.

> Secretosque Pios, his dantem jura Catonem;

Et comme l'a traduit vn Poëte de nos Amis,

> Aux Iustes assemblez Caton donne des Loix.

A prendre la chose à la lettre, la Maison des Cesars estoit
offensée par ces paroles, et leur Ennemy ne pouvoit estre
beatifié que leur Cause ne fust condamnée. Mais, à mon ad-

13.

vis, Virgile s'entendoit en cecy avec les Cesars. Sans doute il avoit descouvert à Auguste le secret de sa Fiction, qui loüe en apparence et qui se mocque en effet, qui fait voir que la Vertu de Caton estoit de l'autre Monde et non pas de celuy-cy. Virgile vouloit dire finement, et d'vne maniere figurée, qu'il faloit chercher à Caton des Citoyens tous bons et tous vertueux, qu'il faloit luy faire vn Peuple tout exprès pour estre digne de luy, que Caton ne pouvoit trouver sa place que dans vne Société qui ne se trouve point sur la Terre.

Voilà en effet où il faut que les Catons aillent pratiquer leurs Paradoxes et debiter leurs Maximes genereuses. Icy nous ne vivons pas en ce Pays-là. Nous ne sommes pas au Pays des Idées et de la Perfection, où les Ames sont deschargées de leurs Corps, sont gueries des Passions, sont purgées des autres infirmitez humaines. Qui vit jamais de Republique composée de Philosophes, beaucoup moins de Philosophes Stoïques ?

Le Monde a perdu son innocence il y a long-temps. Nous sommes dans la corruption des Siecles et dans la caducité de la Nature. Tout est foible, tout est malade dans les Assemblées des Hommes. Si vous voulez donc gouverner heureusement, si vous voulez travailler au bien de l'Estat avec succez, accommodez-vous au defaut et à l'imperfection de vostre matiere. Defaites-vous de cette vertu incommode dont votre Siecle n'est pas capable. Supportez ce que vous ne sçauriez reformer. Dissimulez les fautes qui ne peuvent estre corrigées. Ne touchez point à des Maux qui descouvriront l'impuissance des Remedes, qui descrieront la Medecine, qui rendront ridicules les Medecins. Respectez ces fatales Maladies qui sont envoyées d'en haut, et où il se remarque quelque chose d'estranger et d'inconnu. *Quand le doigt de Dieu paroist, il faut qu'il face peur à la main des Hommes.*

A la bonne heure, contentez, s'il se peut, l'honneur et la
dignité de la Couronne. Mais ne perdez pas la Couronne
pour en vouloir conserver l'honneur et la dignité. Ne vous
attachez pas de telle sorte à cét *Honneste* sauvage, rigou-
reux et philosophique, que vous ne le quittiez, si la necessité l'exige de vous, pour vn autre *Honneste* plus humain,
plus doux et plus populaire. Souvenez-vous que la Raison est
beaucoup moins pressée dans la Politique que dans la Morale, qu'elle a son estenduë plus large et plus libre, sans
comparaison, quand il s'agit de rendre les Peuples heureux
que quand il ne s'agit que de rendre gens de bien les Particuliers. Il y a des Maximes qui ne sont pas justes de leur
nature, mais que leur vsage justifie. Il y a des Remedes sales:
Ce sont pourtant des Remedes. Dans ces salutaires Compositions, il entre du sang humain; il entre de l'ordure et d'autres vilaines choses : Mais la Santé est encore plus belle que
toutes ces choses ne sont vilaines. Le venin guerit en
quelque rencontre, et en ce cas-là, le venin n'est pas
mauvais.

Messieurs les Catons, ne soyez pas trop honnestes ny trop
justes. Ne decernez point de prise de corps contre ce Coupable, qui a vne armée pour se defendre de vos Sergens; D'vn
Mutin n'en faites point vn desesperé. Au nom de Dieu, ne
forcez point ce nouveau Cesar à passer le Rubicon, à se rendre Maistre de sa Patrie, à dire ces paroles remarquables en
regardant les Morts d'vne bataille qu'il aura gaignée : ILS
ONT VOVLV LEVR PROPRE MALHEVR ! Apres avoir fait de si grandes choses, on m'eust donné des Commissaires si je ne me
fusse servi de mes Soldats : l'eusse esté condamné si mon
Innocence n'eust esté armée : On me menaçoit de chaisnes
et de prison. On m'eust livré aux Barbares si ma Cause
n'eust esté aussi forte qu'elle estoit bonne.

C'est vn Monstre, je vous l'advoüe, c'est vn Prodige moral,
que de voir vn Citoyen qui impose des Loix à sa Ville, que

de voir vn Subjet qui traite avec son Prince. Mais souvent
pareils Prodiges ne peuvent estre expiez que par la dissimulation et par l'indulgence. Quand on ne peut dompter ces
sortes de Monstres, il faut essayer de les aprivoiser. S'il ne
tient qu'à donner à vn Victorieux qui est armé vn Aveu des
choses passées pour luy faire poser les armes, ne vous opi-
niastrez point à luy faire prendre vne Abolition. Ne pointil-
lez point sur les Formes et sur les Paroles. Envoyez-luy son
Aveu aussi ample et aussi avantageux qu'il le pourra desirer; que ce soit luy qui le dicte et que ce soit vous qui l'es-
criviez; qu'il soit escrit en Papier doré, qu'il soit tout peint
et tout parfumé de ses loüanges.

J'ay leû autrefois avec quelque sorte d'indignation vne Lettre de Iean Mathieu Giberti, Evesque de Veronne et Dataire du
Pape Clement septiesme. Elle est adressée au Nonce de son
Maistre auprés du Roy de Hongrie; Et par cette Lettre il luy
tesmoigne que « le Pape desire extrêmement la reconcilia-
« tion du Royaume de Boheme avec le Saint Siege; Mais que
« luy, Dataire, prevoit vn tres-grand empeschement qui
« peut combattre l'extrême desir de sa Sainteté; C'est qu'il
« n'est pas de la grandeur et de la dignité de l'Eglise de
« rechercher ny les Rois ny les Royaumes, et que, dans vne
« Affaire de si grande reputation, l'ordre ne doit pas estre
« renversé ny la bienseance violée; Que, pour cét effet, il
« seroit à propos de trouver quelque moyen qui obligeast
« les Bohemes à commencer les premiers cette pratique et à
« faire les avances : Que, se presentant au Cardinal Campege
« (qui estoit Legat en Allemagne), ils seront receûs à bras
« ouverts, mais que ne se presentant pas, le Legat ne peut
« point aller au devant d'eux, ny le Iuge solliciter les Par-
« ties; Qu'il faut leur accorder ce qu'ils demandent, mais,
« qu'il ne faut pas leur offrir ce qu'ils ne demandent pas. »
N'est-il pas vray que voilà vn grand Mesnager du poinct
d'honneur? Cette espargne ridicule me desplaist dans le pro-

cedé de Iean Mathieu Giberti, qui estoit d'ailleurs vn excellent homme.

Il me fasche encore et j'ay despit que nostre Demosthene
ait esté de ces gens-là. Ie voudrois de bon cœur que ce fust
vn autre que luy qui eust dit dans le Conseil d'Athenes,
sur le subjet d'vne petite Isle voisine de Samothrace, qui estoit contestée entre les Atheniens et le Roy Philippe : « Si le
« Roy vous veut rendre l'Isle, et que le mot de *rendre* soit
« porté par le Traité, je vous conseille de la recevoir, mais
« non pas s'il pretend de la vous donner, et s'il appelle
« Bienfait la restitution de ce qui a esté vsurpé sur vous. »

Vous voyez par là que les grands Personnages se sont
amusez à des vetilles, et que celuy-cy faisoit plus de cas de
la vanité du Mot que de la solidité de la Chose. Si l'Empereur Charles eust voulu faire vn present de la Duché de Milan, à nos derniers Rois, et que Demosthene eust esté de
leur conseil, il leur eust conseillé de refuser le present, de
peur de faire tort aux Droicts qu'ils avoient sur la Duché. Il
eust mieux aimé garder de justes pretentions, et se consoler
par l'esperance de l'Advenir, que de jouïr de l'avantage des
choses presentes, et d'accepter la possession d'vne seconde
Couronne avec des termes qu'il n'eust pas crû estre de la
dignité de la premiere.

En ce mauvais monde où nous vivons, quand on nous fait
justice, imaginons-nous qu'on nous fait grâce. Ne soyons
point avares des termes et des apparences, pourveû que
l'essentiel nous demeure. Qu'on emporte quelques Tableaux
et quelques Giroüettes, pourveû qu'on nous laisse les Murailles et le Toit. Qu'on die que c'est Present, que c'est
Grace, que c'est Aumosne si on le veut : Quand la Piece sera
nostre, il nous sera aisé de luy donner vn plus beau Nom
et qui nous plaira davantage. Ayons avec honneur les Isles
qui nous appartiennent, mais ayons-les à quelque prix que
ce soit. Loüons-nous d'vn petit tort qu'on nous fait, plustost

que de nous plaindre à la Posterité d'vne grande injustice
qu'on nous a faite.

Il vaut mieux n'avoir pas la veuë si bonne et si penetrante
dans la discussion de ses Droicts, de peur d'y descouvrir trop
de justice. Il vaut mieux n'estre pas si habile dans son propre
fait, de peur d'en estre trop persuadé. Ce sentiment si subtil et si delicat des injures qu'on a receuës n'est pas vne
chose bien commode quand il s'agit de la reparation qu'on
en veut avoir. Vne si haute opinion du merite de sa Cause
se sousmet difficilement au jugement et à la decision d'autruy. Tout cela ne sert qu'à rendre impossible ce qu'on a
dessein de faire, qu'à s'amuser dans des lieux d'où il faut
sortir le plus promptement qu'il est possible. Ce ne sont pas
des moyens d'agir, ce sont des empeschemens de l'action ;
ce ne sont pas des outils pour applanir les difficultez de la
Carriere, ce sont des pierres au devant du But. Ce sont en
effet des qualitez relevées qui accompagnent d'ordinaire la
Noblesse de cœur et la generosité : Mais d'ordinaire elles
nuisent plus qu'elles ne profitent : Pour le moins on ne les
doit pas mettre à tous les jours, et les Foibles ne s'en peuvent pas servir vtilement contre les plus Forts.

Ie ne sçay pas comme ils l'entendent. Mais il me semble
qu'vn Traité ne sçauroit se conclure plus malheureusement,
et avoir vn plus triste succez pour vne des deux Parties, que
quand apres vne longue Negociation, apres vne infinité de
paroles jettées au vent et d'Escrits qu'il faut mettre dans le
feu, elle est obligée *d'en appeler à vn autre Siecle*, et qu'elle
rapporte au logis toute sa raison et tout son honneur. On
feroit bien mieux de quitter quelque chose de cette raison
et de cét honneur. Pourquoy non consentir à vn accommodement, qui sera raisonnable par la consideration de l'Vtile,
et qui ne sera pas deshonneste dans la necessité du Temps,
à laquelle la generosité mesme et la noblesse de cœur se
doivent accommoder?

Ne nous laissons donc point esbloüir à la reputation de la
Sagesse des Grecs. Que les Orateurs d'Athenes ne nous persuadent pas plus les vns que les autres. Le Pays, l'Antiquité, le Merite de ceux qui ont failli, au lieu de justifier
les fautes, les rend seulement plus visibles et plus remarquables. Vne fois en nostre vie servons-nous de la liberté de
nostre Iugement, qui ne doit pas tousjours estre subalterne
de celuy des Grecs et des Romains. C'est vn subjet de consolation pour nostre pauvre Humanité de voir qu'il y a eu
de l'homme dans les Heros.

« Que cela me fait de bien, me disoit autrefois vn excel-
« lent Homme, de voir que les Heros ont fuy, que les Sages
« ont fait des sottises, que ce grand Orateur s'est servi d'vn
« mauvais Mot, que ce grand Politique a esté d'vne mauvaise
« Opinion. » Ces Exemples de Foiblesse et d'Infirmité estoient les Spectacles et les Passe-temps qui divertissoient
quelquefois cét excellent Homme. Il se mocquoit de Demosthene et de son ridicule Poinct d'honneur : Mais il se mocquoit encore plus de Cleon et de son extravagante probité.

Celuy-cy ayant esté appellé au Gouvernement de la Republique, voulut signaler l'entrée de sa Charge par je ne sçay
quoy de bien nouveau et de bien estrange. Le lendemain de
sa promotion il envoya prier ses Amis de venir chez luy, où,
estant tous arrivez, et chacun avec esperance d'avoir bonne
part à sa fortune, il leur tint vn discours auquel pas vn d'eux
ne s'attendoit, et qui faillit à les faire tomber de leur haut.
Il leur dit « qu'il les avoit assemblez en sa maison pour les
« en chasser, et pour leur declarer que veritablement es-
« tant Personne privée il avoit esté leur Amy, mais qu'estant
« devenu Magistrat il croyoit estre obligé de renoncer à leur
« amitié. » Il s'imagina que cette declaration estoit vn original de vertu, vn acte de probité heroïque, la plus belle
chose qui se fust faite à Athenes depuis la fondation de la
Ville, depuis Thesée jusques à Cleon. Il crut qu'il faloit

qu'vn homme d'Estat fust vn Ennemy public; que, pour la
premiere espreuve de sa vigueur, il se defist de toutes ses
inclinations et de toutes ses amitiez, qu'il rompist tous les
liens de la Nature et de la Societé.

I'ay veû de ces faux Iustes deçà et delà les Monts. I'en ay
veû qui pour faire admirer leur integrité, et pour obliger
le Monde de dire que la Faveur ne peut rien sur eux, prenoient l'interest d'vn Estranger contre celuy d'vn Parent ou
d'vn Amy, encore que la Raison fust du costé du Parent ou
de l'Amy. Ils estoient ravis de faire perdre la Cause qui leur
avoit esté recommandée par leur Neveu ou par leur Cousin
germain, et le plus mauvais office qui se pouvoit rendre à
vne bonne affaire estoit vne semblable recommandation. Lors
que plusieurs Competiteurs pretendoient à vne mesme
Charge, ils la demandoient pour celuy qu'ils ne connoissoient
point et non pas pour celuy qu'ils en jugeoient digne.

Ie proteste icy derechef que je n'amplifie point les choses.
Ie ne suis point exagerateur, comme celuy qui ne racontoit
que des Prodiges à vostre Altesse, et n'avoit rien veû de ce
qu'il luy racontoit. Ie vous rends raison, Monseigneur, de
ma propre experience, et je pourrois nommer ceux de qui
je parle. I'en ay veû qui avoient si grand' peur de favoriser
quelqu'vn, qu'ils desapprouvoient, qu'ils blasmoient, qu'ils
condamnoient tout le monde, et le plus souvent sans sçavoir
pourquoy. C'estoit en eux plustost bizarrerie que cruauté,
plustost intemperance de langue et bile qui s'exhaloit, que
malice meditée et dessein de nuire, conceû dans l'esprit et
digeré par le Temps et par le Discours. Ils eussent appellé
Iules Cesar YVROGNE vne heure apres avoir dit de luy QV'VN
SOBRE ESTOIT VENV RVINER LA REPVBLIQVE.

Vostre Altesse a ouï parler de ce Conseiller, qui opinoit
ordinairement à la mort, et qui s'endormoit quelquefois
aussi sur les Fleurs-de-Lis. Vn jour le President de sa Chambre, recueillant les voix de la Compagnie, et luy ayant de-

mandé la sienne, il luy respondit en sursaut, et n'estant pas encore bien resveillé, « qu'il estoit d'advis qu'on fist « couper le cou à cét Homme-là. Mais c'est vn pré dont est « question, dit le President. Qu'il soit donc fauché, repliqua « le Conseiller. »

Encore vne fois, ce n'est ny malice ny cruauté; c'est fantaisie, c'est chagrin, c'est bile, qui dominent dans le temperament de ces Conseillers, et qui noircit de sa fumée leurs premiers mouvemens et leurs premieres paroles. Cette humeur aduste imprime sur leur front vne Negative perpetuelle avec laquelle ils vont estouffer les prieres jusques dans le cœur des Supplians. Ils refusent les choses qu'on ne leur a pas demandées, et qu'on n'a pas mesme dessein de leur demander.

Ces Conseillers ne sont pas ceux qui doivent estre appellez au Conseil des Rois. Quand ils seroient le contraire de ce qu'ils paroissent, ils ne seroient pas pourtant à loüer d'avoir si peu de soin du dehors de la Vertu et de l'apparence du Bien. Quand ils auroient l'ame bienfaisante, leur mine gasteroit tousjours leurs bienfaits : Leur mauvaise humeur ruïneroit tout le merite de leurs bonnes actions. Voyez comme ils se remparent d'vne severité affreuse et inaccessible, comme ce Phantosme de severité rebute et espouvante le Monde. Voyez comme ils s'estudient à se desfigurer l'exterieur, comme ils portent ce vilain masque aux Nopces mesmes et aux Festins, où ils affectent, aussi bien qu'ailleurs, de se montrer terribles et redoutables.

S'il a esté dit autrefois d'vn Grec. tres-homme de bien et tres-vertueux, QV'IL N'AVOIT PAS SACRIFIÉ AVX GRACES, il se peut dire de ces Espagnols ou de ces François, tres gens de bien aussi et tres-vertueux, que non seulement ils sont plus indevots que ce Grec, mais que, passant de l'indevotion à l'Impieté. bien loin de sacrifier aux Graces ils en ont abbattu les Autels; ils ont mis le feu au Temple de ces bonnes

Deesses; ils s'efforcent d'en abolir tout à fait le culte. Achevons de faire leur Eloge, et de representer dans l'Espece les
Individus que vostre Altesse a remarquez en diverses Cours
où elle a esté.

Il est impossible de s'approcher d'eux sans se picquer: Ils
jettent des pointes et des aiguillons de tout le corps : Leurs
loüanges mordent, leurs caresses esgratignent : Et comme
il y a certains Mal-adroits qui choquent les Visages qu'ils
veulent baiser, eux, de mesme, ne sçauroient obliger qu'en
desobligeant : Ils ne sçauroient promettre qu'avec des yeux
et des sourcils qui menacent. Ils accordent les faveurs et les
courtoisies du mesme ton que les autres les refusent.

DISCOVRS SEPTIESME.

Iusques icy nous n'avons attaqué personne qui ne se
puisse defendre. Et si vostre Altesse le trouve bon, excusons
mesme ceux que nous avons accusez. Ne reprochons point
aux hommes les vices de leur naissance. Soyons indulgens
à l'infirmité humaine. Donnons quelque chose au temperament du corps, qui peut marquer l'esprit de ses taches..
Compatissons à la foiblesse des Esprits, puisque nous les
recevons tels qu'on nous les baille et que nous ne les prenons pas à nostre choix.

La subtilité de l'Intelligence, la solidité du Iugement, la
Prudence courageuse, la Hardiesse considerée, ne sont pas
des choses volontaires : Elles ne dependent pas plus de

nostre eslection que la santé et la belle taille. Nous sommes
responsables de nos fautes et non pas de celles de la Nature.
Il n'y a personne qui soit tenu d'estre Habile, mais il n'y
en a point qui ne soit obligé d'estre Bon : Et si nous ne pouvons fournir à la gloire du Public de la Valeur et de la Sagesse, nous devons, pour le moins, contribuër de l'Innocence au repos de la commune Societé.

Que dirons-nous donc de ces Heureux Insolens qui combattent à enseignes desployées l'authorité des Loix et de la
Iustice, qui apportent au Gouvernement des Estats vn dessein formé de les ruiner; qui prennent leur graisse et leur
embonpoint du suc et de la substance des Provinces espui-
sées; qui bastissent leur Maison du debris et de la dissipation
de tout vn Royaume?

Que dirons-nous de ces Valets insupportables qui vangent
leurs moindres querelles avec les bras et les armes de leur
Maistre; qui declarent Criminels de Leze-Majesté tous ceux
qui ne se prosternent pas devant eux; qui, par vne paix
sanglante et crüelle, noire de deüil et de funerailles, portent
les Peuples au desespoir, reduisent les plus gens de bien à
ne pouvoir se sauver que dans la Revolte?

Que dirons-nous enfin de ces lasches Courtisans, qui sont
les Triomphateurs et n'ont pas esté les Victorieux; qui jouïs-
sent dans l'oysiveté des peines et des süeurs des grands Capitaines, qui attendent à la Comedie et au Bal les nouvelles
du gain des Batailles et de la prise des Villes, dont il faut
que les Generaux leur rendent compte?

Regardez-les dans l'ancienne Histoire et dans la Moderne.
Voyez comme tout leur est butin et tout leur est proye;
comme ils se paissent de tous les corps Morts (aînsi parloit-
on autrefois à Rome) et ne laissent que la perte et l'affliction
aux Familles desolées, aux Orphelins et aux Veufves. Car
quoy qu'estant sortis de la boüe, ils ne soyent, à bien dire,
Parens de personne, ils croyent estre Heritiers de tout le

Monde. Il n'est point d'Officier de la Couronne, point de Gouverneur de Place, dont ils ne pretendent que la succession leur appartienne. Ils ne pensent point estre en seureté tant qu'il y a vn Trou et vn Precipice qui soit en la puissance d'vn Autre.

Vostre Altesse me fait signe que cette Description luy a plû : C'est qu'elle aime la Verité. quelque negligée et en quelque desordre qu'elle puisse estre : Elle l'auroit trouvée belle, et les pieces de la Description seroient placées plus justement, si j'avois pris garde de plus pres aux Regles de l'Art. Mais la foule des choses rompt souvent les compas et les mesures. Ie represente sans avoir dessein d'ajuster ny d'embellir. Le Monde me fournit tout ce que je debite qui ne desplaist pas à vostre Altesse. Consultons encore, Monseigneur, la longue experience de ce vieux Monde, vne experience qui embrasse tant de Siecles et tant de Pays. Demandons-luy des nouvelles plus particulieres de ceux qui l'ont gouverné en despit de luy; de ces Gens qui ont regné sans Couronne, sans Droict et sans Merite.

Telles Gens s'introduisent ordinairement à la Cour par des moyens bas et quelquefois peu honnestes : Ils doivent quelquefois le commencement de leur fortune à vne sarabande bien dansée, à l'agilité de leur corps et à la beauté de leur visage : Ils se font valoir par des services honteux, et dont le payement ne se peut demander en public : Ils se mettent en credit par la seule recommandation du Vice.

Leur dessein n'estant que de faire des propositions agreables, ils ne regardent point s'ils profitent ou s'ils nuisent : Pourveû qu'ils plaisent, ce leur est assez. Et pour establir cét estroit commerce qu'ils meditent avec le Prince, ils s'insinuënt dans son esprit par l'intelligence qu'ils taschent d'avoir avec ses passions. Mais s'estant vne fois emparés de son esprit, ils en saisissent toutes les avenuës et n'y laissent pas seulement d'entrée à son Confesseur. Quelque foible et tendre que soit l'inclination qu'il a au Mal. ils l'arrosent et la cultivent avec tant de soin, que bien-tost il se forme vn gros arbre d'vne petite semence, et vne habitude violente et opiniastre d'vne legere disposition.

Ce sont des Petrones et des Tigellins auprés de Neron : Ce sont des Advocats de la Volupté qui plaident sa cause contre la Vertu, et y reüssissent beaucoup mieux que ne fit la Volupté elle-mesme quand elle se presenta au jeune Hercule et le harangua dans le Carrefour.

Il n'est pas croyable de combien de charmes ils se servent sans employer ceux de la Magie, dont le Peuple ne laisse pas de les accuser. Bon Dieu ! combien sont-ils ingenieux à inventer de nouveaux plaisirs à vne Ame saoule et desgoustée ! Avec quelles pointes et quels aiguillons sçavent-ils resveiller la convoitise endormie, languissante, et qui n'en peut plus ! Pour cela ils ne manquent pas d'appetits extravagans, d'objets estrangers et de viandes inconnuës. Ils en iroient plustost chercher jusques au bout du Monde. jusques au delà des bornes de la Nature, jusques dans la licence des Fables. A leur dire. les Sybarites ont esté de grossiers Voluptueux : En matiere de delices. Naples et Capoüë, les Corruptrices d'Annibal, n'y entendoient rien.

Toutefois ils ne se rendent pas les Maistres du premier coup : La Vertu et Eux disputent quelque temps de la Faveur à la Cour d'vn Prince de dix-huit ans : Tantost elle a le dessus, et tantost elle leur cede. Ils partagent avec elle les affections, l'esprit et les heures. Burrhus est escouté. mais ils empeschent qu'il ne soit crû. Ils font comme le contrepoids de Seneque, mais à la fin ils emportent tout à eux. Les Epicuriens destruisent autant en trois jours que le Stoïque avoit basti en cinq ans. Au moins peut-on dire qu'ayant pris la Place ils defont les Travaux piece à piece. Ils attaquent les bonnes parties de leur Maistre l'vne apres l'autre. Des pechez veniels où ils ont trouvé cette jeune Ame

rendant du combat et faisant de la resistance, ils la conduisent de degré en degré à la Tyrannie et aux Sacrileges.

Au commencement, ils se contentent de luy souffler aux
oreilles qu'il n'est pas necessaire au Prince d'estre si homme
de bien, qu'il suffit qu'il ne soit pas meschant, qu'il auroit
trop de peine à se faire aimer, qu'il s'empesche seulement
de se faire haïr; Que la Probité solide et perpetuelle est trop
pesante et trop difficile, mais que son Image, qui ne change
point, a le mesme esclat que l'Original et produit le mesme
effet; que, de temps en temps, vn acte vertueux qui ne couste
gueres, fait bien à propos, peut entretenir la reputation. De
là ils vont plus avant, et ne le laissent pas en si beau chemin : Apres luy avoir fait passer le Bien pour indifferent,
ils luy font trouver le Mal raisonnable : Ils donnent au Vice
la couleur de la Vertu.

S'il luy prend envie de se defaire d'vn de ses Parens
contre la defense expresse de la Religion de l'Estat, qui ne
veut pas *qu'on verse le sang de l'Empire*, ils luy conseillent
de le faire estrangler avec la corde d'vn arc, afin qu'il ne
s'en perde pas vne goutte et que la Religion soit satisfaite.
S'il a vn Inceste en teste, et que cét Inceste soit combattu
de quelques remords, ils viennent incontinent au secours de
son esprit travaillé. Ils soulagent ses peines par vne subtilité merveilleuse, luy representant que veritablement il n'y
a point de Loy qui permette au Frere de coucher avec sa
Sœur, mais qu'il y a vne Loy fondamentale de la Monarchie, et Maistresse de toutes les Loix, qui permet au Prince
de faire ce qu'il luy plaist.

Pour authoriser les grandes fautes ils ne manquent pas de
grands Exemples. « Ce n'est pas en Turquie, luy disent-ils
« et chez les Barbares, qu'il faut chercher des exemples. Le
« Peuple de Dieu, la Nation Saincte, vous en fournira plus
« qu'il n'en faut. Le Roy qui a basti le Temple a esté aussi
« le Fondateur du Serail, et on ne voit aujourd'huy à Con

« stantinople que la copie de ce qu'on a veû autrefois en
« Ierusalem. Vous vous contentez d'vne seule femme, et le
« Sage par excellence, le Sage Salomon, en a eu six cens.
« que l'Escriture Saincte nomme legitimes, sans compter
« celles qui ne l'estoient pas. Mais vous avez bien ouï parler
« de la derniere volonté de David, son Pere, et des belles
« choses qu'il ordonna par son Testament. Ie ne veux point
« vous exagerer ces choses : Considerez seulement par com-
« bien de Morts il conseilla à son Fils d'asseurer sa Vie.

    « Dans la Loy de Grace vous ne trouverez pas plus de dou-
« ceur. Vous hesitez, vous apprehendez de chasser vn Frere,
« de mettre en prison vn Cousin germain. Le Grand Con-
« stantin, ce tres-sainct, tres-religieux et tres-divin Empe-
« reur, comme il a esté appellé par la bouche des Conciles,
« a bien fait plus sans deliberer. Ne sçavez-vous pas qu'il fit
« mourir son propre Fils au premier soupçon qu'on luy en
« donna? Il est vray qu'il eut regret de sa mort, et qu'il re-
« connut son innocence : Mais cette reconnoissance vint vn
« peu tard et son regret ne dura que vingt-quatre heures.
« Il crût en estre quitte pour faire eriger au Defunt vne
« Statuë avec cette Inscription : A mon fils Crispvs, qve i'ay
« fait movrir inivstement.

    « Faites difficulté, apres cela, de vous descharger d'vn
« fardeau qui vous incommode, d'oster de vostre chemin
« vn homme qui vous presse dans le Monde et qui vous
« marche sur les talons; vn Cousin au troisiesme ou au qua-
« triesme degré, qui a dessein de sauter tous ces degrez
« pour se mettre en votre place !
    « Vous avez quelque consideration pour le charactere et
« pour la personne des Ecclesiastiques qui ne veulent pas
« vous rendre vne obeïssance aveugle. Charlesmagne, qui
« est vn des Saincts de nostre Eglise et vn des Predecesseurs
« des Rois de France, n'eut pas le mesme respect que vous.
« Il tua de sa propre main vn Abbé revestu à l'Autel, et

« prest de dire la Messe. qui luy avoit refusé je ne sçay quoy

« Vous. espargnez l'Authorité absoluë; Vous n'osez vse
« de force quand le bien de vos affaires vous le demande
« L'exemple du mesme Charlesmagne vous oste tout le scru
« pule que vostre conscience vous pourroit donner. Quoy
« qu'on vous die de ses Capitulaires, il ne connoissoit poin
« de meilleur ny de plus grand droict que celuy des Armes
« le pommeau de son espée luy servoit de sceau et de ca
« chet. Ne pensez pas que j'en veüille faire accroire. Cecy
« est historique et doit estre pris à la lettre : On trouve en
« core aujourd'huy des Privileges accordez et des Donation:
« de Terres faites par ce bon et orthodoxe Empereur, pre-
« sens Roland et Olivier, qui sont scellées du pommeau de
« son espée, et qu'il promet de garantir par le tranchant de
« la mesme espée. »

Il y a eu des Favoris, je ne dis pas où. mais il y en a eu
qui ont fait au Prince ces dangereuses Leçons; et je le sçay
des Docteurs mesmes qui leur avoient recueilli ces belles
histoires.

S'ennuyant enfin de defendre des Crimes qui n'ont poin
de luge, et d'excuser vne cruauté toute-puissante, ils ont di-
franchement au Prince que lors qu'il n'y avoit point d'exem
ple de quelque chose, il en faloit faire; que ce qui estoi
inouï ne le serait plus quand il seroit fait, qu'il estoit hon:
teux à l'Authorité souveraine de rendre raison de quoy que
ce soit, et messéant à qui a des Flottes et des Armées. pou:
maintenir ses actions, de chercher des paroles et des pre:
textes pour les desguiser.

Il n'y a point d'homme (c'est le langage des Sejans et de:
Plautians) qui soit innocent en toutes les parties de sa vie:
et qui en son ame ne haïsse ses Superieurs. Par consequent:
le Prince ne sçauroit condamner que des Coupables ny frap(
per que sur des Ennemis : Par consequent, il gratifie celuy
à qui il oste le bien de ce qu'il ne luy oste pas l'honneur:

et de ce qu'il luy laisse la vie. Selon leurs Principes, la Loyauté est vne vertu de Marchand et non pas de Souverain. Ils alleguent de je ne sçay quel Poëte « que, dans le Ciel, « on met en mesme balance les sermens des Princes et des « Amans; Que les Dieux se rient également des vns et des « autres, que Iupiter commande qu'on les jette au vent, « comme choses viles et de nulle consequence. »

Ainsi, en bouffonnant et en alleguant les Fables, ils persuadent tout de bon au Prince qu'il n'est point obligé à sa parole, apres luy avoir persuadé qu'il n'est pas subjet non plus aux phantaisies et aux visions des Legislateurs; Ils soustiennent que c'est à luy à definir de nouveau aux Hommes ce qui est bon et mauvais, à declarer au Monde ce qu'il veut qui soit juste et injuste à l'advenir, à mettre le prix et l'estimation à chaque chose, aussi bien dans la Morale que dans la Police.

Voilà comme se font les Tyrans. De ce germe s'engendrent les Monstres. De ces commencemens, on vient à mettre le feu à Rome, à faire vne boucherie du Senat, à deshonorer la Nature par ses desbauches, et à lui desclarer la guerre par ses parricides. Les Complaisans sont les premieres causes de tant de malheurs; et si ces Vents ne souffloient, point nous ne verrions point de ces tempestes. Ce n'est donc pas sans subjet que nous en parlons avec quelque emotion, et qu'estant en bon estat de ce costé-là par la bonne conduite de vostre Altesse, l'Humanité nous convie à compatir aux peines des Estats malades et des Peuples affligez. Mais ne nous contentons pas de les plaindre; Revenons de la pitié à l'indignation.

Puis que, dans le Monde, il n'est point de bien de si grand vsage et qui se communique si vniversellement qu'vn bon Prince, ny de mal qui s'espande plus au long et qui nuise davantage qu'vn mauvais Prince, il n'y a point assez

de supplices en toute l'estenduë de la Iustice humaine pou[r]
ceux qui changent ce Bien en Mal et qui corrompent vn
chose si salutaire et si excellente. Il vaudroit beaucou[p]
mieux qu'ils empoisonnassent tous les Puits et toutes le[s]
Fontaines de leur Pays. Quand ils infecteroient mesme le[s]
Rivieres, on pourroit faire venir de l'eau d'ailleurs, et l[e]
Ciel en fourniroit tousjours quelques gouttes : Mais il fau[t]
boire icy, de necessité, soit de l'eau, soit du venin. Contr[e]
ces maux domestiques il n'est pas permis de se servir de remedes estrangers. Nous sommes obligez de demeurer miserables par les Loix de nostre Religion, et d'obeïr aux Furieu[x]
et aux Enragez, non seulement par la crainte, mais aussi pa[r]
la conscience.

C'est pourquoy, puisque les personnes des Princes, quel[s]
qu'ils soient, nous doivent estre inviolables et sainctes, e[t]
que les characteres du doigt de Dieu sont vne impressio[n]
qu'il faut reverer, sur quelque matiere qu'elle soit gravée
tournons nostre haine contre leurs Flateurs, qui nous jettent dans ces miseres sans ressource : Prenons-nous-en au[x]
mauvais Conseillers, qui nous donnent les mauvais Princes,
et qui excitent les Innocens à tüer et les Meurtriers à brusle[r]
les Temples. Car, en effet, leurs advis pernicieux encheris-
sent tousjours sur les resolutions qui ont esté prises. Leur[s]
Maximes de feu et de sang asseurent et fortifient la Malic[e]
quand elle est encore craintive et douteuse. Ils aiguisent c[e]
qui coupe, ils precipitent ce qui panche; Ils encouragent le[s]
Violens quand ils courent à la proye; Ils eschauffent les Ava[-]
res apres nostre bien et les Impudiques apres nos femmes.

Que s'ils rencontrent des naturels peu susceptibles de ce[s]
fortes passions, et esloignez en pareil degré du Vice et de l[a]
Vertu; S'il leur tombe entre les mains de ces Princes doux[,]
qui n'ont ni pointe ni aiguillon, et qui ne sçauroient se por[-]
ter au mal parce qu'ils ne sçauroient remüer de sa plac[e]

leur inclination paresseuse; Alors encore pis pour les Peuples qui ont à vivre sous eux : Car abusant de la simplicité
d'vn Maistre facile, et de l'avantage que leur esprit a sur le
sien, ils regnent eux-mesmes a descouvert; Et ne le gardant
que comme le Droict et le Tiltre de leur injuste'domination,
ils adjoustent à la pesanteur de la Tyrannie la honte qu'il y
a de la souffrir d'vn Particulier.

Vous ne sçauriez vous imaginer les ruses et les artifices
dont ils s'advisent pour en venir là et pour s'assujettir tout
à fait le Prince. Premierement la methode est de le piquer
de gloire en l'establissement de leur fortune. Ils luy font
entendre par diverses Sarbatanes que ses predecesseurs, qui
n'estoient pas plus puissans que luy, ont bien fait de plus
grandes Creatures; Qu'il vaut beaucoup mieux eslever des
Gens nouveaux, qui n'ont point de dependance et qui ne
tiendront qu'à sa Majesté, que de se servir de Personnes de
bonne naissance et de probité connuë, qui ont desja leurs
affections et leur Parti; Qu'il y va de son honneur de ne
laisser pas ses Ouvrages imparfaits, de travailler à leur em-
bellissement apres avoir establi leur solidité; Qu'il doit les
mettre en estat de ne pouvoir estre defaits que par luy.
Que s'il cede aux desirs des Grands, qui ne veulent point de
Compagnons; et s'il contente les plaintes du peuple, qui est
ennemy de toutes les grandeurs naissantes, il n'aura pas à
l'advenir la liberté de faire du bien; il sera contraint d'assembler les Estats generaux pour disposer de la moindre
Charge de son Royaume. Qu'apres tout il ne peut abandonner vne Personne qui luy a esté chere sans condamner la
conduite de plusieurs années, et rendre vn tesmoignage public ou de son aveuglement passé ou de sa legereté presente.

Il est certain qu'ayant commencé d'aimer quelque chose
pour l'amour d'elle-mesme, le Temps adjouste incontinent
notre propre interest au merite de la chose. Le desir que
nous avons que le Monde croye que toutes nos eslections sont

bonnes, apporte de la necessité à vne action qui estoit volontaire auparavant. De sorte que ce qui s'est fait contre la
raison ne pouvant estre justifié que par la constance, nous
ne pensons jamais en faire assez : Et sur cette creance que
nous avons, quand nous serions resolus de ne continüer pas
nostre affection, il semble que nous sommes obligez de defendre nostre jugement.

Or si ces considerations peuvent esbranler les Esprits fermes, et font quelquefois faillir les Sages, il n'y a pas de quoy
s'estonner si elles renversent aisément vn Prince foible, qui
n'use que de raison empruntée, et qui se laissera tousjours
persuader à vne fort mediocre eloquence, pourveû qu'elle
favorise son inclination.

Le voilà donc engagé dans l'agrandissement du Subjet
qu'il aime : Il n'en parle plus que comme de son Entreprise, et de sa Fin. Le voilà idolâtre, sans y penser : il adore
ce qu'il a fait, et fait comme les Statüaires d'Athenes qui
faisoient leurs Dieux de leurs Ouvrages. Ses pensées, qui
ne devroient s'occuper qu'à la Gloire, et n'avoir pour objet
que le salut du Public, aboutissent toutes à ce beau Dessein.
Il luy ouvre ses coffres et luy verse ses thresors, autant pour
faire dépit aux autres que pour luy faire du bien. Il luy a
desja donné toutes les charges de son Royaume et tous
les ornemens de sa Couronne : Il ne luy reste plus que sa
propre personne à luy donner. Ce qu'il fait finalement avec
vne si absoluë et si entiere resignation, qu'il n'est point
d'exemple dans les Monasteres d'vne volonté plus soumise
et d'vn plus parfait renoncement de soy-mesme.

On ne le monstre que quand on a besoin de sa presence
pour authoriser les conseils ausquels il n'a point eu de part,
et il est content de ne paroistre que pour cela. On l'amuse
à de petits divertissemens indignes de sa condition et de son
âge : Mais si on luy bailloit des poupées pour se joüer il ne
s'en offenseroit pas. On luy change tous les jours ses do-

mestiques, et il le trouve bon; On oste d'aupres de luy tout
ce qui parle, et il ne songe point à quel dessein. On luy fait
vne Cour toute neuve, et il la reçoit : On ruïne sous divers
pretextes ce qu'il y a d'Eminent et de Vertueux en son Estat,
et il y preste son consentement.

Contre les moins endurans et les plus difficiles au joug
on employe les armes et la force ouverte : On attaque les Ri-
ches et les Paisibles par des Accusateurs et des Calomnies.
A ceux que les services maintiennent, et dont la fidelité est
sans reproche, on donne des Commissions ruïneuses ou de
meschantes Armées pour aller attaquer de bonnes Places,
afin qu'ils perdent leur reputation ou qu'ils se perdent eux-
mesmes. On chasse les vns par vn commandement absolu de
se retirer; On bannit les autres par vne ambassade ; Et en
la place de tous tant qu'il sont, le Courtisan ambitieux met
des personnes à sa devotion, qui ne regardent jamais au delà
de leur Bienfaicteur, et s'arrestent à la plus proche cause
de leur fortune.

Ainsi le pauvre Prince demeure à la merci et à la discretion de son Favory, ne jette pas vn soupir dont vn Espion
ne luy rende compte, ne profere pas vne parole qui ne luy
soit rapportée, si bien qu'au milieu de la Cour il est dans
les ennuis de la Solitude. Il ne voit plus rien à l'entour de
sa Personne qui soit de sa connoissance, et n'a pas vne
oreille fidele à qui il puisse dire : *Ie souffre*. Mais aussi il
est engagé si avant, qu'il n'y a point de moyen de s'en desdire. L'autre luy a rendu tout le Monde ou ennemy ou suspect, afin qu'il ne se puisse fier qu'en luy. Par vne longue
possession des affaires, dont il n'a fait part à personne, n'y
ayant plus que luy seul qui les entende et qui connoisse
l'Estat, il devient enfin vn Mal necessaire, et dont le Prince
ne se peut guerir que par vn remede dangereux.

De cette façon, en pleine paix, estant bien avec tous ses
Voisins, ne paroissant aucun Ennemy estranger sur la Fron-

14.

tiere, sans avoir donné vn coup d'espée ny s'estre hazardé
plus loin que du Palais à la Ruë, il se voit miserablement
tombé en la puissance d'autruy, qui est le pis qui luy pourroit arriver apres la perte d'vne Bataille. Le moment malheureux auquel il a commencé d'aimer et de croire plus
qu'il ne faloit, l'a reduit à cette deplorable extremité. Et à
parler sainement, la journée de Pavie ne fut pas si funeste
à François premier ny la prise de Rome à Clement septiesme. Car si leur disgrace fut grande, pour le moins elle
ne fut pas volontaire : S'ils perdirent leur liberté, ils con-
serverent dans leur affliction la grandeur de leur courage;
et s'ils furent faits prisonniers, ce fut d'vn grand Empereur
leur Ennemy, et non pas d'vn de leurs petits Subjets. Il n'est
point de si miserable, de si sale, de si infame captivité que
celle du Prince, qui se laisse prendre dans son Cabinet et
par vn des Siens : Il ne sçauroit exercer vne plus lasche patience ny estre malheureux plus honteusement.

Ie dis bien davantage. Lors qu'vn Roy mange son Peuple
jusques aux os, et qu'il vit en son Estat comme en Terre
d'Ennemy, il ne s'esloigne point tant du devoir de sa Charge
que quand il obeït à vn autre. La Tyrannie est bien differente de la Royauté ; Toutefois elle luy ressemble beaucoup
plus que ne fait la Servitude. C'est au moins quelque forme
de Gouvernement et vne façon de commander aux hommes,
encore qu'elle ne soit pas la plus parfaite de toutes. Mais si
vn Souverain se donne en proye a trois ou quatre petites
gens, et ne se reserve ny la disposition de sa volonté pour
suivre ses inclinations, ny l'vsage de son esprit pour connoistre ses affaires: En ce cas-là, je ne sçay pas quel nom luy
bailler, et il n'y a point de plus miserable Interregne que
sa Vie, durant laquelle il ne fait rien, et fait tous les maux
qui arrivent à son Peuple.

En cét Estat-là, il est mort civilement et s'est comme de-
posé soy-mesme. Ce n'est plus que son Effigie que l'on sert

en public, à qui on rend quelques devoirs de parade et de coustume, à qui on fait force reverences inutiles. On ne s'attache plus à la Puissance legitime et naturelle : On en suit vne autre qui est estrangere et vsurpatrice, qui est née de la premiere par vne voye violente et comme par adultere. On quitte la Royauté pour courir apres la Faveur, de laquelle les Arabes disent que « c'est vne Fille qui tuë bien « souvent sa propre Mere. »

La belle chose que c'estoit, de voir autrefois vn Roy de Castille qui n'osoit aller à la promenade ny prendre vn habillement neuf sans la permission d'Alvare de Lune. Il faloit qu'il obtinst de luy toutes les graces que luy demandoient les autres : Le plus qu'il pouvoit, c'estoit de recommander ses Serviteurs à son Favory et de faire office pour ceux qu'il aimoit. La belle chose que ce seroit, de voir vn Courtisan comme celuy-là qui revoquast les Eslections du Prince et redonnast les Charges que son Maistre auroit desja données! La belle chose s'il trouvoit mauvais que son Maistre voulust lire vne fois en sa vie vn papier qu'il luy auroit presenté à signer, s'il se plaignoit que c'est offenser sa fidelité et oublier ses services!

Mais ce seroit bien vne plus belle et plus excellente chose si cét Homme qui regne dans l'esprit du Prince, et qui commande souverainement à ses Subjets, obeïssoit luy-mesme à vne Maistresse. Que seroit-ce si l'Amour gouvernoit la Politique, et si la fortune de tout vn Royaume estoit le joüet d'vne Femme desbauchée? Car il est vray que telles personnes se sont mocquées estrangement de l'authorité des Loix et de la majesté des Empires. Plus d'vne fois elles ont mis sous leurs pieds les Couronnes et les Sceptres; Elles ont pris leur plaisir et leur passe-temps du violement de la Iustice, de l'exercice de la Cruauté, des miseres et des afflictions du Genre humain.

Laissons pour ce coup les Histoires qui font horreur et qui

blessent l'imagination par la memoire : Ne parlons point
du sang que ces Femmes ont fait verser : Supprimons le
Terrible et l'Espouvantable de leurs Tragedies, et ne disons
que ce petit mot de leur belle humeur. Il s'en est veû vne
il n'y a pas long-temps montée à vn si haut degré d'insolence, qu'ayant esté sollicitée pour quelque affaire, qu'on
luy representoit juste et facile, afin qu'elle s'y employast
plus volontiers, elle respondit avec vne fierté digne de sa
Nation et du pays d'où nous sont venuës les Rodomontades,
« qu'elle n'vsoit point si faiblement de son credit; qu'vn
« autre pourroit servir en cette occasion et faire les choses
« justes et possibles; que pour elle, elle n'avoit accoustumé
« d'entreprendre que les injustes et les impossibles. »

Combien de malheurs, à vostre opinion, en suite de celuy-là? Combien se commettent de violences à l'ombre de
cette injuste Fortune? Et le Courtisan a-t'il vn Valet qui ne
croye avoir droit de mal-traiter les personnes libres, et
d'estre impunement outrageux en alleguant le nom de son
Maistre? Y a-t'il des gens auprés de luy qui pour le moins
ne pillent s'ils s'abstiennent de tüer, qui ne vendent sa veüe
et ses audiences, qui ne s'enrichissent que du rebut de son
avarice et des superfluitez de sa Maison?

Cependant le Prince ne peche point et ne laisse pas d'estre le Coupable : Son ignorance ne luy peut point estre par-
donnée : Sa patience n'est point vne vertu, et le desordre
ou qu'il ne sçait pas ou qu'il endure luy est imputé devant
Dieu tout de mesme que s'il le faisoit. Et partant, avec beaucoup de raison, le Prince, qui a esté selon le cœur de Dieu,
luy demande en termes expres, et dans la ferveur de ses plus
ardentes prieres, QV'IL LE NETTOYE DES CHOSES CACHÉES, QV'IL
LE DELIVRE DES PECHEZ D'AVTRVY. Ce dernier mot ne veut-il
pas dire que les Rois ne se doivent pas contenter d'vne innocence personnelle et particuliere, qu'il ne leur sert de rien
d'estre justes s'ils se perdent par l'injustice de leurs Ministres?

Et à ce propos je ne veux pas oublier vne saillie assez bonne que fit du temps de nos Peres vn Religieux Italien preschant devant vn Prince du mesme pays. Estant au milieu de son Sermon, où il avoit traité du devoir des Souverains, et s'ennuyant de demeurer trop long-temps dans la These generale, il en sortit tout d'vn coup par ces paroles, qu'il adressa à celuy qui l'escoutoit :

« I'ay eu, lui dit-il, Monseigneur, vne estrange vision la « nuict passée. Il m'a semblé que la Terre s'est ouverte de- « vant moy, et que je voyois distinctement jusque dans son « centre. I'ay consideré les peines de l'autre Vie et tout ce « terrible attirail de la Iustice de Dieu dont mon imagina- « tion n'est pas encore bien rasseurée. Parmy les Meschans « des Siecles passez j'en ai reconnu quantité de celuy-cy. « Les Calomniateurs, les Meurtriers, les Impies, les Hypocri- « tes, y accouroient à grosses troupes et se pressoient au « bord de l'Abisme. Mais ayant observé en leur vie de visi- « bles marques de leur reprobation, je n'ay point trouvé « estrange de les voir arrivez où je les avois veûs s'achemi- « ner. Ce qui me donna vn estonnement extrême, ce fut, « Monseigneur, que je vous aperceus dans cette malheureuse « foule qui se perdoit; Et comme tout saisi et tout interdit « que j'estois par la nouveauté d'vne rencontre si peu at- « tendue, je m'escriay à vostre Altesse : Est-il possible qu'on « se damne en priant Dieu, et que vous alliez en Enfer, vous, « Monseigneur, qui estes le meilleur et le plus religieux « Prince du Monde? Vostre Altesse me respondit là-dessus « en soupirant : IE N'Y VAIS PAS, MON PERE, MAIS ON M'Y « MENE. »

La fertilité de cette matiere est si grande, qu'elle nous fourniroit de quoy parler toute la semaine prochaine. Mais il faut finir avec celle-cy, et conclure qu'il y a assez de distance entre le Souverain et les Personnes privées pour les esle-

ver bien haut et les laisser tousjours au dessous de luy. Il
EST BON QVE LE PLVS PROCHE DV PRINCE EN SOIT EXTRÊMEMENT
ESLOIGNÉ : IL EST A PROPOS QV'IL Y AIT QVANTITÉ DE CHOSES QVE
LE PLVS AIMÉ NE PVISSE PAS.

La Iustice souffre la Faveur, nous l'avons advoüé il y a
long-temps. La Raison ne destruit point l'Humanité, ne
s'oppose point aux affections honnestes, ne condamne point
la familiarité et la confidence. La Philosophie et le Christianisme s'accordent en tout cela avec la Nature; et le Fils de
Dieu, quand il s'est fait Homme, a authorisé tout cela par son
exemple. Qu'il y ait donc vn Favory à la Cour, le Ciel et la
Terre le permettent : Qu'il y ait vn Homme, nous le voulons
bien, qui soit le Confident du Prince; Mais qu'il n'y ait point
d'Homme qui obsede jour et nuict le Prince; qui se l'approprie par vne violente vsurpation ; qui voulant avoir lui seul
vn bien qui doit estre à tout le monde, exerce la mesme injustice que s'il cachoit le Soleil à tout le monde, que s'il fer-
moit les Temples à tout le monde.

Que le Prince envoye tant qu'il luy plaira vne reflexion
de sa Grandeur sur les Subjets qui ont trouvé grace devant
ses yeux, qu'il leur communique des rayons de sa puissance : Mais qu'il ne la transfere pas tout entiere en leur
personne, mais qu'il ne se deface jamais du Globe de la
Lumiere; que sa liberalité enrichisse les Particuliers, pourveû qu'elle n'apauvrisse pas son Royaume : Que ses biens
faits decoulent abondamment en quelques endroits pourveû
qu'il soit Maistre de la Source.

Voicy la Response que me rendit sur ce subjet l'Oracle des
Pays-Bas, le sçavant et sage Iuste Lipse, lors que je le con-
sultay à Louvain :

« Faut-il que le Roy et celuy qui regne soient tousjours
« deux Personnes differentes? Faut-il corriger tous les Edicts
« et changer vn mot en toutes leurs dattes? Où il y a de
« *nostre Regne le dixiesme, le quinziesme,* effacera-t'on

« *nostre Reyne* pour y mettre *nostre servitude* ou pour le
« moins *nostre sujetion?* Ce n'a pas esté l'intention de Celuy
« qui a fondé les Monarchies qu'on abusast si vilainement
« de la Souveraineté, qu'on la remüast ainsi de sa place,
« qu'elle ne fust jamais où elle doit estre. La Puissance sou-
« veraine est de la nature de ces choses qui sont à nous de
« telle façon que nous ne les pouvons donner à autruy ny
« les separer de nous-mesmes. Elle est legitime tant qu'elle
« demeure dans les mains de ceux qui l'ont receuë de la
« Loy de l'Estat; Mais la mesme Loy veut qu'elle ne puisse
« passer d'vne personne à l'autre que par le moyen de la
« naissance ou par l'eslection des Peuples. »

Icy finit la Responce de l'Oracle de Louvain.

Nos sages Predecesseurs ont esté sages en cecy aussi bien
qu'au reste. Comme ils n'ont pas fait la Couronne eslective
en faveur d'eux-mesmes, ils ne l'ont pas voulu rendre pro-
prietaire en faveur du Roy, ny la luy commettre si absolument qu'il fust en sa puissance d'institüer vn heritier,
comme on en voit des Exemples dans les Histoires des autres
Pays : Ils n'ont pas voulu que le Roy pust resigner le
Royaume à son plaisir et à qui bon luy sembleroit, qu'il le
pust leguer en tout ou en partie. Mais au contraire, par vne
Loy qui est de mesme âge et de mesme force que la Salique,
ils ont ordonné qu'il seroit inalienable et indivisible.

Et les Politiques qui se sont le plus licentiez, ces Docteurs
insolens et temeraires, qui ont fait le procez à leurs Iuges,
ayant eu la hardiesse de toucher par leurs Escrits aux Oints
du Seigneur et de traiter de la deposition des Rois, mettent
expressement ce cas, auquel les Subjets ne sont plus tenus
de reconnoistre le Prince, « quand luy-mesme, disent-ils.
« reconnoist une authorité estrangere et se fait Tributaire
« de quelqu'vn. » Tant ils ont estimé toute sorte de subjetion
et de dependance peu compatible avec la Royauté. Et qu'est
la Royauté, adjoustent-ils, que la vaine magnificence d'vne

l'este et qu'vne monstre de Ceremonie. si celuy qui l'exerce
a vn Superieur ou vn Compagnon?

Pour moy je ne vay pas si avant. le me contente de dire
qu'il y a quelque chose de plus noble dans la Presomption
que dans la Foiblesse, et que pareils excez sont moins à
blasmer que pareils defauts. Ceux qui marchent à l'avanture dans vn Pays inconnu, et qui s'attachent trop à leur
opinion, valent encore mieux que ceux qui suivent des guides aveugles et qui tombent par docilité. Il y a dans les Fables des Heros qui ont esté Furieux; Mais il n'y en a point
qui ayent esté Imbecilles. On y voit quelquefois le desbor-
dement de leurs passions, mais il ne s'y parle jamais de la
stupidité de leur esprit.

Que seroit-ce, en effet, Monseigneur, d'estre en mesme
temps au plus haut degré des choses humaines et au dernier
estage des hommes; de s'appeler Sa Majesté et Son Altesse,
et de n'avoir rien que de petit et de bas; d'avoir besoin d'vn
Curateur sur le Throsne et d'vn Pedagogue dans le Conseil?

Dieux envoyez ce Mal aux Peuples de l'Asie!

Mais il faut parler plus chrestiennement et plus charita-
blement. Finissons par vne priere qui comprenne l'Asie
comme l'Europe, et qui embrasse le bien general du Monde.
DESTOVRNEZ, SEIGNEVR, DE TOVS LES ESTATS VN MAL QVI EST
CAVSE DE TANT D'AVTRES MAVX : NE REFVSEZ PAS AVX SOVVERAINS
CÉT ESPRIT DE COMMANDEMENT ET DE CONDVITE QVI LEVR EST NE-
CESSAIRE POVR GOVVERNER : DONNEZ-LEVR ASSEZ D'INTELLIGENCE
POVR SE BIEN CONSEILLER EVX-MESMES, OV POVR BIEN CHOISIR
LEVRS CONSEILLERS.

FIN.

ADVIS PRONONCÉ ET DEPVIS ESCRIT

OV

EXTRAIT D'VNE CONVERSATION

DANS LAQVELLE IL FVT PARLÉ DES MINISTRES ET DV MINISTERE.

A MONSIEVR GIRARD
Official et Archidiacre d'Angoulesme.

Vous aurez ce que vous avez desiré de moy; car qui sçauroit refuser à vn homme qui demande de si bonne grâce?
Quand mesme cét homme ne seroit pas mon parfait Amy, ne
seroit pas mon Reverend Pere en Dieu, ne seroit pas le commencement d'vn Archevesque et plus de la moitié d'vn Monseigneur? Quand cét homme (vn peu de patience. je ne suis
pas au bout de ma periode), quand cét homme, dis-je, si
considerable par son charactere et par son merite, n'auroit
pas sur moy et sur mes papiers le droict que luy donnent
vne affection et vne fidelité de quarante ans.

Ie vous envoye donc, Monsieur, mon ADVIS de l'autre jour,
LE FAVORY D'AVGVSTE, de la derniere revision. et la LETTRE A
LA REINE DE SVEDE. Vous communiquerez tout cela à monsieur nostre Gouverneur, puisqu'il cherche du divertissement
et qu'il croit en trouver dans mes Papiers. Mais je vous prie
de l'advertir que dans l'ADVIS rien n'a esté adjousté à la vive

15

voix. Si j'y voulois apporter de l'ordre, je falsifierois la
chose, qui ne fut point traitée methodiquement et selon les
regles de l'Art. La voicy de la sorte qu'elle se passa, dans la
liberté de la Conversation, apres la lecture qu'on nous fit
du premier et du cinquiesme Discours d'Aristippe.

Il ne faut pas que le Prince suive ses inclinations quand
il faut qu'il choisisse ses Ministres. Hors d'icy le caprice et les
phantaisies : Ailleurs qu'il se joüe et qu'il se divertisse tant-
qu'il luy plaira. En ces grands Choix il doit vser de la severité de son jugement, et y apporter premierement l'indiffe-
rence de sa volonté. Ce doit estre vne pure operation de sa
raison, libre et despoüillée d'amour et de haine.

Apres vne exacte recherche et vne serieuse deliberation,
apres s'estre pleinement satisfait sur toutes les difficultez
qu'il s'est faites à luy-mesme, et qui luy ont esté faites par
autruy, il conclura *que le loisir de ce Particulier estoit dom-
mageable à la Republique, et qu'elle perdoit autant de temps
qu'il en mettoit à se reposer.* Mais en suite, ayant esprouvé
la Personne qu'il a choisie, et ayant receû les services qu'il
a esperez, s'il veut faire justice, il fera de son Ministre son
Favory, et ne luy laissera rien à desirer de la reconnoissance d'vn Prince obligé. Il est juste qu'il ne departe pas
des honneurs communs à vne vertu extraordinaire; qu'il ne
dispense pas ses graces avarement en vn lieu où le Ciel a
versé toútes les siennes.

Mais souvenez-vous, Monsieur, que je parlois d'Agrippa et
de Mecenas, qui sont morts il y a longtemps et qui n'ont
point laissé de leur Race. Quoy que la Terre soit grande et
que le nombre des Peuples qui l'habitent ne soit pas petit, Auguste n'eust pas pû trouver en toute son estendue
deux meilleurs et plus efficaces instrumens des glorieuses
entreprises qu'il meditoit. Il avoit besoin de ces deux hommes pour l'establissement de cette Paix eternelle qu'il avoit

dessein de donner à l'Vnivers. Ces gens-là luy estoient necessaires pour persüader l'obeïssance aux personnes libres,
pour faire reverer ses armes par les Vaincus, pour rendre
agreable à vn chacun vne Puissance redoutée de tout le
Monde.

Quoy davantage? C'estoient des Amis dignes d'Auguste,
esclairez des plus pures lumieres de la Sagesse quand il faloit deliberer, bruslans de zele et d'affection quand il faloit
executer les choses deliberées. Tantost ils suivoient les intentions d'Auguste, tantost ils les prevenoient : Ils n'obeïs-
soient pas seulement à ses paroles et à ses commandemens,
mais aussi à ses signes et à ses desirs. Tout autre qu'eux
n'eust pû soustenir l'esclat d'vne vertu si vive et si agissante
que la sienne, bien loin de la pouvoir appuyer, de la forti-
fier, comme ils faisoient, et de travailler avec elle.

N'est-il pas vray qu'vn Prince qui a de pareils Ministres
peut prendre quelques heures de repos, sans prejudice du
Repos public ; peut destendre la contention de son esprit
sans que ses affaires en pâtissent? Ie m'asseure que vous
en demeurerez d'accord avec moy; mais vous m'advouërez
aussi que tels Appuis ne se trouvent pas en foule sous vn
Regne ny dans vn Royaume, non pas mesme dans l'HISTOIRE,
qui embrasse plusieurs Regnes et plusieurs Royaumes. Semblables Aides sont de rares presens du Ciel. On a beau sçavoir choisir, ces sortes d'eslections ne se peuvent pas faire
tous les jours. Tous les Siecles ne sont pas si heureux que
celuy d'Auguste, *et l'Homme dont le Monde a besoin n'est
pas quelquefois encore né.*

Il y a des Ames capables de peur (ce fut le second point
de nostre Conversation), belles Ames d'ailleurs, et qui ne
manquent pas de lumiere : Mais elles n'ont point de feu, ou
il est si mal allumé, si foible et si languissant, qu'il ne paroist point avoir d'action. Ces ames ne sont propres qu'à

exercer des vertus aisées; elles ne sçavent agir que quand
elles ne trouvent point de resistance. Pareils Ministres n'ont
garde de rien donner au Hazard. Ils voudroient vn Dieu pour
caution et plus d'vn Oracle pour asseurance dans les moindres choses qu'ils entreprennent. Leur Maistre peut avoir du
courage; Mais la timidité de leurs conseils emousse tousjours
la pointe de son courage : Ils le retiennent tousjours et ne
le poussent jamais.

Prenez garde, je vous prie, à ces habiles poltrons dont
Aristippe nous vient de parler : Voyez comme vne nouvelle
experience met leur sagesse en desordre; comme vn simple
bruit, sans autheur et sans fondement, les jette hors de leur
assiette ordinaire. Quelque graves et dissimulez qu'ils
soyent, à la premiere alarme le masque leur tombe à terre.
« On apprend toutes les affaires sur leur visage; On y lit l'a-
« presdisnée les Depesches qu'ils ont receuës le matin » (nous
disoit vn jour le bon et sage Monsieur Conrart). Quoy qu'ils
taschent de se couvrir par vn silence contraint, l'emotion de
leur esprit paroist tousjours dans le trouble de leurs yeux.

Quand nostre Philippe de Commines apprit par la bouche
du Duc de Venise la Ligue qui avoit esté concluë contre le
Roy Charles son Maistre entre la Seigneurie, le Pape, le Roy
des Romains, etc., cette Nouvelle, dont il ne s'estoit point
douté durant le temps de son Ambassade, le surprit de telle
sorte, s'il faut en croire le Cardinal Bembe, qu'il faillit à
perdre subitement l'esprit. Et quand il fut sorti du Senat,
avec vn Secretaire de la Seigneurie qui avoit eu ordre de
l'accompagner : « Mon amy, luy dit-il, je te prie de me re-
« dire ce que le Prince m'a dit, car j'ay oublié toutes choses;
« je ne sçay qu'est devenuë ny ma memoire ny ma raison. »

Cét Exemple est singulier, soit du Secret gardé entre tant
de Senateurs et tant d'Ambassadeurs qui avoyent traité la
Ligue, soit de la surprise du Nostre, qui, les voyant tous les
jours, ne sentit jamais rien de leur Traité. Neantmoins il ne

doit pas perdre pour cela la bonne reputation qu'il avoit meritée d'ailleurs. Vn coup de foudre en temps serain peut estonner vn homme qui ne songe pas à la tempeste. Mais il y a des hommes, et j'en ai connu quelques-vns, à qui tous les bruits sont des coups de foudre et qui s'estonnent de tout. Il y a des gens que la confiance et le desespoir prennent et laissent plusieurs fois en vn mesme jour.

Vne si vilaine agitation, et si messeante à la dignité du Sage (je parle du Sage du Monde et non pas du Sage des Stoïques), est bien esloignée de cette égalité d'esprit qui doit paroistre dans les divers changemens des choses humaines, dans le flux et le reflux de la Cour. Ce n'est pas la constance qu'il faut tesmoigner parmi les legeretez et les bizarreries de la Fortune. Le Pilote tremblera-t'il et pâlira-t'il à la premiere vague qui s'eslevera; laissera-t'il tomber de ses mains le gouvernail? Quittera-t'il sa place, abandonnera-t'il le vaisseau à la tempeste si elle ne cesse pas sitost qu'il le veut?

Il peut arriver vne funeste nouvelle qui causera vn estonnement vniversel. On criera partout que tout est perdu: On viendra dire qu'Annibal est aux portes de la Ville; qu'vne Province s'est revoltée et qu'vne autre branle. En cette consternation publique, le Ministre s'iroit-il cacher au fond du Palais, pour pleurer les miseres de l'Estat et faire des vœux avec les Femmes? Au contraire, s'il me croit, il se fera voir dans les Places et aux autres lieux plus frequentez : Il se presentera par tout à la mauvaise Fortune: Et parce qu'il ne craindra point il meritera d'estre respecté. Vn Poëte a dit plus que moy : MERVITQVE TIMERI NON METVENS.

Ny l'audace des mauvais Subjets, ny la foiblesse des gens de bien, ny les murmures du Peuple ignorant, ny les discours qu'il entendra de sa chambre, de ceux qui parieront sa perte dans sa basse-cour, ne seront pas capables de troubler cette serenité de visage, qui derive, au dehors, de la paix, et de la tranquillité du dedans.

Il rasseurera par sa bonne Mine les Cœurs Effrayez. Il se tiendra droit sur les ruïnes qui fondront sous luy. Il ne desesperera point de la Republique : Mais considerant QV'ON SE TROMPE AVSSI BIEN DANS LE DESESPOIR QVE DANS L'ESPERANCE, ET QVE LES MALADIES DONT ON MEVRT ET CELLES DONT ON GVERIT ONT LE MESME COMMENCEMENT, apres avoir employé en celles-cy tous les remedes possibles, et n'avoir rien oublié des secrets de l'Art, il se jettera entre les bras de la Providence et recommandera à Dieu les affaires : Je tiens encore cecy du bon et sage Monsieur Conrart.

Il faut bien que cette asseurance parmi des Estonnez et ce calme dans l'orage procede de la forte constitution de l'Ame, qui n'est point subjette aux desordres qu'excitent les passions, et ne branle point, de quelque impetuosité que la Fortune la choque : Mais quoy que puissent dire les Barbares de la Cour, ou si vous aimez mieux les nommer, les Courtisans ennemis des Lettres, l'estude de la Sagesse n'est pas vn secours inutile à la Magnanimité et au Iugement.

La veritable, la bonne Philosophie, car il y en a vne fausse et vne mauvaise, nous rend la Mort familiere par vne frequente Meditation : Elle nous oste la peur et nous diminuä le mal : Elle nous apprend que les seules fautes que nous faisons sont les seuls malheurs qui nous arrivent, et que la consolation que reçoit vn homme qui ne perd point par son imprudence, mais par l'infidelité d'autruy, est preferable aux bons succez de celuy qui gaigne par son crime et non pas par sa vertu.

Le Ministre dont vous vous imaginez que j'ay fait le Portrait, mais que je le garde dans ma cassette, estant appellé au Gouvernement en ces temps fascheux, se doit appuyer sur ces principes : Il doit passer de la Philosophie des Paroles à celle des actions : Vn accident impreveü ne renversera point ses regles et ses maximes, parce qu'il n'y aura point

d'accident qu'il ne prevoye et qu'il ne sente venir de loin.
Il n'apprehendera ny le danger de sa personne ny la ruine
de sa fortune ; Il n'apprehendera que le blasme et la mauvaise reputation : Et quoy que la prudence soit vne vertu
principalement occupée à la conservation de celuy qui la
possede, la Prudence n'empeschera pas qu'il n'y ait plusieurs
biens qu'il estime davantage que la Vie.

Mais quand les choses s'adouciront et que le Temps sera
devenu moins mauvais, il ne s'endormira pas pour cela dans
la bonace ny ne se relaschera de sa premiere vigueur. Nostre
Sage ira au devant de tous les Desordres, non seulement
avec des yeux vifs et penetrans, mais aussi avec vn cœur
ferme et intrepide. S'il voit paroistre quelque signe de changement et le moindre presage de Guerre civile, il taschera
d'estouffer le Monstre avant qu'il soit né. On aura beau luy
representer les inconveniens qui le menacent en son particulier, s'il se veut opposer à la Faction naissante, il passera
sur toutes les considerations qui arrestent la pluspart des autres Sages, et songera seulement à faire son devoir sans se
soucier avec combien de peril il le fera.

Quand il y aura ou vn Fils ou vn Frere de Roy qu'on
voudra porter dans les broüilleries, il n'aigrira point ce Fils
ou ce Frere, mais il le flattera encore moins. Il donnera des
conseils au Pere ou au Frere aisné, qui ne seront ny timides
ny crüels. Et si on tasche d'esloigner de luy l'affection de
ces jeunes Princes, il aimera mieux les servir sans qu'ils luy
en sçachent gré que de leur plaire en les desservant : Il ne
regardera pas tant à ce qu'ils sembleront vouloir alors qu'à
ce qu'ils voudront à l'advenir, ny tant aux interests d'autruy
dans lesquels on les embarque, qu'à leurs vrais et naturels
interests, qui ne peuvent estre separez de ceux du Roy et de
la Couronne.

De cette sorte il entreprendra la Cause publique avec vne
probité courageuse, et ne tesmoignera pas de zele indiscret.

Sa force sera sans rudesse et sans aspreté : Sa fidelité pour
son Maistre sera sans haine pour le Frere ou pour le Fils de
son Maistre. Il apportera vne hardiesse respectueuse et pleine
de modestie en des occasions où les autres gasteroient tout
par leur violence ou par leur mollesse. En tout cas, comme
il a esté dit d'abord, il faut qu'il soit resolu au pis qui luy
sçauroit arriver. Que pour sauver l'Estat, il soit prodigue
de soy-mesme, cét Homme du Roy ; qu'il ne s'engage pas
simplement dans vne action hazardeuse, et dont l'evenement
puisse estre douteux ; mais qu'il se devouë à vne mort asseurée, si le service de son Maistre l'exige de luy.

C'est cette qualité si necessaire au Ministre d'*aimer la
Personne du Prince aussi bien que son Estat*. L'vne et l'autre passion doit également posseder son ame, et l'vne sans
l'autre est defectueuse. Nous allasmes plus avant ; et apres
avoir respondu à ce qui fut allegué de l'Histoire de d'Aubi-
gné, sur le subjet des Ducs de Ioyeuse et d'Espernon, je re-
vins ainsi à nostre matiere.

On a dit autrefois de deux Macedoniens « que l'vn aimoit
« Alexandre, et que l'autre aimoit le Roy. » Il n'est pas
bien de partager vne chose qui doit demeurer entiere. Pourquoy separer le Roy d'avec Alexandre, et mettre en pieces
ce pauvre Prince ? Cette division est violente et outrage la
Nature. C'est couper vn corps en deux. Les interests du Roy
sont inseparablement vnis à ceux de l'Estat. Et je vous advouë que je ne puis approuver la bassesse du Cardinal de Birague, qui disoit ordinairement : « Ie ne suis pas Chancelier
« de France, je suis Chancelier du Roy. » Il pouvoit adjouster : « Et de la Reyne sa Mere. » de laquelle il estoit Creature. Pour ne rien dire de pis, il me semble qu'il ne doit
point estre loüé de ce mauvais Mot.

Les bons Princes protestent eux-mesmes *qu'ils sont à autruy et qu'ils se doivent à la Republique*. A plus forte raison

luy doivent-ils les Magistrats et les autres Officiers. Ils n'ont
donc garde de donner et d'oster en mesme temps vne mesme
chose : Ils ont l'ame trop noble pour estre capables d'vne
si vilaine avarice. Se repentiroient-ils de leur liberalité?
Voudroient-ils reprendre en secret vn present qu'ils ont fait
solennellement à tout le monde? I'appelle ainsi l'administration de la Iustice, les bons Iuges et les bonnes Loix.

Sans doute cét Homme de Milan comptoit la France pour
rien : Il ne pouvoit pas luy mieux faire voir que par là qu'il
estoit Estranger et qu'elle luy estoit indifferente. Mais n'en
desplaise au Cardinal de Birague, le Ministre aimera tout
ensemble le Roy et l'Estat. Et s'il aime encore quelque autre chose, ses secondes affections se rangeront tousjours
sous la subjetion et sous les ordres de la premiere.

S'il se marie, il ne prendra point d'alliance qui soit suspecte à l'Estat et qui donne de jalousie au Prince. Mais c'est
trop que cela : Il renoncera à sa Patrie; Il rompra toutes les
chaisnes de la Nature; Il sacrifiera tout au bien de l'Estat, si
le bien de l'Estat le desire ainsi. Il fera voir que dans vne
Monarchie il peut y avoir vn jeune Brutus, qui prefere son devoir à ses Enfans, et les sçait perdre quand il est besoin pour
le service du Roy. Ce sera vn autre Marquis de Pisani, qui
dit vn jour sur le subjet de sa Fille vnique, de cette Fille qui
a esté depuis et qui est encore aujourd'huy la merveille de
son Siecle : « Si je sçavois qu'apres mort elle deust estre
« femme d'vn homme qui ne fust pas serviteur du Roy, je
« l'estranglerois tout à cette heure de mes propres mains. »

Mais si le Ministre n'est point marié, et s'il garde mesme
continence, ce sera vn avantage aux Affaires de son Maistre,
encore plus asseuré et subjet à moins d'inconveniens. Ce ne
sera pas peu que celuy qui doit perpetuellement agir, soit
du courage, soit de l'esprit, ne connoisse point les voluptez
defenduës qui ont abruti tant de Sages et mené tant de victorieux en triomphe : Mais la bonne chose qu'il n'ait pas

15.

mesme de legitimes passions. qui amusent pour le moins et
divertissent, si elles ne desbauchent et ne corrompent. Les
soins domestiques, qui vsurpent tant de temps sur les affaires, n'emporteront pas vne heure de ce Ministre. Il ne
pensera point à la durée de sa Famille; il n'aura de pensée
que pour l'eternité de l'Estat. Son affection, qui eust esté di-
visée entre vne Femme. des Fils et des Gendres, qui se fust
écoulée en d'autres suites et d'autres dependances du Mariage, et dont la moindre partie fust venuë à son Maistre.
sera vnie et ramassée en ce seul Objet. Son Ame estant vuide
des petits soins, se remplira de tous ceux du Public. etc.

Apres quoy il ne sera point en peine de chercher des Langues venales et des plumes mercenaires. Il sera bien mieux
loüé par la Voix publique que par celle des Particuliers. Ce
ne seront pas quelques Orateurs affamez et mendians, quelques Poëtes crottez et mal vestus, qui diront du bien de luy.
Ce seront des Provinces entieres, soulagées de Tailles et de
Subsistances : Ce seront de grandes et bonnes Villes conser-
vées dans leurs anciens Privileges. Les Benedictions, les Applaudissemens, le suivront partout. On l'appellera en mesme
temps le Port des Miserables et l'Escueil des Violens: la Consolation du Peuple et l'effroy des Estrangers, à cause qu'il
les mettra à la raison par sa prudence et ne les offensera pas
par sa vanité.

Ainsi les Ennemis de l'Estat admireront la Vertu dont ils
auront subjet de se plaindre. Et que ne donneroient-ils alors
pour vn Homme qui leur donnera tant de peine? De combien de leurs Millions voudroient-ils acheter nostre Ministre?
Quelles promesses. quels artifices n'employeroient-ils, s'i i
y avoit moyen, je ne dis pas de le desbaucher tout à fait
mais de l'adoucir le moins du monde? Il n'est rien qu'ils ne
fissent pour amollir la fermeté de ce cœur. et pour empescher cette bouche de dire la verité. Mais celuy qui croit posseder *la source des Perles et la racine de l'Or*, ce Roy qui so-

vante d'avoir le prix de toute chose en ses coffres, n'est pas
assez riche pour payer seulement le silence du Ministre que
je me figure.

Nostre Conference finit par vne Digression qui ne fut pas
desagreable à la Compagnie, et par deux Exemples qui sont
bien esloignez l'vn de l'autre, mais qui tous deux vous plû-
rent également. Il ne faut pas que j'oublie ce dernier point
de l'Advis de l'autre jour.

Vne Femme et des Enfans sont de puissans empeschemens
pour arrester vn Homme qui court à la Gloire. Quiconque
en a, a baillé des gages à la Fortune, et n'entreprend rien
qu'avec retenuë, de peur de perdre ce qu'il a baillé. La
triste representation du deuil de sa Veufve et du bas âge de
ses Enfans luy passe continüellement devant les yeux; Elle
entre en toutes ses deliberations. Et quand son esprit s'eschappe par vn mouvement genereux, cette seconde pensée
vient incontinent, qui le remet dans le train ordinaire des
ames communes. Il ne marche à la Campagne que selon
qu'on luy fait signe de la Cour : Il leve le siege de devant
vne Place qui n'en peut plus, pour obeïr aux ordres secrets
qu'il a receûs de sa Femme. Dans les plus honorables occasions, il regrette la fumée d'Ithaque; il souspire l'absence de
Penelope : Il prefere les rides d'vne Vieille qui l'attend au
logis à l'Immortalité qu'on luy promet s'il veut demeurer à
l'Armée.

Cét Homme qui s'est marié est devenu vn autre dans le
mariage. Auparavant il croyoit que c'estoit pieté de se hazarder pour la Patrie; et il croit à cette heure que c'est cruauté
de ne se pas conserver pour sa Maison. Il ne songe plus à la
Vertu parce qu'il ne la peut pas laisser par son Testament :
Il ne se soucie que des Richesses et des Charges qui peuvent
passer de luy aux Siens, pour lesquels il a des desirs si dereglez et vne ambition si aveugle, qu'il ne connoist plus ny Dieu

ny Roy, et ne s'arreste ny aux Autels ny aux Throsnes, quand
il s'agit de leur interest.

Si Stilicon n'eust point esté marié, sa fin auroit esté aussi
heureuse que la premiere partie de sa vie avoit esté esclatante. L'Empereur Theodose, à qui il avoit rendu de tres-
vtiles et de tres-signalez services, le jugea digne de son Alliance et luy donna en mariage sa niepce Serene, qui estoit
sa Fille par adoption. Il receût depuis vne seconde marque
de Grandeur, et eut l'honneur d'estre Beau-pere de l'Empereur Honorius. Mais il luy sembla peu que sa Fille fust
Imperatrice si son Fils estoit cependant Subjet de sa Sœur,
et demeuroit personne privée. Le malheur voulut qu'il eust
ce Fils et qu'il aimast ce Fils plus que son devoir. Eucherius fut cause que Stilicon mourut Criminel de Leze Majesté
et Ennemy de l'Estat, quoy qu'auparavant il eust esté Tuteur
du Prince et Protecteur de l'Estat, quoy qu'il eust defendu l'vn
et l'autre contre les trahisons de Ruffin et les entreprises des
Barbares.

Le Prince d'Orange Maurice n'estoit pas vn homme commun, et ses actions meritent bien d'estre regardées. Particulierement il est à considerer (ces reflexions sont d'vn Academicien d'Italie) qu'encore qu'il fist profession d'vne Secte,
qui ne permet pas seulement le mariage, mais qui l'ordonne
et qui le commande, il n'a jamais neantmoins voulu se marier. Soit qu'il ait crû qu'il ne feroit pas des Enfans qui luy
ressemblassent, soit qu'il ait apprehendé que, s'il en avoit,
la consideration de leur fortune le pourroit porter à entreprendre quelque chose au prejudice de la Liberté publique,
soit qu'il n'ait pas voulu partager son affection, qu'il pensoit
devoir tout entiere à sa Patrie.

Voilà à peu prés mon Advis de l'autre jour. Puis que vous
n'avez pas trouvé bon qu'il se perdist en l'air avec le son

des paroles, et que Monsieur nostre Gouverneur ne sera pas
fasché de le voir sur le papier, vous m'obligerez de le luy
porter, et de luy en faire de ma part vn petit present. Si
j'estois en estat de sortir, je vous soulagerois de cette peine
et vous espargnerois vne harangue. Mais je sçay que les peines que vous prenez pour moy vous sont douces et que les
harangues ne vous coustent gueres.

Ce n'est pas d'aujourd'huy, mon cher Monsieur, que je
m'explique mieux par vostre bouche que par la mienne.
Vous avez esté plus d'vne fois mon Ambassadeur (je me
sers de vos termes) soit auprés de Monsieur le Mareschal d'Ef-
fiat, soit auprés de Monsieur le comte d'Avaux : Vous vous
estes fait escouter chez ces bons Seigneurs et m'y avez fait
valoir d'vne estrange sorte. Passons plus avant dans nostre
Histoire. De ma confidence vous estes entré en celle de Monsieur l'Archevesque de Thoulouze et de Monsieur l'Evesque
de Lisieux. Vous leur promettiez de mes Lettres pour m'o-
bliger de leur en escrire, et ils ont esté au devant de vous
quand ils ont sceû que vous en aviez à leur donner. Avant
qu'il se parlast de Iansenius et des Iansenistes, Monsieur
l'Abbé de Saint-Cyran vous appelloit *mon Aurore*; Il vous
recevoit à bras ouverts, et vous avez esté tousjours bien
traité des autres Illustres de nostre Siecle. Celuy-cy, à mon
advis, ne vous traitera pas moins favorablement que ceux-
là. Il a besoin de se divertir, et vous viendrez pour cela
tout à propos. Apres tant de fascheuses affaires et tant de tristes objets dont nostre Province a esté remplie depuis quelque temps, il pourra se delasser l'esprit et se resjoüir les
yeux sur les Crayons que vous luy mettrez entre les mains.

Pour le PORTRAIT que vous luy avez promis, c'est vne autre chose. Il n'a garde d'estre dans ma cassette, comme vous
vous imaginez. Il est encore dans l'Idée du Peintre, et par
consequent il seroit difficile que vous pussiez vous acquitter
de vostre promesse. Pareilles pieces demandent du loisir et

de la méditation. Vn vieux Artisan comme moy a quelque honneur à perdre, et doit avoir soin de conserver la bonne opinion qu'on a de luy : Il doit respecter le jugement du Public et n'abuser pas des faveurs qu'il en a receuës. Ie ne veux plus peindre, mais je veux encore moins barboüiller.

FIN D'ARISTIPPE.

NOTES SUR L'ARISTIPPE.

Page 139.

« A la Serenissime Reyne de Suede. »

Christine, née le 8 décembre 1626, succède à son père Gustave-Adolphe en 1633; abdique en 1654 devant les états rassemblés à Upsal: abjure le protestantisme à Inspruck, dans la cathédrale de cette ville; meurt à Rome le 19 avril 1689. Après la confirmation qui lui fut donnée par le pape Alexandre VII, elle avait ajouté à son nom celui d'*Alessandra*.

Page 174.

« A Misithée, le Pere des Princes. »

Misithée, beau-père de Gordien III, préfet du prétoire pendant le règne de ce jeune prince; vainqueur des Perses; il mourut en 243 : « *Quantum plerique dicunt*, dit Julius Capitolinus, *artibus Philippi* (Philippe l'Arabe) *qui post eum præfectus prætorii est factus; ut alii, morbo exstinctus est.* » Voici l'inscription telle qu'elle est rapportée par le même historien :

MISITHEO EMINENTI VIRO, PARENTI PRINCIPVM, PRÆTORII PRÆFECTO ET TOTIVS VRBIS, TVTORI REIP. S. P. Q. R. VICEM REDDIDIT. (*Hist. Aug. Script.*, Cl. Salmas., rec. emend., I. Casaub. *Parisiis.* 1620, in-fol., p. 162.)

Page 185.

« ... L'interest des Muses, dont le destin est d'estre pauvres et mal traitées, sous toutes sortes de Regnes et par toutes sortes de Ministres... »

Balzac n'était pas content du cardinal Mazarin. Il avait désiré que sa pension de deux mille livres sur l'épargne, dont il était mal payé, fût placée sur quelque bénéfice, et il ne l'obtint pas.

Il avait encore cherché à intéresser le ministre en faveur de madame de Campagnol, sa sœur, que le siége de Montauban avait rendue veuve, et que la journée de Lens avait privée de son fils. « Vieillie dans les peines et dans les disgraces, elle n'estoit occupée, écrivait-il à Mazarin, qu'à refaire des bresches et à travailler des ruïnes. » Ses sollicitations furent vaines : rien ne put vaincre l'indifférence du cardinal.

Il n'avait pas accueilli de meilleure grâce l'offre de la dédicace de l'*Aristippe*. On lit à ce sujet, dans l'*Histoire de l'Académie*, t. Iᵉʳ, p. 155, des fragments assez curieux de la correspondance inédite de Balzac avec Chapelain (21 janvier 1644) : « Ie vous supplie de sçavoir en quelle disposition est pour moy le cardinal Mazarin. S'il est galant homme, et qu'il me veüille obliger, j'ay de quoy n'estre pas ingrat. Ie luy adresserois mon *Aristippe*, c'est-à-dire tout ce que vous avez veû des Ministres et des Favoris. Mais je ne veux point faire d'avances sans estre asseuré du succez de ma devotion. Si vous trouviez quelque sarbacane propre pour luy faire porter de ma part le desir que j'ay de le servir, peut-estre qu'avec toute sa haute faveur, *il ne rejetteroit pas la bonne volonté d'vn artisan, qui peut aussi bien que Michel-Ange, mettre en Enfer ou en Paradis vn Cardinal.* »

Apparemment, dit l'historien de l'Académie, Chapelain voulut employer Voiture pour sonder les intentions du cardinal, et Voiture prit les choses trop littéralement, à en juger par cette autre lettre de Balzac à Chapelain, du 22 février 1644 : « Ie reçoy vn billet du cher M. de Voiture, où c'est avec plaisir qu'*agnosco veteris vestigia flammæ*. Mais, je vous prie, faites-moy souvenir des paroles de mes lettres. Ay-je voulu faire vn si sale marché que celuy qu'il me reproche? Sçavoir d'vn homme s'il a agreable qu'on parle de luy, est-ce luy dire en langage suisse : *Point d'argent, point de loüanges?* L'Empereur Auguste, qui estoit bien aussi grand seigneur et d'aussi bonne maison que M. le Cardinal Mazarin, escrivoit neantmoins en ces termes à vn de nos amis : « *Irasci me tibi scito, quod non in plerisque ejusmodi scriptis mecum potissimum loquaris. An vereris ne apud posteros infame tibi sit quod videaris familiaris nobis esse?* » Ce sera donc à Auguste, Monsieur, à qui j'adresseray mon *Aristippe*, ou à quelque autre homme de ce Siecle-là, puis que les gens de celuy-cy se tiennent si roides sur le point d'honneur. »

Ces dispositions de l'auteur durent modifier beaucoup l'intention première de cet ouvrage, entrepris d'abord, comme suite du *Prince*, pour le cardinal de Richelieu, destiné ensuite au cardinal Mazarin, enfin dédié à la reine Christine.

Page 187.

« Ie tiens ce mot du bon-homme Alexandre Picolomini... »

Alexandre Piccolomini, de la même famille que le pape Pie II, né à Sienne le 13 juin 1508, versé dans la plupart des connaissances humaines, théologie, jurisprudence, philosophie, médecine, mathématiques, etc., se livra d'abord à la poésie, puis à des compositions morales. Il fut nommé par Grégoire XIII, en 1574, archevêque de Patras et coadjuteur de Sienne. Mais il mourut avant le titulaire, le 12 mars 1578. L'historien de Thou rapporte, comme témoin, l'entrevue de Paul de Foix, ambassadeur de Charles IX à Rome, passant à Sienne en 1573, et de ce savant vieillard, qu'ils trouvèrent seul, un jour de fête, au lit, occupé à revoir ses travaux sur Aristote.

Page 256.

« I'ay leû autrefois... vne Lettre de Iean Mathieu Giberti... »

Jean Mathieu Giberti, né à Palerme en 1495, fils naturel de Franco Giberti, noble Génois, général des galères du pape. Après de fortes études qui embrassaient la théologie, la jurisprudence et les mathématiques, il entra dans la vie ecclésiastique, et devint le secrétaire du cardinal Jules de Médicis, qui, ayant été élu pape sous le nom de Clément VII, le nomma dataire apostolique, et lui confia la direction des affaires. A la prise de Rome par le connétable de Bourbon, il demeura comme ôtage pour sûreté de la rançon du pape. Évêque de Vérone, en 1524, puis de nouveau dataire apostolique sous le pape Paul III, il fut du nombre des prélats chargés de rédiger les propositions qui devaient être soumises au Concile de Trente. Rentré dans son diocèse, où il avait montré précédemment beaucoup de lumières, de zèle et de sainteté, il établit dans son palais épiscopal une imprimerie pour la publication des ouvrages des Pères grecs, et confia à plusieurs savants pensionnés par lui la correction des textes. Sentant sa fin approcher, il institua, par testament, les pauvres ses héritiers pour la plus grande partie de ses biens. Il mourut à Vérone le 15 décembre 1543, et fut inhumé dans la cathédrale de cette ville

ENTRETIENS

(1657 — IN-4°)

ENTRETIEN PREMIER.

PREFACE

DE

L'HISTOIRE DV MOIS PROCHAIN

OV

LES PLAISIRS DE LA VIE RETIRÉE.

AV REVEREND PERE DOM ANDRÉ DE SAINCT-DENIS,
Theologien de la Congregation des R. P. Feüillans.

Il me fait trop d'honneur, l'excellent Homme, et tout ensemble le grand Seigneur dont vous me parlez, de mettre
mon voisinage au nombre de ses souhaits, et de desirer que
Balzac fust plus proche d'Orleans. Si cela estoit, j'y gaigne-

rois beaucoup : Ie tirerois de la societé que vous me propo
sez de sa part non seulement des advis et des exemples
mais aussi de la force et du courage. Au lieu où je suis. mo
Reverend Pere, je suis reduit à me nourrir de mon propr
suc. Ie n'ay de communication qu'avec nos amis de l'Anti
quité. Il est vray qu'ils sont de tres-bonne compagnie; Mai
ils sont tousjours les mesmes, et ne disent cette année qu
ce qu'ils disoient l'année passée. Pour animer mes estudes
il me faudroit vne Bibliotheque qui fust animée, et la con
versation me manque icy comme le loisir me manque ail
leurs.

Ie pense l'avoir autrefois escrit, et il n'y aura point d
mal aujourd'huy de le copier. La solitude est certainemen
vne belle chose ; Mais il y a plaisir d'avoir quelqu'vn qu
sçache respondre, à qui on puisse dire de temps en temp
que c'est vne belle chose.

Iustifions, mon Reverend Pere, ce qui nous oblige à aimer si fort cette belle chose, et disons à ceux qui nous reprochent notre loisir que l'assoupissement de la Paresse n'a
rien de commun avec les delices de l'Oisiveté. Celle-cy re-
veille, aiguise, purifie les sens; Celle-là les endort. les es-
mousse et les espaissit. L'vne nous laisse nostre liberté; Nous
sommes en la puissance de l'autre : On est possedé de la
Paresse et on joüit de l'Oisiveté : L'esprit en fait des festins;
C'est l'image de la vie du Ciel. et il n'y a point de plus
douce viande sur la Terre : Mais cela s'entend quand Scipion
et Lælius, quand Ciceron et Varron, quand Tacite et Pline
la goustent ensemble. On a beau chanter des Vers aux fo-
rests et aux rochers, les Dialogues des Solitaires avec l'Echo
sont des entretiens tres-imparfaits. et quelque rares que
soient les choses dont ils luy font le recit, ils n'apprennent
rien de nouveau des responses qu'il leur fait.

Vous vous doutez bien du dessein de ma Preface : Vous
voyez où j'en veux venir; Mon esprit vous cherche, mon Re-

verend Pere; Ma Solitude a besoin de vous. Ne me sentant
pas digne des avantages que m'offre l'excellent Homme, et
tout ensemble le grand Seigneur dont vous me parlez, je
n'ay garde de les accepter. C'est assez qu'il die du bien de
moy : Ce seroit trop s'il m'en faisoit; et les biens qui sont en
sa puissance n'estant plus à mon vsage, j'attends de vous
seul ceux que je desire. En verité, en conscience, ou, si j'o-
sois m'exprimer plus affirmativement en termes de nostre
Ciceron, PER DEVM IMMORTALEM, le voyage de Sainct Mesmin
est la plus douce de mes esperances. le souspire apres la
possession de cét appartement sur la Riviere, dont vous m'a-
vez envoyé le plan, et que vous bastissez pour me loger.

Mais entendons-nous bien, je vous en supplie. le vous
advertis que tant que je seray entre la Loire et le Loiret, je
pretends d'y estre INCOGNITO. le ne m'appelleray, s'il vous
plaist, en ce pays-là, ny Balzac, ny Narcisse, ny Aminte. le
ne prendray ny ne recevray aucun autre nom de guerre qui
puisse me descouvrir. Mon dessein n'est pas de donner reputation à ma Retraite : Ce seroit vouloir estre obscur avec esclat. le ne me cache point afin qu'on me cherche. Il faut
qu'estant auprés de vous je sois vn Secret entre vous et moy
et vn Enigme pour tous les autres. Souvenez-vous de cét Article de nostre Traité, car il est essentiel. le renonce de bon
cœur à la reputation que donne le Monde pour joüir du
repos que le Monde trouble.

        Oblitus vivorum, obliviscentius et illis.

Cela veut dire en langue vulgaire qu'estant de ceux qui sont
morts au Monde, je veux estre mort tout de bon. et que les
Visites et les Lettres, les Courriers et les Nouvelles. ne me
viennent point resusciter.

Monsieur l'Ambassadeur Iustinian vous a parlé autrefois

de ce Chasteau enchanté où le Poëte Bernia et le Cuisinier Maistre Pierre se tenoient si bonne compagnie. Il vous a entretenu de leurs exercices et de leurs occupations : Il n'a pas oublié la description de cét admirable Lict, qui avoit six toises de diametre, et dans lequel le Poëte nageoit comme en pleine Mer.

Ce Chasteau fut vn jour regardé avec envie par le plus grand Courtisan de France, et il nous avoit esté descouvert à luy et à moy par Monsieur le Marquis de Frangipane. Là dedans, comme vous sçavez, le Calendrier n'estoit point receû : On ne connoissoit ny les Iours ouvriers ny les Festes : Il n'y avoit ny commencement ni fin de Semaine. On n'entendoit ny Cloche ny Horloge; Les Valets avoient ordre expres de ne porter jamais ny de bonnes ny de mauvaises nouvelles.

> Non si osservava di ne Calendario ;
> Mai non entrava Settimana o vsciva ;
> Quivi hore ne campane non s'vdiva ;
> Haveau i Servidor commissione
> Nuove non portar mai triste ne buone.

Pour les Cloches. il ne seroit pas aisé de leur imposer silence. puisque leur bruit a son usage dans l'Eglise et qu'il fait partie du culte exterieur de la Religion. Outre qu'à vous dire le vray, je ne m'accommode pas mal avec elles. Car quand tous les hommes dorment, et qu'il n'y a que moy et les astres qui veillons, elles me tiennent quelque sorte de compagnie, aussi bien que ma lampe et mon porte-feüille. Laissons donc sonner vos Cloches tant qu'il leur plaira, et ne dégradons point vostre Clocher par vn changement qui seroit remarqué, et qui pourroit estre suspect d'heresie.

Veritablement si vous me voulez faire plaisir, vous ferez donner le ban à tout ce qui s'appelle Relation. Gazette, l'Ordinaire, l'Extraordinaire, etc. I'estime extrêmement Mon-

sieur Renaudot, et j'ay fait son Eloge il y a long-temps. Mais
puis que Platon a chassé Homere de sa Republique apres l'a-
voir couronné de fleurs et arrosé de parfums, Monsieur Renaudot ne doit pas trouver mauvais, si pour des considerations qui sont favorables à nostre repos, et qui ne sont point
desavantageuses à son eloquence, nous luy fermons nostre
porte avec toute sorte de civilité : Ie veux dire apres avoir
dit de luy, qu'il est le plus eloquent Historien de tous les
Modernes, que la France luy est en partie obligée de sa
grande reputation; Que si elle l'avoit perdu, elle auroit bien
de la peine à trouver vn homme pour remplir sa place.

A nostre premiere veuë, qui sera, Dieu aidant, au mois
prochain, il faudra s'appliquer sur le Chapitre des Nov-
velles. Cependant, mon Reverend Pere, pour le plan de
l'appartement que vous m'avez envoyé, je fais estat de vous
porter vne description de la Retraite de l'Empereur Charles :
Et je fais en cecy comme le bonhomme Malherbe, quand il
se mettoit immediatement apres les Rois, et qu'il disoit :
Priam a receû de la consolation; François premier n'a pas
voulu mourir de regret, ny moy aussi.

Cette Description m'est venuë de Rome depuis peu de
jours : Elle n'est point inferieure par la dignité du stile aux
plus esclatans endroits de l'Histoire du Pere Strada : Et que
vous semble d'vn Escrivain qui commence ainsi ses Escritures : Lorsqve Charles, ennvyé dv monde, voulvt movrir
sovs l'empire de son frere et sovs le regne de son fils? La
piece est peinte de mille couleurs : Elle est Historique, Oratoire, Poëtique, et que n'est-elle point? Mais ce sera vous
qui me direz ce que j'en dois croire, et particulierement de
cét endroit, que je ne pus pas m'empescher de traduire la
seconde fois que je le leûs.

« La belle Piece qu'vne renonciation à l'Empire, faite en
« bonne forme et de bonne foy! De ce lieu si eslevé, les
« cheutes ont esté frequentes et les descentes ont esté rares.

« Combien de Nerons, de Domitiens et de Commodes pour
« vn Diocletien? Encore ne peut-on pas dire que la demission
« de celuy-cy ait esté de mesme merite que celle de Charles,
« dont la vie sans reproche et sans tache ne luy pouvoit laisser
« de remors. Mais que cette vie qui a fait tant de bruit n'en
« fasse plus. Reverons son repos et cessons d'admirer ses ac-
« tions. Considerez-le des yeux de l'esprit dans le Monastere
« de Sainct-Iust, des Peres Hieronymites. Voyez comme ce
« grand cœur change d'ambition, comme son courage prend
« vne autre route et se tourne du costé du Ciel. La vanité,
« la violence, le desordre, le Monde en un mot, ne vient pas
« jusques icy. Tout est paisible dans son ame, et toutes les
« passions obeïssent. Voyez comme il se desarme le visage
« de la mine qui faisoit peur aux Barbares d'Afrique et
« aux Protestans d'Allemagne. Il se laisse adoucir l'esprit
« aux discours de la Raison : Il escoute la Philosophie, à
« laquelle il n'avoit pas pû donner vne heure d'audience
« durant quarante ans qu'il avoit regné.

« Cette fidele conseillere represente à l'Empereur que sa
« retraite le tire du nombre des autres hommes, qu'elle as-
« seure ses victoires et qu'elle consacre sa vertu ; que vou-
« loir entreprendre de nouveaux desseins, c'est vouloir pro-
« longer sur soy le pouvoir de la Fortune. Elle adjouste que
« la meditation a esté appellée l'affaire des Dieux et de ceux
« qui les imitent, que tous les emplois de la Republique ne
« valent pas vn moment de l'oisiveté du Sage.

« Iamais les choses du Monde n'eurent vn plus grand
« spectateur qui les regardast sans y toucher, et qui fust as-
« sis et en repos tandis que les autres couroient et se don-
« noient de l'inquietude. Ses travaux estant finis, voyant
« l'Envie et le Malheur à ses pieds, tous les jours qui luy
« restoient n'estoient plus que des jours de Triomphe, et ce
« Triomphe n'estoit pas moins beau, pour n'avoir de tes-
« moins que le Ciel et sa Conscience. C'estoit le Couronne-

« ment et la Feste de sa laborieuse vertu; et cette vieillesse
« avancée, que la Grandeur ne quitta pas mesme dans la
« Cellule, n'estoit pas tant la derniere partie de son âge que
« la derniere perfection de sa gloire.

   « Toutefois, comme il n'est rien de si net que la medi-
« sance ne salisse, ny de si bon qu'elle n'interprete mal,
« quelques-vns ont voulu dire que ce Prince s'estoit repenty
« de sa retraite, et en avoit conceû vn chagrin qui luy avoit
« mesme touché l'esprit. Pour preuve de quoy ils debitent
« cette Fable : Ils disent qu'il avoit cinq cens escus dans vne
« bourse de velours noir, de laquelle il ne se dessaisissoit
« jamais, jusqu'à la faire coucher avec luy toutes les nuicts.
« Si on veut les croire, il baisoit, il caressoit, il idolastroit
« cette bourse. Et apres avoir mesprisé les richesses de l'vn
« et de l'autre Monde, les perles et les diamans de tant de
« Couronnes qu'il avoit portées, il estoit devenu avare pour
« cinq cens escus! Vn Subjet naturel du Roy d'Espagne me
« fit autrefois ce conte; mais je m'en mocquay et le mis au
« nombre des Histoires apocryphes. Il y a bien plus d'appa-
« rence que si l'Empereur s'est repenty de quelque chose
« dans sa solitude, ç'a esté de ne s'estre pas plus tost retiré
« du Monde, ou, comme en parle vn Autheur de delà les
« Monts, de n'avoir pas plus tost coupé jeu à la Fortune.
« Car par là, dit-il, il attrapa la Fortune, quoy qu'elle soit si
« forte et qu'elle sçache si bien piper. »

   Le Theologien que la Politique a corrompu, et qui estime
plus vne ordonnance de Comptant que toute la Somme de
sainct Thomas, se mocquera sans doute des remontrances que
fait la Philosophie à l'Empereur Charles : Non pas vous, mon
Reverend Pere, qui n'estes pas gasté de la Cour, qui sçavez
le veritable prix des choses, qui regardez avec pitié ces
grands Malheureux à qui tant de gens portent envie. Vostre
Jardinier, vostre Portier, le moindre de vos Freres lais, a

bien de plus douces pensées qu'eux et passe de bien meil
leures heures. On ne laisse pas pourtant de souhaiter ce
belles miseres, et la felicité de la Retraite est vn bien connu
de peu de personnes.

Vous m'escrivez là dessus d'admirables choses. Nostre
amy de Poitou diroit que le Dieu Mercure ou que la Deesse
Pytho vous les a dictées. Pour moy, je diray seulement que
si vos Discours sont plus eloquens que les miens, mes paro
les ne viennent pas moins du cœur que les vostres. Ie suis
persuadé de tous les dogmes de vostre doctrine : l'ay l'ame
pleine de vos maximes. Et par consequent vous devez croire
que je ne declame point, quand je presche apres vous le
mespris du monde, la vanité des choses humaines. l'excellent texte de CACHE TA VIE.

Quand j'ay du Peuple et des Auditeurs, je crie de toute
ma force : Sortons des Villes; Allons habiter la Campagne,
non seulement pour l'establissement de nostre repos, mais
aussi pour l'asseurance de nostre salut. Cherchons Iesus-
Christ où il se trouve plus facilement selon l'adresse que
luy-mesme nous en a donnée. Il n'a pas dit qu'il estoit L'OR
DES PALAIS ET LA POVRPRE DE LA COVR; Il a dit qu'il estoit LA
FLEVR DES CHAMPS ET LE LYS DES VALLÉES.

Bien-heureux sont ceux qui cueillent cette divine fleur
dans les champs de Sainct Mesmin, qui en font des bouquets
et des guirlandes. qui se couronnent de Iesus-Christ, que
les Litanies de son nom nomment LA COVRONNE DE TOVS LES
SAINCTS. Ie voudrois bien estre de ceux-là, et travailler à la
fin, apres tant de paroles et tant d'escritures, A LA SEVLE
CHOSE NECESSAIRE. Aidez-moy, mon Reverend Pere, à faire ce
que je veux, ou plustost obtenir de Dieu pour moy la grace
de le bien vouloir et de le bien faire. Il ne faut pas qu'on
reproche vn jour à ma memoire que j'ay mal profité de vos
bons exemples, que j'ay quitté mon village, que j'ay couru,
que j'ay voyagé. pour changer de place et non pas de vie.

Que seroit-ce, si on disoit que je n'ay esté que Passe-volant dans les troupes de Sainct Bernard, et qu'ayant fuy ce qui me rebutoit à la Cour, sans avoir suivy ce qui me devoit arriver au Desert, j'ay plustost esté Rebelle du Monde que Citoyen de la Religion? Dieu me garde, mon Reverend Pere, de meriter ce mauvais Eloge dans la Chronique de Sainct Mesmin.

ENTRETIEN II.

MEMOIRES

POUR

L'HISTOIRE DE BALZAC.

A MONSIEVR ****.

Sans avoir esté à la guerre, ny m'estre battu en düel, j'ay versé vne bonne partie de mon sang. Et pour vous donner advis de cette estrange nouvelle en la langue de nos Muses,

Purpuream licet ore animam fluctusque cruentos
Fuderit ille tuus, vivit **** sodalis,
Et mortem ipse suam scribit tibi.

Mon lict a esté mon Amphitheatre, et le premier spectacle n'a point eu de spectateurs : Il s'est passé sans bruit et sans violence la nuict du dix-huictiesme de Mars. Le Valet qui couche dans ma chambre m'asseura le lendemain que je ne fus jamais en plus grand peril : Mais je vous puis asseurer que je ne sentis jamais moins de mal. Ie puis mesme vous dire qu'en cét estat-là il me souvient, avec quelque sorte de plaisir, de cette AME DE POVRPRE de Virgile, que je viens d'employer dans les Vers que vous venez de lire. Il me souvient encore de LA MORT DE POVRPRE, que vous avez veuë dans les Vers d'Homere, et qui fut alleguée par Iulien l'Empereur quand il fut associé à l'Empire par Constance son Cousin.

Ἔλλαβε πορφύρεος θανατός καὶ μοίρα κραταίη.

Les morts sanglantes de Seneque et de Lucain me repasserent par la memoire, et je dis en mon cœur. car ma bouche n'estoit plus que le canal de mon sang :

Sanguis erant lachrymæ : Quæcumque foramina novit
Humor; ab his largus manat cruor : Ora redundant
Et patulæ nares, sudor rubet, omnia plenis
Membra fluunt venis, totum est pro vulnere corpus.

Le second spectacle a esté terrible : Toute ma petite famille en a esté effrayée : Parens et Amis. Medecins et Confesseurs y sont accourus, et à ne vous rien desguiser, je ne pensois pas en revenir. Dieu, par sa grace. Monsieur, arresta tout d'vn coup le débordement, et ne voulut pas vous faire perdre pour cette fois l'homme du monde qui vous estime et qui vous aime le plus.

Ie n'oserois pas dire neantmoins, comme auparavant, que je vous aime de toute mon ame, puis que j'en ay perdu plus de la moitié : Mais, pour parler regulierement. je dis que

je vous aime de toute ma force. Et si vous voulez voir quelle
est cette force sur le subjet mesme de ma foiblesse, voicy
quatre lettres que j'ay escrites depuis ce grand accident,
c'est-à-dire depuis que les Medecins me defendent l'ancre
et le papier avec autant de rigueur que le poivre et le vi-
naigre. Ce sont pieces que vous pourrez communiquer aux
beaux Esprits du lieu où vous estes, et qui vous pourront
aussi servir de memoires pour escrire l'HISTOIRE DE BALZAC.
Souvenez-vous, Monsieur, que vous nous l'avez promise du
stile de vos billets.

A MONSIEUR LE COMTE DE PALLVAV,

Lieutenant General de l'Armée du Roy en Guyenne.

MONSIEUR,

Si je n'estois que foible, j'aurois assez de courage pour
soustenir ma foiblesse, et j'essayerois de vous aller faire ma
cour. Mais en l'estat où je suis, je suis toujours proche du
peril, et vous estes trop bon pour rien exiger d'vn homme
qui ne peut rien donner qu'en hazardant tout ce qu'il a.
C'est à mon advis ce qui excita vostre pitié, et qui fut cause
de l'honneur que je receûs. Quand les Curieux arrivent en
quelque lieu, ils courent apres les choses rares pour contenter leur desir d'apprendre : Mais les gens de bon exemple
visitent les prisons ou les hospitaux, pour exercer des actes

16.

de charité; Le mal d'autruy leur est vne occasion de bien faire. Vous estes sans doute de ces gens-là, et cela estant, je ne dois point faire le vain de la faveur que vous m'avez faite. Ie veux croire que ce n'est ny estime ny amour qui vous a donné envie de me voir, mais que c'est pure compassion : Et comme cette tendresse m'oblige, elle ne me glorifie pas, puis que par les principes de la Morale Chrestienne, si j'estois encore plus miserable, je serois encore plus favorisé. On ne sçauroit justifier que par là le dessein de vostre visite, et la peine que vous avez prise de venir icy : Car, à vous dire le vray, il y a grande apparence que vous n'y trouvastes pas ce que vous cherchiez. Quelques-vns ont dit que j'ay valu quelque chose; Mais il faut dire maintenant CELA FVT IADIS, et me mettre au nombre des choses passées. Il faut demander de mes nouvelles à l'année mil six cens vingt-trois et mil six cens vingt-quatre. Si Monsieur le Mareschal de Grammont, à qui je n'ay pas desplû autrefois, ne fait vn effort de memoire pour se souvenir de ce temps-là, et du premier goust de son enfance, je ne puis alleguer que des tesmoignages qui ne se peuvent verifier : Ie ne sçaurois conserver ma reputation si je ne ressuscite les gens de la vieille Cour, qui seroient obligez de me defendre en defendant leur jugement. Voilà à quels termes la vieillesse me reduit; Et advoüez-moy que vous auriez esté bien puni de vostre mauvaise curiosité si vous n'aviez esté plus charitable que curieux. Quelque intention que vous ayez euë, sans l'expliquer plus particulierement, je vous ay beaucoup d'obligation, et suis aussi avec beaucoup de reconnoissance,

MONSIEVR,

Vostre etc.

Ce 5 juillet 1650.

AV MESME.

MONSIEVR.

Ie croy n'en avoir pas assez dit. Puis que vostre laquay
est encore icy, il faut que je vous fasse vne autre lettre pour
achever de vous faire mon Eloge, et que je reprenne la matiere où je la laissay hier au soir. Que les hommes perdent
en acquerant de l'experience! Le Temps est le larron de ses
propres biens : Il oste tout ce qu'il a donné : Il gaste les choses apres les avoir meuries. Ne vous imaginez pas qu'il n'y
ait que vostre Mars et que vostre Guerre qui sçachent faire
des dégats et des ruïnes. Nos Muses et nos exercices paisibles en font bien autant. Cinquante ans de poltronnerie
viennent à bout de l'homme du monde le moins hazardeux.
Pour moy, j'avois tousjours fuy le peril : Mais il m'est venu
attaquer jusques dans l'asyle du repos et entre les bras de
la Paresse : C'est vne Deesse, comme vous sçavez, à qui les
Poëtes Italiens composent des Hymnes. Ie suis aussi deschiré
que si je m'estois trouvé en toutes les batailles que j'ay leuës.
Ie ne suis plus qu'vne piece de moy-mesme, plus que le
quart ou le demy-quart de ce que j'ay esté. Pour le moins,
je ne puis plus estre que tesmoin des belles conversations.
Vous l'avez veû à mon deshonneur. Quoy que je ne dorme
presque jamais, je suis presque toujours assoupy. Les paroles me tombent mortes de la bouche : l'ay l'oreille dure et
l'intelligence encore plus. Bien loin de dire de bons mots,

il y a de la peine à me faire comprendre ceux qu'on me dit :
Il faut me les redire et me les interpreter plusieurs fois. Et
pensez-vous qu'il soit si aisé de penetrer trois grosses calot-
tes l'vne sur l'autre, au travers desquelles il est necessaire
de passer pour venir jusqu'à ma teste? Ce qui me reste de
bon dans mes maux, c'est que je ne suis point malade de
vanité, et que j'ay assez de jugement pour connoistre que
je n'ay plus d'esprit. Il me sembla, Monsieur, que vous en
aviez beaucoup, et je descouvris vn fonds tres-heureux, durant ce petit intervalle de lumiere qui me vint de la reflexion
de la vostre. Vous me dites je ne sçay quoy de si bien pensé,
que mon assoupissement en fut esmeû jusqu'à m'escrier :
O la jolie chose que vous dites ! Ie vis qu'outre les vertus
fortes vous aviez encore les delicates, et que vostre poudre à
canon estoit parfumée de la plus fine galanterie du Cabinet.
I'en ay parlé de l'abondance du cœur à Monsieur l'Evesque
d'Angoulesme : Il m'a montré des lettres que vous luy avez
escrites, où vous me traitez si bien et si obligeamment. Il
est tesmoin du ressentiment que j'ay de tant de faveurs, et
il me promet d'estre ma caution si vous en avez besoin pour
estre asseuré que je suis.

MONSIEVR,

Vostre, etc.

Ce 6 juillet 1650

AV MESME.

MONSIEVR,

Sçavez-vous bien que ce Monsieur d'Angoulesme, en apparence si doux et si indulgent, fait trembler d'vn clin de ses yeux quarante-cinq Vierges tout à la fois : Il porte l'effroy dans le Monastere des Vrsulines quand il y entre. En verité c'est vn terrible Legislateur. Dracon et Lycurgue n'y entendoient rien au prix de luy. Il veut mesme reformer la Reformation. Il appelle vice tout ce qui n'est pas vertu heroïque. S'il y a lieu de mieux en quelque occasion, il pense que le bien soit vne espece de mal. Ie vous envoye vne lettre que je luy ay escrite sur ce subjet en faveur d'vne tresbelle et tres-vertueuse Personne, née en la mesme Province que vous, et peut-estre vostre parente ou vostre alliée. Cette lettre ne m'a pas desplû, et j'y ay mis les restes de mon esprit : Mais apres cela mon Medecin m'a ordonné sur peine de la vie de n'escrire plus de lettres et de ne tourmenter plus mon esprit. Ie vous prie qu'il ne sçache pas l'excez que je fais aujourd'huy, de peur qu'il ne m'abandonne comme vn malade desesperé. Ie vous proteste pour la troisiesme fois en vingt-quatre heures, et dans le mesme paquet, que je suis,

MONSIEVR,

Vostre, etc.

Ce 6 juillet 1650.

A M⁰ᴿ L'EVESQVE D'ANGOVLESME

MONSEIGNEVR,

Ie ne vous demande point liberté pour la plus innocente
Prisonniere qui soit au monde : Ie vous supplie seulement
de vous contenter de sa prison et de n'en faire pas vn ca-
chot. Il me semble que c'est assez que personne ne la voye:
Mais d'empescher que le Soleil ne l'esclaire, et de vouloir
qu'il soit nuict dans sa chambre en plein midy, je ne sçaurois m'imaginer que c'ait esté l'intention de Sainct Augustin : Beaucoup moins que vous soyez resolu d'estre plus severe qu'vn homme de la primitive Eglise, et d'encherir sur
la tristesse d'Afrique. Vous avez l'esprit trop doux, et qui sçait
trop compatir aux peines d'autruy. A la guerre mesme vostre valeur ne tenoit rien de la cruauté : Et que seroit-ce si
on mettoit dans vostre Histoire de paix que vous avez eu le
cœur d'enterrer toute vive la plus belle de toutes vos oüail-
les? Redoublez ses jeusnes et ses autres austeritez tant qu'i
vous plaira, mais laissez-la joüir de la plus chaste volupté
qui se puisse recevoir sur la Terre : Trouvez bon, Monseigneur, qu'elle voye le Ciel avant qu'elle y aille. Cette veuë
a souvent esté l'objet de la meditation des Saincts : Et vou
desajusteriez peut-estre les devotions d'vne Saincte si vou
luy changiez sa façon de mediter : Il se pourroit que vou
rompriez ses mesures dans la priere si vous faisiez mure-
ses fenestres. Vous sçavez que la transposition d'vne tapis-
serie a mis en desordre l'Eloquence d'vn Orateur qui sa

servoit de la memoire locale. Peu de chose est capable d'arrester l'esprit et de le destourner de son chemin : Pour ne
se pas esgarer, il a besoin de certaines adresses et de certaines routes, auxquelles les yeux sont accoustumez. Mais
vostre prudence vous en dira beaucoup davantage. Pour
moy, je n'ay recours qu'à vostre equité; et apres vous avoir
fait ressouvenir que le souverain droict est quelquefois vne
souveraine injustice, et qu'il y a grande difference entre violer la loy ou y apporter du temperament, je demeureray,

MONSEIGNEVR,

Vostre, etc.

— — —

Que vous semble, Monsieur, des bons intervalles de ce
malade? Trouvez-vous qu'il y ait du deschet en sa maniere
d'escrire, apres tant d'esprits dissipez, tant de chaleur con-
sumée, tant de feu esteint par la perte d'vne si grande
quantité de sang?

> Relliquias tenues simulacraque luce carentum
> Sic volitare ferunt : Sed non vigor igneus ollis,
> Non animus, non vita redit prior. O bone nobis
> Vivere das iterum, atque novas in carmina vires
> Sufficiens, cineres accendis, Christe, sepultos,
> Clarius vnde oritur menti jubar.

La lettre pour la belle Religieuse ne choquera pas, je
m'asseure, le Reverend Pere du lieu où vous estes. Elle
n'est point de mauvais exemple et n'offense point les bonnes
mœurs. Il est vray qu'elle a esté escrite avec quelque sorte
de gayeté : Mais elle peut estre leuë par les tristes mesmes,
sans qu'ils puissent dire qu'elle favorise l'indevotion, ny
qu'elle sente la bouffonnerie. L'Eglise resserre et relasche

la discipline des Mœurs selon qu'elle le juge à propos. Elle
a des foudres et des rosées. Elle mitige, comme elle reforme,
et j'ay appris d'elle l'vn et l'autre terme.

On m'est venu representer de la part d'vne pauvre Fille la
triste image du lieu où elle se trouvoit; vn trou, vne taniere,
vn tombeau, qu'on appelle improprement vne chambre; vne
nuict perpetüelle, des tenebres effroyables; la juste crainte
de l'apparition des mauvais Demons, qui sont attirez par
l'obscurité et par la noirceur; la prochaine societé des oi-
seaux funestes et des bestes venimeuses, qui cherchent d'ordinaire semblables retraites. Ie vous advoüe que cette nouvelle Grotte de la Sibylle m'a fait horreur et que j'ay eu le
cœur touché de pitié. C'est la seule passion qui m'a obligé
d'escrire en faveur d'vne Personne que je n'avois jamais
veüë. I'ay eu recours à la bonté de nostre commune Mere,
parce que je ne doute point de sa puissance. Et puisque la
grace que j'ay demandée m'a esté accordée par vne authorité qui ne peut faillir, je crois. Monsieur, que je n'ay pas
failly en la demandant.

ENTRETIEN III.

APOLOGIE

DE

QVATRE PAROLES ESCRITES.

A MONSEIGNEVR LE MARQVIS DE MONTAVSIER,
Gouverneur et Lieutenant General pour le Roy, en Angoumois, Saintonge, et
Alsace.

Ie vous envoye par escrit les Exemples que je vous alle-
guay de vive voix au dernier voyage que vous fistes en ces
Provinces. Vous estes le seul, Monseigneur, qui pouviez
m'obliger à entreprendre ce travail, quoy que mediocre, et
à faire vn corps, quoy que petit, des differentes parties que
je viens de joindre. Mais je vous estime et vous honore si
fort, que sans attendre vos prieres, votre seul desir est
tousjours capable de me persüader.

Ie n'ay point dessein de justifier les Impertinences ny par
leur nombre ny par leur antiquité : Elles sont aussi vieilles
que le Monde : Il y a des impertinens par tout où il y a des
hommes : Par tout il se trouve des esprits à faire pitié : L'Ita-

lie et la Grece, la sage Italie, la sçavante Grece aussi bien
que les Provinces Barbares, ont esté fertiles en extravagans
et en ridicules.

Nous pourrions mettre en ce rang-là des Sectes entieres
de Philosophes; Et en premier lieu que voulez-vous dire de
ce Chef d'ordre qui fut pris par les Pirates, et à qui la servitude et les fers ne donnerent point de modestie? Ayant esté
mis en vente avec les autres Esclaves, quand on luy demanda
ce qu'il sçavoit faire, il respondit qu'il sçavoit commander
aux hommes, et cria en suite à haute voix, afin d'estre oïy
de tout le marché : « Qui veut achepter son Maistre? » Mais
je suis las de maltraiter Diogene et de faire la guerre à Zenon. Accordons vne tréve aux Cyniques et aux Stoïciens que
nous avons battus en tant de rencontres. Sans mesme rechercher trop curieusement les autres vices des autres Grecs, je
suis d'advis de ne considerer aujourd'huy que leur vanité...

Il faut commencer par ce galant homme de Psaphon, qui
faisoit instruire des Perroquets et d'autres oyseaux capables
de discipline; et apres qu'ils avoient appris à dire : « Psaphon est vn Dieu, » il les mettoit en liberté, afin qu'ils allas-
sent publier par le Monde sa divinité, et que les hommes
l'adorassent sur le tesmoignage des oyseaux.

Le Medecin Menecrates pretendoit en divinité aussi bien
que Psaphon : Il se faisoit appeler *Menecrates Iupiter*. Il
signoit ainsi toutes ses ordonnances, toutes ses attestations
et toutes ses lettres. Quelquefois il escrivoit à Philippe,
Pere d'Alexandre, et vn jour qu'il estoit en plus belle humeur que les autres, il luy escrivit en ces beaux termes :
« Philippe regne en Macedoine et Menecrates en Medecine. »

Vous avez leû, Monseigneur, les Dialogues de Platon, et
par consequent vous connoissez ce Sophiste qui parloit sur
le champ de toutes les matieres proposées. Il s'enrichit,
comme vous sçavez, du revenu de sa langue. Mais sçavez-
vous qu'ayant acquis beaucoup de bien en l'exercice de la

Rhetorique, il en employa la plus grande partie à la fonte d'vne Statuë d'or massif, qu'il se consacra luy-mesme dans le Temple de Delphes pour marque eternelle de sa vanité?

Vn autre Grec de la mesme profession fit mettre sur la porte de son logis vn escriteau où il y avoit en grosses lettres : « Ceans il y a des remedes pour toutes sortes d'af- « flictions : On y guerit de toutes les maladies de l'ame. »

le lisois dernierement dans la Bibliotheque de Photius, Patriarche de Constantinople, qu'vn autre Grec, apres avoir composé neuf Lettres et trois Oraisons, crût estre accouché de douze Deesses, et nomma ses neuf Lettres les neuf Muses et ses trois Oraisons les trois Graces. Dans la mesme Biblio- theque, encore vn autre Grec, dont les Livres se sont perdus par le degast de la Barbarie en Grece et par le naufrage des belles Lettres, escrivant la vie d'Alexandre le Grand, promet d'égaler la grandeur de ses actions par celle de ses paroles. et d'estre Alexandre sur le papier.

Idomenée estoit vn des principaux Ministres du Roy son Maistre, et des plus employez aux grandes affaires. Voicy neantmoins comme Epicure le traite dans vne lettre qu'il luy escrit : « Si vous cherchez de la gloire, toute la grandeur de « Perse, tout ce que vous suivez et tout ce qui vous fait sui- « vre ne vous en donnera point tant que les lettres que je « vous escris. » Seneque rapporte ces paroles d'Epicure et y adjouste celles-cy : « Ce que promettoit Epicure à son amy. « je vous le promets, Lucile. l'ay du credit avec la Posterité; « l'ay de quoy faire vivre ceux qu'il me plaira. » La Grece nous fourniroit vne infinité d'exemples de cette nature; Mais il ne faut pas tout prendre en vn mesme lieu, et Seneque nous a desja ramenez en Italie.

l'y trouve d'abord l'Epitaphe du Poëte Nævius, qui cer- tainement est vn Chef-d'œuvre de vanité. Il le composa en pleine santé et de sens rassis, et personne ne s'en offensa à Rome, bien qu'il fust injurieux à tous ceux qui estoient à

Rome en ce temps-là. « S'il estoit bienseant aux Dieux de
« pleurer la mort des Hommes, les Muses prendroient le
« deüil de celle du Poëte Nævius, depuis laquelle on a ou-
« blié à Rome à parler Latin. »

Ie laisse vne infinité de Fanfarons et de Capitans en Prose
et en Vers pour venir à Ciceron. Tout le Monde sçait que de
quatre paroles qu'il disoit il y en avoit trois à son avantage.
Il rompoit la teste au Peuple Romain de la conjuration de
Catilina et du reste de l'Histoire de son Consulat. Mais pour
respondre à ceux qui asseurent qu'il ne s'est jamais vanté
de son Eloquence, parce que cette gloire est puerile et au
dessous de l'ambition d'vn homme grave et d'vn vray Romain, je n'allegueray qu'vne ligne d'vne lettre qu'il escrit à
son Amy Pomponius Atticus. Dans cette lettre, apres luy
avoir rendu compte de ce qui s'estoit passé au Senat quelques jours auparavant, il conclut qu'il s'estoit fait admirer
à toute la Compagnie, et qu'il avoit traité divinement la
matiere dont il s'agissoit.

Virgile n'est pas plus modeste que Ciceron quand il dit
qu'il apportera à Mantouë les Palmes de la Palestine, et
quand il appelle les vers qu'il veut faire à la loüange d'Auguste des Throsnes d'or et d'ivoire. Nostre Paul Iove ne mettoit pas l'or à si bon marché, et n'en avoit pas assez, à mon
advis, pour faire des Throsnes et des Statuës. Il se contentoit de dire qu'il avoit vne plume d'or pour ceux qu'il aimoit et vne de fer pour ses ennemis.

De tout temps ces sortes de vanitez ont esté permises. Il
n'y a point d'Historien, il n'y a point de Poëte qui ne promette la gloire et l'eternité à qui en veut. La presomption est
aussi ancienne que le merite, et ce n'est pas moins le vice
de nos Peres que le nostre. C'est vne des proprietez de la
Science d'enfler ceux qu'elle remplit. Et ne vous souvenez-
vous point d'avoir leü cette definition du Philosophe dans les
Livres des Saincts Peres? « Le Philosophe est vn animal de-

« gloire, le Philosophe est le plus fier et le plus superbe des
« animaux. »

Pour ne point parler des autres Philosophes que nous
avons veûs, de nostre memoire Iules Cesar Scaliger a esté
extrêmement Philosophe de ce costé-là. Quelle largesse,
quelle profusion de loüanges, ne se fait-il point en plusieurs
endroits de ses Ouvrages? Que ne dit-il de la grandeur de
sa naissance, qui estoit vne chose assez douteuse; du nombre
de ses combats que personne n'avoit veûs, et dont il faloit
le croire sur son simple tesmoignage; de l'infinité des livres
qu'il avoit composez, et qui par malheur s'estoient perdus;
des merveilles de son corps et de son esprit, des autres avantages qu'il avoit sur les autres hommes? « Qu'on mette, dit-
« il, Xenophon et Masinisse ensemble, et que des deux on
« n'en fasse qu'vn, ce qui se formera d'vn composé si ex-
« cellent n'approchera point encore de moy. *Vix mei*
« *idæam exprimet.* »

Or vous sçavez, Monseigneur, que ce Xenophon possedoit
en vn degré eminent trois qualitez également grandes, et
qu'on ne sçavoit s'il estoit ou plus eloquent Orateur ou plus
subtil Philosophe, ou plus sage Capitaine. Il n'est point de
Conqueste dans la memoire des Temps plus estimée que la
Retraite qu'il fit, ayant toujours eu à dos vne armée de plus
de cent mille combattans qui ne pût pas seulement luy en-
lever vn quartier. Son langage, au reste, avoit tant de
charmes et tant de douceurs, qu'on l'appelloit la Serene de
l'Attique. Et pour ce qui est de la connoissance de la verité
des choses, il avoit esté nourry dans le sein de Socrate; il
avoit esté instruit de sa propre bouche avec Platon. C'estoient les deux fils de son esprit, et on ne sçait pas bien encore lequel des deux a esté l'aisné.

Massinissa est assez connu pour avoir esté le grand Amy
du Peuple Romain, et pour avoir dressé à l'Armée Romaine
la planche sur laquelle elle passa en Afrique. Nous avons

parlé en vn autre lieu de l'adresse et de la force de son corps. Tant y a que ces deux hommes extraordinaires ne font pas la moitié de Scaliger, au jugement de Scaliger.

Ce sont des vanitez, celles-là, qui ne se peuvent mesme defendre par vn amy. Elles ont pourtant esté admirées par Iuste Lipse, qui a fait l'Eloge de ces Eloges. Elles sont souffertes de tout le monde, et il ne s'est point eslevé contre elles de Censeur public, point de Phyllarque, point de Docteur de Louvain ny de Bezançon; Il ne s'est point imprimé de Premiere ny de Seconde partie du Procez qu'on a fait à leur Autheur.

Ce seroit encore Maistre Charles Du Moulin, car ainsi l'allegue-t'on au Barreau, qu'il faudroit accuser de vanité. Et certes ce Maistre Charles fait bien le Maistre lors qu'il se nomme luy-mesme le Docteur de la France et de l'Allemagne, et qu'il met en teste de plusieurs Consultations imprimées : « Moi qui ne cede à personne et à qui personne ne « peut rien apprendre. *Ego qui nemini cedo, et qui a nemine* « *doceri possum.* »

N'est-il pas vray qu'il n'est rien de plus modeste que l'Homme que vous connoissez, si on le compare à ces insolens? Son orgueil est humble si on le considere auprés du leur. Vous sçavez, Monseigneur, qu'à son avenement dans le monde, il fut loüé par la voix publique, et qu'il reçeût des applaudissemens dedans et dehors le Royaume. Il a esté aimé, il a esté caressé par d'aussi grands Seigneurs que le pouvoit estre Idomenée. Il a eu commerce avec des Princes et des Officiers de la Couronne. Il a eu plus d'vn Lucile et plus d'vn Attique à qui il a escrit des Lettres : Mais que n'eust-on dit s'il eust estimé ses Lettres comme Epicure et Seneque estimoient les leurs, s'il eust escrit aux Ducs et Pairs que ses Lettres leur faisoient plus d'honneur que leurs Couronnes Ducales et leurs Cordons bleus ; qu'elles valoient plus que les Brevets du Roy et que les Rescriptions de l'Espargne? Et neantmoins s'il avoit ainsi parlé de ses Lettres, il en auroit parlé moins avantageusement qu'Epicure et Seneque n'ont fait des leurs.

Est-ce vn si grand crime (car voicy la ligne fatale qui a donné lieu à tant de Libelles et a mis en rumeur tant de beaux Esprits), est-ce vn si grand crime d'avoir escrit « qu'il « avoit trouvé ce que quelques-vns cherchoient, » c'est-à-dire qu'il sçavoit vn certain petit Art d'arranger des mots ensemble et de les mettre en leur juste place; qu'il sçavoit l'vsage des particules dont parle si souvent le cher Monsieur de Vaugelas; qu'il n'vsoit pas du preterit quand il faloit se servir du participe, et ainsi du reste? Ce sont des bagatelles et des jeux que tout cela. Et vn homme ne peut-il pas dire sans orgueil : le sçay jouer au Piquet, au Trictrac; le donne de l'avantage aux Eschecs à celuy-là; l'ay gaigné celuy-cy à la Paume. Il me semble que de parler de la sorte n'est pas vne grande vanité.

Bien davantage; Il n'y a point de Medecin, point de Droguiste, point d'Apothicaire, qui ne se vante de quelque secret; Il n'y a point de Maistre d'escrime qui ne pense sçavoir quelque coup inconnu aux autres Maistres; point de Mathematicien qui ne die qu'il a trouvé quelque nouvelle figure. Neantmoins personne n'accuse ces gens-là : Au contraire ils sont recherchez de tout le Monde, et la hardiesse avec laquelle ils disent qu'ils sçavent, leur donne plus de reputation et plus de credit que leur science. Depuis tant de siecles qu'on en vse ainsi et qu'on parle ce langage, vn seul homme sera-t'il criminel parce qu'vne semblable parole luy est eschappée? N'y aura-t'il que luy qui n'ait pû hasarder vn petit mot de confiance et de belle humeur, qui n'ait pû estre jeune impunement?

Lors qu'il ne parloit pas desavantageusement de sa personne, il n'avoit pas encore vingt-deux ans, et ce que lules Cesar Scaliger et Maistre Charles Du Moulin ont fait de sens

froid cinquante ans durant, il ne l'a fait que cinq ou six
mois dans la liberté d'vne conversation enjoüée, et badi-
nant avec ses Amis. Il avoit l'esprit gay, les passions vives
et le sang chaud. Et je vous prie, qui est-ce qui ne s'est
pas trouvé honneste homme en cét âge-là? Qui est-ce qui
n'a eu de la complaisance pour son merite veritable ou faux?
Qui est-ce qui n'a point esté malade de l'amour-propre?
Que si on ne peut pas nier que l'Homme que vous connoissez ne se soit aimé en cét âge-là, on ne peut pas asseurer
aussi que son amour ait esté injuste et qu'il se soit aimé sans
rival. S'il a eu bonne opinion de ses Ouvrages, il n'a pas
esté tout seul de son opinion. Vous en avez esté, Monseigneur, et pour combien de gens pensez-vous que je vous
compte?

Toutefois il y a longtemps qu'il n'est plus en ces termes-
là; Il a apaisé le trouble par son repos : Il a fait cesser les
murmures par son silence : Il a donné satisfaction à l'envie,
et s'il ne l'a vaincue, il s'est accommodé avec elle. Mais presupposons qu'elle ne soit pas encore contente, il est tout
prest à achever de la satisfaire. S'il fasche encore à quelques-vns qu'il ait dit « qu'il a trouvé ce que quelques-vns
« cherchoient, » il consent de bon cœur que ce malheureux
mot soit effacé de son premier Livre, et qu'on mette en sa
place « qu'il cherche ce qu'ils ont trouvé. »

ENTRETIEN IV.

—

DISSERTATION CRITIQVE.

A MONSIEVR ***.

—

CHAPITRE PREMIER.

Le mois d'Avril est passé, et Totila n'est point encore guery. Ie suis donc d'advis de vous envoyer vostre papier blanc et de remettre mes Escritures à vne autre fois. Ie parle de mes deux Apologies, qui sont aussi longues que les deux Anticatons de Cesar, et que personne ne peut dechiffrer que Totila. Pour les autres choses promises, vous les trouverez dans le paquet que vous porte Monsieur de La Thibaudiere, et vous ne les trouverez pas, je m'asseure, indignes de vostre estime ny de nostre bonne Antiquité.

Les Roses pourtant sont ou de ce mesme Florus ou d'vn certain Luxurius qui est venu encore depuis, et qui fleurissoit en Afrique sous Thrasimonde, Roy des Vandales. Vous sçavez, Monsieur, que la Barbarie avoit commencé long-

temps auparavant, non seulement à Carthage mais à Rome
mesme, et que sous les Antonins et sous les Severes. les
Poëtes ne faisoient point scrupule d'vn Solecisme. Ils allon-
geoient les breves, et accourcissoient les longues comme il
leur plaisoit, tesmoin

Terror Ægyptiaci Niger astat militis ingens.

et

Hunc Reges, hunc Gentes amant, hunc aurea Roma.

Vous avez pû remarquer plusieurs autres semblables at-
tentats dans l'Histoire Auguste, où ces Barbares vsurpent vne
authorité tyrannique sur les Syllabes, et violent à la face
mesme de l'Empereur, qui estoit aussi souverain Pontife,
les plus sainctes Loix de la Grammaire. Ainsi parle nostre
Amy de ***, comme s'il parloit des Commandemens de Dieu
ou de ceux de l'Eglise.

CHAPITRE II.

Les vers de Luxurius sont donc admirables comparez à
cette vicieuse versification : Et ce sont des Roses que vous
recevrez, s'il vous plaist. *ut alieni temporis flores* (vous vous
souvenez du jargon de nostre derniere conference), puis
que je ne suis pas assez grand Seigneur pour vous envoyer
peregrini aëris volucres, et longinqui littoris pisces. Mais
je connois vostre goust, et je sçay que vous aimez les Roses
et que vous ne haïssez pas les vers :

Gratior vtque illa est quam quas Ver educat almum,
   Quæ fœdo Brumæ sidere nata rosa est ;
Sic magis hi versus quam quos culta edidit ætas.
   Immundæ placeant nomine Barbariæ.

A vostre advis, où ay-je pris ces quatre vers? Vous trouverez plustost la source du Nil que le lieu d'où ils ont esté tirez, quand mesme vous employeriez à cette recherche la
sagacité de M. de Peyrarede.

CHAPITRE III.

L'Epigramme de Xerxes est ou de quelque parent de Virgile ou de quelqu'vn de ses amis, ou à tout le moins de quelqu'vn de sa connoissance. Et sans doute nous devons cette
precieuse Antique à vn meilleur siecle qu'à celuy de Martial.

La Latinité en est nette et chaste, les pensées justes et me-
surées; Et cette exclamation à la fin : « Qui est ce nouveau
« Dieu, qui change la Terre, l'Air et la Mer? Certes il y avôit
« vn Monde sous Iupiter : » peut bien venir de l'Esprit d'vn
de nos Amis de la Republique, et avoir esté conceuï avant
le declin de l'Eloquence, c'est-à-dire avant l'Empire de
Tibere ou mesme celuy d'Auguste. Car le bon homme Victorius monte encore plus haut pour trouver la pureté, la
chasteté, l'integrité du Latin. Choisissez lequel des trois vous
plaira le plus, et regoustez, je vous prie, avec moy ces deux
derniers vers :

Quis novus hic hominum Terramque, Diemque Fretumque
Permutat? Certe sub Iove Mundus erat.

Encore deux mots sur le premier distique de l'Epigramme. Il dit que voilà le grand Xerxes, que tout le Genre humain vient avec luy, que toute la Terre est à sa suite. Vn Poëte peut parler ainsi, parce que cherchant la grandeur et la magnificence, il n'est pas obligé de s'arrester à la verité si exacte et si reguliere. Vn Historien doit estre plus moderé, et il faut qu'il se contente de dire que le grand Xerxes descendant en Grece traisne toute l'Asie apres luy. C'est assez que cela, et ce n'est pas trop. Mais au jugement de Demetrius Phalereus, dans son Livre de l'Elocution, ce seroit trop peu de dire « que le grand Xerxes arrive en Grece avec tous les « siens, comme si on parloit du train d'vn Pere de famille, « qui mene tous ses domestiques avec luy quand il fait quel- « que voyage. » Les paroles de Demetrius sont remarquables, et il allegue cét exemple de Xerxes sur le subjet du Charactere sec ou de l'aridité de la diction, quoy qu'il ne nomme point l'Historien ou l'Orateur qui parloit si foiblement des forces du plus grand Roy de la Terre.   •

CHAPITRE IV.

Le Fragment qui est apres l'Epigramme a esté tiré d'vn parchemin pourry en plusieurs endroits et à demy mangé de vieillesse. Il faut que le Poëte, autheur du Fragment, ait escrit sous le Regne de Neron, quoy que son charactere soit plus ancien et qu'il ait cherché vne autre maniere et vne plus noble expression que celle des Escrits de ce Temps-là. Mais de plus, Monsieur, nos Amis du Pays Latin trouvent que son genie est hardy et qu'il n'y a rien de bas en ses sentimens.

S'il les en faut croire, les choses qu'il dit sont grandes de
leur propre grandeur; Elles n'empruntent point leur dignité
de celle de la langue Romaine; elles seroient belles, disent-
ils, en Basque et en bas Breton.

Dés le commencement de la Piece, j'ay pris plaisir à ces
Parens de Troye et à cette Grand'Mere Venus. qui met dans
le ridicule le *Veneris Genitricis* des medailles de Iules Cæsar,
et ce vers d'vn ancien Poëte :

> Romuli matrem crearet. et nepotem Cæsarem.

En suite la description du mauvais Regne n'est pas, à
mon gré, vne fougue d'vn Poëte vulgaire. Et que vous semble de cét enragé, de cét homme que les Chrestiens de son
temps croyoient estre l'Antechrist, de Neron, en vn mot, qui
veut poursuivre à son tour les Furies qui le tourmentent,
qui leur veut opposer d'autres Furies, et à leurs Serpens
d'autres Serpens? Voyez cét Empereur parricide, qui est
prest de tüer sa Mere encore vne fois, et d'vne plus mauvaise
mort que la premiere. Voyez-le qui espouse publiquement
vn garçon et fait vne feste de ses abominables nopces : Il
fait mourir le Peuple de faim et le Senat de poison : Il suce
les vns jusques à la moëlle et engraisse les autres pour les
manger : Enfin il se mocque du Genre humain et de la patience publique. Il veut faire le plaisant dans les larmes et
dans la desolation vniverselle, parlant de l'embrasement de
Rome comme de la resjoüissance d'vn feu d'artifice et de la
consolation des tenebres de la nuit. *Quod miré etiam ad
historiam facit : siquidem, Tranquillo teste, incendium hoc
è turri Mæcenatis prospectans, lætusque flammæ. vt aiebat.
pulchritudine.* Vous sçavez le reste.

> Ergo famem miseram, aut epulis infusa venena,
> Et populum exanguem. pinguesque in funus amicos.

Et molle imperii senium sub nomine Pacis.
Et quodcumque illis nunc aurea dicitur ætas.
Marmoreæque canent lacrymosa incendia Romæ.
Vt formosum aliquid nigræ et solatia Noctis ?
Ergo re benè gesta, et leto Matris ovantem.
Maternisque canent cupidum concurrere Diris.
Et Diras alias opponere, et anguibus angues.
Atque novos gladios pejusque ostendere letum ?
Sæva canent, obscœna canent fœdosque hymenæos
Vxoris pueri. Veneris monumenta nefandæ.

Il y a d'autres endroits qui m'ont extrêmement plû. Mais
surtout, Monsieur, les pauvres Muses qui se prostituent à
des Valets, et encore à si bon marché, sont des Dames qui
m'ont bien fait rire et qui sont bien traitées selon leur merite. Elles m'ont fait souvenir de ces autres Dames du mesme
temps, que vous avez veuës en vn mauvais lieu. et qui doivent craindre le Commissaire du quartier; je veux dire dans
le Satirique de Petrone; *Quæ vestigia flagrorum oscula-*
bantur, quæ amplexus suos. si ma memoire ne me trompe.
mittebant in crucem. et in extrema plebe quærebant etiam
quod amarent.

Pour les Geans à qui les Muses bastissent des Temples.
et qu'elles veulent mettre en la place des Dieux et des Demi-dieux, vous vous doutez bien de qui il entend parler.
Et à mon advis. en cet endroit *Titius Terræ omniparentis*
alumnus. est le Nom de guerre de Tigellin, ministre de toutes les cruautez, et Confident de toutes les ordures de Neron.
Apparemment vn Poëte affamé de ce temps-là l'avoit mis
au-dessus de Iupiter, et avoit appelé Oracle et Destin les
commandemens et les ordres de cet honneste homme.

Nil Musas cecinisse pudet, nec nominis olim
Virginei, famæque juvat meminisse prioris.
Ah ! pudor extinctus. doctæque infamia turbæ.
Sub titulo prostant ; et queis genus ab Iove summo.

Res hominum supra evectæ et nullius egentes,
Asse merent vili, ac sancto se corpore fœdant
Scilicet aut Menæ faciles parere superbo,
Aut nutu Polycleti, et parca laude beatæ,
Vsque adeo maculas ardent in fronte recentes,
Hesternique Getæ vincla et vestigia flagri.
  Quin etiam patrem oblitæ et cognata Deorum
Numina, et antiquum castæ pietatis honorem,
Proh! Furias et Monstra colunt, impuraque turpis
Fata vocant Titii mandata, et quicquid Olympi est
Transcripsere Erebo. Iamque impia ponere Templa,
Sacrilegasque audent Aras, Cœloque repulsos
Quondam Terrigenas, superis imponere regnis,
Qua licet, et stolido verbis illuditur Orbi.

CHAPITRE V.

Quoy que puisse dire le Docteur Capitan, la Silve de Celadon ne doit rien à l'Apologie d'Aminte. Ie connois l'humeur de l'Homme. Ie sçais qu'il est perpetuellement sur le περὶ ὕψους, qu'il veut casser toutes nos flustes, toutes nos guitarres, et tous nos luts; qu'il ne veut dans sa Musique que des tymbales, des tambours, et des trompettes. Il a tousjours la bouche pleine, ou de

> Bella per Æmathios plus quam civilia campos,
> Iusque datum sceleri canimus,

ou de

> Inferni raptoris equos, afflataque curru
> Sydera Tenario, caligantesque profundæ
> Iunonis thalamos.

Il faut le contenter en l'vne et en l'autre façon. Nous donnons du genre sublime à sa fougue: et du stile temperé à son sens rassis : L'Apologie est plus forte et plus elevée que la Silve : Elle pique davantage la partie irascible, et le Lion caché dans l'ame de l'Homme : Mais la Silve touche davantage le vray Homme, et les passions douces et humaines. Ie vous ay desja fait sçavoir qu'elle a esté faite pour vn de nos Amis de Saintonge, desesperé d'avoir perdu sa Maistresse, qu'vne tempeste de devotion jetta dernierement dans vn Monastere de Carmelites. Cette *tempeste de devotion* n'est pas de moy ; elle est d'vn grand Sainct de nostre Siecle, que ie vous nommeray en temps et lieu.

Si l'Orateur de Poitou que vous connoissez, connoissoit le Poëte Lucrece, il s'escrieroit en cette occasion :

     Tantum Relligio potuit suadere malorum !

Il soustiendroit que c'est sacrifier l'innocente Iphigenie.

     Aulide quo pacto Triviai Virginis aram
     Iphianassai. etc.

S'il entendoit le Latin, il adresseroit à la nouvelle Carmelite ces paroles de Petrone : *Quid proderit hoc tibi, si te vivam sepelieris ; si antequam Fata poscunt indemnatum spiritum effuderis ?*

CHAPITRE VI.

I'ay trouvé enfin l'Epigramme que ie vous ay cherchée si long-temps, et la voicy, de peur qu'elle n'eschappe encore vne fois à ma memoire. Elle a pour tiltre : *Cùm Sanctimo niali capilli secarentur.*

> Quæ secuit tibi flaventes Amaranta capillos
> Dextera Syllæa sævior illa fuit.
> Vna manus Niso vitam abstulit, altera Amori ;
> Magna homines ; major lædere culpa Deos.

Mais j'ay bien plus trouvé que cette Epigramme des cheveux coupez. Deux mois apres que la Silve eut veû le jour, je descouvris fortuitement, et à l'ouverture du Livre, certains vers d'vn Poëte Italien, composez sur vne semblable matiere. Ce n'est pas vn Italien du rang du commun : c'est vn des illustres de la Galerie de Paul Ioue Et ce Maistre faiseur d'Eloges, apres l'avoir traité de *præaltum ingenium,* dit de luy entre autres choses, *Extant Odæ ejus plures, et paucæ Elegiæ Romana simplicitate decantatæ. Sed Iambico versu, à paucis hactenus prosperè tantato, visus est ad antiquæ laudis metam propius accessisse.*

Neantmoins à vous parler franchement, ce *præaltum ingenium,* cét Illustre des Eloges de Paul Ioue, ne m'a point donné de jalousie, et pour ne rien dire de plus avantageux à vostre tres-humble serviteur, je ne pense pas que les vers du Romain vous desgoustent de ceux du Barbare. Mettez-les à l'espreuve les vns et les autres.

> Et cense, ô judex Tarpa, aut tu docte Trebati.

Mais il faut, Monsieur, que la chose se fasse en habit decent. Ie suis d'advis que vous preniez pour cela vostre robe longue et vostre bonnet carré, sans oublier vos venerables lunettes, par lesquelles vous pourriez mesme faire des Sermons, et affirmer qu'il est ainsi, ou qu'il ne l'est pas; comme font les Docteurs de Conimbre et de Salamanque.

Ie ne mets icy, ny les vers de l'Italien, ny les miens.

Vous trouverez les premiers, dans le Livre de *Ioannes Au-*
relius Augurellus ad Camillam nuper initiatam, et les seconds, dans l'edition des vers *Ioan. Lud. Guezii Balzacii*,
que l'illustre Menage n'a pas desdaigné de dedier à la Reine
de Suede. Il sont sous le tiltre de *Celadon desperatus*. Quoy
que ces quatre petits Poëmes ne vous soient pas nouveaux,
j'ay voulu vous en donner toutes les enseignes, afin que
vous ayez moins de peine à les chercher.

C'est un ancien mot, Monsieur, que ce qui depend du
jugement des hommes est incertain, et je ne puis pas sçavoir
ce que vous prononcerez, quand vous aurez veû et examiné toutes nos pieces. Mais si vous prenez la voix de vostre voisin le Chevalier de Meré, je sçay bien qu'il opinera
à mon avantage, et qu'à son ordinaire il dira des vers du
Poëte italien, *Non è mi gran cosa* : il conclura que les
meilleurs de ces vers ne sont pas fort bons, et que les autres
sont pitoyables. Il adjoustera que *præaltum ingenium* est
tombé de son haut, dans ce petit Poëme ; et que l'Altesse
estoit à bon marché en ce siecle-là.

La Iustice ne punit pas tousjours : elle recompense quelquefois : Il faut estre juste à tout le monde, et à l'Estranger,
comme au Domestique. Sur ce fondement vous faites bien
de rendre justice à l'Eloquence de nostre excellent Heretique, et de la separer de son Heresie. Pour moy je ne sçaurois m'empescher de dire que le Docteur Huguenot est vn
grand Docteur, et plust à Dieu que ce qu'il a escrit de la
Resurrection de Iesus-Christ eust esté presché à Paris, et non
pas à Charanton.

Mais le dessein de Dieu s'accomplira en son temps, et il
faudra cueillir le fruit quand il sera meur. Esperons con-
stamment vne si vtile conversion. Attendons vn exemple que
nous ne sçaurions trop desirer, qui tireroit apres soy de si
belles suites : qui acheveroit peut-estre les Conquestes de
l'Eglise, qui mettroit fin à toutes nos Guerres. I'en parle,

comme vous voyez, avec quelque espece de transport, et je
voudrois bien que ce transport fust inspiration. Le cœur me
le dit : Il passera de nostre costé ce grand, cét excellent
Adversaire.

CHAPITRE VII.

Ie viens à la Harangue Italienne, qui fut faite ou qui se
devoit faire de la part du Pape, dans le Senat de Venise.
C'estoit afin d'obliger la Seigneurie à entrer dans vne Ligue
avec le Pape, et à joindre ses armes à celles des autres Prin
ces interessez, pour s'opposer conjointement à leur commun
Ennemy. Ne pensez pas que cet Ennemy commun fust le
grand Turc. C'estoit l'Empereur, aussi Catholique pour le
moins que Constantin, que Theodose et que Charlemagne.
O honte; O infamie du nom Chrestien ! Mais ce n'est pas icy
le lieu de faire des exclamations.

Mon dessein seroit de donner cette Harangue au Public,
avec vne Preface de deux ou trois Feüilles. Mais pour cela
j'aurois besoin de vostre Critique, et de la main de nostre
Monsieur ***, à qui j'en demande vne copie bien correcte.
*ex recensione eruditissimi ****, etc.*

Prenez la peine, pour l'amour de moy, de la distinguer
par sections, qui soient les vnes plus longues et les autres
moins, selon que vous le jugerez à propos, et que vostre
oreille vous le conseillera; Outre que semblables intervalles
donnent jour aux choses et les font mieux voir et mieux remarquer, l'esprit du Lecteur n'est pas fasché de trouver de
temps en temps de ces reposoirs pour se delasser.

Intervalla viæ fessis præstare videtur,
Qui notat inscriptus millia crebra lapis.

Mais apres cette premiere obligation, vous seriez bien vn plus galant homme, si vous vouliez que je vous en eusse vne seconde, et si vous faisant lire la Harangue, vous dictiez, en vous joüant, vn petit Commentaire sur les plus remarquables endroits, et les plus dignes de vos reflexions Politiques. Ie dis, en vous joüant, parce que je n'exige de vous aucune contention d'esprit. Au contraire, je vous defends ces sortes d'excez, aussi imperieusement que si j'estois vostre Medecin, et que vous fussiez plus soumis à la Medecine que le Roy Louis onziesme. Ie ne demande point vostre stile des bonnes festes : Ie me contente de celuy de tous les jours. N'apportez pas plus de façon aux reflexions Politiques qu'aux billets dont vous ne retenez point de copie : Que ce soient des crayons commencez plustost que des pieces achevées : Si vous voulez mesme que ce ne soit rien du tout, je trouveray egalement bon ce que vous ferez, et ce que vous ne ferez pas.

Vous vous souvenez bien neantmoins qu'en la derniere conversation que nous avons euë ensemble, vous me distes que vous aviez dessein de composer vne Rhetorique Françoise, qui ne seroit pas moins ample que l'Italienne de Bartholomeo Cavalcanti. Vous me distes de plus que dans cette Rhetorique vous vouliez tirer tous vos Exemples de mes Escrits, et que vous en feriez comparaison avec ceux des Grecs et des Romains. Vous me distes bien davantage, mais ma modestie ne me permet pas de le redire.

Vous estes quitte aujourd'huy de tout cela, et on ne vous demande point l'execution de vostre parole. Quand ce seroit vn vœu solemnel que vous auriez conceû au pied des Autels, et non pas vne simple fantaisie qui peut vous estre venuë en l'esprit, ou vn mot qui vous est eschappé de la bou-

che, dans la chaleur du discours : Monsieur **** vous
dispensera de vostre vœu; Et moy qui ay plus de soin de
vostre repos que de ma gloire, je ne pretends pas que vous
songiez jamais à la grande Rhetorique. Mais veritablement
pour le petit Commentaire, et pour vne Comparaison de la
Harangue Italienne qui corne la guerre, avec le Discours
François qui presche la Paix, il vous sera permis, quand il
vous plaira, de vous esgayer sur cette matiere, et de donner
gaigné, par vn jugement definitif, à Monsieur de la Casa, si
vous le jugez à propos.

C'est ainsi que s'appelle l'Autheur de la Harangue Italienne, en Italie *Monsignor de la Casa*. Il estoit Gentil-
homme Florentin, de tres-bonne et tres-ancienne Maison.
Il avoit esté nourry petit garçon à la Cour de Rome, où
d'abord il eut l'approbation de tout ce qu'il y avoit d'honnestes gens. Sous le Pontificat de Paul quatriesme, il fut fait
Secretaire des Brefs et Archevesque de Benevent au Royaume
de Naples : Mais il ne fut pas fait Cardinal; et on luy donna
l'exclusion en plein Consistoire à cause de je ne sçay quoy
que je vous diray à l'oreille.

Il a escrit en prose et en vers, en l'vne et en l'autre Langue, avec tel succez dans la vulgaire, qu'aujourd'huy il est
proposé pour exemple à ceux qui cherchent la pompe et la
dignité du stile, et qui veulent adjouster la force et l'esclat
à la douceur et à la clarté. Il fut admiré des Orateurs et des
Poëtes de son temps, au-dessus desquels il s'estoit eslevé, aussi
bien que le Cardinal Bembe ; et l'vn et l'autre passent pour
la regle de leur Langue, de laquelle il ont esté les Reforma-
teurs, dans le declin et la corruption où ils la trouverent.

Torquato Tasso l'a tant estimé, qu'il a voulu estre son
Grammairien Et j'ay leû, sur vn des Sonnets de ce *Monsignor*, vne Leçon que ce Poëte a faite, et qu'il recita, s'il
m'en souvient bien, dans l'Academie de Ferrare. Le bon
homme Victorius en faisoit vne estime si particuliere, qu'a-

pres sa mort il prit soin de l'Edition de ses Œuvres Latines,
et les honora d'vne Preface de sa façon. Vous le verrez dans
l'Epistre que je vous ay marquée, escrite à Hannibal Rucellaï, Fils d'vne Sœur de Monsieur de la Casa, et Pere de
Monsieur l'Abbé de Rucellaï, que nous avons veû à la Cour
de France.

Celuy-cy (puis que vous en voulez sçavoir des nouvelles)
fut vn tres-habile, mais vn tres-malheureux Courtisan. Il
joüa en France plusieurs differens personnages, et mourut
de la maladie de l'Armée au Siege de Montpellier. Ie l'avois
connu à Angoulesme, auprés de la Reine Mere du Roy, où
il disputa de la faveur dix ou douze jours, avec Monsieur
l'Evesque de Luçon, depuis Cardinal de Richelieu. Et sans
doute l'Abbé alloit gaigner, sur l'Evesque, la place qu'ils
contestoient tous deux, et eust emporté vn Esprit qui pen-
choit de son costé : si feu Monsieur le Duc d'Espernon, tout-
puissant en cette petite Cour, et par consequent Maistre de
l'affaire, ne l'eust entreprise hautement contre l'Abbé, et
n'eust combattu de toute sa force l'inclination de la Reine.
Ainsi par cette declaration, il jetta les premiers fondemens
d'vne Grandeur, qui avec le temps devoit estre ***

Nescia mens hominum fati sortisque futurae, etc

Ce Monsieur de Rucellaï nous alleguoit souvent Monsieur
de la Casa son Grand-Oncle, et ne tiroit pas peu d'avantage
d'estre son Petit-Neveu. I'aurois à vous dire de l'vn et de
l'autre beaucoup de choses que la Tradition m'a apprises,
et que je tiens de ma propre experience : Mais nous les re-
mettrons à nostre premiere conversation.

Ioseph Scaliger a publié à son de trompe ce que je voulois
vous dire à l'oreille. C'est dans vn Livre qui a pour Tiltre,
Confutatio Fabulæ Burdonianæ, où vous trouverez ces paroles injurieuses : *Ioannes Casa. Archiepiscopus Beneventa-*

nus, Etrusco carmine, etc. Et cum hoc nomine male audiret.
id Iambo satis frigido et illepido ad Germanos excusare co-
natus est. Ie ne suis pas pourtant de l'advis de ce Prince des-
daigneux. Et Son Altesse de Verone me pardonnera si j'estime moins les Vers que nous avons d'elle, et du prince Iules
son Pere, que ceux qu'elle estime si peu.

Si vous relisez ces Iambes je demeureray d'accord avec
vous qu'ils ne sont pas dans le genre sublime. Ils n'ont rien
de tempestatif et de foudroyant, comme parle le Docteur
Capitan. Mais il me semble que la Mer irritée, et le Ciel en
feu, ne sont pas les plus agreables objets que l'on puisse
voir. Ne faut-il pas estimer la pureté des Fontaines, et la serenité des beaux Iours, parce que le Docteur Capitan n'estime que le trouble, l'orage et l'obscurité? Pour moy, quand
je serois aussi Huguenot, et aussi ennemy de Rome que Scaliger l'a esté, j'aimerois mieux avoir fait ces Iambes, si faciles, si Latins, et si modestes, que les Scazons qu'il a composez contre Rome, si raboteux, si sauvages, et si insolens.
Ie vous les fis voir l'année passée, et vous vous souvenez de

Negotiosa Mater Otiosorum.

Pour nouvelles du Desert, puis qu'on vous en demande,
dites-vous, de tous costez, les dernieres et les plus fraisches
sont celles-cy. Le Pere Alemay a fait vne Traduction Latine
de mon Discours de la Paix. Les Lacunes du Barbon sont
remplies. Ie revois Aristippe ; j'acheve Socrate, et ce que je
medite le matin, je le communique l'apres-disnée à Monsieur
le marquis de Montausier. Car vous sçavez bien que depuis
quelque temps, mon Desert s'est approché de sa Citadelle.

Mais à vous dire le vray, c'est ce Monsieur le Marquis qui
devroit enrichir le monde de ses Ouvrages, et donner au lieu
de recevoir. Vous estes je m'assure de mon advis. Que veut-
il faire de l'abondance de son esprit, et de la perfection de

nostre Art ; de tant de lumieres naturelles, et de tant de
connoissances acquises? l'ay descouvert mille belles choses
dans son Cabinet. Quels thresors, quelles raretez nous cache-
t'il ! O pudeur injuste, ô modestie prejudiciable à toute la
Terre ! Car je n'ay garde de m'imaginer le vice contraire, et
de croire que cette retenue soit vn orgueil desguisé. Il sçait
bien que le Comte Baltazar en Italie, le Milord Sidney en
Angleterre. Monsieur de Givry et Monsieur d'Vrfé en France.
n'ont point derogé à Noblesse, pour avoir esté eloquens;
pour avoir esté sçavans; pour avoir sçeû escrire en prose et
en vers. S'il veut donc tousjours faire le crüel, et tenir pri-
sonnieres de si belles choses, je luy feray reproche de sa
cruauté, en l'vne et en l'autre Langue : j'en demanderay
raison à ses amis de Paris, qui sont plus forts en persuasion
que ceux d'Angoulesme : je m'en plaindray à nostre Siecle
et à la posterité.

CHAPITRE VIII.

Trouvez bon qu'vne si raisonnable fougue finisse nostre
Dissertation ou nostre Conversation par escrit. Mais Monsieur
de Peyrarede s'oppose formellement à ce mot. et soustient
qu'il n'y a point de conversation où il n'y a qu'vne personne
qui parle. Ie ne decideray point aujourd'huy cette question :
je diray seulement que nous n'avons pas en nostre Langue
des mots à choisir. Nous pourrions nous servir de celuy
de Satire ou de Sature, et nous nous en servirions en
sa premiere signification. si la France estoit assez docte pour
nous entendre, et si le Peuple avait leû les Livres de Casau-

bon. Il estoit permis dans vn semblable genre d'escrire, (vous le sçavez mieux que moy) de mesler les choses differentes, de troubler l'ordre, et de violer la regularité, de finir les subjets en les commençant, et de les commencer estant à la fin.

En attendant que la France soit devenue plus sçavante qu'elle n'est, et que le Peuple ait leû les Livres de Casaubon, je ne laisseray pas d'vser de cette liberté Romaine, comme je l'ai desja fait. Pour continuer, j'adjouste hors-d'œuvre aux deux François que j'ay alleguez, vn troisiesme que j'avois oublié, et dont vous ne vous douteriez jamais. C'est le Mareschal de Biron dernier mort ; cét Homme qui ne respiroit que feu et que sang, et de qui Torquato Tasso a dit, en la personne d'Argante,

> Impatiente, inessorabil, fiero.
> Ne l'arme infaticabile e invitto, etc.

Vn de nos amis, qui le connoissoit, a escrit de luy ce qui s'ensuit.

Le Roy envoya le Mareschal de Biron à la Reine Elizabeth, l'appellant par ses lettres d'envoy, « le plus tranchant instru- « ment de ses victoires. » Le Mareschal s'acquitta dignement de sa charge, n'estant point despourveû des dons de l'esprit, non plus que de ceux du courage. Il a esté dit ailleurs que pour s'accommoder à la bestise du siecle, il vouloit se faire estimer brutal. Mais il est certain qu'avec le naturel, il avoit l'acquis. Comme il parut vn jour à Fresne, où le Roy se promenant dans vne Galerie, et ayant demandé à quelques Maistres des Requestes l'interpretation d'vn vers Grec, gravé sur vne piece de marbre, le Mareschal à leur defaut, la jetta par dessus l'espaule, et puis passa la porte, estant honteux d'en avoir plus sçeû que les Maistres des Requestes de ce temps-là.

ENTRETIEN V.

CONTINVATION

DE LA MESME MATIERE.

AV MESME ***.

CHAPITRE PREMIER.

Vous ne m'avez prevenu que parce que je n'ay plus de Totila pour vous prevenir ; je veux dire plus d'Ambassadeur pour vous envoyer visiter, ni plus de Secretaire pour vous escrire, car il faut se servir de noms honorables. La femme de celuy que j'avois me l'a emporté piece à piece ; elle vient enfin de me ravir ce qui me restoit de luy, quelques heures du jour, quelques jours de la semaine, que me donnoit ce galant homme. Vous le voyez, Monsieur, par ce mauvais charactere, qui est vne marque de son absence, et qui vous doit faire plus de peur que je n'en ay eu des deux gros paquets, dont vous m'aviez menacé. Ils estoient gros d'vn si grand nombre d'excellentes choses, que si je vous disois qu'il ne sortit pas plus de Heros du Cheval de Troye quand il fut ouvert, je ne vous dirois rien, dont le Rhetoricien Hermogenes ne m'advoüast : voire mesme le Critique Longinus.

Bon Dieu, quelle abondance, mais abondance de biens choisis! Quel debordement? mais plus fertile sans comparaison que ceux de nostre Charante et de nostre Touvre, pour ne point parler de vostre Niger et de vostre Nil. Il y a des gens, mesme honnestes gens, dont vne ligne me pese vn volume, dont je trouve longs les monosyllabes, dont les billets me paroissent Calepins, si vous voulez : Et vn de vos Amis a reproché autrefois à vn homme de son temps.

> . . . . . at tu disticha longa facis.

Ie vis au contraire avec vne joye que je ne sçaurois vous exprimer, que vos Iliades, que vos Theseides, que vos Amazonides sont courtes, que vos grands Volumes sont trespetits, et qu'il est impossible de se lasser en les lisant. I'y ay trouvé tout ce que l'Antiquité, et le temps present, ont de plus rare et de plus exquis, la pompe, la magnificence, la galanterie, la delicatesse de toutes les vieilles et de toutes les nouvelles Cours, le serieux et le plaisant de tous les bons Livres.

Il faut advoüer, Monsieur, ou que c'est vous proprement qui possedez les belles Lettres, ou que vous les rendez plus belles qu'elles ne sont, et enfin que si vous ne pouvez pas estre le souverain Artisan de la beauté intellectuelle, au moins estes-vous le veritable Dispensateur de la volupté de de l'esprit, *arbiter eruditæ voluptatis.*

Il semble que les Anciens, qui ont semé tant d'espines et tant de cailloux, pour incommoder la Posterité, qui ont planté des croix et des gibets à la Nation Grammairienne,

n'ayent eu dessein que de vous resjouïr, et de vous plaire,
ne vous ayent laissé que des parterres, que des allées, que
des galeries peintes pour vous promener. Diray-je qu'ils
sont plustost vos Flatteurs et vos courtisans que vos Maistres et vos Precepteurs? J'en demeure d'accord avec Monsieur de Voiture qui l'a desja dit, et je dis de plus que le
fleuve Meandre est bien plus beau dans vostre Description
que dans son canal. Vous avez fait sur les deux autres subjets
ce que le Cavalier Marino appelloit *evacuar le materie*. Mais
trouvez bon que dans la liberté de nostre Entretien, je vous
demande si vous avez espuisé le reste de la mesme sorte.

Pensez-vous qu'il ne se puisse rien adjouster à vos *Neiges*,
ni à vostre *Aquilo* ? Comment avez-vous oublié la neige et le
feu de cette montagne de Sicile, qui vivent l'vn avec l'autre
en si bonne intelligence, et se gardent vne telle fidelité, que
ni la neige n'esteint le feu, ni le feu ne fait fondre la
neige ?

> Scit nivibus servare fidem.

Qu'avez-vous fait de la plus belle de toutes les neiges, de
cette *nix purpurea* du Poëte Albinovanus, qui est dite de
pourpre dans le mesme sens que les *olores purpurei* d'vn autre Poëte que vous aimez ?

> Brachia purpurea candidiora nive.

Où avez-vous laissé les Romains de neige, *Nivei Quirites*,
à cause de leurs robes blanches, et les amis de neige, *nivea*
pectora, à cause de leur sincerité?

Il me semble encore que vous n'avez point fait de distinction entre la maniere des Modernes qui boivent à la neige,
qui mangent les fruits à la neige, qui prennent les medecines à la neige : et la maniere des Anciens qui buvoient et

qui avaloient la neige mesme, qui la faisoient fondre dans leurs boissons, qui la noircissoient dans le vin de Falerne. Tesmoin

Et faciunt nigras vestra Falerna nives.
Scetinum dominæque nives, densique trientes,
Quando ego vos medico non prohibente bibam?

Et à propos de ces *dominæ nives*, ou selon l'interpretation de Monsieur Voiture, de vos *maistresses de neige*, n'avez-vous point oüy parler de cet honneste homme d'Italie, qui disoit au retour d'vn voyage qu'il fit en Pologne, que les femmes de ce pays-là estoient aussi blanches que leurs neiges; mais qu'elles estoient encore plus froides qu'elles n'estoient blanches, et que souvent leur conversation l'avoit enrhumé?

Mais pour vous faire voir la diversité des appetits, et la bizarrerie du goust des hommes, il n'y auroit point de mal de remarquer que ces mesmes Romains, qui prenoient tant de plaisir à boire froid, avoient aussi essayé s'il n'y en auroit point à boire chaud, et y en avoient trouvé en effet. Iuste Lipse en a fait vn Chapitre dans ses Electes : et vous pouvez sçavoir qu'encore à présent, ceux du Iapon boivent le plus chaud qu'il leur est possible, au cœur mesme de l'Esté. Ils sont si curieux de ce breuvage qui brusle la langue, que les Princes l'apprestent eux-mesmes, avec autant de soin et d'attention, que je compose cette sorte de potage que Monsieur Voiture prefere au Panegyrique de Pline.

CHAPITRE II.

Pour l'Aquilon, ou le vent de Bise, que vous faites originaire de Thrace, je pense avoir leû qu'on luy donna droict de Bourgeoisie en vne ville de Grece. J'ay encore leû qu'on luy bastit des Temples, et qu'on luy ordonna des Sacrifices en vne autre Ville ; vne fois, pour avoir coulé à fond vne flotte des ennemis, et vne autre fois, pour avoir jetté de la poussiere aux yeux à vne armée de terre de ces mesmes ennemis. Si je ne me trompe, il fut appellé solemnellement, et par decret public, le gendre des Atheniens, à cause de sa femme Orithie qui estoit Athenienne.

Sur quoy vn *Seignor Dottour* que j'ay ceans depuis quelques mois, à qui j'ay communiqué vos Observations, vous prie de considerer que les femmes de ce temps-là estoient bien plus retenuës, et plus endurantes que celles de ce temps-cy, et que si vne Orithie d'aujourd'huy avoit espousé vn mary aussi froid que le vent de Bise, elle l'accuseroit d'impuissance dès le lendemain de ses Nopces, et presenteroit requeste pour la dissolution de son mariage. La Dame d'Athenes neantmoins ne s'est point plainte à l'Areopage, n'a point eu d'Advocat qui ait allegué le titre *de frigidis*, n'a point fait mauvais menage avec Borée, ou autrement avec Aquilon. Ce sont les reflexions du Dottour, et je ne vous les donne ni pour bonnes, ni pour mauvaises; vous les appellerez comme il vous plaira.

Cet Aquilon originaire de Thrace fait des courses et des voyages par toute la terre ; mais s'il en faut croire nostre homme d'Afrique, qui parle *des pierres et du fer*, tant son stile est raboteux et dur, il fait particulierement sa demeure au Pont-Euxin ; à combien de lieües de la Thrace, je vais presentement le demander à la Carte. Tant y a que l'Aquilon habitera pour cette heure le Pont-Euxin, *Ubi dies nusquam patens, sol nunquam liber, unus aër, nebula, totus annus, hibernum, omne quod flaverit Aquilo est.* Où en passant prenez garde, je vous prie, s'il n'y a point vne espece de contradiction en ces mots de *Nebula* et d'*Aquilo*, car à mon advis ils ne peuvent pas bien compatir ensemble.

Mais laissons là le Latin d'Afrique, et dites-moy si vous n'aimez pas Ciceron et tous ses Amis. Ie vous cennois trop pour douter de ce que je vous demande, et partant *Doctissimus Togatorum*, autrement, *Marcus Terentius Varro*, introduit par Ciceron dans ses Questions Academiques, ne vous peut estre ni inconnu, ni indifferent. Voicy des vers de la façon de cét excellent homme de robe longue, sur le subjet d'Aquilon et de ses freres : et je suis asseuré que vous ne les trouverez pas mauvais.

> Nubes æquali frigido velo leves,
> Cœli cavernas aureas subduxerant,
> Ventique frigido se ab axe eruperant.
> Phrenetici Septentrionum filii.

Ces vers sont de la correction de Scaliger le Fils, que Monsieur *** a pris pour Scaliger le Pere, dans la copie de vostre Discours : mais cela est de peu de consideration, et il ne s'en doit pas affliger : car moy-mesme qui suis le plus superstitieux de tous les Autheurs, et de tous les Allegateurs, quand j'aurois dit ou escrit Philippe Fils d'Alexandre, et Charlemagne Pere de Pepin, je ne penserois pas avoir fait vn grand peché.

Le Docteur Monmor ayant à parler des Fleurs, apres avoir parlé des Vents, commenceroit sans doute par l'Anemone, à cause de la signification du mot. Mais il ne faut pas estre si regulier dans la confusion de nos matieres, outre que je crois avec vous, que le merite donne la preseance à la Rose, et que la souveraineté du Printemps lui appartient par le droit *de la beauté*.

Comme vous sçavez, c'est le plus ancien de tous les droicts à l'Empire, et celuy qui a porté les Peuples à l'Eslection des premiers Princes. La Rose est donc née dans la pourpre, aussi bien que les Porphyrogenetes de Constantinople : elle vient au monde la couronne sur la teste, qui est quelque chose de bien plus remarquable que la lance naturelle de ces Princes et l'anchre naturelle de ces autres Princes. Aussi a-t'elle esté appellée par vn Poëte, qu'on admire aujourd'huy en Italie.

Pæstanæ trabeata Semiramis aulæ.

Ie ne suis pas pourtant de l'opinion de nostre Malherbe, qui desiroit pour faire vn Monde parfait, que tous les *metaux* fussent *or*, et que *toutes les fleurs* fussent *roses*. Ce seroit despoüiller la Nature de la diversité qui la pare; et je n'ay nul subjet de vouloir mal aux Œillets, aux Violettes, aux Tulipes, et aux Lis particulierement, que les François sont obligez de reverer comme un don du Ciel. Ie n'ay garde d'approuver la suppression de tant de belles peintures, et de tant de bonnes odeurs. Ie dis seulement que la *Rose* est mon inclination, comme c'estoit l'aversion de feu Monsieur le Chevalier de Guise, qui n'en pouvoit voir sans s'esvanoüir.

Cui non dicta rosa est?

Que n'en ont point dit les Muses Grecques, et les Latines? pour les Hebraïques, je m'en rapporte à Monsieur Gaumin, et à Madame que vous connoissez. Mais outre le tesmoignage des Poëtes, qui sont tres-mauvais mesnagers des richesses de la Nature, et qui en font d'estranges profusions, je pourrois en aller cueillir en des lieux moins frequentez. Ie pourrois à vostre exemple, en prendre chez les Sophistes, et traduire vne douzaine de lettres de Philostrates, toutes pleines de bouquets de roses. Ce Sophiste qui fut le Crosilles de son siecle, j'entends le Crosilles Secretaire de Zephire à Flore, se joüe de vos *Roses* en mille façons. Tantost il en forme des armes à la Beauté, tantost il en taille des habillemens à l'Amour, quelquefois il en fait sortir des feux, des rayons, et des esclairs. Ce qu'il fait avec vne infininité de ridicules affeteries, que je ne sçaurois pardonner, ni à l'Antiquité, ni à la Grece, et qui ne laissent pas d'estre ridicules, quoy qu'elles soient anciennes et Grecques.

Il y a aussi vn hymne ou vne Chanson à l'honneur de la *Rose,* dans l'Histoire amoureuse de Clitophon et de Leucippe, composée par Achilles Tatius, qui n'est guere moins estimé qu'Eliodore, par ceux qui n'ont guere plus de jugement que Monmor.

Mais pour nostre histoire de Venus et des deux Deesses ses Rivales, il faut que je vous fasse part d'vne figure qui se voit encore aujourd'huy à Naples dans vne grande table de jaspe. L'Amour y est crucifié à vn Myrte, aussi bien que dans les vers d'Ausone. Mais ce qui n'est pas dans les vers d'Ausone, les Heroïnes qui durant leur vie furent maltraitées de l'Amour, comme Medée, Phillis et Didon, y sont representées executrices de son supplice, et toutes ensemble elles lapident ce mauvais garçon : mais elles le lapident avec des Roses, dont il y a de pleins sacs et de pleines corbeilles à leurs pieds. L'invention et la figure sont venuës de Grece, et à mon advis, elles ne desplairont pas à vostre Critique. Ayant leû d'ailleurs que *de stercore bovis lapidabatur piger,* vous ne trouverez pas estrange ny qu'on lapide sans pierre, ny qu'on lapide avec des Roses : et cette derniere

lapidation offense moins les sens et est vn peu plus delicate
que la premiere.

Au reste, ce ne sont pas seulement les Poëtes et les Orateurs gaillards qui tirent des Comparaisons et des Metamor-
phoses de ces belles choses, pour embellir leur langage :
l'austerité mesme du Christianisme a pris quelquefois
plaisir à de si agreables objets, et vous pouvez avoir veû en
plus d'vn endroit des anciens Peres, *les Lis de la virginité
et les Roses du martyre.* On trouve encore des Roses dans
l'Histoire Ecclesiastique, non pas artificielles et metaphori-
ques, mais veritables et naturelles, apportées par vn Ange
dans la glace et les neiges de l'hyver, à vn Sainct ou à vne
Saincte, dont j'ay oublié le nom.

Mais sur le subjet des Roses et de la Neige, il ne faut pas
oublier vn miracle arrivé, comme parle mon Dottour, au
Royaume de Lucrece, qu'vn de mes Voisins peu Latin croit
estre proche de l'Isle de Virginie. Souvenez-vous donc qu'vn
jour il neigea des Roses en ce pays-là. Le texte le dit ainsi.

> Aere atque argento sternunt iter omne viarum.
> Largifica stipe ditantes, ninguntque rosarum
> Floribus.

Apres avoir passé de la Poësie à l'Histoire, et de l'Histoire
à la Poësie, vous plaist-il que nous sortions de l'ancienne
Fable pour entrer dans la nouvelle? Que dites-vous, Monsieur, de la vision des Arabes qui ont osté la Rose à la Deesse
Venus pour la donner au Prophete Mahomet, et qui tiennent (c'est Busbequius qui le dit dans ses Relations) que les
premieres Roses sont nées de la sueur de ce grand Prophete?
N'admirez-vous point leur Chronologie qui ne veut pas qu'il
y ait eu de Roses dans le monde avant l'Empire d'Hera-
clius?

Quoy qu'il en soit, j'infere de là que leur Mahomet estoit

rousseau, comme je conclus que vostre Iupiter estoit altéré,
et qu'il avoit la bouche seche, quand il crachoit si blanc sur
les Alpes :

Iupiter hibernas canâ nive conspuit Alpes.

Il suë aussi quelquefois le bon Pere des Dieux et des
hommes; et il se lit dans vn vieux Scholiaste d'vn vieux
Poëte, que le jour de la bataille des Geans, il sua d'ahan,
et que de la sueur qui tomba en terre nasquirent les choux
cabus. Furius n'a donc point tant de tort qu'on diroit, de
faire cracher dë la neige à Iupiter. Vn autre Poëte fait bien
sortir de luy assez de Nectar pour faire les rivieres du Siecle
d'or : vn autre appelle bien la mer *vne Larme de Saturne;*
et celuy que l'Histoire de Mathieu nomme le Chrysostome
de France, a bien dit, preschant devant le feu Roy Henry
le Grand : « Sire, quand vostre Majesté pleureroit des per-
« les, quand elle cracheroit des esmeraudes, quand elle
« esternuëroit des rubis, quand elle moucheroit des dia-
« mans, » etc. Pensez vous que nostre Monsieur de Vaugelas souffre aisément ce passe-droict en la personne des
verbes neutres, à qui la Grammaire ne souffre point le pouvoir de regir des, etc.

CHAPITRE III.

Ie ne commence qu'à entrer en belle humeur, et entamer
mes Lieux communs : mais le mal est que je ne suis pas
maistre de mes heures, et l'ordonnance que Monsieur de
Lorme m'a envoyée, confirmée par celle de vostre Monsieur

Je Goust. ne veut pas que je veille davantage. Marquons donc en passant les endroits où nous ne pouvons pas nous arrester; et disons en premier lieu, qu'il y a bien des choses à dire, *de his qui in aquis pereunt.* et que le vers d'Homere, et le passage de Synesius ne disent pas tout. Petrus la Sena Neapolitain en a laissé vn Traité fort curieux, que Monsieur Bouchard doit faire imprimer à Rome, et dont il nous envoyera des exemplaires en France.

Pour les Barbares et la Barbarie, je pense estre de vostre opinion, et je me suis là dessus suffisamment expliqué dans ma Dissertation à Monsieur Huggens. Mais il n'y a pas moyen que je m'empesche de vous faire sçavoir vne estrange avanture qui m'arriva autrefois sur ce subjet. Disnant vn jour avec feu Monsieur ****, par malheur parlant des affaires du Levant, je dis, les Barbares au lieu de dire les Turcs. A ce mot le bon homme faillit à renverser la table d'indignation, s'escriant d'vne voix qui me fit peur, et jurant le nom de Dieu de tout sa force, « Ce sont les Chrestiens, me dit-il, « qui sont Barbares, et non pas les Turcs. »

Si je me plaignois dernierement, sinon de la mort, au moins de la vieillesse de ma memoire, ce n'estoit pas sans beaucoup de raison. Secourez-la donc, s'il vous plaist, Monsieur, et dites-moy certainement si la difference que vous faites entre la Conservation des Heros et celle des Dieux, est ou original ou copie, et si le Chancelier Bacon n'a pas escrit en quelque lieu quelque chose de semblable. Je sçauray aussi de vous si ces *sources eternelles de paroles*, et ces *deluges de vers*, ne sont pas d'vn de ces anciens Comiques, dont les Fragmens ont esté traduits par Monsieur l'Ambassadeur de Suede. On me mande de Paris qu'il acheve de traduire l'Anthologie. Vous alleguez deux Epigrammes en vostre Discours, ou en vostre Conversation par escrit; qui me font voir que vous avez pris plaisir à ces fleurs cueillies dans les jardins de la Grece. Il y en a, qui ne sont pas veritablement à rejetter; comme celle du *Prestre püant* qui chassoit les diables par l'impureté de son haleine, et non pas par la force de ses exorcismes. Pour vne de haut goust, combien y en a-t'il d'insipides et de froids (car je vous apprends qu'Epigramme est masle et femelle)? et à vous dire le vray, ny Paulus Silentiarius, ny Agathias Scholastiscus, ny Palladas, ny Leonidas, ny Antipater ne valent point nostre Amy de Bilbilis.

Vne autre fois nous parlerons des Dez et du Trictrac, nous nous entretiendrons des Idylles du Cavalier Marino, et de la Ierusalem de Torquato Tasso. Nous verrons si les vers d'Olinde et de Sophronie, si raffinez, et si quintessentiez. sont de la dignité du Poëme heroïque, *quod omnino nega-mus, nisi quid tu, docte Trebati, dissentis.* Il y a trois nuicts que je n'ay dormy, et il est deux heures apres minuict.

> Somne veni, tandemque oculis illabere nostris,
> ..... succede meo, dulcissime divûm.
> Sed nec totus abi, vel somno dulcior ipso.
> ..... et jucunda mane mihi semper imago.

Ou bien autrement, à cause de vostre beauté,

> ..... et formosa morare parumper imago.

CHAPITRE IV.

Apres avoir dit que je n'estois pas moins las hier au soir, d'avoir escrit de ma main tant de bagatelles en trois chapitres, que si j'eusse ramé vn jour tout entier; le vous diray que vostre laquay est arrivé à Balzac la veille de la Sainct-Martin, et que la Sainct-Martin est la grande Feste de la

II   19

Parroisse de Balzac. Il a donc falu vaquer à la devotion, ‹
donner bon exemple, depuis le matin jusques au soir : Il
falu donner audience à un jeune Predicateur : outre cela ›
a falu l'entretenir et escrire à Paris. Voilà bien de quoy las
ser vn foible, et de quoy achever vn malade. Neantmoin
vostre nom qui m'est si cher, vostre idée qui est vn de
plus agreables objets de mon souvenir, et tant de belle
choses que vous m'avez envoyées, me donnent tant de cou
rage, que me voicy encore assez matin à m'entretenir d‹
nouveau avec vous.

CHAPITRE V.

Non, Monsieur, je ne puis me separer de vous, ni de vostre excellent Monsieur de Voiture, de qui je ne vous ay presque encore rien dit, et de qui il y a de si belles choses à
dire. O! qu'il est aimable, ce cher Amy, qu'il est estimable,
et pour continuer à rimer en able, qu'il est redoutable aux
pauvres livres, quand il en juge avec toute la rigueur de
son jugement! A tout le moins qu'il nous fasse grace à nous
autres ses bons Amis, et qu'il soit plus indulgent au vieux
Balzac, qu'il ne l'a esté à Pline le Ieune. I'ay esté ravy de
voir dans sa lettre ses belles jalousies, ses reproches obligeans, et tout ce qu'il dit de l'infidelité que je luy ay faite.
Quant à l'Eloge qu'il a fait pour moy, et qui commence
par *vir facillimis, jucundissimis, suavissimis moribus,
summæ integritatis, humanitatis, fidei, liberalissimus, eru-
ditissimus, vrbanissimus, in omni genere officii*, etc., s'ill
n'y avoit point trop de vanité, j'ordonnerois par mon Testament que cét Eloge fust gravé sur mon Tombeau, afin qu'ill
me servist d'Epitaphe.

Mais ce qui suit en François, est vn Original qu'il ne faut pas perdre, « L'amitié que nous conservons ensemble, sans « nous en rien escrire, et l'asseurance que nous avons l'vn « de l'autre est vne chose rare et singuliere : mais surtout « de tres-bon exemple dans le monde, et sur laquelle beau- « coup d'honnestes gens, qui se tuënt d'escrire de mauvai- « ses lettres devroient apprendre à se tenir en repos et à y « laisser les autres. »

Cét endroit est si beau et si remarquable, que je le veux inserer dés aujourd'huy dans vn Discours que je compose à la loüange de l'Oysiveté, et pleust à Dieu le pouvoir affi- cher aussi promptement dans toutes les places publiques de France, afin d'arrester quantité de complimens qui n'atten- dent qu'vne commodité seure pour aller tourmenter les gens.

Mais n'est-il pas agreable, nostre Amy, de vous dire, que vostre Italien appris en Poitou *sapit Poitovinitatem*, et qu'il y a des mots dont vous pouvez vser sans danger de vostre santé, deux ou trois fois la semaine? L'etymologie de *Cor- donnier* est merveilleuse, *parce qu'il donne des cors;* et je ne trouve pas qu'elle doive ceder à celle de *cheminée*, parce *qu'elle est chemin aux nuées;* pour laquelle neantmoins feu Monsieur l'Archevesque de Tours se faisoit faire des com- plimens par tous les Grammairiens de Paris. L'explication qu'il donne au passage de Salluste est la plus vulgaire : mais elle n'est ny la plus veritable, ny la plus belle. C'est la nos- tre sans doute, je dis de vous et de moy, de laquelle il ne s'est pas advisé.

Mais comment a-t'il pû foüiller dans mes entrailles l'ex- plication du passage du Panegyrique d'Ausone? *Arguetur Seneca non erudiisse indolem Neronis, sed armâsse sævi- tiam.* En effet, on peut dire que Seneque arma la cruauté de Neron, parce qu'il luy fournit des armes pour la defen- dre publiquement, et que les boucliers ne sont pas moins des armes que les espées. *Non jam, inquit Nero,* vous connoissez les paroles de Tacite, *sed adverso rumore Seneca erat, quod oratione tali confessionem scripsisset*. Et au rapport d'vn autre que de Tacite, cette confession ou declaration de la façon et du stile de Seneque commençoit ainsi : *Adhuc me salvum esse, Patres Conscripti, nec credo, nec gaudeo*. N'aurois-je point autrefois touché quelque mot de cecy à Monsieur de Voiture, et ne croiroit-il point avoir inventé ce qu'il a appris? Quoy qu'il en soit, il m'importe peu; car je ne fais point de distinction entre ses richesses et les miennes.

CHAPITRE VI.

Ie viens enfin à son passage de l'Eunuque de Terence. Il n'y a point de doute que si Parmenon entend parler de Thrason, le point interrogant de Monsieur de Chavigny ne soit tres-ingenieux, et ne donne beaucoup de lumiere aux paroles de Terence. Vous sçavez que ces Thrasons, et ces Pyrgopolinices ne sont pas seulement representez comme vains et fanfarons, mais aussi comme ineptes et impertinens; Et nos capitans mesmes d'aujourd'huy, ne sont pas de moins ridicules personnages que vos Docteurs. Celuy de Plaute l'est de telle sorte, que son valet ne le peut souffrir, et dit de luy :

> Herus meus elephanti corio circumtectus, non suo,
> Neque habet plus sapientiæ, quam lapis.

C'est à-dire qu'il est moins homme qu'vne beste, et en termes de Terence, que *ex homine natus non est*. A quoy se rapporte encore ce que Gnaton dit, ce me semble, en l'autre Scene, sur le subjet de ce Roy, de la faveur duquel

Thrason se vantoit, *et quem hominem perpaucorum homi-*
num esse dixerat. Imo, respond tout bas Gnaton, *nullorum*
arbitror, si tecum vivit, c'est-à-dire que *nullus homo es, aut*
ex homine natus non es.

Pour vostre difficulté, que *natus ex homine,* semble plustost signifier estre humain qu'estre raisonnable; outre que
vous vous estes satisfait là-dessus vous-mesme, par trois ou
quatre passages de vostre Autheur, vous vous souvenez bien
que dans la bonne Antiquité, *Humanus* dit quelque chose
de plus que *raisonnable,* et que *humanitas* est plus souvent
prise pour *politesse,* que pour autre chose. Praxiteles *qui*
propter artificium egregium nemini est paulum-modo huma-
niori ignotus. Ce sont les propres termes de Varron dans les
Fragmens qui nous restent de ses Œuvres; et en vne infinité
d'autres lieux, l'*humanité* n'est pas moins opposée *à la ru-*
desse de l'esprit qu'à la cruauté de l'ame. De là vient le *Mule*
nihil sentis de Catulle; et le *non homo, sed verè,* etc., du
mesme Catulle; et le *jamne vides bellua* de Ciceron; et pour
descendre jusqu'à nostre Siecle, de là vient l'*asinitas* et le
pecus insulsissimum de Scaliger; et le *pourpoint de satin de-*
couppé sur du buffle de ce fameux Diseur de bons mots, que
mon *humanité* (vous expliquerez indubitablement ce terme
par celui-cy de *politesse*) n'a jamais sçeû aprivoiser, car il
m'a tousjours rendu autant de mauvais offices qu'il a pû.

Au reste, Monsieur de Voiture ne se devroit point estonner
de ce que Parmenon, parlant tout seul, vse d'interrogation,
comme s'il parloit à vne troisiesme personne. Il devroit estre accoustumé aux figures de Gascogne, et il a veû tant
d'honnestes gens chez Monsieur le Cardinal de La Valette,
qui se disoient à eux-mesmes : « Iras-tu, diras-tu, croiras-
« tu que cét homme soit vaillant? demeureras-tu à la Cour?
« t'en retourneras-tu au pays? » etc. Il y a encore dans le
monde vn de ces honnestes gens, extrêmement estimé pour
son courage et pour son experience à la guerre, avec lequel

j'ay eu autrefois plusieurs longues conversations. Mais il se
comptoit tousjours pour deux, et me parloit tousjours comme
si nous eussions esté trois. Il est vray que par civilité il me
disoit *vous* et se disoit *tu*.

CHAPITRE VII.

Vostre invention de mettre la Goutte au nombre des peines des damnez, est tres-belle et tres-digne de vous, et le
sedet, æternumque sedebit infœlix Nancelus est bien mieux
appliqué, qu'il n'a esté dit la premiere fois. Pour moy je ne
suis pas si malheureux, ny si attaché à ma chaise, que ce
pauvre Thesée de Touraine. Je suis pourtant quelque chose
de bien extraordinaire, et qui fait que je ne vous ose dire
rien de ma santé, ny de ma maladie. Ce sera du petit Ambassadeur qui n'est pas mal-habile Historien, de qui vous sçaurez les choses estranges qu'il a veuës icy de l'vn et de l'autre. Il vous dira que ma vie est partagée entre le bien et le
mal; que je meurs la nuict, et que je resuscite le matin; que
je jeusne, et que je mange trop; que je monte en carrosse
toutes les apresdisnées, et que je me mets aussi au lict toutes
les apresdisnées, etc.

Quid hoc monstri est suavissime ***, *consulendi sunt Augures, Aruspices, aut Apollo etiam Pythius :* Je veux dire
encore vne fois mon Monsieur de Lorme. ou vostre Monsieur
le Goust. Quand vous verrez celuy-cy, demandez luy de ma
part sa Traduction de l'Eneïde de Virgile en Limousin, et
les Commentaires qu'il a faits en la mesme langue sur les
Grenoüilles d'Aristophane. Monsieur de la Thibaudiere m'a
juré qu'il avoit veû l'vne et l'autre Piece. *Sed satis est inep-*

tiarum, pour vn homme qui s'est plaint, il y a tantost vn
Livre, qu'il n'avoit point son Totila ;

Et sapiens finem imponit vel rebus honestis.

ENTRETIEN VI.

CONTINVATION

DE LA MESME MATIERE.

AU MESME ***.

CHAPITRE PREMIER.

Ie ne me porte jamais bien : *et qui olim totum hiemasse
annum, non probante Seneca, dixit, totam hanc ægrotare
qua vivo vitam, non improbante me, diceret.* Mais comme
la santé a de meilleurs jours les vns que les autres, mon indisposition en a de moins et de plus mauvais, et c'est en ce
plus mauvais que vostre Messager est arrivé icy avec vos Escritures. Sans doute mon Ange protecteur m'a rendu ce bon
office, et vous a inspiré de me l'envoyer, afin que je pusse
me purger delicieusement, ou pour continuer à parler Epigrammes, *vt me salutaria oblectarent.*

Vous avez trouvé la maniere de donner les medecines à la neige, et de guerir avec des fleurs. Mais parce que le mot mesme de *Fleurs* ne corrige pas assez le mauvais goust de celui de *medecines*, cherchons vne plus belle image de ce que vous venez de faire, et parlons de vos Entretiens, et de vos ragousts, de vostre sel et de vostre poivre, de vostre ambre et de vostre sucre, car tout cela entre dans vos festins. Il est certain que je ne fis jamais si bonne chere, non pas mesme chez la Coiffier, ny chez Athenée; car je ne connois Maistre Martin que par relation de Monsieur Des-Barreaux, ny Apicius que sur le rapport que Pline m'en a fait. Mais la table d'Apicius estant renversée depuis tant de siecles, je me tiens, s'il vous plaist, à la vostre, et je ne doute point qu'vn de ces jours, elle ne soit mise en proverbe, aussi bien que celle des Sybarites.

Cette table est chargée des despoüilles de l'air, de la mer et de la terre. La Nature et l'Art ne travaillent que pour elle, et si vous vouliez que je m'enfonçasse dans l'Allegorie que Monsieur de Voiture a ouverte, je vous dirois que ny les ortolans de Luculle, ny les sangliers de Marc-Antoine, ny les perles fonduës de sa maistresse, ny les bisques de Vitellius, ny son bouclier de Minerve, ny les poissons qu'on alloit chercher par mille naufrages, ny les oyseaux qu'il faloit plustost conquerir que prendre, *juxta illud*, *venatorum cohortes militabant conviviis* : En vn mot, ny l'ancien, ny le nouveau luxe ne representent qu'imparfaitement l'abondance et les delicatesses de vostre esprit, la multitude et le choix des excellentes choses que vous m'avez envoyées. Et partant je ne violeray point le vœu que j'ay fait de ne faire jamais d'hyperbole, quand je m'esleveray au-dessus de toute la Nature connuë, et de tout le bas estage du monde, pour prendre dans le Ciel de quoy vous exprimer mon contentement. Ie vous dis donc avec le transport que vous venez de me donner, et tout plein de vostre esprit :

..... mediis videor discumbere in astris,
Cum Iove, et Iliaca porrectum sumere dextra
Immortale merum.

Voilà ce me semble vne assez belle course, pour vn homme
qui garde la chambre ; et deux assez longues periodes pour
un Orateur qui ne vouloit dire que trois mots, et qui n'a-
voit resolu de vous parler, qu'afin que vous sçeussiez par
luy-mesme, qu'il ne pouvoit parler. Mais il n'y a qu'à se
mettre en haleine. Ie sens que la force me revient par
l'exercice : et peut-estre que de toutes les choses que je vous
diray aujourd'huy, il s'en formera vn Entretien de plusieurs
chapitres.

CHAPITRE II.

Commençons par le commencement du Poëme que j'ay
reçeû. Monsieur de la Thibaudiere diroit qu'il ne se peut
pas mieux debuter. En effet, elle est magnifique et superbe
l'Entrée de ce nouveau Poëme. Mais croyez-vous que le
Poëte ne la veüille pas rendre vn peu plus aisée? N'est-il
pas vray qu'il faut d'abord chercher la construction, et aller
assez loin pour trouver le sens complet? Le stile Asiatique
me desplaist par tout, et encore plus en vers qu'en prose.
Les longues, ou clauses, ou periodes, font de la peine à
la bouche, donnent à l'esprit vn exercice desagreable : Et
c'est comme vous sçavez vn grand secret de nostre Art, de
sçavoir couper et partager. Les autres vers de l'autre Poëte
ont beaucoup de netteté. et sentent le bon temps par cet endroit-là : *sed majus aliquid ab heroïco desideratur.*

19.

C'est cét esprit heroïque qui eschauffe le sein de l'admirable Vieillard. Ie ne vis jamais de plus beau feu que celuy qui brille dans ses poëmes; et pour la perfection de celuy qu'il veut appeller *Balzacus Illustris*, je voudrois seulement en retoucher vne douzaine de vers, et en retrancher vne autre douzaine. Il le fera, à mon advis, de luy-mesme, sans qu'il soit besoin de l'en advertir. Ie le connois à sa maniere d'escrire, et j'ay observé que le second Exemplaire des compositions du Pere Theron est tousjours autre que le premier. C'est-à-dire qu'il a leû aussi bien que vous, le chapitre *de emendatione*, et ce que dit vostre Maistre Quintilien, *de refrigerato illo inventionis calore*. Quand Horace demande neuf ans pour la revision d'vn Ouvrage, il en demande vn peu trop : mais reduisons les neuf ans, ou à neuf mois, ou à tout le moins, à neuf semaines. Apres cela je suis asseuré qu'il n'y aura point de redoutable Guyet, point de Docteur Heinsius, point d'Ambassadeur Grotius. point d'autre Poëte, Belge ou Batave. qui ne loue le Poëte Loyolite, qui *tam sancto nomine appellari gloriatur*.

Mais quelle fantaisie a l'admirable Vieillard, de m'appeller *formosus*, à cause, dit-il, que Virgile donne cet epithete à Amintas. Par la mesme raison, il pourroit aussi m'appeller *stultus Amintas*, à cause qu'il y a *stultus Amintas*. dans les Eglogues du mesme Virgile. Cette imagination m'a fait rire; Et ce seroit vne chose bien estrange, si n'ayant jamais pretendu en beauté, on me faisoit apercevoir que je commence à embellir apres avoir passé quarante-six ans. Si cela m'arrivoit, je croirois que le Pere Theron est vn admirable plastreur. aussi bien qu'admirable Poëte, et qu'il n'y auroit point de fard qui valust le sien.

Les vers qui suivent *formosus* sont excellens, si bien que j'ay presque envie de me desdire de ce que je vous ay dit ; Et je ne crois pas qu'il faille retrancher que fort peu de chose de cette riche et heureuse fecondité. Il suffira d'esclaircir, et de demesler cinq ou six endroits, plustost pour aider l'intelligence du Lecteur, que pour rendre la piece plus parfaite.

CHAPITRE III.

J'aurois fait à nostre Amy la mesme difficulté que son Adversaire luy a faite sur son Sonnet; moy qui suis tout plein d'estime et d'amitié pour luy, et qui reçois ses corrections de la mesme maniere que je luy dis mes sentimens. Il me semble donc qu'on peut appeller Monsieur le Cardinal la *Colomne de la France*, voire s'il veut, l'*Atlas de la Chrestienté*; parce que ces termes sont vagues et figurez, et qu'ils conviennent raisonnablement à son Ministere : Mais le reste ne peut passer ny plaire à Monsieur le Cardinal, estant sage et modeste comme il est.

Pour les vers Satyriques, ils sont trempez dans le sang, et s'il les eust recitez avec cette gravité de Tribun, que j'ay jugée digne d'vne medaille, ils eussent esté capables d'exciter vne sedition populaire.

Dans les Stances de son Alcippe, je ne trouve point de partie essentielle à changer, depuis la derniere revision. Je diray seulement que le Poëme estant petit, et la repetition estant vne figure remarquable, je ne serois pas fasché qu'il y eust vn peu moins de repetitions. Quand celle de la cinquiesme Stance n'y seroit pas, il me semble que celle de la quatriesme suffiroit, et qu'il eust pû se contenter des deux premiers *il faut quitter*. Il seroit bon encore en d'autres endroits, d'esclaircir le nombre des autres repetitions. qui paroistroient plus belles. estant moins espaisses, et sur lesquelles quelque Castelvetro pourroit faire vn procez à nostre Amy.

L'opposition de *loy à chastiment* ne me semble pas bien juste : car, comme vous sçavez, la plupart des Loix chastient; et j'aimerois mieux *c'est un devoir, non pas vn chastiment.* J'aimerois mieux aussi, *avant que nostre siecle,* qu'*auparavant qu'vn siecle;* et *vn Tombeau plus riche,* que *plus pompeux,* et *le grand Soleil,* que *le grand Flambeau,* parce qu'on peut dire, le lict du Soleil, et non pas le lict d'vn Flambeau : outre que le Soleil est proprement icy en sa place, pour effacer de sa seule lumiere toutes les translations.

Voilà de fort legeres objections, que je ne prends la liberté de faire, que parce que vous m'y avez condamné. Le Poëme entier est vne des plus belles choses qui se puissent voir, soit qu'on en considere le sens, les pensées, la versification, etc..

CHAPITRE IV.

Quoy que die nostre vieux *** avec lequel vous passez de si bonnes heures, depuis que vous êtes à Paris, ny Monsieur du Plessis, ny Monsieur du Vair ne sont pas deux Autheurs fort reguliers. C'est vn vice de leur siecle, et non pas le leur; car d'ailleurs ils valent infiniment l'vn et l'autre. Sans les chicaner, on peut les reprendre en vne infinité d'endroits, soit pour les mots, soit pour les locutions : Et j'ay veû vn Grammairien à la Cour, qui disoit de leurs Livres ce que les Romains disoient de l'Afrique, *que c'estoit pour luy vne moisson de triomphes.*

Vous ne devez pas vous estonner des *migraines d'esprit,* que vous avez veües dans le Discours de la Vie et de la

Mort, composé par Monsieur du Plessis. Ce n'est pas la plus audacieuse de sés figures, et nous esplucherons celle-là et les autres, en temps et lieu. Cependant puisque les migraines figurées me font souvenir d'une veritable migraine, dans laquelle Monsieur de Racan fit, il y a quelque temps, les plus belles Stances qu'il fit jamais, je pense que vous ne serez pas fasché de voir ce que je luy en escrivis. La chose me plaist, à ne vous en pas mentir, et peut-estre qu'elle ne vous desplaira pas.

EXTRAIT D'VNE LETTRE ESCRITE A MONSIEVR DE RACAN.

Que voulez-vous dire de vous plaindre d'vne Teste, de laquelle vous tirez de si excellentes choses? Sans doute les douleurs aiguës qui l'ont travaillée quatre jours de suite ont esté les tranchées de cette admirable production que j'ay veuë. Et ne sçavez-vous pas qu'il falut des coups de marteau, et des coups de hache, qu'il falut de la violence et des efforts pour faire sortir Minerve de la teste de Iupiter? S'il y a des maladies où il y a quelque chose de plus qu'humain, vostre migraine est de celles-là. Et en conscience, que peut-on voir de plus eslevé et de plus fort, de plus sage et de plus judicieux que l'Ode que vous m'avez envoyée? Si vous fussiez mort incontinent apres l'avoir faite, ç'eust esté la voix du Cygne, et il n'y en a jamais eu au rivage de Meandre, qui ait pris congé du Monde si melodieusement.

CHAPITRE V.

Ie suis tout-à-fait de vostre opinion. Autre est le goust du grand Monde, et autre celuy des petites Villes. La pluspart des delicatesses de la Cour offensent les oreilles des Provinciaux. Il y a tel lieu au deça la Loire, où les Bergeries de Iuliette, et Iean de Paris ont des Partisans, contre l'Astrée, et contre le Polexandre mesme; qui est à mon advis vn Ouvrage parfait en son espece. On ne connoist aux lieux dont je parle, ny le bien, ny les differentes sortes du bien. Le Galimatias y est sur le Throsne; le Phœbus y passe pour le Genre sublime de l'Eloquence : On s'y mocque du Stile temperé, et du bon mesnage des paroles. Ie receus dernierement de la Cour vn Discours que j'estimay infiniment; Mais vn Docteur qui me vint rendre visite ne l'estima point du tout. Il n'en trouvoit pas les mots assez grands, ny les periodes assez longues. Sur quoy il faut que je vous conte vne histoire, dont il vous sera aisé de tirer la consequence; Et patientez encore vn peu, car me voicy bientost au bout de mes Chapitres.

Il y avoit autrefois vn Boulanger, à deux lieuës d'icy, estimé excellent homme pour le Theatre. Tous les ans, le jour de la Confrairie, il representoit admirablement le Roy Nabuchodonosor, et sçavoit crier à pleine teste :

> Pareil aux Dieux je marche, et depuis le reveil
> Du Soleil blondissant, jusques à son sommeil,
> Nul ne se parangonne à ma grandeur Royale.

Il vint de son temps à la Ville vne Compagnie de Comediens, qui estoit alors la meilleure Compagnie de France. On y mena Nabuchodonosor vn Dimanche qu'on joüoit les Ravissement d'Helene : mais voyant que les Acteurs ne prononçoient pas les complimens d'vn ton qu'il se faut mettre en cholere; et principalement qu'ils ne levoient pas les jambes assez haut dans les demarches qu'ils faisoient sur le Theatre, il n'eut pas la patience d'attendre le second Acte, il sortit du Ieu de paulme, dés le premier.

Et ce Roy tout blanc de farine,
Dsegousté de la froide mine
De celuy qui faisoit Paris,
Mordi, dit-il, de la quenaille,
I, ne san rein faire qui vaille,
I, fasan les pas trop petits.

Vous avez assez long-temps demeuré à Balzac pour entendre le dialecte des trois derniers Vers : mais à mon advis
vous ne connoissez pas le Poëte qui les a composez. Il estoit
autrefois mon voisin, mon amy, et fort galant homme. Son
pere fut Maistre des Requestes sous la Regence de la Reyne
Catherine de Medicis, et en ce temps-là les Maistres des Requestes estoient en fort petit nombre. Celuy-cy eut part aux
affaires, et Monsieur de Thou en parle honorablement. Le
fils a aimé les douceurs de la vie privée, les livres, la chasse,
la bonne chere. Il m'auroit aidé à faire l'honneur de la
campagne, s'il eust esté encore au monde, quand vous avez
pris la peine de me venir voir.

ENTRETIEN VII.

HISTOIRE EN PETIT.

A M. LE COMTE DE ***.

Celuy que vous avez defendu à Rome, contre vne puissante
Faction, et à qui vous aviez fait en France vne infinité de faveurs, n'est pas si mort au Monde qu'il le croyoit estre.

puis qu'il vit encore en vostre memoire. Monsieur de Forgues luy a fait sçavoir cette agreable nouvelle, en luy en-
voyant la Relation de ce qui s'est passé en vos Entretiens. Ie
vous puis asseurer, Monsieur, qu'il a admiré certaines
choses, que vous avez dites en ces Entretiens, quoy qu'il ne
soit pas si grand Admirateur qu'il estoit au siecle des Panegyriques. Ce charactere de Noblesse dont toutes vos paroles
sont marquées luy a semblé digne du sang de tant de Heros vos Predecesseurs. qui ne s'est point gasté par le Temps,
et qui coule dans les veines de leurs Petits-Fils, aussi pur
que dans sa premiere source.

Il avoit oüy parler d'*vn Stile cavalier*, et d'*vne Eloquence
cavaliere*. Mais c'estoit en vne Cour Gasconne, qui ne doit
pas estre la regle du bon François. Il aime donc mieux dire
vne Eloquence de Gentilhomme. L'Idée s'en estoit perduë
avec les Escrits de Messala, estimez si fort par Quintilien ; et
il espere que vous la ferez revivre dans vos Discours, que
Quintilien estimeroit plus que les Escrits de Messala, s'il revenoit au monde faire le Critique, et juger du merite des
paroles. Les vostres, Monsieur, ne semblent point mortes
sur le papier, à celuy qui fait aujourd'huy le Quintilien..
Elles l'ont touché à six-vingts lieuës de la vive voix, et de la
bonne mine qui les animoit. Il en a recueilly quelques-vnes,
dont il regale tous ceux qui le viennent voir. Il est resolu
de les alleguer dans le premier Livre qu'il composera.

Cependant, puis que vous n'aimez pas les Panegyriques,
non plus que luy, vous ne serez pas fasché qu'il se contente
de dire aujourd'huy de vous, « Qu'il y a des Gens qui sont
« tousjours de saison, et que vous estes de ces Gens-là. Que
« vous trouverez tousjours vostre place, soit que durant
« la Paix il faille servir de l'esprit, soit que les occasions de
« la Guerre donnent de l'employ à vostre courage. »

Mais, Monsieur, apres avoir parlé de vous. il voudroit
bien vous parler, si vous luy vouliez donner audience : et

peut-estre que les Avantures qu'il vous contera valent la
peine que vous les sçachiez. Outre ce qu'il a prié Monsieur
de Forgues de vous dire de sa part, j'ay charge de vous in-
former de sa condition presente, par la *Petite Histoire* que
je vous envoye. Il me l'a dictée en Latin, qui luy est comme
vous sçavez, assez familier, et je la traduis en François, pour
ceux qui ne sont pas si sçavans que vous.

Le solitaire que vous aimez a receû la nouvelle de l'honneur que vous luy faites, avec toute la gratitude dont est capable vn homme de bien. Il a esté ravy d'apprendre que ses
derniers Ouvrages vous ayent plû, et que la seconde veuë
ne vous ait point destrompé de l'opinion que la premiere
vous en donna. Mais bon Dieu que ces Ouvrages luy coustent
cher, quand il compteroit mesme pour rien le travail de la
composition ! Que ce bruit et cette reputation, qui les suit,
sont incommodes à vn homme qui cherche le calme et le
repos ! Il est la butte (je le traduis tres-fidelement) de tous
les mauvais complimens de la Chrestienté : pour ne rien dire
des bons, qui luy donnent encore plus de peine. Il est per-
secuté, il est assassiné de civilitez, qui lui viennent des quatre Parties du monde, et il y avoit hier au soir sur la table de
sa chambre cinquante lettres qui lui demandoient des Responses; mais des Responses eloquentes, des Responses à estre
montrées, à estre copiées, à estre imprimées. Car de penser agir
avec les beaux Esprits, comme avec moy, dans le sein duquel,
à ce qu'il dit, il verse sans choix, toutes ses pensées, bonnes
et mauvaises, et qui suis assez charitable pour luy pardonner ses incongruitez et ses barbarismes, c'est vne liberté qui
n'est pas seulement accordée par les beaux Esprits.
Il faut bien se garder d'vne si dangereuse familiarité, traitant avec ces gens-là. Il faut qu'on s'ajuste, qu'on se pare,
qu'on se farde mesme, pour plaire à des yeux si delicats: Et
la condition de celuy qui a dessein de leur plaire est pour

le moins aussi malheureuse que celle d'vn homme qui seroit obligé, ou de ne parler jamais qu'en musique, ou d'estre
sur vn Theastre depuis le matin jusques au soir, ou de passer toute sa vie en jours de Ceremonie, et avec vn autre habillement que le sien.

Ce n'est pas tout que cela. On lui envoye du François de
Castelnau-d'Arry, des Vers de Basse-Bretagne, du Latin de
Gothie et de Vandalie, de la raillerie de Bruscambille et de
Turlupin, pour en avoir son Iugement, dans vne Dissertation
reguliere, car le nom de Lettre ne contente pas assez l'ambition des Faiseurs de questions. Sans estre Avocat Consul-
tant, il a quantité de Sacs et de Pieces à examiner : Et le mal
est que ceux qui semblent ne luy demander que deux mots
d'advis, attendent de luy des loüanges plus longues et plus
estudiées que n'est le Panegyrique de Latinus Pacatus.

Pour l'achever, il vient icy des importuns en personne;
quelquefois de plus de cent lieuës, et tout exprès, si on les
veut croire, qui luy donnent le dernier coup de la mort, luy
disant pour leur premier compliment, que sa haute reputa-
tïon, et la celebrité qu'il a donnée au lieu où il est, les ont
obligez de venir voir cette Personne si connuë, et ce Village
si renommé; qu'il ne doit point trouver mauvaise vne si
juste et si honneste curiosité que la leur. Vn de ces Curieux
luy commença il y a quelques jours sa Harangue, par « le
« respect et la veneration qu'il avoit tousjours euë pour luy,
« et pour Messieurs ses Livres. » Il n'est rien de plus historique que cecy, et vous pouvez voir par là jusqu'où peut
aller le stile des Complimens.

Imaginez-vous ensuite les contraintes et les gesnes, les
accez de fievre, et les sueurs froides, qu'il a souvent à souffrir, dans des Compagnies, qui d'ordinaire luy sont inconnuës. Et si apres tous ces maux, et beaucoup d'autres, que
le Solitaire que vous aimez laisse à vostre imagination à se
figurer, vous n'avez pitié de luy, il vous supplie de luy,

donner la liberté de vous dire que vous estes le plus dur et
le plus impitoyable de tous les Amis: quoy que luy ait dit
au contraire Monsieur de Forgues.

*Tandem aliquando serio agamus contra nostrum Tertul-
lianum,* DE FVGA IN PERSECVTIONE. Ie n'ay pas voulu traduire
cette boutade. Separons-nous, adjouste-t'il, de la societé des
hommes. Faisons place aux honnestes gens: Esloignons-nous
mesme quelquefois des veritables honnestes gens. Ils ne sont
pas tousjours ce que nous cherchons. Et quand on a dessein
de resver, quand on a besoin du silence et du calme de la
Solitude, pour se delasser du bruit et de l'agitation du
Monde; en cet estat-là les plus belles paroles ennuyent, les
meilleures compagnies deviennent mauvaises: A telle heure
pourroit venir Ciceron, que je ne serois pas en humeur de
luy donner audience.

Apres ces paroles qui sortirent de sa bouche avec plus de
chaleur et d'emotion que jusques-là il n'en avoit eu, ayant
fait vne petite pause, il reprit son discours à peu pres en cette
sorte.

Que j'envie la bonne fortune d'vn Homme que je vis en
Lorraine, lors que j'y estois. Apres avoir purgé son esprit
des opinions du Vulgaire, et s'estre guery de l'Avarice et de
l'Ambition, il s'estoit retiré à deux lieuës de Metz, où il avoit
acheté vne Terre de quatre mille livres de rente. La Maison
qu'on luy vendit avec la Terre est assise sur vne eminence,
au dessous d'vne colline plus eslevée, qui la couvre du Vent
du Midy. Tout cela est cultivé depuis le haut jusqu'au bas,
en jardinages et en vergers, au pied desquels coule la riviere de Moselle.

Mais quoy que le logement qu'y trouva cét Homme, ne
fust ny incommode ny mal plaisant, il ne se contenta pas
de n'avoir qu'vne Maison: Il luy prit envie d'en bastir vne
autre: Et ce fut cette autre qu'il aima depuis, non seulement comme le choix de ses yeux et de son esprit, mais aussi

comme l'asyle de sa liberté et de son repos. Il s'y retranchoit
tous les Estez, contre la persecution de certains Voisins,
demi-sages et demi-sçavans, ainsi avoit-il accoustumé de les
appeller. Vous connoissez ces sortes de gens, qui ont leû
Montaigne et Charron, et qui ont oüy parler de Cardan et de
Pomponace. Il n'y eut plus de Bateau pour eux, si tost qu'il
eut descouvert leur importune Philosophie.

Ce lieu, embelli d'vne eau extrèmement claire, et fortifié
de la mesme eau, raisonnablement profonde, me parut
digne de l'eslection d'vn Homme, qui ne veut point de commerce avec le Peuple. Ie consideray vne Retraite si bien
choisie, comme vn petit Monde à part, que la Nature a coupé
du grand, afin d'y loger la bonne Raison, et la separer de la
mauvaise. Le loisir dont jouïssoit là dedans cet Heureux caché, n'estant rien moins que paresse et que langueur, il
employoit ses heures si vtilement, que je ne croy pas que la
plus active de toutes les Vies soit meilleure mesnagere du
Temps, ny occupée apres vn plus beau Travail. L'importance est qu'il travailloit à sa phantaisie et à sa mode. Il estoit
dispensateur de sa propre peine. Il estoit luy-mesme celuy
à qui il vouloit plaire, et à qui il devoit rendre raison. O
Heureux caché, si tu es encore au Monde, que j'envie ton
Isle et ton Loisir !

Cette exclamation fut haute, et il poussa ces derniers
mots de toute la force de sa voix, qui s'enroué facilement,
depuis sa derniere maladie. il luy fut donc impossible de
passer outre. Et puis que par là finit son Latin, mon François finira aussi par là, n'ayant pas resolu d'adjouster vne
Suite à l'Histoire, ny vn Commentaire à vne Traduction.

ENTRETIEN VIII.

DEVX HISTOIRES EN VNE.

À M. CONRART,
Conseiller et Secretaire du Roy.

Puis que l'HISTOIRE EN PETIT vous semble jolie, il faut que
je vous envoye quelque autre chose du mesme Autheur.
Vous aurez donc, par cét Ordinaire, les DEVX HISTOIRES EN
VNE. SOCRATE ET ARISTIPPE les suivront bien-tost, avec tout
leur equipage. Vous avez oüy parler d'vne certaine Histoire,
qui guerit de la fievre vn Roy de Naples. I'estimerois celles-cy
beaucoup davantage, si elles pouvoient appaiser la douleur
de vostre Goutte. Ie l'ay dit à celuy qui les a escrites, et luy
ay promis d'avance vostre approbation. Ie veux croire, Monsieur, que vous ne m'en desadvouërez pas. Vous estes quelquefois desgousté, mais jamais des bonnes viandes. Vous
vous hasarderiez mesme sur ma parole, si on vous en presentoit de mauvaises. Ainsi je ne pense pas avoir besoin
d'vn plus long Avant-propos, pour disposer vostre esprit à
ne pas rejetter ce que je luy ay choisi, mais je pretends encore moins le preoccuper par des termes affirmatifs. Ic n'ay
das dessein de gesner la liberté de vostre opinion, par la
declaration de la mienne. En toutes nos affaires de Livres,
vostre Cabinet sera tousjours nostre dernier Tribunal. Vous
jugez si sainement, que je n'appelleray point de vous à vn

autre; non pas mesme au Peuple ny à Cesar. L'Historien est
de mon advis, et commence ainsi ses deux Histoires.

L'Homme dont on me demande des nouvelles avoit vn
ton de commandement, et la mine d'vn grand Personnage.
Quelquefois il faisoit des vers, et ne les faisoit pas tousjours
en despit des Muses. Il en avoit porté à Paris, qui furent estimez de tout le monde, mais que personne ne paya. Dequoy
estant mal satisfait, et n'ayant recueilli de ses veilles, que
des loüanges seches et steriles, il donna sa malediction à la
Cour, apres y avoir passé trois ou quatre mois.
Estant revenu dans la Province avec vn esprit irrité, il
n'y fit presque autre chose, six ans entiers qu'il y demeura,
que se plaindre de l'ingratitude publique, et de la misere du
Siecle. Parmy ces plaintes neantmoins il luy prenoit des
enthousiasmes assez agreables, et dans les meilleures Compagnies où il se trouvast, nous l'avons oüy chanter, à propos
et hors de propos :

> Flumina amem silvasque inglorius. O! vbi campi,
> Sperchiusque et virginibus bacchata Lacænis...

et quelquefois :

> Beatus ille qui procul negotiis,
> Vt prisca gens mortalium...

et assez souvent :

> O bien-heureux qui peut passer sa vie
> Entre les siens, franc de haine et d'envie.

Il sembloit qu'il chantast ces Vers beaucoup plus du
cœur que de la bouche, et son ame paroissoit bien purgée
de sa vieille passion. Mais les maladies ont leurs recheutes,
et l'Ambition ne fait pas moins faire de faux sermens que

l'Amour et que le Jeu. Il prit donc envie à cét Homme de revoir le Louvre, et de hazarder vn second voyage. Succombant tout d'vn coup à la tentation qu'il avoit si longuement combattuë, il s'imagina que le Temps estoit devenu meilleur, et qu'il pourroit se raquiter de ses pertes.

Avant que de partir pour Paris, il nous vint voir en nostre Village, et nous communiqua son dessein. Monsieur l'Archevesque de Tholoze, Monsieur l'Evesque de Bazas (celuy qui se disoit Parent de Virgile) et Monsieur *** s'y trouverent ce jour-là. Il leur dit quantité de choses, pour justifier le voyage qu'il entreprenoit, et pas vn d'eux ne les gousta, ny ne fut de son opinion. Mais Monsieur de Tholoze, qui le connoissoit plus particulierement que les autres, et qui prevoyoit qu'il alloit achever de manger son patrimoine à solliciter vne pension, respondit ce qui s'ensuit, à toutes les choses qu'il avoit dites.

PREMIERE HISTOIRE.

Monsieur l'Admiral de Joyeuse donna vne Abbaïe pour vn Sonnet; Ie l'ay oüy dire aussi bien que vous. La peine que prit Monsieur Desportes à faire des Vers luy acquit vn loisir de dix mille escus de rente; Mon Pere qui l'a veû, m'en a asseuré. Mais il m'a asseuré aussi que dans cette mesme Cour, où l'on exerçoit de ces liberalitez, et où l'on faisoit de ces fortunes, plusieurs Poëtes estoient morts de faim ; sans conter les Orateurs et les Historiens, dont le destin ne fut pas meilleur. Dans la mesme Cour, Torquato Tasso a eu besoin d'vn escu, et l'a demandé par aumosne à vne Dame de sa connoissance. Il rapporta en Italie l'habillement qu'il avoit apporté en France, apres y avoir fait vn an de sejour. Et

toutefois je m'asseure qu'il n'y a point de Stance de Torquato Tasso, qui ne vaille autant pour le moins que le Sonnet qui valut vne Abbaïe.

Concluons que l'exemple de Monsieur Desportes est vn
dangereux exemple ; qu'il a bien causé du mal à la Nation
des Poëtes ; qu'il a bien fait faire des Sonnets et des Elegies
à faux ; bien fait perdre des rimes et des mesures. Ce loisir
de dix mille escus de rente est vn Escueil, contre lequel les
esperances de dix mille Poëtes se sont brisées. C'est vn Prodige de ce temps-là ; C'est vn des Miracles de Henri troisiesme ; Et vous m'advouërez que les Miracles ne doivent pas
estre tirez en exemple.

Vn prince estranger estant venu à Paris l'année mille six
cens treize, devint amoureux d'vne des Filles d'honneur de
la Reine Mere, et la fit demander en Mariage. Ce second
exemple fut cause aussi de plusieurs desordres. Il donna
des pensées de grandeur et de souveraineté à toutes les Filles
de la Reyne : Il leur remplit l'esprit de Sceptres et de Couronnes. Il n'y eut point de Demoiselle à la Cour, qui ne
creust pouvoir devenir Princesse. Neantmoins le Prince n'eut
point d'imitateurs, et son action ne fit point de consequence.
Vne infinité espererent en leur beauté, et la beauté d'vne
seule fut recompensée.

Il en est de mesme de toute autre sorte de merite ; Et si
vous n'avez vne revelation tres-certaine que le vostre reüssira
à la Cour, vous ne ferez pas mal de demeurer icy en repos.
Contentez-vous d'avoir perdu vos premieres esperances ; Ne
faites point naufrage encore vne fois. Mais la Cour, me dites
vous, n'est pas si mal-faisante et si cruelle qu'elle a esté :
Elle est plus juste et plus reconnoissante qu'elle n'estoit. Il
vous semble que la Fortune vous appelle sur le bord de
Seine, comme la Victoire appelloit le Roy sur les rives de
Charente, et qu'elle vous crie, IL EST TEMPS DE MARCHER.

Voilà qui est le mieux du monde ; Mais que sçavez-vous si

cette apparition de la Fortune n'est point vne vision trompeuse, et vn phantosme moqueur? Qui vous a dit que les promesses de la Cour ne soient point des pieges qu'elle vous dresse, et des filets qu'elle vous tend? Peut-estre qu'elle ne vous fait bonne mine que pour avoir encore de vos Elegies et de vos stances. Surquoy je vous prie de trouver bon que je vous conte vne Avanture, de laquelle vous ferez vous-mesme l'application.

Vn pauvre homme de Sicile menoit à Palerme vne Barque, qu'il avoit chargée de Figues : Mais ayant esté surpris de l'Orage à la veuë du Port, tout ce qu'il put faire fut de se sauver, en perdant sa Barque. Quelque temps apres, estant assis au bord de la Mer, qui estoit si calme et si riante, qu'elle sembloit le convier à faire vn nouveau voyage; « Ie « sçay bien ce que tu veux, dit le Sicilien à la Mer, tu de-« mandes encore des Figues. »

Si vous ne voulez pas vous laisser persuader à vn homme de village, prenez conseil de vostre Voisin, qui a esté Courtisan, comme les autres, et qui est Poëte aussi bien que vous. Il faut que je vous fasse son Eloge, afin que vous en fassiez vostre profit.

SECONDE HISTOIRE.

Dés son enfance il a paru dans le Monde, et n'a pas desplû aux Spectateurs. Il s'est approché des Grands, et a esté receû en leur familiarité. Monsieur le Cardinal de La Valette l'aima avec chaleur; et cette chaleur eust duré tousjours, sans les mauvais offices que luy rendit vn Bouffon que vous connoissez. Pour l'estime qu'il avoit pour luy, elle s'est conservée entiere dans son esprit, jusques à sa mort, en despit des mauvais offices et des Bouffons.

II   20

La presence et l'absence de vostre Voisin plaisoient également au Cardinal, parce que leurs entretiens de vive voix
continuoient par escrit; Et cecy suffira pour vous faire juger
du reste : Les lettres qu'il recevoit de luy luy estoient si
agreables, qu'il en avoit mis en Proverbe le merite. Il disoit
ordinairement, quand il vouloit loüer quelque chose : « Ie
« ne fais pas plus d'estat des Lettres d'vn Tel; les Lettres d vn
« Tel ne me sont pas plus cheres que telle, ou que telle
« chose. »

Feu Monsieur le Duc d'Espernon, avec lequel il fit le
voyage d'Amadis, je veux dire le voyage de Blois, qui tient
plus du Roman que de l'Histoire, le proposa à la Reyne
Mere du Roy, pour estre Secretaire de ses Commandemens ;
et il est certain que s'il eust voulu s'ayder, il pouvoit d'a-
bord remplir cette Place : Vous sçavez qu'elle estoit vuide
par l'absence de Monsieur de Villesavin, et qu'en ce temps-
là Monsieur d'Espernon pouvoit tout auprés de cette Princesse ; Monsieur de Luçon n'estant pas encore revenu du
lieu où Monsieur de Luïnes l'avoit relegué.

Ce Monsieur de Luçon avoit veû je ne sçay quoy de vostre
Voisin, « qui luy avoit, disoit-il, chatoüillé l'esprit, »
et qui l'obligea de rechercher son amitié. Ayant apporté
d'Avignon vn desir passionné de le connoistre, il luy fit vne
infinité de caresses à son arrivée à Angoulesme. Il le traita
d'Illustre ; d'Homme rare ; de Personne extraordinaire. Et
l'ayant vn jour prié à disner, il dit à force gens de qualité
qui estoient à table avec luy : « Voilà vn homme (cét
« homme n'avoit alors que vingt et deux ans) à qui il fau-
« dra faire du bien, quand nous le pourrons, et il faudra
« commencer par vne Abbaïe de dix mille livres de rente. »

N'est-il pas vray qu'on ne sçauroit gueres voir de plus
beaux commencemens? A Rome on luy eust là dessus presté
de l'argent ; On eust fait des gageures sur ces avances de la
Fortune. Toutefois les choses en sont demeurées là. Mon-

sieur le Cardinal de Richelieu ne s'est point souvenu de ce
qu'avoit dit Monsieur l'Evesque de Luçon ; et vostre Voisin
non plus ne s'est pas mis beaucoup en peine de l'en faire
souvenir. Veritablement il luy a escrit trois ou quatre Lettres, en cinq ou six ans, et s'est presenté autant de fois devant luy : Mais je vous responds qu'il ne l'a jamais fait, sans
se faire violence. J'ay veû le fonds de son ame ; Il a tousjours fuy l'employ, avec plus de soin que les autres ne
le cherchent. Il n'a adoré la Faveur que pour ne desobeïr
pas à la puissance paternelle, et par consequent, s'il a esté
ambitieux, ce n'a pas esté de sa propre ambition, mais de
celle de son Pere. Aujourd'huy son Pere et luy sont du
mesme advis : Le bonhomme s'est guery de la Cour, sur ses
vieux jours, et son Fils fait bien voir qu'il n'en fut jamais
malade.

En l'estat où il a mis son esprit, il n'a pas plus de pre-
tention à Paris qu'à Constantinople. Il n'est point des Confidens du Favory, mais il est encore moins de ses Importuns.
Il ne demande au Roy que la permission de se promener au
Soleil quand il fait froid, et à l'ombre quand il fait chaud.
Il dit qu'il connoist son peu de merite, et la justice que luy
fait la Cour de ne luy faire point de grace. En cela il est
d'accord avec elle. Mais de plus il proteste, et il me l'a juré,
par tout ce qu'il y a de sainct et de sacré dans le Monde,
que s'il prenoit phantaisie à la Fortune de lui faire du bien
presentement, elle trouveroit vn homme qui ne voudroit
point de ses faveurs.

Ce n'est ni humilité Chrestienne, ni orgueil Philosophique ; il confesse ingenüement que c'est vne mauvaise honte,
vne paresse d'Escholier, vne infirmité de Malade. Il est si
accoustumé à la chambre, qu'il n'y a point de Mitre pour
laquelle il voulust changer son bonnet de Nuict, qui est aussi
le plus souvent son bonnet de Iour. Il s'accommode bien
mieux avec sa tranquille Pauvreté qu'il ne feroit avec des

Richesses inquietes ; Ainsi parle-t'il de sa Retraite, et de la mediocrité de son Bien.

Vn de ses Alliez estant dernierement à Paris, se servit de son nom, sans qu'il en sçeust rien, pour demander quelque chose au Roy. C'estoit vne place à bastir, au Faubourg Sainct-Honoré, le don de laquelle luy fut accordé, et Monsieur le Chancelier l'obligea extrêmement en cette occasion. L'affaire estoit de prés de dix mille escus, à partager entre luy et son Allié, mais l'advis se trouva faux, et le Don scellé ne servit de rien. Voicy ce qu'il m'en escrivit, dans vne Lettre que je receus de luy, le jour que je partis de Fontainebleau, pour venir en ce pays.

Monsieur de Tholoze tira la Lettre de sa pochette, et nous en leût les lignes qui suivent.

EXTRAIT D'VNE LETTRE ESCRITE A MONSIEVR L'ARCHEVESQVE DE THOLOZE.

« Au reste, vous sçavez bien qu'on a eu dessein de me
« faire gaigner cinq mille escus. Celuy qui vous rendra cette
« Lettre s'est servy de mon nom dans vne Requeste, et m'a
« fait parler comme il a voulu. Au bout du compte, je n'ay
« rien receû du Roy, mais je dois beaucoup neantmoins à
« Monsieur le Chancelier. Il ne faut donc pas que ma gra-
« titude se perde, quoy que mon affaire soit ruïnée. Vous
« verrez par les Vers que je vous envoye, que non-seule-
« ment j'ay remercié, mais que j'ay remercié en musique.
« Il ne tiendra pas aux Vers que le Monde ne croye que le
« Poëte est devenu riche, et que j'ay fait bastir vn Palais,
« dans la place qui m'avoit esté donnée par le Roy. Mes
« Muses seroient pourtant sur le pavé, si elles n'avoient
« point d'autre logement que celuy-là. Mais quand le Palais

« leur auroit esté donné avec la Place, je delibererois si je
« les devrois faire partir d'icy : Leur demenagement m'in-
« commoderoit plus que je ne tirerois de commodité de ce
« nouveau droict de Bourgeoisie : il vaut mieux qu'elles et
« moy soyons eternellement champestres : Leur destin le
« veut, et mon inclination le veut encore plus que leur
« destin. »

Le bon est qu'en cela il ne jouë point le personnage d'vn
autre. Iamais homme ne fut moins Comedien que luy. Il est
riche à sa façon des richesses publiques, des richesses innocentes. Le Matin, le Soir, les belles heures du jour sont à
luy. Comme le Soleil luy donne liberalement la seule chose
qu'il en desire, il ne la reçoit pas en ingrat, et il croit luy
estre bien plus obligé de sa lumiere qu'il ne luy seroit de
son or, parce que « la lumiere (ce sont encore ses termes)
« entre dans son ame, avec la joye ; et l'or l'embarrasseroit,
« sans le resjoüir. » Il mesprise tous les autres fardeaux de
la vie ; toutes les autres matieres mortes. Il n'estime pas
mesme les Diamans, quand il les compare à cette Lumiere,
qui vaut tant, et qui ne couste rien, de laquelle les Diamans,
quelque esclatans et brillans qu'ils soient, ne sont que
d'obscures et d'imparfaites images. Ie sçay bien qu'vne pareille Philosophie ne sera pas au goust de ceux qui font
payer les Aisez, et qui levent les Subsistances. Mais les gens
d'affaires ont leurs opinions, et il a les siennes.

Son jardin s'estend jusqu'où s'estendent ses yeux, qui luy
descouvrent, des fenestres de sa Chambre, vne Province en
abbregé ; qui le mettent en Possession d'vne grande Plaine,
aussi agreable que fertile, admirée par les Poëtes faiseurs
de Descriptions, et par les Peintres faiseurs de Paysages. De
cette sorte il s'approprie le bien d'autruy, sans faire tort à
personne. Il puise à la Source, et la Ville n'a que ses restes.
Il joüit de la pureté des choses visibles, de la veritable Na-

ture, et telle qu'elle est, avant que l'Art et que le Luxe l'ayent falsifiée.

Ne vous souvenez-vous point de ce bon-homme des Georgiques de Virgile, qui dans vn petit morceau de Terre bien mesnagé, *Regum æquabat opes animis;* qui cueilloit les premieres roses du Printemps et les premieres pommes de l'Automne?

Primus Vere rosam atque Autumno carpere poma.

C'est l'image de la vie de vostre Voisin, et il me semble de le voir semer ses melons, et planter ses choux.

..... Œbaliæ sub turribus altis,
Quà piger humectat flaventia culta Galesus.

Ce qui se pourroit ainsi changer, pour parler historiquement, et passer de l'Image à la Personne :

..... Engoleæ sub mœnibus altis,
Quà pater humectat fœcunda Carentouus arva.

Le Philosophe que Seneque allegue si souvent « ne vou-« loit que du pain et du fromage, pour disputer de la feli-« cité avec Iupiter. » Celuy-cy a quelque droict de plus. Et quand nous l'allons voir, il ne nous fait pas mauvaise chere : Mais quand je considere les bons intervalles de ses maux, son loisir et sa liberté, ses meditations et ses exercices : je vous advouë que quoy que je l'aime extrêmement, je suis tenté du peché d'envie ; et quoy que je me porte mieux que luy, je l'estime plus heureux que moy. Peu s'en faut que je ne luy demande à troquer Tholoze contre son Desert.

Monsieur de Tholoze dit ces derniers mots en souriant. et conclut de cette sorte.

Ce n'est donc pas assez d'estre Poëte, comme vostre Voisin : Soyez Philosophe comme luy, et vous y gaignerez beaucoup. Pour le moins, vous vous espargnerez les frais du voyage de Paris, et l'achapt du carosse, dont vous nous avez parlé. Obtenez d'abord et sans peine, de la moderation de vostre esprit, ce que vous ne sçauriez recevoir qu'apres vn long-temps et vn long travail, de la liberalité de la Fortune. Faites davantage, mon bon Monsieur, piquez-vous d'honneur et tesmoignez du ressentiment. Le mespris se vange par le mespris. La Cour n'a point voulu de vous; Monstrez-luy que vous n'avez que faire d'elle :

> ..... et omitte mirari beatæ
> Fumum et opes strepitumque Romæ.

Ou comme l'a imité vn de nos Poëtes de Languedoc qui se vante d'avoir estudié sous feu Monsieur de Malherbe,

> N'admirez plus la Cour, fuyez les Favoris,
> Le mauvais air, la bouë et le bruit de Paris.

ENTRETIEN IX.

QV'IL N'EST PAS POSSIBLE

D'ESCRIRE BEAVCOVP ET DE BIEN ESCRIRE.

A M. CHAPELAIN,
Conseiller du Roy en ses Conseils.

Il faut peu de livres pour estre sçavant, mais advoiions qu'il en faut beaucoup moins pour estre sage ; et il est certain que les gens dont je veux parler se servent d'ordinaire de la Science contre la Raison. Ils chargent tousjours leur memoire, et ne songent jamais à former, ny à cultiver leur Iugement. Copistes, Recitateurs, Allegateurs eternels, Ils ne disent rien, ils ne sçavent que redire, à peu prés comme ces Messagers d'Homere, qui rapportent tousjours en mesmes termes le commandement qu'on leur a fait.

Mais ils font vn Livre en moins de huict jours. Ce n'est pas chose si difficile, puisque pour faire ainsi des Livres, il ne faut qu'avoir la patience de transcrire ceux d'autruy : Il ne faut qu'vne aiguille et du fil pour coudre les estoffes qu'ils ont desrobées de tous costez. Ils ne travaillent que des doigts et de la memoire : quelquefois de la premiere pointe de l'Imagination qui agit promptement et à la haste ; au lieu que les operations du Iugement sont le plus souvent

enies et tardives. Ils n'employent pas beaucoup de temps à
leurs Ouvrages, parce qu'ils les bastissent sans art, et d'vne
matiere fortuite. Les bornes de leur esprit estant courtes, il
n'est pas merveille, s'ils y arrivent incontinent, et s'ils les
touchent du premier coup.

Tous les animaux ne ruminent pas: Tous les esprits ne
sont pas capables de meditation. Il y en a qui jettent d'abord
toute leur vertu ; il y en a qui n'ont rien que la superficie
et le dessus : S'ils veulent passer outre, ils trouvent la lie
lés le milieu, sans aller jusques au fond. Ceux qui ne se
donnent point de peine à faire leurs Livres en donnent
souvent à ceux qui les lisent. Pour le moins il n'est pas possible qu'ils escrivent avec les graces et les ornemens, qui ne
se doivent qu'à l'Art, qui sont tirez de la bonne imitation,
qui ne se trouvent point, si on ne les cherche. C'est trop peu
estimer le Public de ne prendre pas la peine de se preparer,
quand on traite avec luy : Et vn homme qui paroistroit en
bonnet de nuict et en robe de chambre, vn jour de Ceremonie, ne feroit pas vne plus grande incivilité que celuy
qui expose à la lumiere du Monde des choses qui ne sont
bonnes que dans le particulier, et quand on ne parle qu'à
ses familiers ou à ses valets.

Cette negligence n'est pas supportable : et j'eusse encore
plustost pardonné à la superstition de cet ancien Orateur,
qui ne plaidoit, ny ne haranguoit jamais, qu'outre l'estude
et la meditation qu'il y apportoit, il ne consultast les Devins
pour sçavoir quel succez auroit vne action, qu'il estimoit
vne des plus importantes de sa vie.

Mais s'il est besoin de se preparer quand on parle en public, et qu'on n'a qu'à contenter vne Assemblée composée
d'vn certain nombre de Personnes, qui se laissent tromper
au son de la voix, et à la grace de la prononciation, et qui
ne peuvent asseoir de jugement asseuré sur des choses pas-
sageres et qui fuyent ; Que faut-il faire quand on a vn Thea-

tre qui n'est point borné, et qu'on se presente devant vne
multitude infinie de Spectateurs, qui vous regardent d'vn
esprit tranquille et reposé ? qui considerent vos Ouvrages
en la pureté de leur naturel, despoüillez de tous les avantages de l'action, sans lesquels ce qui a paru beau l'est quelquefois aussi peu que ces femmes, qui sont si bien peintes
et si bien coiffées, quand elles ont laissé leur beauté sur
leur toilette ?

L'Autheur de l'Art Poëtique veut qu'on fasse et qu'on de-
fasse ; qu'on escrive et qu'on raye dix fois vne chose avant
que de la laisser en l'estat où il faut qu'elle demeure. Mais
ce n'est pas tout, car apres tant de travail et tant de façon, il veut encore qu'on garde cette chose neuf ans entiers
dans le Cabinet, avant que de la produire aux yeux du
Peuple.

Cét advis n'a pas esté mesprisé par ceux qui ont voulu
aller plus loin que les autres, et qui ont visé à la perfection
de l'Art ; et sans alleguer Isocrate pour les Anciens, qui employa quinze ans à la composition d'vne Harangue : ny Sannazar pour les Modernes, qui en mit vingt aux trois livres
qu'il a faits de l'Enfantement de la Vierge : ny ce grand espace de temps que vous avez desja donné à vostre Pucelle,
sans compter celuy que vous luy donnerez encore (car
vous connoissant comme je fais, il m'est permis de comparer vostre Poëme à tout ce qui s'est fait, ou se fera jamais
de plus beau); Il faut que je vous die quelque chose de nostre Monsignor de la Casa.

Cét excellent Homme joüissoit d'vne santé assez vigoureuse, il vivoit dans le loisir tantost de Rome et tantost de
Venise : Et neantmoins il n'a laissé en toute sa vie, qu'vn
Livre de l'espaisseur de deux Almanachs. Ce n'est pas qu'il
eust l'esprit sterile, et qu'il cultivast vne terre ingrate; car
jamais homme n'apporta au monde de plus grands avantages naturels, ny plus de disposition à l'Eloquence: Mais c'es-

toit l'Eloquence Attique qu'il cherchoit, et non pas l'Eloquence Asiatique. Il aimoit mieux vne petite piece de terre, où il n'y eust que de belles fleurs, des simples exquis et des plantes rares, que de grandes campagnes de bled noir; que des pays tous entiers, où il ne se recüeillist que de l'avene et du gland.

Cét excellent Homme avoit accoustumé de dire en riant avec ses Amis qu'il rejettoit les premieres pensées qui luy venoient, comme autant de tentations du Malin Esprit, et qu'il ne se servoit pas indifferemment de toutes les bonnes choses; Mais qu'entre les bonnes il choisissoit les meilleures, et que celles-cy estant en fort petit nombre, il estoit bien difficile d'en composer de gros Livres. Aussi a-t'il escrit d'vn stile si religieux et si chaste, et a exprimé la force et la dignité de ses pensées avec vne diction si noble et si relevée, qu'il est aisé à voir qu'il ne se contentoit pas si facilement que ceux qui nous ont donné le subjet de ce Chapitre.

Si l'Homme que vous connoissez, et qui fait toute sa gloire d'estre en vostre approbation, vouloit enfler ses Escrits de ceux d'Autruy; s'il vouloit à tout propos vser de redites importunes; faire entrer par force dans ses Discours de longues et ennuyeuses traductions; En un mot, Monsieur, s'il vouloit desplier ses Lieux òommuns; je puis dire sans exagerer les choses qu'il pourroit faire des Livres de la taille de Calepin. Mais son ambition non plus que la vostre, n'est pas de remplir les bibliotheques : Et parce qu'il a souvent oüy dire qu'il faudra rendre compte au dernier jugement de la moindre parole oysive; il aime mieux en dire et en escrire moins, et n'avoir pas à rendre vn si grand compte à Nostre Seigneur. Il fait assez d'autres pechez, sans aller grossir vn volume de synonymes, d'amplifications, de digressions, qui seroient subjettes à correction.

D'ailleurs n'est-il pas vray qu'on trouve des charmes dans

la paresse? Et ne vous souvient-il pas d'avoir leù dans vostre Tacite, *Invisa primùm inertia, postremò amatur?* Il y a
vne certaine douceur à ne rien faire, vne certaine mollesse
voluptueuse, de la nature de celles qui se trouvoient dans
les Palais enchantés, au siecle des Amadis. Quand on a vne
fois goustó de cette douceur, il est aisé de s'en enyvrer, et
estant yvre de perdre la memoire de toutes choses. Elle nous
fait oublier le soin que nous devons avoir de nostre reputation, les promesses que nous avons faites au Public, et les
avantages que l'envie peut prendre de nostre silence.

Celuy que vous connoissez se fonde sur ces principes, et
cherche ainsi des pretextes et des raisons pour estre legiti-
mement paresseux; mais quand il seroit le plus diligent de
tous les Ouvriers, et qu'il aimeroit les Escritures autant qu'il
les apprehende; comment veut-on qu'vn corps languissant
et abbattu puisse suyvre les mouvemens rapides d'vn grand
courage? qu'vn homme travaille d'vn costé, et qu'il soit
travaillé de l'autre? Ne seroit-ce pas vne espece de miracle
qu'entre la fievre, et tant d'autres maux, cét esprit si em-
pesché de son corps, et si accablé de ses maladies, pust rendre quelque service à point nommé? Si on pouvoit separer
de la vie de vostre Amy les jours que la douleur et la tristesse en ont retranchez, il se trouveroit que depuis qu'il est
au monde, il n'a pas vescu vn an tout entier : et quand il
auroit employé à se delasser de ses peines, et à se consoler
des maux passez, le peu de temps qu'il a eu de bon, il luy
semble qu'il ne luy doit point estre envié, et que personne
n'a droict de luy demander ses Œuvres; puis qu'en l'estat
où il est, il n'en fait point que de surerogation, comme il
croit vous avoir dit autrefois.

Neantmoins certaines gens ne laissent pas de le tourmenter, et de vouloir qu'il ait tousjours quelque chose de nouveau pour les divertir. Ils exigent de luy ces choses nouvelles,
comme si c'estoient des debtes, auxquelles il fust obligé

pardevant Notaires; ils se plaignent de ce qu'il ne paye pas
à point nommé. Apres la premiere et la seconde partie, ils
demandent incontinent la troisiesme : ils disent qu'il se fait
trop attendre, et qu'il ne faut pas ainsi faire languir les
gens.

Chose estrange ! on s'estonne qu'vn Artisan mette six
ans à faire vne Piece, et on ne s'estonne point que la pluspart des hommes en mettent soixante à ne rien faire. On
blasme la longueur qui produit, et on souffre celle qui ne
produit point. D'autres peuvent joüer, badiner, et dormir
impunement tout vn siecle, et on nous reproche le temps
que nous employons à des veilles honnestes et vertueuses.
Vous voyez, Monsieur, que la faineantise et la lascheté sont
bien mieux traitées que nostre industrie et nostre travail;
car on n'attend pas moins de vous que de moy.

ENTRETIEN X.

LE FAVX CRITIQVE.

AV MESME.

Puis que vous voyez le Grammairien Colotes, et que vous
estes le seul avec lequel ce farouche s'aprivoise ; je vous prie
de luy faire des remonstrances, pour le bien de la Societé,
et pour le sien propre. Essayez de le rendre capable de discipline ; proposez-luy les exemples dont il a besoin : et pour
commencer à le guerir, lisez ensemble l'avanture de Cœlius

dans les controverses de Seneque ; *vbi obtrectator ille infelix, de curio suo mortuo Ciceroni satisfecit.* Le fils de Ciceron, comme vous sçavez, Monsieur, fit donner les estrivieres (selon nostre façon de parler, car en ce temps-là on ne se servoit point d'estriers) à ce pauvre Rhetoricien ; ayant esté adverti qu'il prenoit à tasche de descrier les Livres et l'Eloquence de son Pere. Il creut par là refuter ses objections, et luy respondre comme il faloit.

Mais cette Avanture est peut-estre trop douce pour corriger le Grammairien. Faites-luy peur de la fin tragique de Zoïle, qui paya de la vie l'intemperance de sa langue, et trouva en Egypte vn vengeur impitoyable des vers d'Homere, desquels il avoit mesdit en Grece. Faites-le souvenir du destin d'Anitus et de Melitus, qui furent malheureux, tant en leur personne qu'en celle de leur posterité; qui sont encore odieux au Monde present, apres avoir eu les maledictions du Monde passé.

Il n'est rien de si sale, personne n'en doute, que de faire mestier de reprendre. La qualité d'Accusateur a esté de tout temps vne tres-vilaine chose. Et quelles plaintes ne font point les Grecs de leurs Sycophantes, et les Romains de leurs Delateurs? L'estude mesme de la Sagesse n'a pû nettoyer de cette tache d'infamie certains Philosophes, qui sont si maltraitez dans les Dialogues de Lucian ; et qui n'y font pitié à personne, quelque mauvais traitement qu'ils y reçoivent. Auroit-on dessein de remettre dans le Monde cette Secte condamnée; cette Philosophie medisante; cette profession publique de japper, de mordre et de deschirer, cette Metamorphose d'hommes en chiens? voudroit-on restablir l'Ordre des Peres Cyniques, et encore le restablir à la Cour; car passe pour l'Vniversité, où il n'est pas nouveau de se tourmenter et de s'agiter jusqu'à la fureur, de combattre à outrance pour des syllabes et pour des virgules.

l'ay veû autrefois en ce pays-là vn petit Bon-homme, qui

s'attachoit ainsi crüellement sur tout ce qui estoit escrit;
qui ne trouvoit rien de supportable dans les Livres; qui ne
les alleguoit jamais que pour les reprendre; qui mesdisoit.
au lieu d'enseigner, depuis le matin jusqu'au soir. Il fut
toute sa vie attaquant perpetuel contre quiconque vouloit
parler ou escrire. On l'appeloit d'ordinaire le Tyran du Mont
Saincte Genev018ve. Mais improprement à mon advis; car sa
Tyrannie n'estoit bornée ny par les montagnes, ny par les
mers : Elle s'estendoit d'vne extremité de la Terre à l'autre.
et depuis le commencement du Monde jusques à cette heure.
Il estoit le Persecuteur vniversel de l'ancienne Vertu et de
la moderne, de tous les Vivans et de tous les Morts, jusques
à ressusciter les querelles faites à Virgile, sur *Cujum pecus;*
sur *Dulichias vexasse rates*, sur *illaudati Busiridis;* jusques
à poursuivre les droits de Palæmon et d'Orbilius, et à re-
nouveller les actions intentées il y a plus de seize cens ans
contre les Orateurs et contre les Poëtes, contre les Latins et
contre les Grecs.

Son desplaisir estoit que les vieux Gaulois, les Egyptiens
et les Indiens n'eussent point composé de livres qui fussent
venus jusques à nous; que les Druides, les Gymnosophistes.
et les Brachmanes n'eussent rien laissé par escrit, sur quoy
il pust exercer sa Tyrannie. Ce petit Bon-homme est le
mesme qui disoit à ses escholiers qu'il n'y avoit que Dieu et
luy qui sçeussent l'explication d'vn tel vers de Perse, d'vn
tel Passage de Plaute, et ainsi du reste.

Colotes fait en manteau court, et dans la conversation, ce
que faisoit l'autre en robbe longue, et dans la chaire du College de Cambray. Mais il me semble que ce qu'il fait n'est ny
beau, ny bon; quoy qu'il puisse dire de l'innocence de ses
intentions, et quelque pretexte qu'il prenne de n'en vouloir
qu'à l'Ignorance et à la fausse Doctrine. Ce qu'il fait n'est
pas estre desireux d'instruire, et avoir envie de destromper
les gens : ce n'est pas, comme il dit, courir apres la Raison

et chercher la Verité par les Doutes et par la Dispute. Qu'est-
ce donc à vostre advis? Ie vais vous le dire, afin qu'il le sçache de ma part, et qu'il s'en corrige. C'est salir, c'est ronger,
c'est gaster les belles choses, c'est faire ce que font les rats
au logis, et les chenilles dans le jardin.

Que si ces images ne plaisent pas à Colotes. et s'il dit
qu'elles sont trop viles et trop laides; car il fait quelquefois le delicat; traitons-le selon son humeur, et contentons
sa delicatesse par de plus nobles comparaisons, et ayons
quelque complaisance pour celuy qui n'en eut jamais. Faire
ce qu'il fait n'est pas estre juste et legitime Ennemy, qui
declare la guerre à celuy-cy ou à celuy-là : c'est estre Ennemy public, qui ne pardonne à qui que ce soit : c'est estre
Assassin : c'est estre Pirate, qui ne fait point de difference
entre le Citoyen et l'Estranger ; qui guette tous les passages
et tous les destroits; qui croit tout de bonne prise; qui attaque sans distinction la banniere de France et celle d'Espagne.

Ce mestier n'est pas vne occupation honneste; n'est pas
vn exercice innocent ; n'est pas mesme vn vice discret, qui
se contient dans le domestique. et n'offense pas les yeux
du monde. Disons que c'est vne possession ouverte de mauvaise humeur, vn chagrin superbe et presomptueux, qui se
produit au dehors avec vanité, qui cherche la gloire et les
applaudissemens : Disons que c'est quelque chose de pis et
de plus crüel que tout ce que nous sçaurions dire. Figurons-
nous en ce vice mal-faisant vne beste farouche, qui a rompu
sa cage et s'est deschaisnée ; qui court les rues et se jette
au visage des passans.

Si vne si barbare hostilité continuë, et que vos instruc-
tions ne changent point l'esprit de Colotes, il faudra garder
le silence avec plus de religion que les Pythagoriciens. Il
faudra fuïr pour jamais la lumiere du grand Monde et la
celebrité du public. Vn desert plus reculé et plus caché

que le mien ne le sera pas assez, pour se sauver de la persecution du Tyran. Les choses demeurant en cet estat, il n'y aura point de Prose si determinée, ny de Vers si temeraires, apres ce que nous avons veû, qui osent passer du Cabinet à la Chambre, bien loin de se hazarder d'aller jusqu'à la Galerie et jusqu'à la ruë Sainct Iacques.

L'Homme que vous connoissez estoit sur le point d'envoyer à Paris quelques-vns de ses Ouvrages. Mais il s'arreste tout court, et demande premierement seureté, pour les faire partir de chez luy. Il n'a garde de laisser sortir de sa cassette vne seule ligne, qu'il n'ait obtenu vn passe-port de Colotes. Mais vn passe-port qui n'oublie rien de son equipage; non pas mesme les advis de l'Imprimeur au Lecteur, qu'on n'estoit point obligé de garantir jusques-icy; non pas mesme quelques paroles de Platon et d'Aristote, qui pourroient s'estre meslées avec les siennes, et qui ne seroient pas, non plus que les siennes, inviolables à Colotes.

Encore apprehende-t'il cét Homme que vous aymez, de se produire avec toutes ces precautions. Les animaux de l'humeur de nostre Fascheux sont tousjours farouches, et il leur prend des convulsions si estranges et si subites, qu'ils ne se souviennent, ny de ce qu'ils ont promis, ny des personnes qui leur font du bien. De sorte, Monsieur, que je ne vous tiens pas mesme en asseurance auprés de ce Monstre, qui voudra peut-estre vn jour infecter de son haleine et mordre de sa dent enragée vostre Ouvrage divin, vostre Pucelle, dont les premiers traits ont desja charmé tous les esprits. Ie souhaite ardemment que la publication s'en fasse avant que je meure, afin d'en pouvoir admirer toutes les beautez, et d'estre vn de ses Chevaliers contre ceux qui oseront attenter à son honneur, s'il se trouve plusieurs Colotes.

ENTRETIEN XI.

LE FAVX CRITIQVE.

AV MESME.

Puis que je me trouve maintenant de loisir, il faut que j'acquitte ma promesse de l'autre jour, et que j'acheve ce qui me reste à vous dire de Colotes ; Aussi bien m'avez-vous tesmoigné que j'avois esté d'assez belle humeur dans la Conversation par escrit, que j'ay euë sur son subjet avec vous, et que vous y aviez pris plaisir. Il ne m'en faudroit pas davantage, Monsieur, pour me disposer à entreprendre vne matiere difficile ; et ainsi il m'est fort aisé de vous obeïr en vne que j'ay toute preste. Ce qui m'en pouvoit destourner, c'est le peu de disposition que vous trouvez en ce Galant homme de profiter de nos remedes : mais la perte n'en est pas grande, puis qu'il n'entre dans leur composition que des paroles. Si vne telle maladie n'est pas de nostre Art, et que le malade n'ait besoin que d'Ellebore, comme vous dites si agreablement, nous pouvons rire de la pitié que nous luy faisons, de n'estre pas de son advis, et prendre nostre passe-temps de ses extravagances. Mais je porte avec impatience, qu'outre Colotes, il y a encore de jeunes temeraires, des Icares, des Phaëtons, des Capanées, qui à son exemple se meslent d'vn si vilain mestier, et se sont laissé empoisonner de ses anti-raisons. Guerissons-les, s'il est possible ; car d'ailleurs ils ont du merite, et leur monstrons jusques où peut aller vne honneste liberté, qui a ses limites certaines et reglées.

Tout est disputable, tout est problematique dans le monde, je le sçay bien. Tout reçoit des doutes et de la contradiction. Il n'y a rien qui n'ait deux visages et plusieurs sens; rien de si loüable qui n'ait besoin d'estre excusé en quelqu'vne de ses parties; rien de si fort, dont on ne trouve le foible, et qu'on ne puisse attaquer avec des raisons apparemment aussi bonnes que seront celles avec lesquelles on le peut defendre.

Le champ est ouvert à quiconque y veut entrer; il est exposé au pillage du premier venu. Les Loix nous laissent faire, en matiere d'esprit et de Livres; elles nous abandonnent les vns aux autres. Et qui est-ce qui vous empeschera, pour passer le temps, et pour fuïr oysiveté, d'exercer chez vous vne inquisition privée, et d'y faire le Maistre du sacré Palais, de deschirer les Autheurs, en maniant les Livres, d'effacer tout Virgile de vostre main, comme fit Malherbe tout Ronsard? Ce sera vous-mesme, Monsieur, estant sage et modeste comme vous estes, qui vous en empescherez. Vous ne donnerez point à vostre esprit, tout eslevé qu'il est, la liberté de juger souverainement de Virgile. Vous ne luy permettrez point de rien trouver de mauvais, non pas mesme rien de mediocrement bon, de ce qui vient de la bonne Antiquité. Voicy vn de vos dogmes, et auquel j'ay souscrit il y a long-temps : « que c'est vne espece de sacrilege, de ne pas « assez estimer les Anciens, qui nous ont tant obligez, » et au nombre desquels je commence à mettre à mon grand regret le Cardinal Bentivoglio.

Mais est-il bien vray, Monsieur, que nostre Pedant, apres ses autres insolences, ait encore barboüillé l'Histoire de Flandres de plusieurs notes injurieuses, et qu'il s'emporte sur ce subject en toutes sortes d'occasions? l'ay tant d'obligation à cét excellent Cardinal, et tant de reverence pour sa

memoire, que je ne sçaurois voir sans quelque sorte d'emotion l'injustice qui lui est faite, quoy qu'elle luy soit faite
par vn Faquin. Sa folie seroit plus grande à la verité s'il
avoit jetté de la bouë sur nos Images, mais on ne l'en tiendroit gueres plus fou. Il y a des gens en Italie qui cherchent
des Lombardismes dans cette Histoire, je le sçay bien. Il y
en a ailleurs qui l'accusent de haranguer plus qu'il ne devroit. Pour moy j'admire par tout, comme vous faites, la
pureté et la noblesse de sa diction ; l'esclat et la force de ses
harangues. I'en fais autant de celle de Tite-Live, quoy qu'ait
pû dire autrefois l'Empereur Caligula, qui l'appelloit *in
historia verbosum*.

Dissimulons, desguisons, cachons, s'il est possible, les
petits manquemens des grands Personnages; à tout le moins
en public, et pour donner bon exemple au Monde. En certaines occasions soustenons contre nostre advis particulier,
contre le tesmoignage de nos yeux, contre les objections de
nostre Dialectique et de notre Grammaire, que ces grands
Hommes n'ont point fait de fautes, ou que leurs fautes ont
esté belles; qu'ils n'avoient point de defauts, ou que leurs defauts estoient plustost des vertus imparfaites que des vices.

Qu'on ne pense pas neantmoins que je veüille que nous
perdions l'vsage de nostre jugement, et que j'entende que
nous adorions aveuglement toute l'Antiquité. Ie ne veux en
cecy que du respect pour les noms illustres, que de la civilité pour les Personnes. Quand nous croirons estre obligez
de nous departir de leurs sentimens, dorons et parfumons
nos objections. Si la verité nous y oblige, separons-nous de
nos Maistres ; mais prenons congé d'eux de bonne grace, et
tousjours avec des protestations de fidelité pour l'advenir.
Ne faisons pas comme nostre Amy Muret, qui commence
vn Chapitre de ses diverses leçons par *Falsum est quod
ait Petrus Victorius*. Au lieu de donner des dementis à
des gens de ce merite, taschons de nous esclaircir de la

Verité; demandons permission d'avoir des scrupules, de hesiter et de douter. Parlons de nos doutes, comme les Peuples presentent leurs Remonstrances à leurs Souverains. Ne disons pas qu'ils s'égarent, disons que nous ne pouvons pas les suivre; que les Aigles volent trop haut, et que les hommes les perdent de veuë.

Nostre retenuë sera bien esloignée de l'insolence du Docteur Ramus, qui faisoit profession d'inimitié avec les Heros de tous les Ages; qui particulierement vouloit triompher de Ciceron, qui le vouloit supprimer, et luy oster la vie encore vne fois, s'il luy eust esté possible, avec l'honneur. Il n'y aura rien en nostre procedé de la barbare malignité de ce George de Trebisonde, qui deschira la memoire de Platon par vn Livre scandaleux, comme vous verrez à la fin de ce Chapitre, dans vn passage tiré des Eloges de Paul Iove. Enfin, Monsieur, cette modestie n'aura rien de commun avec l'orgueil de Colotes, qui voudroit vsurper dans la Republique des Lettres vne Dictature perpetuelle, et l'vsurper sans forces, sans merite, sans le consentement du Peuple. Il mesprise également l'ancienne et la nouvelle Raison, et ne fait d'estat ny d'Aristote, ny de Monsieur Des Cartes. Il s'imagine des defauts en quelque lieu qu'il jette la veuë, et ses lunettes luy grossissent les objets de telle sorte, que les moindres atomes luy semblent des Montagnes. I'ay oüy dire de plaisantes choses de ce galant homme, et entr'autres qu'il a bien de la peine à advoüer qu'Homere sçeust faire des Vers, et Demosthene des Periodes.

Erat Georgius Trapezuntius ingenio ad lucubrandum maxime valido, vehementique, sed trucis livoris pleno. Nam cùm se Peripateticum profiteretur, vnumque Aristotelem extollendo celebraret, vsque adeo superba aure fuit, vt nec divini quidem Platonis ingenium laudari pateretur; cujus etiam dogmata, et mores paracerbè ac insolenter edicto famoso volumine laceraret. Sed Bessarione generosâ erudi-

21.

tione, illustrique facundiâ Platonem defendente, Georgius vim tanti fluminis sustinere non potuit, cùm publicâ invidiâ deflagraret, quod summæ authoritatis Philosophum, magistrum sanctioris vitæ, ac ideo Christianæ disciplinæ proximum, impio ac incesto ore proscidisset.

ENTRETIEN XII.

QV'IL N'EST PAS HONNESTE DE SE COMMETTRE

CONTRE TOVTE SORTE D'ATTAQVANS.

AV MESME.

Vostre derniere demande me fait croire que vous n'estes point las de mes Escritures, puisque vous voulez que je parle encore, et que vous m'y invitez de la plus obligeante maniere du monde. Vous desirez sçavoir de moy ce qu'il me semble du conseil que vous avez donné à vn de vos Amis, de ne se point declarer en vne certaine division de l'Eschole, et sur quelques questions qui ont partagé Messieurs les Maistres. Apres ce que vous faites, Monsieur, il ne reste jamais rien à faire : Et pourquoy s'embarrasser d'vn grand procez, qui sera immortel s'il n'intervient de puissance superieure pour le terminer? car ce seroit trop peu de dire vne authorité superieure. Mais puisque vous voulez absolument mes Advis sur vos Advis, les voiey, tels

que je me les suis donnez à moy-mesme en semblables occasions, et je suis ravy de ce qu'ils se trouvent conformes aux
vostres.

Ie tiens donc avec vous que la paix, quoy que desavanta-
geuse, qui procure du repos, vaut mieux que la victoire qui
n'acheve point la guerre. Ie dis davantage; nous avons veû
naistre je ne sçay combien de guerres d'vne victoire, et si
vostre homme s'estoit vne fois declaré, sans doute il auroit
trouvé des gens ennemis de conclusion, et avec lesquels on
n'acheve point. Ce seroit vn moindre miracle, de faire parler les müets que de les faire taire.

Vous souvient-il de ce Rodomont de robbe longue, dont
on a tant parlé? Il envoya menacer vn de nos Amis de quatre cent mille langues et d'autant de plumes, qui à son
dire estoient à sa solde, et l'envoya menacer jusques dans
son foyer. Que vostre homme nous croye, et il s'en trouvera
bien. Qu'on parle, qu'on escrive contre luy tant qu'on voudra, qu'il ne prenne point de part à vne telle faute; qu'il
laisse sur le Theatre ceux qui y voudront demeurer : qu'il
soit Spectateur de leurs Tragedies ou de leurs Farces.

Proposons-lui encore le mesme Amy, contre lequel tant
de petits Autheurs se voulurent signaler. Ils s'imaginoient
qu'il n'y avoit point de plus court chemin pour aller à la reputation et se faire connoistre que d'entreprendre vne Personne connuë. Cét Amy sçachant leur dessein, et qu'ils n'escrivoient contre luy que pour l'obliger à leur respondre, ne
leur donna pas seulement le contentement de lire ce qu'ils
escrivoient, bien loin de refuter leurs escrits par vne response reguliere. C'eust esté, disoit-il, mettre des badineries
en reputation : c'eust esté gaster du papier blanc, en le salis-
sant de cinq ou six mauvais Noms, qui n'eussent esté remarquables que par le lieu où on les eust veus. Ce mespris
luy a reüssy; et quelque Censure qu'on ait faite de ses Livres
jusques icy, le Criminel a esté plus estimé que ses Iuges.

Mais puis que nous sommes entrez si avant en matiere,
n'oublions rien de ses circonstances et dependances, afin de
n'estre plus obligez d'y retourner. Presupposons donc qu'il
faille de necessité en venir aux mains, et se commettre
avec quelqu'vn; qu'il faille chastier l'insolence, quand elle
n'est plus supportable; Ie soustiens que le mespris a encore
lieu en cet endroit, et qu'il fait beaucoup plus que la haine.
pour le moins que la profession de la haine : mais ce doit
estre un mespris qui sache parler et se mocquer, vn mespris
fin et ingenieux, qui mette dans le ridicule le serieux de
Messieurs les Maistres; qui en mesme temps se serve de
l'Art et le dissimule.

Ie soustiens de plus que dans les contentions de l'esprit,
l'excez des paroles persuade moins que la mediocrité, à cause
qu'il y a de la vray-semblance en celle-cy, et qu'on soup-
çonne l'autre de faux. Quand vous pressez trop vivement
vostre adversaire par des figures trop violentes, cette violence est cause qu'on en a pitié, et que le Peuple prend son
party. La superiorité visible de vostre discours luy acquiert
la protection de ceux qui le lisent : tant est bizarre l'humeur
du Peuple. Ie conclus donc que mesme pour vaincre, ou du
moins pour vaincre avec applaudissement, il ne faut pas se
servir de toute sa force, en toutes sortes d'occasions, ny
contre toutes sortes d'ennemis. Vous sçavez, Monsieur, ce que
j'entends par ces derniers mots. Ne courons point, ne nous
eschauffons point, apres des gens qui s'enfuyent; Ne nous
efforçons jamais contre la foiblesse; Ne faisons jamais les
vaillans contre les poltrons. Les Poëtes qui ont dit qu'A-
chille avoit assommé Thersite d'vn coup de poing ont mieux
dit que ceux qui ont voulu dire qu'il l'avoit tué d'vn coup
de lance. La lance d'Achille devoit estre reservée pour de
plus grands coups et pour de plus belles morts.

Vous avez oüy parler d'vn homme qui vouloit se faire lier
vn bras, pour se battre contre vn autre qu'il estimoit plus

foible que luy, de peur de se battre, disoit-il, avec avantage. Changeons cette fanfaronnerie en moderation et en
retenuë. Passons legerement sur certaines objections, qui ne
valent pas la peine qu'on s'y arreste. Il y a des murailles si
mauvaises, qu'elles ne meritent pas qu'on y mene le canon;
il y a des corps si debiles, qu'ils tombent d'eux-mesmes sans
qu'on les pousse. Quand il n'est question que de tüer des
malades et de renverser des ruïnes, ce seroit se mocquer de
s'armer de toutes pieces et de faire de grands preparatifs.

Mais de l'autre costé, s'il n'est plus temps de s'espargner
et de n'y aller plus à demy; si l'importance de l'occasion et
le merite de la Personne demandent des soins plus pressans
et une resistance plus vigoureuse : à la bonne heure, vsons
de toutes nos forces, de toute nostre adresse, de toute nostre valeur : n'oublions rien de ce que la Nature nous a
donné, de ce que les hommes nous ont appris. Mais considerons tousjours qu'il y a des bornes marquées par l'honneur,
au delà desquelles on ne peut aller sans aller trop loin. Ne
perdons jamais le respect, qui est dû au merite et à la condition d'vn grand Adversaire. Souvenons-nous du procedé
de l'Hermite de la Charente, car vous ne l'avez pas des-
approuvé, quand il eut affaire avec *Herodes infanticida.*

Ce n'est pas assez d'estre juste et legitime Ennemy; il faut
estre civil et genereux Ennemy. Soit que nous nous defen-
dions, soit que nous attaquions les autres, taschons premierement de le faire sans blesser la charité et sans violer
le Droit des Gens. Apres cela meslons, s'il se peut, la courtoisie avec la guerre. Et s'il est impossible quelquefois que
la cholere n'entre dans le sentiment de l'injure, en ce cas
que la cholere serve et qu'elle ne commande pas : qu'elle
soit à la suite de la Vertu et de la Raison; qu'elle n'agisse
pas de son chef et toute seule. Il ne faut jamais que la Passion emporte le Iugement; il faut que le Iugement conduise
tousjours la Passion. Autrement, si laissant celle-cy sur sa

foy, on la laisse faire à discretion, quels desordres, quels
ravages ne fera-t'elle point dans la Societé civile, contre
les devoirs communs et contre les bonnes mœurs, contre
l'honnesteté et contre la bienseance?

Les deux Scaligers ont esté deux merveilles des derniers
Temps, et sans leur faire faveur. on peut les opposer à la
plus sçavante antiquité. Il n'y a personne qui honore leur
merite plus que je fais. Tres-volontiers je souscris aux eloges
qu'ils ont receus de Monsieur de Thou et de Monsieur de
Saincte Marthe. Ils estoient dignes du nom de Heros qui leur
a esté donné en France, aux Pays-Bas et en Allemagne.
Mais j'ose dire avec le respect qui leur est deû, que l'vn et
l'autre Heros, Pere et Fils, aussi bien que les deux Cousins
Achille et Ajax, ont peu travaillé à retenir leur cholere, et
qu'ils se sont laissez aller à d'estranges emportemens.

> Sæpius irarumque omnes effudit habenas
> Et pater et natus;

L'vn et l'autre Heros a fait plus d'vne fois l'Hercule furieux, en de bien legeres occasions et pour des subjets de
peu d'importance.

Considerez, je vous prie, de quelle sorte le premier agit
avec Erasme dans le procez qu'il luy fait pour avoir dit en
quelqu'vn de ses Dialogues qu'il y a vne vicieuse imitation
des bons exemples; qu'il y a de ridicules Imitateurs de Ciceron; que les Singes sont les plus laides de toutes les
bestes.

*Erasmum Romani nominis vomicam, Eloquentiæ sco-
pulum,* etc. *Erasmi loquacitatem illam, sine delectu verba,
sine studio coagmentationem, sine prudentia juncturas,
sine mente sensa, inepta, inania,* etc.

*Erasmus Latinæ puritatis contaminator, Eloquentiæ ever-
sor, Litterarum carnifex,* etc. *Ait sibi puero Ciceronem mi-*

nus placuisse, nunc vero tandem cum illo in gratiam re-
disse. O monstrum, ô labes, non jam Eloquentiæ, sed, etc.

A oüyr parler ainsi Scaliger, ne vous semble-t'il pas qu'E-
rasme soit plus coupable et plus ennemy de la Republique
et de Ciceron que Catilina et que Cethegus? Ne vous semble-t'il pas qu'il ait eu dessein de brusler Rome et de faire
vn massacre du Peuple Romain? Et cela parce qu'il a dit
ce qu'il pensoit des mauvais Imitateurs et qu'il advoüe ingenüement qu'en son enfance il n'avoit pas assez aimé Ciceron
à cause qu'il ne l'avoit pas assez bien connu.

Mais quand Scaliger escrit au mesme lieu, et sur le mesme
subjet, *Erasmus omnium ordinum labes, omnium studio-*
rum macula, omnium ætatum venenum, mendaciorum pa-
rens, furoris alumnus, etc. *Erasmus Furia, cujus scriptis*
incolumibus Respublica sive Christiana, sive Litteraria stare
non potest, etc. *Erasmus cœnum, Busiris, vipera generis*
humani, monstrum cujus pestilentissimis morsibus, etc.

Quand il dit enfin *Erasmus parricida,* et ne se contentant
pas de *parricida,* quand il fait tout exprés vn mot nouveau
pour Erasme, et qu'il l'appelle *triparricida,* ne vous semble-t'il pas alors qu'Erasme a pour le moins tué son Pere et
sa Mere, qu'il est quelque chose de plus que criminel de
leze-Majesté divine et humaine? Tout cela vous vient d'a-
bord à l'esprit, sans pourtant rien croire de tout cela. Et
vous ne vous imaginez pas qu'Erasme soit vn Busiris, soit
vn monstre, soit vne Furie : Mais ouy bien que Scaliger est
vn Exagerateur, est vn Declamateur et vn Comedien. Quelque
estime que vous ayez pour Scaliger, vous ne pouvez pas nier
qu'en cet endroit-là il ne joüe le *Don furioso,* et qu'il n'employe des paroles Tragiques en vne affaire de neant. Ce qu'il
faisoit estoit proprement exciter des tempestes dans vn ruis-
seau, c'estoit tonner et foudroyer sur des marmousets. L'objet de sa cholere estoit encore moins considerable que celuy-
là parce qu'il estoit faux et imaginaire; Il se formoit des

phantosmes pour les combattre; Il faisoit croire à Erasme qu'il avoit offensé Ciceron; à quoy le Bon-homme ne songea jamais.

Scaliger le Fils n'a point degeneré de son Pere : il n'estoit pas moins passionné, moins fougueux, moins impetüeux que luy. Il est vray qu'il a eu de plus justes subjets que luy de ressentiment, et que sa vertu a esté souvent et crüellement persecutée. Mais les fautes d'autruy ne justifient pas les siennes. Et comment a-t'il osé appeller vn de ses Ennemis *stercus Diaboli*, vn autre, *lutum stercore maceratum?* Apres avoir leû toutes les Institutions Oratoires qui sont dans le Monde, toutes les Rhetoriques Grecques et Latines : Apres avoir veû plus de cent fois dans l'Orateur de Ciceron cet exemple condamné, *Glauciam Curiæ stercus*, qui est à la verité vn vilain mot, mais qui n'approche point de la vilenie de celuy du jeune Scaliger.

Voilà comment la Passion mene en triomphe l'Esprit, le Iugement et la Science. Celuy qui sçait tout et qui se souvient de tout, oublie estant en cholere le legitime vsage des Metaphores. Il ignore qu'elles doivent estre tirées des objets qui n'offensent pas les sens. Le grand Scaliger s'abbaisse jusqu'au dernier estage du menu Peuple, pour dire des injures à ses Ennemis. De Heros qu'il estoit auparavant, il n'est plus qu'vn homme de rien ; il devient vne femme, vne harangere : il change de nature par le transport de sa passion. Dieu nous garde de semblables emportemens et d'vne pareille metamorphose.

ENTRETIEN XIII.

— —

CHAPITRE DES CHAPITRES PRECEDENS.

AV MESME.

J'achevay hier la matiere que vous m'aviez proposée ; mais je n'ay point encore achevé pour cela, et je ne sçaurois m'empescher de vous descouvrir vn scrupule qu'elle m'a donné. Il faut se condamner soy-mesme, apres avoir condamné les autres ; il faut faire vn Chapitre qui se mocque des cinq Chapitres que vous avez veûs, et de tous ceux encore que nous pourrons faire à l'advenir. Ceux qui, comme moy, se meslent d'escrire avec tant de soin, verront icy la vanité et la misere de leur travail. Est-il possible, Monsieur, que nous travaillions à la structure et à la cadence d'vne periode, comme s'il y alloit de nostre vie et de nostre salut ; comme si dans ce petit cercle de paroles, nous devions trouver le souverain bien et la derniere felicité? Quelle erreur de mettre la derniere felicité en vne bagatelle, en vn jeu de syllabes et de mots ; en je ne sçay quels sons agreables, qui plaisent et chatoüillent du premier coup, pour desgouster et lasser la seconde fois !

Que si nous ne voulons pas parler de nostre Art avec tant de mespris, pour le moins n'oserions-nous nier que ce que nous faisons ne soit pervertir l'ordre des choses, et faire de l'accessoire le principal. Nostre vray principal est tout autre

chose ; et nous le negligeons (c'est de moy que je parle en
plurier), et nous ne croyons presque pas qu'il nous appartienne. Si nous y songeons vne fois l'an, nous y songeons
foiblement et à la haste ; nous n'y apportons que les restes
de nostre temps, de nos soins et de nos pensées. Advoüons
la verité ; Nous pourrions avoir part, mes compagnons et
moy, parmy les Saincts de Iesus-Christ, si nous avions apporté autant d'estude à la correction de nostre vie qu'à
celle de nostre langage.

le fais icy vne confession ingenuë du defaut de plusieurs,
sans pretendre qu'il y en ait rien pour vous dans cét aveu ;
car il me semble tousjours que vous ne pouvez faillir, tant
je pense hautement de vostre sagesse ; dira-t'on donc, et
nous sera-t'il reproché vn jour qu'vne Periode de six lignes,
qu'vne Lettre d'vne ou de deux feüilles de papier, qu'vn petit
Chapitre nous ait plus occupé, nous ait plus cousté, que la
grande affaire de nostre salut? Dans nos Academies nous
parlons sans cesse de l'Idée du Bon et du Beau : nous courons apres vne certaine perfection, que nous pensons avoir
veuë je ne sçay où. C'est perdre ses paroles et ses pas, que
de parler et de courir de la sorte. Cherchons le Bon en sa
source, et le Beau dans la premiere Beauté. Cherchons la
perfection ; mais cherchons-la plustost en nos actions qu'en
nos paroles : faisons cas de celle qui nous peut rendre eternellement heureux, plustost que de celle qui nous est entierement inutile. Toute la recompense de ce travail qui nous
vse et qui nous consume, qui ruïne nos forces et nostre
santé, c'est la simple satisfaction du Peuple, c'est l'approbation des Escholiers. Encore cette approbation est tousjours
contestée par quelqu'vn, ou ne dure pas tousjours. Le Peuple s'ennuye de recevoir si souvent du bien des mesmes
personnes. Il nous chiffle apres nous avoir applaudy, et les
Escholiers nous quittent pour d'autres Maistres plus nouveaux que nous.

Mais posons le cas que les applaudissemens nous suyvent par tout ; que nostre reputation ne soit plus une chose problematique ; qu'elle ne soit plus disputée de personne ; que la Cour et les Provinces, les honnestes gens et ceux qui ne le sont pas, soient tous en cela d'accord ; disons mesme quelque chose de plus particulier de nostre Histoire, et considerons quels sont les plus grands avantages que nous tirons de nostre mestier. On parle de nous au delà des Alpes et des Pyrenées, au delà du Rhin et du Danube. Nous recevons des Lettres dorées, datées de Constantinople ; on nous estime en Grece et en Orient ; aux dernieres parties du Septentrion ; sur le rivage de la Mer Baltique. Pour respondre en vn mot à tant de choses, je souffre où je suis ; on m'estime où je ne suis pas. Peut-estre que j'avois la fievre, le jour que le Roy de Dannemark jugea en ma faveur la cause qui fut plaidée devant luy à Copenhagen ; comme au contraire il se peut faire que j'estois à l'ombre, et prenois le frais, le jour que le Marquis d'Aïtona brusla mon Livre dans vn Conseil qui fut tenu à Bruxelles.

Mais pour le moins, me dira-t'on, vous ne compterez pas pour rien l'Immortalité ; on vous loüera, on vous admirera apres vostre mort ; vous vivrez en la memoire des hommes. Voilà qui me fera grand bien. C'est sans mentir vne belle chose que cette Vie figurée et metaphorique, que cette immortalité qui reside dans le souvenir d'autruy et dans la bouche du Peuple.

Que veut dire Aristote, à vostre advis, quand il dit que « la bonne renommée est la possession des Morts ; » Quoy qu'il die, Monsieur, il estoit trop fin pour entendre par là vne vraye et réelle possession. Cette Vie de la Memoire n'est qu'vn spectre et qu'vn phantosme de Vie : ce n'est qu'vne Comedie et vne imposture de ceux qui vivent : ce n'est rien du tout pour ceux qui ne vivent plus.

Vn homme qui comme vous, Monsieur, a fait toute sa vie

ce que je ne commence de faire qu'à cinquante-cinq ans, qui n'a pas fait moins de progrez dans la Morale Chrestienne que dans les belles Lettres, ne s'estonnera pas de me voir dans le dessein de l'imiter. Les maux dont je suis pressé tous les jours m'advertissent qu'il faudra bientost quitter Livres et Escritures, et rendre compte des moindres paroles oysives. Que sera-ce des criminelles, et de celles qui auront blessé la charité? Quand j'y pense, je me resous serieusement à faire vne retraite pour le reste de mes jours; et je vous apprends que j'ay desja basty vn Asyle, chez nos Capucins, qui ont la bonté de vouloir recevoir vn Profane dans leur Sanctuaire; mais qui leur porte vn cœur qui ne respire plus que les maximes de leur Eschole.

ENTRETIEN XIV.

DE LA VENERATION

QV'IL FAVT AVOIR

POVR LES CEREMONIES DE L'EGLISE.

A MONSIEVR DE GIRAC.

Vous n'avez pas encore oublié ce qui se passa hier en ma cellule, sur vne matiere de religion, qu'entama le Gentil-homme de Daufiné qui nous est venu voir par curiosité; vous qui vous souvenez de tout. Jamais curiosité n'eust esté

plus mortifiée que la sienne, si vous ne vous y fussiez
trouvé : car à peine eus-je la liberté d'articuler trois ou
quatre miserables paroles, ma fluxion s'estant irritée plus
que de coustume. Vous suppleastes heureusement à mon defaut; et fistes si bien l'honneur du logis, que l'Estranger n'eut
pas raison de se plaindre de l'incommodité que je souffrois.
Vous eustes mesme la bonté et l'adresse de me faire parler
quelquefois, et, de vostre courtoisie, m'alleguastes en ma
presence, me traitant par ce moyen de grand Personnage.
A quel prix ne mistes-vous point ce que j'ay dit dans le Socrate Chrestien : « Qu'il ne faut pas capituler avec Dieu, ny
« luy dire, le croiray cecy, ou cela ; qu'il ne faut pas non
« plus s'imaginer que ce soit assez à vn honneste homme,
« de se tenir seulement aux choses essentielles, et qu'il
« peut laisser au Peuple le reste de la Religion, » ou comme
on dit tres sottement, « le menu de la religion. » Outre
cela, vous fistes mention d'vn grand Discours de mesme espece, qui n'a point encore paru, et vous engageastes, à la
priere du Curieux, de le luy monstrer avant son depart.
En voicy trois ou quatre articles, qui se sont trouvez tout à
propos, pour degager vostre parole, et ils suffiront à vn
homme qui se haste de passer pays. Il pourra mesme les
emporter, s'il n'a pas loisir de les lire, ne croyant pas qu'ils
luy soient à charge, apres le desir qu'il a tesmoigné de les
voir.

Ne touchons point au corps de l'Église; non pas mesme
à ses habillemens ; non pas mesme au bord et aux franges
de sa robbe. Que tout ce qui luy appartient, tout ce qui est à
elle, nous soit en veneration, jusqu'aux moindres de ses
Coustumes, jusqu'à ses plus legeres Ceremonies. Nostre premier Pere fut aussi coupable d'avoir mangé d'vne pomme
que s'il eust arraché tous les arbres du Jardin. Ce n'est pas
le larcin et le prix de la chose derobée que l'on considere;

c'est la desobeïssance et le violement de la Loy; c'est le mespris de l'authorité. N'avez-vous pas veû dans nostre Histoire Romaine qu'avoir franchy vn fossé contre l'Ordonnance a esté vn crime puny de mort en la personne du Frere du Roy? Il n'eust pas esté plus mal-traité, s'il eust attenté à la personne du Roy son Frere; vn General ne pardonne pas à son propre Fils, pour avoir gaigné vne bataille contre la defense qu'il luy avoit faite de la donner.

O maudite contradiction de l'esprit humain! ô malheureuse Singularité, contre laquelle vn grand Sainct me dit autrefois ces paroles remarquables.

Ne cherchez point vne autre Verité que celle que vos Peres vous ont apprise. En renonçant à leur croyance, vous renoncez à la meilleure partie de leur succession : vous estes des Enfans desheritez; et le mal est que vous vous desheritez vous-mesme, par vne mauvaise interpretation du Texte que vous n'entendez pas. Adorez les mysteres les yeux fermez : ne plaidez point, ne chicanez point dans la Religion. Voulez-vous estre plus sages que toutes les Nations et que tous les Siecles? si vous vous fiez tant à vostre esprit et à vos opinions particulieres, vous n'avez plus de rang dans le Monde; vous n'estes Citoyens d'aucune sorte de Republique.

Resistez aux argumens tant qu'il vous plaira : mais pour le moins rendez-vous à la force des Miracles : laissez-vous persuader à ces raisons sensibles, qui parlent à vos yeux, et qui se font toucher à vos mains. Advoüez qu'vne plus grande puissance que celle de la Fortune s'est meslée des affaires des Chrestiens et de la conduite de nostre Eglise. De temps en temps, il s'est fait des choses si estranges pour nous faire croire, que si le Genre humain a esté trompé, il est certain que ce ne peut estre que Dieu seul qui l'a trompé de la sorte.

Ie ne parle point des premieres merveilles qui ont estonné toute la Nature, et des Veritez desquelles nos Ennemis nesmes sont les tesmoins. Mais qui peut dire aujourd'huy que quatre cens Portugais fissent des songes, quand en leur presence le grand Sainct Xavier fit tomber vne pluye de feu et de cendres sur vne Ville rebelle? qui oseroit soustenir qu'vn grand nombre de personnes qui estoient dans le nesme vaisseau que luy eussent le goust depravé, quand ivec vn signe de Croix, il rendit douce l'eau de la Mer, pour empescher que ce grand nombre ne mourust de soif?

ENTRETIEN XV.

DEFENSE

CONTRE

LES ACCVSATEVRS DE LA POESIE.

A M. CHAPELAIN,
Conseiller du Roy en ses Conseils.

Je n'ay pas grand interest à la défense de la Poësie; aussi ne parleray-je que pour celuy de la Iustice, et pour ce que vous me l'ordonnez. Ne m'estant erigé Poëte que depuis six mois, il m'importeroit peu qu'elle fust en vsage parmy nous, ou qu'elle en fust bannie, comme elle a esté autrefois de certaine Republique. Ce seroit à vous, Monsieur, de justifier vostre Mestier, et vous vous contentez de me faire vos plaintes contre ceux qui le veulent descrier. Ie vous obeïs à mon ordinaire, et ne suis pas fasché, estant redevable

à la Poësie d'vne infinité de biens et de plaisirs qu'elle me
fait tous les jours par Vous et par ses autres Favoris, de
trouver moyen de la defendre contre ses Accusateurs.

Apres quantité de foibles raisons vous m'en alleguez vne
que je tiens la moins considerable de toutes, et sur laquelle
vous dites qu'ils insistent davantage : « Il faut bannir la
Poësie, parce qu'on se sert d'elle à mauvais vsages. » Faut-il
luy vouloir mal, à cause qu'on luy fait tort? Au contraire,
il me semble qu'il faudroit la plaindre, comme vne Innocente qu'on a outragée, comme vne Vierge à l'honneur de
laquelle on a attenté. Faut-il condamner les Festes, parce
que l'Oysiveté et la Volupté n'en vsent pas bien? Faut-il
abolir les Pompes et les Spectacles honnestes, parce que la
Desbauche se mesle quelquefois avec la Ioye? A mon advis
cette rigueur est vn peu trop grande.

Il doit y avoir des Livres pour occuper et pour instruire ;
Il doit y en avoir pour delasser et pour plaire ; Les vns sont
vtiles, les autres sont agreables ; et l'esprit a besoin des vns
et des autres. Que le Droict Canon, et le Code Iustinian soient
en honneur : qu'ils regnent dans les Vniversitez : Mais qu'on
n'en bannisse pas Homere et Virgile. A tout le moins qu'on
les laisse dans les Cabinets et dans les Bibliotheques, d'où
Caligula voulut chasser le dernier, aussi bien que Tite-Live.
Cultivons les oliviers et les vignes, mais n'arrachons pas les
mirthes et les rosiers.

Ce seroit vne estrange Reformation d'Estat, que la defense
de tous les plaisirs honnestes : que la destruction de toutes
les belles choses. La Politique ne doit pas se conseiller en
cela avec la mauvaise humeur ; et le chagrin de vos Gens ne
doit pas estre la Regle de la Police. Si comme ils disent, il
ne faloit conserver dans les Royaumes que « le fort et le
solide, » rien ne seroit assuré de sa subsistance, que les Ar-
senaux et les Citadelles, que les remparts et les bastions. Et
quel dommage de laisser tomber en ruïnes toutes les Mai--

sons de plaisance d'aupres de Rome, tout ce qu'il y a de beau à Frescati et à Tivoli? quelle honte de voir perir les Tuilleries et les Iardins de Fontainebleau! Ce seroit vn crime, quand on ne contribuëroit que de la negligence à vne si triste desolation.

Les Gens de qui nous parlons sont pourtant de cet advis. Ils concluënt à la suppression des Vers, comme aux autres abus de la Republique. Ils appellent les Poëtes les Empoisonneurs de l'Ame, les Profanateurs du Christianisme : Ils se fortifient de l'authorité du grand Prince, qui avoit tresmauvaise opinion de leur pieté.

Ce bon Prince croyoit en effet que tous les Poëtes qui estoient de son temps à Rome n'estoient pas Chrestiens, quoy qu'il y en eust de Prestres et de Religieux. On luy persuada, ou il se persuada luy-mesme, qu'ils s'assembloient de nuict pour sacrifier aux Idoles, et qu'en leur cœur ils adoroient les faux Dieux, comme ils les invoquoient en leurs Poëmes. Nos Gens s'imaginent quelque chose de semblable; je le sçavois avant que vous me l'eussiez dit. Du temps que nous nous voyions à Paris, ils me parloient tousjours de l'Adoration du Bouc, faite solemnellement à Arcueil ou à Gentilly; Ils n'estoient pas asseurez du lieu; mais du fait, ils n'en doutoient nullement; ils ne traitoient jamais nos Amis de-delà les Monts que d'Impies et de Payens; que d'Heretiques et de Sacrileges : Ils pensoient qu'on fist le Sabat dans les Academies d'Italie.

Le bon est qu'ils ne sont pas Princes souverains, et bien nous en prend. Si cela estoit, il n'y auroit point de seureté pour les Vers et pour ceux qui en sçavent faire. Ie vais plus avant, et vn ancien Grec me sert de guide : Si pareilles Gens avoient la direction du Monde, ils voudroient retrancher le Printemps et la Ieunesse; l'vn de l'Année, l'autre de la Vie.

---

11   22

ENTRETIEN XVI.

QV'IL Y A

DES GENS NATVRELLEMENT SÇAVANS.

A MONSIEVR DE LA THIBAVDIERE.

N'en desplaise à l'Vniversité, il y a vne Logique naturelle, et des Sages ignorans. Nous en sommes demeurez d'accord, et la dispute doit cesser, où se trouve l'experience. En tout pays, il y a des Docteurs en Langue vulgaire. La Raison peut faire toute seule de grandes choses, sans l'assistance de l'Art et de la Science. Vous sçavez le nom que les Grecs ont fait pour signifier ceux qui se sont enseignez eux-mesmes, et qui ont esté tout ensemble leurs Maistres et leurs Disciples.

Les Turcs sont plaisans, quand ils disent des Tartares. que les autres Peuples lisent les Livres, mais que les Tartares les ont mangez; qu'ils ont leur doctrine dans l'estomac et dans les entrailles, et que nous avons la nostre sur le bord des levres.

L'Ambassadeur Busbequius m'a appris ce que je vous dis; et à dire vray, Monsieur, c'est vne excellente chose que d'estre bien né. L'heureuse naissance fait presque tout, et je soustiens qu'vn grand Orateur est plus obligé à sa Mere qu'à ses Maistres et à ses Estudes; je dis de son Eloquence et de la noblesse de son Style. Il y a des Terres extrêmement fertiles, qui ne sont cultivées que par le Ciel : la main des

Hommes n'y touche jamais. Où se trouve cette abondance, qu'a-t-on que faire de l'Agriculture? Où l'on donne le bien pour rien, à quoy bon travailler pour l'acquerir? La liberalité de la Nature enrichit bien plus que le mesnage des Hommes.

Ie pourrois vous fournir plusieurs exemples de gens de ma connoissance qui ne sçavent pas vn mot de Grec, ny de Latin; qui n'ont estudié ny en Rhetorique, ny en Logique, et qui font neantmoins des Pieces, où nous remarquons toutes les Regles de l'Oraison et du Raisonnement. Mais je me contenteray de vous en alleguer vn seul, et encore ne veux-je pas vous le nommer, qui brille entre les autres, comme le Soleil entre les Astres; pour parler Horace. En voila assez pour vous le faire connoistre : I'en reçois tres-souvent des choses qu'il n'a point imitées, qui sont purement siennes, et que vous jugerez, comme moy, dans la derniere perfection de bonté et d'ajustement, quand je vous les auray communiquées.

Son sens naturel est si fin et si asseuré, que quelqu'vn luy ayant monstré l'autre jour la Traduction d'vne Oraison de Ciceron, il reconnut que le Traducteur s'estoit mespris en vn endroit qu'il trouva plus lasche que les autres. On luy allegua la superiorité que la Langue Latine avoit sur la nostre, et qu'il estoit impossible d'y rendre elegance pour elegance : mais cela ne le satisfit point. Il soustint que le passage de Ciceron devoit estre conceû *de telle maniere*, et qu'il estoit impossible, par ce qu'il voyoit devant et apres, que ce grand Personnage eust affoibli sa pensée de la sorte qu'elle lui paroissoit. Le Livre fut apporté, et on demeura d'accord que Monsieur *** avoit raison. Ainsi vous voyez qu'il y a vne Logique naturelle, et des Docteurs sans avoir estudié.

Puisque nous sommes sur cette matiere, je suis d'advis d'y faire entrer l'Histoire de Saintonge, que vous me disiez

dernierement n'avoir pas bien expliquée à vostre Voisin ;
car il me semble qu'elle y viendra assez bien. N'en doutez
pas, sur ma parole, ny l'vn, n'y l'autre. Il n'est rien de plus
asseuré que ce qui se passa à Xaintes, entre le Philosophe
Pitard et le Poëte Theophile.

l'en ay oüy faire le conte plus d'vne fois à Monsieur le
Duc de la Rochefoucault, qui estoit present à la conference.
Le Philosophe ennuyé des equivoques et des mesprises du
Poëte, et ne voulant plus entrer en raison avec luy ; Monsieur Theophile, luy dit-il, il me semble que vous avez beaucoup d'esprit : mais il est dommage que vous ne sçachiez
rien. Theophile ne fut point surpris, et luy respondit sur le
champ : l'advoüe ce que vous dites, Monsieur Pitard, et ne
trouve point mauvaise votre liberté ; Permettez-moy de vous
dire seulement, avec la mesme liberté, qu'il me semble que
vous sçavez tout, mais qu'il est dommage que vous n'ayez
point d'esprit.

La temerité de la riposte du Poëte fit que les rieurs
furent de son costé. Pitard en rit comme les autres, et il n'y
avoit autre chose à faire. S'il n'eust eu de l'esprit. il se fust
mis en cholere, et l'ignorance eust descontenancé la Philosophie.

ENTRETIEN XVII.

DEFENSE DE DEVX VERS ATTAQVEZ.

AV MESME.

Le demi-vers est Latin, quoy que vostre Amy de Bas-Poitou ait de la peine à le croire; et je vous prie de luy dire de ma part que de ce costé-là, il se doit mettre l'esprit en repos. La locution qui lui est suspecte de nouveauté n'a pas seulement pour elle le Siecle d'Auguste, qu'il allegue perpetüellement : Elle a Auguste mesme, et sa femme Livia, et son Favory Mecenas, et generalement toute sa Cour. Elle a de plus, outre la Cour, l'Academie de ce sçavant Siecle, dans laquelle presidoit le Iuge Tarpa, qui n'estoit guere moins severe que Monsieur Guiet et le grand Monsieur de Saumaise.

Toutefois si nous voulions, nous n'aurions que faire d'employer nostre credit en cette occasion, et nous pourrions reserver à vne autre fois de si puissans et de si considerables Amis. Il n'y auroit rien de si aisé que de changer la locution suspecte, et le demi-vers contesté, qui se pourroit mesme changer en mieux. Mais nous ne sommes pas d'advis en Angoumois de donner cette satisfaction à vostre Amy de Bas-Poitou, de peur de le confirmer, par nostre complaisance, en son humeur de douter, et assez souvent de douter mal. Car je vous prie. Monsieur, quelle sorte de doute, et

22.

quelle pitoyable objection sur le subjet des Oracles, qui sortent de la bouche des grands Personnages? Cette objection pourroit estre refutée par deux ou trois cens authoritez de compte fait, et je ne puis assez m'estonner que vous ayez voulu prendre vn soin si particulier de m'advertir de pareilles visions. Mais j'admire encore plus vostre Amy qui vous veut faire le depositaire de ses visions, et s'addresse à vous, comme s'il ne sçavoit pas que nous sommes en quelque espece de communauté.

Est-il possible qu'il n'ait pas reconnu le Poëte Catulle aux marques et aux enseignes que je luy donne?

> ..... pestem tamen ille minorem
> Scaligeri, Tullique Cliens. et Cæsare læso
> Conspicuus sæclis, nigro devovit Averno,
> Nec tales Verona tulit sine vindice chartas.

Ceux qui alleguent cet ancien Poëte, sans le nommer, se contentent de le faire entendre par le Poëte de Verone. Tesmoin

> ..... Veronensis ait Poeta quondam.

Mais moy, pour le rendre plus reconnoissable, et donner plus de lumiere à la description que j'en fais, j'adjouste à la Ville de sa naissance les deux endroits de sa vie les plus remarquables et les plus connus. I'y ay fait encore entrer le plus grand honneur qui ait esté rendu à sa memoire, depuis qu'il est mort. Et je soustiens qu'vn homme qui n'est pas estranger dans l'Antiquité, et qui n'ignore pas l'estat present de nostre Republique des Lettres, est obligé de sçavoir que Catulle offensa Iules Cesar par vne Epigramme mesdisante; que de son vivant, il a esté defendu par l'Eloquence de Ciceron; que depuis sa mort il a esté restably par la Critique de Scaliger; qu'il doit à l'vn le gain d'vn procez, et à l'autre la conservation de son honneur:

c'est à dire la conservation de ses Escrits, et vne seconde vie, meilleure et plus glorieuse que la premiere. Ie soustiens que vostre homme de Bas-Poitou est autant tenu de sçavoir tout ce que je viens de dire que de sçavoir que Catulle estoit natif de Verone : ce que je n'avois pas oublié non plus que le reste, afin qu'il fust impossible de mesconnoistre celuy que je voulois qu'on connust.

Si le Pointilleux vous dit apres cela qu'il ne m'entend pas, je vous supplie, Monsieur, de luy dire de ma part que ce n'est pas ma faute. Et si pour avoir deviné en cette occasion, on l'accusoit d'estre Magicien, comme vous dites qu'il en a peur, ce seroit tres-injustement, et avec aussi peu de raison qu'on accusoit le Curé de la Parroisse d'estre Astrologue Iudiciaire, pour avoir predit au Prosne que la Sainct Iean seroit le vingt quatriesme de Iuin. Il faudroit que les Diables avec lesquels il auroit eu communication ne fussent que goujats des troupes de Lucifer. Il faudroit qu'ils fussent moins sçavans que ceux de Loudun, qui n'avoient pas estudié jusqu'à la troisiesme, ainsi que disoit vn des Courtisans de Monsieur le Cardinal de Richelieu. Il faudroit enfin qu'ils fussent de l'Ordre de ces Diables Escholiers, qui dans les Oraisons de Theodoret, font des fautes au nombre et au langage; pechent contre la mesure des Vers et contre les regles de la Syntaxe. Ie n'infere donc pas de cette pretenduë divination que vostre Amy se soit fait sçavant par voye defenduë, et qu'il ait de ces connoissances estrangeres. Ie croy seulement qu'il ne se sert pas tousjours de la sienne propre, ou qu'estant occupé aux grandes choses, il regarde souvent les petites avec distraction.

> O Domine Apollo, dux Chori Parnassii,
> Desideramus hic tuam præsentiam.

C'est-à-dire qu'Apollon songe quelquefois ailleurs, et qu'il est à Patare. quand nous le cherchons à Delphes.

Vostre Amy se plaignoit l'autre jour de sa memoire, et disoit qu'il commençoit à mourir par cette partie aussi bien que moy. Si cela est, et si dans la Saincte Escriture, les morts enterrent les morts, je veux entreprendre davantage pour l'amour de luy. Il faut qu'vn mort ressuscite aujourd'huy vn autre mort, et que je luy fasse souvenir que Catulle a esté plus vindicatif qu'il ne pense et que je n'ay dit. Ie n'ay parlé que d'vne simple execration Poëtique, ou pour le plus d'vne simple mort; Car en bon Latin, devoüer à l'Enfer ou à l'Averne, ne va pas au delà de la mort; et la cigüe, la corde, l'espée, la peuvent donner. Mais le vindicatif Catulle encherit sur tous ces supplices communs. Il parle de la derniere et de la plus crüelle de toutes les peines : Il condamne à estre bruslé tout vif le mauvais Poëte dont il s'agit, comme vn Sorcier ou vn Athée;

..... infelicibus vstulanda flammis.

Et plus bas :

..... et vos interea venite in ignem.

Et ailleurs il appelle impies les mauvais Poëtes :

..... qui tantùm tibi misit impiorum.

Estre excommunié, estre devoué aux Furies, n'est qu'vne peinture de mal et vne imagination de supplice; Et vous sçavez que feu Monsieur de Malherbe traduisoit ainsi le *Dii te perdant, fugitive; le Diable t'emporte, fugitif.* Estre damné en ce monde, pour me servir des termes de vostre homme, n'est rien en ce monde, qu'vne malediction proferée contre la personne que l'on damne; et par consequent est quelque chose de beaucoup moins qu'estre devoré par ces flammes vengeresses que Catulle prepare à son mauvais

Poëte : Et j'ay veû à Rome des gens livrez à Satan par Sentence de la Saincte Inquisition, et convaincus de crimes noirs et atroces, apres avoir esté devoüez, le jour du Vendredy Sainct, en estre quittes pour le Bannissement ou pour les Galeres.

Advoüez-moy, Monsieur, que vostre Amy de Bas-Poitou s'est escrié sans subjet contre la cruauté de mes Vers. Il a dit que Catulle estoit plus doux et plus indulgent que moy; parce qu'il ne se souvient plus des vers de Catulle; comme il trouva estrange depuis peu, de voir l'*Ombre* du Marquis de Pisani dans le Ciel, qui devoit estre à son advis aux Champs Elysiens; parce qu'il avoit oublié ces Vers de Lucain, qui mettent vne autre Ombre dans le Ciel, je veux dire l'Ombre du grand Pompée.

> At non in Pharia Manes jacuere favilla,
> Nec cinis exiguus tantam compescuit *Vmbram* :
> Prosiluit busto, semiustaque membra relinquens.
> Degeneremque rogum, sequitur convexa Tonantis:
> Qua niger Astriferis connectitur axibus aër :
> Quodque patet Terras inter Lunæque meatus
> Semidei Manes habitant, etc.

De sorte, Monsieur, que c'est l'*Ombre* de Pompée, et non pas son Ame, qui sort du bucher qu'on lui avoit dressé au bord de la mer et qui va prendre sa place avec les demi-Dieux, dans la region superieure.

Mais peut-estre que le Bas-Poitevin veut disputer de la Religion contre Lucain, et luy faire voir qu'il entend mieux que luy les Dogmes de la Theologie Payenne, selon lesquels l'Ame est vne autre chose que l'Ombre ou le Simulacre. Entr'eux le debat, et je ne me mesleray point de les accorder. Ie vous advertis que l'homme contre qui il veut disputer de la Religion a esté Prestre autrefois à Rome. *Gessit Quæsturam, Sacerdotium etiam accepit.* Ce sont les termes d'un ancien Autheur qui a escrit la Vie de Lucain. Et ce seroit vne belle chose, si vostre Amy de Bas-Poitou estoit meilleur Payen qu'vn Prestre de Iupiter ou de Mars ; et s'il s'advisoit, l'année mil six cens quarante-six, de catechiser le Prestre Lucain en sa propre Religion. Le reste à une autre fois : car j'ay encore une infinité d'autres choses à dire sur cette matiere. Cependant celuy qui veut tant faire l'entendu verra que nous ne parlons pas si temerairement, comme il s'estoit imaginé ; si vous prenez la peine de luy envoyer quelque extrait de cette Conversation.

ENTRETIEN XVIII.

DE MONTAIGNE ET DE SES ESCRITS

A MONSIEVR GANDILLAVD,
Conseiller du Roy en ses Conseils, et President d'Angoulesme.

Voicy donc la reduction de nostre Conference de dernierement, que vous m'avez demandée, pour en faire part à Monsieur de la Thibaudiere vostre cher Oncle. Vous pouviez, Monsieur, la donner en meilleure forme, si vous aviez voulu l'escrire vous-mesme, et y mettre cent jolies choses que vous nous dites. Mais puisque vous ordonnez que ce soi i moy, je le feray sans façon, et dans les simples termes de la Conference.

Nous demeurasmes d'accord que l'Autheur qui veut imiter Seneque commence par tout et finit par tout. Son Dis-

:ours n'est pas vn corps entier : c'est vn corps eu pieces ; ce
sont des membres couppez ; et quoy que les parties soient
proches les vnes des autres, elles ne laissent pas d'estre
separées. Non-seulement il n'y a point de nerfs qui les joi-
gnent ; il n'y a pas mesme de cordes ou d'aiguillettes qui
es attachent ensemble : tant cét Autheur est ennemy de
outes sortes de liaisons, soit de la Nature, soit de l'Art : tant
il s'esloigne de ces bons exemples, que vous imitez si parfaitement. Car à vous dire ce que je croy des choses que
vous m'avez monstrées, je suis asseuré qu'elles auroient re-
:eû à Paris les applaudissemens qu'on leur, a donnez dans la
Province. Mais ce n'est pas icy que je veux faire vostre
Eloge, et il faut passer au second Article. Ie l'apprehende
comme vn escüeil, parce qu'il n'est pas en tout favorable à
Michel de Montaigne. Neantmoins vous voulez que j'en
escrive dans la mesme liberté qu'il en fut parlé, et il n'y a
point moyen de s'en excuser.

Ma pensée estoit donc, et je suis encore de mesme advis,
que Montaigne sçait bien ce qu'il dit ; Mais sans violer le
respect qui lui est deû, je pense aussi qu'il ne sçait pas
tousjours ce qu'il va dire. S'il a dessein d'aller en vn lieu,
le moindre objet qui luy passe devant les yeux le fait sortir
de son chemin, pour courir apres ce second objet. Mais l'importance est qu'il s'esgare plus heureusement qu'il n'alloit
tout droict. Ses Digressions sont tres-agreables et tres-instruc-
tives. Quand il quitte le Bon, d'ordinaire il rencontre le
Meilleur, et il est certain qu'il ne change gueres de matiere
que le Lecteur ne gaigne en ce changement. Il faut advoüer
qu'en certains endroits il porte bien haut la Raison humaine : Il l'esleve jusques où elle peut aller, soit dans la
Politique, soit dans la Morale. Pour le Iugement qu'il fait
des Livres et des Autheurs, c'est une autre chose. Assez souvent il prend la fausse monnoye pour la bonne, et le bastard
pour le legitime. Il hazarde les choses comme il les pense

d'abord, au lieu de les examiner apres les avoir pensées, au lieu de se defier de sa propre connoissance et de s'en rapporter à son Turnebe. plustost que de s'en croire soy-mesme.

Aux autres lieux de son Livre je suis tout à fait pour sa liberté. Ce qu'il dit de ses inclinations, de tout le detail de sa Vie privée, est tres-agreable. Ie suis bien aise de connoistre ceux que j'estime. et s'il y a moyen, de les connoistre tous entiers, et dans la pureté de leur naturel. Ie veux les voir, s'il est possible. dans leurs plus particulieres et leurs plus secretes actions. Il m'a donc fait grand plaisir de me faire son Histoire domestique.

Mais vous souvient-il, Monsieur, du manquement qu'y trouva ce galant homme qui estoit de nostre conversation, et qui eust bien voulu que Montaigne, estant luy-mesme son Historien, n'eust pas oublié qu'il avoit esté Conseiller au Parlement de Bordeaux. Il nous disoit ce galant homme, qu'il soupçonnoit quelque dessein en cette omission, et que Montaigne avoit peut-estre apprehendé que cét article de Robbe longue fist tort à l'espée de ses Predecesseurs et à la noblesse de sa Maison. Nous ne fusmes pas de ce sentiment. ny vous, ny moy, et soustinsmes que cette pensée ne pouvoit estre venuë à Monsieur de Montaigne, qui voyoit de ses propres yeux que Monsieur de Foix, nommé à l'Archevesché de Thoulouze, estoit Conseiller au Parlement de Paris.

I'adjouste à ce propos vne chose qui ne fut point dite, de feu Malherbe, et jugez de là combien il se piquoit de noblesse. Sans ce grand exemple de Monsieur de Foix, Malherbe ne se fust jamais resolu à traiter pour son Fils d'vn Office de Conseiller au Parlement de Provence. Ses Amis luy representerent, en cette occasion, qu'apres vn Gentil-homme Parent des Rois et Allié de toutes les Maisons Souveraines de l'Europe, le Fils d'vn Gentil-homme de Caën, quoy que de la Race de ceux qui suivirent en Angleterre Guillaume le

Conquerant, pouvoit sans scrupule exercer vne Charge de Conseiller.

Mais pour revenir à Montaigne, soit dessein, soit oubli, qui nous prive de cette partie de sa Vie, j'ay tousjours bien de la peine à m'en consoler. Il nous eust dit mille choses plaisantes de ce qu'il avoit remarqué au Palais; de l'humeur des Iuges; de la misere des Plaideurs; des artifices et des stratagemes de la Chicane. Apres tout, j'eusse bien mieux aimé qu'il nous eust conté des nouvelles de son Clerc, qui ne s'appelloit point en ce temps-là *Secretaire*, que de son Page.

N'est-ce pas en effet se mocquer des gens, de faire sçavoir au Monde qu'il avoit un Page? Quelque amitié et quelque estime que j'aye pour luy, je ne sçaurois lui souffrir ce Page. C'eust esté vne vanité de Capitan de la Comedie de dire qu'il en avoit, s'il n'en eust pas eu; mais s'il en avoit, je sousiens qu'il n'en devoit pas avoir. Il me semble qu'vn Page est vne personne assez inutile et assez hors d'œuvre dans vne maison de cinq à six mille livres de rente. Vn Gentil-homme de Beausse qui n'eust pas eu plus de revenu ne se fust iamais chargé d'vn tel Officier. Aussi quand il auroit voulu cacher son Pays, comme Homere cacha le sien, je l'aurois descouvert à cette marque de Perigord. De là il fut conclu que Montaigne avoit fait deux fautes : la premiere, d'avoir eu un Page, et la seconde, plus grande que la premiere, d'avoir imprimé qu'il en avoit eu.

Le mesme Homme qui accusa Montaigne de vanité nous a fit aussi vn conte que nous eusmes de la peine à croire, quelque asseurance qu'il nous donnast, de le sçavoir de fort bon lieu. Il nous dit que Montaigne s'habilloit quelquefois tout de blanc, et quelquefois tout de vert, et paroissoit ainsi vestu devant le monde. Force gens graves aiment les couleurs qui resjoüissent la veuë aussi bien que luy : mais ils ne s'en servent qu'en robbe de chambre et dans le particulier.

Telle singularité ne peut estre approuvée, estant contre la
bienseance; et j'ay oüy dire il y a longtemps que si les Actions extraordinaires ne sont grandes, elles passent le plus
souvent pour ridicules. l'ay veû, à la vérité, delà les Monts
de pareilles fantaisies, qui mesme estoient appuyées de quelque pretexte de Religion, et on me disoit d'vn homme tout
vestu de gris, depuis la teste jusques aux pieds; d'vn autre
vestu de tanné, et d'vn autre de feüille morte : Ces gens que
vous voyez ont fait vœu de s'habiller de la sorte, les vns
pour tant de temps, et les autres pour toute leur vie. Mais
les phantaisies d'Italie ne justifient pas celles des autres Pays.

Nostre Homme tascha bien encore de nous persuader que
le mesme Montaigne n'avoit pas trop bien reüssi en sa Mairie
de Bordeaux.

Cette nouvelle ne surprendra pas Monsieur de la Thibaudiere; et il se souviendra bien qu'il dit vn jour en ma presence à Monsieur de Plassac Meré, admirateur de Montaigne,
qui le loüoit ce jour-là au desavantage de Ciceron : Vous
avez beau estimer vostre Montaigne plus que nostre Ciceron,
je ne sçaurois m'imaginer qu'vn Homme qui a sçeû gouverner toute la Terre ne valust pour le moins autant qu'vn
Homme qui ne sçeut pas gouverner Bordeaux.

Ie vous diray demain quelle est mon opinion du Stile de
Montaigne, quoy qu'il n'en fust point parlé en nostre Conference de l'autre jour. Vous sçaurez cependant que c'est
vn Personnage que je revere par tout, et que je tiens comparable à ces Anciens qu'on appelloit *maximos ingenio et arte
rudes* : et partant, non plus qu'à eux, on ne luy doit pas
imputer les fautes de son Siecle.

ENTRETIEN XIX.

QV'AV TEMPS DE MONTAIGNE

NOSTRE LANGVE ESTOIT ENCORE RVDE.

AV MESME.

Celuy de qui je vous parlois hier vivoit sous le regne des Valois, et de plus il estoit Gascon. Par consequent il ne se peut pas que son langage ne se sente des vices de son Siecle et de son pays. Il faut advoüer avec tout cela que son ame estoit eloquente ; qu'elle se faisoit entendre par des expressions courageuses ; que dans son stile il y a des graces et des beautez au-dessus de la portée de son Siecle.

Ie n'en veux pas dire davantage, et je sçay bien que ce seroit vne espece de miracle qu'vn homme eust pû parler purement François, dans la Barbarie de Quercy et de Perigord. Vn homme qui est assiegé des mauvais exemples, qui est esloigné du secours des bons, pourroit-il estre assez fort pour se defendre tout seul contre vn Peuple tout entier? contre sa Femme, contre ses Parens, contre ses Amis, qui sont autant d'Ennemis du bon François? quelle difficulté seroit-ce de garder parmy tant d'embusches et tant de larrons les saines opinions qu'on auroit apportées de la Cour!

Mais d'ailleurs, lors que Montaigne escrivoit, la Cour estoit aussi indulgente qu'elle est aujourd'huy rigoureuse. Sa

delicatesse va jusqu'au desgoust et jusqu'à la maladie. De la
pluspart des viandes qu'elle rejette, on en eust fait des festins sous le Regne de Henry troisiesme. L'incomparable
Malherbe n'estoit pas encore venu corriger et degasconner la
Cour, comme il disoit ; faire des leçons aux Princes et aux
Princesses ; dire cela est bon, et cela ne l'est pas. On ne
sçavoit point qu'il y eust deux Vsages. dont l'vn s'appelle le
Beau. Il ne se parloit, ny de Vaugelas, ny d'Academie. Cette
Compagnie qui juge souverainement des Compositions Françoises, estoit encore dans l'Idée des choses. Ainsi il n'y avoit
rien d'asseuré, ny de resolu en nostre Langue. Et par toutes
ces raisons il me semble que Montaigne est excusable, s'il
n'a pas tousjours escrit comme voudroient nos Delicats. De
son temps, il n'estoit pas defendu de faillir, et les Fautes
sont innocentes, qui sont plus anciennes que les Loix.

Vous avez icy le jugement d'autruy, et le mien particulier
sur le subjet de Montaigne. Adjoustez-y du vostre ce qu'il
vous plaira, et ce que j'auray sans doute oublié de mettre au
premier Chapitre ; car ma memoire ne m'est plus fidele,
comme elle estoit autrefois. Sur tout, Monsieur, cultivez
tousjours ces excellentes dispositions qu'a ma chere Cou-
sine vostre Fille à l'intelligence des Langues et des Sciences.
Elle ne sera ny vaine, ny incommode pour cela ; sa modestie
et sa discretion m'en respondent.

ENTRETIEN XX.

___

DE L'ATTELAGE DV CHAR DE VENVS.

A M. CHAPELAIN,
Conseiller du Roy en ses Conseils.

Il faut donc vous obeïr aveuglément à mon ordinaire, et
vous dire ce que je pense des *Columbuli* et des *Passerculi*,
du Char de Venus que vous avez trouvé dans les Vers du
Poëte d'Amsterdam. Vous sçavez bien ce qui en est, mais
vous prenez plaisir à me faire parler. Par cette demande si
precise, je voy, Monsieur, que le gibet a esté fait pour les
malheureux, et qu'il y a des gens à exemple. Vous voulez
que celuy-cy soit vn de ceux-là. Ce pouvoit estre vn François ou vn Italien ; Mais le sort est tombé sur vn homme des
Pays-Bas.

Ce n'est pas en effet vn Autheur particulier qui a failly ;
Ce sont toutes les Muses qui ont fait en cecy vne extravagance.
Ce n'est pas le Poëte, c'est la Fable mesme qui est coupable
de cette Faute. Car, à vray dire, se peut-il rien imaginer de
plus ridicule que de mettre des Cygnes au Chariot, et encore
moins des Pigeons, et beaucoup moins des Moineaux ? Toutefois il est certain que le Chariot de Venus a esté attelé de
cette sorte par les Anciens et par les Modernes, en Grece, en
Italie et ailleurs.

Il n'y a point de proportion de la petitesse de ces Oyseaux

à la grandeur des Machines qu'on leur fait tirer. Et quand
on ne mesureroit pas Dame Venus (ainsi que l'appelle
Monsieur Scarron) aux Demoiselles Geantes, et à la Sœur
d'Encelade, qui de la teste touche les nuës, dans le quatriesme Livre de l'Eneïde ; il faut croire vray-semblablement
qu'elle estoit de tres-belle taille ; par consequent si les Poëtes
vouloient faire traisner son Chariot par des Oyseaux, et s'ils
n'avoient point de connoissance de ces estranges Oyseaux,
qui enlevent en l'air des Elephans, pour le moins luy de-
voient-ils donner des Austruches, et non pas des Pigeons ou
des Moineaux, qui ne seroient pas bons pour le Carrosse de
carte d'vne Poupée.

Encore sont-ce *Columbuli* et *Passerculi*, dans les vers de
quelques Anciens, aussi bien que dans ceux du Poëte d'Amsterdam ; et quoy que je sçache qu'en la Langue dans laquelle ils ont escrit, les diminutifs ne diminüent pas tousjours la chose dont ils traitent, et qu'ils servent souvent ou
à la necessité du nombre ou à la delicatesse de la pensée :
Toutefois il y a de certains lieux, où à mon advis, et je tiens
que ce sera le vostre, ils peuvent n'estre pas en leur place.
Les Poëtes employent bien *Oculus* et *Ocellus* indifferemment ;
Mais je n'en ay point veû qui se soit servy d'*Ocellus* pour
signifier l'Œil de Polypheme, de la grandeur duquel il a
esté dit,

Argolici clypei, et Phœbeæ lampadis instar.

Le Pape Vrbain avoit vne Antique d'agathe, dont j'ay veû la
Taille-douce, dans laquelle il y a deux Mouches à miel liées
à vn joug, qui tirent vne charruë ; et une autre Mouche sur
la charruë, qui les fait aller, avec vn foüet. C'est la phantaisie
d'vn ancien Graveur, qui est encore plus raisonnable que
celle des Anciens Poëtes. Car c'est veritablement vne chose
fort nouvelle de voir des Mouches qui conduisent des char-

ruës, et d'autres Mouches qui labourent la terre. Mais pour
le moins en cecy il y a quelque proportion et quelque rapport. S'il y a des Insectes qui soient Rois, il y en peut avoir
qui soient Esclaves. S'ils ont vn Estat et vne Police, pourquoy n'auront-ils pas l'vsage de l'Agriculture et des autres
Arts? si ce sont des petits Romains, *parvi Quirites*, comme
les appelle Virgile, ne peuvent-ils pas cultiver les champs.
aussi bien qu'aller au Conseil et faire la guerre? Outre que
d'ailleurs il y a peut-estre du mystere en cette figure,
comme en plusieurs autres, qui sont ou Magiques, ou Enig-
matiques. Tesmoin celle du Dieu de l'Heretique Basilides
representé avec vne teste de Coq, vn bouclier en vne main,
et en l'autre vne espée, ou vn foüet. Monsieur de Saumaise
m'a fait la faveur de m'envoyer depuis peu vn de ses Livres.
où j'ay veû cette monstrueuse Figure.

Pardonnons donc au Poëte Moderne, qui n'a failly que sur
le mauvais exemple, que ses devanciers luy ont donné.

Puisque vous m'avez mis en humeur, il faut qu'elle passe,
je ne sçay si j'auray raison; vous me le ferez sçavoir quand
il vous plaira. Tout ce qui paroist beau dans les Livres ne
l'est pas. Dans les meilleurs mesmes, il y a de l'or d'Alchimie et des diamans de verre, disoit feu Monsieur le Cardinal
du Perron. Il y a de la fausse monnoye en Grec et en Latin,
comme en Quercy et en Perigord. La sainte, la venerable
Antiquité nous en a debité plus d'vne fois; et quantité de
mauvaises choses du temps passé trompent encore aujour-
d'huy sous l'apparence du bien. Pour verifier ce que je dis,
ce sera assez, pour le present, de deux exemples, qui donnerent lieu, l'autre jour, à vn jeune Orateur, de faire ces
deux applications. Voicy le premier:

I'estime beaucoup plus la meschante cappe d'Agesilaüs, et
la paillasse sur laquelle il dormoit, que tout l'or et toute la
pourpre du Roy de Perse.

Celuy qui a dit cela s'imaginoit qu'il ne se pouvoit rien

dire de mieux. Il croyoit avoir merité, par cette belle sentence, le nom de grand Philosophe. Mais je ne suis pas de son opinion, ny de l'Orateur qui l'admire. Si c'estoit vn Philosophe, c'estoit sans doute vn Philosophe Cynique. Quant à moy, qui suis pour la Famille de Platon et d'Aristote (ils estoient vn peu plus honnestes gens que Diogene, et connoissoient mieux la valeur des choses), je n'eusse pû souffrir à ce Monsieur le Cynique son exageration de Declamateur, et luy eusse respondu volontiers : Il faut distinguer icy, s'il vous plaist, et ne prendre pas l'vn pour l'autre. Vous pouvez estimer davantage la personne du Roy de Lacedemone que celle du Roy de Perse ; mais vous ne devez pas tant estimer vne mauvaise paillasse qu'vn lict de drap d'or.

Si le Cynique eust esté revestu de cette cappe, et si cette paillasse luy eust esté donnée pour s'y coucher, je luy pardonnerois volontiers l'amour qu'il auroit euë pour ces precieux restes (car je ne veux pas profaner le mot de Reliques, que l'Vsage a consacré pour nos Saincts); Mais n'estant question que du prix des choses, il n'a rien dit qui vaille, ou pour le moins il ne s'est pas bien expliqué. Venons au second exemple.

Le grand Pompée estant obligé de partir d'vne Ville maritime. pour les affaires pressantes de la Republique, les Bourgeois de la Ville et les Mariniers mesmes luy representerent que dans le mauvais temps qu'il faisoit, il ne pouvoit se mettre en mer sans courir fortune de la vie ; Il est necessaire d'aller, leur respondit-il, mais il n'est pas necessaire que je vive.

Voila l'apparence d'vn bon mot, et il est sceû de tout le monde. A le regarder neantmoins de prés, on voit que c'est vn mot qui ne dit rien de bon. Il se destruit soy-mesme, et implique contradiction. Car puisque la vie est le principe et le fondement de toutes les actions de l'homme. pour aller ne faut-il pas vivre? par consequent, n'est-il pas necessaire de vivre, et ce que nie Pompée n'est-il pas encore plus vray que ce qu'il advoüe? Pressons davantage ce bon mot ; Il est necessaire d'aller, mais il n'est pas necessaire que je vive; c'est justement comme qui diroit : Il est necessaire de voir, mais il n'est pas necessaire d'avoir des yeux : Il est necessaire de marcher, mais il n'est pas necessaire d'avoir des pieds.

Que devoit donc respondre le grand Pompée quand on luy representa le danger visible de sa personne, et qu'on luy dit que s'il partoit dans le mauvais temps, il couroit fortune de sa vie? Il pouvoit respondre, ce me semble : Laissons faire aux Dieux de nostre vie, et faisons nostre devoir. A mon advis cette pointe eust esté plus solide et plus raisonnable que l'autre, comme elle eust esté plus grave et plus digne de la Majesté Romaine. Peut-estre que Pompée dit encore mieux que cecy, et que dans la confusion de son embarquement, ses paroles ne furent pas recueillies comme il les avoit dites. Peut-estre aussi que la tourmente qu'il voyoit devant luy le troubla luy-mesme, et l'empescha de songer à ce qu'il disoit.

Voila, Monsieur, ce que vous m'avez demandé, et encore plus. Mais c'est pour vous seulement : car le Public se mocqueroit de mes resveries ; et je vous ay dit ailleurs le respect que j'ay pour l'Antiquité. Cecy soit donc dit, par maniere de passe-temps, sous le secret de la Confession civile et sans prejudice de mes premieres protestations.

ENTRETIEN XXI.

RESPONSE A TROIS QVESTIONS.

A M. CONRART,
Conseiller et Secretaire du Roy.

Il faut vous respondre sur trois Questions que vous m'a-
vez faites, et vous dire encore quelque chose de Fabrice,
d'Auguste, et de Mecenas. Si vous avez de l'amour pour ces
grands Noms, nous aimons tous deux en mesme lieu ; et
ainsi nous en pouvons parler plus d'vne fois, et tousjours
agreablement. La qualité d'Auguste merite bien que nous
commencions par luy : Mais je vous advertis aussi pour l'advenir, de ne pas prendre garde à l'ordre des temps, aux dislocations de mes matieres, ny mesme à quelques paroles
qui ne seroient peut-estre pas receuës dans vostre Academie ;
Car je suis en pleine liberté avec vous ; et si vous me faites
passer de vous en autruy, corrigez, s'il vous plaist, mes
improprietez ; car vous avez le mesme pouvoir sur mes Escrits que sur moy.

Vous dites que je vous ay representé Auguste si grand,
que tout paroist petit auprés de luy. Mais vous me demandez ensuite si ce Grand a esté heureux ; si apres avoir
changé la face de la Republique ; si apres s'estre rendu maistre de Rome victorieuse et triomphante. c'est-à-dire de tout
l'Vnivers, il a joüy paisiblement de sa grandeur. Je vous

responds que pour en venir là, il luy a fallu passer par des torrens de sang humain : qu'vn nombre infini de testes cassées, de corps de Consuls, de Preteurs, de Senateurs, de Chevaliers Romains luy ont servy de degrez pour monter au Throsne. Quand ce seroit pour se conserver qu'il auroit perdu tant de gens, toutes les fois qu'il a songé de combien de morts il a falu qu'il ait asseuré sa vie, cette seule pensée a esté capable de gaster sa felicité. Aussi se plaignoit-il souvent des malheurs de sa condition avec ses Confidens, et s'en faisoit pitié à soy-mesme.

Quelle peine en suite, quelle gesne sur le Throsne, d'estre contraint de se despoüiller de la douceur de son naturel et de renoncer à sa propre inclination, pour exercer vne severité necessaire ! car je presuppose qu'il estoit, comme on dit, naturellement bon et vertueux, et que la Proscription du Triumvirat ne fut pas de son choix. Depuis mesme cette sale et vilaine partie de son histoire, ce Bon et ce Vertueux n'a-t'il pas esté forcé d'aigrir et d'irriter sa vertu en plusieurs rencontres ; d'armer sa bonté contre la malice de son Siecle ; de ne paroistre pas ce qu'il estoit ; de ressembler plustost à tout autre qu'à Auguste ?

Les ennemis, les Rebelles, les Meschans ne finissent point : La racine en demeure, quelques branches qu'on en couppe. Il ne put donc pas dompter si generalement les esprits, qu'il n'en restast tousjours de tres-fascheux et de tres-difficiles à gouverner ; ny faire en sorte que le long calme dont il a joüy n'ait eu ses nuages et ses mauvais jours. Les gens de son temps en disent bien davantage ; s'il les en faut croire, Il a vieilly en des alarmes continüelles ; Il a cheminé dans des precipices : Tout ce qu'il a pû faire avec toute sa bonté, avec toute sa vertu et toute sa fortune, c'est de se sauver en pleine paix et de mourir de mort naturelle.

Encore les mesmes Gens ne sont pas d'accord que sa mort ait esté si naturelle qu'on diroit bien. Quelques-vns en

ont accusé les figues que sa femme Livia luy fit manger, à
bonne intention à mon advis, puisque ce fut pour l'empescher
de manquer de parole, et pour luy conserver la gloire de sa
constance ; car sans cela on a crû qu'il eust pû changer le
Testament qu'il avoit fait en faveur de Tibere, et qu'il commençoit à avoir quelque remors d'avoir preferé vn estranger à son Petit-fils. Mais pour cette heure laissons ce Grand
et ce Malheureux tout ensemble, comme vous avez pû voir,
pour venir à celuy qui fut sa consolation, et apres la mort
duquel il n'en trouva plus dans l'Empire de tout le Monde.

Mecenas n'avoit garde de manquer de protection, au lieu
où vous estes ; et je n'ay point esté surpris du favorable
traitement qu'il a receû chez le Pere des faveurs et des
courtoisies. Nostre cher Official dit que c'estoit le droict du
jeu, et moy je diray, pour expliquer nostre Amy, que je
me doutois bien que vous aimeriez l'Homme du monde le
plus aimable. Ie parle de cét homme envoyé extraordinairement pour l'ornement de son Siecle ; pour la derniere perfection des Sciences et des Arts ; pour inspirer les Poëtes, les
Historiens et les Orateurs ; pour donner du courage et de la
force à tous les autres Artisans de la belle Gloire.

Vous voulez, Monsieur, que je vous en fasse la definition,
pour la joindre au Discours que vous en avez leû, et je le
veux bien aussi ; car je ne vous feray pas plus de plaisir que
j'en recevray.

Ce fut Mecenas qui dora vn Siecle de Fer ; qui rendit supportable la Monarchie à des Ames passionnées pour la Liberté ; qui respandit son bonheur de tous costez ; qui mit
l'amitié d'Auguste en commun ; qui ne demanda que pour
donner. Voila à peu pres la definition ou la description de
Mecenas, que vous pouvez adjouster à mon Discours ; et faire
part au Public de cet Entretien, si vous le jugez à propos.

Il ne s'est jamais rien dit de plus vray. Cet homme si bien
fait, et si bien-faisant, ne pouvoit souffrir que la Vertu fust

reduite à la seule satisfaction de la conscience, et que les
Vertueux eussent subjet de reprocher leur pauvreté au Siecle
dont il estoit. Entre luy et eux, il y avoit vn commerce qui
ne cessoit point, de bien-faire et de recevoir du bien. Ses
Amis estoient contraints de luy dire : « C'est assez ; » et les
marques de leur satiété et de sa profusion se voyent dans
les escrits de cet Age-là.

Nous avons veû vn Favory d'vn Prince estranger bien esloigné, ou pour mieux dire, bien Antipode de Mecenas. Il
tiroit vanité de sa barbarie, et comptoit jusqu'à douze Poëtes
qui l'avoient servy, et qui estoient morts de faim à son service. Il pensoit qu'il fust de la grandeur de sa Maison d'avoir
des Poëtes à sa suite : mais il pensoit aussi qu'il ne faloit
pas les traiter si bien que les Singes et les Perroquets, à
qui on donne à manger leur saoul.

Si ce Favory, qui se vantoit d'avoir fait mourir de faim
douze Poëtes, n'avoit laissé des Enfans plus honnestes gens
que luy, je le ferois connoistre à nostre Siecle et à la Posterité. Il faudroit l'opposer à Mecenas, par vne comparaison
qui ne luy seroit pas avantageuse. Mais pour l'amour des
Enfans, pardonnons à la reputation du Pere, et contentons-
nous de dire qu'il y a plus de seize cens ans qu'on ne fait
autre chose que celebrer, que chanter la vertu de Mecenas,
que donner des loüanges et des benedictions à sa memoire,
qui sont des choses trop subtiles pour vne ame aussi mate-
rielle que celle du Favory brutal.

Aujourd'huy mesme, qui le croiroit, les Muses Italiennes
ne sont pas consolées de la mort de Mecenas. Vn de leurs
Poëtes s'advisa dernierement de luy faire des obseques, apres
avoir composé vn Poëme qui contient cinq ou six Livres,
della Vita di Mecenate. Son nom a esté receû dans le Christianisme avec honneur. Il y a esté consacré par l'Vniversité
de Paris, dans les Escholes de Philosophie et de Theologie.
Et les Bacheliers de Sorbonne ; nos Religieux les plus devots

(je vous parle comme si vous estiez des nostres, et je ne
veux point effacer ce qui est escrit, de peur que la rature ne
vous offense les yeux : Et peut-estre que cela arrivera quelque jour aussi) : Trouvez bonne cette parenthese, mon cher
Monsieur, quoy qu'vn peu longue, et ne rejettez pas le desir
que j'ay que nous soyons vnis plus parfaitement que nous
ne sommes ; Nos Religieux, dis-je, ne prennent-ils pas chacun vn Mecenas, à qui ils dedient leurs Theses, et qui les
protege de sa faveur?

Mais la generosité de Mecenas, sa liberalité, sa magnificence volent par toute la Terre : elles sont loüées par les
doctes comme par les ignorans. Vn mot seulement de la facilité de ses mœurs.

Il faloit bien qu'il fust honneste homme, et bon-homme
tout ensemble, de vivre comme il faisoit avec les moindres
de ses Amis, et de ne trouver pas mauvaise la liberté qu'ils
prenoient quand ils traitoient avec luy. Celle dont vse Horace en luy escrivant est digne de consideration. Tantost il
le nomme Mon Amy, tout court ; tantost Amy Mecenas, ou
Cher Mecenas : quelquefois Agreable Mecenas. Car de traduire, gaillard Mecenas, ce ne seroit pas bien prendre l'intention d'Horace : Et sans doute il se sert de *Iucunde Mecenas*, de la mesme sorte que Pline s'est servy depuis de
Iucundissime Imperator dans la Preface de son Histoire
naturelle, adressée à l'Empereur Vespasian. Si le Traducteur y a failly, vous le sçaurez bien relever ; et ce ne sera
pas la premiere fois que vostre bon sens aura corrigé nos
fautes, vous qui ne vous meslez point autrement du Latin.
Ce tres-agreable Empereur ne vaut gueres moins à mon
advis, et signifie presque autant que les « Delices du Genre
« humain. » que nous donnons encore aujourd'huy à l'Empereur Tite, Fils de Vespasian.

Mais croyez-vous que les Favoris d'aujourd'huy, comme
vous diriez le Comte Duc en Espagne. voulust estre traité si

familierement que Mecenas par les Poëtes de la Cour? Ces licences Poëtiques luy seroient-elles agreables? se contenteroit-il de si peu de ceremonie? j'ay de la peine à le croire. Le grand Armand mesme qui caresse les Poëtes et les favorise, ne trouveroit pas bon, ou je me trompe fort, si Monsieur de l'Estoille commençoit vn Sonnet ou vne Epigramme par, Cher Richelieu, ou Amy Richelieu; Si pareilles libertez n'estoient criminelles à Rüel, elles y seroient pour le moins ridicules. Si c'estoit trop de la corde, ce ne seroit peut-estre pas assez de la berne pour les chastier. Cecy est de mon Autheur ordinaire Monsieur de la Thibaudiere. On ne demande pas seulement du respect et des loüanges : on demande du culte et des sacrifices, de la part mesme des Souverains et des Testes Couronnées.

Ie ne parle pas au hazard : Ie sçay de science certaine qu'vne lettre moins respectueuse qu'on ne l'attendoit, et l'omission de deux syllabes, ont cousté la vie à plus de deux cens mille hommes. *Bien humble et tres-affectionné*, qu'vn Favory trouva au bas de la lettre d'vn Prince, au lieu de *tres-humble et tres-obeïssant*, qu'il pensoit luy estre deû, le mit en telle cholere, qu'il jura, en deschirant la lettre du Prince, que son incivilité luy cousteroit la ruïne de son Pays. Ie tiens cette Histoire d'un homme qui estoit à Madrid, en presence duquel la Lettre fut leuë, et jugez de là combien est dissemblable le Favory de *Philippe* à celuy d'*Auguste*.

Ce Favory si agreable et si aimé n'a pas laissé de trouver des Ennemis pour le moins apres sa mort. Ie l'ay desja remarqué dans le Discours. Le redoutable Seneque s'est eslevé contre luy : mais croyez-m'en, c'est vn Calomniateur artificieux; c'est vn Sophiste interessé en cette rencontre. Quoy qu'il die des mœurs et du Stile de Mecenas, tenez pour suspecte sa Rhetorique. Ie suis asseuré qu'il n'agit pas de bonne foy, et qu'il falsifie les passages qu'il allegue. Ce qu'il ap-

pelle affeterie, mollesse, dissolution, s'appelle gayeté, galanterie, delicatesse. Par exemple, Monsieur, desapprouve-
riez-vous ces trois ou quatre periodes, que j'ay trouvées en
bon lieu, et que je rends Françoises pour l'amour de vous.
Ie ne vous les donne pas pour estre des Escrits de Mecenas,
mais celuy qui me les a prestées asseure qu'elles sont de
son stile et de sa maniere.

« Dans vne plaine extrêmement verte nous crusmes voir
« vne Eminence couverte de neige ; Mais nous descouvrismes
« de plus prés que c'estoit vn troupeau de Biches blanches.
« On nous dit qu'il estoit consacré au Soleil, et à la Sœur du
« Soleil. Les Bestes gardées par les Nymphes paissoient des
« fleurs, à l'entrée d'vne Forest de myrtes, vis-à-vis des Mon-
« tagnes d'azur, qui couronnent la Riviere du Phenix, etc.

« Nous allasmes passer les grandes chaleurs aux lieux
« maritimes de la Province. En ces lieux-là, il y a tousjours
« du frais et de l'ombre, pour la consolation de l'Esté ;
« par la faveur d'vn petit Vent qui se leve à Soleil couché
« et qui vient resjoüir toute la coste, les plus mauvais jours
« sont suivis de fort bonnes nuicts. Mais il y a encore vn autre
« Vent delicieux, pour le plaisir de ceux qui se promenent
« sur mer. Ayant pris l'impression de l'odeur des jasmins
« et des orangers dont la Plaine voisine est couverte, il va
« porter cette odeur bien avant dans la mer, et quelquefois
« à plus de vingt milles du rivage. Ainsi la Terre fait vne
« action de gratitude, en reconnoissant le bien qu'on luy
« fait. Elle paye la mer de parfums, de la fraischeur qu'elle
« reçoit d'elle. O le beau, ô l'agreable commerce entre ces
« deux Elements ! » etc.

Ces periodes sont traduites mot à mot d'vn ancien Autheur ; Mais qui est cet Autheur ? Est-ce vn Grec, vn Latin, vn
Arabe, ou vn Persan ? Ie n'ay garde de le nommer. Demandez-
en des nouvelles à nostre cher Monsieur Menage. En attendant
que je vous envoye vn second Chapitre de Mecenas, employez

là-dessus sa faculté divinatrice, autrement sa sagacité Scali-
gerienne.

Il se mesprit neantmoins vne fois en sa vie, l'illuminé
Scaliger, celuy que Lipse appelloit vne Aigle dans les nuées,
et vn Diable d'homme. Muret prit pour dupe cette Aigle qui
voloit si haut, et en fit accroire à ce Diable qui estoit si fin.
le vous conteray l'avanture une autre fois, de peur d'estre
trop long, et de vous lasser des choses mesmes que vous avez
desirées. Il ne me reste plus que trois paroles sur le subjet
de nostre troisiesme Heros.

Il est vray que mon Fabrice n'est pas un homme commun, comme vous vous escriez en l'admirant. C'est pourtant
vn homme, et qui a esté, et que j'ay pris plaisir de faire revivre. Ce n'est pas vn phantosme formé par l'imagination et
par le desir. Rome ne fut jamais animée d'vne ame plus
belle, plus grande, ny plus forte que celle-là ; et tandis
qu'elle vesquit par luy, on peut dire qu'elle ne sentit aucune
passion qui fust basse ou mauvaise. Tous ses autres Enfans,
sous ce grand exemple, ne se piquerent que d'honneur et
de probité ; La religion, l'amour de la Patrie, tenoit vn chacun en son devoir. Les premiers Romains jusques-là avoient
eu de grands avantages sur les autres hommes ; il le faut
advoüer. Mais il y restoit bien encore de l'infirmité humaine,
et beaucoup de la ferocité et du brigandage du Fondateur.
Fabrice commença de cultiver ces semences excellentes de
vertu, et y reüssit de telle sorte, que les Romains n'eussent
pas voulu l'Empire du Monde dés ce temps-là, s'il y eust falu
employer une mauvaise action. Ses pensées furent si hautes
pour la Republique, que le cœur humain ne peut pas aller
au delà ; et si modestes, pour son particulier, qu'il demeura
toute sa vie dans l'egalité des autres Citoyens. L'or de Pyr-
rhus ne le tenta jamais, comme les Elephans ne luy firent
aucune peur. Il eut tant de prudence, et fut si heureux au
jugement qu'il fit de l'advenir, qu'il sembloit que le succez

des choses se conformast à l'opinion qu'il en avoit. La vivacité de son esprit luy fournit par avance tout ce que peut
apprendre le temps et la diversité des occasions. Il n'eut pas
besoin d'estude pour sçavoir ny d'experience pour estre
sage. Les finances d'Attalus, ny les delices de Capouë n'eussent jamais corrompu les Romains sous vn semblable Pre-
cepteur, qui preschoit sans cesse qu'il faloit fuïr l'avarice
et aimer le travail.

ENTRETIEN XXII.

A MONSIEVR GIRARD

CONSEILLER DV ROY EN SES CONSEILS ET SECRETAIRE
DE FEV MONSEIGNEVR LE DVC D'ESPERNON.

On m'a dit de grandes choses de la vertu de l'Homme que
nous honorons si fort. Qu'il ne s'imagine donc pas que j'estime moins son loisir d'Anjou que ses emplois d'Italie et
d'Allemagne. Ie veux faire tout exprés pour luy vn Discours
de la GRANDEVR; mais de la Grandeur qui ne vient point du
merite de la Race, qui ne vient point des bienfaits du Prince,
qui ne commence point par le Brevet d'vne Charge et par
des Lettres de Provision. La matiere est ample comme vous
voyez, et en attendant le Discours que je vous promets, tou-
chons-en vn mot dans ce Chapitre.

Il est vray ce qu'a dit vn Ancien : la Bonne Fortune manifeste la Grandeur; mais la Grandeur doit estre, avant que

la Bonne Fortune la manifeste. La Lumiere ne fait pas les objets qu'elle fait voir. On ne donne aux Sages que les enseignes et les marques de la Dignité : Ils en ont toute la force avant que d'en exercer les fonctions. Le Sage est Magistrat perpetüel; le Sage ne sçauroit jamais estre personne privée. Vous connoissez le stile et entendez le langage des Stoïciens. Or il est certain que l'Homme que nous estimons est plus sage que Chrysippe et que Cleanthes; et cela estant, quand il ne sera pas vn des principaux du Conseil du Roy, le Roy ne sçauroit empescher qu'il ne soit un des plus honnestes hommes de son Royaume. Il ne doit cette derniere qualité à la liberalité de personne. Il n'y a point de changement d'Estat qui la puisse supprimer, point de violence qui la puisse ravir à celuy qui l'a; et à parler franchement, je n'estime gueres les biens qui ne sont pas de cette nature.

Ne mettons point la felicité en vne place qui est ce matin à nous et qui pourra estre à nostre Ennemy cette apres-disnée. Ne mesurons point la valeur des hommes par celle des choses qui sont autour d'eux, par leurs Charges et par leurs richesses. Ces parties ne sont ny naturelles ny vivantes. Ce sont des bras d'argent et des dents d'ivoyre à ceux qui ont des defauts. Ce sont des ornemens agreables à ceux qui d'ailleurs ne sont pas mal faits; Ce sont tousjours neantmoins des pieces jointes et attachées. Mais quoy qu'il en soit, si on separe ma charge de ma personne, je ne laisseray pas pour cela de demeurer tout entier. Si j'ay de la Vertu, je la conserveray dans les ruïnes de la Fortune. Voilà les gens que je cherche et auxquels, en cet estat-là, je veux desdier mes Livres.

Ie le dis et le redis, car il faut enfoncer cette Verité dans l'ame des hommes d'aujourd'huy, qui n'y font aucune reflexion; La bonté d'vne chose doit luy estre essentielle, et resider en elle-mesme. Vn homme vaillant ne devient pas poltron quand on le desarme; Si vne femme n'est belle qu'à

cause qu'elle est parée, c'est vne fausse belle, puis qu'elle
n'est belle que par emprunt.

Il est donc necessaire d'avoir en soy le principe de sa
grandeur, il faut estre riche de ses propres biens : et ce sont
ces biens qui ne se perdent ny par les embrazemens ny par
les naufrages. Ce sont ces parties qui tiennent à l'ame,
que les accidens des choses ne peuvent entamer : Ce sont
pieces fortes et solides, inviolables au malheur du Temps et
aux outrages de la Fortune. Ceux qui ont de semblables
biens se consolent dans la pauvreté et dans la douleur. Par
consequent ils feront quelque chose de moins, s'ils se resjoüissent en prison et en exil.

Si la prison estoit vne chose absolument mauvaise, vn de
nos Amis n'auroit pas esté prisonnier de sa chambre, dix ans
durant, sans estre malade ny melancholique. Il n'y auroit
pas dans le Monde tant de captifs volontaires, qui renoncent
à la liberté et qui s'enferment par eslection et par conseil :
Y auroit-il des Chartreux en tant de Provinces et des Carmelites en si grand nombre? Vostre Heroïne, Mademoiselle
d'Espernon, auroit-elle choisi ce genre de vie et l'auroit-elle
preferé à tout ce que son illustre naissance luy monstroit
de grand? Y auroit-elle tenu bon contre les larmes de Monsieur son Pere, à qui il ne reste qu'vn Fils vnique, que son
grand cœur expose tous les jours aux perils de la guerre ;
Contre les prieres de toute la Cour, dont elle faisoit vn des
principaux ornemens; Contre un Bref de sa Sainteté, qu'elle
a fait revoquer par sa saincte perseverance? Y auroit-il enfin
des Legions entieres de l'vn et de l'autre Sexe qui se sont
renduës à Iesus-Christ, qui ont desiré leurs chaisnes, qui les
ont demandées par grace et qui les benissent tous les jours?

Si l'exil estoit aussi vn veritable mal, il n'y auroit point
eu, non plus, des Personnes tres-judicieuses et tres-advisées,
qui l'auroient preferé non-seulement aux douceurs de la
Patrie, mais aussi aux delices de la Cour. Qui ne sçait qu'il

y a eu autrefois des Courtisans qui sont devenus Hermites,
que le desgoust du Monde et que la passion de la Philosophie Chrestienne ont confinez au fond des deserts? La belle
chose de voir des Hommes, nez dans les affaires, nourris
dans les Cabinets, recommandables par leur merite et par
leurs services, se donner congé à eux-mesmes sans l'attendre
de leur Maistre, et quitter la Cour sans estre disgraciez!

Leur dessein estoit de fuïr le monde et de se cacher ; Mais
leur Vertu les descouvroit en quelque coin de la Terre qu'ils
se cachassent. Les qualitez qui, dans leur premiere condition, avoient effacé la pourpre et obscurcy le feu des pierreries, esclatoient dans l'espaisseur des bois et parmy les
tenebres de la Vie recluse. Leur reputation ne les laissoit
pas joüir paisiblement de leur Solitude, et les Rois en-
voyoient tous les jours à ces Oracles esloignez, quand ils n'estoient plus leurs Oracles domestiques. O illustre Obscurité!
O Retraites glorieuses! O Bannissemens preferables à la faveur! vous estes à mon gré les ornemens de nos Livres. Vous
estes les plus beaux endroits des Histoires Grecques et Romaines.

« Je vis Marcellus à Mytilene, et Je vis avec admiration,
« tant il me parut grand en sa mauvaise fortune. Quelle
« force d'esprit, quelle fermeté de cœur, quel mespris des
« choses humaines, fondé en raison, et tout pur Philosophi-
« que, sans aucun meslange de despit ny de chagrin! Quand
« il me falut quitter vne si excellente compagnie, Ie crûs
« que c'estoit moy qui estois veritablement le Relegué, et
« qui m'en allois en exil à Rome. »

Ces paroles sont du vertüeux Brutus, que Ciceron appelle
en quelque lieu son Heros. Elles se trouvent dans vn Fragment du Livre qu'il avoit composé de la Vertu, et vn Autheur Italien les allegue dans ses Epistres Latines.

Vous nous ferez voir quelque chose d'approchant dans la Vie
de vostre illustre Maistre, où vous travaillez avec tant d'assi-

duité, et payez en si bonne monnoye les faveurs que vous en avez receuës. Vous avez esté tesmoin de la magnanimité qu'il a fait paroistre à Plassac et à Loches, celebres aujourd'huy par sa Retraite, comme les Marais de Minturne par celle de Marius. Il n'a jamais parû si grand que par ses dernieres disgraces qui luy sont arrivées sans avoir failly ; et ainsi je tiens que les caresses de ses Ennemis eussent moins fait pour sa gloire que leur haine. I'ay desja annoncé ce bel Ouvrage, que je ne tiens en rien inferieur à celuy de Davila.

Mais nostre serieux dure trop long temps, et pour nous resjoüir vn peu en achevant ce Chapitre, et prenant la chose d'vn ton plus bas que nous n'avons fait, Ie dirois volontiers aux Disgraciez qui ne sont pas tout à fait si sages que l'Homme que vous et moy honorons :

Et bien, on vous a fait commandement de vous retirer de la Cour, où vous vous nourrissiez de soupçons, de defiances et de jalousies : Mais on vous laisse en vostre Maison, où vous pouvez gouster tous les plaisirs innocens de la Vie champestre : où il ne tient qu'à vous que vous ne joüissiez de toutes les beautez de la Nature et de toutes les richesses de la Campagne. Les bons Ennemis qui vous ont envoyé manger des figues et des melons ; les mauvais Amis qui sollicitent vostre rappel ; et que vous estes vostre ennemy vous-mesme de les presser pour cela ! Il y a vn Banny dans les Satyres de Iuvenal, qui ne sçachant que faire, commence à boire dés le matin, et profite pour le moins en cela, de la cholere des Dieux. Par là vous voyez que la bonne Fortune n'a pas le loisir de vivre : Elle a trop d'affaires et trop d'emplois. Dans la Faveur, on veille toute la nuict, on ne se couche que quand il est jour, et les Disgraciez ont desjeuné à cette heure-là.

ENTRETIEN XXIII.

DV RETARDEMENT

DE

LA PVBLICATION DE SES APOLOGIES.

A MONSEIGNEVR ***.

Puisque vous me jugez digne de vostre commerce, et que vous cherchez en nostre village ce qui ne se trouve, dites-vous, ny à Seville, ny à Amsterdam ; il ne faut pas que je perde, si je puis, la reputation que j'ay d'estre riche. Il faut que je tasche de contenter vostre belle curiosité. Voicy donc, sans autre ceremonie, les marchandises que vous estimez si fort et que vous avez tant loüées dans l'excellente Lettre que vous en avez escrite à Monsieur Girard.

Autrefois on trafiquoit de ces sortes de marchandises à la Cour d'Auguste : Mais il me semble qu'elles ne sont gueres à l'usage de la nostre ; et je ne pense pas que le Seigneur Lope fust assez hardy pour me prester vingt escus dessus. Aussi, certes se seroient-elles moisies dans mes magazins, si vous ne m'aviez obligé de les en tirer. J'avois presque oublié qu'elles y estoient, et il ne se fust jamais parlé des Apologies de Balzac, soit contre le General Phyllarque, soit contre le Docteur de Louvain, soit contre celuy de Bezançon, sans la douce violence que vous m'avez faite, en me priant de les publier. Le bon est que c'est en vne saison où elles peuvent estre publiées avec quelque succez. Le Monde estant devenu plus equitable qu'il n'estoit lorsqu'elles furent escrites, il sera plus capable de mes raisons.

Vous vous souvenez de la crüelle persecution qui s'alluma contre moy il y a plus de vingt ans. En ce temps-là vn Ange du Ciel n'eust pas esté escouté s'il en fust descendu pour plaider ma cause. La brigue estoit trop forte et trop passionnée pour pouvoir attendre vn juste lugement du public. Graces à Dieu, l'orage a cessé, et le calme est venu apres la tempeste. Les choses ayant changé de face, il est à croire que le bon droict changera aussi le destin. A tout le moins, mes paroles, qui se fussent perdües dans la confusion, pourront estre recüeillies de quelqu'un, maintenant que la foule s'est escoulée et que chacun a repris sa place. Ç'a esté le sentiment de mes Amis d'Italie, aussi bien que le vostre, qui m'ont fait sçavoir, il y a long-temps, que je devois mes lustifications à la bonne Posterité, qui seroit peut-estre bien aise d'apprendre les traverses de ma Vie et la diversité de mes avantures. Apres tout, je ne crois point faillir en faisant vne chose que vous m'avez conseillée.

Que si les Livres n'estoient de saison que dans la rencontre qui les a fait naistre, comme le voudroit soustenir vn Docteur moderne, il faudroit rejetter generalement tous les Livres des Anciens, parce qu'ils appartiennent tous à d'autres Occasions et à vn autre Siecle que le nostre. Il n'y auroit que les mauvaises Gazettes qui seroient de saison, puisque les bonnes histoires, pour paroistre seurement, paroissent d'ordinaire fort tard, et lorsque les interessez ne sont plus au monde. Souvent il n'y a que l'advenir, et encore l'advenir bien esloigné, qui nous fasse raison de l'injustice presente. La Fortune a enfin quelque remords d'estre tousjours contraire, soit à la Verité, soit à la Vertu. Et cette Verité et cette

Vertu qui estoient odieuses sous la Tyrannie. deviennent agreables sous le bon Regne, par le changement des hommes et des affaires.

Il n'y a donc point de mal d'attendre la conversion du Monde pour agir avec luy. L'Antiquité nous fournit quantité d'exemples de cette patience qui a reüssi. Il y a eu non-seulement des Historiens et des Philosophes, mais aussi des Orateurs et des Poëtes, qui n'ayant rien voulu publier durant leur vie, ont laissé cette charge à leurs heritiers par Testament, et ont dit (ce sont les termes du bon-homme Pline; Monsieur Voiture le distingue ainsi de Pline le Ieune) : *Statutum est hæredi mandare, ne quid ambitioni dedisse vita indicetur*. Il me semble qu'on ne sçauroit retarder davantage la publication d'vn Livre qu'on a composé; et j'iray encore plus viste que ces Messieurs, si je me rends moy-mesme sur mes vieux jours vn office qu'ils ont attendu des autres apres leur mort.

Mais quand il n'y auroit de fraische memoire que l'exemple de l'Apologie de Monsieur de Villeroy et l'Histoire de Davila, vous sçavez qu'ayant esté renfermées prés d'vn demy-siecle, elles ne se sont gastées ny par l'Age ny dans la prison. Elles ont paru avec tous les attraits et toutes les graces de la nouveauté, bien que leur matiere fust vieille et que la Ligue fust defunte et que Henry de Valois ne fust plus au monde, non plus que le Duc de Guise. Il y a certaines choses à qui le Temps ne fait point de mal, et ce qui doit estre eternel est toujours nouveau.

Ie ne parle pas si avantageusement de mes Escrits : ce sera vous qui en parlerez comme il vous plaira et selon que vous en serez persuadé. Ie parle des Philippiques de Ciceron et des Lettres de Brutus, qui ont esté appellées par quelqu'vn les derniers souspirs de la Republique mourante. Ces Philippiques et ces Lettres ont la vertu d'approcher de nous des objets extrêmement esloignez. Elles nous inquietent des

affaires passées d'vne Republique qui n'est plus. Elles nous
donnent des desirs et des passions qui antidatent nostre vie
de plus de seize cens ans.

Ie mets, si vous voulez, au nombre de cette Prose, les
Vers du Poëte Lucain, qui n'avoit pas vingt-neuf ans quand
Neron le fit mourir. Il a bien osé promettre à sa Pharsalie
vne perpetuelle nouveauté et la faveur des derniers hommes
qui habiteront la Terre. Voicy de quelle sorte il en parle en
cét endroit :

> Nam si quid Latiis fas est promittere Musis.
> Venturi me teque legent; Pharsalia nostra
> Vivet, et à nullo tenebris damnabitur ævo.

Et ailleurs :

> Sive aliquid magnis nostri quoque cura laboris
> Nominibus prodesse potest; cùm bella legentur.
> Spesque, metusque simul, perituraque vota movebunt,
> Attonitique omnes, veluti venientia fata,
> Non transmissa legent, et adhuc. tibi, Magne, favebunt.

En voilà plus qu'il n'en faut pour justifier la publication de
nos vieilles nouveautez. Le Docteur Moderne et moy les eussions condamnées à vne prison perpetuelle. Mais puisque
vostre opposition est intervenuë là-dessus et que c'est vous
qui me demandez leur eslargissement, à la bonne heure,
Monseigneur, mettons-les en liberté pour l'amour de vous
et laissons-les courir par le Monde. Cependant le Volume de
mes Entretiens grossira tousjours.

ENTRETIEN XXIV.

PORTRAIT

ov

ELOGE DV DVC DE GVISE.

AV MESME.

A propos de la Ligue, dont nous venons de parler, et du Duc de Guise, dont le Monde parlera tousjours, il n'y aura point de mal que je vous communique quelques lignes qui en ont esté escrites il y a desjà assez long-temps, et que j'ay trouvées depuis peu dans mes magazins.

Les Eloges, aussi bien que les Harangues, sont les escüeils des Historiens Modernes. Au lieu de faire de bonnes Harangues, ils font d'ordinaire de mauvais Sermons, et dans les Eloges, ils declament au lieu de juger. Celuy du Duc de Guise participe des deux Genres; il tient de l'Historique et de l'Oratoire : et avant que de passer outre dans nos matieres, vous me ferez l'honneur de me dire, s'il vous plaist, si vous goustez ces sortes d'Eloges, car il s'en pourra trouver d'autres dans mes magazins.

La France estoit folle de cet Homme-là, car c'est trop peu de dire amoureuse. Il ne faut pas s'estonner si elle s'esloigna de son devoir, comme elle fit. Vne telle passion alloit bien

prés de l'Idolatrie : il y avoit des gens qui l'invoquoient
dans leurs prieres, d'autres mettoient sa Taille-douce dans
leurs heures. Pour son Portrait, il estoit par tout ; quelques-
vns couroient apres luy dans les ruës, pour faire toucher
leur chapelet à son manteau ; et vn jour qu'il revenoit d'vn
voyage de Champagne, entrant à Paris par la Porte Sainct-
Antoine, non seulement on lui cria : *Vive Guise!* mais plusieurs personnes luy chanterent : *Hosanna filio David!*

On a veû des Assemblées, qui n'estoient pas petites, se
rendre en vn instant à sa bonne mine. Il n'y avoit point de
cœur qui pûst tenir contre ce visage : il persuadoit avant
que d'ouvrir la bouche ; il estoit impossible de luy vouloir
mal en sa presence.

Le premier regard qu'il jettoit sur ses Ennemis ostoit
d'abord de leur esprit toute l'aigreur qu'ils avoient apportée
contre luy, et faisoit vne telle esmotion en leur sang et un
si estrange changement en leurs humeurs, qu'apres cela ils
avoient besoin de s'exciter long-temps eux-mesmes pour
reprendre la haine qu'ils n'avoient plus. De sorte que ce
que j'ay oüy dire à vn Courtisan de ce Regne-là ne me
semble pas mal dit, que « les Huguenots estoient de la Ligue
« quand ils regardoient le Duc de Guise. »

Ie laisse à l'Histoire à conter les choses qu'il a faites et à
porter mesme sa curiosité sur celles qu'il a pensées. Ie ne
me hazarde point de dechiffrer ces Enigmes de la Cour et
ne suis pas speculatif jusques-là. Il me suffit de croire, sans
deviner, qu'il faloit bien que ce fust un Homme fort extraordinaire, pnisque son seul nom, apres sa mort, a esté capable
de continüer la guerre à deux puissans Rois, et que le premier Capitaine de l'Europe, le second Fondateur de cet
Estat, Henry le Grand, de glorieuse memoire, n'a pris des
Villes ny n'a gaigné des batailles, que pour faire perdre le
credit à vn homme qui n'estoit plus.

Ie ne veux pas oublier vn mot que vous ne serez pas fasché

de sçavoir. Il est detaché de l'Eloge, et on l'attribuë à Madame la Mareschale de Rais. « Ils avoient si bonne mine, di- « soit-elle, ces Princes Lorrains, qu'auprés d'eux, les autres « Princes paroissoient Peuple. » Cette façon de parler est vn peu hardie, et vn Grammairien scrupuleux diroit : paroissoient Bourgeois. Mais la Cour est au-dessus de l'Eschole et ne reconnoist point, non plus que l'Eglise, la Iurisdiction de la Grammaire.

ENTRETIEN XXV.

QVE

LES DONS DV CORPS ET DE L'ESPRIT

NE SONT NY DE LA PVISSANCE NY DE LA IVRISDICTION DE LA FORTVNE.

AV MESME.

En continuant de vous entretenir de mes vieilles Nouveautez, en voicy vne qui ne sera peut-estre pas indigne de vostre curiosité, et je seray bien aise si elle en demeure satisfaite. Ce qui vous fut dit hier, apres la lecture du second Discours d'Aristippe, ne me semble pas mal plaisant, Que le Temps n'avoit pas rendu sage la Fortune, que c'estoit vne folle incorrigible, et que les dernieres de ses folies estoient tousjours les plus grandes et les plus considerables.

Pour confirmer ce qui vous fut dit, nous ne manquerions

pas d'exemples, si nous en cherchions. Toute la Terre en est
pleine, parce que cette folle se trouve par tout, et qu'il n'y
a point d'endroit où elle ne regne. Mais sans descendre de
la These à l'Hypothese, mesprisons aujourd'huy, en ce petit
coin du Monde, celle qui regne de tous costez. Vengeons-
nous de la Fortune, nous autres malheureux, à tout le moins
par ce petit mot de verité ; et disons d'abord, pour fondement de ce que nous dirons en suite, que quelque peu
borné que soit son pouvoir, que quelque vaste que soit son
Empire, nous devons avoir cette consolation, qu'il y a beaucoup de choses qui luy sont impossibles et beaucoup d'autres qui ne sont pas de sa Iurisdiction.

La Fortune peut tirer un Faquin de la Cuisine ou de
l'Escurie pour le loger dans le plus bel appartement du Palais : Elle peut mettre vne Couronne sur la teste d'vn Esclave : Elle peut faire triompher les meschans de l'innocence
des gens de bien ; Elle peut quantité de semblables choses,
et tout cela se voit dans les Histoires passées : mais avec
toute sa puissance, elle n'a pû ny ne pourra jamais embellir
vn laid, et refaire vn visage qui fait peur ; apprivoiser vn
brutal et polir la rudesse de ses mœurs ; donner de l'esprit
à vn sot, ny faire d'vn poltron vn vaillant homme.

Voilà des choses qui sont impossibles à la Fortune ; En
voicy qui sont hors de sa Iurisdiction : Elle peut oster le bien,
les dignitez et la vie ; Mais elle ne sçauroit oster la reputation, l'honneur ny la gloire. Elle ne sçauroit imposer silence
à la Voix publique, qui a tousjours justifié les innocens op-
primez, ny empescher que la Vertu qu'elle persecute ne soit
estimée, et que ceux qu'elle aime ne soient haïs.

En despit de la Fortune, Pasquin se mocque de l'indigne
et le poursuit par ses rimes bonnes ou mauvaises. Elle a
beau mettre des barrieres et poser des Corps-de-garde devant la porte du Palais qu'elle a basty à l'Esclave qu'elle a
couronné, la Verité force tout cela pour aller descouvrir

dans le Cabinet ses inclinations serviles et les venir exposer
à la veuë du Monde. Quoy qu'il soit redoutable, il ne laisse
pas d'estre ridicule. On tremble devant luy, et on luy fera
la moüe quand il aura tourné le dos ; on luy reprochera
tousjours la misere de sa premiere condition et les ordures
de sa naissance. On opposera tousjours son ancien Collier à
sa nouvelle Couronne. La Fortune ne sçauroit obtenir grace
pour luy, ny des Orateurs, ny des Poëtes, ny du Peuple, etc.

La comparaison des Reynes hypochondriaques, qui ont eu
de l'amour pour vn Nain et pour vn More, est assez heureusement conceuë ; mais elle n'est pas telle que s'imagine
Monsieur Mainard, qui la prefere à toutes nos autres comparaisons. Quoy qu'il en soit, elle est mienne, et je ne la
veux pas desadvoüer ; mais elle n'est pas ma grande ny mon
vnique inclination. Le Philosophe Epictete, dans ses Responses à l'Empereur Adrien, avoit dit auparavant, que la
Fortune estoit vne femme de bonne maison qui se prosti-
tuoit à des valets. Quelques-vns appellent cela des jeux de la
Fortune. Epictete, plus severe qu'eux, dit que ce sont des
pechez et des desbauches de la Fortune. Le bon-homme Heinsius, pour le distinguer du Ieune, parlant d'elle en quelques-
vnes de ses Oraisons, s'est servi du mot de *meretricula*.

Apres cela, qu'on trouve estrange que Cleopatre soit appellée par vn ancien Poëte :

.. . . . . incesti meretrix Regina Canopi.

La Fortune, que Heinsius traite de Femme de mauvaise
vie, est bien plus grande Dame que Cleopatre ; elle est bien
plus veritablement la Reyne des Rois que n'estoit cette superbe Egyptienne, qui prenoit vne si insolente qualité et la
mettoit dans ses tiltres, du consentement de Marc Antoine.
C'estoit, à mon advis, pour disputer de la grandeur avec le
Roy de Perse, qui se faisoit appeler le Roy des Rois, aussi

bien que le Geant des Geans et le Frere du Soleil et de la
Lune.

Quand il vous plaira, je vous feray voir cette vanité de
Cleopatre dans vne vieille Inscription trouvée en Levant, et
alleguée par Leunclaius sur l'Histoire Auguste. Mais il faut
sçavoir finir et se garder d'estre importun, à force d'estre
obeïssant.

ENTRETIEN XXVI.

DE L'VTILITÉ DE L'HISTOIRE

AVX GENS DE COVR.

AV MESME.

Ie pensois avoir finy, et j'allois fermer la Cassette où sont
mes Papiers, quand celuy-cy s'est fortuïtement trouvé entre
mes mains. Ie ne l'y ay pas voulu remettre sans vous le communiquer, m'imaginant qu'il pourra estre de vostre goust.
Ce que je vous envoye est tiré d'vn plus grand Discours, qui
fut fait il y a long-temps pour destourner vn Homme de
qualité du mauvais chemin qu'il prenoit pour l'instruction
de ses Enfans. Il cherchoit vn Maistre pour leur enseigner
les Regles de la Politique, et il l'avoit trouvé. Le Maistre et
les Escholiers eussent passé toute leur vie à ne rien faire, si
le Pere n'eust esté desabusé par ce peu que vous allez voir :

Et si ce peu vous fait desirer le reste, il faudra contenter vostre desir.

Dans les Livres que les Anciens ont escrits de la Prudence civile, il faut advoüer qu'il y a bien du galimatias de l'Eschole et de la chicane Philosophique. En ce Pays-là que de terres vagues et de deserts! que de lieux incultes et sauvages esloignez de l'vsage et du commun des hommes! La Republique de Platon, les Politiques d'Aristote, tant qu'il vous plaira : mais surtout je recommande l'Histoire à vos jeunes gens.

Sans l'Histoire, la Politique n'est qu'vn Spectre creux et plein de vuide, qu'on remuë par je ne sçay quelles petites distinctions et divisions de l'Eschole pour joüer et amuser les Enfans. Cette belle Politique estant separée de l'Action et de l'Exemple, ne s'entend pas elle-mesme. Il luy faut vn Guide dans le Monde; elle a besoin d'interpretes dans les Assemblées des Hommes. Il n'y a donc que l'Histoire qui informe et organise la Politique, qui luy donne corps et subsistance; il n'y a qu'elle qui soit digne du loisir d'vn homme extrêmement occupé et de la speculation d'vne ame agissante.

Par là, le bon Courtisan ne se contentant pas de sçavoir les pensées et les desseins des Rois d'aujourd'huy, il entrera dans le Conseil et dans la Confidence de tous les Princes qui furent jamais. Il penetrera dans les premieres causes de leur conduite; il fera, pour dire ainsi, la dissection de leur ame et de leur esprit, dont les plus secretes parties luy seront descouvertes. S'estant enrichi de la succession de tous les Siecles, il adjoustera à son experience celle de toute l'Antiquité. Ce n'est point un Paradoxe, ce que je dis. Par le moyen de l'Histoire, toute la sagesse d'autruy est nostre. Les Sages n'ont vescu que pour nous. Les Perses, les Grecs et les Romains n'ont fait de grandes actions que pour nous laisser de grands exemples.

Ainsi, quoy que le Courtisan soit jeune et qu'il n'ait pas esté de la vieille Cour, l'Histoire suppléera au defaut de ses

années et fera beaucoup plus que cela pour luy. Il se souviendra d'vne Antiquité bien plus esloignée et verra bien
davantage que ceux qui n'ont veû que les premiers troubles
de la Ligue, que le Regne de Henry troisiesme, que les
Tragedies des Guises et des Colignis.

Il verra l'enfance, le progrez et le declin de plusieurs
Estats : Il remarquera les causes, la conduite et le succez
de leurs guerres : Il prendra garde sur quels fondemens ils
se sont eslevez, par quelle forme de Police ils se sont accrus,
et par quel defaut ils sont tombez en ruïne. Il sçaura les
artifices de Philippe pour diviser les Communautez : les inventions de Demetrius pour prendre les Villes : les ruses
d'Annibal pour donner le change aux Ennemis ; l'ordre et
la discipline des Romains pour emporter et pour garder la
victoire.

Il n'ignorera pas les diverses transmigrations des Peuples,
les changemens des Sectes et des Religions, les moyens
qu'ont tenus les Conquerans pour establir leur puissance, et
ceux qu'il faloit tenir pour s'y opposer. Il apprendra de
quelle façon l'Empire est passé d'vne Nation à l'autre ; par
quelle fortune les Maistres ont eu leurs Valets, et non pas
leurs Enfans pour leurs Successeurs ; en quelle part on n'a
pû supporter la Monarchie, et où l'on n'a pas sçeû vser de
la Liberté. Enfin ne s'estant rien fait d'important, depuis le
commencement du Monde jusques à cette heure qui luy soit
inconnu ; et voyant presque pourquoy et comment les
choses ont esté entreprises et executées ; il ne sera pas estrange si par vne application judicieuse du temps passé au
present, et de la Speculation à la Pratique, il s'acquitte tres-
dignement, non seulement des actions civiles, mais aussi
des actions militaires. Ses Essais seront des Chef-d'œuvres.
Vn tel apprentif sera Maistre, dans vne profession à laquelle il viendra avec de si excellens preparatifs, avec vn
si bon Guide et tant de science.

Comme vous voyez, le Courtisan tire de grands avantages
.e la connoissance de l'Histoire : Mais il me semble qu'elle
st encore plus vtile au Prince qu'au Courtisan, et nous le
erons voir vne autre fois, dans vn Chapitre particulier. Dions cependant que le Prince doit quelquefois consulter les
Iorts, qui sont de seûrs et de fideles Conseillers.

Nous avons appris de nos Amis de Stokholm que la Reyne
le Suede, qui n'a gueres plus de dix-huict ans, lit Polybe et
'hucydide en leur langue ; qu'elle les explique en la sienne
t en la nostre admirablement : qu'elle fait d'excellens
'ommentaires de vive voix, sur ces excellens Historiens. Ie
l'en demande pas tant de nos Princes, et sans rien entre-
rendre sur ces Messieurs qui font des Livres pour l'instruc-
ion de Monseigneur le Dauphin, qui traiteront cette matiere
fonds, je diray seulement que les miracles ne doivent point
stre tirez en exemple. Mais en verité, dés leur enfance, on
eur doit dire des nouvelles de leurs Predecesseurs, et leur
re leur Philippe de Commines, qui n'est inconnu en lieu
u monde, qui a esté traduit en toutes les Langues, et receû
n toutes les Cours de l'Europe.

ENTRÉTIEN XXVII.

EXPLICATION DE DEVX EPIGRAMMES.

A MONSIEVR SARASIN,
Secretaire des Commandemens de Monseigneur le Prince de Conti.

Ie suis bien aise que vous ne mesprisiez pas nos Peintures, particulierement celles des pauvres Solliciteurs. Sans doute ils vous ont fait compassion dans les discours d'Aristippe, que nostre cher Monsieur Girard m'avoit demandés pour vous, et cette compassion vous a chatoüillé l'esprit par vne douleur voluptueuse, comme parle vn Philosophe Moderne. Ie veux vous faire aujourd'huy vne autre Image, qui ne vous desplaira pas. Elle est rare, et je l'ay prise en bon lieu. C'est dans vn Manuscrit de deux anciens Poëtes, solliciteurs eux-mesmes, et mal satisfaits de la Cour, apres y avoir attendu et langui long-temps.

Le premier se plaint d'estre jour et nuict à la porte du Cabinet, qui luy est tousjours fermée; mais desesperé d'y pouvoir entrer, et ne sçachant plus que faire, il s'adresse aux GRACES, qui sont les Deesses des Courtoisies, et à qui toutes les portes des Cabinets sont ouvertes; leur Divinité leur servant par tout de passe-port. Il les prie donc de luy rendre office à la Cour, et de porter ces trois mots aux pieds de Cesar : « S'il n'y a pas moyen que j'aye l'honneur de « parler à luy, pour le moins qu'il ait la bonté de m'en- ɪ voyer dire que je m'en aille. »

L'autre Poëte suppliant dit qu'esperant tousjours, que craignant tousjours et ne faisant rien, il prend beaucoup de peine à perdre le temps; qu'il se trouve le premier et le dernier au Palais; qu'il est Courtisan de jour et de nuict; qu'il veut parler et n'ose rien dire; qu'il ne peut pas attendre et qu'il ne sçait point demander. Il conclut enfin à peu prés en cette sorte: « Espargnez ma Pudeur, Cesar, et ayez pitié de ma Patience. Ce n'est plus pour le bon succez, c'est pour la fin que je sollicite. Obligez-moy, ou de m'accorder ma requeste, ou de me la refuser. Quoy que vous fassiez, ce sera me faire grace, de façon ou d'autre. » Mais il faut vous faire entendre les deux Supplians en leur langue naturelle.

> Cæsaris ad valvas vigilans sto nocte dieque,
>   Nec datur ingressus, quo mea facta loquar.
> Ite bonæ Charites, et vestro numine tectæ
>   Ferte hæc verba pii Principis ante pedes.
> Si nequeo placidas affari Cæsaris aures,
>   Saltem aliquis veniat qui mihi dicat, abi.

> Spemque metumque inter, rebus malè natus agendis,
>   Sic totos multo perdo labore dies.
> Mane salutator, cùm sol se condit in undas,
>   Nocturnus subeo regia tecta Cliens.
> Incipio effari, mediaque in voce resisto,
>   Et premit ingenuus verba parata pudor.
> Iam, satis est, finem, ô Cesar, pro munere posco,
>   Remque meam, seu das, perfice, sive negas.

Ces Epigrammes me semblent raisonnables, et en quelques endroits dignes de la bonne Antiquité. Mais à vostre advis, quelle est la plus ancienne des deux et la plus proche du temps de Catulle ?

Vous serez Apollon, si vous le devinez.

11   25

Celuy qui m'a procuré vne chose que j'avois si ardemment desirée, j'entends parler de vostre amitié, m'a envoyé le commencement de vostre Valstein. Ce commencement m'a ravi, et vous ne pouvez pas refuser à la France, qui vous sollicite par moy, de l'achever. Il est en vostre pouvoir de luy donner vn veritable Salluste. Quant à ce que vous dites de Ciceron sur mon subjet, la chose est tres-obligeante, mais elle ne me convient pas.

ENTRETIEN XXVIII.

LES TABLETTES OV CHAPITRES.

A M. CONRART,
Conseiller et Secretaire du Roy.

Tout eschappe à vne memoire qui vieillit; et parce que ce n'est pas vn vilain mesnage de ne laisser pas perdre ses pensées, ny vne violence defenduë d'arrester des paroles qui s'enfuyent, depuis quelque temps je m'estois advisé de me servir des Tablettes qu'vn de mes Amis m'avoit envoyées. Mais je pensois n'avoir de Tablettes que pour moy. Vn Hoste curieux a eu les yeux plus subtils qu'il ne devoit, et a penetré dans mes secrets. Ie croy qu'il en voudroit faire des Relations, de la sorte qu'il s'en est expliqué à vous. Il vous a parlé de plusieurs choses, que je ne voulois communiquer à personne : Pour le moins ne le voulois-je pas faire, informes comme elles sont encore. Entre autres, dites-vous.

ous a donné le desir de voir vn certain Chapitre, dont il
ous a conté des merveilles. Puisque son zele sans adveû
'il n'aime mieux que je l'appelle son infidelité officieuse)
descouvert ce que je cachois, je n'ay garde, Monsieur,
'en faire le fin avec vous. Ie vous donne de bon cœur le
hapitre que vous voulez voir. Quoy qu'il ne soit qu'esbau-
é, il pourra estre en meilleur ordre que la Copie qui a esté
ite de memoire, et qui vous a esté promise, au cas que
ous me trouvassiez difficile à vous satisfaire. Mais qu'y a-t'il
ue je ne sois tousjours prest de faire pour vostre satis-
ction?

EXTRAIT DES TABLETTES.

Dieu luy a donné les biens de l'esprit, mais il les a receus
ans vn mauvais corps. Et que sert la Raison à vn malade
'à luy rafiner le mal; qu'à luy aiguiser le sentiment;
'à luy rendre la douleur tousjours presente par vne vive,
ar vne subtile, par vne violente apprehension? Ie parle de
Raison purement humaine.

Les belles Maisons et les beaux Meubles, l'abondance et la
andeur ne servent pas davantage à celuy qui ne s'en peut
rvir. Vn homme n'est pas à son aise, qui sent des espines
r des matelas de satin. Il n'est pas heureux, s'il est en-
aisné de la goutte dans vne alcove; s'il crache du sang
ans des bassins de vermeil doré; s'il est reduit aux hauts
is sous le dais où il s'est fait porter avec des machines; et
à l'heure mesme il se fait reporter dans le lict, où il ne
ouve pas moins de douleur.

Mais quand la douleur ne seroit ny aiguë, ny violente,
ielle misere seroit-ce de n'estre que le Spectateur des biens
ont on est le Maistre? d'avoir en mesme temps, et de

n'avoir pas? d'avoir le droict et non pas l'vsage? Vne telle possession seroit vne perte continüelle.

N'envions donc point ce Nectar empoisonné et cette felicité corrompuë, comme l'appelloit vn Poëte Italien de nos Amis. C'est vne mauvaise chose, que la faveur de Mecenas, avec ses veilles : l'Empire mesme d'Auguste, avec son chagrin, n'est pas vne bonne chose. Il ne faut qu'vn petit mal pour gaster vne infinité de biens, et la delicatesse des Princes estime grands les plus petits maux.

N'avez-vous point oüy parler de ce moucheron qui entra dans l'œil du Roy Iacques d'Angleterre, vn jour qu'il estoit à la chasse? Aussi tost l'impatience prit le Roy; il descendit de cheval en jurant (ce qui luy estoit assez ordinaire); il s'appella malheureux, il appella insolent le moucheron, et luy adressant sa parole : « Meschant animal, luy dit-il, n'as-tu « pas assez de trois grands Royaumes que je te laisse pour « te promener, sans qu'il faille que tu te viennes loger dans « mes yeux? »

Ne pensez pas que la cholere du Roy fust artificielle, et qu'il eust seulement dessein de dire vn bon mot. Il estoi veritablement en cholere, lors qu'il parloit de la sorte. Mai il y a des choleres qui sont eloquentes; il y a des passion qui ont de l'esprit, et celle du Roy Iacques estoit de celles-là

AVTRE EXTRAIT DES TABLETTES.

La bonne Conscience, c'est la bonne Religion. Seneque l'a dit, et les Chrestiens mesmes l'ont loüé de l'avoir dit. Il semble en effet que ce soit vne sentence pleine de vertu et de pieté. C'est à dire neantmoins, à qui l'entend bien, qu'il ne faut point se soucier des Ceremonies; que de la Morale on peut faire la Religion: qu'il suffit d'estre bon, d'estre

hrestien, d'estre devot dans le cœur. Dieu pourtant en de-
ire davantage, et ne se contente pas de la seule Religion de
'esprit : Il veut que nous luy rendions vne reconnoissance
ublique de ses graces et de ses bienfaits. « Que rendray-
je, dit le Prophete, à l'Eternel ? » Il se respond à luy-
iesme : « Ie prendray la couppe des delivrances, et j'invo-
queray le nom de l'Eternel. » Mais afin qu'on ne croye
as qu'il se veüille arrester là, et que ce soit assez d'adorer
ieu en secret et à l'escart, en esprit et dans le cœur, il
djouste : « Ie rendray mes vœux à l'Eternel, devant tout
son Peuple, » d'où il est aisé de tirer vne consequence qui
uïne la sentence de Seneque.

Vous voyez par les Extraits de mes Tablettes, qu'elles sont
lus grandes que les ordinaires. Il y reste encore beaucoup
'autres choses. Ie vous en feray part au premier signe que
ous me ferez; car, de *priere*, je vous conjure d'abolir ce
rme, importun en vne amitié parfaite, comme la nostre.

Vous aurez bien-tost la Lettre Françoise de Servius Sulpi-
us; les Objections contre la Periode contestée, la Replique
ux Objections, et en suite l'Advis au lieu de l'Arrest qu'on
ie demandoit. Il ne fut jamais vne matiere si seche, si ste-
ile, et comme parle le Gentil-homme de Poitou, vne matiere
. disgraciée. Mais le mesme Gentilhomme dit qu'vn fagot
'espines fleurit entre mes mains. Dieu luy pardonne, s'il
e dit la verité, puis qu'il ment si obligeamment en faveur
e son Amy.

ENTRETIEN XXIX.

ADVIS

SVR LA TRADVCTION

D'VNE PERIODE DE LA LETTRE DE SERVIVS SVLPITIVS ESCRITE A CICERON.

AV MESME.

On vous aura dit à l'Hostel de Ramboüillet que Monsieur le Marquis de Montauzier n'est pas en cette province. Ie l'attends pour luy rendre vostre Lettre, et pour luy mettre entre les mains les Pieces que vous m'avez envoyées. Il en jugeroit souverainement, au lieu que vous n'aurez qu'vn simple Advis, quoy que ces Messieurs, qui sont en differend, semblent desirer de moy quelque chose de plus ; en quoy ils me font beaucoup plus d'honneur que je ne merite. Ie n'accepte point cet honneur : et bien que je veüille vous obeïr et que je le fasse en effet, je ne pretends pas que ce soit prononcer vn Arrest que de vous dire mon Opinion. La voicy en peu de mots, car je ne suis pas en estat de vous entretenir long-temps.

Vous n'avez pas voulu me nommer ces Messieurs les Contestans ; et ils ne desirent pas mesme que je rende publique la Version de la Lettre de Sulpitius à Ciceron, pour le com soler de la mort de sa Fille, non plus que l'Objection et la Response. Toutes ces Escritures neantmoins seroient necessaires pour vne parfaite intelligence du differend, et ne feroient pas moins d'honneur à leurs Autheurs qu'elles donneroient d'ornement à ce Discours. Mais puis qu'ils ne veulent pas estre alleguez, je vay rendre à leur merite ce que je croy luy estre deû, et tout l'esclaircissement qui se pourra à l'estat de leur Question.

La Version de la Periode contestée me semble bonne et fidele, et les objections tres-subtiles et tres-ingenieuses. Celuy qui les a faites a eu occasion de douter et de trouver quelque chose à dire. Mais j'estime qu'il s'en faloit prendre à vn autre qu'à celuy qui a traduit; et vous mesme, Monsieur, estes le premier qui m'avez mis dans le sentiment où je suis, par vn mot que j'ay trouvé dans vostre Lettre ; vostre excellent raisonnement vous faisant tousjours aller droict à la Verité. Ie tiens donc que le François ne pouvoit pas mieux traduire. Mais veritablement le Romain se pouvoit mieux faire entendre. De sorte que s'il y a je ne sçay quoy à blasmer, c'est dans l'Original, et non pas dans la Copie. Si quelqu'vn a failly, c'est Sulpitius qui ne s'est pas expliqué assez nettement, et non pas Monsieur, que vous ne me nommez point, qui a interpreté Sulpitius, sans avoir eu dessein de le corriger. Il s'est contenté de rendre les paroles de l'Autheur, et n'a pas pris la peine d'en demesler la pensée, à cause qu'il n'a pas crû y estre obligé.

Disons franchement ce qui en est. La pluspart des gens (et des Anciens comme des Modernes) ne se souviennent pas au milieu ou à la fin d'vne Lettre de ce qu'ils ont dit au commencement. Parce qu'ils s'entendent eux-mesmes, ils s'imaginent que cette premiere intelligence suffit, et que d'abord elle passe d'eux à autruy. Ainsi ne songeant point à vn plus particulier esclaircissement, d'ordinaire ils ne disent qu'à demy ce qu'ils veulent dire. Et il est certain qu'vn mot

laissé au bout de la plume, qu'vne particule omise, qu'vne
liaison oubliée, detache la suite du raisonnement, met le
sens en desordre, et donne à deviner au Lecteur. Dans ces
omissions et dans ces oublis, il se fait vne bresche au discours, et la pensée s'enfuit par cette ouverture, qu'il faloit
fermer. Ou la chose disparoist, ou elle ne paroist pas toute
entiere, ou elle paroist autre qu'elle n'est ; quoy que d'ailleurs les termes soient propres et demonstratifs, et qu'il n'y
ait rien que de net et de receû en la diction. Au jugement
d'vn de nos Amis, cela s'appelle estre obscur avec des termes intelligibles, et s'esgarer dans les grands chemins.

Ie souffre aux Philosophes leur obscurité, qui naist de
celle de leur matiere. Et quand ils me parlent du Mouvement, du Lieu et du Vuide, j'apporte de l'attention et de
l'estude à ce qu'ils me disent : mais s'il y avoit moyen, je
voudrois bien ne point estudier où il ne s'agit que de choses
domestiques et vulgaires, qui devant estre de la portée d'vn
valet et d'vn artisan, ne doivent point exercer la subtilité
d'vn honneste homme. Il faut esplucher les points difficiles
des Sciences et les mysteres des Religions : mais il faut que
ce qui ne regarde que les affaires particulieres et les devoirs
de la Vie commune soit exposé à la premiere veuë de l'esprit. Si on cherche de pareilles choses, c'est la faute de celuy
qui les a cachées, et qui ne les a pas bien descouvertes.

Sulpitius a donc tout le tort en cette affaire ; Non seulement il est occasion du procez, mais il en est cause ; et s'il
avoit pris à parler sans embarras la peine qu'on prend à
debarrasser ses paroles, il n'y auroit point eu de procez. On
n'auroit recours ny à l'Interrogation, ny à l'Ironie : son attention nous eust espargné la nostre, et nous nous fussions
bien passez du soin que nous donne sa negligence.

Car en effet, pour ne pas venir à vn particulier examen de
la Lettre de consolation ; « ces avantages ravis avant que
« d'avoir esté donnez, » n'avoient-ils pas besoin, pour estre

ntendus, d'vne ligne qui leur manque, et qui est demeurée
lans l'esprit du Consolateur ? Sulpitius venant de parler de
la Republique mourante, et l'ayant representée malade à
l'extremité, devoit-il advoüer immediatement apres, et sans
aucun entre-deux, que les Petits-fils de Ciceron pourroient
ispirer aux premieres Charges de cette Republique, qui, à
ion compte, seroit morte et enterrée il y auroit longtemps
quand ils seroient en âge d'aspirer aux Charges ? Il y a du
'uide que sans doute il devoit remplir; pour le moins faloit-
l adjouster à la supposition qu'il faisoit quelques vœux et
quelques esperances pour l'advenir; comme vous diriez, « si
: les choses s'establissent par la bonté des Dieux immortels,
· et s'ils nous envoyent vne meilleure saison apres celle-cy. ·

Est quidem summa authoritas Antiquitatis : magnum est
eterum Romanorum nomen, quod nos etiam, non sine ali-
'ua Religione, veneramur. Sed fuere nihilominus inter illos
ion pauci, qui sæpius hallucinati sunt, Parcant mihi Sulpi-
iani, Sallustiani etc. Manes : Summi illi in dicendo viri
ion semper benè cohærentia, imo interdum pugnantia lo-
uti sunt.

Si vous ne voulez pas vous douter de ce Latin, l'excellent
Ionsieur Pelisson vous l'expliquera, avec lequel vous avez
les entretiens si particuliers. Il y a bien plus à gaigner
qu'avec moy : car outre que mon erudition est fort medio-
re, et au dessous de la sienne, d'vn espace presque infiny,
e poids de mes maux m'abbat de telle sorte, que je pense
stre insupportable à tout le monde, comme je le suis à
noy-mesme.

Quand j'ay pris la plume, je ne pretendois pas aller si
oin : mais vous faites de moy tout ce qu'il vous plaist. En
estat où je suis, je ne me trouve capable de quoy que ce
pit, et si l'amitié ne me soustenoit, vous n'auriez pas eu
ne periode. Iugez de là, mon cher Monsieur, quelle est la
grandeur de sa puissance. Quelque foible et de quelque

mauvaise humeur que je sois, je ne sens ny de langueur en mon esprit, ny de resistance en ma volonté, quand il est question de vous obeïr et de vous plaire.

ENTRETIEN XXX.

A MONSEIGNEVR

LE MARQVIS DE MONTAVZIER

GOVVERNEVR ET LIEVTENANT GENERAL POVR LE ROY, D'ANGOVMOIS,
SAINTONGE ET ALSACE.

En vostre absence je pris la liberté, il y a peu de jours, de dire mon Advis sur vne difficulté que Monsieur Conrart m'avoit proposée et dont j'avois ordre de vous mettre les Pieces entre les mains. Ie voulois suivre mon ordre et vous attendre, Monseigneur, afin de parler avec certitude; Mais les affaires publiques vous ayant tenu en campagne plus de temps que nous n'esperions, je fus obligé d'envoyer mon Advis en ayant esté pressé. Apres vostre retour, dés la premiere station que vous fistes aux Capucins, où ma Retraite vous appelle quelquefois extraordinairement, vous m'en demandastes des nouvelles, et la lecture ne vous en fut pas desagreable. De la Periode qui a donné matiere de contestation à deux Personnes de merite (qui ne m'ont point esté nommées, mais que je juge telles par leurs Escritures) nous vinsmes à celle de Servius Sulpitius. Vous distes beaucoup de choses en sa faveur qui sembloient me reprocher le mauvais traitement que je luy avois fait. Ie vous suppliay neantmoins de croire que si je n'avois pas esté pour luy en cette derniere occasion, ce n'estoit pas à dire que je voulusse estre contre luy en toutes les autres. Dans la Lettre mesme de la Periode contestée, je soustins qu'il y avoit vn Article qui vaut vn Livre, que j'ay aimé dés ma jeunesse et que je ne puis encore assez estimer ; Que quand Servius Sulpitius n'auroit jamais dit que ce qu'il a dit des *carcasses* de ces grandes Villes, s'il m'est permis d'vser de ce terme : « A mon « retour d'Asie, comme je passois d'Egine à Megare, » etc., il faut advoüer que Sulpitius estoit vn honneste homme et qui sçavoit bien faire son profit des choses qu'il voyoit en ses Voyages. Vous m'ordonnastes en suite, pour reparation d'honneur à ce grand Personnage, de mettre mon dire par escrit. Ie le fais, Monseigneur, fort volontiers, et plus que cela, car je ne veux rien espargner pour le satisfaire. Tous les beaux endroits de nos Livres vous estant connus, il n'y aura rien icy qui vous soit nouveau ; Mais vous ne laisserez pas de les revoir avec quelque plaisir, puisqu'ils y sont par vostre commandement.

L'Article de la Lettre est si beau et la pensée est si noble, qu'elle a plû generalement à tout le monde. La langue des Dieux mesme en a eu envie ; la Poësie l'a empruntée de la Prose et s'en est parée plus d'vne fois. On lit au quinziesme chant de la divine Ierusalem :

> Giace l'alta Cartago; à pena i segni
> De l'alte sue ruïne il lido serba :
> Muoiono le città; muoiono i regni,
> Cuopre i fasti, e le pompe arena ed herba;
> E l'huom d'esser mortal par che si sdegni :
> O nostra mente cupida e superba!

Vn Poëte du mesme pays que Torquato Tasso a eu la mesme

pensée, ou pour mieux dire a imité la mesme pensée et l'a
mise ainsi en vers Latins :

> . . . . . quâ devictæ Carthaginis arces
> Procubuere, jacentque infausto in littore turres
> Eversæ : quantùm illa metus, quantùm illa laborum
> Vrbs dedit insultans Latio, et Laurentibus arvis ?
> Nunc passim vix reliquias, vix nomina servans
> Obruïtur, propriis non agnoscenda ruïnis.
> Et querimur genus infelix humana labare
> Membra ævo, cùm regna palam moriantur et vrbes.

En voicy d'autres sur d'autres ruïnes, sur les plus belles
ruïnes du Monde, et bien justement les peut-on nommer
ainsi, puis que le plus bel Ouvrage du Monde en a esté basty,
c'est-à-dire l'Eneïde de Virgile.

> Circuit exustæ nomen memorabile Trojæ,
> Magnaque Phœbei quærit vestigia muri.
> Iam sylvæ steriles, et putres robore trunci
> Assaraci pressere domos; jam tota teguntur
> Pergama dumetis; etiam periere ruïnæ.

Mais passant plus avant dans la pensée de Sulpitius, le
Monde a bien veû depuis ce temps-là d'autres ruïnes. Et
sans parler des dix-sept Villes abismées tout à la fois, sous
l'Empire de Tibere; sans aller considerer les pointes des
tours et des clochers au fond de la Mer; sans nous esloigner
beaucoup de nostre Province, dans nostre voisinage, n'y
a-t'il pas eu de grandes Villes qui ne sont plus, et desquelles,
aussi bien que de Troye, les ruïnes mesmes se sont per-
duës? Les habitans de Medoc en cherchent vne dans vn Lac,
et vne autre sous des montagnes. Où est en ce pays-là
la Ville nommée *Noviomagum* que nous ne connoissons
plus et dont a parlé Ptolomée? Où est au mesme pays l'Isle
qui s'appelloit *Antros*, dont parle Pomponius Mela? Où est
cette merveilleuse Fontaine qui estoit autrefois à Bordeaux,

qu'Ausone a chantée de toute la force de sa voix? Il en parle en effet aussi haut et en termes aussi magnifiques que si c'estoit d'Arethuse qu'il parlast :

> Salve fons ignote ortu, sacer, alme, perennis,
> Vitree, glauce, profunde, sonore, illimis, opace.
> Salve, vrbis genius medico potabilis haustu
> Divona, Celtarum lingua, fons addite divis.
> Non Aponus potu, vitrea non luce Nemausus
> Purior : æquoreo non plenior amne Timavus.

Et vn peu auparavant :

> Quid memorem Pario confectum marmore fontem
> Euripi fervere freto? quanta vnda profundi?
> Quantus in amne tumor? quanto ruit agmine præceps,
> Margine contenti bissena per ostia cursus,
> Innumeros populi non vnquam exhaustus ad vsus.

Tout cela disparoist maintenant, la Fontaine, l'Isle et les Villes ne sont plus. Nous n'avons que faire d'aller en Asie et d'en revenir avec Servius Sulpitius, pour voir *les cadavres, les ossemens, les cendres et les sepulchres des Villes*. Mais nous ne laissons pas de luy estre obligez de l'admirable reflexion qu'il y a faite le premier et qui est si capable de nous consoler dans nos pertes.

> Sed nec perpetuæ sedes sunt fontibus vllæ,
> Æterni aut manant cursus : mutantur in ævum
> Singula, et inceptum alternat natura tenorem;
> Quodque dies antiqua tulit, post auferet ipsa.
> Hoc mare, quod nunc, ingenti duo littora tractu,
> Europam, Lybiamque secat (non fabula) quondam
> Tellus vna fuit; medio stetit æquore Taurus
> Insudans sulco, atque attrito vomere fessus;
> Nunc mersa tellure natat vento acta carina.
> Insula Cyclopum montanis cognita flammis
> Nulla olim : nunc nulla Helice; violentior illam
> Indignansque voraci absorbuit æquore Nereus, etc.

Si quæras Helicen; et Buran Achaïdas vrbes
Invenies sub aquis, et adhuc ostendere nautæ
Inclinata solent cum mœnibus oppida mersis.

Ie ne suis pas d'advis d'oublier, sur le subjet des belles
ruïnes, les belles Stances de nostre Cygne :

L'Herbe est plus haute que les tours
Où Pâris cacha ses amours,
Et d'où ce faineant vit tant de funerailles :
Rome n'a rien de son antique orgueil,
Et le vuide enfermé de ses vieilles murailles
N'est qu'vn objet affreux et qu'vn vaste cercüeil.

Bien à propos de dire de Troye ce qu'il en dit, mais luy
souffrirez-vous de parler, comme il fait, de Rome, qui est
encore aujourd'huy si pompeuse et si superbe, qui est toute
de marbre et toute d'or, soit en ses Palais, soit en ses Eglises.
Il semble qu'il ne faudroit point parler de cercüeil apres vne
si glorieuse Resurrection. Neantmoins si le François a failly,
il n'a failly qu'apres le Latin, qui se trouve dans vn Recueil
fait par Monsieur Pithou.

Si vous avez trouvé beau ce que les Poëtes disent des
ruïnes de Carthage, vous voulez bien, Monseigneur, que je
vous fasse souvenir d'vne autre chose, qui n'est pas moins
belle, sur les mesmes ruïnes. Mais je pense qu'il n'y aura
point de mal que ma Glose precede mon Texte, et je suis
d'advis d'essayer d'abord si cette belle chose pourra conserver sa beauté en nostre langue.

« Quel spectacle de voir Caius Marius, apres tant de Con-
« sulats et tant de Triomphes, estre poursuivi par les Ar-
« chers du Prevost et contraint de se cacher dans les ruïnes
« de Carthage! Il y a de l'apparence que ce grand Homme
« malheureux et cette grande Ville destruite se regardoient
« l'vn l'autre en cét estat-là : que Marius consoloit Carthage,
« que Carthage consoloit Marius, et que la comparaison de

« leur misere les obligea tous deux ensemble à pardonner
« aux Dieux et à la Fortune. Carthage ne put trouver estrange
« sa cheute apres l'exemple de Marius, et Marius n'osa sup-
« porter impatiemment son adversité en presence de Car-
« thage. »

C'est vn Historien qui a dit cela, et vn Poëte l'a dit aussi.
Mais n'est-il pas vray que le Poëte a eu plus de droict de le
dire que l'Historien? Toutes sortes d'ornemens ne sont pas
propres à toutes sortes de personnes : et si cette pensée se
fust presentée à Tite-Live, elle luy eust plû sans doute, parce
qu'elle est belle ; je croy toutefois qu'il s'en fust abstenu
comme d'vne beauté defenduë, comme de la femme et du
bien d'autruy ; Quoy qu'il en soit profitons de cette belle
pensée, Historique ou Poëtique, il importe peu.

Il n'y a point aujourd'huy de malheureux qui ne se puisse
consoler avec Carthage. En quelque part que nous soyons,
nous sommes dans des ruïnes : Nous voyons de tous costez
des Villes destruites, des Pays perdus, des Royaumes deso-
lez ; et si la consideration des maux publics adoucit et sou-
lage les maux particuliers, il n'y eut jamais tant de soulage-
ment, tant de consolations, tant de remedes de cette nature.
Quelle apparence de se plaindre des bresches d'vne maison
et d'vne muraille tombée par terre dans le renversement de
toute l'Europe? Apres avoir veû en Allemagne des cinquante
lieües de pays bruslé, oserions-nous dire que le feu s'est
mis dans le coin de nostre grange?

*Cursum in Africam direxit, inopemque vitam in Tugurio
ruïnarum Carthaginensium toleravit : cùm Marius aspi-
ciens Carthaginem, illa tuens Marium, alter alteri posset
esse solatio.*

.... solatia fati
Carthago Mariusque tulit, pariterque jacentes
Ignovere Deïs.

ENTRETIEN XXXI.

COMPARAISON

DE RONSARD ET DE MALHERBE.

A MONSEIGNEVR DE PERICARD,
Evesque d'Angoulesme.

Vous parlez de Theologie et d'affaires graves dans vos Assemblées : vous enseignez vostre Peuple par la solidité de vostre doctrine et par le bon exemple que vous luy donnez, car vostre vie ne presche pas moins que vos paroles. Mais apres cela, vous venez quelquefois vous delasser en ma Retraite et vous y accommodez à mon genre d'estude, que vous ne tenez pas indigne de vos divertissemens. Ayant travaillé à vostre Version de la Bible, dont les commencemens me paroissent si fideles et si beaux en nostre Langue, tant s'en faut que vous mesprisiez mes bagatelles, qu'au contraire vous les mettez en honneur par l'estime et par le bon vsage que vous en faites. Vous aimez la Poësie, mais vous l'aimez comme vn jeu innocent et permis, plus honneste que le Hoc et que le Trictrac. Vous en connoissez le fin et le delicat, et la connoissance que vous avez des Anciens Poëtes vous fait juger seûrement des Modernes.

Dans nostre derniere Conference, il fut parlé de celuy que Monsieur le President de Thou et Scevole de Saincte Marthe ont mis à costé d'Homere, vis-à-vis de Virgile, et je ne sçay combien de toises au-dessus de tous les autres Poëtes Grecs, Latins et Italiens. Encore aujourd'huy il est admiré par les trois quarts du Parlement de Paris et generalement par les autres Parlemens de France. L'Vniversité et les Iesuites tiennent encore son Party contre la Cour et contre l'Academie. Pourquoy voulez-vous donc que je me declare contre vn homme si bien appuyé, et que ce que nous en avons dit en nostre particulier devienne public? Il le faut pourtant, Monseigneur, puisque vous m'en priez, et que les prieres des Superieurs sont des commandemens. Mais je me garderay bien de le nommer, de peur de me faire lapider par les Communes mesmes de nostre Province. Ie me broüillerois avec mes Parens et avec mes Amis, si je leur disois qu'ils sont en erreur de ce costé-là et que le Dieu qu'ils adorent est vn faux Dieu. Abstenons-nous donc, pour la seûreté de nostre personne, de ce nom si cher au Peuple et qui revolteroit tout le Monde contre nous.

Ce Poëte, si celebre et si admiré, a ses defauts et ceux de son Temps, comme j'ay dit autrefois d'vn grand Personnage. Ce n'est pas vn Poëte bien entier, c'est le commencement et la matiere d'vn Poëte. On voit dans ses Œuvres des parties naissantes et à demy animées d'vn corps qui se forme et qui se fait, mais qui n'a garde d'estre achevé. C'est vne grande source, il le faut advoüer, mais c'est vne source trouble et boüeuse; vne source où non-seulement il y a moins d'eau que de limon, mais où l'ordure empesche de couler l'eau.

Du naturel, de l'imagination, de la facilité tant qu'on veut, mais peu d'ordre, peu d'economie, point de choix, soit pour les paroles, soit pour les choses; vne audace insupportable à changer et à innover; vne licence prodigieuse à former de mauvais mots et de mauvaises locutions, à employer indifferemment tout ce qui se presentoit à luy, fust-il condamné par l'vsage, traisnast-il par les ruës, fust-il plus obscur que la plus noire nuict de l'hyver, fust-ce de la roüille et du fer gasté. La licence des Poëtes Dithyrambiques, la licence mesme du menu Peuple, à la feste des Bacchanales et aux autres jours de desbauche, estoit moindre que celle de ce Poëte licentieux, et si on ne dit pas absolument que le Iugement luy manque, c'est luy faire grace de se contenter de dire que dans la pluspart de ses Poëmes le Iugement n'est pas la partie dominante et qui gouverne le reste.

Pour la doctrine dont on parle et la connoissance des bons Livres, ceux qui en parlent se mocquent des gens d'en parler ainsi et des autres Poëtes de la vieille Cour. Appellent-ils doctrine vne lecture cruë et indigeste, de la Philosophie hors de sa place, des Mathematiques à contre-temps, du Grec et du Latin grossierement et ridiculement travestis? A proprement parler, ces bonnes gens estoient des Frippiers et des Ravaudeurs. Ils traduisoient mal au lieu de bien imiter. I'oserois dire davantage, ils barboüilloient, ils desfiguroient, ils deschiroient, dans leurs Poëmes, les Anciens Poëtes qu'ils avoient leûs; et n'y voit-on pas encore maintenant.Pindare et Anacreon escorchez tout vifs, qui crient misericorde aux charitables Lecteurs, qui font pitié à ceux qui les reconnoissent en cet estat-là?

Les imitations de l'homme que j'ay connu et qui fut la cause de nostre Entretien, comme il l'est aujourd'huy de cét Escrit, sont bien moins violentes, sont bien plus fines et plus adroites. Il ne gaste point les inventions d'autruy en se les appropriant. Au contraire, ce qui n'estoit que bon au lieu de son origine, il sçait le rendre meilleur par le transport qu'il en fait. Il va presque tousjours au delà de son exemple et dans vne Langue inferieure à la Latine, son François egale ou surpasse le Latin. Qu'ainsi ne soit:

> Le pauvre en sa cabane, où le chaume le couvre,
>   Est subjet à ses loix ;
> Et la garde qui veille aux barrieres du Louvre
>   N'en defend point nos Rois.

vaut bien, ce me semble :

> Pallida mors æquo pulsat pede pauperum tabernas
>   Regumque turres, ô beate Sexti !

Nostre Monsieur Le Breton demeura d'accord avec moy de l'avantage de Malherbe en cét endroit, quoy qu'aujourd'huy Horace soit sa passion, et que depuis peu il se soit proposé de faire vn Commentaire sur les Odes de ce Poëte. Il les a leües sans doute avec ses yeux de Grammairien Philosophe, et ainsi je m'attends à quelque chose d'excellent. Ailleurs :

> Ou Malherbe se trompe, ou desja la victoire,
>   Qui son plus grand honneur de tes palmes attend,
> Est aux bords de Charente, en son habit de gloire,
>   Pour te rendre content.

> Ie la voy qui t'appelle, et qui semble te dire, etc.

Cette Nymphe, qui appelle Loüis sur le bord de la Riviere de Charente, n'est-elle pas aussi belle, pour le moins, que celle-cy, qui appelle Iason sur le bord de la Riviere de Phasis :

> . . . . . Tu sola animos mentesque peruris,
> Gloria, te viridem videt, immunemque senectæ
> Phasidis in ripa stantem, juvenesque vocantem, etc.

Il y auroit à remarquer plusieurs autres loüables imitations, mais il ne me souvient maintenant que de quelques-vnes que voicy.

Catulle avoit dit :

> Illius egregias virtutes, claraque facta,
> Sæpe fatebuntur, gnatorum in funere, matres.

Et Malherbe a dit depuis :

> Que le Bosphore, en ses deux rives
> Aura de Sultanes captives,
> Et que les Meres à Memphis,
> En pleurant, diront la vaillance
> De son courage et de sa lance,
> Aux funerailles de leurs Fils !

Tout cela seroit le mieux du monde, si *la vaillance de son courage* n'y estoit point : *la vaillance de sa lance* encore pis, quoy que le Peuple die, vaillant comme son espée et vaillant comme l'espée. Mais Malherbe a condamné luy-mesme les locutions plebées. Ie ne me sers de ce terme qu'apres luy. O malheureuse rime ! de combien de malheurs es-tu cause dans les Vers mesmes des meilleurs Poëtes ? Mais passons outre, puisque nostre dessein n'est pas de regratter vn Homme si estimable d'ailleurs.

> Quos inter Augustus recumbens
> Purpureo bibit ore nectar.

Il advoüoit qu'il avoit visé à ces deux Vers, en faisant ces quatre :

> Quand son Henry, de qui la Gloire
> Fut vne merveille à nos yeux,
> Loin des hommes, s'en alla boire
> Le Nectar avecque les Dieux.

Oseray-je vous faire ressouvenir de la fin d'vne Epigramme de Martial, où il y a :

> Qui fles talia, nil fleas Viator.

La mesme pensée est incomparablement plus belle dans la fin d'vn Sonnet de Malherbe :

> Toi, dont la pieté vient sa tombe honorer,
> Pleure mon infortune, et pour ta recompense,
> Iamais autre douleur ne te fasse pleurer.

Il y a dans les Comedies de Plaute : *Celuy-là est plus Iupiter que Iupiter*. Et dans les Vers de Malherbe Hercule estoit moins Hercule que le Roy.

> Victimas, lanios, vt ego huic sacrificem summo Iovi :
> Nam hic mihi nunc est potior Iupiter quam Iupiter.

> Qui sera si ridicule,
> Qui ne confesse qu'Hercule
> Est moins Hercule que toi?

Et en vn autre lieu :

> Plus Mars que Mars de la Thrace.

Ie ne propose pas ces dernieres imitations, comme d'vne fort bonne chose ; mais seulement comme de bonnes Imitations. Ie pourrois pourtant les authoriser, par l'exemple du grand Poëte de Hollande (car nostre demeslé n'empesche pas que je ne l'estime tousjours infiniment), qui a dit de l'Empereur Charles cinquiesme,

> Plus quovis Cæsare, Cesar.

Le Soldat François, qu'on devroit nommer le Soldat Gascon, a dit au mesme temps du Roy Henry quatriesme : *Alexandre en effet, si jamais il en fut de nom*. Je ne condamne pas ces belles figures ; je dis seulement qu'elles ne seront jamais à mon vsage.

ENTRETIEN XXXII.

DE

TROIS SONNETS DE M. CHAPELAIN

A M. LE BRETON,
Vicaire General de M. l'Evesque d'Angoulesme.

I'ay veû d'excellentes Elegies et qui m'ont plû d'vn bout à l'autre ; Mais je n'ay gueres veû de Sonnets qui m'ayent entierement satisfait. Exceptons-en ces trois que vous allez voir, où il n'y a pas vn seul mot qui ne soit justement en sa place. Il sont de la façon du grand Chapelain, et je n'ay gueres rien veû plus digne de luy et de nostre admiration. Vous me demandez maintenant s'il est donc moins difficile d'imiter Ovide que Martial? Ie ne pretends point dire cela, mais je dis que la pluspart des Poëtes s'estendent plus heureusement qu'ils ne se resserrent. Le Sonnet est vn chef-d'œuvre en petit aussi bien que l'Epigramme, de laquelle vn galant homme a fait autrefois cette espece d'Epigramme qu'il faut que je vous recite, *ex recensione Balzaciana.*

> Malim Elegos, malim longas componere Silvas ;
> O quam difficilis res, Epigramma, mihi est !
> Nempe illic possum spatioso excurrere campo;
> Hic angusto agilem flectere cogor equum.

Sat fuerit scripsisse alibi castè atque Latinè,
 Hic lepor, et brevitas mixta lepore decet.
Ni lectum legisse juvet, ni pruriat auris,
 Iudice me Versus, non Epigramma voces.

Vn de mes Amis a imité ainsi cette conclusion :

Ce n'est pas vn Sonnet, ce sont quatorze Vers.

Entre tous les Sonnets de Malherbe voicy celuy qui luy plaisoit davantage.

Beaux et grands bastimens d'eternelle structure,
Superbes de matiere, et d'ouvrage divers,
Où le plus digne Roy qui soit en l'Vnivers
Aux miracles de l'Art fait ceder la Nature;

Beau Parc et beaux Iardins, qui dans cette closture
Avez tousjours des fleurs et des ombrages verds;
Non sans quelque Demon qui defend aux Hyvers
D'en effacer jamais l'agreable peinture;

Lieux qui donnez aux cœurs tant d'aimables desirs,
Bois, Fontaines, Canaux, si parmi vos plaisirs,
Mon humeur est chagrine, et mon visage triste;

Ce n'est pas qu'en effet vous n'ayez des appas;
Mais quoy que vous ayez, vous n'avez point Caliste,
Et moy je ne voy rien, quand je ne la voy pas.

Il ne se peut rien voir de plus pur, de plus harmonieux, ny de plus François que ce Sonnet. I'ay connu pourtant vn Docteur en Langue vulgaire qui ne pouvoit souffrir *Non sans quelque Demon*, et qui soustenoit que c'estoit vne liaison contrainte et peu naturelle, pour ne dire pas vne cheville. Outre que le *Demon* estant le *Diable* en la Langue de vous autres Messieurs les Predicateurs, on pourroit conclure que ce seroit quelque Diable qui auroit soin des Iardins de Fontainebleau. Pour parler le Langage des Poëtes, il faloit parler de quelque Dieu ou de quelque Divinité qui ne leur manquent jamais au besoin, et qu'ils employent en d'autres occasions avec moins de necessité qu'en celle-cy. Il y a aux premieres Editions du Sonnet :

Où mon Roy, le plus grand qui soit en l'Vnivers.

Et en effet, je ne sçay s'il ne scroit point mieux que *le plus digne Roy qui soit en l'Vnivers.* Car on ne dit pas, ce me semble, *le plus digne Comte, le plus digne Marquis qui soit au Monde,* mais on peut bien dire *le Prince du Monde,* ou *le Roy du Monde le plus digne de l'Empire, le plus digne d'estre loüé, d'estre celebré.* Le Peuple dit neantmoins *c'est vn digne homme.* Mais Monsieur de Vaugelas ne reçoit pas ce *digne homme* dans le bel vsage; et Malherbe mesme le mettoit entre les Locutions plebées.

Ie desfie toute la Critique, et Colotes mesme, qui ne pardonna jamais à personne, de trouver quelque chose à redire en ce que je vous envoye. Il y travaillera inutilement toute sa vie, tandis que nous donnerons nostre admiration aux trois sonnets.

ENTRETIEN XXXIII.

DV PERE FEVRIER

DE LA COMPAGNIE DE IESVS.

A M. MORISCET,
Chanoine et Theologal de l'Eglise d'Angoulesme.

Ce n'est pas vn homme commun que vostre Pere Fevrier. Son petit Iesvs m'a ravy, et il faut advoüer que cette divine Enfance fut divinement representée le jour qu'il la prescha aux Vrsulines. Pareils Sermons ne sont pas des Copies qui ont lassé la patience du Monde; ce sont d'excellens Originaux qui plaisent et qui persuadent.

Quelque haut que soit le Ciel, où la Verité fait sa demeure, il penetre jusques-là. Il la trouve en quelque part de la Nature qu'elle se cache. Elle a beau estre subtile et legere, elle a beau avoir des aisles et sçavoir fuïr : il sçait tirer en volant, il attrape celle qui s'enfuit. Mais ce n'est pas tout : car apres avoir poursuivy la Verité jusques dans le Ciel, il est question de l'amener sur la Terre : Il la faut tirer de son secret et de ses tenebres pour l'exposer à la veuë des Peuples. Et c'est alors que l'Eloquence la pare et l'ajuste apres que la Raison l'a descouverte et l'a desvoilée. Cette Eloquence ne manque pas au bon Pere, non plus que cette Raison.

Prenez pour vous ce que je vous dis de luy, car il ne vous appartient pas moins, et l'Action que vous fistes aux Iesuites à l'Oraison des quarante heures, de la *Necessité de la Priere*, vous y donne droict.

Avec tout cela je ne laisse pas de me plaindre de ce Pere et de vous. Vous donnez des esperances, mais j'ay peur qu'avec vous autres il faille se contenter d'esperer. Ce jour promis solennellement que vous deviez, disiez-vous, desrober à vos occupations de la Ville n'est pas encore venu. Peut-esire que le mot de *desrober* vous a mis du scrupule dans l'esprit, et que le remord l'a saisy apres la promesse faite. Vous ne voulez pas que vos presens s'appellent *larcins*. Si cela est, la perfection à laquelle vous aspirez est bien delicate, puisque vous apprehendez mesme les mots de signification suspecte. Craindriez-vous de salir vostre pureté par les simples images qui sont tirées des mauvaises choses? Il me semble qu'on ne sçauroit donner vne interpretation plus douce à la tromperie que vous m'avez faite. Je m'en plaindrois plus aigrement, si j'avois perdu toute esperance de vous voir icy. Mais je vous attends encore au commencement du mois prochain, et si vous ne me trompez vne seconde fois, vous viendrez en bonne compagnie, car vous ne viendrez pas l'vn sans l'autre.

Par ce moyen il ne vous sera pas aisé de vous ennuyer, et je ne sçay pourquoy vous faites tant les difficiles. Nous avons des Livres de vostre mestier, il y a de l'encre et du papier pour escrire vos productions. Mais sur tout il y a quelque chose à gaigner : Et afin que ce mot ne vous rebute pas, comme a fait celuy de *desrober*, il y a à gaigner vne Ame à Iesus-Christ; vne Ame qui vous est chere à l'vn et à l'autre, et qu'il faut que vous acheviez de remettre et de confirmer dans la bonne voye. Je vous advertis de plus qu'il y a du peril en la demeure, et que celuy que vous aimez est malade. Vn plus grand retardement le pourroit rendre incapable de vostre secours et oster quelques Fleurs à vos Couronnes.

Pour cét autre Pere, dont vous me parlez si souvent, je perds tout espoir de le voir jamais, et outre qu'il est recommandable par la saincte vie qu'il mene, je vous confesse que je ne voy rien de mieux que sa maniere de debiter. Faites-luy sçavoir, s'il vous plaist, que si je ne dois jamais jouïr de sa presence, il me sera permis au moins de la desirer.

ENTRETIEN XXXIV.

TABLETTES OV CHAPITRES.

A M. CONRART,
Conseiller et Secretaire du Roy.

Le premier extrait que vous avez eu de mes Tablettes vous en fait desirer vn second. Les matieres vous en plaisent, et vous trouvez mesme quelques graces dans leur negligence, car je vous advertis encore vne fois que je n'y ay apporté aucune façon. Mon Copiste vous va satisfaire, et je luy mets l'Original entre les mains. Ie vous proteste serieusement que je ne verray pas vne seule ligne de sa Copie, et je ne sçay à qui vous vous pourrez justement prendre des incongruïtez et des autres fautes que vous y trouverez. Mais vous estes accoustumé à juger favorablement de mes Escrits, et vous le serez plus que jamais en cette occasion, puisque mes Tablettes ne sont ouvertes que pour ce que vous l'avez ordonné.

CHAPITRE PREMIER.

Ciceron parlant à Cesar dans l'Oraison pour le Roy Deio-
tarus. *Cum, inquit, vomere te post cœnam velle dixisses, in
balneum te ducere cœperunt.*

Si Madame ** entendoit le Latin, elle auroit grand mal au
cœur en lisant ces paroles de Ciceron. Pour Madame ***, je
suis presque asseuré qu'elle s'esvanouïroit. Et c'est sans
doute pour l'amour d'elle que le nouveau Traducteur a traduit ce passage de cette sorte :

« On dit que pour vous soulager d'vne legere indisposi-
« tion que vous eustes apres avoir soupé, on voulut vous
« mener au bain. »

Cette legere indisposition estoit d'avoir trop mangé et ce
qui s'ensuit. Mais le Traducteur delicat n'a pas voulu que
la France sceust que Cesar mangeoit quelquefois plus qu'à
l'ordinaire; qu'il n'estoit pas tousjours le *sobre Destructeur
de la Republique,* qu'il ne haïssoit pas en tout temps le
plaisir de la bonne chere. En effet, il est certain qu'il faisoit quelquefois apres souper ce que Gilot faisoit reglément
tous les soirs. Cela ne s'appelle pas traduire fidelement;
c'est ou avoir trop d'esgard aux aversions de Madame **, ou
avoir trop de soin de la reputation de Cesar, ou se soucier
trop peu de la Verité. A ce compte-là, s'il traduisoit le Iour-
nal de la vie d'Alexandre, qui est allegué par Athenée, il se
donneroit bien la liberté d'alterer le Texte, et particulierement où il dit : *vn tel jour le Roy s'enyvra,* et ce qui s'ensuit. Le lendemain il *cuva son vin et ne fut veü de personne.*

Comme ce scrupule et cette fausseté sont à blasmer, la
fidelité du Traducteur des propos d'Epictete n'est pas moins

blasmable, quand en reprochant à l'Homme sa miserable humanité, il dit qu'il est *tout morve et tout crachat*. Il me semble qu'il pouvoit dire la mesme chose plus honnestement en disant qu'il est *tout flegme et tout pituïte*. La bienseance exige que nous voilions la deformité des choses de l'honnesteté des paroles ; mais il n'est jamais permis de corrompre les veritez escrites par vn scrupule de Rhetorique.

CHAPITRE II.

Auguste n'estoit pas fasché qu'on luy dediast des Temples : Mais il recevoit ces sortes d'honneurs sans les demander. Ie dis bien davantage : il se mocquoit de cette belle Religion quand il estoit en son particulier et avec ses Confidens. En public mesme, il ne tenoit pas tousjours là-dessus sa gravité : Et voicy le bon Mot qu'il en dit vn jour en fort bonne compagnie.

Ceux de Tarragone luy ayant basty vn Temple, comme plusieurs autres Villes de l'Empire, quelque temps apres ils luy envoyerent vne Ambassade extraordinaire pour lui donner advis qu'il estoit né vn Palmier sur l'Autel qui luy avoit esté consacré. Ils crurent par là faire bien leur Cour, et qu'Auguste seroit ravy de la nouvelle du miracle. Mais ayant oüy la harangue qu'ils luy firent, il se contenta de leur respondre en sousriant ce peu de paroles : « Ie voy bien, Mes-« sieurs, que vous ne faites gueres brusler de victimes sur « l'Autel que vous m'avez consacré. »

On a dit de ce grand Prince qu'il estoit si grand, qu'il pouvoit mespriser les Triomphes et les regarder comme de petites choses. Mais de mespriser les Miracles, c'est encore plus ; les Triomphes n'estant que des honneurs rendus par les Hommes, qui sont tributaires et Subjets ; et les Miracles estant des marques de la complaisance et de la sousmission de la Nature, qui est libre et Souveraine.

Vn autre qu'Auguste eust fait faire des feux de joye pour la nouvelle de ce Miracle ; l'eust fait mettre dans les Registres du Senat ; eust envoyé des Courriers de tous costez pour l'annoncer aux Provinces ; eust obligé tous les Poëtes de sa Cour à composer des Vers sur cette belle matiere. Auguste ne s'advisa point de tout cela, il se contenta de dire vn bon Mot, qui se seroit perdu si Quintilien n'avoit eu soin de le conserver. Il y a de quoy s'estonner que Suetone l'ait oublié dans la Vie d'Auguste, et que Macrobe ne s'en soit point souvenu dans le Recueil qu'il a fait des jolies choses que disoit ordinairement ce sage Prince.

CHAPITRE III.

Sans sortir de la Cour d'Auguste, il me souvient d'vn autre Mot que je ne veux pas oublier. Il est connu de peu de personnes, et je l'ay trouvé dans vn lieu escarté.

Il y avoit en Asie vn Temple, celebre par la devotion des Peuples et par les richesses des offrandes. Entre autres choses, on y voyoit vne Image d'or massif de la Deesse qui estoit adorée en ce Pays-là. Mais c'estoit vne Image de belle taille, et qui valoit beaucoup. Lors que Marc-Antoine fit son voyage contre les Parthes, le Temple fut pillé par son Armée, et l'Image d'or fut prise, comme le reste des autres offrandes precieuses. Dix ou douze ans apres, l'Empereur Auguste passant à Bologne, y fut traité magnifiquement par vn vieux Capitaine qui avoit esté avec Marc-Antoine dans cette Expedition contre les Parthes. Auguste sçachant cela, luy demanda s'il estoit vray que celuy qui avoit mis le premier la main sur l'Image d'or eust perdu subitement la veuë, et fust devenu paralytique de toutes les parties de son corps. Ce Capitaine luy respondit : « Celuy de qui vous parlez, c'est « moy, qui me suis tousjours bien porté depuis ce temps-là. « Ce Sacrilege que j'ay fait a fait ma fortune : sans luy je « n'aurois pas eu de quoy donner à manger à vostre Ma- « jesté, et je la supplie de ne trouver pas mauvais que je « luy die qu'elle a soupé aujourd'huy d'vn morceau de la « cuisse de la Deesse. »

Il se peut faire qu'Auguste avoit appris de ce Capitaine à ne pas croire aisément ces Miracles. Avant ce temps-là, De- nys de Syracuse s'estoit joüé de ses Dieux de la mesme sorte ; Apres s'estre saisi du manteau d'or de Iupiter, qui estoit, disoit-il, trop pesant en Esté, et trop froid en Hyver ; Apres avoir arraché à Esculape sa barbe d'or, qui n'en devoit pas avoir, puisque son Pere Apollon n'en porta jamais ; se reti- rant par mer en son Pays avec vn vent tres-favorable, il dit à ses compagnons : « Voyez, je vous prie, si les sacrileges ne « naviguent pas aussi heureusement que les devots. » Quels Dieux, bon Dieu, et quels Adorateurs en ce temps-là !

CHAPITRE IV.

La Flatterie jure qu'elle a veû l'Ame d'Auguste qui mon- toit au Ciel. Mais elle fait bien un plus ridicule serment, quand elle jure qu'elle a veû la Lune descendre du Ciel et venir coucher avec Caligula. Ie m'arreste à ce bel exemple, et conclus que c'est la Flatterie qui faisoit les Dieux à Rome.

Mais les pauvres Dieux que c'estoient, qui estoient sub- jets à la fievre, à la goutte et à la gravelle. Il pleuvoit, il

gresloit, il tonnoit sur la teste de ces Dieux. Leur ame estoit
travaillée de toutes les passions et gastée de tous les vices.
De ces Dieux de la façon des hommes, les vns avoient la stupidité des bestes, et les autres leur fureur. Il en faut pourtant excepter quelqu'vn, quand ce ne seroit qu'Auguste, de
qui nous parlons. Il est certain que la Fortune ne luy en a
jamais fait à croire. Iamais homme ne sceut mieux que luy
qu'il estoit homme. Il n'estoit pas fasché neantmoins qu'on
le mist au nombre des Dieux et qu'on luy dediast des Autels.
Mais outre que c'estoit par raison d'Estat qu'il recevoit ces
sortes d'honneurs, il les recevoit sans les demander.

CHAPITRE V.

Quand j'ay dit autrefois que c'estoit vne vilaine chose de
passer pour Accusateur, je ne l'ay pas dit au hazard. Nostre
Quintilien l'a dit avant moy, et a mis en proverbe, *accusa-
toriam vitam agere*. Et parce qu'il y eut vn Brutus qui fit
à Rome ce sale Mestier et qui fut appellé l'Accusateur, Ciceron l'appelle pour cela le deshonneur de la Famille des
Iuniens. Il nous reste vn Fragment d'vn Plaidoyer de l'Orateur Calvus contre cét Homme si vniversellement haï, l'infame Vatinius ; et ce Fragment se trouve dans le Recueil des
Anciens Rhetoriciens en ces termes. si ma memoire ne me
trompe, *hominem nostræ civitatis audacissimum, factiosum,
sordidum, accusatorem*, où je voy qu'il n'oublie pas cette
mauvaise qualité entre celles de Vatinius, et qu'il l'accuse
d'estre Accusateur.

CHAPITRE VI.

Philippe Strozzi, mary de Clarice de Medicis, Sœur du Pape Leon, ne pouvant souffrir le Regne du Duc Alexandre de Medicis, exhorta Laurens de Medicis son Cousin, de conspirer contre la vie du Duc Alexandre, et de rendre la liberté à sa Patrie. Laurens luy tesmoigna toute disposition à vne entreprise si dangereuse, mais il apprehenda que deux Filles qu'il avoit ne courussent risque de leur honneur, à cause de la confiscation de ses biens, qui estoit asseurée. Philippe respondit à cela que cette apprehension ne devoit pas le retenir, et l'asseura que quel que fust le succez de son action, il feroit espouser ses deux Filles à deux de ses Fils. Ce qui arriva, d'autant que Laurens n'ayant sceû recueillir le fruict du meurtre du Duc Alexandre, et s'estant sauvé apres le coup, Philippe voulut s'acquitter religieusement de sa parole, et donna Laodamie de Medicis à Pierre Strozzi, depuis Mareschal de France, son Fils, et Madeleine à Robert Strozzi, mort nagueres à Rome.

Le mesme Philippe, apres la mort du Duc Alexandre, resista à l'establissement de Cosme son Successeur, premier Grand-Duc de Toscane. Mais ayant perdu contre luy la bataille de Marone, prés de Florence, il fut retenu prisonnier; et ne pouvant souffrir d'être en la disposition de son Ennemy, qu'il croyoit le devoir faire empoisonner ou mourir ignominieusement, se resolut de se tüer de ses propres mains dans la prison. Avant qu'executer cette estrange resolution, il fit son Testament, dont j'ay veû l'Original à Rome parmy les papiers du feu Seigneur Pompée Frangipane, où entre autres dispositions cét Homme, que l'Antiquité eust adoré,

ordonne et prie ses Enfans de vouloir deterrer ses os du lieu
où on les aura mis dans Florence, et les vouloir transporter
à Venise; afin dit-il, que s'il n'a pû avoir le bonheur de
mourir dans vne Ville libre, il puisse joüir de cette grace
apres sa mort, et que ses cendres reposent en paix hors de
la domination du Vainqueur.

Cela fait, il grava avec la mesme pointe du poignard dont
il se tüa, sur le manteau de la cheminée de la chambre où
il estoit detenu, ce Vers de Virgile :

Exoriare aliquis nostris ex ossibus vltor.

Ce que ses Enfans executerent fidelement, estant venus
en France au service du Roy contre l'Empereur Charles-
Quint, qui avoit fondé la domination des Medicis à Florence.

Il ne faut point oublier que le mesme Philippe Strozzi, à
l'entrée de son Testament, tesmoigne avec beaucoup de confiance d'esperer de la misericorde de Dieu le pardon de sa
mort; puisqu'il la souffroit en homme d'honneur pour le
soustien de sa liberté; apres la perte de laquelle il croyoit
qu'vne personne libre avoit le congé de mourir. Mais les
Loix de l'Evangile sont contraires à cette croyance, et la
nouvelle Rome appelle desespoir ce que l'Ancienne appelloit
grandeur de courage. Elle excommunie aujourd'huy ce
qu'elle eust autrefois deïfié.

ENTRETIEN XXXV.

——

DE SON PROCEDÉ

ET

DE CELVY DE MONSIEVR HEINSIVS

EN LEVR QVERELLE.

A MONSIEVR GIRARD,
Secretaire de feu Monsieur le Duc d'Espernon.

Mon Chagrin est grand, je ne le veux pas nier : mais vous ne vous estes point apperceû qu'il incommodast les gens. Toute son action est contre moy, et quand vous vous mettez en peine d'y donner des remedes, c'est d'ordinaire pour mon interest particulier ; car d'ailleurs vous ne le trouvez pas desagreable. Il ne viole ny le Droict Naturel, ny le Droict des Gens ; il ne chocque ny la Coustume, ny la bienseance. C'est vne Beste que j'ay apprivoisée afin qu'elle ne faschast point le Monde. Si le Chagrin de Monsieur Heinsius estoit de mesme nature, il feroit difference entre les Complimens et les Injures ; entre Balzac et Schioppius : il ne se jetteroit pas indifferemment sur l'Hoste et sur le Larron.

Trouvez bon, Monsieur, que je vous entretienne aujour-d'huy de son Procedé, et que je vous justifie l'innocence du mien. Pour ne rien dire de pis de ce grand Adversaire, il a

mal pris ma bonne intention, et n'a pas receû mes civilitez
comme il devoit. Ie n'ay eu dessein que de luy donner matiere de s'esgayer ; je luy ay parlé avec toute sorte de deference ; je luy ay demandé instruction sur quelques endroits
de sa Tragedie, intitulée *Herodes infanticida :* voilà ce que
j'ay fait. Luy, tout au contraire, n'a pas voulu recevoir mes
civilitez, il s'est effarouché de mes complimens : je luy ay
demandé instruction, et il m'a jeté des pierres. Iugez qui de
nous deux a le tort ; car voilà au vray ce qui s'est passé entre
nous.

Il est vray aussi que je ne croyois pas mon objection si
forte de la moitié, et c'est peut-estre ce qui l'a fasché. Ie
l'aurois supprimée, si je m'en fusse advisé assez tost. Mais qui
se fust imaginé que l'infaillible Heinsius eust pû faillir
contre les Regles de son Art ? Ie ne l'ay jamais dit affirmativement, ny ne le veux dire encore aujourd'huy, quoy que
la pluspart de nos Maistres ne luy soient pas favorables en
cette occasion. Il est riche en lieux communs et traite
quantité de belles matieres en sa defense : Il leur semble
neantmoins qu'il ne les traite pas assez clairement. Il s'embarrasse, disent-ils, au lieu de se demesler. Ce qu'il apporte
de Grece, d'Orient et des autres Pays estrangers n'est pas en
sa place où il le met, et ne fait rien d'ordinaire à l'affaire
dont il s'agit. Il s'enfonce, disent-ils encore, dans des choses
dont j'estois demeuré d'accord et laisse à costé celles que je
luy conteste, ou passe legerement dessus, ou il change
l'estat de la Question, ou ne la touche que foiblement. De
sorte qu'ils n'ont pas encore appris de luy, non plus que
moy, si vn corps composé de differentes, voire de contraires
especes, se peut dire naturel, et si les Anges des Iuifs et les
Furies des Payens peuvent compatir en vn mesme lieu, ou,
comme parlent les Clercs, *ejusdem Dramatis personæ esse
possint.*

Car, en effet, quoy que die Monsieur Heinsius, il n'a pas

encore levé nostre scrupule, et c'est toute autre chose d'vser des mots de Tartare et d'Acheron, que l'usage a tout-à-fait changez et qui ne sont plus ce qu'ils estoient, ou d'introduire sur la Scene des Megeres et des Tisiphones avec des Gabriels et des Raphaëls :

> ..... vt turpiter atrum
> Desinat in Piscem Mulier formosa supernè,
> Serpentesque Avibus geminentur, Tigribus Agni.

Ie ne parle point des stratagemes ny des mauvais offices que cet Adversaire m'a voulu rendre de tous costez, car je ne me plains que de sa discourtoisie. On m'en a pourtant escrit de Rome mesme, où il a envoyé son Livre à nostre Sainct Pere le Pape, et la Lettre que j'ay receuë est datée du Vatican. On me mande que le Pape n'a pas esté fasché de se voir nommé le Chef de l'Eglise par un Autheur, Poëte, Orateur, Philosophe, Critique celebre deçà et delà les Monts.

Il y a, dans le texte de son Livre, *ipsum etiam Ecclesiæ Caput*; il y a, dans les fautes survenuës à l'impression, *ipsum etiam Ecclesiæ Romanæ Caput*. L'vn est pour Rome, l'autre pour Leyden. Par le premier, il veut plaire au Pape, qui ne lit pas, non plus que les autres hommes, l'*Errata* qu'on met à la fin des Livres; par le second, il veut avoir de quoy se justifier envers les Ministres, si on l'accusoit d'estre mauvais Huguenot et d'avoir intelligence avec l'Ennemy; et tout cela selon ses Maximes, qui permettent de mesler les deux Religions. Comme, dans sa Tragedie, il est Iuif et Payen, il croit que, dans sa Dissertation, il peut estre Catholique et Huguenot. Il se fonde sans doute sur cette vieille Sentence, que le Sage est le Prestre de tous les Dieux et le Citoyen de toutes les Republiques. Mais les Sages de ce temps-là ne sont pas les Sages de celuy-cy.

Vous voyez, Monsieur, que les Enfans de Neptune s'adoucissent quelquefois et ne sont pas tousjours farouches. Ils

11   27

voudroient passer pour Enfans de Iupiter (mais c'est selon que l'interest les mene); je dis de celuy qu'eux-mesmes appellent *Iupiter Capitolin*. Ils seroient bien aises d'estre Catholiques *ad honores;* Ce mot est de Monsieur de la Thibaudiere; c'est-à-dire sans estre obligé d'aller à Confesse ny de faire le Caresme. Ils trouvent du plaisir à estre bien partout et à avoir des Amis à Rome comme à Geneve. Cette sorte de Religion est assez commode pour des gens qui ne se travaillent point l'esprit de Religion.

ENTRETIEN XXXVI.

CONSVLTATION CRITIQVE.

A MONSIEVR ....

Ne pensez pas en estre quitte pour la Copie que doit faire Monsieur ***. Que je sçache, s'il vous plaist, *quid sentiat de Ioanne Casa* ***. *Et an sit ille antiquis par atque cum ipso Marco Tullio conferendus. vt mihi olim, Romæ et Florentiæ, sanctissimè affirmatum est.* Ie vous ay pourtant dit autrefois, sur le mesme subjet, que je ne vous demandois ny meditation ny estude. Ce sera assez, Monsieur, de vos premieres pensées et de ce que vostre memoire vous pourra

---

* Cet Entretien, ainsi que les précédents, II*, IV*, V*, était, selon toute apparence, adressé à Costar, dont le nom fut effacé par ordre de la famille de Balzac. (Voy. la notice à la fin des *Entretiens*.)

fournir sur-le-champ. Mais si vous trouviez dans l'Original quelque endroit moisi, quelque mot perdu, quelque ligne estropiée, ce sera là qu'il faudra invoquer Dive Critique et faire le Scaliger, sans craindre d'en estre repris par Passerat, qui ne pouvoit souffrir les termes affirmatifs.

Et afin que vous ne maudissiez pas les lettres ny l'amitié, resolvons-nous vne bonne fois de ne faire jamais d'effort en nous escrivant. Ne faisons jamais de Copies de nos Escritures, et que nostre confiance paroisse dans la negligence de nos Entretiens. Vous allez voir à quel point je suis religieux observateur de mes resolutions.

Combien peu de gens s'entendent aux matieres que je vous propose, sçavent faire difference des characteres, connoissent le merite du mediocre, s'aperçoivent de ces beautez chastes et modestes! Pour moy j'ay bien plus de peine à m'arrester dans cette mediocrité que je n'en ay à monter au genre sublime, et quand j'ay trouvé le juste temperament que je cherche, je pense avoir plus fait que d'avoir esté plus loin et plus haut. Ie pense pour le moins avoir fait autant, et de tous mes Poëmes, il n'y en a point qui me plaise davantage que mon Epigramme pour Monsieur Chapelain, qui est dans le genre dont nous parlons. Ie suis ravy de joye de la preference que vous luy donnez sur les autres, car vous ne doutez pas que je ne voulusse conserver partout à ce cher Amy le rang qu'il tient dans mon cœur.

Souvenez-vous de faire valoir beaucoup les Escritures de ***, quand elles vaudroient tres-peu, et ne l'accusez pas de vanité pour la publication qu'il en a faite. C'est vn vice plus materiel et plus grossier qui l'oblige à vous faire cette priere : car, à ce qu'il dit, dans la misere du Siecle les Oracles mesmes sont mesprisez et la Pythie demande l'aumosne. Pour moy, je luy ay promis vne recommandation en la meilleure et plus authentique forme dont je pourray m'adviser, et il se verra tout de son long dans mon Livre.

La Lettre à la Reyne de Suede, que vous approuvastes dés sa naissance, a esté encore retouchée. Mais advoüons que c'est vne chose veritablement importune que nostre ridicule, ou morosité, ou anxieté ; appelez-la comme il vous plaira. Il vaudroit bien mieux escrire tousjours avec la negligence d'aujourd'huy et ne pas copier nos premieres phantaisies. Nous ferions peut-estre moins de bruit dans la Galerie du Palais ; mais nos nuicts seroient plus douces et plus tranquilles.

L'omission que vous avez faite ne passera pas sans estre relevée. Qu'est devenuë vostre diabolique memoire, comme on parle en Italie ? et comment avez-vous oublié ces trois Vers que vous sçaviez il y a cent ans ?

> Quid tam parva loquor ? moles pulcherrima Cœli
> Ardebit flammis tota repente suis.
> Omnia mors poscit ; lex est, non pœna perire.

Ie vous envoye des Epigrammes que j'ay faites pour vn certain Melibée amoureux d'vne certaine Diane. Le lugement de Paris leur a esté favorable : Mais afin que vous ne me reprochiez pas l'equivoque ; c'est de la ville de Paris que j'entends parler et non pas de Paris frere d'Hector. Mes Muses sont tousjours neantmoins de vostre ressort et ne connoissent point d'autre Tribunal, ny d'autre Iurisdiction que la vostre ; je n'ay donc garde de me resjouïr entierement de la faveur qu'on leur a faite, que vous ne vous soyez declaré pour elles.

Vostre illustre Abbé verra, s'il vous plaist, icy, que je luy souhaite tout ce que l'Italie luy peut donner à la recommandation de la France. Cela sera vn jour, *Vatum si quid præsagia possunt*, et j'ay remarqué sur son visage quelque chose de grand qui m'en a asseuré.

Ie suis trop heureux d'avoir quelque part en son estime s sans doute je dois cette bonne fortune à vos bons offices

Continuez-les moy, je vous prie. Que de vertus acquises, que
de grands avantages naturels! Le Ciel a reüni en sa personne le merite qui estoit separé en vne infinité de subjets.
Mais nous ferons vne autre fois son Eloge. Il ne faut pas le
cacher dans le secret d'vn entretien familier. Il le faut mettre en vn lieu public et où il puisse estre veû de tous ceux
qui ne sont pas aveugles. Asseurez-le cependant de mon
respect et de mon culte. Ces termes sont imperatifs. Mais
vous avez bien sur moy, pour le moins, autant de pouvoir
que j'en prends, et je vous dis ces Vers dans toute la verité
de la Prose.

> Tuus, ô **** quid optes
> Explorare labor, mihi jussa capessere fas est.

Il y a vn certain Peuple, je ne sçay où, qui ne parle que
par exclamations. Monsieur de **** l'a descouvert. Si vn autre homme que nous connoissons devenoit Roy ou Legislateur de ce Peuple-là, il luy feroit bientost changer de stile et
l'obligeroit de ne parler plus que par parenthese, tant la parenthese luy semble vne belle chose.

La maniere figurée de blasmer son Siecle n'est pas de l'invention de ****. Denys fut ainsi deschiré en la personne du
Cyclope Polypheme : Et comme Tibere a esté apres sa mort
l'image de l'Homme fatal ; durant sa vie, Agamemnon estoit
l'image de Tibere. Que **** ne fasse donc pas vanité de son
invention.

L'excellent Cardinal, qui a encore sur le visage de belles
ruïnes de sa premiere beauté et qui conserve tousjours sa
bonne mine, me sçaura sans doute bon gré, quoy que vous
puissiez dire, du present que je luy ay fait, luy donnant
vn plus beau nom que le sien, et changeant *Guido* en *Eu-
rialus*. Vn Cardinal *Euryale* tiendra fort bien sa place parmi
les Cardinaux *Hippolytes, Ascaignes. Cinthies*, et autres
semblables.

La belle Saison est revenuë et par consequent les Rossignols avec elle :

> . . . . . totumque canorà
> Voce nemus loquitur.

Mais comme vous sçavez, Monsieur, et comme il fut conclu autrefois en vne de nos promenades de Balzac, il y a
des Rossignols bien plus sçavans les vns que les autres : Il y
a mesme autant de difference de Rossignol à Rossignol que
de Poëte à Poëte. I'ay fait vne Epigramme sur ce subjet,
dans laquelle j'ay employé le nom de Monsieur Habert,
Abbé de Cerisy, qui a autant de part qu'aucun de nos Poëtes
à la succession de Malherbe. Vous jugerez de l'Epigramme,
car on y fait quelques Objections.

PHILOMELA INGRATVM CANENS.

> **Aut** ægra, aut indocta, tuo neque nomine digna es,
>   Tam lentè ac durum quæ Philomela canis.
> O murmur male gratum ! ô rauco è gutture questus !
>   O numeri, nunquam quos docuisset Amor !
> Mutatas-ne putem nostro quoque tempore formas,
>   Et volucres fieri per mea rura novas ?
> Credo equidem; hic dulcis post frigora tussit Habertus,
>   Vel solita cantat stridulus arte Moges.

Il me semble que l'epithete de *dulcis* au lieu où il est et
en matiere de musique, et opposé à *stridulus*, fait le mesme
effet qu'incomparable, qu'admirable, que, etc. Outre que la
seconde opposition de *Habertus* à *Moges* dit tacitement que
si *Moges* est du nombre des mauvais Poëtes, il faut que *Habertus* soit sans doute de celuy des bons. Toutefois vn Grammairien Provincial a crû que *dulcis* n'estoit pas assez pour
vn grand Poëte : Et si d'avanture quelque Grammairien
Courtisan avoit la mesme pensée et faisoit la mesme objec-

tion; voicy ma defense toute preste pour ne vous pas donner la peine de l'aller chercher plus loin. Alleguez-luy s'il vous plaist, Monsieur, le *doux* Tibulle et le *doux* Petrarque. N'oubliez pas que la douceur appartient de droict à l'Elegie, mais à toute la Poësie generalement : car Lucrece mesme qui a escrit de la Nature des Choses, c'est-à-dire de la plus sublime matiere de toutes, qui a traité des foudres et des tremblemens de terre : Qui d'ailleurs se vante tres-volontiers et à toutes occasions, se vante particulierement de la douceur de ses Vers. Par exemple :

> Lingua meo suavis diti de pectore fundet.

Et ailleurs :

> . . . . volui tibi suaviloquenti
> Carmine Pierio rationem exponere nostram,
> Et quasi Musæo dulci contingere melle.

Et en plus d'vn endroit :

> Suavidicis potius quam multis versibus edam.

Pour achever de convaincre l'Ennemy de la douceur, nos Deesses, les neuf Fées qui inspiroient les Poëtes, et qui apparemment en doivent sçavoir plus qu'eux, sont appellées les *douces* Muses par nostre Maistre Virgile :

> Me vero primum dulces ante omnia Musæ.

Il se pourroit faire qu'vn Courtisan occupé ne se souviendroit pas de toutes ces bagatelles. Vous les luy representerez s'il vous plaist en cas de besoin. Et apres tout, s'il n'est pas content de mon epithete, ny de mes authoritez ; *ingens Habertus*, dans l'Epigramme, ou quelque autre plus magnifique, ne coustera pas plus que *dulcis*, ny au Poëte, ny au Copiste, ny à l'Imprimeur : mais pour Monsieur Habert, qui a le goust fin et delicat, je suis asseuré qu'il ne s'en plaindra pas.

L'homme qui allegue si souvent Suidas, Harpocration, et Hesychius, a esté icy trois ou quatre jours. Il m'a escrit depuis vne lettre que vous verrez, dans laquelle il me fait l'amour. Et parce qu'il a parlé de certains Vers qui ont esté estimez à Rome, je vous les envoye, afin que je sçache de vous si j'ay pris Rome pour duppe, et s'ils ont le charactere de la bonne Antiquité.

L'indignation contre le Sophiste Grammairien est vn subjet vn peu suranné, et vous ne connoissez que trop ce Pedant, qui persecuta de tant de mauvaises loüanges Monsieur le Cardinal de La Valette. J'eus du desplaisir quand je vis mon Patron si miserablement loüé, et voyant de plus que le Pedant maltraitoit aussi Virgile, en estropiant ses Vers, et entre autres celuy qu'il repeta vne douzaine de fois ridiculement :

Non mihi si linguæ centum sint, oraque centum ;

L'interest de Virgile, joint à celuy de Monsieur le Cardinal de La Valette, me piqua la veine, et en fit sortir la boutade dont est question : car de la nommer enthousiasme ou inspiration divine,

. . . . . sumus, crede mihi, modestiores.

Apres avoir leû dans l'autre Poëme les descriptions des deux Hommes differens, vous choisirez lequel des deux vous desirez estre, ou l'Oysif, ou le Contemplatif de nostre village. Ie vous y attends sur la fin du mois de Iuin, afin de vous y faire manger de nos premiers fruits. Cependant, si tost que mes Apologies seront copiées. Minet vous les portera avec le tribut annüel que vous doivent nos moulins à papier. C'est vn Docteur qui ne sçait ny lire ny escrire : Mais

il sçait faire des aumelettes à l'ambre, et de ces potages que
nostre Amy prefere au Panegyrique de Pline. Ne craignez
point de venir icy sur sa parole, et sur la foy des Estoilles,
que j'ay consultées pour sçavoir si vous aurez encore la
goutte. l'ay fait faire votre horoscope par vn Disciple de
Ticho Brahé, qui ne vous promet que des jours d'or et de
soye, pourveu que vous les veniez passer sur le rivage de la
Charente.

Ie pensois avoir fini. Mais il ne sera point dit que j'oublie
la verte vieillesse du Dieu Vertumne, dans le voisinage duquel vous meditez et argumentez à vostre aise depuis quelque temps. Ie me souviens tousjours de la barbe de Persil et
des cheveux de Fenoüil que vous luy avez donnez : de ses
Apophtegmes Italiens; de ses Sentences Epicuriennes, et de
ce qu'il repete si souvent, de la pureté de la Langue et de
l'impureté de la Vie, quand il est sur le Chapitre de ses
Estudes et de ses Inclinations.

On m'a nouvellement asseuré qu'il n'estimoit dans l'Alcippe que ce que vous n'y estimez pas, et particulierement
qu'il loüoit ce Vers plus que tous les autres :

> Et l'insolent Boréc, artisan des naufrages.

Il se peut, Monsieur, que comme il loüe trop ce Vers vous
le blasmez trop aussi : Et je pourrois bien vous faire voir
qu'il n'est pas si insoustenable que vous pensez.

Ie ne sçay pourquoy vous estes tousjours en mauvaise humeur contre Borée. Tantost vous ne luy pouvez souffrir son
Pays, et à cette heure vous luy disputez son Mestier. Trouvez-vous le mot d'*Artisan des naufrages* si estrange et si
nouveau? Dans les Tragedies Grecques, les Dames Troyennes
n'appellent-elles pas Vlysse l'*Artisan* de leurs malheurs? et
Lucrece n'a-t'il pas dit :

> Nam dolor ac morbus lethi fabricator vterque est?

27.

Virgile ne dit-il pas aussi :

Mille nocendi artes?

La cruauté n'est-elle pas ingenieuse, et Perille n'estoit-il pas vn *Artisan* de douleur et de cruauté?

Encore ce petit mot, auquel Apollon mesme ne sçauroit respondre. Puis qu'il y a vn *Art* de la guerre, Mars n'est-il pas vn *Artisan* de ruïne et de desolation? Et comment appellerez-vous vn Ingenieur qui aura fait sauter vn Bastion par vne mine (car vous sçavez que les Ingenieurs ne sont pas moins employez à ruïner qu'à edifier)? Ne sera-ce pas vn excellent *Artisan* de destruction et de ruïne? Enfin, Monsieur, souvenez-vous que vostre grand Amy le Pere Strada, dans le second Tome de son Histoire, appelle je ne sçay qui *ruinæ suæ fabrum*. Apres cette liberté, vous ne devez pas tenir vne si grande rigueur à vn Poëte. Mais pour tout cela, vous n'avez pas moins de raison, et le Dieu Vertumne n'en a pas plus.

Les dernieres lignes de vostre Prose m'ont saisi le cœur, et je ne sçay comment il a pû tenir si longtemps. l'appellerois les Astres cruels (*agnosce hîc Linguam Poëticam*) s'ils faisoient si tost finir vne si belle vie que la vostre. Avant cela il faut que vous ayez tout loisir d'enrichir le Monde des richesses de vostre esprit.

Dii charum servate caput, Dii reddite nobis
Quo sine, nec jucunda dies, nec Balzacus ipse
Ipse sibi placeat.

Cur me querelis exanimas tuis? nec Dis amicum est, nec mihi, te prius obire, etc. En effet, vous me feriez vne grande trahison, si vous me vouliez abandonner et si vous m'emportiez en l'autre Monde la plus douce consolation que je trouve en celuy-cy. La fascheuse nouvelle des vostres m'a

extraordinairement affligé, et quelque esperance que vous
me donniez en suite, apres celle que les Medecins vous ont
donnée, je n'auray point l'esprit en repos que je ne voye au
commencement d'vn long Discours en beaux characteres, et
d'vne main asseurée, *si vales bene est, ego quidem valeo.*
C'est-à-dire que pour vivre j'ay autant besoin de vostre santé
que de la mienne.

ENTRETIEN XXXVII.

DE MALHERBE

A MONSIEVR DE PLASSAC-MERÉ.

Ce que j'ay dit de Malherbe est donc à vostre goust, et
l'homme que vous avez à gages pour vous interpreter le
Latin vous donne assez d'intelligence d'Horace pour vous
faire bien connoistre que les Imitations du Moderne ne sont
pas inferieures aux Originaux de l'Ancien. le suis bien aise
que mon sentiment soit appuyé d'vne si grande authorité
que la vostre ; car vous sçavez que je vous oppose tousjours
à toute l'Vniversité, et je dis ordinairement qu'on ne trouve
point le fonds de vostre Critique. Equivoque à part, vous
estes vn excellent Homme, et vous m'avez dit mille choses
agreables à vostre derniere visite dont je ris encore de memoire. Vostre Lettre est pleine de ces mesmes choses agreables et me donne toute la gayeté que je suis capable de recevoir. Il est donc bien juste que je contente vne Personne

qui prend tant de soin de moy, et que je vous donne l'esclaircissement que vous attendez.

On vous a dit la verité; Malherbe disoit les plus jolies
choses du Monde; mais il ne les disoit point de bonne grace,
et il estoit le plus mauvais Recitateur de son temps. Nous
l'appellions l'Anti-Mondory; il gastoit ses beaux Vers en les
prononçant. Outre qu'on ne l'entendoit presque pas, à cause
de l'empeschement de sa langue et de l'obscurité de sa voix,
il crachoit pour le moins six fois en recitant vne Stance de
quatre Vers. Et ce fut ce qui obligea le Cavalier Marin à dire
de luy qu'il n'avoit jamais veû d'homme plus humide ny de
Poëte plus sec.

Mais pour revenir à ce que vous desirez particulierement
apprendre de moy, la derniere année de sa vie il perdit son
Fils vnique, qui fut tué en düel par un Gentilhomme de
Provence. Cette perte le toucha sensiblement. Ie le voyois
tous les jours dans le fort de son affliction, et je le vis agité
de plusieurs pensées differentes. Il songea vne fois (il faut
que je vous l'advouë, puisque vous en avez oüy parler, et
que vous me pressez si fort de vous dire ce que j'en sçay) à
se battre contre celuy qui avoit tué son Fils : et comme nous
luy representasmes Monsieur de Porcheres d'Herbaud et moy,
qu'il y avoit trop de disproportion de son âge de soixante et
douze ans à celuy d'vn homme qui n'en avoit pas encore
vingt et cinq : « C'est à cause de cela que je me veux bat-
« tre, nous respondit-il; Ne voyez-vous pas que je ne ha-
« zarde qu'vn denier contre vne pistole? »

On luy parla en suite d'accommodement, et vn Conseiller
du Parlement de Provence, son Amy particulier, luy porta
parole de dix mille escus : il en rejetta la premiere proposition (cela est encore vray), et nous dit l'apresdisnée ce qui
s'estoit passé le matin entre luy et son Amy. Mais nous luy
fismes considerer que la vengeance qu'il desiroit estant apparemment impossible, à cause du credit que sa Partie avoit

à la Cour, il ne devoit pas refuser cette legere satisfaction qu'on luy presentoit, que nous appellasmes :

> ..... solatia luctûs
> Exigua ingentis, misero sed debita Patri.

Et bien, dit-il, je croiray vostre conseil, je pourrai prendre de l'argent, puis qu'on m'y force , mais je proteste que je ne garderay pas vn teston pour moy de ce qu'on me baillèra. I'employeray le tout à faire bastir vn Mausolée à mon Fils. Il vsa du mot de Mausolée au lieu de celuy de Tombeau, et fit le Poëte partout.

Peu de temps apres il fit vn voyage à la Cour, qui estoit alors devant La Rochelle, et apporta de l'Armée la maladie dont il vint mourir à Paris. Ainsi le traité des dix mille es-cus ne fut point conclu, et le dessein du Mausolée demeura dans son esprit. Il fit seulement imprimer vn Factum et trois Sonnets, qui n'ont point esté mis dans le Corps de ses autres Ouvrages. Ie voudrois bien pouvoir contenter la cu-riosité que vous avez de les voir; Mais de plusieurs Exem-plaires qu'il m'en avoit donnez, il ne s'en est pû trouver aucun parmi mes Papiers, et il ne me souvient que de ce seul Vers :

> Mon Fils qui fut si brave et que j'aimay si fort.

Sur ma parole asseurez-vous qu'ils estoient tous excellens, et que ce n'est pas vne petite perte que celle que vous en faites.

Il s'est neantmoins trouvé quelque chose que mon homme vous envoie, au lieu de l'autre, et c'est à luy seul que vous en aurez l'obligation. Malherbe estoit vn des plus assidus Courtisans de Madame Des-Loges, et la visitoit reglément de deux jours l'vn. Vn de ces jours-là, ayant trouvé sur la table de son Cabinet le gros Livre du Ministre Du Moulin

contre le Cardinal Du Perron, et l'enthousiasme l'ayant pris
à la seule lecture du Tiltre, il demanda vne plume et du
papier, sur lequel il escrivit ces dix Vers.

> Quoy que l'Autheur de ce gros Livre
> Semble n'avoir rien ignoré,
> Le meilleur est tousjours de suivre
> Le Prosne de nostre Curé.
> Toutes ces doctrines nouvelles
> Ne plaisent qu'aux folles cervelles;
> Pour moi, comme vne humble brebis.
> Sous la houlette je me range;
> Il n'est permis d'aimer le change,
> Que des femmes et des habits.

Madame Des-Loges ayant leû les Vers de Malherbe, piquée
d'honneur et de zele, prit la mesme plume et de l'autre costé
dn papier escrivit ces autres Vers :

> C'est vous dont l'audace nouvelle
> A rejetté l'Antiquité;
> Et Du Moulin ne vous rappelle
> Qu'à ce que vous avez quitté :
> Vous aymez mieux croire à la mode;
> C'est bien la foy la plus commode,
> Pour ceux que le Monde a charmez :
> Les Femmes y sont vos Idoles :
> Mais à grand tort vous les aimez,
> Vous qui n'avez que des paroles.

La conclusion des deux Epigrammes plaira sans doute
aux profanes et à ceux qui font les Galants Pour moy je
tiens que sur les matieres de Religion il faut tousjours
s'esloigner du Genre Comique. La premiere n'est pas assez
grave pour vn homme qui parle tout de bon, et l'autre est
trop gaillarde pour vne femme qui parle à un homme.

AV REVEREND PERE VAVASSEVR

Theologien de la Compagnie de Iesvs.

MON REVEREND PERE,

Conservez-vous pour l'honneur de nostre Siecle, mais conservez-vous avec le soin que demande un corps esbranlé comme le vostre. Il n'est rien de plus vray que cét Oracle, *quod mecum olim Romæ communicavit, et ita in manuscripto codice legisse se dicebat Iulius Menochius*, SANITAS SANITATVM, ET OMNIA SANITAS. Ce bien est le fondement des autres biens : sans luy Alexandre ne sçauroit vaincre ny Aristote philosopher. La douleur encloüe l'esprit comme le courage; Elle arrache le masque à la gravité, et j'ay veû le Cardinal Du Perron, estropié de bras et de jambes, qui demandoit à changer tous ses benefices, toute sa science, toute sa reputation, pour la santé du curé de Bagnolet. Graces à Dieu, vous n'estes pas en cét estat-là. Puisque Monsieur Gueneau espere bien de vostre mal, j'aime mieux estre de son advis que de celuy de Monsieur de Pimpernelle, qui vouloit vous faire peur. Ie voy d'ailleurs, par la Dissertation que vous m'avez envoyée, que pour avoir vn genou malade vous n'estes pas moins fort ny moins vigoureux à la lutte; vous estes tousjours vn redoutable Adversaire. Mais vos guerres ne finiront-elles jamais? Faudra-t'il que je die, dans la querelle de mes Amis du College de Clermont et de mes Amis du Port-Royal, ce que disoit vn Romain, dans la rupture d'Auguste et de Marc-Antoine : *Discrimini vestro me subtraham, et ero præda victoris.* La paix, la paix, mon Reverend Pere, elle vaut mieux que la victoire : Et que ce seroit

vne bonne chose si les forces qui s'exercent contre les Citoyens estoient tournées contre les Ennemis de dehors!
Quand est-ce que l'Aurore nous amenera ce beau jour? Ou,
pour le dire en la Langue de vos Muses et avec les Vers d'vn
Poëte, vostre Favory :

> Hoc precor : hunc illum nobis Aurora nitentem
> Luciferum roseis candida portet equis.

Mon homme vous fait vne Copie du dernier Chapitre, qu'il
a mis au net. Ainsi nous troquons, mais c'est moy qui
gaigne; Car pour vostre or de Paris je ne vous rends que du
cuivre de la Province. Cette matiere du Stile Bvrlesqve
meritoit de tomber entre vos mains; Pour sa derniere perfection, elle n'auroit besoin que de deux ou trois journées
de vostre Critique. Ne voudriez-vous point vous mettre là-
dessus en belle humeur et defendre l'opinion d'Horace
contre les Partisans de Lucile?

> Nempe incomposito dixit pede currere versus
> Lucili, etc.

le suis,

MON REVEREND PERE,

Vostre tres-humble et tres-obeïssant serviteur,

BALZAC.

20 fevrier 1653.

ENTRETIEN XXXVIII.

DV STILE BVRLESQVE.

Dans ce Chapitre, je ne suis que le Greffier de mon Amy, et sans aucune Preface de ma façon, je vous rapporte fidelement son advis sur la Question du Stile Burlesque. Monsieur *** nous lisoit des Vers de ce stile-là qu'il avoit receûs nouvellement de Touraine. La patience de mon Amy (que j'ay appellé depuis ce temps-là mon Amy severe) ne fut pas assez grande pour aller jusqu'au bout du Poëme, quoy que le Poëme ne fust pas fort long. Il se hasta de se declarer, de peur d'en perdre l'occasion si quelque compagnie estrangere fust survenuë, et faisant ce que je ne luy avois jamais veû faire, il interrompit par ces paroles la lecture de Monsieur ***.

Ne sçauroit-on rire en bon François et en stile raisonnable? Pour se resjouïr, faut-il aller chercher vn mauvais jargon dans la memoire des choses passées et tascher de remettre en vsage des termes que l'vsage a condamnez? Est-il impossible de donner vn Spectacle aux Subjets de Loüis quatorziesme, à moins que de remüer vn Phantosme qui represente le Regne de François premier, à moins que d'evoquer l'ame de Clement Marot et de desenterrer vne langue morte? ou, ce que je trouve plus mauvais, à moins

que de confondre les deux Langues, et meslant la vivante
avec la morte, faire ce que faisoit le Tyran, dont le Poëte dit :

Mortua quin etiam jungebat corpora vivis.

Il attachoit les Morts avecque les Vivans.

C'est vn abus qu'il n'y a pas moyen de souffrir dans la Republique des Belles Lettres, et s'il y avoit comme autrefois
vn Arbitre des Delices ou vn Tribun des Voluptez, je luy
presenterois Requeste afin que cet abus fust reformé.

Avoir recours à Marot et au Siecle de Marot pour plaire
aux Gens de ce Siecle icy, c'est trop se defier de soy-mesme
et ce n'est pas assez estimer son Siecle. L'Antiquité ne doit
pas estre imitée par cet endroit-là. On auroit autant de raison de prendre les modes des habillemens dans les vieilles
tapisseries et de porter les restes de son Trisayeul. Il faudroit faire revenir les pourpoints à Busc et les chausses à la
Suisse ; Il faudroit que les femmes fussent encore comme
elles estoient, toutes manches et toutes vertugadins.

Pour ne rien dire de pis de cette sorte de raillerie, elle
sent plus la Comedie que la Conversation et plus la Farce
que la Comedie. Ce n'est pas railler en honneste homme.
Madame Des-Loges disoit qu'elle aimeroit autant voir faire
l'Yvroigne ou le Gascon, et le gros Guillaume, comme vous
sçavez, reüssissoit admirablement en l'vn et en l'autre ;
Mais elle disoit bien davantage, elle n'estimoit pas plus vn
pareil jargon qu'vne espée de bois au costé et de la farine
sur le visage.

En cét endroit, mon Amy adressant particulierement sa
parole au Docteur *** : Au nom de Dieu, luy dit-il, que vostre
Gentil-homme de Touraine ne s'enfarine plus sur le papier,
luy qui, partout ailleurs, est si bien fait et si agreable. Il
vaut mieux estre triste que d'estre plaisant de cette façon,
et la premiere fois que vous le verrez, rendez-le capable de

nos raisons avec cette douceur insinüante qui vous est si naturelle et que Monsieur de la Thibaudiere appelle le Vehicule de la persuasion. Faites-luy sçavoir, de la part de l'Academie de nostre Village, que celuy qui fait le plus rire sur le Theatre et qui est le premier Personnage en ce genre-là se nomme le Badin de la Comedie. Vous vous souvenez de ce Vers du Poëte de Fontenay, familier de Monsieur le President de Thou :

Qui badine le mieux, Valeran ou La Porte?

Mais je pense qu'il n'y auroit point de mal de parler de la Raillerie vn peu plus serieusement et d'essayer de faire l'Aristote en François. Quatre mots donc dans le Genre dogmatique, afin de conclure apres cela.

La bonne Raillerie est vne marque de la bonne naissance et de la bonne nourriture ; est vn effet de la raison vive et resveillée, instruite par l'estude et polie par le grand Monde. Estant bien apprise comme elle est, elle ne chocque ny la Coustume ny la Bienseance ; en se joüant mesme elle conserve quelque dignité, elle vient de l'esprit et va à l'esprit sans travail et sans agitation. Celle-cy au contraire, qui veut qu'on escrive d'vne façon que personne n'oseroit parler, n'a rien d'ingenieux, n'a rien de noble, n'a rien de galant. Ny l'heureux Naturel, ny le vray Art, ny la teinture de la sage Antiquité, ny l'air de la belle Cour ne se reconnoissent point en cette Raillerie. Elle anime vne carcasse pour obliger les gens à avoir de l'attention, c'est-à-dire elle vse de machine faute d'esprit ; Manquant de l'Agreable et du Beau, elle employe l'Estrange et le Monstrueux ; Et ainsi presupposé qu'elle fasse rire, je soustiens qu'elle fait rire par force et violemment.

Il n'est rien de plus vray que cela ; Les vilaines grimaces, les postures deshonnestes, les masques difformes et hideux, qui donnent de l'effroy aux enfans et de l'admiration au

Peuple, sont quelque chose de semblable à cette maniere
basse et grossiere qu'on voudroit introduire dans la Poësie.
Ie ne m'estonne pas neantmoins qu'vn semblable Genre
d'escrire ait esté suivi et qu'il ait fait Secte. Coustant peu à
l'esprit et ayant esté trouvé commode par ceux qui ne pouvoient pas reüssir en l'autre, sa facilité luy a donné cours
et a remply les Villes et la Campagne d'vn nombre infini de
mauvais Rimeurs. Mais ne les tourmentons pas davantage,
renouvellons seulement, pour l'amour d'eux, ou r'habillons
vn ancien Proverbe. Disons qu'ils ont voulu estre Menestriers
à quelque prix que ce soit, et que n'ayant pû apprendre à
joüer du violon, ils se sont faits Ioüeurs de vielle.

Ce sont les sentimens de mon Amy, que j'appelle mon
Amy severe. Vne autre fois vous sçaurez les miens, dans
lesquels je garde quelque temperament entre la trop grande
indulgence et la trop grande severité. Comme je n'approuve
pas le mauvais goust du Vulgaire, je ne suis pas ennemy de
tous ses plaisirs. Il y a des badineries qui sont tout-à-fait
insupportables et qui offensent l'esprit; il y en a qui l'amusent agreablement et qui ne sont pas à rejetter. Les contes
de vieille ne doivent point faire tort au merite des Fables
d'Esope : Socrate, Platon et les autres Philosophes les ont
alleguées. Dans les plus viles matieres, il se trouve quelque
prix et quelque valeur; Et s'il faloit irremissiblement que
le Stile de Marot, et que le Genre Burlesque perissent, je
serois de l'advis de Monsieur le Marquis de Montauzier; En
cette generale proscription, je demanderois grace pour les
Avantures de la Souris, pour la Requeste de Scarron au
Cardinal et pour celle des Dictionnaires à l'Academie

Peut-estre qu'il y auroit d'autres Pieces de cette nature
qu'il faudroit sauver : Mais je n'en ay voulu proposer que
trois, de peur de la consequence : Ce sont des actions dont
il n'est pas permis de faire des habitudes. L'exemple en
seroit dangereux, il nous rejetteroit dans la Barbarie d'où

nous avons tant de peine à nous tirer. Qu'elles soient donc
rares et singulieres ces actions dangereuses : Que l'Espece
s'en conserve dans deux ou trois Individus sans multiplier
jusqu'à l'infini.

On peut se travestir et se barboüiller au Carnaval, mais
le Carnaval ne doit pas durer toute l'Année. On peut dire
vne fois en sa vie *Monsieur le Destin* et *Dame Iunon; trous-
ser en male* et *faire flores;* Mais de ne dire jamais autre
chose, mais d'amasser toute la boüe et toutes les ordures du
mauvais Langage pour salir du papier blanc, c'est ce que je
ne sçaurois trouver bon en la personne du meilleur de mes
Amis. Si cette licence n'estoit arrestée, elle iroit bien plus
avant. A la fin, il se trouveroit des esprits si amateurs des
vilaines nouveautez, qu'ils voudroient introduire à la Cour
la Langue des Gueux et celle des Bohemes; Nous verrions
des Requestes et des Epistres en l'vne et en l'autre de ces
deux Langues. Ce qu'on appelle le Narquois auroit ses Poëtes
et ses Autheurs. L'heureux succés du Stile Burlesque donneroit courage à cét autre Stile d'entrer dans les Cabinets
et de se faire imprimer en la ruë Sainct Iacques.

*Si teste maximo et sagacissimo Criticorum, sales et nu-
meros Plautinos stultè mirati sunt Remi Nepotes; rectene
et sapienter laudabunt nostri homines inconditos Maroti
sonos, frigidas argutias, et obsoletam barbari sæculi dicaci-
tatem? Quid de ludicro hoc, vt vocant, scribendi genere, et,
vt ego interpretor, de hoc nugarum ludo, sentiat Vavassor,
interrogatus à Balzacio, scire interest Reipublicæ litterariæ.
Cense ergo tu, de quo nuper hoc Apollo responsum dedit
(ita, nobis Delphis per litteras significatum est),* FRANCISCVS
VAVASSOR IACOBI SIRMONDI EX ASSE HÆRES ESTO. *Ille quidem
lugeri potest : te scribente desiderari non potest.*

———————

ENTRETIEN XXXIX.

LES BAISERS DE PENELOPE.

A M. CHAPELAIN,
Conseiller du Roy en ses Conseils.

Les Baisers de Penelope n'estoient presque pas connus à
Telemaque son fils, parce que son Fils estoit vn autre que
son Mary, auquel elle reservoit tous ses Baisers.

Ces paroles ont plû à Monsieur le Marquis de Montauzier,
et je me doutois bien qu'elles luy plairoient. Mais il veut
sçavoir, dites-vous, le lieu où je les ay prises et il veut absolument le sçavoir de moy sans que vous vous en mesliez.
Ne se mocque-t'il point de son tres-humble serviteur? pre-
tendroit-il que je luy servisse de guide en des Pays où il a
esté avant moy et où je sçay, il y a longtemps, qu'il regne
en Souverain? Ma modestie est vn peu surprise en cette rencontre, et je connois que vous voulez. aussi bien que luy,
me faire parler. Ce n'est pas à moy à faire ceremonie avec
mes Maistres, et il faut leur obeïr sans y apporter plus de
façon.

Ce qui a plû à vn homme dont tous les plaisirs sont honnestes est la traduction. ou plustost la paraphrase de ce
Vers, qu'un Poëte Latin imita autrefois d'vn Poëte Grec :

Oscula vix ipsi cognita Telemacho.

Ie pourrois adjouster à la Paraphrase qui est courte vn
Commentaire qui ne seroit pas long, et je suis d'advis de le
faire, puisque vous m'invitez à parler : Mais il faut que ce
soit d'une maniere nouvelle, sans alleguer Eustathius sur
Homere, ny Tzetzes sur Lycophron, sans m'esloigner de nostre temps ny de nos affaires.

Ie vous advouë que je prends plaisir à parler de la bonne
Reyne Marie qui mourut dernierement à Cologne; quoy que
ce soit vn plaisir meslé de douleur et que la memoire de
tant de bontez devienne amere par la consideration de tant
de malheurs. Cette bonne Reyne que nous sçavons n'avoir
pas esté moins chaste que les Poëtes nous figurent leur Penelope, avoit encore cecy de commun avec Penelope. Croi-
riez-vous bien que durant les quatre années de sa Regence
elle ne baisa pas vne seule fois le Roy son Fils? Ie l'ay appris d'un vieux Courtisan de ce temps-là, qui se donna la
liberté de luy dire que ces marques exterieures d'affection
estoient necessaires pour se faire aimer, et particulierement
des enfans, parce que d'ordinaire les effets les touchent
moins que les apparences.

La Reyne d'aujourd'huy tient des maximes toutes contraires. L'affection qu'elle tesmoigne au Roy son Fils est si
tendre et si caressante, elle luy a gaigné le cœur de telle
façon, que ce cœur si bien gaigné, et qui est à sa Mere par
tant de droicts, ne luy sera jamais ravi par aucun accident.

Mais ce n'est pas là l'vnique ambition de cette vertueuse
et sage Reyne, de cette Reyne qui n'a point de desseins
à part, qui ne veut point se servir de l'authorité du Roy
pour l'establissement de la sienne; qui ne voudroit pas sur-
vivre à son Fils vn seul moment. Vne Mere de ce rang et de
ce merite est plus vtilement et plus hautement ambitieuse.
Elle travaille à quelque chose de meilleur et de plus grand
que sa simple faveur aupres de son Fils. Adjoustant donc,
comme elle fait, les soins de la bonne nourriture aux ten-

dresses de l'affection maternelle, que ne fait-elle point pour
elle et pour nous? Que ne dira-t'on point de cette Regence
qui nous prepare et nous monstre desja vn bon Regne, de
cette Regence qui aura esté la premiere cause de ce Bien auquel tout le Monde aura sa part?

Ce n'est pas vne petite gloire d'avoir donné vn Roy à la
France, mais elle est plus grande, sans comparaison, de luy
avoir donné vn Roy vertueux, vn Roy dont la pauvre France
avoit tant de besoin, qui commence desja à regner par des
maximes toutes Chrestiennes, qui sçait vaincre ses Ennemis
et qui a pitié de ses Subjets, qui n'a pas moins d'aversion
pour les flatteries des Courtisans que de sentiment pour les
miseres du Peuple. Ce present que nous recevons de nostre
bonne Reyne ne se sçauroit assez estimer. Cela s'appelle reformer le Monde sans faire de nouvelles loix; de cette sorte
on corrige son Siecle sans violence; ainsy on met en abregé
tout le Bien public.

La France ayant tousjours esté et devant estre tousjours
la plus importante piece du Corps de la Chrestienté, elle
donnera tousjours le premier mouvement aux Affaires generales : On la regardera tousjours pour la suivre. Et cela
estant, je le dis affirmativement et suis persuadé de ce que
je dis ; Avoir fait bien nourrir vn Roy de France, c'est avoir
fait du bien à ceux qui vivent, et en faire par avance à
ceux qui ne sont pas encore nez, c'est avoir obligé la derniere et la plus esloignée Posterité ; C'est avoir travaillé
pour l'exemple de tous les Souverains et pour la felicité de
tous les Estats.

Vn flambeau allumé n'est gueres de plus grand vsage à
cinquante pas de son feu qu'un flambeau esteint : Pour le
moins ce n'est pas luy qui meurit ou qui brusle les moissons. Mais tout va bien ou mal selon qu'agit le Soleil, et la
dispensation de sa lumiere cause dans l'Vnivers l'abondance
ou la sterilité, les bonnes ou les mauvaises années. Il en est

ainsi de la vertu des Particuliers et de la vertu des Princes.
Celle-là esclaire seulement les lieux qui sont proches d'elle :
Celle-cy n'a point d'espace qui soit limité : Sa chaleur s'espand au long et au large : Ses effets se font sentir d'vne extremité de la Terre à l'autre. *Vn seul est bon et vne infinité
sont heureux.*

Voilà mon Commentaire qui n'est pas long, et je vous
advouë que la matiere m'en plaist de telle sorte, que je seray
out prest d'y revenir à la premiere occasion, car il me semble que je pourray y adjouster encore quelque chose qui ne
vous desplaira pas aussi. Cependant vous aurez part de ce
que je pretendois qui deust demeurer dans la Vicomté de
Turenne jusques à ce que j'y eusse mis la derniere main, et
je voy assez par là que ce que je dis aujourd'huy à l'oreille
sera demain crié à son de trompe, et qu'on ne me garde jamais le secret. Ie n'en eus jamais pour vous, Monsieur, et
tout informe qu'est mon escrit, il entrera dans nos Entretiens si vous le voulez ainsi.

EXTRAIT D'VNE LETTRE ESCRITE A M. LE PRESIDENT MAYNARD.

Si vous n'avez soin de ma reputation, je cours fortune
de passer pour peu reconnoissant auprés de Monsieur le
Duc de Boüillon. L'honneur qu'il m'a fait de vouloir que je
visse ses Raisons, si bien et si elegamment escrites, merite
bien que je luy en tesmoigne mon ressentiment. Mais me
trouvant dans un fascheux embarras d'affaires, il m'est
force de remettre ce devoir à vne autre fois, et peut-estre
m'en acquitteray-je plus dignement quand j'auray l'esprit
plus en repos. Cependant, Monsieur, puis que vous le voyez
presque tous les jours, je vous supplie de luy dire que je
ne suis pas seulement persuadé de l'innocence de celuy qui

souffre : mais que je croy qu'il ne souffre que pour avoir bien
merité de l'Estat. Ie ne doute pas non plus des bonnes dispositions qui se trouveroient pour luy dans l'esprit de la Personne qui a le pouvoir de restablir ses affaires, si elle osoit
vser de tout son pouvoir. Mais comme vous sçavez, et comme
il n'ignore pas luy-mesme, *Non omnia Principum voluntas,
aut conscientia regit; multa ad famam dirigenda.* Il n'est
pas moins sçavant qu'il est brave, et par consequent, ayant
commerce avec nos Livres, sans doute il aura pris garde à
ces deux lignes de Latin qui parlent à luy. Il doit aussi faire
reflexion sur ces deux Vers qu'vne Reyne preste aujour-
d'huy à vne autre Reyne, et qui excuse ce qui se fait en l'affaire de Sedan :

> Res dura, et Regni novitas me talia cogunt
> Moliri, et proprio fines custode tueri.

Vous voyez par là et par l'arrest que Seneque donna autrefois dans la celebre cause du Cid, que tantost les Philosophes et tantost les Poëtes decident les Procez dont je leur
fais le rapport. Dites apres cela que je n'ay pas le don d'application aussi bien que tant d'autres : *et nega sortes Virgi-
lianas nostris etiam temporibus indicare de rebus gravissi-
mis, et ad exemplum pertinentibus.*

ENTRETIEN XL.

DE LA NOBLESSE.

A M. CONRART,
Conseiller et Secretaire du Roy.

Ie me doutois bien que le Chapitre de la Noblesse seroit au goust de Monsieur le Marquis de Sainct-Maigrin, et qu'il s'y pourroit arrester dans la Dissertation que je vous ay adressée. Aussi j'avois visé à luy en cét endroit-là, me ressouvenant d'vne Conversation que nous avions euë sur cette matiere. Ie m'estime heureux d'avoir aucunement satisfait vn Homme de ce merite et qui n'est pas le premier Brave de son nom ; car vous sçavez que l'ancienne Cour a estimé d'autres Sainct-Maigrins, comme la nouvelle fait celuy-cy. Les Italiens ayant vsé ces sortes de subjets à force de les manier, il reste peu à faire apres eux, et je m'estonnerois fort si dans vn champ qui est au pillage il y a si longtemps, je pouvois trouver quelques endroits qui n'eussent pas esté touchez.

Il faut donc reparler de la Noblesse, puis que vous croyez que j'en puis dire encore quelque chose ; Mais parlons-en moins serieusement que nous n'avons fait ; car en verité il y a certains Rafineurs en cette matiere dont je ne puis m'enpescher de rire.

Advoüons que les Allemands sont de plaisantes gens en

cela, et que leur delicatesse va jusqu'à l'excez et à la superstition. Plusieurs Souverains d'Italie auroient bien de la peine à passer pour Gentilshommes parmi eux si on leur demandoit les huict quartiers qu'il faut monstrer du costé du Pere et de la Mere : Ie vay plus avant ; et il me souvient d'vn estrange mot que j'ay oüy dire en pareille occasion. « L'Empereur des Turcs, quelque grand Seigneur qu'il soit, « n'est pas Gentilhomme du costé de sa Mere. »

Vn fameux Docteur Allemand me parloit autrefois de ce stile-là ; Et si ce n'estoit pas estre criminel en pays de Chrestienté, pour le moins ce n'estoit porter gueres de respect à tant de Couronnes assemblées sur vne seule teste. C'estoit regarder de haut en bas LA HAVTESSE mesme, car ainsi nomme-t'on la Majesté de l'Empire des Othomans. Pour moy je n'oserois parler avec tant d'audace, je ne fais pas de si insolentes reflexions sur la naissance des Princes de cette Maison ; quoy que je sçache de plus qu'ils ne sont pas mesme Enfans legitimes. Poursuivons le beau raisonnement de nostre Docteur, et voyons vn doute qu'il adjoustoit à sa premiere proposition. Mais vous sçaurez, Monsieur, avant que je vous l'expose, qu'en nostre Religion, ceux qui ne sont pas nez de legitime mariage sont rejettez de la Clericature, et que par ce moyen il y a deux empeschemens en certains lieux d'Allemaigne pour y tenir des Benefices. Si donc vn de ces Princes Turcs se faisoit baptiser, et qu'il luy prist envie de se faire Chanoine de Cologne ou de Strasbourg, le Chapitre auroit droict de s'opposer à sa reception jusques à ce qu'il se fust fait dispenser ; et s'il le recevoit apres cela, ce ne seroit que par faveur et par privilege. Les raisons en sont evidentes, adjoustoit ce galant homme, pource que le Fils du Grand Seigneur seroit irregulier d'vn costé et de l'autre. Il ne pourroit pas faire ses preuves de Noblesse dans la rigueur qui s'observe en mon Pays, et n'y seroit pas trouvé d'assez bonne Maison du costé de la Sultane. Vous voyez par là qu'en nostre Religion toutes sortes de personnes ne sont pas indifferemment admises au Ministere.

Mais qu'est-ce, je vous prie, que ce phantosme de Noblesse apres lequel courent la pluspart des Peuples et qui gouverne les trois quarts du Monde? Qu'est-ce que cette chose si precieuse et si excellente, et tout ensemble si douteuse et si incertaine? Elle n'est gueres que dans l'opinion des hommes : Il faut la croire et s'en rapporter à la bonne foy d'autruy. La Beauté se voit et les Richesses se touchent; Mais la Noblesse s'imagine et se presuppose.

Pour en parler donc en termes affirmatifs, il faudroit estre asseuré d'vne chose qui a tousjours esté assez douteuse. Il n'a fallu qu'vne Femme de mauvaise vie pour avoir alteré le sang des Heraclides et des Eacides, pour avoir rompu ce bel ordre, cette belle chaisne, cette belle ligne de ces Races Heroïques.

Encore si toutes ces Princesses eussent choisi d'aussi honnestes gens qu'Alcibiades, ce n'eust pas esté vne si mauvaise corruption au jugement d'vn ancien Rieur. Mais le mal est que des Esclaves tirez de la chaisne, marquez au front; que des Gladiateurs tout couverts de sang; que des Maures et d'autres Amans à faire peur ont esté souvent les passions de ces folles Souveraines.

Apres cette phantaisie de Noblesse, en voicy vne autre qui n'a pas vn meilleur fondement, quoy qu'elle soit authorisée par la Coustume et qu'elle ait cours dans le Monde. Qu'il soit donc permis à ceux qui ont perdu des Estats de se flatter avec des Tiltres qu'ils se reservent. Ce peuvent estre des amusemens et des joüets formez par l'imagination apres la perte des choses essentielles. Il y avoit de la cruauté de refuser à leur douleur cette legere consolation. La Reyne Elizabeth d'Angleterre a donc pû se nommer elle-mesme Reyne de France, et les Anglois pouvoient parler le langage de leur Maistresse. Ie ne veux pas insister là-dessus plus lon-

28.

guement. Mais je ne sçaurois supporter qu'il se soit trouvé des François qui ayent osé parler ainsi. Cet autre François disoit bien mieux quand il disoit du Roy Iacques, Successeur d'Elizabeth : « Sans doute il y a plus d'vn nom qu'il ne « faut ou moins d'vn Royaume qu'il ne croit ; Et si le Roy « de France est à Londres, à qui envoye-t'il des Ambassa- « deurs à Paris? »

Neantmoins, puis qu'on parle partout improprement et que tout est Comedie dans le Monde, celle-cy se peut souffrir comme les autres. Mais on la doit joüer en Angle-terre et non pas en France, ny aux lieux qui sont sous la protection de la France. Vn François ne peut vser de ces termes sans oublier qu'il est François, sans se declarer mau-vais Subjet, sans dire que le Roy son Maistre est Vsurpateur. Degrader son Prince publiquement, donner sa Couronne à vn autre Prince par vn aveu solennel et imprimé, cela se peut-il faire sans crime de felonnie? Ie ne le pense pas, Mon-sieur, et de peur de me mettre davantage en cholere, je suis d'advis de changer de discours.

Venons donc à vostre *Virtuoso*, dont nous nous sommes desjà entretenus plusieurs fois. Il ne se peut rien adjouster aux jolies choses que vous dites du bien et du mal qui est dans ses livres, et puis que vous voulez que je luy donne aussi des advis, à mon tour je le prie de n'escrire plus : *ma-rier ma plume avec son espée*, parce que, outre que ces ma-riages sont defendus depuis quelque temps et que mesme on ne *marie plus le luth avec la voix*, il y a je ne sçay quoy d'estrange et de monstrueux, puis que c'est marier deux femmes ensemble que de marier *vne plume avec vne espée*.

Qu'il ne die plus aussi, s'il luy plaist, *Monsieur tel ne crache que Sentences et qu'Apophtegmes*. Le mot de *cracher* n'est pas assez beau pour en tirer des translations et des images. Ces sortes d'images offensent l'imagination, et je n'ay jamais approuvé la phantaisie de cét ancien Peintre, allegué ce me semble par Philostrate. Il representoit Homere comme vn homme vomissant, et auprés de luy, vne infinité de Poëtes, d'Orateurs et de Sophistes qui amassoient curieusement ce qui sortoit de sa bouche.

La representation d'vne grande fontaine jettant de l'eau par mille tuyaux eust bien esté plus honneste et plus agreable. Et neantmoins vn grand Advocat general de la plus celebre Compagnie de Iustice qui soit dans l'Europe commença par cette vilaine representation sa Remontrance faite à l'ouverture des Plaidoyeries d'apres Pasques, l'année 1583. Et vn Poëte Latin avoit dit quelque temps auparavant :

> Quid de Budæo? ferrum hìc et silices spuit;
> Quibus necantur aures audientium.

l'aimerois encore mieux le *Loqui lapides* de Plaute que le *Spuere silices* de celuy-cy. Et on dit en Espagne : *parler des Perles et parler des Roses*, et c'est parler plus proprement que n'ont fait ny le Grec ny le Latin. Cét endroit vous fera souvenir de ce que je vous ay dit ailleurs de Cesar et d'Epictete, et je vous prie de le revoir si vous l'avez tout-à-fait oublié.

FIN DES ENTRETIENS.

NOTES SUR LES ENTRETIENS.

Les *Entretiens* de Balzac, publiés trois ans après la mort de l'auteur, ne sont point reproduits sous ce titre dans la grande édition de Conrart. Compris avec des écrits d'une date antérieure sous une division nouvelle ˟, ils y perdent à la fois l'intégrité du texte et l'originalité du titre. J'ai cru devoir les réimprimer suivant l'édition de 1657, qui est conforme aux dispositions de l'auteur. Cette édition est précédée d'une épître dédicatoire de M. Girard au marquis de Montausier, véhémente philippique où Costar, *défenseur de Voiture*, est accusé d'avoir trahi Balzac et violé toutes les lois de la reconnaissance et de l'amitié. Le débat, dès le principe, s'était élevé entre l'abbé Costar et M. de Girac, au moment où Martin de Pinchesne, neveu de Voiture, venait de publier les œuvres de son oncle. Balzac, un peu jaloux de cet ancien rival, engagea son ami M. de Girac à lui dire son sentiment sur ces écrits. Girac fit une courte dissertation latine dans laquelle il releva quelques fautes de Voiture. Balzac montra cette dissertation à Costar, ami de Voiture et aussi le sien, afin d'avoir son avis, l'invitant, s'il faut en croire Ménage, à écrire contre Girac, pour s'attirer des louanges de l'un et de l'autre côté. Costar feignit de s'excuser, mais en même temps il mit secrètement la main à la plume et rédigea sa *Défense de Voiture*. « Je passois par le Mans, dit Ménage, pour revenir à Paris dans le temps que la défense fut achevée. M. Costar m'en donna deux exemplaires, l'un pour être envoyé à M. de Pinchesne..., et l'autre à M. Conrart. Il me dit qu'il se soumettroit volontiers à tous les changemens qu'on y voudroit faire, soit qu'on voulût y ajouter ou retrancher. Une des copies fut communiquée à M. de Balzac, qui envoya des corrections : cependant l'ouvrage s'imprima. Et parce que ses corrections arrivèrent dans le temps que l'impression fut achevée, on lui manda qu'elles estoient venues trop tard : et le livre parut tel qu'il estoit, dont il eut quelque chagrin. » (*Menagiana*, p. 166, 167.) Le procédé de Costar était déloyal, et son livre n'était pas seulement la défense de Voiture : c'était encore la satire de Balzac, satire souvent fort amère. Girac lui-même, blessé de quelques

---

˟ *Dissertations Chrestiennes et morales*, *Dissertations politiques*, *Dissertations critiques*.

traits, soutint sa *dissertation* et malmena Costar, qui riposta de nouveau par un volume de raillerie et d'injures, et obtint en outre du lieutenant civil un ordre qui imposait silence aux deux parties. Cependant Girac réussit à faire imprimer une dernière réponse. Ce fut, à la vérité, longtemps après : car cette querelle, commencée en 1653, ne finit qu'en 1660. En tout ceci, le personnage que joue Costar, assez peu estimable, semble donner quelque raison aux vives invectives de M. Girard, lorsqu'il signale un contraste si choquant entre les Lettres que Costar écrivait à Balzac et ses derniers procédés envers celui qu'il flattait si bassement.

« Peut-estre, dit Girard sur la fin de sa lettre à M. de Montausier, avoit-il (Costar) perdu le souvenir de ses Escritures, et peut-estre qu'à l'advenir il regardera de plus prés dans ses Archives quand il voudra fascher quelqu'vn. Mais je n'ay que faire de l'advertir de ses mesprises, après m'en estre si bien trouvé. Ie dois plustost le remercier des moyens qu'il m'a donnez de m'acquitter aucunement d'vn juste devoir, et de reconnoistre en quelque sorte les infinies obligations que j'avois à l'excellent homme qu'il maltraite si fort. Il a beau le desfigurer par ses impostures, il sera tousjours reconnoissable aux enseignes que vous en avez données, et ce n'est pas au hazard que vous vous estes souvenu en sa faveur de cette ancienne définition de l'Orateur, *vir bonus dicendi peritus*, quand vous luy avez escrit que sa *pieté n'estoit pas au dessous de son eloquence.* »

ENTRETIEN PREMIER, page 281.

« Monsieur l'Ambassadeur Iustinian vous a parlé autrefois de ce chasteau enchanté où le Poëte Bernia... »

Marius Teluccini, surnommé le Bernia, poëte italien du seizième siècle, auteur de : *Artemidoro*, Venise, 1566 ; *Erasto*, Pesaro, 1566, etc., etc.

Page 282.

« J'estime extrêmement Monsieur Renaudot... »

Théophraste Renaudot, médecin, fondateur de la *Gazette de France*, né à Loudun en 1584, mort à Paris le 25 octobre 1653 : Il a écrit, outre la *Gazette de France*, depuis 1631 jusqu'à sa mort, la *Continuation du Mercure François* ; la *Vie du mareschal de Gassion* ; *Abregé de la vie et mort du Prince de Condé*...

ENTRETIEN II. page 294.

« A Monseigneur l'Evesque d'Angoulesme... »

François de Pericard, élevé au siége d'Angoulesme en 1646, mort le 29 septembre 1689.

Entretien III, page 301.

« Pour ne point parler des autres Philosophes... Iules Cesar Scaliger...»

Jules César Scaliger, né à Padoue en 1484 (Vérone et Venise se disputent aussi l'honneur de l'avoir vu naître), mort en France à Agen, le 21 octobre 1558. Il fut enseveli dans l'église des Augustins de cette ville, avec cette épitaphe : Iulii Cæsaris Scaligeri quod fuit.

Page 302.

« Ce seroit encore maistre Charles Du Moulin. »

Charles du Moulin, célèbre jurisconsulte, né à Paris vers la fin de l'an 1500, issu d'une famille noble, alliée à celle d'Anne de Boulen, mère d'Élisabeth d'Angleterre. Il mourut à Paris le 27 décembre 1566. Il était, suivant le président de Thou, redevenu catholique quelque temps, avant de mourir.

Entretien IV, page 305.

« Totila n'est point encore guery... »

Totila est l'anagramme du nom de son secrétaire Tolait.

Page 313.

« C'est vn des illustres de la Galerie de Paul Iove... »

Paolo Giovio, né à Como, le 19 avril 1483, élevé par le pape Clément VII au siége épiscopal de Nocera, dans le royaume de Naples, mort à Florence le 11 décembre 1552.

Page 314.

« Vous trouverez les premiers dans le Livre de Ioannes Aurelius Augurellus... »

Jean Aurèle Augurello, poëte latin, né à Rimini vers 1441, mort à Trévise le 24 octobre 1524. Il écrivit un poëme sur le secret de faire de l'or : *Chrysopoeia*, Basle, 1518 ; et un livre sur la vieillesse : *Gerontioon*.

Page 316.

« Vne Rhetorique Françoise, qui ne seroit pas moins ample que l'Italienne de Bartholomeo Cavalcanti. . »

Bartholomeo Cavalcanti, né à Florence en 1503, d'une noble et ancienne famille, mort à Padoue le 9 décembre 1562. Il a écrit sur la guerre, la politique et l'éloquence. Sa *Rhétorique* fut imprimée à Venise en 1559, in-folio.

Page 517.

« En Italie, Monsignor de la Casa... »

Jean de la Casa, né à Mugello, près de Florence, le 28 juin 1503, mort le 14 novembre 1556. Poëte latin et italien célèbre. Il a écrit les vies de Bembe et de Contarini. C'est de lui que Balzac veut parler dans sa lettre à l'évêque de Grasse, lorsqu'il dit : « Il y a des delicats qui ne peuvent gouster la langue du fils de Dieu... Monsieur ***, qui mourut Archeves-que de Benevent, n'osoit dire à cause de cela son breviaire. Il avoit peur de gaster son bon latin par la contagion du mauvais, et de prendre quel-que teinture d'impureté qui corrompist sa locution... » (10 may 1632.)

Page 517.

« Aussi bien que le Cardinal Bembe .. »

Le célèbre cardinal Pierre Bembo, né à Venise le 20 mai 1470, mort le 18 janvier 1547.

Page 517.

« Le bon homme Victorius... »

Victorius ou Pierre Vettori, l'un des plus célèbres critiques de l'Italie, né à Florence d'une famille ancienne, le 11 juillet 1499 : nommé, en 1538, par le grand-duc Cosme de Medicis, professeur d'éloquence grecque et latine; envoyé en 1550 auprès du pape Jules III, qui le combla de distinctions ; destiné aux plus hauts emplois par le cardinal Cervoni, devenu pape sous le nom de Marcel II, et qui mourut quelques jours après son élection. Vet-tori retourna dans sa patrie ; il fut membre du sénat de Florence en 1553, et mourut en cette ville le 18 décembre 1585. Il a laissé une précieuse édition de Cicéron, Venise, Giunti, 1554-1557 ; et un grand nombre d'au-tres ouvrages.

Page 518.

« Ioseph Scaliger a publié... »

Joseph-Juste Scaliger, l'un des plus célèbres érudits et philologues du seizième siècle, né à Agen, le 4 août 1540. Il était le dixième enfant de Jules-César Scaliger et d'Audiette de Roques-Lobejac; il mourut à Leyde en 1593.

Page 520

« Il sçait bien que le comte Baltazar en Italie, etc... »

Baltazar Castiglione, l'un des plus élégants écrivains de l'Italie au sei-zième siècle, né à Casatico, dans le Mantouan, le 6 décembre 1478, mort à Tolède le 2 février 1529 ; auteur du célèbre Libro del Cortegiano.

Sir Philippe Sidney, né en 1554 à Penshurst, dans le comté de Kent, mortellement blessé à la bataille de Zutphen, et mort à Arnheim le 16 octobre 1586 : auteur de l'Arcadie, etc.

Honoré d'Urfé, d'une ancienne famille du Forez, originaire de Souabe, et alliée aux maisons de Lascaris et de Savoie, né à Marseille, le 11 février 1567, mort à Villefranche, en 1625; laissant inachevé son célèbre ouvrage de l'*Astrée*.

Page 520.

« Monsieur de Peyrarede... »

Jean de Peyrarede, mort vers 1660. Il a laissé des poésies latines louées par Balzac, Grotius et Huet, des commentaires sur Florus et des remarques sur Térence.

Page 520.

« Si le peuple avoit leû les Livres de Casaubon... »

Isaac Casaubon, né à Genève, le 18 février 1559, mort à Londres le 1er juillet 1614, connu par ses commentaires sur Diogène Laerce, Polyen, Strabon, Théocrite, Athénée..., et ses éditions d'Aristote, de Théophraste, de Polybe, etc.

ENTRETIEN V, page 521.

« Ce que le Cavalier Marino. . »

Jean-Baptiste Marino, né à Naples en octobre 1569, mort le 25 mars 1625; appelé en France en 1615 par la reine Marie de Médicis, il publia, à Paris, en 1623, l'*Adone*, poëme en vingt chants qui obtint le plus grand succès : il a laissé des *rime amorose, varie*. etc ..

Page 523.

« Iuste Lipse en a fait vn chapitre... »

Juste Lipse, né à Isque, entre Bruxelles et Louvain, le 18 octobre 1547, secrétaire du cardinal Granvelle en 1589, professa l'histoire à Iéna et à Leyde, et mourut à Louvain, le 24 mars 1606. Ses œuvres ont été publiées à Anvers en 1637: 6 vol. in-folio.

Page 527.

« Le Docteur Monmor. . »

Pierre de Montmaur, né à Betaille, près de Martel, en Querci, en 1576, mort à Paris le 7 septembre 1648; professeur en langue grecque au collège de France. Ménage l'a ridiculisé dans deux de ses ouvrages intitulés : *Vita Gargilii Mamurræ*, et *Gargilii Macronis parasitosophistæ Metamorphosis*.

Page 528.

« Pour les Hebraïques, je m'en rapporte à Monsieur Gaumin... »

Gilbert Gaulmin, intendant du Nivernais, conseiller d'État, né à Moulins en 1585, mort le 8 décembre 1665. Il était versé dans les langues grecque et orientales. Il a publié des traductions latines des romans de

Rhodante et Dosicles de Théodore Prodromus, 1625 ; de *Ismène et Isménie* d'Eumathe, 1618 ; — *De Vita et Morte Mosis*, lib. III, hebr. lat., 1629.

Page 529.

« Ce Sophiste... qui fut le Crosilles de son siècle... »

Jean-Baptiste Crosilles fut produit dans le monde par l'abbé de Marolles. Il fut attaché successivement au grand prieur de Vendôme et au comte de Soissons. Tombé dans la disgrâce de ce prince, il fut, en 1641, accusé d'être marié, quoique prêtre, et mis en prison où il resta dix années. Ce temps expiré, un arrêt du parlement le justifia et le rendit à la liberté. Il vécut encore six mois dans la dernière détresse et mourut en 1651. On a de lui : *Heroïdes à l'imitation des Epistres heroïques d'Ovide*, 1619; *Tyrcis et Uranie*, ou la *Chasteté invincible*, bergerie en cinq actes et en prose avec des chœurs en vers. Paris, 1633. Il publia aussi son *Apologie*, 1643.

Page 530.

« C'est Busbequius qui le dit... »

Augier Ghislen de Busbecq, né à Commines en Flandres en 1522. Ambassadeur de Ferdinand, roi des Romains, en Angleterre, et auprès de Soliman II, gouverneur des fils de Maximilien II, mort le 28 octobre 1592. On a de lui des *Lettres à Rodolphe II*, ses *Ambassades et Voyages en Turquie*, etc.

Page 531.

« Et l'ordonnance que Monsieur De Lorme... »

Charles de Lorme, célèbre médecin, né à Moulins en 1584, fils de Jean de Lorme, médecin de la reine, femme de Henri III, et de Marie de Médicis ; Charles de Lorme eut la faveur de Richelieu, du Chancelier Séguier, etc. Il mourut le 24 juin 1678.

Page 532.

« Petrus La Sena, Neapolitain... »

Pierre la Sena, jurisconsulte et philologue, né à Naples, en 1590, d'une famille originaire de Normandie, mort à Rome le 5 septembre 1636. On a de lui des bigarrures ou mélanges philologiques (*Vergati*), Naples, 1616. *Homeri Nepenthes...*, Lyon, 1624; *Cleombrotus, sive de iis qui in aquis pereunt philologica dissertatio*, Rome, 1637, etc.

Page 532.

« Et si le Chancelier Bacon. »

François Bacon, le célèbre chancelier d'Angleterre, né à Londres le 22 janvier 1561, mort le 9 avril 1626. Ses œuvres complètes ont été publiées à Londres en 1740, 4 vol. in-fol.

« Et sur lesquelles quelque Castelvetro... »

Louis Castelvetro, critique italien, né à Modène en 1505, mort à Chiavenne le 21 février 1571. Ses œuvres ont été publiées par Louis-Antoine Muratori, à Milan, 1727, in-4°.

« Dans le discours de la Vie et de la Mort composé par Monsieur Du Plessis... »

Philippe de Mornay, seigneur du Plessis-Marly, né en 1549, à Buhi, dans le Vexin français, surnommé le *pape des Huguenots*, mort le 11 novembre 1623. Outre le *discours* dont parle Balzac, il a laissé un *Traité de la Verité de la Religion Chrestienne*, 1580; des *Memoires*, 1624, 1625.

« Qui ont leû Montaigne et Charron, et qui ont oüy parler de Cardan et de Pomponace... »

Michel de Montaigne, né au château de Montaigne en Périgord le 28 février 1533, mort le 15 septembre 1592.

Pierre Charron, né à Paris en 1541, mort le 16 novembre 1603, auteur du *Traité de la Sagesse*, Bordeaux, 1601, et de celui des *Trois Veritez*, Cahors, 1594.

Jérôme Cardan, né à Pavie en 1501, mort en 1576; philosophe et médecin. Ses œuvres ont été réunies en 10 vol. in-fol., Lyon, 1665.

Pierre Pomponace (Pomponazzi), né à Mantoue le 16 septembre 1462, mort en 1526. Ses œuvres ont été imprimées à Venise, 1525, 1567, in-fol.

« La peine que prit Monsieur Des Portes. »

Philippe des Portes, abbé de Tiron, né à Chartres en 1546, mort le 5 octobre 1606. Il était oncle du poëte Mathurin Régnier.

« Ny Sannazar pour les Modernes... »

Jacques Sannazar, né à Naples le 28 juillet 1458, mort le 27 avril 1530; surnommé le *Virgile Chrestien*: auteur des poëmes latins : *de partu Virginis ; Salices et lamentatio de morte Christi* ; en italien de l'*Arcadia...*, etc.

« Nostre amy Muret... »

Marc-Antoine Muret, né au bourg de ce nom, près de Limoges, en 1526.

jurisconsulte et humaniste célèbre ; il entra dans les ordres en 1576, et mourut à Rome le 4 juin 1585.

Page 577.

« Nostre retenuë sera bien esloignée de l'insolence du Docteur Ramus. »

Pierre la Ramée, professeur au collège royal, né dans un village du Vermandois vers 1502 ; il périt à la Saint-Barthélemy le 24 août 1572.

Page 577.

« La barbare malignité de George de Trebisonde... »

George de Trébisonde, né à Chandace, dans l'île de Crète, en 1396, d'une famille originaire de Trébisonde, vint enseigner le grec à Venise et plus tard à Rome, où il mourut en 1486. Il a traduit Eusèbe, S. Cyrille, la *Vie de Moïse*, par saint Grégoire de Nysse, la *Rhétorique* d'Aristote.... l'*Almageste* de Ptolémée, etc...

ENTRETIEN XII, page 579.

« Vous souvient-il de ce Rodomont de robbe longue... »

Souvenir du général des Feuillants.

Page 582.

« Aux eloges qu'ils ont receus de Monsieur de Thou et de Monsieur de Saincte Marthe... »

Jacques-Auguste de Thou, né à Paris en 1553, troisième fils de Christophe de Thou, premier président au parlement de Paris, mort en 1617. Outre sa grande Histoire, il a laissé des *Mémoires de sa vie* (1553 à 1601) et des *Lettres*.

Abel de Sainte Marthe, né à Loudun en 1566, conseiller d'État et garde de la Bibliothèque de Fontainebleau sous Louis XIII, mort à Poitiers en 1652.

Page 582.

« Considerez de quelle sorte le premier agit avec Erasme... »

Désiré Erasme, né à Rotterdam en 1467, mort à Bâle en 1556 : ses œuvres ont été réunies en huit vol. in-fol., Bâle, 1540, et en dix vol. in-fol., Leyde, 1705, 1706.

ENTRETIEN XIII, page 587.

« Peut-estre que j'avois la fievre le jour que le Roy de Dannemark... »

Ce jugement littéraire rendu par le roi de Dannemark en faveur de Balzac n'est, suivant Tallemant des Réaux, qu'un conte assez plaisant imaginer par Ogier l'ambassadeur, qu'on appelait Oger le Danois, pour mystifier l'amour-propre un peu crédule de notre auteur.

ENTRETIEN XIV, page 388.

« A Monsieur de Girac... »

Paul-Thomas, sieur de Girac, né à Angoulême, conseiller au présidial de cette ville, mort en 1663.

ENTRETIEN XVII, page 397.

« Le Iuge Tarpa, qui n'estoit guere moins severe que Monsieur Guiet et le grand Monsieur de Saumaise... »

François Guyet, critique et poëte latin, né à Angers en 1575, précepteur de Louis de Nogaret, plus tard cardinal de la Valette : il embrassa l'état ecclésiastique dans un âge avancé et mourut à Paris le 12 avril 1655. On a de lui des Notes sur Térence; Bœcler, Strasbourg, 1657; sur Phèdre, Upsal, 1663 ; sur Hésiode; Graev, Amsterdam, 1667; sur le *Lexique* d'Hesychius... et des *poësies latines* estimées.

Claude de Saumaise, l'un des savants les plus renommés du dix-septième siècle, né à Semur en Auxois le 15 avril 1588, d'une famille noble, mort à Spa le 6 septembre 1658. La *Bibliothèque de Bourgogne* donne la bibliographie complète de ses ouvrages, dont le nombre ne s'élève pas à moins de quatre-vingts imprimés et de soixante manuscrits.

ENTRETIEN XIX, page 408.

« Il ne se parloit ny de Vaugelas... »

Claude Favre de Vaugelas, gentilhomme ordinaire de Gaston, duc d'Orléans, l'un des premiers académiciens, né à Chambéry vers 1585, mort à Paris au mois de février 1650. Auteur des *Remarques sur la langue françoise* et d'une traduction de *Quinte-Curce*, qui faisait dire à Balzac : « Si l'Alexandre de Quinte-Curce est invincible, celuy de Vaugelas est inimitable. »

ENTRETIEN XXI, page 419.

« Si Monsieur de l'Estoille commençoit un Sonnet... »

Claude de l'Etoille, l'un des premiers académiciens, né à Paris vers 1597, mort vers 1651. Il a laissé des *Poësies diverses* et quelques pièces dramatiques

ENTRETIEN XXIII, page 429.

« L'Apologie de Monsieur de Villeroy et l'Histoire de Davila... »

Nicolas de Neufville, seigneur de Villeroy, ministre sous quatre rois, né en 1542, mort à Rouen le 22 novembre 1617. On a publié sous son nom : *Memoires d'Estat...*, *depuis 1567 jusqu'en 1604*. — On a de lui deux *Apologies*. — *Lettres escrites au mareschal de Matignon*, de 1581-1596.

Henrico Caterino Davila, né au Pacco, territoire de Padoue, le 30 octobre 1576, d'une famille originaire d'Avila en Espagne, amené tout jeune en France, où son père jouissait de la faveur de Henri III et de Cathe-

rinc de Médicis ; — il se distingua au siége d'Honfleur (1594) et fut blessé
à celui d'Amiens (1597). A la paix, il retourna à Padoue, puis alla à Venise, où il fut chargé par la République de plusieurs expéditions et com-
mandements militaires dans les îles de Candie et en Dalmatie. Il périt
assassiné près de Vérone en 1631. On a de lui : *Histoire des Guerres civiles de France.* 1559-1598. Venise, 1650, in-4°: Paris. 1644; Venise, 1755.

ENTRETIEN XXIV, page 455

« On l'attribuë à Madame la Mareschale de Rais... »

Claude-Catherine de Clermont, veuve de Jean d'Annebaut, baron de
Retz, remariée à Albert de Gondi, depuis maréchal de Retz : célèbre par
sa beauté, son savoir et son esprit ; elle avait la connaissance des langues
latine et grecque ; elle a été célébrée par les poëtes de son temps. Elle
mourut le 25 février 1605.

ENTRETIEN XXV, page 456.

« Je vous ferois voir cette vanité... alleguée par Leunclaius... »

Jean Loewenklau, en latin Leunclaius et Leunclavius, gentilhomme allemand, né en 1533 à Amelbeuern en Westphalie, mort à Vienne en
1593. Scaliger, de Thou, Huet, ont vanté son savoir comme jurisconsulte
et humaniste, et son habileté comme traducteur. Il a laissé de nombreux
ouvrages.

ENTRETIEN XXVII. page 440.

« A Monsieur Sarasin... »

Jean-François Sarrasin, né à Hermanville, près de Caen, en 1605.
mort à Pezenas en décembre 1654; auteur de l'*Histoire du Siège de Dun-
kerque*, de la *Conspiration de Valstein*, de la *Pompe funebre de Voiture...*
et de *poësies fugitives* où l'on trouve beaucoup de facilité, d'esprit et de
naturel.

ENTRETIEN XXIX, page 449.

« L'excellent Monsieur Pelisson vous l'expliquera... »

Paul Pellisson-Fontanier, né à Béziers en 1624, conseiller d'État en
1660, partagea la disgrâce du surintendant Fouquet, et fut mis à la Bas-
tille en 1661, d'où il ne sortit qu'après cinq années de détention. Il ab-
jura le protestantisme et travailla avec zèle à la conversion des calvinistes.
Il mourut le 7 février 1693. On a de lui l'*Histoire de l'Académie françoise
jusqu'en 1652.* Paris, 1653, in-8°. — *Histoire de Louis XIV.* 1749. *Lettres
historiques* et *Opuscules*, 1729, 3 vol. in-12. — *Réflexions sur les diffé-
rends en matière de religion.* 1686. 4 vol. in-12 — *Traité de l'Eucharis-
tie*, inachevé, 1694. in-12.

ENTRETIEN XXX, page 450.

« A Monseigneur le Marquis de Montauzier... »

Charles de Sainte-Maure, plus tard duc de Montauzier, gouverneur du Dauphin fils de Louis XIV, né en 1610, mort en 1690.

Page 454.

« Qui se trouve dans vn Recueil fait par M. Pithou... »

François Pithou, né à Troyes en 1543, mort en cette ville le 25 janvier 1621. Il a laissé un *Glossaire* pour l'intelligence des Capitulaires, et un autre pour servir d'éclaircissement à la loi salique.

Entretien XXXV, page 475.

« Entre Balzac et Schioppius... »

Gaspard Schopp, en latin Scioppius, savant grammairien et philologue, ennemi de Scaliger, né à Neumarck, dans le Palatinat, le 27 mai 1576, mort à Padoue le 19 novembre 1649. Scioppius a laissé un grand nombre d'ouvrages, entre autres *De sua ad Catholicos Migratione;* Padoue, 1600, in-8°. — *Grammatica philosophica*, 1628, in-8°. — *Elementa philosophiæ moralis stoicæ*, Mayence, 1606.

Entretien XXXVI, page 479.

« Sans craindre d'estre repris par Passerat... »

Jean Passerat, né à Troyes en 1534, successeur de Ramus dans la chaire d'éloquence au collège royal, l'un des auteurs de la satire Ménippée, poëte latin et français, mort le 12 septembre 1602.

Page 479.

« Et de tous mes Poëmes, il n'y en a point qui me plaise davantage que mon Epigramme pour Monsieur Chapelain... »

Il fait sans doute allusion à ces vers :

AD IOAN. CAPELANVM.

Ibit in Annales nostri quoque fœdus amoris,
 Et tibi me socium posthuma fama dabit.
O quantum dabit illa mihi si dicar ab omni
 Gente tuus, nec nos separet ulla dies
Sub terris gaudebo et clara superbiet umbra,
 Grandior et fiet nomine nota tuo.
Cuncta mei jamjam pereant monumenta laboris,
 Hoc mihi dum servent sæcla futura decus.

(*Carm.*, lib. 1.)

Page 482.

« l'ay employé le nom de Monsieur Habert, Abbé de Cerisy... »

Germain Habert, de l'Académie française, né vers 1615, mort en 1654 ou 1655. Il prononça à l'Académie, en 1656, un *Discours contre la pluralité*

des Langues; il a écrit une *Vie du cardinal de Berulle.* Paris, 1646. in-4°;
— une *Oraison funebre du cardinal de Richelieu,* etc. Il était frère de Philippe Habert, l'un des premiers académiciens, commissaire de l'artillerie.
né vers 1605, et tué à trente deux ans, en 1637, au siège d'Emerick en
Hainaut. Auteur d'un poëme intitulé le *Temple de la Mort,* Paris. 1637.
in-8°.

Page 484.

« L'Indignation contre le Sophiste Grammairien... »

Cette *boutade,* dont parle Balzac, est une pièce en vers latins écrite
l'an 1619, sous ce titre : *Indignatio in Theonem Ludimagistrum, lauda-*
torem ineptissimum Eminentissimi Cardinalis Valetæ. (Carm., lib. II.)

ENTRETIEN XXXVII. page 487.

« A Monsieur de Plassac-Meré. »

Frère aîné du chevalier de Meré.

Page 488.

« Nous l'appellions l'Anti-Mondory... »

Mondory, comédien célèbre, né à Orléans vers la fin du seizième siècle,
joua devant le cardinal de Richelieu le rôle d'Hérode dans la tragédie de
Mariamne de Tristan l'Hermite; il mourut vers 1646.

Page 488.

« Et comme nous luy representasmes Monsieur de Porcheres d'Herbaud
et moy... »

François d'Arbaud de Porchères, l'un des premiers académiciens, né à
Saint-Maximin vers la fin du seizième siècle, mort en 1640. Disciple de
Malherbe, il a laissé une *Paraphrase des Psaumes graduels,* Paris, in-8°.
1635, et des *Poësies diverses,* dans les recueils de son temps.

ENTRETIEN XXXIX, page 501.

« Ie cours fortune de passer pour peu reconnoissant auprés de Monsieur le Duc de Boüillon... »

Frédéric-Maurice de la Tour-d'Auvergne, duc de Bouillon. né à Sedan
le 22 octobre 1605, frère aîné du maréchal de Turenne. Uni en 1641 au
comte de Soissons contre Richelieu, il gagna la bataille de la Marfée. Il
prit plus tard le parti des princes pendant les troubles de la Fronde. et
ne fit son accommodement avec la cour qu'en cédant au roi la principauté
de Sedan; il mourut à Pontoise le 9 août 1652.

FIN DES NOTES.

TABLE DES MATIERES

ET

DES CHOSES LES PLVS REMARQVABLES

CONTENVES DANS LE SOCRATE CHRESTIEN.

A

B

C

D

<h1 style="text-align:center">E</h1>

I

L

M

N

O

P

T

V

FIN DE LA TABLE DV SOCRATE CHRESTIEN.

TABLE DES MATIERES

ET

DES CHOSES LES PLVS REMARQVABLES

CONTENVES DANS L'ARISTIPPE

A

B

C

D

G

I

N

O

P

FIN DE LA TABLE D'ARISTIPPE.

TABLE DES MATIERES

ET

DES CHOSES LES PLVS REMARQVABLES

CONTENVES DANS LES ENTRETIENS

A

B

C

D

E

H

I

L

N

O

P

R

T

V

X

FIN.

www.ingramcontent.com/pod-product-compliance
Lightning Source LLC
Chambersburg PA
CBHW070354030726
47504CB00001B/178